LÀ OÙ RÊVENT
LES ÉTOILES

Éric Marchal

LÀ OÙ RÊVENT LES ÉTOILES

Éditions Anne Carrière

Du même auteur

Influenza, tome 1 : *Les Ombres du ciel*, Éditions Anne Carrière, 2009 ; Prix Carrefour du premier roman.
Influenza, tome 2 : *Les Lumières de Géhenne*, Éditions Anne Carrière, 2010.
Le Soleil sous la soie, Éditions Anne Carrière, 2011 ; Prix Léopold 2011 ; Prix Victor Hugo 2012 ; Grand Prix de l'Académie nationale de pharmacie 2012.
La Part de l'aube, Éditions Anne Carrière, 2013 ; Prix Montesquieu 2014.

ISBN : 978-2-8433-7746-4

www.anne-carriere.fr

À Emmanuelle, à Rébecca.

À Auguste Piccard
et tous les pionniers de la matière et de l'esprit.

Este mundo es un fandango y él que no lo baila es un tonto.

Le monde est un fandango et celui qui ne danse pas est un idiot.

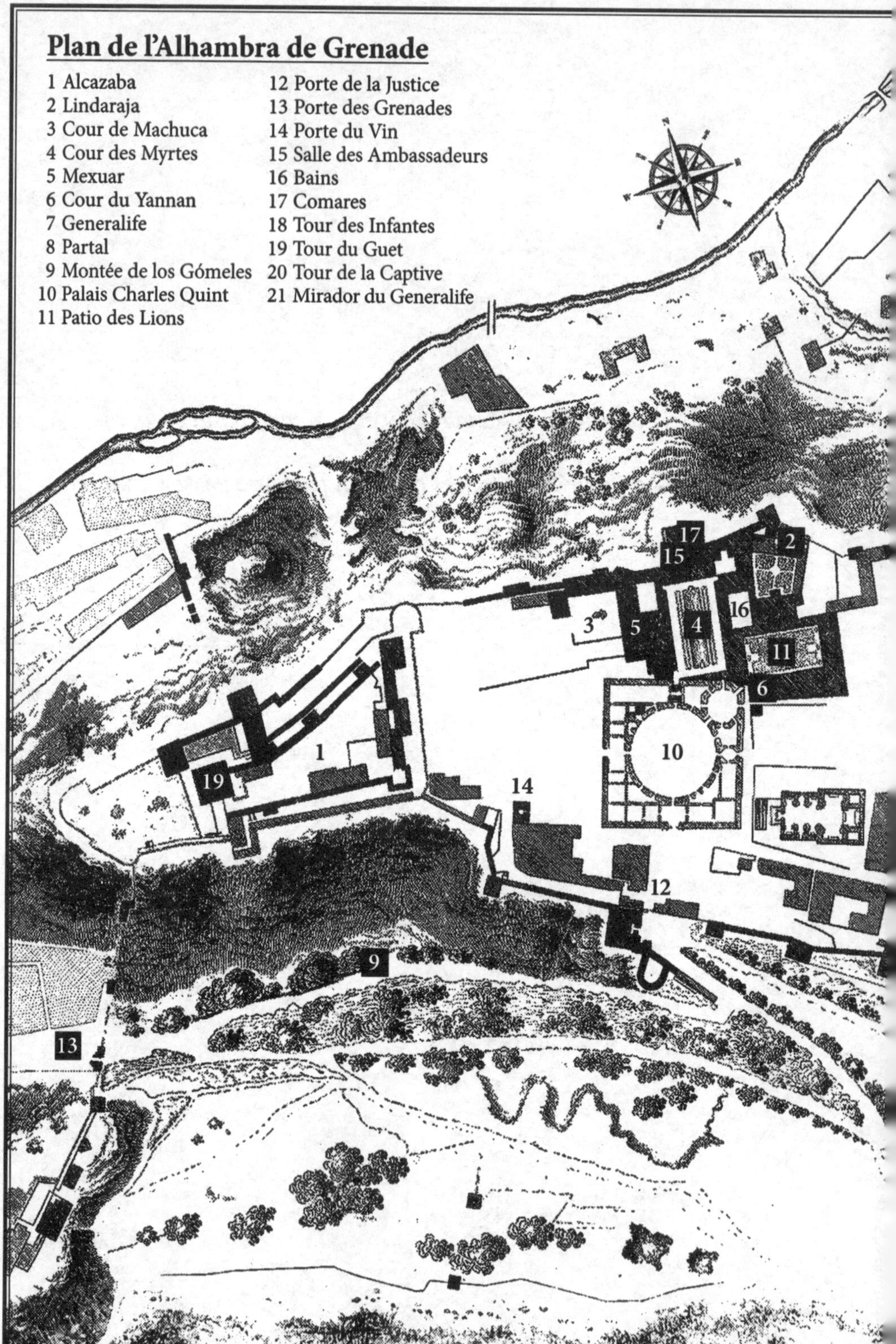
Plan de l'Alhambra de Grenade
1 Alcazaba
2 Lindaraja
3 Cour de Machuca
4 Cour des Myrtes
5 Mexuar
6 Cour du Yannan
7 Generalife
8 Partal
9 Montée de los Gómeles
10 Palais Charles Quint
11 Patio des Lions
12 Porte de la Justice
13 Porte des Grenades
14 Porte du Vin
15 Salle des Ambassadeurs
16 Bains
17 Comares
18 Tour des Infantes
19 Tour du Guet
20 Tour de la Captive
21 Mirador du Generalife

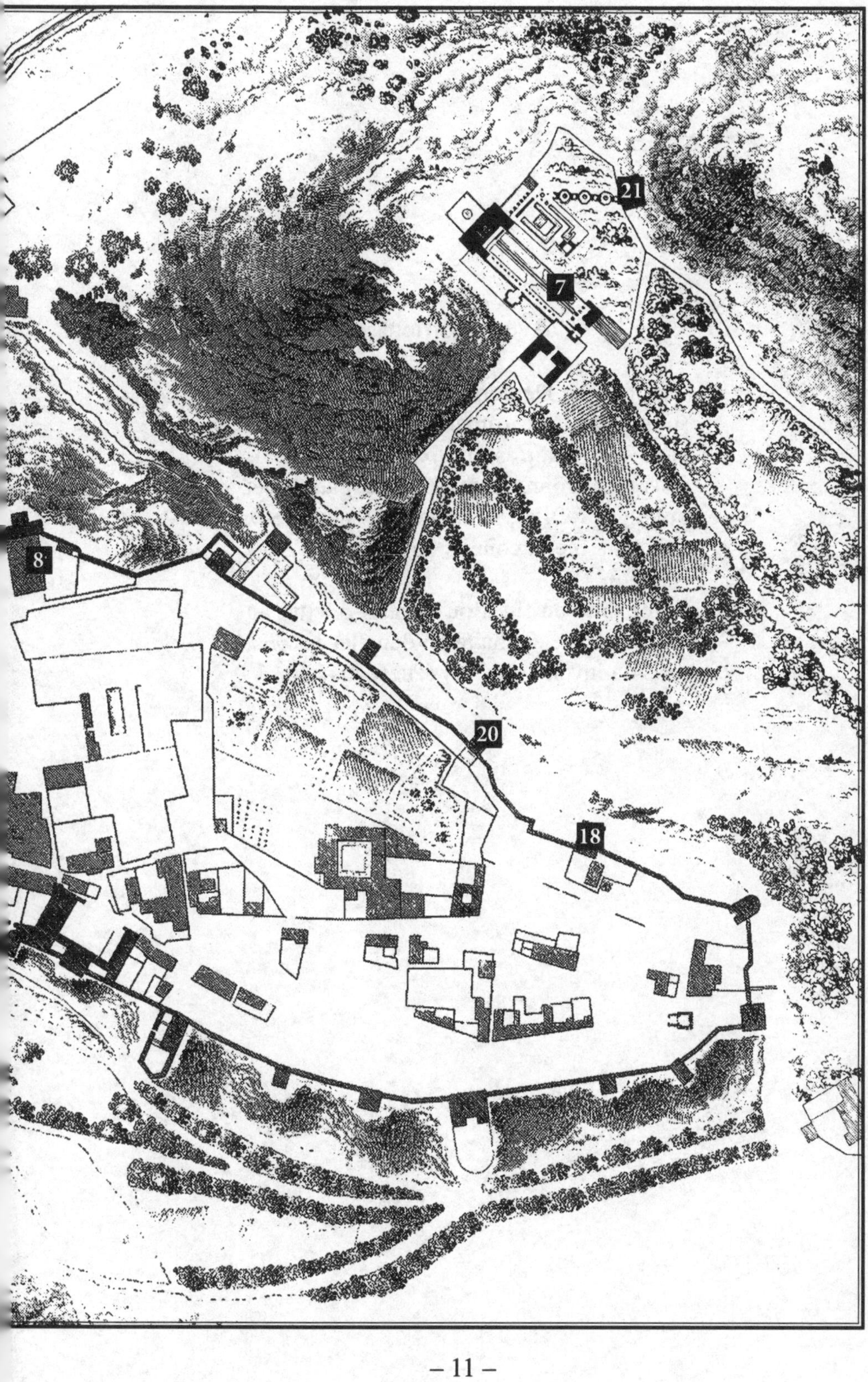
21
7
8
20
18

Avertissement

La famille Delhorme et certains des personnages de ce roman sont imaginaires, alors que d'autres ont existé et sont cités sous leur propre identité. L'intrigue de cet ouvrage, fictive, se mêle à de nombreux éléments réels, connus ou demeurés dans l'ombre.

Une note en fin d'ouvrage permettra au lecteur qui le souhaite de démêler les fils, réels ou inventés, de cet écheveau.

Prologue

Dimanche 26 mai 1918,
quelque part en Andalousie

La limousine ocre et jaune déchirait le silence de la vallée du *río* Guadix dans un bourdonnement d'insecte. La traînée de poussière qu'elle soulevait se diluait dans l'air avant de retomber paresseusement sur le chemin qui offrait sa nudité aux rares voyageurs s'y aventurant. Le véhicule s'arrêta devant une large rivière ; le gué, au lieu d'en traverser directement le lit, le suivait en son milieu sur près d'un kilomètre. Le chauffeur descendit et fit quelques pas sur le radier pour évaluer la situation. L'eau lui arrivait à mi-botte.

— Nous allons passer sans problème, dit-il à sa passagère, restée dans la voiture.

Elle ne parut pas lui prêter attention et continua sa lecture, protégée du soleil par la capote en tissu dont les bords claquaient sous le vent. Il répéta sa remarque, attendit en vain une réponse et s'approcha d'elle.

— Chère comtesse...

— Pierre, l'interrompit-elle, quand nous serons arrivés, il ne faudra plus m'appeler ainsi. Je serai Mlle Delhorme.

Le chauffeur s'accouda à la portière.

— Ainsi, nous ne sommes plus mariés, madame de la Chesnaye ? Vous voilà vieille fille, plutôt cocasse, non ?

Il passa la tête à l'intérieur et l'embrassa cavalièrement.

— Cela aussi, il faudra oublier.

— Alors, je me demande pourquoi je suis venu avec vous, ma chère.

— Parce qu'il n'y a rien de plus excitant pour vous que de promener votre conquête dans votre dernier bolide. Parce que le faire en Espagne vous semblait exotique et que cela vous console de n'avoir pu participer au Paris-Pékin.

— Et si je vous réponds que cela nous permet d'oublier un peu la guerre ?

— Elle ne vous a jamais troublé jusqu'à présent, mon ami.

— Diable ! Les Allemands sont à Reims et menacent Paris de leurs canons.

— Alors, vous profitez de moi pour fuir, répondit-elle en lui caressant la joue de sa main gantée afin d'adoucir son propos.

Il eut un haussement d'épaules et se positionna devant la calandre.

— En tout cas, je ne sais toujours pas pourquoi vous nous emmenez dans cet endroit, dit-il en actionnant la manivelle.

— Je viens faire la paix avec moi-même, murmura-t-elle pour ne pas être entendue.

La De Dion-Bouton DH émit son feulement grave et démarra après une secousse brutale. Sans se retourner, le chauffeur s'excusa d'un geste. Elle ouvrit son cahier entre deux pages et toucha le papier millimétré qui y était inséré, sur lequel un tracé semblait représenter la montagne qui leur faisait face.

La traction franchit le long gué sans encombre, suivie du regard par un paysan qui s'était arrêté de sillonner son champ. Il observait amusé, la voiture avancer sur la rivière tel un improbable navire. Le véhicule gagna l'autre rive avant d'entamer les contreforts de la Sierra de Huétor. La forte pente n'avait pas altéré la vaillance du moteur, qui rugissait à chaque coup d'accélérateur. La route était traversée de caniveaux d'irrigation larges et profonds dont le franchissement était malaisé. Le chauffeur fut obligé par deux fois de les combler à l'aide d'une pioche pour faciliter le passage des roues, ce qui ne fit qu'accroître son courroux à l'encontre du réseau routier espagnol et déclencha les remarques moqueuses de sa passagère. Le dernier col, à la terre rouge et pelée, bascula sur la large plaine de la Vega au fond de laquelle apparut une ville baignée de lumière.

— Arrêtons-nous ici, lui signifia-t-elle en indiquant une terrasse naturelle ombrée par une famille d'ormes, les seuls de l'endroit parsemé de figuiers de Barbarie.

Il déplia une grande nappe sur laquelle il installa un repas froid – poulet, galantine, salade, pain –, ainsi qu'une bouteille de vin français.

— Vous marchez pieds nus, comme les Gitans qu'on a rencontrés plus tôt, mademoiselle Delhorme, remarqua-t-il en la voyant descendre de voiture sans ses chaussures.

Elle ne répondit pas et se cala contre l'un des arbres pour admirer la vue, tout en fumant une cigarette d'un paquet de Murad, qu'elle avait acheté à Guadix. Il avait l'habitude de ses excentricités et ne s'en offusquait plus que par principe. N'était-ce pas là aussi ce qui avait fait sa réputation dans le Tout-Paris ? Elle était la femme la plus libre qu'il connaissait. Libre et imprévisible.

Elle picora la mie d'un morceau de pain pendant qu'il faisait honneur à tous les mets, et refusa un verre de vin.

— Vous savez que je n'aime que le champagne, dit-elle sans reproche.

— Qu'à cela ne tienne, répondit le comte en ouvrant une mallette d'osier pour en sortir une bouteille ainsi que deux coupes. Champagne !

Elle le remercia en l'embrassant d'une façon qu'il trouva trop distraite. Ils trinquèrent et burent en silence. Alors qu'il remballait les restes, elle reprit sa position, comme happée par le paysage qui déroulait ses charmes sous leurs yeux.

— J'avais oublié..., dit-elle en laissant sa phrase en suspens.

— Qu'avez-vous oublié ? demanda-t-il tout en déposant la mallette sur le siège avant. Pour vous, je suis prêt à retourner le chercher à Paris, fanfaronna-t-il.

Il prit conscience qu'il était vraiment capable de le faire, qu'elle avait sur lui, comme sur les autres hommes, un étrange ascendant auquel personne ne pouvait résister, mélange de beauté physique et de séduction intellectuelle, de fragilité et de domination, d'abandon et de mystère. Certains s'étaient ruinés, d'autres en étaient morts. Lui l'avait épousée, quinze ans auparavant. Par goût du risque et par vanité.

— J'avais oublié à quel point c'était beau. À quel point cela me manquait, dit-elle en lui désignant un emplacement sur les hauteurs de la ville.

Il la rejoignit et scruta l'endroit.

— Ainsi donc la voilà... Vous y avez habité longtemps ?

— Vous avez encore beaucoup à apprendre de moi, cher comte.

— Mais je ne demande que cela, répondit-il en cherchant à l'enlacer.

Elle se dégagea avec félinité.

— Il est temps de descendre. Vous vouliez savoir ? Je n'ai pas seulement vécu ici. J'y suis née.

La De Dion-Bouton traversa la cité par les quartiers nord et s'arrêta au 26 de la *calle de los Reyes Católicos*. L'hôtel International était flambant neuf, comme tout le quartier accolé à la cathédrale, que la comtesse ne reconnut pas. Elle se promena dans la large rue, la traversant plusieurs fois, regardant les façades, avant d'entrer dans une boutique pour y acheter des fruits et constater qu'elle n'avait rien perdu de la langue ni de l'accent local. Pendant ce temps, le comte avait fait monter les bagages dans leur chambre, puis avait conduit la voiture dans un garage voisin, une simple cour disposant d'une barrière fermée jour et nuit, ce qui l'avait délesté de vingt pesetas âprement négociées.

Il regagna l'hôtel, contrarié de s'être fait malmener en affaires plus que par la somme elle-même. Le concierge à l'accueil lui indiqua que Mlle Delhorme l'attendait dans leur chambre. Le message de sa femme était clair, ce qui le chagrina. La Chesnaye avait l'impression de passer pour un mari volage trompant sa femme avec une courtisane. Il eut envie de répondre qu'il avait fini par épouser sa maîtresse, mais se reprit. Le respect avec lequel l'homme avait prononcé le patronyme l'intrigua.

Elle s'était enfermée dans la salle de bains et n'en sortit qu'une demi-heure plus tard, alors que le comte s'était installé sur le minuscule balcon pour observer l'activité naissante de l'après-midi tout en fumant une pipe Peterson dont le parfum de miel et d'épices avait envahi la pièce.

— Je ne sais pas ce que vous trouvez à ce lieu, ma chère..., commença-t-il avant de se retourner vers elle. Mais où diable allez-vous habillée ainsi ? s'écria-t-il, surpris par le pantalon d'homme ainsi que la chemise d'ouvrier qu'elle portait.

Elle prit le temps de se détailler dans la glace avant de répondre :

— Je vais chez moi.

— Chez vous ?... Attendez, je vous accompagne, proposa-t-il en rangeant sa pipe dans son étui. Vous piquez ma curiosité !

— J'y vais seule. Je serai rentrée vendredi.

— Vendredi ? C'est dans cinq jours !

— Cela vous donnera le temps de découvrir cette ville qui vous laisse si perplexe, suggéra-t-elle sans malice. Les *Fiestas del Corpus* commencent dans deux jours.

— J'ai vu une affiche à l'accueil. Et notre venue est liée à cet événement ?

— Non, répondit-elle, laconique, en se postant au balcon.

Elle respira profondément et sourit à l'écoute des bruits de la rue. Un jeune porteur d'eau passa sous leurs fenêtres en criant *¡ Agua ! ¡ Agua !*, faisant tinter l'une contre l'autre deux tasses en étain. Partout, sur les façades, les fenêtres ouvraient leurs yeux de tissus. L'air était plein des sons et des parfums de l'éveil de la sieste. Elle ne les avait jamais oubliés, juste enfouis.

— Mais... chère amie... où avez-vous déniché cet accoutrement ? demanda le comte, resté en retrait.

Elle rentra et prit soin de fermer la fenêtre.

— Cet accoutrement, comme vous l'appelez, me vient de ma mère. Ce sont ses habits de travail. Et j'y tiens.

— Je crois que j'en sais encore moins sur vous que je ne le pensais. Ainsi donc, votre mère travaillait ? Et où est-ce, chez vous ?

— Vous n'avez pas à le savoir.

— Mais comment vous contacterai-je ? protesta-t-il, contenant difficilement son agacement.

— Inutile de chercher à me contacter, puisque je sais où vous trouver.

Elle lui prit les deux mains.

— Je vous remercie de m'avoir accompagnée, Pierre, je vous remercie sincèrement. Mais maintenant, je dois être seule.

— Je ne comprends pas.

— Disons que je cherche quelqu'un que je ne suis pas sûre de trouver.

— Moi non plus, vous n'êtes pas sûre de me trouver à votre retour, sachez-le.

— À votre guise, mon ami.

— Vous ne m'aimez pas, n'est-ce pas ? Vous ne m'avez jamais aimé ?

— Nous sommes mariés, c'est bien le plus important pour vous, non ? Quelle importance de s'aimer ?

Elle avait conclu sa tirade d'un geste théâtral. Il attrapa sa pipe, rouvrit la porte-fenêtre d'un geste vif et s'installa de nouveau sur le balcon, sans un mot. Elle hésita à le rejoindre, enfila son couvre-chef, une gavroche usée que le comte ne lui avait jamais vue, empoigna son sac de voyage et ouvrit la porte.

— Il y a bien longtemps qu'il n'y a plus d'amour en moi. Mais vous n'en êtes pas responsable. Ni vous ni les autres.

En parcourant les rues qui menaient du vallon à la plus haute des trois collines dominant la cité, elle constata avec bonheur que rien n'avait changé, hormis la présence d'un tramway à crémaillère qu'elle trouva incongrue. Tout lui paraissait si familier, comme si, durant ces décennies, la belle endormie n'avait fait que sommeiller en l'attendant. Elle était la petite Delhorme, qui rentrait de l'école avec sa sœur jumelle, passant sous l'arche de la porte des Grenades en criant pour écouter l'écho de sa voix, montant le chemin qui menait chez elles, le long des remparts, assoiffée à la pensée des *granizados* préparés par leur mère, pressées de retrouver leur frère et ses amis et d'entendre leur père leur conter ses exploits.

Elle s'arrêta devant l'une des entrées de l'enceinte fortifiée et posa son sac. Ses articulations, qui la faisaient souffrir depuis de nombreux mois, s'étaient réveillées dans la pente, et le souffle lui manquait. Elle voulait pénétrer sur l'esplanade la tête haute et le sourire aux lèvres, et attendit un instant, laissant passer une vieille femme qui tirait une mule docile et la considéra d'un air curieux. *La nôtre s'appelait Barbicane*, pensa-t-elle sans pouvoir s'empêcher de sourire. Barbicane... le nom ne lui était pas venu à l'esprit depuis des années. L'animal avait été indissociable de toutes les équipées de son père.

Mlle Delhorme traversa la place avec insouciance, joua avec le soleil découpé en tranches par les créneaux d'une tour, suivit le chemin à travers un jardin dont les fleurs exubérantes, enivrées de lumière et de chaleur, embaumaient tout l'espace. Puis elle pénétra dans une petite cour carrée protégée des regards par une haie imposante taillée en arches. La cour était déjà baignée d'ombre, et des aigrettes virevoltaient au-dessus d'un petit bassin central au clapotis rassurant, qui possédait la forme curieuse d'un rectangle percé de six niches. Elle défit ses escarpins d'un mouvement expert de cheville, s'assit sur le bord d'une des niches et trempa ses pieds dans l'eau d'un vert turbide. Elle scruta le fond du bassin, jonché de nombreux débris végétaux, qu'elle pouvait distinguer malgré l'eutrophisation avancée. Plusieurs poissons, qui s'étaient réfugiés du côté opposé, revenaient vers elle en zigzaguant prudemment.

En face d'elle, le soleil traversait les fenêtres du bâtiment de part en part, si bien qu'elle pouvait en apercevoir l'intérieur. Elle crut distinguer une ombre humaine dans le contre-jour, mais l'appartement était inoccupé depuis la mort de leur mère. Seule sa sœur y était revenue, quelquefois, pour mettre de l'ordre dans les affaires, sans pouvoir se résoudre à s'en séparer ou à les rapatrier. Mlle Delhorme n'avait plus eu de contact avec sa jumelle depuis son départ de Grenade. Elle frissonna, sortit ses pieds de l'eau mais resta debout sur le carrelage du bassin, se promenant mentalement de pièce en pièce, dont chaque détail lui apparaissait avec acuité. Elle tâta la clé qui pendait à son cou et qu'elle avait emportée avec elle il y a si longtemps, afin d'être sûre qu'elle pourrait toujours revenir en cas de coup dur. Elle ne l'avait jamais fait, malgré les moments de découragement, malgré l'envie de rentrer chez elle. À cet instant précis, elle sut que c'était le seul endroit où elle s'était jamais sentie heureuse.

Le jour commençait à décliner. Elle reprit ses affaires, traversa la cour en sens inverse et s'engagea sur un chemin de ronde jusqu'à la tour la plus haute dont elle gravit l'escalier jusqu'à la terrasse. Deux nuages d'oiseaux s'étiraient autour d'elle. Hirondelles et martinets formaient d'élégantes arabesques qui se succédaient ou se croisaient, parfois haut dans le ciel, parfois la rasant de leurs coups d'ailes assurés. Toute la ville s'offrait à son regard, s'étendant loin dans la vallée et recouvrant la colline qui lui faisait face. Plus de trente-cinq ans s'étaient écoulés depuis son départ, et ils lui semblaient un battement de paupières. Tout était intact, comme le décor d'un théâtre n'attendant plus que les acteurs entrent en scène. Elle se sentit prise d'une mélancolie qu'elle crut pouvoir contrôler mais dont la force la submergea. Le temps se dilua.

Un bruit la tira de ses pensées. Un bruit de pas dans l'escalier. Les semelles frottaient péniblement sur les marches de pierre usées. La vieille femme à la mule apparut, s'approcha de sa démarche lente et empesée, et la dévisagea avec insistance.

— Ainsi donc, c'est bien vrai, tu es revenue ! dit-elle d'une voix que l'âge n'avait pas abîmée. Tu ne me reconnais pas ? ajouta-t-elle devant l'absence de réponse. Je ne t'en veux pas, il y a si longtemps !

— Je ne t'ai pas oubliée, Kalia. Je n'ai oublié personne.

Kalia baissa la tête. Mlle Delhorme prit la vieille femme dans ses bras et la serra fortement contre elle. Sa peau sentait la fumée. Des brins de paille étaient fichés dans ses cheveux.

— Quand je t'ai vue, tout à l'heure, j'ai d'abord cru au fantôme de ta mère, avoua Kalia. Cette ressemblance... Mais José, qui travaille à l'Hôtel de Paris, m'avait dit que la fille Delhorme était revenue. Alors je suis allée ouvrir l'appartement. Je t'ai vue dans la cour.

Mlle Delhorme n'osait pas regarder Kalia en face et fixait la cathédrale qui émergeait tel un navire fendant une mer de maisons. Le calme revenait en elle petit à petit. Elle pouvait à nouveau contrôler ses émotions. Comme elle l'avait toujours fait.

— Je suis si contente de te revoir, Kalia, répondit-elle en prenant ses deux mains rugueuses. Je suis heureuse de savoir que tu vas bien. Je voudrais des nouvelles de tout le monde ! ajouta-t-elle en retrouvant son entrain habituel.

— *Madre de Dios*, on a tant à se dire, Nyssia !

La première sensation qui l'envahit en entrant fut l'odeur qui imprégnait les pièces. La même que celle qui l'avait accompagnée durant toute son enfance. Le parquet, abîmé, n'avait pas été remplacé, pas plus que n'avaient été rénovées les fresques qui ornaient un mur du salon, de chaque côté de la cheminée.

— Ta mère remettait toujours à plus tard leur réfection. Elle disait qu'il y avait d'autres priorités. Je vais te préparer un *granizado*.

— J'ai appris pour Mateo, je suis désolée.

La vieille femme ne répondit pas et entra dans la cuisine.

Nyssia Delhorme resta sur le seuil, la regarda poser les fruits et le sucre sur la table, près d'une carafe contenant de la glace pilée. Puis elle s'engagea dans le long couloir jusqu'à la dernière porte. Elle entra dans la chambre où les trois enfants avaient dormi jusqu'à leur départ, posa son sac, dont la poignée commençait à lui scier les doigts, et s'assit sur son lit, dos au mur, jambes en tailleur, dans la position qu'elle affectionnait le plus.

Kalia toqua et entra sans attendre la réponse, un verre de citronnade à la main. Nyssia la but en prenant son temps entre deux gorgées, les yeux fermés, et joua avec la glace pilée entre ses dents avant de la croquer.

— Je verrai les autres pièces plus tard, dit-elle enfin, je me sens épuisée.

— Tu as raison, en voilà assez pour ce soir. Nous parlerons demain, dit Kalia en lui caressant les cheveux.

Touchée par ce geste maternel, Nyssia se lova contre elle.

— J'ai fait beaucoup d'erreurs dans ma vie, tu sais, dit-elle d'une voix fragile.

— On en fait tous.

— Pas autant que moi.

— Pourquoi es-tu revenue, *chica* ?

Ce dernier mot fit sourire Nyssia :

— Une *chica* de cinquante-cinq ans, remarqua-t-elle. J'espère qu'il n'est pas trop tard pour grandir.

Elle sortit un cahier de son sac de voyage et l'ouvrit à la page où était inséré le ruban de papier millimétré contenant un tracé.

— J'ai déjà vu ce genre de choses, dit la vieille dame en se penchant.

— C'est un des relevés d'altitude de papa.

— Voilà pourquoi ça ne m'est pas inconnu ! Oui, je me souviens de Clément avec ses rouleaux. Il y tenait beaucoup, mais il les perdait souvent. Mon Mateo en a même retrouvé un dans son potager !

— Celui-ci est particulier. Regarde la date en haut à droite.

Kalia la lut tout haut et eut un instant d'hésitation avant de comprendre :

— C'est le jour de sa disparition ?

— Oui, répondit Nyssia en le lui reprenant des mains. C'est le graphe de son dernier record.

— Mais qu'est-ce que ça veut dire ? Comment l'as-tu eu ?

— Je l'ai reçu il y a quelques semaines. L'envoi provenait d'ici. Cela veut dire que papa est peut-être encore vivant.

Première époque

1er et 2 juin 1863

CHAPITRE I

Lundi 1er juin 1863, Grenade, Espagne

1

Les deux rives du canyon s'observaient à cent mètres de distance, comme deux mondes parallèles. La vallée encaissée, relique d'une ère où l'eau avait façonné majestueusement le paysage, était envahie d'une végétation vigoureuse et verdoyante qui contrastait avec le sol du plateau, d'un ocre rouge, pelé et caillouteux, que seuls les damiers de verdure éparse des champs d'oliviers réussissaient à adoucir.

Si proches et pourtant infranchissables, songea Gustave Bönickhausen en se délectant du défi.

Il descendit jusqu'à un sentier qui serpentait à mi-hauteur de la rive la moins escarpée, se cala contre un rocher à un endroit lui permettant d'observer les contours des deux côtés de la gorge et sortit son carnet pour tracer une esquisse du lieu.

Il vérifia la précision de son dessin avant d'y ajouter l'ébauche d'un pont et de porter les distances approximatives. Il avait identifié l'endroit, à la sortie du village de Baúl, comme le meilleur pour traverser le canyon. Le chemin de fer ne pouvait se permettre de se laisser dominer par les cicatrices de la nature.

Le tablier serait à voie unique et trois piles seulement seraient nécessaires pour le soutenir. Le tout en fer. *Moins cassant que la fonte*, songea-t-il en ajoutant des croisillons en forme de croix de Saint-André sur le dessin du pont. Il prit un caillou et le frotta contre un rocher : la roche granitique ne s'effrita pas. La configuration géologique ne posait aucune difficulté particulière. Bönickhausen jeta le caillou en direction du lit asséché. Le projectile tomba au milieu d'un fourré dans un bruit de froissement, faisant s'envoler un rossignol. L'ingénieur fit un rapide calcul sur l'envers de sa feuille et évalua le coût à deux cent mille francs, s'il parvenait à utiliser la méthode originale de montage du tablier qu'il venait de mettre au point. À ce niveau de prix, il serait imbattable. Il lui faudrait accélérer la rédaction du brevet. Après quelques années fastes, la crise industrielle avait commencé à affecter les carnets de commande de la plupart des compagnies françaises, y compris la sienne, et toutes chassaient sur les mêmes terres étrangères.

— Il est bien temps d'emmancher des affaires, proclama-t-il.

Bönickhausen étouffa un bâillement et s'étira en se relevant. Le voyage avait été éprouvant. Il avait débarqué du train à Murcie et avait attendu deux jours avant de trouver un cocher qui accepte de l'emmener en berline jusqu'à Cordoue, terme de son voyage. Il avait d'abord tenté de louer une des diligences qui faisaient les trajets plusieurs fois par semaine, en payant pour lui seul les cinq places disponibles dans le coupé, mais les *mayorales*[1] avaient tous refusé. Aucun ne voulait s'aventurer sur ces routes avec un seul passager. Les bandits avaient déserté les montagnes de l'Andalousie mais leur légende, elle, restait intacte. Une diligence bondée risquait moins de se faire détrousser par les vagabonds affamés qui hantaient les chemins à la recherche de maisons isolées ou de voyageurs égarés pour leur soutirer quelques pesos. Mais Bönickhausen n'avait pas l'intention de remplir le véhicule de passagers. Son voyage devait s'effectuer dans la discrétion.

Debout en haut du canyon, à une trentaine de mètres de l'ingénieur, le *mayoral* fouilla dans ses poches à la recherche d'un Braserillo en observant son client noircir son carnet de notes. Il l'alluma et tira une longue bouffée. Ramón avait été le seul à accepter l'offre de Bönickhausen. Il devait se rendre à Grenade, au chevet de sa mère malade, et avait l'intention de le faire à dos de mule lorsqu'il avait eu vent de la demande du Français. Il lui avait proposé de l'emmener jusqu'à Grenade et de l'aider à trouver une autre voiture pour rallier Cordoue. La sienne était une berline de ville à deux places, mais l'occasion allait lui permettre de l'utiliser hors de Murcie et de faire le voyage accompagné, ce qu'il s'était bien gardé de lui dire afin d'obtenir le meilleur prix, cent réals pour les trois jours de trajet. Une bonne affaire qui avait ravivé sa bonhomie naturelle entachée par l'état de santé de sa mère. Néanmoins, depuis leur départ, son client lui imposait de nombreux et longs arrêts qui

1. Conducteurs de diligence.

allaient finir par allonger considérablement leur périple. Il aurait dû lui demander le double.

Au moment où il se décidait à descendre le rejoindre pour l'entreprendre sur le sujet, il vit le Français ranger ses affaires et lui faire signe qu'il revenait.

— *¡ Por fin !* dit le conducteur en le voyant remonter de la gorge.

L'homme pompa une dernière bouffée de son Braserillo et le jeta d'une pichenette.

Bönickhausen le gratifia d'un sourire mais, au lieu de regagner la berline, il tira une carte de sa poche et la consulta sans prêter attention au geste d'impatience de son conducteur, qui tapotait sur sa culotte de peau. Ramón avait en permanence une expression de sévérité que la réunion de ses épais sourcils accentuait, et l'ingénieur ne parvenait pas à déchiffrer ses sentiments dans le mélange de fierté et de reproche que reflétait sa physionomie. Alors que le *mayoral* avait entrepris de rechercher son mégot, penché sur le sol, Bönickhausen scruta le paysage pour mieux localiser les éléments du relief. Il leur faudrait longer le canyon jusqu'à son extrémité, une dizaine de kilomètres plus loin, avant de continuer leur course vers l'ouest. En suivant le tracé de la future voie ferrée, il avait identifié la possibilité de réaliser une douzaine de ponts ou viaducs. Pour que l'opération soit un franc succès, il lui faudrait se voir attribuer au moins six des ouvrages sur l'ensemble du parcours. Le gouvernement espagnol allait accorder la concession pour la construction de nouvelles lignes au sud du pays, et de nombreuses compagnies étaient sur les rangs. La MZA[1], qui possédait déjà la ligne de Madrid à Saragosse, était la plus implantée dans la région, mais les frères Pereire, qui régnaient sur le nord du pays, cherchaient à étendre leur emprise. Et la rumeur parisienne voulait que le groupe Fives-Lille soit aussi sur les rangs. Quel que soit le vainqueur, Bönickhausen voulait, dès l'obtention de la concession, aller proposer les services de sa société pour les ouvrages d'art du parcours. Grâce à la carte des futurs tracés, qu'il s'était procurée par l'intermédiaire d'un ancien camarade de l'École centrale, et à sa visite sur le terrain, il allait pouvoir calculer au plus juste ses devis. Et les tenir.

Ramón identifia son mégot à la volute de fumée qui s'en dégageait encore et émit un grognement de satisfaction. Il en tira une

1. Compañía de los Ferrocarriles de Madrid a Zaragoza y Alicante.

puissante bouffée pour le rallumer et le cala à la commissure gauche de ses lèvres avant de se planter devant son client, les bras croisés.

— On repart, *señor* ? s'enquit-il, le Braserillo s'agitant au rythme de ses mots.

L'ingénieur ne lui répondit pas. Son attention s'était fixée sur un endroit dans le dos du conducteur.

— Qu'est-ce que c'est ? demanda Bönickhausen en castillan.

Il avait pointé son doigt en direction de l'azur, à l'arrière du *mayoral*.

— La Sierra Nevada, répondit ce dernier sans se retourner, les bras toujours repliés sur son torse.

— Non, je veux dire « ça », dans le ciel.

Ramón signifia son exaspération en inclinant le V de ses sourcils et regarda dans la direction indiquée. Il ne vit rien : aucun nuage ne venait salir le bleu immaculé du décor.

— Ce point lumineux, insista Bönickhausen en tendant le bras.

Le cocher aperçut seulement alors le minuscule éclair de lumière qui brillait dans l'atmosphère. Il haussa les épaules :

— Je ne sais pas, on dirait une étoile. On y va ?

— En pleine journée ?

— Je ne sais pas, répéta l'homme. Parfois, on voit bien la lune.

— À quatre heures de l'après-midi, au mois de juin ? Et les étoiles d'Espagne ont-elles pour habitude de progresser dans le ciel ?

L'ingénieur avait raison : le point lumineux se déplaçait perceptiblement du sud-ouest au nord-est, sur une trajectoire descendante.

— *¡ Madre de Dios !* s'emporta l'Espagnol en jetant définitivement son mégot. Mais qu'est-ce que c'est ?

Bönickhausen avait sorti sa jumelle de voyage de son sac et l'avait pointée vers l'étrange phénomène. Le grossissement ne lui permit pas de voir plus que le même éclat observé à l'œil nu.

— Peut-être une comète, proposa-t-il sans conviction, mais je ne vois aucune chevelure.

Au bout de quelques minutes, l'éclat perdit de son intensité, le point devint sombre et disparut dans le champ uniforme de l'azur.

— Je ne le trouve plus, conclut-il après avoir scruté une dernière fois le ciel. Nous le signalerons aux autorités de Grenade. Savez-vous s'il y a un observatoire ?

— *No se*, répondit Ramón, pressé d'oublier l'incident qu'il interprétait comme un mauvais signe envoyé par le Seigneur.

Les deux hommes remontèrent en silence dans la berline. Bönickhausen pensait déjà au prochain pont, situé près de Guadix.

Ramón pensait, lui, à sa mère mourante dans son appartement de Grenade. Il se signa et fit claquer le fouet nerveusement, réveillant une des deux mules qui, surprise, se cabra et hennit avant de se calmer sous les coups du mors et les injonctions du *mayoral*. Le véhicule tangua et le nuage de poussière soulevé se dilua paresseusement derrière l'attelage avant de retomber sur la piste.

Plusieurs heures s'étaient succédé, tout comme les plaines et les montagnes, sous l'œil indifférent du cocher. Les champs d'oliviers avaient laissé place aux vignes et aux peupliers puis à une végétation plus luxuriante : orangers, grenadiers, palmiers et cactus accompagnaient la lente avancée de la berline sur un chemin devenu sinueux et cahoteux. Ils s'arrêtèrent à Guadix afin de se restaurer et de nourrir les bêtes. Ils déjeunèrent d'œufs frits à l'huile, de pois chiches et d'un valdepeñas que Ramón jugea indigne de son client français avant de commander un costa-de-granada qui le réconcilia avec l'aubergiste mais pas avec son passager, que l'addition fit sourciller. Les frais que Bönickhausen s'était autorisés pour ce voyage étaient limités et, à cette allure, il devrait se passer de déjeuner sur le chemin de retour. Cette conclusion à peine formulée, il s'en exonéra en achetant un couteau au manche en corne dont Guadix s'était fait une spécialité et qu'il avait promis de rapporter à sa mère. Le soleil finissait sa trajectoire ascendante et s'apprêtait à plonger au moment où ils quittèrent la ville assoupie, sous les cris que Ramón poussait à destination de ses bêtes. Les deux mules avaient pour noms Bandido et Capitán et le *mayoral* était plus prolixe avec elles qu'avec son passager. Il passait son temps à les encourager, les admonester, les cajoler, les menacer, à alterner les *¡ Caramba! et* les *¡ Carajo!* et, dans les temps morts, à siffler des airs auxquels l'ingénieur trouvait une lointaine parenté avec des musiques de Bellini, mais que l'interprétation de Ramón avait transformées en *coplillas* populaires aux rythmes andalous.

Bönickhausen avait somnolé un temps qui lui avait parut long et pendant lequel il n'avait pas réussi à se départir de l'inquiétude sourde qui le tenaillait depuis son départ : bien que sa confiance en ses capacités et celles de ses collaborateurs des ateliers de Clichy fût totale, la Compagnie générale de matériels de chemins de fer qui l'employait était dans une situation financière de plus en plus précaire. Il fallait obtenir au plus vite des commandes importantes, sans quoi il ne pourrait compenser les deux cent cinquante mille francs de pertes de l'année précédente. En tant que responsable des ateliers, il se devait de redresser la situation et d'assainir les finances. Mais, mis à part quelques ponts dont il pouvait espérer les marchés, aucune affaire d'envergure n'était en vue.

Il fit rouler son alliance autour de son doigt, et ce geste déjà machinal, bien que récent, le fit sourire : il aimait à se rappeler qu'il était un jeune marié. Bercé par le véhicule bringuebalant, il s'assoupit en songeant à Marguerite, qu'il avait envie de retrouver, ainsi que leur maison de la rue du Port dans laquelle ils venaient d'emménager. Un cahot de la route plus rude que les autres le rappela à la réalité. Il sortit la tête de la berline et découvrit que le paysage avait changé : ils en avaient fini avec la montagne et se dirigeaient vers une immense plaine fertile au bout de laquelle, vingt kilomètres plus loin, se découpaient les collines qui avaient fait la renommée de la ville des Maures : Grenade.

Bönickhausen rassembla toutes les affaires éparpillées sur le siège en face de lui. Il mit de l'ordre dans les feuillets qu'il avait noircis et sur lesquels les secousses dues à la route étaient aussi visibles que les irrégularités du vent sur un anémomètre. Il s'amusa de cette pensée et s'empara du dernier numéro de *L'Année scientifique et industrielle*, dans lequel un article sur la production d'acier à partir de fonte avait attiré son attention. L'auteur avait effectué de nombreux essais selon une méthode couramment utilisée en Angleterre, mais avec un traitement préalable de son invention, qu'il qualifiait de « forces aciérantes » et qu'il refusait de dévoiler. *C'est de bonne guerre*, songea l'ingénieur en fourrant le journal dans son grand sac de voyage. *Si le procédé est bon, cet homme sera riche en peu de temps. Dans le cas contraire, je n'aimerais pas être en dessous de la première poutrelle qui cédera*. Il nota les coordonnées de l'inventeur dans son carnet afin de lui rendre visite dès son retour à Paris et remarqua seulement alors que son cocher s'était tu et que la berline venait de s'arrêter. Des carrés d'oliviers s'étendaient à perte de vue par la fenêtre, à l'arrière de la route délimitée par une rangée d'énormes figuiers de Barbarie qui formaient une haie infranchissable.

— Monsieur, pouvez-vous venir voir ? demanda le *mayoral* en espagnol.

Depuis le départ, chacun des deux hommes s'était fait un point d'honneur à parler la langue de l'autre. C'était devenu un jeu entre eux, mais à cet instant, la voix castillane du cocher résonnait comme un appel à la prudence. Bönickhausen s'empara du couteau acheté à Guadix avant de sortir de la berline.

2

Lorsque le docteur Pinilla pénétra dans le patio, l'air embaumait la rose et le myrte. Il sourit en entendant le son délicieusement rassurant du filet d'eau sur le marbre du petit bassin carrelé de mosaïques blanches et bleues au centre de la cour. Il nota que les chapiteaux mauresques des colonnes de la galerie intérieure avaient été repeints. Il aimait se rendre *placeta de Nevot*, dans le quartier de l'Albaicín, à la maison de la famille Pozo qu'il avait connue enfant et où son père avait eu son cabinet de médecin avant de prendre sa retraite à Almeiras. Bien que les occupants actuels aient largement transformé le lieu, il y respirait encore l'odeur du bonheur et de l'insouciance de son enfance. Pinilla abandonna son chapeau et sa veste à la domestique avant d'entrer dans la chambre de sa patiente, qui avait accouché trois jours auparavant. Celle-ci éclata en sanglots en l'apercevant, incapable de prononcer une seule parole.

— Allons, allons, madame Pozo, vous n'allez pas faire concurrence à votre magnifique fontaine ! plaisanta-t-il en s'asseyant à côté d'elle. C'est votre premier enfant et souvenez-vous de ce que je vous ai expliqué : votre corps joue avec votre humeur après la délivrance, ajouta-t-il en lui prenant la main afin d'y trouver le pouls.

Celui-ci était rapide. Il la regarda sécher ses larmes. Elle avait le visage ravagé par une nuit d'insomnie.

— Le petit réclame souvent à manger, c'est ça ?

Elle hocha négativement la tête. Au même moment, le nouveau-né grogna dans son berceau.

— Bien, voyons cela, dit-il d'un air enjoué.

Il contourna le lit, souleva le drap du couffin et contint sa surprise.

— Que nous fait donc ce charmant bambin ? lâcha-t-il, perturbé par ce qu'il constatait.

Dans le lit, les pleurs saccadés de la mère reprirent. Pinilla palpa l'enfant, le retourna, observa sa peau avec attention. Le nouveau-né s'éveilla sans pleurer avant de refermer les yeux. Il semblait épuisé. Les fesses et les cuisses étaient souillées de fèces verdâtres. Le médecin venait de comprendre.

— Pouvez-vous m'excuser un instant ? Je dois me laver les mains avant de l'examiner plus avant, dit-il en sortant sans attendre de réponse.

Il se frictionna longuement sous le filet d'eau tout en s'interrogeant sur la meilleure manière d'annoncer la mauvaise nouvelle à la mère. Car ce qu'il avait d'abord pris pour un simple ictère du nouveau-né s'avérait être une maladie de Winckel. Les téguments de la peau avaient viré du jaune au noir en quelques jours. Les saignements qui étaient apparus et la diarrhée bilieuse ne laissaient plus aucun doute sur le diagnostic. Dans quelques jours, l'issue serait fatale.

En s'essuyant les mains, Pinilla regarda son visage dans la glace piquetée qui était posée sur l'évier de la salle d'eau. Il n'arrivait pas à chasser les inflexions d'inquiétude de sa physionomie qui, souvent, lui avaient valu des réactions apeurées de patients à qui il annonçait pourtant des nouvelles rassurantes. Il n'y pouvait rien : l'arrondi de ses yeux, ses traits émaciés et les courbes de ses rides reflétaient de supposés tourments. Il souffla, lissa sa moustache et regagna la chambre de la mère.

— Je suis perdue, docteur, perdue, annonça Mme Pozo avant qu'il ait pu prononcer la moindre parole.

— Mais que dites-vous ? Vous allez très bien. C'est de votre enfant que je dois vous parler.

— Qu'il aille au diable ! s'emporta-t-elle en montrant du doigt le berceau où l'enfant dormait profondément malgré le bruit.

— Madame...

— Quoi ? Quand mon mari va rentrer, il va me jeter dehors avec lui, sans me poser la moindre question ! J'ai fait un enfant mulâtre ! Il est noir !

— Mais...

— Et pourtant je n'ai pas fauté, je vous le jure devant Dieu ! Cet enfant ne peut être que de mon mari ! Mais il va me répudier, se lamenta-t-elle en se frappant le front des deux paumes ouvertes.

— Je vous crois, vous n'avez rien fait de mal, dit-il en lui prenant les mains.

— Ah ?

La mère cessa ses gesticulations.

— Calmez-vous, madame Pozo, je vais vous expliquer, mais il va falloir être courageuse.

Elle se redressa lentement et s'adossa contre un amoncellement d'oreillers.

— C'est lui, c'est mon mari qui a fauté ? Vous croyez que c'est possible qu'il m'ait trahie avec une de ces femmes de mauvaise vie du Sacromonte ? ou de Madrid ? Il y passe tout son temps !

Pinilla retint un sourire devant l'absurdité de la remarque avant de reprendre son sérieux pour lui répondre :

— Non, votre pauvre bébé est malade.

— Il est mulâtre, ce n'est pas une maladie.

— Si sa peau est foncée, c'est parce que son sang a pris une couleur sépia.

— Son sang est noir ?

— Certaines de ses cellules sont altérées, c'est ce qui lui donne cette couleur.

Les traits de la mère se détendirent une fraction de seconde avant qu'elle ne comprenne que cette bonne nouvelle n'en était pas une.

— Mais ce n'est pas grave ? Il va guérir ? Il va guérir ? répéta-t-elle alors que le médecin tardait à lui répondre.

Le docteur Pinilla lui expliqua avec douceur que la médecine ignorait tout des causes de la maladie de Winckel, qu'elle apparaissait à la naissance et que son évolution était rapide vers le coma puis la mort.

— Dans neuf cas sur dix. Je suis désolé, ajouta-t-il.

Mme Pozo resta un instant hébétée, asséchée des larmes qui, pourtant, l'avaient accompagnée toute la journée dans l'attente du médecin. Elles revinrent en suivant timidement le contour des joues, comme incrédules, puis se firent plus franches et se transformèrent en irrépressibles sanglots.

Pinilla la prit par les épaules et lui assura que le nourrisson ne souffrait pas. Elle réclama son enfant et le berça dans ses bras en l'enveloppant de son corps.

— L'avez-vous fait baptiser ? demanda-t-il après l'avoir laissée communier avec son bébé.

— Tout sera fait en temps utile. Il vivra, répondit-elle, soudain remplie d'une froide énergie. Vous verrez, mon enfant vivra.

Pinilla ferma sa sacoche et reprit son chapeau et sa veste avant de la saluer :

— Je le souhaite de tout cœur, mais je vais quand même faire quérir le prêtre. Quand revient votre mari ?

— Ce soir.

— Alors, il pourra passer du temps avec lui. A-t-il déjà un prénom ?

— Jezequel.

— Nous allons tous prier pour Jezequel.

Le soleil qui l'accueillit au-dehors lui parut être l'instrument insolent du bonheur de vivre à Grenade. L'astre rayonnait sans pudeur même dans les moments de malheur. Le médecin chassa son vague à l'âme en décidant d'aller consulter les revues médicales les plus récentes à la bibliothèque afin de vérifier s'il y avait des avancées dans le traitement de cette maladie.

À la sortie de la *placeta de Nevot*, il fut hélé par un homme tirant une mule aux paniers vides, accompagné d'un enfant aux pieds nus. Il reconnut Mateo, un porteur de glace de la ville, qui vivait dans le quartier des *Gitanos* sur la colline du Sacromonte. Mateo lui expliqua qu'ils s'étaient rendus à son cabinet et qu'on avait fini par leur indiquer l'adresse où ils pourraient le trouver.

— Votre femme nous a permis, précisa-t-il. C'est une urgence, docteur, ajouta l'homme pour justifier leur insistance devant le regard de réprobation du médecin.

Pinilla désigna les tonsures sur la tête de l'enfant :

— Ce n'est que la gale, annonça-t-il. Rien de méchant.

— Pas lui. C'est Kalia : elle est en train d'accoucher !

Mateo, veuf depuis plusieurs années, était tombé amoureux d'une bohémienne si soudainement après l'avoir vue danser que d'aucuns avaient parlé d'envoûtement. Celle-ci, bien décidée à résister à toutes les demandes en mariage, surtout en provenance d'un gadjo[1] de deux décades plus âgé et sans le sou, avait en revanche accepté sa présence dans son logis en tant qu'homme à tout faire, sans aucun autre droit ni espoir que de pouvoir vivre aux côtés de sa belle dont l'amant était le chef de la communauté, vénéré et craint par tous. Ainsi, lorsque le prince des Gitans l'avait inconsidérément mise enceinte, Mateo avait jugé de son devoir d'endosser le rôle du père, ce qui l'avait définitivement fait accepter comme l'un des leurs par tout le clan du Sacromonte.

— Accoucher ? Mais il reste un mois avant le terme, objecta Pinilla.

— Je ne sais pas, elle a envoyé le petit me chercher. Elle saigne, le bébé ne veut pas sortir, elle sent qu'il y a un problème, vous comprenez, sinon elle ne m'aurait pas envoyé, venez je vous dis, venez !

Mais pourquoi tous les enfants veulent-ils naître cette semaine ? songea le médecin. *Je n'ai même pas mes instruments !*

— Je peux payer ! dit l'homme, croyant à une hésitation. J'ai vendu toute ma marchandise.

— Je sais, Mateo, ce n'est pas le problème, mais je dois passer à mon cabinet...

— Non, maintenant ! Montez sur la mule ! s'emporta l'homme. On n'a pas le temps !

---

1. Dans le vocabulaire des Gitans, terme désignant un non-tsigane.

Pinilla hésita à rabrouer l'impudent, mais il n'avait jamais vu le placide Mateo dans un tel état.

— Allons-y, obtempéra-t-il sèchement. Mais il est hors de question que je grimpe sur votre mule, ajouta-t-il pour avoir le dernier mot.

Mateo avait déjà tourné les talons.

Ils longèrent le Darro sur plus de cinq cents mètres en suivant une rue étroite flanquée de hautes maisons derrière lesquelles s'élevaient les restes des murailles de la cité de l'Alhambra. Le médecin fit remarquer à Mateo à quel point la rivière était déjà basse, signe d'un été qui serait chaud. Ce dernier acquiesça et s'arrêta afin d'installer l'enfant, qui peinait à les suivre, sur la bête.

Les maisons s'espacèrent peu à peu avant de disparaître. La rue n'était plus qu'un chemin sinueux au fond d'une vallée encaissée. Les deux hommes avaient cessé de parler et se concentraient sur leur marche. Ils entamèrent la montée vers la colline sur une route poussiéreuse à la végétation de moins en moins généreuse. Parvenus au sommet, ils firent une halte sur un promontoire en forme de terrasse pour reprendre leur respiration. À une centaine de mètres d'eux, le versant méridional du Sacromonte était truffé d'entrées de grottes qui s'étendaient, irrégulières, sur quatre niveaux, reliées entre elles par des chemins à même la pente ou de simples passerelles. Les maisons avaient été creusées dans la colline et comportaient, pour les plus achevées, un petit toit de chaume. À peine leur présence signalée, des dizaines de Gitans sortirent, croyant avoir affaire à l'un de ces groupes de touristes en mal d'exotisme qui s'aventuraient fréquemment sur les terres des bohémiens. Le lieu, qui paraissait désertique quelques minutes auparavant, fourmillait de vie.

— Nous sommes arrivés, dit Mateo en se tournant vers Pinilla et en souriant pour la première fois depuis leur départ. Bienvenue chez les *Gitanos*, docteur !

— Par ici, dépêchez-vous ! leur cria une voix à l'entrée d'une des petites tanières excentrées. Kalia va mourir !

3

Bönickhausen guetta les alentours qui semblaient déserts, rangea le couteau dans sa poche et rejoignit le *mayoral*. Ramón était seul, debout devant l'attelage. Quelques mètres devant lui, une énorme enveloppe métallisée barrait le sentier. De forme ovale, elle prenait toute la largeur du chemin et s'élevait jusqu'à deux mètres du sol, enserrée dans un filet dont l'extrémité se perdait derrière la rangée de figuiers de Barbarie. Ils regardèrent en silence l'objet qui restait immobile malgré les coups de boutoir du levantin balayant la plaine. Un halo de vapeur entourait la coque, comme la chaleur s'échappant de la carcasse d'une bête abattue.

Ils s'approchèrent prudemment de l'engin et en firent le tour.

— *¡ Madre de Dios !* Qu'est-ce que c'est que ça ? s'exclama Ramón en espagnol.

— Je ne sais pas, mais je crois que nous avons trouvé notre étoile ! répondit Bönickhausen en français. On dirait un genre d'aérostat. Pourtant, je ne vois pas de nacelle.

Il avisa une brèche dans la haie végétale et s'y engouffra.

— La voilà, prévint-il. Elle est minuscule.

Sa tête réapparut dans une saillie entre deux figuiers.

— Elle trop petite pour qu'un homme s'y tienne, mais un cylindre de métal contenant un instrument est placé dedans. Je crois que nous avons affaire à une expérience scientifique, un ballon perdu, annonça-t-il, enthousiaste.

— À une diablerie, oui ! grogna Ramón. Une satanée diablerie tombée du ciel qui nous empêche de passer.

Il s'approcha de l'engin en se demandant comment il allait s'y prendre pour dégager la route en le hissant par-dessus la rangée de cactus. *Les mailles du filet pourraient me servir de poignées*, songea-t-il. *Mais il faudrait que mon client m'aide à le soulever*.

Il appela l'ingénieur, qui ne répondit pas.

— Où est-il passé, celui-là ? marmonna-t-il.

Il se dirigea vers la haie, puis revint sur ses pas : il était capable d'y arriver seul. Ramón cracha dans ses mains, les frictionna et les approcha de l'engin.

— Surtout n'y touchez pas ! Vous allez vous brûler !

Bönickhausen était revenu à la berline et lui faisait de grands gestes.

— Quoi ? C'est trop chaud ? demanda Ramón en regardant l'étrange fumée qui entourait le ballon.

— Non, au contraire ! Trop froid ! J'apporte une couverture, dit l'ingénieur en lui montrant le carré de laine qu'il avait sorti de sa malle.

Ramón haussa les épaules : il avait maintes fois parcouru la Sierra Nevada et pris de la neige à pleines mains sans se blesser. Décidément, les ingénieurs étaient plus doués pour écrire des notes que pour survivre en milieu hostile. Au moment où Bönickhausen le rejoignait, il approcha ses mains et sentit le froid qui s'exhalait du ballon. Il hésita, mais sa fierté l'empêchait de reculer.

— À votre place, j'éviterais ! retentit une voix derrière eux.

Le cocher arrêta net sa tentative et se retourna vers le nouveau venu.

— *Hola, señor*, dit Ramón d'un ton apaisant, mains sur les hanches, dans l'attitude de celui qui maîtrise la situation.

Ce qui n'était pas le cas. La présence de cette coque qu'il ne fallait pas toucher pour d'obscures raisons et celle d'un étranger arrivé sans crier gare dans son dos, associées à deux pans de figuiers épineux qui empêchaient toute fuite, l'inquiétaient. Tout cela ressemblait à un piège.

— *Hola, amigos*, répondit l'homme sur sa mule. Votre ami a raison de vous mettre en garde. Vous alliez vous brûler.

L'étranger descendit avec souplesse, les salua de son couvre-chef, un drôle de chapeau de feutre mou, qu'il utilisa ensuite pour dépoussiérer ses vêtements. Il le roula, le plia dans sa ceinture et leur sourit. De grande taille, il avait un visage juvénile qu'il devait en partie à ses traits fins d'une symétrie parfaite. Sa moustache, qui semblait tracée au crayon, était appuyée d'un bouc soigneusement taillé. Ses cheveux, au contraire, étaient d'une longueur peu commune et, ramenés en arrière sans être attachés, couvraient toute sa nuque, alors que deux mèches rebelles bataillaient avec le vent sur son front. L'ensemble dégageait une élégance aventureuse. Il s'approcha de l'ingénieur :

— Mon nom est Delhorme, Clément Delhorme.

— Gustave Bönickhausen. De Paris, précisa l'ingénieur.

Bönickhausen était, en comparaison, de taille moyenne et de corpulence robuste. Ses cheveux épais, sommairement coiffés vers l'arrière, découvraient un front droit, et son regard plein d'assurance qui interrogeait en permanence ceux qu'il croisait dénotait une grande aisance intellectuelle. Son collier de barbe bien taillé mangeait une petite partie de ses joues, que sa moustache rejoignait à la commissure des lèvres. Il se dégageait de sa physionomie une fougue maîtrisée et un charisme protecteur.

Voilà un homme qui sait où il va, se dit Ramón, admiratif. *L'autre* gringo*, en revanche, est aussi imprévisible qu'un cheval fou*, conclut-il en observant le nouveau venu.

La poignée de main entre les deux Français fut franche et vigoureuse. Ramón, qui surveillait les environs dans la crainte de voir surgir une troupe de complices, ne jugea pas utile de se présenter.

— Et vous, mon ami ? s'enquit Delhorme dans un castillan irréprochable. Puis-je connaître le nom de celui dont je viens de sauver les doigts ?

— Il s'appelle Ramón Alvarez, répondit Bönickhausen à sa place. Moins quarante degrés, c'est bien cela ? interrogea-t-il en désignant l'enveloppe, qui avait perdu du volume depuis leur arrivée. J'ai vu les relevés de l'instrument qui se trouve dans la nacelle. Sa température est de moins quarante degrés ?

— Exact, répondit Delhorme en faisant le tour de l'engin. Même s'il s'est réchauffé lors de la descente, il est encore très froid.

— Vous racontez n'importe quoi, cela n'existe pas ! intervint Ramón, qui s'était rapproché et voulait démasquer l'imposture. Il ne fait pas aussi froid dans le ciel ! ajouta-t-il en cherchant le soutien de son passager.

— Je n'en sais rien, avoua Bönickhausen.

— Si c'était le cas, tous les nuages seraient transformés en glace ! argua Ramón.

— Il n'a pas tort, monsieur Delhorme. Comment l'expliquez-vous ?

Clément leva la tête vers le ciel.

— Question de hauteur, dit-il, l'air angélique.

— Vous voulez dire que votre ballon a dépassé l'altitude des nuages ?

— Oui-da ! répondit-il en leur envoyant un regard malicieux et fier.

— Plusieurs centaines de mètres ? proposa Bönickhausen.

Delhorme lui signala d'un geste qu'il était loin du compte. Ramón, que le jeu n'amusait pas, les abandonna pour s'occuper de ses bêtes, qui avaient commencé à manger les fruits rouges des figuiers de Barbarie.

— Mille mètres ? suggéra l'ingénieur avant de grimacer devant la main de Delhorme qui réclamait un chiffre plus important.

— À cette hauteur, il fait encore quelques degrés au-dessus de zéro, précisa ce dernier, amusé.

— Deux mille ?

— Non.

— Cinq mille ?

— L'appareil que vous avez consulté est un barothermographe. À vous l'honneur de me l'indiquer.

Bönickhausen se précipita vers l'enregistreur resté dans la nacelle. Il s'était demandé à quoi correspondait le tracé au-dessus des températures : il indiquait la pression barométrique, dont on pouvait déduire l'altitude du ballon tout au long de son trajet.

Delhorme attendait, le sourire aux lèvres.

— La conversion ! lui cria l'ingénieur de derrière la haie. Quel est le facteur de conversion ?

— Un centimètre par kilomètre.

— Dieu du ciel ! s'exclama Bönickhausen. Huit mille cinq cents ! Il est monté à plus de huit kilomètres !

Ramón, qui écoutait d'une oreille attentive tout en feignant l'indifférence, scruta le ciel d'un air incrédule.

— Mais comment est-ce possible ? reprit Bönickhausen en revenant vers le Français. Vous êtes vraiment un drôle de personnage, monsieur Delhorme, ajouta-t-il sans lui laisser le temps de répondre.

Delhorme était retourné fouiller dans le sac posé sur le flanc de sa mule, d'où il sortit une épaisse paire de gants en toile. Il prit son chapeau de sa ceinture, le fit claquer et le posa sur sa tête, en arrière du front.

— Je suis désolé du désagrément causé par mon ballon perdu. Mais, pour être franc, cela m'arrange qu'il ne soit pas tombé en pleine montagne. Dans moins d'une heure, j'aurai dégagé la voie. Il me faut juste attendre que sa température remonte suffisamment afin que je puisse plier le tissu sans le fissurer.

— Mais cela ne nous convient pas du tout ! s'insurgea Ramón, qui avait compté arriver avant la fermeture de la poste pour envoyer un message à sa femme, dont la confiance en lui était, elle aussi, en dessous de zéro. *Señor* Bönickhausen, nous allons faire demi-tour et contourner la haie, il y a un passage deux kilomètres en amont.

— Vous n'y arriverez pas, prévint Delhorme après un rapide coup d'œil à la berline.

— Bien sûr que si ! répliqua le *mayoral*. Je vais détacher mes bêtes, leur faire faire demi-tour, puis nous tournerons ma diligence et je reformerai l'attelage, voilà tout !

Le Français enfila ses gants, se dirigea vers la brèche dans la haie et se retourna une fois arrivé :

— Je n'ai pas dit que vous ne pouviez pas faire demi-tour. Mais, une fois engagé sur ce champ, considérant le poids de votre véhicule, la largeur des roues, environ seize pouces, leur coefficient de friction, disons deux dixièmes, la force de traction de vos deux bêtes et la nature du sol, une argile rouge mélangée à dix ou vingt pour cent de sable, vous avez toutes les chances de finir coincé sous un olivier. Et je ne compte pas la fatigue des mules, qui feront décroître la puissance de quelques dizaines de watts à chaque coup de fouet rageur de votre part. Sur ce, je vous souhaite un bon voyage, messieurs.

L'échange avait beaucoup amusé Bönickhausen.

— Allons, Ramón, nous ne sommes plus à une heure près, puisque Grenade est notre étape du soir.

— C'est aussi ma destination, indiqua Delhorme, qui avait disparu derrière le mur de figuiers. Vous en êtes à deux heures de route. J'ai bien dit de route, pas de champ !

— Dans ce cas, voulez-vous faire le chemin jusqu'à Grenade avec nous ? Mon cocher et moi allons vous aider à récupérer votre matériel et vous me raconterez tout dans le véhicule. Qu'en pensez-vous ?

Ramón abandonna la partie avant même d'entendre la réponse de Delhorme. Il ne pouvait lutter contre la volonté de deux Français têtus, sujets à des lubies aussi éloignées de ses préoccupations que l'altitude du maudit ballon qui s'étalait devant lui. Il alluma un Braserillo et s'approcha de la coque, d'où la vapeur ne s'exhalait presque plus. Il lui était venu une idée pour accélérer leur retour.

— C'est vraiment très ingénieux, admit Bönickhausen en considérant l'appareil que Delhorme tenait en main alors que les deux hommes étaient accroupis devant la nacelle.

— Une simple capsule de Vidie à laquelle j'ai ajouté un cylindre entouré de papier. Il y a aussi un thermomètre à alcool. Les deux sont reliés à des stylets qui laissent une trace d'encre sur le papier.

— Mais où est le mouvement d'horlogerie ?

— Dans le cylindre.

— Ainsi, avec ce système, vous pouvez connaître la température pour chaque altitude...

Delhorme détacha le cylindre tout en prenant soin d'y laisser le papier d'enregistrement et le déposa dans un coffret à l'intérieur duquel se trouvait un écrin de verre dimensionné pour le recevoir.

— Lors de mon premier essai, la coque a atteint une hauteur de sept cents mètres, puis l'encre s'est mise à geler. Ce ne fut pas une grande réussite, mais j'étais surtout fou de joie d'avoir récupéré le matériel intact ! Depuis, j'ai tout adapté à ces températures extrêmes.

De l'autre côté de la haie, Ramón s'affairait à grand bruit. Bönickhausen percevait son agacement à chacun de ses gestes, mais il avait décidé de l'ignorer. La rencontre improbable qu'il venait de faire, dans cet endroit perdu entre la Sierra Nevada et la plaine de la Vega, avait aiguisé sa curiosité pour les aérostats. Il inonda

Delhorme de questions. Celui-ci ne se fit pas prier pour répondre tout en continuant le démontage de ses instruments. Lorsqu'il retira ses gants afin de dévisser les deux stylets de leur support, Bönickhausen remarqua pour la première fois son alliance.

— C'est encore bien froid, constata-t-il en soufflant sur ses mains. Au début, j'y laissais régulièrement la peau de mes doigts. Maintenant, je suis habitué.

— Et qu'en pense madame votre femme ?

Le visage de Clément Delhorme s'éclaira comme un soleil.

— Que je suis fou de vouloir explorer l'atmosphère et qu'il y a bien assez à découvrir sur terre. Mais je crois qu'elle aime cette folie. Ma femme est un être exceptionnel... et je ne veux pas la faire attendre ! Voulez-vous m'aider à défaire ces câbles ? demanda-t-il en indiquant les cordes tressées fixées dans les œilletons de la nacelle.

Bönickhausen se fit expliquer la manière de procéder, enfila les gants et trouva rapidement le geste adéquat.

— À combien d'essais en êtes-vous ? interrogea l'ingénieur en détachant le dernier câble.

— C'est le onzième. Et je n'ai perdu mon aérostat qu'une fois. Un orage imprévisible. Les vents ont changé de direction. Je n'ai pas pu le suivre. Dieu sait quelles informations importantes il aurait pu me transmettre, dit-il tout en recomptant le nombre de vis et d'écrous provenant du démontage des instruments.

— Ainsi, c'est pour cette raison que vous l'avez peint de la couleur de l'argent, pour qu'il réfléchisse la lumière du soleil comme un miroir ?

— Exactement, répondit Delhorme distraitement. Le compte est bon !

Il rangea les fixations dans une bourse de feutrine comme il l'eût fait de bijoux et les posa à côté du cylindre avant de fermer le coffret.

— À ceci près qu'il n'est pas seulement peint, continua-t-il. J'ai collé des carreaux d'aluminium sur une partie du tissu.

— Diable ! De l'aluminium ? Mais ça vaut aussi cher que de l'or !

— J'ai acheté un rouleau entier dans l'usine de Salindres[1]. Vous comprenez pourquoi je ne peux pas me permettre de le perdre.

Bönickhausen caressa le corps devenu flasque de la coque et remarqua seulement alors les petits carrés de métal collés sur le tissu

1. Près d'Alès, première usine au monde à produire de l'aluminium industriellement à partir de 1860.

argenté, ainsi qu'un sifflement à peine perceptible qui provenait de sa base. Le bruit émanait d'une trappe en bois percée de trous en partie découverts.

— Astucieux, votre système de contrôle de l'air chaud. Quand on ouvre plus ou moins la trappe, le ballon perd de l'altitude, n'est-ce pas ? Avec ce moyen, vous évitez qu'il ne reste en l'air sur cent kilomètres ou plus.

— Vous n'êtes pas loin de la vérité : j'ai installé un second système d'horlogerie qui se déclenche au bout de deux heures et provoque l'ouverture de ce clapet. Mais vous avez tort sur un point : ce n'est pas...

Delhorme se tut soudain, fronça les sourcils et renifla profondément.

— Que se passe-t-il ? s'inquiéta Bönickhausen.

— Votre cocher va nous causer des ennuis, affirma-t-il en s'emparant prestement d'une corde. Dites-lui d'arrêter tout de suite !

— D'arrêter quoi ?

Bönickhausen regarda par-dessus les figuiers et vit que Ramón venait d'allumer un feu près de la coque. Le *mayoral* leva les bras en signe de victoire en apercevant l'ingénieur :

— Ça sera bien vite chaud, cria-t-il, satisfait de son astuce.

L'ingénieur jeta un regard vers Delhorme, qui s'activait à refermer la trappe.

— Dites-lui d'éteindre tout de suite son feu ! répéta-t-il.

— Mais pouvez-vous me dire ce qui se passe ?

— Le gaz. Ce n'est pas de l'air chaud.

— Ah non ?

— Non. C'est de l'hydrogène.

— De l'air inflammable ! clama Bönickhausen en s'avisant du danger.

Il comprit que Delhorme n'avait prévu aucun système pour contenir le gaz une fois la boîte ouverte. Lorsqu'il hurla à Ramón d'étouffer les flammes, le *mayoral* paniqua et s'enfuit en courant. Bönickhausen se rua vers le tas de branches sur lesquelles des lueurs ambre commençaient à danser.

4

Quand le docteur Pinilla sortit de la maison de la Gitane, un mince filet de fumée noire s'élevait au loin depuis la plaine de la Vega et se diluait dans le bleu sans tache du ciel. Il admira la vue qu'offrait le Sacromonte sur la région entière, seul avantage de l'endroit. Pour le reste, la colline des *Gitanos* cumulait tous les aspects de la misère humaine.

Un coq passa près de lui et tenta de picorer un lacet de ses chaussures, qu'il prenait pour un ver. Il fut chassé par un chien dans un nuage de poussière et d'aboiements. Deux enfants, assis à demi nus sur le seuil d'une des tanières, rirent de la scène avant de courir à leur tour après le coq, qui finit par s'envoler au niveau de la terrasse supérieure.

Le médecin était satisfait du dénouement de l'opération. Il déroula ses manches, sortit ses boutons de manchette de la poche de son pantalon et les mit en place. Au-dessus de lui, la cloche de l'abbaye du Sacromonte sonna cinq coups secs. L'accouchement n'avait pris que deux heures.

Lorsqu'il était arrivé, la femme était allongée sur une toile de jute remplie de feuilles sèches qui faisait office de lit. La grotte n'était composée que d'une pièce éclairée par la lumière du jour qui se diffusait par la porte et par une lucarne creusée au plafond. Il avait posé sa sacoche sur l'unique mobilier, une table dont les pieds étaient composés de branches grossièrement taillées, et avait demandé à Mateo de lui apporter une bassine d'eau – bien chaude, s'était-il senti obligé de préciser. La robe de Kalia, relevée, était pleine de sang, tout comme la toile de jute autour de ses jambes nues. Le médecin avait tiré le tissu afin qu'il recouvre à nouveau les jambes de sa patiente, s'était assis à côté d'elle et, tout en lui expliquant ses gestes, avait pratiqué un examen à l'aveugle.

Les eaux s'étaient écoulées la veille, le travail avait commencé mais le fœtus ne s'était toujours pas engagé. Devant la finesse du bassin de sa patiente, Pinilla avait immédiatement fait le diagnostic : la tête de l'enfant était restée bloquée au détroit supérieur, et il ne pourrait sortir sans intervention. Le médecin n'avait pas hésité un instant et avait envoyé Mateo chercher ses instruments et de l'ergot de seigle.

Le même Mateo le tira de ses pensées en lui apportant son manteau. Devant eux, la lointaine colonne de fumée ne formait plus qu'un trait et avait viré du noir au blanc, laissant une cicatrice grisâtre sur l'azur. Le médecin devança la question que l'homme n'osait poser, sans doute de peur qu'elle leur porte malheur :

— Elle a perdu beaucoup de sang, beaucoup. Elle a besoin de repos et de viande.

— Pour le repos, c'est facile, commença Mateo en baissant les yeux.

— Je parlerai au boucher de la *calle de los Panaderos*. Il vous réservera du foie de génisse. Allez-y deux fois la semaine tant qu'elle allaitera. C'est primordial pour elle et son enfant.

— Merci docteur, dit Mateo en regardant ses chaussures tout en hochant la tête. Merci.

— Ne me remerciez pas : vous allez me livrer de la glace tout l'été, c'est moi qui suis gagnant, plaisanta Pinilla en enfilant sa *capa*. Allez la rejoindre, elle a besoin de vous.

— Je ne peux pas, il est là, répondit Mateo en lui indiquant l'entrée de la grotte.

« Il » désignait Antonio Torquado, le prince des *Gitanos*, que Mateo semblait craindre autant qu'il le détestait.

— Alors, je vais dire deux mots au père, annonça le médecin.

L'homme le retint par le bras.

— Non, il ne faut pas. De toute façon, c'est moi le père. Ils l'ont décidé. Et c'est bien ainsi, ajouta-t-il sans relâcher sa pression.

— À votre guise, dit Pinilla en reprenant sa liberté. Alors, prenez bien soin des vôtres, Mateo.

Le médecin descendit la colline sans se retourner et croisa un groupe de trois touristes anglais qui, comme la plupart des visiteurs, après s'être émerveillés des beautés de l'Alhambra, finissaient leur journée par un détour au Sacromonte afin de vérifier si les descriptions des récits de voyageurs sur l'état de dénuement des Gitans étaient fondées ou exagérées. Cette plongée dans la misère pour quelques douros distribués agaçait le médecin, mais les bohémiens s'en accommodaient mieux que lui. Il regagna la ville à pas rapides en longeant les murailles jusqu'à la *plaza Nueva* puis s'autorisa un crochet par la *calle Zacatín* où de petites boutiques proposaient toutes sortes de vêtements, chapeaux, gants, étoffes ou bijoux. Il appréciait le côté tortueux et chamarré de l'endroit, où l'étroitesse de la ruelle conjuguée aux étals surchargés ne laissaient qu'un goulot de passage à la foule toujours présente. Il aimait se laisser porter par elle, et lever la tête vers les toits qui, débordant des façades, semblaient prêts à se toucher. Pinilla acheta un médaillon représentant la Vierge à l'Enfant chez un orfèvre. Et décida que sa récréation était terminée.

Il habitait dans la ville basse, *calle Párraga*, non loin de la promenade de l'Alameda qu'il ne fréquentait plus depuis des années, lassé de se faire arrêter sans cesse par ses patients ou leurs familles qui le questionnaient sur leurs problèmes de santé comme dans un cabinet à ciel ouvert. Pinilla entra par la porte de service afin d'éviter le patio où se trouvait sa femme, à jouer aux cartes avec sa sœur comme tous les jours à la même heure. Il voulait écrire sans tarder le compte rendu de son opération, dont il était fier et qu'il transmettrait à ses collègues de l'hôpital San Juan de Dios afin d'en faire lecture aux étudiants. Au final, si les gens le choisissaient toujours pour les accouchements difficiles, c'était peut-être parce qu'il était le meilleur ? Il chassa cette pensée en s'excusant de sa vanité passagère auprès de Dieu, embrassa le médaillon et le posa sur le guéridon du vestibule.

En longeant la galerie couverte, il entendit sa femme ainsi qu'une autre voix féminine qu'il ne reconnut pas, alors qu'une odeur de chocolat mêlée à celle de la cigarette lui parvint du patio. Le médecin se glissa dans son bureau en prenant soin de ne pas faire claquer la porte, s'assit à son secrétaire et sortit sa boîte de plumes métalliques dont il retira une Blanzy Poure. Il préférait les plumes françaises aux espagnoles ou aux anglaises, plus pour le rêve qu'elles apportaient que pour la qualité de leur acier. C'était là son plaisir, à tel point qu'il se demandait si son assiduité à rédiger des comptes rendus n'était pas simplement due à sa passion pour la calligraphie. Il avait choisi une plume sur laquelle avait été frappé un « N » entouré d'une couronne de lauriers, les symboles de Napoléon, qu'il admirait avec discrétion, même si l'empereur français avait quitté l'Espagne cinquante ans auparavant et n'était plus guère un sujet de discorde à Grenade. Il ouvrit son encrier en humant l'odeur rassurante des pigments imprégnés de lin et de cire. Le liquide noir agissait sur lui comme une drogue qui le rendait d'humeur joyeuse. Il aimait aussi l'odeur de l'encre de son journal, quoique plus végétale et moins puissante de corps, et se savait capable de les différencier les yeux fermés. Après une dernière bouffée, il entama la rédaction de son intervention.

> *J'ai pratiqué en ce jour, et avec succès, une symphyséotomie sur une patiente de vingt et un ans, au huitième mois de sa grossesse*

mais dont la petitesse du bassin, à peine deux pouces et quart dans le diamètre antéro-postérieur, ne permettait pas à l'enfant de passer.

Le médecin appréciait particulièrement le glissement de la Blanzy Poure, qui acheminait toujours l'encre en quantité homogène et régulière. Il était tout aussi sourcilleux sur la qualité du papier.

Il est des moments où la pudeur doit faire place à la nécessité et j'ai demandé à ma patiente de relever ses vêtements afin de pouvoir administrer les soins dans les meilleures conditions. N'étant pas favorable à l'utilisation du chloroforme, qui complique l'accouchement et rend nécessaire l'emploi de forceps, j'ai pratiqué l'incision de la synchondrose interpubienne...

Il s'arrêta afin d'encadrer sa description des mots les plus justes, fit plusieurs ratures et changea certains termes jusqu'à être satisfait du résultat.

... au cours de laquelle on entendit un éclat assez fort et il y eut un écartement de deux pouces entre les deux pubis. Une dose de seigle ergoté fut administrée et la femme accoucha une heure plus tard d'un enfant vivant, après quoi j'ai posé de la charpie sur la plaie et j'ai pratiqué un bandage de corps avec sous-cuisses. La patiente devra rester alitée un à deux mois.

Il conclut en vantant les mérites de l'opération comparée à la césarienne, afin de clouer le bec aux derniers détracteurs de la symphyséotomie tout en se demandant quel genre de plume utilisait Victor Hugo pour écrire ses romans.

— « Grenade peint ses murs de plus vives couleurs », récita-t-il tout haut.

Pinilla était un admirateur inconditionnel du grand homme, dont il aimait à déclamer les déclarations d'amour à la ville de Grenade. Il se réjouit à l'idée de retrouver le soir même les personnages de *Notre-Dame de Paris*, dont il était à la deuxième lecture. *Mateo ferait un bon Gringoire*, pensa-t-il, amusé. *Je suis sûr que Victor Hugo a des Blanzy Poure*, enchaîna-t-il dans un saut de pensée dont il avait le secret. *Peut-être même y a-t-il un modèle à son nom, je vais me renseigner !*

Sa femme entra sans frapper et chacun sursauta à la vue de l'autre.

— Mais que faites-vous là, *querido* ? questionna-t-elle en portant exagérément la main à son cœur.

— Pourquoi n'avez-vous pas frappé ?

Mme Pinilla ouvrit son éventail et l'actionna d'un poignet expert :

— J'ai entendu du bruit, mais je ne pensais pas que vous étiez rentré !

— Qui d'autre voulez-vous y trouver ? Ceci est mon bureau, *mi chica*, répliqua-t-il après avoir pris le temps de poser délicatement son porte-plume dans sa boîte.

— Vous vous y cachez pour ne pas voir ma sœur, comme à votre habitude ! argua-t-elle, sûre de son fait.

— Je ne me cachais pas, j'avais un travail urgent à finir, dit-il en agitant ostensiblement sa feuille pour la sécher.

Le geste était censé clore la conversation mais sa femme insista :

— Allez, avouez, sinon vous seriez venu me saluer.

— Non... Peut-être, concéda-t-il pour en finir.

— Vous avouez, à la bonne heure !

Elle s'appuya contre le chambranle de la porte et ajouta :

— Sachez que je n'étais pas avec ma sœur, mais avec une de vos patientes. Patiente à qui vous aviez donné rendez-vous et que vous avez oubliée.

— Mais qui donc ?

— Mme Delhorme, la belle Française.

— Dieu, c'est vrai ! s'exclama-t-il en se prenant la tête entre les mains. Pour son premier rendez-vous, elle va avoir une bien piètre opinion de moi. C'est ainsi, se résigna-t-il en retrouvant son flegme. Sans moi, la Gitane serait morte. A-t-elle repris un rendez-vous ?

— Non.

— Alors, c'est que son état ne le nécessitait pas, conclut-il en se levant pour fermer la porte dans l'espoir de la voir partir.

Mme Pinilla resta immobile, amusée de contrarier l'empressement de son mari à se retrouver seul. Celui-ci décida de jouer son joker sans attendre une autre occasion :

— Au fait, je suis passé chez le joaillier du Zacatín et je vous ai pris un médaillon, il vous attend dans le vestibule.

Elle le remercia froidement, froissée de la grossièreté de l'artifice, et referma la porte derrière elle. Il s'en voulut de son subterfuge. Mais qu'y pouvait-il s'il avait envie d'être seul ? Elle devait être la première à le comprendre, après quinze ans de mariage. Il regagna son secrétaire et grogna : l'encre avait séché sur la plume, il allait devoir la nettoyer. Sa femme réapparut sans prévenir.

— Merci pour votre présent. Je prierai Dieu pour votre générosité, lança-t-elle d'un ton qu'il ne sut décoder. Au fait, Mme Delhorme n'a pas pris de nouveau rendez-vous parce qu'elle attend encore. Dans le patio.

Son surnom n'est pas usurpé : quelle belle femme malgré son état ! songea Pinilla en souriant à Alicia Delhorme, après s'être confondu en excuses. Il l'invita à entrer dans son cabinet, qui avait pris ses quartiers d'été au rez-de-chaussée depuis les premières chaleurs. Son visage était d'une beauté à rendre jalouse Esmeralda et son créateur. Un modèle d'équilibre et de douceur. Sa bouche en forme d'ailes d'ange exaltait son caractère bienveillant qu'il savait ne pas être feint. Ses pommettes saillantes accentuaient le léger creux de ses joues alors que son nez, semblable à celui des enfants, évoquait les nymphes d'un tableau de Poussin. Ses yeux émeraude promenaient un regard franc et limpide qui ne s'attardait jamais longtemps au même endroit, regard que le médecin comparait aux flots argentés du Genil dont l'eau provenait des neiges éternelles de la Sierra Nevada. Mais ce qui avait frappé le plus les Grenadins lors de l'arrivée du couple, trois ans auparavant, c'était son impressionnante chevelure noire et frisée, qui retombait loin derrière ses épaules et qu'on eût dite héritée d'une ancêtre mauresque. Il lui avait été rapporté qu'elle avait du sang andalou par son père, ce qui avait, en plus de ses cheveux et de son prénom espagnol, aidé à leur intégration.

Les conversations allant bon train sur la promenade de l'Alameda, certains avaient vu en elle une lointaine parente d'Eugénie de Montijo. Tous s'accordaient à dire qu'elle n'était pas totalement étrangère, même si personne ne savait rien de ses origines réelles. D'autant plus que le gouverneur de l'Alhambra l'avait chargée de prendre soin des palais royaux à la suite d'Antonia Molina, la « Tía Antonia » des Grenadins, qui avait veillé jalousement sur son trésor durant plusieurs décennies, ce qui avait achevé de les convaincre de l'importance de la belle Française. La sœur de Mme Pinilla croyait savoir qu'elle avait fait des études et qu'elle était une spécialiste de la civilisation arabe, mais aucun des professeurs de l'université interrogés n'avait pu confirmer ou infirmer l'étrange information. Toujours est-il que le couple vivait dans un des palais à l'abandon de Grenade, que son mari passait son temps à gonfler des ballons pour les lâcher dans le ciel avant de leur courir après, et qu'elle passait le sien à l'Alhambra à aider l'architecte Contreras à réparer des siècles de dégâts et de pillages.

Pinilla lui tourna le dos pendant qu'elle se déshabillait pour fouiller dans un tiroir à la recherche de ses instruments d'examen, et attendit qu'elle fût allongée avant de se retourner.

— Grands dieux ! s'exclama-t-il en découvrant le ventre de sa patiente.

Il n'avait pas eu besoin de son œil d'expert pour remarquer les rondeurs que la robe pourtant ample ne dissimulait plus, mais l'abdomen était d'un volume qu'il n'avait jamais rencontré auparavant, énorme et distendu.

— C'est une grossesse exceptionnelle, avoua-t-il en le palpant. Chère madame, vous avez un ventre équivalent à ceux de mes deux dernières accouchées réunies. Combien de semaines de gestation ?

— Vingt-sept semaines révolues, répondit-elle en guettant sa réaction.

— Sept mois seulement... Vous savez ce que cela peut signifier, j'imagine.

— Oui, je m'y suis préparée et c'est pour cette raison que je viens vous voir. Au vu du chahut qu'il y a là-dedans, ils ne peuvent être que deux ! dit-elle en plissant les yeux et en caressant son ventre comme la tête d'un chat.

La situation n'avait pas l'air d'impressionner Mme Delhorme, ce qui le rassura pour le jour de la délivrance. Le docteur Pinilla venait d'acquérir auprès de Constantin Paul, un collègue médecin français, un nouveau stéthoscope de son invention qui allait lui permettre de mieux discerner les battements de cœur des fœtus.

— Et de vérifier leur bon état de santé. Vous êtes la première à en bénéficier, ajouta-t-il en le sortant de son étui.

— Voilà une médecine de progrès qui plairait à Clément, remarqua-t-elle.

— Clément ? interrogea le médecin, faussement naïf.

— Mon mari et amant, le père de ces jumeaux qui bientôt vont l'empêcher de courir après ses ballons pour jouer avec les leurs.

Il hocha la tête à cette image tout en prenant le tube de caoutchouc galvanisé rigide qui formait le corps du stéthoscope. Il vissa à une de ses extrémités un pavillon en ivoire à la forme d'une embouchure de trompette et introduisit sur l'autre extrémité, bifide, deux tubes souples, au diamètre de son conduit auditif, dont il cala les extrémités dans chacune de ses oreilles. Mme Delhorme eut un rire bref.

— Je dois ressembler ainsi à un animal exotique, admit-il sans se rendre compte qu'il élevait la voix. Mais cet instrument pourra rendre de grands services, croyez-moi.

Dès qu'il posa le pavillon évasé sur le ventre de sa patiente, il comprit la situation. Il parcourut plusieurs zones de l'abdomen par acquit de conscience, mais ce qu'il percevait clairement ne laissait aucun doute sur son diagnostic. La journée n'en finissait pas d'être surréaliste.

— Chère madame, j'ai une nouvelle à vous apprendre concernant vos jumeaux. Malheureusement, je ne crois pas qu'on puisse la considérer comme bonne.

5

Ramón ne décolérait pas : lorsque son client était réapparu derrière la haie de figuiers de Barbarie, il lui avait hurlé de s'enfuir loin du feu. Bönickhausen avait confondu *escapar* et *apagar*, il en était sûr, et lui qui avait obéi se trouvait à présent soupçonné de couardise. Ramón était persuadé qu'il avait été victime d'une injustice qui se devait d'être réparée, d'autant que personne n'avait été blessé. L'ingénieur s'était précipité pour éteindre le feu à l'aide de sa couverture, puis les deux Français avaient évacué l'hydrogène du ballon avant de plier la toile. Ils avaient maintenu Ramón à distance et lui avaient interdit de fumer. *Ce sont eux les couards, ils se sont affolés pour rien*, se rassura-t-il.

Il se raidit et lâcha son fouet sur Bandido et Capitán, qui étaient à la peine avec le surplus de charge. La coque et la nacelle avaient été fixées sur le toit de l'habitacle, tandis que la mule de leur invité trottait à l'arrière, attachée par une longue corde. Ils avaient tenté d'atteler l'animal, mais celui-ci s'était débattu tant et si bien que le cocher avait abandonné de peur de voir ses propres bêtes suivre son exemple. Non seulement le *señor* Delhorme et ses bagages alourdissaient sa berline qui n'avait pas été conçue pour une telle cargaison, mais sa bête se la coulait aussi douce que les passagers.

Au moment de partir, les trois hommes avaient entendu une détonation lointaine suivie de l'apparition d'une colonne de fumée qui s'était élevée comme un trait dans le ciel. Ils s'étaient regardés, pris d'une inquiétude rétrospective, puis Clément Delhorme avait plaisanté en jurant n'y être pour rien. Malgré l'interdiction de fumer que les Français avaient maintenue pour tout le voyage, Ramón alluma un Braserillo qui le rasséréna quelque peu. La route, sinueuse jusqu'à l'arrivée dans la plaine de la Vega, était devenue plus large et droite, et le fin nuage provoqué par le sinistre s'alignait désormais sur elle comme une mire d'arpenteur.

La fumée provenait du village de Cogollos de la Vega, à quinze kilomètres de Grenade. Ramón arrêta la berline sur la placette au fond de laquelle une maison finissait de se consumer, devant un attroupement qui devait rassembler la majeure partie des habitants du lieu. Le toit s'était en partie effondré et les poutres calcinées dépassaient des pans de murs restants. Ramón profita de la citerne qui avait servi à éteindre l'incendie pour hydrater ses mules, oubliant volontairement celle du Français. Les deux occupants étaient descendus pour s'enquérir de la présence de blessés et proposer leur aide. Le local qui avait pris feu était un entrepôt destiné aux ouvriers de la carrière proche. Personne n'était présent au moment de l'explosion. Le propriétaire, un gros homme à la barbe mal taillée, les mains calées sous sa ceinture violette, le sombrero relevé sur les épaules, leur demanda d'alerter les autorités de Grenade afin que la Guardia vienne enquêter sur ce qu'il estimait être un acte de vengeance.

— Ils ne trouveront rien, fit remarquer Delhorme après que la berline eut repris la route.

— Et pourquoi donc ? interrogea Bönickhausen tout en cherchant son carnet de notes dans la sacoche de voyage qui ne le quittait pas.

— Les murs étaient recouverts de salpêtre. Il y en avait aussi sur le sol.

— Et qu'en déduisez-vous ? Ah, le voilà ! dit l'ingénieur en exhibant victorieusement l'objet, après avoir vidé le contenu de son sac sur la banquette.

— Qu'ils fabriquent eux-mêmes leurs explosifs sans autorisation et qu'ils sont négligents. Tout le monde ici a une cigarette à la bouche, conclut-il en mimant le jet d'un mégot. Et boum ! Je fais toujours mes lâchers de ballon depuis un endroit isolé, sinon il y a longtemps que je ne serais plus là pour vous en parler.

L'ingénieur parcourut les notes qu'il avait tenté de prendre au fil de leur conversation durant le trajet. Il avait une foule de questions à lui poser. Delhorme avait pioché *L'Année scientifique et industrielle* dans les affaires déballées et le feuilletait.

— Avez-vous lu l'ouvrage de Mathieu de la Drôme ? s'enquit Bönickhausen en constatant qu'il parcourait un article sur le sujet.

— *De la prédiction du temps* ? Oui.

— Et qu'en pensez-vous ?

L'ingénieur tenait son carnet et son stylo à la manière d'un journaliste prêt à recueillir une confidence, ce qui amusa Delhorme, qui lui en fit la remarque.

— Je crois qu'il fait erreur, répondit-il. Ses prévisions ne sont basées que sur les statistiques des années précédentes.

— Et alors ? N'est-ce pas une bonne méthode ?

Un cahot plus fort que les autres secoua l'habitacle et ses occupants. Bönickhausen ordonna à Ramón de ralentir le train, ce que le *mayoral* fit exagérément.

— Pas autant ! hurla l'ingénieur en espagnol par la portière. Vous voulez voir votre mère ce soir ou l'année prochaine ? Quelle tête de mule, pire que ses montures, dit-il en aparté à Delhorme.

— Pour répondre à votre question, ses résultats globaux seront statistiquement bons, mais il y aura beaucoup d'erreurs individuelles, ce qui, dans le cas du temps à prédire, est déplorable...

— Voire catastrophique, si l'on songe aux navires.

— Je suis persuadé que les phénomènes météo sont influencés par d'autres facteurs comme la pression barométrique. Regardez comment se déplacent les vents sur toute l'Europe et même sur l'ensemble du globe. Tout cela n'est pas le fait du hasard qu'on pourrait relier à des statistiques comme pour un simple jeu de dés. J'ai étudié les cartes des courbes barométriques présentées par l'Observatoire de Paris ces dernières années et je les ai comparées à mes propres résultats.

— Et... ?

— Et j'observe l'existence d'énormes masses d'air en rotation autour d'une dépression centrale. Des masses d'air qui se déplacent.

— Une dépression ? Les vents forment des tourbillons autour d'une dépression ?

— Oui, mais avec des interactions à l'échelle du globe. Imaginez qu'une telle formation située au nord de l'Irlande puisse avoir une incidence sur le temps au sud de l'Espagne, affirma Delhorme en observant la réaction de l'ingénieur. Mais il me faudra encore beaucoup de lancers pour affiner ma propre théorie ! Il paraît que Mathieu de la Drôme va publier un almanach en fin d'année ? ajouta-t-il pour clore la question.

— Oui, cela fait débat en France, reconnut Bönickhausen après avoir hésité à le questionner plus avant. Le directeur de l'Observatoire refuse de lui transmettre les données dont il dispose pour ses calculs statistiques. Mais Mathieu a en Henri Plon un éditeur très influent et, apparemment, le ministre a intimé l'ordre à Le Verrier de lui donner une copie de toutes ses données météorologiques sur les dernières années. La bataille fait rage entre science populaire et académique, et tout le monde est prié de se ranger dans l'un ou l'autre camp.

— Et vous, monsieur Bönickhausen, qu'en pensez-vous ?

— La science a besoin de nos amateurs éclairés. Certains y passent leur vie jusqu'à l'ascèse, d'autres vont jusqu'à la perdre. Nous avons tout à apprendre de gens comme vous, conclut Bönickhausen, juste avant de prendre conscience qu'il ne savait rien de son interlocuteur.

Delhorme ébaucha une moue amusée et regarda à travers la vitre en silence. Les champs d'oliviers avaient laissé place à des maisons éparses.

— Je vois que vous aussi êtes marié, remarqua-t-il en désignant l'anneau au doigt de Bönickhausen. Comment avez-vous connu votre épouse ?

— C'est une longue histoire, répondit ce dernier en faisant tourner son alliance autour de son annulaire.

Et elle n'a rien de romantique, pensa-t-il aussitôt.

Après avoir tenté sa chance auprès de jeunes femmes aux dots élevées et avoir essuyé plusieurs échecs qui mirent à mal sa susceptibilité et sa patience, l'ingénieur avait revu ses prétentions et ses espoirs à la baisse. Ses affaires et ses voyages incessants ne lui laissant plus le temps de s'occuper de sa future vie maritale, il avait délégué à ses parents le choix de sa promise et avait épousé la petite-fille de leur logeur dijonnais.

— Je ne vous cacherai pas que les sentiments nous sont venus après le mariage et que, ma foi, nous nous trouvons fort bien assortis, conclut-il. Voilà presque un an que nous sommes unis.

Delhorme l'avait écouté d'une façon que Bönickhausen jugea distraite, le regard focalisé sur les premières habitations de Grenade.

— Je connais Alicia depuis dix ans, dit-il en se tournant vers lui. J'en ai vingt-huit. Elle est bien plus qu'une épouse, elle est mon équation parfaite.

— Votre parfaite équation ?

— Oui, celle dans laquelle j'ai remplacé toutes les inconnues. Pas vous ?

— Marguerite est bien réelle, elle est ma femme et en aucun cas une utopie mathématique, répliqua-t-il, embarrassé par la question.

L'ingénieur décida de clore le sujet en rassemblant ses affaires, qu'il rangea en vrac dans la sacoche, froissant au passage la lettre qu'il avait écrite la veille pour sa femme. Il la considéra d'un air désolé, la chiffonna en boule et la mit dans sa poche.

Les habitations, des fermes entourées de champs, s'étaient resserrées autour de la route, dont les bas-côtés s'étaient garnis de lauriers-roses. Ramón franchit la porte de Fajalauza sans ralentir. La coque, emballée sur le toit de la berline, glissa dans un bruit de frottement contre la voûte de l'étroite muraille.

— Votre cocher est un rancunier, souligna Delhorme sans se départir de son calme. Mais un rancunier qui a l'œil.

L'attitude de l'homme, mélange d'assurance et de détachement, impressionnait Bönickhausen par le charisme involontaire qu'elle provoquait.

L'attelage avait débouché sur une rue en pente douce, encadrée de maisons mitoyennes aux murs clairs recouverts de chaux qui réfléchissaient la lumière rasante du soleil aussi vivement que des miroirs. Une végétation abondante débordait des enceintes, comme figée dans sa fuite.

— Les faubourgs du Nord, commenta sobrement Delhorme.

Il dévisagea Bönickhausen avant de le questionner sur l'hôtel où il avait réservé une chambre. Rien n'était prévu.

— Si vous avez une bonne adresse à me conseiller, n'hésitez pas, ajouta l'ingénieur.

— Puisque vous travaillez pour une compagnie liée aux chemins de fer, je vous conseillerais surtout d'éviter l'hôtel Washington Irving et le Los Siete Suelos.

— Mais qui vous dit que c'est le cas ? s'étonna Bönickhausen. Je ne vous ai pas parlé de mon métier.

— Votre carnet, sourit Delhorme en désignant celui qu'il tenait en main. Vous avez tous le même ! Je parierais qu'il y a dedans des dessins de ponts et de viaducs.

— Eh bien ! Moi qui voulais être discret...

— Ne soyez pas déçu. Toutes les grandes compagnies sillonnent le pays pour les futures lignes. Il y a en ce moment même des gens de Fives-Lille et du groupe Pereire qui logent dans ces deux hôtels.

— Que me conseillez-vous ?

— D'accepter mon hospitalité.

Bönickhausen, ravi de la proposition qui allait lui permettre de passer une soirée intéressante, accepta avec enthousiasme.

L'ingénieur profita de l'arrêt de la berline pour descendre donner des ordres au *mayoral*. Avant de remonter, il huma l'air chargé de fragrances florales et contempla la petite place pavée de cailloux au milieu de laquelle ils s'étaient arrêtés. Il aperçut entre deux maisons, sur la colline d'en face, la silhouette massive de l'Alhambra, flanquée de ses nombreuses tours parées d'une couleur ambrée sous le soleil rasant. Immobile mais si présent. Bönickhausen prit conscience qu'il en ignorait tout, alors que le monument était devenu la destination romantique des voyageurs fortunés et des artistes. Derrière lui, l'église de Nuestro Salvador sonna huit coups. La ville semblait prête à s'animer à l'approche de la soirée. Des bourgeois costumés à la française croisaient des groupes de jeunes gens habillés à la mode andalouse, veste brodée et ceinture de couleur sur un pantalon aux guêtres ouvertes, guitare ou canne à la main, prêts à ravir la nuit de leur gaieté naturelle.

— Ce pays est si étrange et varié que chaque journée ajoute un nouveau voile à son mystère, déclara Bönickhausen une fois assis.

— Seul le temps permet de l'approcher, dit Delhorme en toquant sur l'habitacle afin de faire démarrer le véhicule. Mais jamais de l'apprivoiser.

La berline s'ébranla lentement sous les pas des mules alors que Ramón, revigoré par l'approche du but, avait entamé à tue-tête une romance de Bretón de los Herreros et saluait les passants d'un lever de chapeau imaginaire.

L'attelage grimpa la *calle de los Gómeles*, franchit une imposante porte Renaissance surmontée de trois grenades en pierre et pénétra dans une allée encadrée d'un grand mur végétal dont les cimes formaient une voûte au-dessus de leurs têtes. Les arbres s'inclinèrent pour laisser place à une imposante muraille qui marquait la frontière avec la citadelle de l'Alhambra.

Une fois dans l'enceinte, le cocher stoppa la berline au fond d'une large esplanade de terre autour de laquelle toutes les strates architecturales de l'histoire arabe et chrétienne du lieu étaient représentées. Delhorme indiqua le premier étage de la bâtisse la plus proche, qui fermait un jardin carré, à l'entrée des Palais nasrides.

— La cour de Machuca, commenta-t-il en détachant la sangle qui retenait la toile du ballon. On occupe une partie de l'étage. C'est petit et délabré, mais on est au cœur de l'Alhambra.

Les hommes déchargèrent en silence toutes les affaires. Bönickhausen paya son dû à Ramón en ajoutant vingt réals pour le supplément de charge. Le cocher les salua brièvement et sans effusions. Il lui restait à gagner la ville basse pour rejoindre sa mère. Son appartement était situé *calle de Capuchinas*, juste en face de l'entrée des arènes où il avait passé la plus grande partie de sa jeunesse avec son frère. Tous deux rêvaient de devenir *toreros* ou *picadores*, à la rigueur *chulos*, mais pas moins, quand ils se faufilaient dans l'arène et regardaient, fascinés, les habits de lumière et de feu des combattants qui dansaient avec les taureaux. Ils n'avaient réussi qu'à se faire engager pour nettoyer le lieu après les combats, avant d'abandonner successivement leurs idéaux, leurs espoirs et leur envie d'une existence meilleure. Ramón avait pu épouser une Murcienne à la dot suffisante pour acheter une berline et se muer en *mayoral*, alors que son frère était devenu *nevero*, un des métiers les moins valorisants de Grenade, extrayant des blocs de glace dans la Sierra Nevada pour les vendre en ville. Leur mère, par fierté et en souvenir de la mémoire de leur père, un officier mort pendant la Première Guerre carliste[1], affirmait à qui voulait l'entendre que ses fils étaient deux entrepreneurs à la réussite proche – ce qui ne leurrait plus personne dans leur maigre entourage.

Ramón évita de regarder la façade aux balcons mauresques de l'arène circulaire et pénétra dans l'immeuble vétuste de son enfance. Il évita d'utiliser le claquoir dont il savait qu'il faisait invariablement sursauter sa mère, malgré le tampon de feutrine qu'il lui avait ajouté afin d'en assourdir le bruit. Il remarqua que ce dernier avait été décollé, et entra en s'annonçant. L'odeur qui l'accueillit n'était pas celle, habituelle, du lustrant à bois que sa mère utilisait chaque semaine sur les chaises qu'elle reconditionnait avant de les vendre au bazar de l'Alcazar. Elle était plus âcre et plus pharmaceutique. Il l'avait déjà sentie, une fois, quand il s'était rendu au chevet de son grand-père mort. Un frisson glacé le parcourut, un filet de peur incontrôlée qui lui fit dresser les poils et cogner le cœur. Par la porte entrouverte de la chambre, il vit un corps allongé, sans vie, habillé de noir, les mains jointes tenant un chapelet. Il vit son frère en sortir et l'appeler, mais sa voix était lointaine et caverneuse. Il vit le sol se rapprocher. Puis ses oreilles bourdonnèrent et il ne vit plus rien du tout.

1. Le carlisme est un mouvement politique espagnol revendiquant le trône pour la branche aînée des Bourbons d'Espagne.

CHAPITRE II

6

Alicia Delhorme respira profondément, les deux mains sur son ventre comme pour le soutenir. Un des jumeaux bougea sous sa paume gauche. Elle avait encaissé l'annonce du médecin sans cesser de sourire, comme son père le lui avait toujours enseigné : rester digne dans l'adversité était la marque distinctive de sa famille. Le docteur Pinilla, prenant ce sourire pour une mésestimation de la gravité de la situation, s'était senti obligé de lui détailler tous les risques encourus. Elle l'avait écouté sans l'interrompre et avait accepté de le revoir un mois plus tard, puis était rentrée à pied à l'Alhambra, avait fermé la porte de leur chambre, tiré le loquet, s'était assise sur le bord du lit et là, seulement, s'était autorisée à pleurer.

Alicia avait eu l'intention d'en parler à Clément, mais son mari était arrivé accompagné de ce Français au nom imprononçable qui s'était installé chez eux, et tous trois avaient soupé ensemble, un agréable moment que Bönickhausen avait passé à servir le clos-vougeot qu'il leur avait offert tout en écoutant ses hôtes lui relater l'histoire et les légendes du lieu. Alicia avait réussi à oublier sa situation. Elle n'avait cessé de chercher le regard de son homme, ce regard si apaisant, qu'elle aimait tant. Il lui avait envoyé tout son amour du fond de ses iris bleu pastel. Rien ne pouvait lui arriver.

Elle ouvrit la fenêtre qui donnait sur la cour pour laisser son regard s'emplir du spectacle apaisant des jardins de l'Alhambra aux lueurs ambrées du crépuscule. Le bourdonnement de la conversation qui continuait sans elle lui parvenait de la pièce attenante. Elle se rassura en pensant qu'elle mettrait Clément au courant lorsqu'ils seraient seuls. Il n'y avait pas d'urgence, elle savait que son mari s'en inquiéterait, qu'il lui proposerait de partir à Madrid voir d'autres médecins, peut-être même de retourner à Paris pour l'accouchement, mais elle ne voulait pas, elle ne s'en sentait pas la force. Ils avaient décidé de s'établir à Grenade, elle irait au bout, quoi qu'il en coûte.

Le docteur Pinilla lui semblait un bon praticien, capable de s'occuper seul de cette délivrance compliquée. Mais la donne avait changé et Alicia redoutait plus la vie qui les attendait que l'accouchement lui-même. Le bourdonnement avait cessé, laissant les insectes de nuit nimber seuls l'espace de leurs chants ditoniques.

— *Darro tiene prometido el carsarse con Genil...*

Clément était entré sans bruit. « Le Darro a promis de se marier avec le Genil » : la phrase était celle qu'il avait prononcée le jour de sa demande en mariage et, depuis lors, elle était devenue leur leitmotiv. Les deux rivières de la ville, le Darro tourmenté et le calme Genil, qui s'unissaient dans la vallée, avaient inspiré de nombreux poèmes.

Il lui tendit les bras, dans lesquels elle se lova en lui tournant le dos. Il défit la mantille qui couvrait ses cheveux, les laissant envahir sa nuque et ses épaules, avant d'y enfouir son visage. Elle prit les mains de son mari, les porta sur son ventre et ferma les yeux pour profiter de cet instant de douceur.

— J'étais inquiet de ne pas te voir revenir, dit-il en lui caressant la joue de la sienne, notre invité réclame la princesse de l'Alhambra. Et j'aime trop le parfum de ta peau pour survivre longtemps sans toi.

— Flatteur ! Tu m'as abandonnée une journée entière à la poursuite de ton ballon.

Clément éclata d'un rire approbateur, baisa la nuque d'Alicia et se planta debout devant son bureau où régnait un désordre qu'il qualifiait à chaque remarque d'« ordre incompris ».

— Huit mille cinq cents mètres, dit-il tout en fouillant dans les rouleaux de papier vaguement alignés entre des cahiers ouverts, des livres empilés et des instruments de mesure éventrés. Il est monté à huit mille cinq cents mètres !

— Je t'ai connu plus en forme, mon mari. Ton record est à neuf mille.

— Eh, les vents ascendants étaient paresseux aujourd'hui ! Mais j'y arriverai, je dépasserai les dix mille mètres, puis quinze, puis vingt ! J'irai jusqu'aux couches les plus élevées de l'atmosphère terrestre rapporter les températures et des échantillons d'air, et leur analyse confirmera ce que mes calculs supposent déjà.

— Je n'en doute pas, mais n'oublie pas de redescendre sur terre, avec nous, sourit-elle en tapotant son abdomen arrondi. Que cherches-tu ? ajouta-t-elle devant l'application de son mari à accroître le capharnaüm ambiant.

— Les plans du *Victoria*.

— Jamais je n'aurais dû t'offrir le dernier livre de M. Verne, dit-elle en passant la main sur la couverture en cuir de *Cinq semaines en ballon*.

Elle prit un cylindre de carton dépassant de la tablette de bois qui, avant leur arrivée, avait été une étagère et s'était rapidement transformée en socle supportant toutes les strates de ses recherches.

— Peut-être alors aurais-tu appelé ton futur ballon l'*Alicia II* ? ajouta-t-elle avec malice.

Clément se redressa, comme frappé par la remarque de sa femme, et prit le rouleau qu'elle lui tendait.

— Tu as raison, dit-il pour abonder dans son sens. Si c'est une fille, nous l'appellerons Victoria. Ainsi, la coque aura le nom de notre enfant.

— Mais je n'ai pas dit cela, se défendit Alicia, amusée.

Elle se saisit de sa mantille et la passa autour du cou de Clément pour le rapprocher d'elle.

— D'ailleurs, il faudra que je t'en parle bientôt, lui susurra-t-elle à l'oreille.

Il embrassa ses lèvres d'ange avant de lui prendre la mantille.

— M. Bönickhausen vient de m'apprendre qu'il y avait ce soir une éclipse de lune, dit-il en lui nouant les cheveux avec le tissu en dentelle.

Clément sentit au léger raidissement de nuque d'Alicia qu'il avait éveillé son intérêt. Elle se retourna. Ses pupilles n'étaient plus que deux points noyés dans la mer de ses iris. Sa seule réponse fut un sourire plus radieux que le soleil couchant sur le mirador de San Nicolás.

— Je lui ai proposé de nous rendre à l'une des tours pour l'observer, continua-t-il.

Elle hocha la tête, embrassa son mari et enfila la veste brodée qu'il lui tendait.

— Crois-tu que tu pourras monter les quatre étages ?

Alicia se planta devant la psyché posée dans un angle de la pièce :

— Ai-je l'air d'une vieille femme ou d'être handicapée ?

— Il faut que j'y réfléchisse, répondit Clément en prenant sa longue-vue rétractable. Pour être franc, non, dit-il après l'avoir détaillée d'un air exagérément curieux. Juste d'une femme gravement enceinte. Tu voulais me dire quoi au sujet du bébé ?

— Rien d'urgent. Mais Victoria est un joli prénom.

— Alors, c'est adopté ! Plus la peine de chercher.

— Justement, si, on ne sait jamais...

— C'est vrai, ce peut être un garçon ! Dans ce cas, on le prénommera Jules.

— Clément, tu n'es pas sérieux ?

— Si, pourquoi ? Jules, c'est un nom idéal pour un ballon qui va livrer tous les secrets du ciel.

Bönickhausen toucha la muraille construite en pierres de taille saillantes et régulières. Un vent léger apportait des senteurs de myrte et de tilleul dans la quiétude de la nuit tombante alors que le ciel avait pris des teintes pourpres qu'il ne lui connaissait pas. Il leva la tête vers les losanges en céramique bleue qui encadraient un arc outrepassé brisé en briques rouges.

— Typique de l'architecture nasride, lui précisa Mme Delhorme en l'invitant à suivre le chemin semé de pierres polies par le temps.

L'Alhambra avait été une ville maure, avec sa médina et ses palais, posée sur la Sabika, la plus haute colline de Grenade, et entourée d'un système de fortifications élaboré. La dynastie nasride, qui l'avait fondée, en avait été chassée par les armées d'Isabelle de Castille l'année même où les Espagnols découvraient le Nouveau Monde.

— Une partie des palais a échappé à la destruction, indiqua Alicia alors qu'ils arrivaient sur une esplanade de taille moyenne. Une partie seulement : l'autre se trouve ensevelie sous cette verrue construite par Charles Quint !

Elle pointa du doigt un bâtiment circulaire dont le style Renaissance jurait avec les architectures mauresques.

— Sans compter les dégradations commises durant plusieurs siècles. C'est un miracle s'il en reste encore une pierre. Tout le monde s'est servi : les locaux, les Français et même les gouverneurs qui l'ont habité. Venez, allons voir Rafael.

— L'édifice qui se dresse au bout de cette esplanade était devenu un atelier de salaison ; la tour des Sept Sols, près de la médina, était une taverne, et la cour de la mosquée servait d'enclos pour les brebis de la femme du gouverneur Savera, renchérit Clément en l'invitant à suivre sa femme dont le pas alerte ne trahissait pas son état. Les bassins des jardins avaient été transformés en lavoirs publics. L'Alhambra était devenue la Géhenne de Grenade !

— Mais à qui appartient ce lieu ? demanda Bönickhausen en faisant un tour entier sur lui-même afin d'embrasser toute la vue.

— La Couronne, répondit Alicia sans se retourner. Qui s'en est désintéressée pendant trois siècles et commence seulement à lui prêter attention sous les suppliques de voyageurs de distinction et de la famille Contreras.

— Les architectes qui ont présidé au sauvetage de ce magnifique vaisseau, précisa Clément. Rafael en est la seconde génération. C'est lui.

L'homme qu'il désigna époussetait ses vêtements à l'entrée d'un petit atelier situé à côté d'une arche en partie restaurée. Il leur fit un grand signe amical en les voyant. Contreras était depuis seize ans le restaurateur-décorateur de l'Alhambra, qu'il rénovait pièce après pièce.

— Alicia, je ne comptais pas te voir avant demain. Qu'as-tu oublié cette fois ?

Elle lui expliqua la raison de leur présence et lui présenta leur compagnon.

— M. Bönickhausen a bien voulu garder mon ballon dans l'attente de mon arrivée, précisa Clément.

L'explication sembla satisfaire l'architecte, qui envoya un coup d'œil complice à l'ingénieur. Un couple passa près d'eux et les salua d'un *¡ Buenas tardes !* sonore dont l'écho se perdit entre les murailles. La lune inondait de ses rayons la place qui s'était vidée des derniers promeneurs.

— Où voulez-vous aller pour observer cette éclipse ? s'enquit Contreras en s'essuyant les mains sur son tablier. Personne ici n'est au courant d'un tel événement.

— Nous ne savons pas si elle est visible depuis l'Andalousie, mais ce sera l'occasion d'admirer la voûte céleste, résuma Clément. Nous allons monter à la tour du Guet.

— Bon choix, approuva Rafael comme s'il s'agissait d'un vin. Je vous rejoindrai quand j'en aurai terminé avec la cuisson de mes azulejos.

— Les cordes sèches ? Ceux que j'ai faits cet après-midi ? interrogea Alicia dont les yeux s'étaient soudainement arrondis.

— Non, ceux-là sont déjà posés dans le salon de Comares.

— Je peux les voir ? Je peux les voir ? s'écria-t-elle.

— Mais il fera nuit, objecta l'architecte, amusé.

— J'ai ma lampe-tempête dans ton atelier. Laisse-moi aller voir le résultat ! S'il te plaît !

Un regard rapide en direction de Clément lui fit comprendre que rien ne pourrait arrêter sa femme. Rafael rapporta de son atelier une lanterne déjà allumée.

— Je vous retrouverai en haut de la tour, dites à la lune d'attendre avant de se cacher, lança-t-elle en s'éloignant.

Elle s'arrêta et fit demi-tour pour embrasser Clément. Bönickhausen, surpris de cette intimité en public, se détourna et toussota. Il imagina la gêne que provoquerait chez lui un tel geste si Marguerite venait à le faire devant autrui, mais se rassura bien vite : sa femme était tout ce qu'il y avait de convenable.

Alicia leva sa lanterne en guise de salut et disparut comme une étoile filante dans l'obscurité de la place. Clément prit le Français par l'épaule et l'entraîna vers l'entrée d'une enceinte qui ressemblait à une forteresse dans la forteresse.

— L'Alcazaba, dit-il une fois à l'intérieur de la place centrale, de configuration triangulaire.

— Et ce bâtiment ? demanda Bönickhausen en montrant l'ombre imposante qui formait la base du triangle. À quoi servait-il ?

— Une prison.

— Charmante villégiature, plaisanta-t-il. À quoi est-il destiné maintenant ?

— C'est toujours une prison. Mieux vaut ne pas y goûter.

La remarque de Delhorme inquiéta Bönickhausen tant elle semblait issue d'une expérience vécue, mais, depuis leur rencontre, Clément n'avait cessé de dire avec sérieux des plaisanteries et d'un ton badin des informations graves, de telle façon que l'ingénieur se savait plus quoi penser. Il se contenta d'acquiescer et de suivre le météorologue qui traversait la place d'un pas alerte à la seule lueur de la lune.

— N'est-ce pas risqué pour une femme seule de se promener ainsi dans cet endroit la nuit ? s'étonna Bönickhausen alors qu'il avait cru voir une ombre bouger dans l'angle d'une des murailles.

— Alicia connaît les lieux mieux que personne. Elle y travaille quotidiennement depuis trois ans. Et, croyez-moi, elle est de taille à se défendre, malgré son état.

— Ah, votre femme travaille ? dit Bönickhausen en cachant la perplexité que ce couple lui inspirait. Mais quel genre de profession... ?

Ils s'étaient arrêtés devant la porte de la tour. Delhorme chercha la clé qu'il avait négligemment fourrée dans sa poche.

— Alicia a étudié l'histoire et l'art à l'université de Grenade. Officiellement, elle n'a pas de diplôme, mais elle a eu l'autorisation de suivre les cours. L'Alhambra est sa passion et elle aide Rafael Contreras à le rénover. Cet homme est un saint, il a réussi à sauver ce trésor de la ruine.

La clé claqua dans la serrure et le pêne coulissa. Ils grimpèrent les quatre étages de la tour du Guet avant de rejoindre la terrasse ventée.

— Il a surtout réalisé des copies des motifs ornementaux qu'il exporte dans l'Europe entière. Grâce à cette idée de génie, il a mis fin au trafic des voleurs de faïence. Alors, qu'en pensez-vous ? demanda-t-il en montrant la ville et ses milliers de lumières pareilles aux reflets des étoiles sur un lac.

Bönickhausen resta silencieux et s'approcha d'un angle du muret qui ceignait la terrasse, à l'opposé d'une imposante cloche enchâssée dans un campanile de pierre. Plus aucun créneau n'était debout, la plupart avaient disparu, les autres gisaient au sol, donnant un air de bouche édentée à l'ensemble. Malgré la pénombre, la sensation de dominer toute la vallée était prégnante. L'Alhambra semblait voler entre ciel et terre. Se souvenant de la raison de leur présence, l'ingénieur leva la tête vers la lune, qui n'avait rien perdu de sa surface. Clément sortit sa longue-vue et lui confirma qu'aucune éclipse n'avait commencé.

Les deux hommes s'assirent à même le sol, dos contre le muret, à l'abri des rafales nonchalantes. Ils échangèrent un long moment, interrompant régulièrement leur conversation de coups de longue-vue en direction du phénomène astronomique qui tardait à apparaître.

— Qui vous emploie, monsieur Delhorme ? demanda le Français, dont la curiosité allait croissante. Qui finance vos expériences ? L'Observatoire de Paris ?

Clément avait sorti deux cigarillos de la poche intérieure de sa veste. Il en proposa un à Bönickhausen, qui refusa poliment, et alluma le sien avant de répondre :

— Vous voulez dire pour les lâchers de ballon ? Je suis mon propre maître.

— Alors, vous disposez d'une fortune personnelle ! conclut l'ingénieur. Vos instruments et la toile valent des milliers de francs.

— Je suis en relation avec l'Observatoire, auquel j'envoie des relevés quotidiens. Mais à titre gracieux, précisa-t-il. Et je n'ai pas trouvé de trésor caché, même si les légendes autour de l'Alhambra en regorgent.

Delhorme fit une pause pour humer l'air rempli des senteurs végétales que la terre rendait au ciel.

— Il m'arrive de travailler pour des compagnies comme la vôtre ou celles de vos concurrents lorsque mes caisses sont vides, reprit-il. Je m'occupe des calculs mathématiques.

— Ainsi, vous êtes ingénieur ? Je suis vraiment navré de vous avoir pris pour un amateur éclairé, mais votre nom m'était inconnu.

— Peu importe. La main de celui qui reporte des mesures doit être humble et intègre, qu'elle soit celle d'un professionnel ou d'un passionné sans diplôme. Pour ce qui me concerne, la météorologie n'est pas une science de pure curiosité. Les observations au sol sont indispensables, mais la vérité se trouve là-haut.

S'étant levé, il désigna le ciel, laissant à Bönickhausen le temps d'opiner en silence.

— Je suis persuadé que tout est régi par des lois physiques, continua Delhorme, et que tout ce qu'on observe peut se traduire en équations mathématiques.

Il s'assit sur le muret, dos au vide, les mains posées nonchalamment sur le rebord.

— Savez-vous quelle devrait être la vitesse du vent pour qu'il puisse faire basculer un corps de soixante-dix kilos qui lui offre une surface de prise de un mètre carré ?

Bönickhausen se leva à son tour, dérangé par la tournure que prenait la démonstration. Il ne connaissait pas suffisamment Delhorme pour évaluer son degré d'inconscience.

— Je vous avoue que non, mais je préférerais que vous me le disiez bien à l'abri sur la terrasse.

— Cent dix kilomètres par heure. Et si je portais la surface à 1,8 mètre carré, par exemple en me mettant debout, il suffirait d'une rafale à cinquante kilomètres par heure.

— Vous n'allez pas le faire ? s'inquiéta Bönickhausen.

Clément eut un rire bref, posa ses jambes sur le rebord puis, lentement, se leva. Une fois debout sur le muret, il ouvrit ses bras comme s'il s'offrait au vent.

— Descendez, descendez vite ! lui ordonna Bönickhausen après un temps de stupeur.

— Les mathématiques sont la réponse à toutes les sciences, rien ne peut leur échapper, de l'astronomie à la médecine, de la chimie à l'architecture, du quotidien à l'exceptionnel. Elles sont le ciment...

Il leva la tête vers le ciel tacheté de blanc.

— L'univers tout entier est une équation qui attend d'être résolue, monsieur Bönickhausen. Et vous et moi sommes appelés à percer ce secret ! Y a-t-il énigme plus excitante ? Une équation... répéta-t-il pour lui-même.

— Descendez ! répéta l'ingénieur. Nous ne sommes pas Dieu et la science ne peut pas tout prévoir !

— Un jour prochain, nous allons tutoyer ce Dieu qui ne pourra pas éternellement se cacher là-haut, n'est-ce pas ? cria-t-il à l'adresse de la voûte céleste... Quelle heure est-il ?

— Onze heures moins le quart, répondit Bönickhausen sans même sortir sa montre à gousset. Venez, maintenant !

À son grand soulagement, Delhorme sauta sur la terrasse.

— Pourquoi cette crainte ? Il n'y avait aucun risque, le vent ne dépasse pas quarante kilomètres par heure.

— Je crois que nous avons perdu notre temps, dit l'ingénieur pour changer de sujet. Nous ne verrons rien ce soir.

— Je vais chercher Alicia, elle comme moi avons la fâcheuse manie de tordre le cou à la ponctualité.

— Je vous accompagne.

— Non, restez, dit-il en lui fourrant la longue-vue dans la main. Vous me raconterez. Attendez-moi là et appréciez l'instant. Le temps n'est jamais perdu à l'Alhambra.

7

Ramón s'était tout de suite relevé et avait chancelé en tentant d'avancer. Son frère était accouru juste à temps pour le soutenir jusqu'à une chaise dans la chambre de leur mère. Tous deux étaient restés silencieux, assis à côté du corps, en attendant que le cocher reprenne ses esprits.

— C'est l'émotion de voir un mort, expliqua le frère.

— C'est la fatigue du voyage, rectifia Ramón, qui avait eu bien assez d'un malentendu dans sa journée. Je viens de passer trois jours avec un Français qui s'arrêtait tout le temps dans les ravins et les rivières. Pire qu'un chercheur d'or ! Et celle-là, pourquoi tu l'as mise ici ? dans le lit ? interrogea-t-il en désignant la dépouille.

Il se pencha et observa le visage terreux de la morte.

— Je ne me souvenais pas qu'elle avait autant de rides. Et tous ces poils sur le menton, pouah !

— Normal, il y a plus de dix ans que t'es pas venu, fit remarquer son frère.

— On dirait les pommes du père Rayez, toutes tachées et plissées.

Ils rirent ensemble puis laissèrent le silence s'installer. Les deux hommes se tenaient comme des écoliers, droits sur leur siège, les mains sur les cuisses.

— En tout cas, je ne la regretterai pas, affirma Ramón.

— Moi non plus, pour sûr ! Qu'est-ce qu'elle nous en a fait voir, la vieille bique !

Le regard fixé sur les yeux clos de la morte, Ramón imagina un instant qu'elle entendait tous leurs reproches, avant de se rassurer et de partager sa drôle de pensée, ce qui les fit rire à nouveau.

— Tu ne m'as pas répondu, remarqua Ramón, reprenant son regard sévère sous ses sourcils en V. Pourquoi tu l'as mise là, dans le lit de la mère ? Et où est la mère ?

Son frère se massa la bouche de sa grosse main calleuse avant de répondre :

— Le propriétaire de son appartement avait quelqu'un pour le relouer, mais il fallait qu'elle dégage tout de suite.

— À peine morte, quand même...

— Personne dans l'immeuble n'en voulait. Alors...

— Tu as eu la faiblesse d'accepter, malgré tout le mal qu'elle nous a fait quand on était mômes, cette vache ! On était ses têtes de Turcs à l'école.

— Je sais...

— À ta place, j'aurais refusé !

— Pas eu le choix, c'est la mère qui a voulu. Comme elle est à l'hôpital et que son lit est vide, elle m'a demandé de m'en occuper.

— Ah, dit Ramón, comprenant que l'argument mettait fin à toute discussion. Comment elle va, la mère ?

— Elle dit tous les matins qu'elle va mourir dans la journée, mais elle est là. L'autre, elle était en pleine forme et elle est morte d'un coup, la tête dans sa bassine de *garbanzos* qu'elle était en train d'écosser. C'est la vie, un qui s'en va, un qui arrive.

Ramón fit une grimace en imaginant la fin de sa vieille institutrice qui l'avait un jour obligé à manger les cheveux qu'il venait de couper à une camarade de classe.

Un juste retour des choses, songea-t-il en retrouvant la sensation d'étouffement qu'il avait eue quand il avait dû avaler les boulettes capillaires après les avoir mâchonnées.

Il se passa la langue sur les lèvres et déglutit pour faire passer la désagréable réminiscence avant de dévisager son frère :

— Au fait, pourquoi as-tu dit « un qui arrive » ?

— Viens, je t'expliquerai en chemin, je dois mettre la mère au courant d'une nouvelle, éluda le cadet en se levant et enfilant son unique veste, en velours noir, dont il prenait grand soin. Elle sera contente de te voir... Tu es venu en diligence ? Je t'ai vu arriver, ajouta-t-il devant l'hésitation de Ramón à acquiescer.

— Nous irons à pied, mes bêtes sont fatiguées, répondit le *mayoral*, qui n'avait pas l'intention de remonter l'attelage.

Comme pour appuyer son propos, Ramón souffla sur la bougie, dont la flamme résista en vacillant avant de finir écrasée entre pouce et index.

L'hôpital était en vue. Le bâtiment, qui avait appartenu à la congrégation de San Juan de Dios avant que ses occupants ne se le fassent confisquer par l'État espagnol, étalait son architecture sobre et dépouillée sur une grande partie de la rue. Ramón fit claquer une dernière fois le fouet au-dessus de la tête de ses mules afin d'annoncer leur arrivée. Les bêtes fournirent un ultime effort et la berline stoppa devant l'entrée principale. Son frère avait rapidement eu gain de cause en lui expliquant qu'il rêvait de passer, assis à l'arrière d'un carrosse, devant le café du glacier Hurtado, son principal client, qui l'avait toujours considéré comme un pauvre hère illettré. Il avait montré à Ramón comment il comptait saluer Don Hurtado, d'un geste amical, presque familier, un brin condescendant, comme le faisaient les riches bourgeois qui fréquentaient son établissement. Il l'avait convaincu que ces quelques secondes d'égal à égal allaient effacer dans son cœur des années d'humiliation sociale. Lorsqu'ils l'avaient fait, Hurtado, debout à l'entrée de son café, l'avait regardé, incrédule, puis avait décroisé les bras et s'était essuyé les mains sur son grand tablier blanc tout en le regardant s'éloigner.

— Je crois qu'il n'en est toujours pas revenu ! conclut le frère après avoir relaté la scène pour la quatrième fois. Va voir la mère maintenant, va, je garde ton fiacre, que vous soyez seuls pour vos retrouvailles.

Ramón lui tapota la joue affectueusement. Leur espièglerie l'avait transporté trente ans en arrière, quand les deux gamins étaient inséparables. Il déplaça un nuage de poussière ocre en sautant du véhicule et épousseta ses vêtements avant d'entrer dans l'hôpital, en se signant au passage devant la Vierge statufiée au-dessus de la porte.

— Enfin, vous ne serez pas vraiment seuls, lança le cadet alors que son frère ne pouvait plus l'entendre.

Il se cala sur le siège du conducteur en voyant les badauds le regarder, sortit le cigare que Ramón lui avait offert et, tout en le mâchonnant, s'adressa fièrement à eux :

— Je ne suis pas le cocher, il travaille pour moi.

La salle de soins était un gigantesque hall accueillant une centaine de lits dans un mélange d'odeurs de plantes aromatiques, de menthol et d'escarres. Ramón s'arrêta sur le seuil pour essayer de repérer sa mère parmi la marée de têtes coiffées de bonnets blancs qui se tournèrent dans sa direction. La faible lueur des quelques lampes à huile encore allumées dispensait une lumière saccadée et blafarde, qui donnait aux malades l'allure de spectres dignes des contes de Washington Irving. Une sœur vint à sa rencontre.

— Je sais que les visites sont finies depuis longtemps, commença Ramón, mais j'arrive à l'instant de très loin et je viens voir ma mère, Mme Alvarez.

— Venez, je vais vous conduire à elle, proposa la religieuse. Elle vous attend avec impatience depuis le début de l'après-midi.

La vieille femme l'étreignit longuement.

— Ramón, enfin, tu es arrivé, dit-elle d'un ton plaintif.

— Tu as l'air d'aller bien, la complimenta-t-il en s'asseyant à côté d'elle.

Il reçut pour toute réponse une bordée de pleurs au cours de laquelle il comprit qu'elle avait cru mourir dix fois dans la journée, qu'elle avait demandé un prêtre et qu'on le lui avait refusé sous prétexte qu'elle n'avait aucune raison d'être rappelée à Dieu et que le médecin avait proposé de la laisser rentrer chez elle, ce qu'elle avait refusé pour la bonne raison que son lit était occupé par une morte – *une vraie*, avait-elle insisté devant son regard incrédule.

— Au fait, tu l'as vue ? demanda-t-elle, soudain ragaillardie par le fait que la vieille institutrice avait eu un sort moins enviable que le sien.

— Oui, pour sûr je l'ai vue.

— Comment est-elle ?

— On ne peut plus froide.

— Oui, mais ils l'ont habillée comment ? Le curé est venu m'apprendre la nouvelle et m'a demandé si je pouvais lui prêter une robe pour la rendre présentable, il n'y avait aucun vêtement chez elle et elle s'était toute souillée.

— Je n'ai pas fait attention, mentit Ramón, qui s'était demandé ce que faisait le vêtement préféré de sa mère sur la morte, une robe de bal aux manches et au col en dentelle qu'elle mettait encore pour aller danser le fandango le dimanche après-midi.

— J'avais indiqué à ton frère une vieillerie qui ne m'allait plus, j'espère qu'il m'a écoutée.

Ramón évita de répondre et observa d'un regard circulaire les lits environnants, dont quelques occupantes écoutaient leur conversation avec intérêt.

— Au fait, ton frère, où est-il ? Où est Mateo ? demanda Mme Alvarez d'un ton qui trahissait plus l'agacement que l'inquiétude.

— Il garde ma berline à l'entrée. Il va venir.

— Tu vas aller le chercher, dit-elle en se redressant à la verticale, mais avant je vais t'apprendre ce que ce bon à rien a fait ! Et c'est le docteur Pinilla qui me l'a appris lors de la visite ; ce soir, il ne pourra rien nier !

Le *mayoral* sentit une gêne l'envahir comme chaque fois que leur mère dévoilait leurs affaires de famille en public, en parlant fort, toujours trop fort. Il n'osait plus regarder autour d'eux mais sentait tous les regards fixés sur elle et les révélations qu'il connaissait déjà, Mateo l'ayant mis dans la confidence. Ramón écouta sa mère lui apprendre, la voix enrouée de sanglots qui ressemblaient à de l'émotion mais qu'il savait par expérience être une expression de la colère qui gonflait sa gorge, que son frère était le père d'un enfant, qu'il était né le jour même et que la mère faisait partie de la communauté des bohémiens chez qui Mateo vivait depuis un an sans être marié. Il ne sut déterminer lequel de ces faits était le plus méprisable aux yeux de leur mère, les trois se disputant allègrement la première place et finissant sans doute ex æquo. Alors qu'elle terminait sa litanie de reproches et lui prenait les mains pour les serrer tout en lui égrenant ses propres qualités dont son frère semblait dépourvu, Mme Alvarez fut prise d'un léger malaise qui l'obligea à s'allonger sur sa colline d'oreillers, à la recherche de son souffle perdu. Une fois celui-ci retrouvé, elle lui fit signe de s'approcher et lui chuchota :

— Il m'en aura fait du mal, mon Mateo. Mais que veux-tu, c'est mon fils. Va, va le chercher. Je veux l'entendre me le dire lui-même avant de lui pardonner. Une Gitane ! Tu te rends compte ?

Lorsque Ramón se retrouva sur le trottoir, il prit une grande bouffée d'air ; des senteurs sucrées de fleur d'oranger lui parvenaient en provenance d'un immense bigaradier qui poussait le long de la grille de l'hôpital. Croyant s'être trompé de sortie, il revint sur ses pas et reconnut le porche flanqué de la statue de la Vierge.

— Il n'a pas osé... marmonna-t-il, dents serrées, en constatant que la rue était déserte de tout véhicule. Il n'a quand même pas osé...

Ramón aborda un jeune Grenadin en pleine discussion avec sa fiancée pour les questionner sur le départ de sa berline. L'interruption dérangea le jeune homme dans sa cour et le cocher n'obtint qu'une remarque acerbe sur son attitude inopportune. Ramón se contint en plantant ses mains dans les poches et envoya à la fille un regard de compassion, à défaut de corriger l'effronté. Elle sourit en retour à son œillade avant que le fiancé ne la prenne par le bras pour l'entraîner plus loin.

Ramón haussa les épaules et retourna sous le porche de l'hôpital, mais le concierge venait de le fermer. Il ne lui restait plus qu'à rentrer à pied et réfléchir au châtiment qu'il allait infliger à son frère. Comme il hésitait entre la strangulation et le fer rouge, sa pensée revint à la dépouille de son institutrice qui trônait dans l'appartement. *Je vais veiller celle qui m'a dégoûté pour la vie des cheveux féminins et des études, quelle belle soirée pour mon retour à Grenade!* songea-t-il tout en scrutant la maigre circulation dans la rue de l'hôpital.

— Il est parti il y a une demi-heure en direction de l'Albaicín.

Il se retourna et découvrit la jeune fille, qui était revenue seule. Passé la surprise, Ramón la remercia chaleureusement.

— Il ne faut pas lui en vouloir, expliqua-t-elle, vous l'avez dérangé en pleine déclaration.

— J'en suis désolé. Dites-lui bien. Vous allez le prendre pour *novio*[1] ?

— Je ne sais pas. C'est un gentil garçon, mais parfois un peu bourru.

Elle défit l'œillet rouge qu'elle avait sur la tempe gauche et le lui donna.

— Bonne chance à vous ! lança-t-elle avant de disparaître dans le jardin de l'hôpital.

Ramón traversa la rue dans la direction indiquée. Il venait de comprendre les intentions de Mateo et allongea le pas.

1. Fiancé.

8

Clément contourna le palais de Charles Quint et se rendit directement à la tour de Comares. Il traversa la cour des Myrtes au milieu de laquelle le bassin d'eau jouait au miroir avec les étoiles et se heurta à la porte fermée du salon des Ambassadeurs. Il appela et tambourina en vain. Alicia n'y était pas et personne n'habitait plus dans les étages supérieurs depuis que sa femme y avait mis bon ordre.

À la sortie du bâtiment, il percuta un corps allongé contre la dernière marche de l'escalier extérieur de la chambre Dorée. La masse sombre s'anima aussitôt. Une tête hirsute et rougeaude sortit de la mante qui la couvrait en entier. L'homme, un des nombreux sans-domicile qui parsemaient les rues de la ville, avait eu la chance de déjouer la ronde et comptait passer la nuit à la douceur des recoins de l'Alhambra. Il n'avait vu personne ni entrer ni sortir, ce qu'il jura sur tous les saints qu'il avait en mémoire, mais celle-ci semblait aussi chancelante que l'équilibre qu'il tentait tant bien que mal de conserver. Il finit par se rallonger après avoir promis de prévenir Clément si une femme venait à buter sur lui, ce qu'il espérait secrètement mais qui ne lui était plus arrivé depuis des lustres. L'homme remit sa cape en éructant un *buenas noches* et parut se rendormir avant même que Clément ait atteint l'angle de l'allée. Le Français retrouva Contreras, qui venait d'éteindre son four et s'apprêtait à les rejoindre sur la terrasse du Guet. Alicia n'était pas revenue à l'atelier.

— Pouvez-vous m'ouvrir le salon des Ambassadeurs ? Je voudrais en avoir le cœur net, insista Clément.

La demande avait le ton d'un ordre et l'inquiétude gagna Rafael. Il s'empara d'une lanterne et d'un trousseau dont les nombreuses clés tintinnabulèrent bruyamment.

Le vagabond n'était plus présent au portique de la chambre Dorée et Clément accéléra le pas alors que l'architecte promenait sa lampe devant l'entrée de toutes les pièces qui donnaient sur la cour des Myrtes. L'agitation sembla gagner les poissons du bassin à leur passage.

— La clé, s'impatienta Clément devant l'entrée de la tour de Comares.

Rafael déverrouilla l'immense porte en lattes bleues dont ils tirèrent avec difficulté un battant. Il ne put s'empêcher d'admirer les carrelages muraux qu'il avait posés la semaine durant et leva les yeux vers le plafond, le plus beau travail de menuiserie qu'il lui avait été donné de voir, alors que Delhorme fouillait méticuleusement chaque recoin de la salle sans prêter la moindre attention au lieu.

— Elle n'est pas venue, affirma Clément après s'être posté devant le petit échafaudage de leur chantier.

— Qu'est-ce qui vous le fait dire ?

— Son parfum. Il n'y a pas son parfum. Elle n'est pas entrée ici, j'en suis sûr. Avez-vous d'autres rénovations en cours ?

— Il y en a partout sur le site, mais elles n'ont pas progressé depuis des jours... En fait si, la salle des Bains : on doit refaire les plâtreries le mois prochain. J'ai commencé à préparer les supports, mais Alicia n'y a pas participé.

Rafael s'était mis à parler à voix basse, comme s'il livrait un secret. L'écho de son chuchotement se perdit dans l'immensité des murs aux arabesques de stuc et au plafond de cathédrale.

Clément lui prit la lanterne des mains et sortit.

— Mais elle n'a pas la clé, reprit Rafael en agitant son trousseau, nous perdons notre temps.

— N'oubliez pas de refermer, lui cria le Français, qui était déjà reparti dans la cour des Myrtes. Ma femme ne serait pas ravie d'y trouver un vagabond demain matin !

La première porte de l'allée gauche donnait directement sur le vestibule des Bains, et Clément ne fut pas étonné de la trouver ouverte. Elle permettait aussi de monter aux anciennes chambres occupées par l'entourage du dernier gouverneur, et les gardes, des soldats invalides pour qui la surveillance des palais de l'Alhambra était une nouveauté, oubliaient parfois de les verrouiller. Le vagabond s'y était sans doute installé et avait dû en être délogé par Alicia, qui considérait le lieu comme un trésor à protéger et pouvait se montrer revêche envers ceux qui ne le respectaient pas. Du moins c'était la version qui se dessinait dans son esprit. Le bougre était trop éméché pour être dangereux, mais où était passée Alicia ? Pourquoi n'était-elle pas réapparue ?

Clément appela, attendit une réponse qui ne vint pas et descendit un escalier en pente raide. Il traversa la salle de repos des Bains et pénétra dans le hammam en souriant : il avait identifié le parfum de sa femme.

— Alicia ?

— Alors ? fit la voix de Contreras dans son dos.

Un gémissement plaintif leur répondit dans une pièce voisine. Ils traversèrent une première salle au plafond en forme de coupole.

Alicia se trouvait dans la deuxième, plus petite, allongée dans une baignoire carrelée, la tête penchée en arrière, les mains crispées sur les rebords. Son regard croisa celui de Clément et exprima un soulagement bien vite submergé par la douleur. Sa mâchoire était si contractée qu'elle ne pouvait prononcer aucune parole, juste des gémissements, ceux qui les avaient amenés jusqu'à elle. Il s'assit à son côté et lui caressa les cheveux. Au bout d'un long moment, Alicia parvint à articuler :

— Je crois que... je crois que je suis en train d'accoucher, mon mari.

Clément se leva comme mû par un ressort, fit trois pas puis revint vers elle :

— Je vais aller chercher Manuel, précisa-t-il.

Manuel Molina, qui était le médecin de la garnison de l'Alhambra depuis plus de vingt ans, habitait dans un des bâtiments de l'Alcazaba.

— Je ne suis pas sûre qu'il ait beaucoup pratiqué d'accouchements, put-elle plaisanter. Va plutôt chercher le docteur Pinilla, il...

Elle fut interrompue par la douleur d'une contraction violente mais plus brève que les précédentes.

— Il est au courant de mon cas, reprit-elle.

— Je m'en occupe, intervint Rafael Contreras, restez avec votre femme.

Il leur laissa la lampe-tempête et sortit dans la pénombre. Clément frissonna. La salle, entièrement carrelée, ne possédait aucune fenêtre et n'avait pour ouvertures vers l'extérieur que de minuscules lucarnes en forme d'étoiles découpées dans le dôme.

— Ainsi donc, nous y voilà, dit-il en tournant autour de la baignoire. Le grand moment est venu. Tu n'as pas froid ? Je n'aurais pas dû te laisser seule ce soir. Dès que tu te sentiras mieux, je te transporterai dans notre chambre. Et on fera du feu. Et je t'apporterai des serviettes chaudes. Mais qu'est-ce qui t'a pris de venir ici ? C'est le vagabond, tu l'as vu ? Et dire que je n'ai pas encore fabriqué le lit pour notre enfant, on se débrouillera pour ce soir, d'accord ?

Alicia fit cesser la logorrhée en lui attrapant si fort la main que ses ongles se plantèrent dans sa paume. Il se tut et se contenta de lui masser doucement le front, que des rides de douleur striaient régulièrement. Le temps s'écoulait lentement. Un morceau de lune d'une étrange teinte cuivrée était visible à travers une des étoiles du plafond. *Bönickhausen...*, songea-t-il. *Si les gardes sont passés, il s'est retrouvé enfermé dans la tour du Guet. Rafael ira le rechercher. Mais que fait-il, celui-là ? Voilà une heure qu'il est parti !*

Il défit sa veste, la roula en boule et la posa sous la nuque d'Alicia, dont le contact avec l'arête du carrelage devenait douloureux. Elle le remercia d'un regard et lui caressa la joue pour le rassurer.

— Mais que font-ils ? murmura-t-il à nouveau.

Un cri répondit à sa question, suivi d'un juron, puis d'une bordée d'autres. Rafael entra peu après, suivi du docteur Pinilla qui se tenait le coude et avait la pommette gauche rougie.

— Nous avons retrouvé votre vagabond, annonça Rafael.

— J'ai chuté dessus, compléta le médecin en relevant sa manche pour constater qu'il n'était qu'éraflé.

Il posa sa sacoche à soufflets et l'ouvrit, avant de se retourner vers Rafael Contreras. L'architecte comprit sa demande implicite et se retira. Pinilla eut le même regard interrogatif envers Delhorme.

— Je veux que mon mari reste, annonça Alicia, le souffle haché par les contractions.

— Très bien, alors nous sommes au complet ! lança Pinilla. Votre ami a eu de la chance de me trouver à mon domicile.

Le médecin avait laissé sa femme se rendre seule chez sa sœur en prétextant un surcroît de travail afin de pouvoir continuer sa lecture de *Notre-Dame de Paris*. Rafael l'avait arraché au roman au moment où Esmeralda était arrêtée pour le meurtre de Phœbus, ce qui l'avait profondément agacé ; Pinilla avait bougonné une partie du chemin avant de retrouver sa concentration dans la montée de la *calle de los Gómeles* et d'évaluer tous les risques et les moyens de s'en prémunir.

— Je ne pensais pas vous revoir aussi vite, chère madame, dit-il en reconstituant son stéthoscope. Monsieur Delhorme, vous êtes au courant des enjeux liés à l'accouchement de votre femme...

— Non..., l'interrompit-elle.

— Le bébé a deux mois d'avance, c'est cela ? avança Clément sans quitter Alicia du regard.

Elle fit oui, puis non de la tête, incapable de prononcer une parole, le visage déformé par la douleur.

— Oui et non ?

— Il est vrai que la délivrance était prévue pour août, confirma Pinilla. Mais le problème est ailleurs. Votre femme ne vous a donc pas expliqué...

— Pas encore, répondit-il sans attendre la confirmation d'Alicia. L'enfant a un problème de santé ?

— Non, ils vont bien, répondit le médecin.

— Ils vont... Des jumeaux ? C'est cela ?

Clément interrogea sa femme des yeux.

— Nous allons avoir deux enfants ?

Nouveau signe négatif. Elle respira profondément après une longue contraction et tendit sa main en repliant lentement le pouce et l'auriculaire contre sa paume.

— Trois ? Trois jumeaux ?

Les yeux d'Alicia s'arrondirent comme s'ils s'excusaient. Il l'embrassa sur le front et lui caressa les cheveux.

— Mais c'est formidable, mon amour, c'est...

Il se releva, prit le médecin par le bras et l'emmena à l'écart.

— C'est dangereux ? chuchota-t-il en tournant le dos à sa femme.

— C'est ce dont je voulais vous entretenir, répondit Pinilla d'une voix assurée. Vos trois enfants vont naître très prématurément et ils ne seront pas aussi forts qu'ils le devraient. Dans le même temps, votre femme, elle, ne pourra les nourrir tous. Vous comprenez que, dans cette situation, il faut s'attendre à...

Le médecin n'eut pas le temps de finir sa phrase. Delhorme l'avait entraîné dans la pièce contiguë.

— Quel est le plus grand risque, docteur ?

Pinilla fit mine de réfléchir avant de lui résumer à quel point l'accouchement de trois enfants allait affaiblir la mère, qui risquait de ne plus avoir assez de forces pour la délivrance du dernier.

— Mme Delhorme me semble une femme extraordinaire de courage, mais c'est la survie des nouveau-nés qui m'inquiète vraiment. Je ne connais pas de cas où trois enfants d'une même portée aient survécu. D'ailleurs, jamais je n'ai eu à accoucher des tri-jumeaux.

— Que peut-on faire pour augmenter nos chances ? Que dois-je faire ?

Au même moment, Alicia eut l'impression de recevoir un coup de poignard dans le ventre et hurla jusqu'à en perdre son souffle.

La lune était réapparue. Le spectacle avait été magnifique, le plus beau qu'il avait jamais vu. L'astre avait produit, au début de l'éclipse, des reflets bleutés, avant de réapparaître sous la forme d'une sphère parfaite à la teinte rouge brique.

— Minuit et trois minutes, dit Bönickhausen en regardant machinalement sa montre comme pour noter la fin d'une expérience.

Il replia la longue-vue et s'approcha du muret à l'angle duquel la cloche du campanile entamait sa litanie de coups. Il se trouvait à l'endroit où Delhorme s'était tenu debout, et constata à quel point la pierre, usée par le temps, était lisse et glissante. L'ingénieur dodelina de la tête d'un air chargé de reproches. Il se pencha plus en avant et aperçut une forme sombre collée à la tour environ deux mètres en dessous de la terrasse.

— Pas si fou, notre homme ! lâcha-t-il, amusé.

Un échafaudage constitué de planches ceignait le pan de muraille autour d'une fenêtre dont l'arc en mosaïques était en rénovation.

— Monsieur l'ingénieur ! lui cria Contreras depuis l'entrée de la terrasse.

Bönickhausen le rejoignit sans se presser et remarqua que l'homme était en sueur. Rafael lui résuma la situation et l'invita à se rendre à son gîte, qui se trouvait dans un autre bâtiment que l'appartement des Delhorme.

— La chambre de Charles Quint, c'est un privilège, indiqua l'architecte alors qu'ils traversaient l'esplanade en direction des palais.

— Ainsi, je vais dormir dans le lit d'un roi ? demanda Bönickhausen en se promettant de relater l'anecdote dans sa prochaine lettre à ses parents.

Rafael l'arrêta en le prenant par le bras.

— D'un empereur. À vrai dire, lui-même n'y a jamais dormi, mais l'écrivain Washington Irving, si, lui confia-t-il comme un secret avant de reprendre la marche.

Le nom du romancier, dont Bönickhausen n'avait jamais entendu parler, ne ferait pas le même effet sur ses parents, mais il se promit de le leur mentionner quand même. Il aimait pimenter sa correspondance familiale d'anecdotes autres que les futurs ouvrages à construire et leur coût.

Après avoir traversé une série de pièces en enfilade, Contreras s'arrêta dans une salle carrée de style italien aux boiseries abîmées, où un lit récent avait été installé dans un angle. Pas de baldaquin ni de voilages, pas de rideaux, de tentures ni d'oripeaux ostensibles dignes du faste d'une famille royale, juste une cheminée ornée d'un blason de pierre.

— Les travaux d'embellissement n'ont pas encore débuté dans cette partie, s'excusa l'architecte, mais vous donnez sur le jardin de la Lindaraja. Le bruit de la fontaine va bercer votre nuit, ajouta-t-il en ouvrant grand la fenêtre sur le patio.

Les branches mêlées d'un citronnier et d'un oranger arrivaient à leur hauteur et présentaient leurs fleurs telle une offrande à portée de main. Le hurlement déchirant de Mme Delhorme leur parvint. Les deux hommes se regardèrent en silence. Le cri se termina par une longue plainte, puis le murmure de l'eau glissant sur le marbre de la fontaine reprit ses droits.

Une fois seul, Bönickhausen s'assit sur le lit et observa le plafond recouvert d'une multitude de caissons en cèdre encadrant des dessins de fruits et de fleurs. Les peintures murales avaient été presque entièrement effacées par le temps et recouvertes de signatures et de mots de visiteurs peu scrupuleux qu'il se mit à lire. Il n'avait pas envie de dormir et, eût-ce été le cas, les hurlements de douleur d'Alicia l'en auraient empêché. Il songea à sa femme, enceinte elle aussi, et au jour de la délivrance dont il ne savait comment il se comporterait. Mais il en était plus impatient qu'angoissé.

Il entendait tout, comme si l'accouchement se déroulait dans la pièce attenante, et s'aperçut que les sons se propageaient par le conduit de cheminée. Il tenta d'écrire mais ne parvint pas à se concentrer, puis de dormir, en vain. Il ouvrit alors son carnet, choisit un crayon à la mine de graphite tendre et dessina la pièce dans son ensemble. Malgré un bougeoir à la lumière confidentielle, il se prit au jeu et entama des croquis des différentes boiseries puis de la cheminée surlignée des emblèmes impériaux. Deux heures s'étaient écoulées lorsqu'il entendit des pas résonner dans le corridor d'accès. Clément entra.

— Ça y est ? Vous êtes père ? demanda Bönickhausen en ouvrant les bras, prêt à l'étreindre.

Le cri d'Alicia répondit à la place de son mari, qui fronça les sourcils.

— J'ai besoin de votre aide, dit-il, je vous expliquerai en route.

Ils empruntèrent un chemin que l'ingénieur ne connaissait pas, un couloir étroit suivi d'un escalier en colimaçon, avant d'arriver aux thermes. Mme Delhorme, allongée dans une large baignoire carrelée, avait le corps en partie caché par le médecin, qui lui appuyait sur le ventre avec une force surprenante. Il détourna la tête autant par dégoût que par pudeur et suivit Clément dans la dernière pièce des Bains.

— L'ancienne chaufferie, lui précisa-t-il.

— Qu'attendez-vous de moi ?

Clément lui relata l'existence des trois jumeaux et les risques liés à leur prématurité.

— D'abord, ils vont avoir besoin d'un environnement chaud et humide. Puis il nous faudra trouver une nourrice pour pallier le manque de lait.

Bönickhausen admira le calme et la détermination de Delhorme.

— Le docteur m'a averti que l'accouchement pourrait durer plusieurs heures, ajouta-t-il. Et Alicia n'est pas transportable. Nous allons donc tirer parti du lieu. Il y a un hypocauste sous le dallage et un système de conduction de la vapeur. Nous allons les mettre en route.

— Vous pouvez compter sur moi, dit l'ingénieur en déboutonnant sa veste.

— À côté de vous se trouve le four, indiqua Clément en montrant une grande niche aux murs noircis. Il existe une réserve de bois dans nos appartements et une autre à la garnison. Les canaux de l'hypocauste chaufferont vite le sol. Pour la vapeur, il y a un petit bassin dans la salle à côté, qui est alimenté par les chaudières.

— Cela ne devrait pas être trop compliqué, dit Bönickhausen en remontant ses manches.

— À un détail près : il n'y a plus de chaudières, elles ont été vendues il y a cent ans. Je compte sur vous, ingénieur Bönickhausen.

9

Ramón progressait sur le chemin qui remontait en serpentant de la gorge encaissée séparant l'Albaicín de la colline de l'Alhambra. L'endroit n'était pas éclairé et ses pieds butaient souvent sur des racines ou des cailloux. La lune avait presque disparu et s'était transformée en un rond couleur de sang séché.

— Je n'aime pas ça, grommela-t-il, n'osant plus la regarder.

Il passa devant une grande croix en pierre, plantée sur le bord du talus, et en profita pour se signer. Un homme dormait à même le sol, recroquevillé contre le parapet offrant une protection symbolique au ravin qui filait jusqu'au Darro. En journée, les habitants s'en servaient comme banc où faire halte. La nuit il fournissait un abri aux malheureux vagabonds. Plus loin, du côté de la colline, un immense aloès découpait sa silhouette squelettique sur le ciel. Ramón connaissait bien les légendes qui couraient sur l'Alhambra hantée par les spectres des guerriers maures. Il maudit son frère de l'obliger à se rendre de nuit au Sacromonte – l'endroit qui, enfants, les effrayait le plus, le repaire des Gitans, la colline maudite –, mais il était persuadé que Mateo s'y était rendu afin d'emmener sa bohémienne faire un tour en berline. *Il est capable de tout,* estúpido ! *En pleine nuit, avec des bêtes épuisées et une lune qui disparaît.* Il lui sembla distinguer les premières lueurs de la colonie. Ramón accéléra le pas au moment où la lune retrouvait une couleur ambrée.

La colline des Gitans paraissait animée d'une activité aussi intense qu'en plein jour. Les habitants s'étaient réunis autour de plusieurs feux qui brûlaient comme des petits soleils sur ses pentes en terrasse. Le foyer principal se trouvait sur le palier le plus élevé, à cinquante mètres en aval de l'abbaye du Sacromonte, devant l'entrée de la plus grande des grottes, la seule à bénéficier d'un auvent et d'un banc en bois. Une poignée de personnes accompagnaient de leurs claquements de mains les évolutions d'une jeune danseuse de flamenco, aux mouvements souples mais sans grâce, vêtue d'une robe de mousseline aux couleurs criardes. Le guitariste, assis sur une chaise, frottait les cordes avec une efficace économie. Les flammes enveloppaient de grandes lattes de bois disposées en pyramide et léchaient le ciel de leurs pointes fébriles. Ramón rejoignit l'attroupement en franchissant les passerelles et échelles qui reliaient les paliers, agglomérant à chaque passage une nouvelle nuée d'enfants curieux et quémandeurs qui voyaient pour la première fois un étranger pénétrer dans la colonie après la nuit tombée.

Lorsque Ramón arriva devant le brasero, le guitariste s'arrêta de jouer au milieu d'un *cante chico*, et la danseuse se laissa tomber au sol telle une poupée de chiffon. L'homme resta assis à le regarder, attendant que l'inconnu prenne la parole, sans chercher à mettre à l'aise celui qui venait d'interrompre leur soirée. Seuls les enfants continuaient à l'interpeller et le tirer par ses vêtements, jusqu'à ce qu'un signe du guitariste les fasse s'éparpiller dans la pénombre. Une des lattes du feu, en partie calcinée, se cassa en son milieu, provoquant l'effondrement des autres dans une gerbe d'étincelles. Ramón les considéra un instant, remarqua le bout de feutrine rouge accroché à l'une d'elles avant de se prendre la tête à deux mains :

— Ma berline ! Ma berline... Qu'avez-vous fait ?

Sa réaction déclencha les rires de l'assistance, ce qui le mit en rage. Il tenta de retirer les planches hors du feu mais ne fit que se brûler la main. Il hurla un échantillonnage de tous les jurons en cours à Guadix et frappa du pied sur le sol.

— Quel est ton problème, gadjo ? gronda une voix dans son dos.

Tout le monde s'était tu et baissait les yeux, y compris le musicien, qui semblait pourtant avoir autorité sur les autres. Le Gitan qui était debout devant le seuil de sa maison, entouré de quatre hommes tous plus costauds que lui, portait un chapeau en forme d'entonnoir au large bord circulaire terminé par un pompon de tissu. Son visage jeune, plutôt bienveillant sans toutefois être amical, était en partie mangé par un collier de barbe foisonnant. Il portait une veste multicolore brodée et piquée de paillettes, et son pantalon s'enfonçait dans de larges bottes à franges. Ramón reconnu le chef du clan, Antonio Torquado, à la description que lui en avait faite sa mère en évoquant la situation de Mateo.

En l'absence de réponse, le prince des Gitans continua :

— Qu'as-tu donc avec ton carrosse ? Tu viens nous accuser en pleine nuit de l'avoir brûlé ? Es-tu fou, ivre ou complètement inconscient, homme ?

Sa voix, pourtant calme et posée, se diffusa jusqu'aux autres feux, dont les participants arrêtèrent leurs activités. Certains se dirigèrent vers eux. Torquado avança vers Ramón, qui se mit à regretter sa venue.

— Mais ce n'est pas vous qui l'avez volé : c'est Mateo, mon frère, balbutia-t-il en tentant d'accrocher l'approbation de tous les regards dirigés vers lui.

Le *mayoral* expliqua la raison de sa présence et sa surprise lorsqu'il avait reconnu le tissu sur le bois de chauffage.

— Le même que celui de mon véhicule : tout le plafond en est tapissé, alors j'ai cru qu'il avait eu un accident, le chemin est si dangereux, et j'ai pensé que ces planches venaient de ma berline, vous comprenez ? Mais je crois que je me suis trompé, je vais vous laisser, conclut-il en tentant de forcer le cercle qui l'entourait.

Personne ne bougea. Torquado, qui buvait du vin dans un pot en grès, lui tendit le récipient. Ramón n'osa pas refuser et avala une gorgée avant de le lui rendre.

— Je vais vous laisser, vraiment, répéta-t-il. Je dois retrouver mon frère.

— Donc, selon vous, il aurait cassé votre carrosse, qu'on aurait détruit pour nous chauffer ? Et les mules ? Les aurait-on mangées, par hasard ?

Toute l'assistance éclata de rire. Le prince prit fermement Ramón par la nuque et l'entraîna vers la terrasse inférieure :

— Cela ne vous intéresse-t-il pas de savoir si votre frère va bien après son accident ?

Ils descendirent la colline jusqu'à la berge du Darro, accompagnés par les quatre Gitans qui tenaient chacun une torche, suivis à une distance respectable d'une partie de la colonie. Ramón identifia rapidement la forme sombre dans l'herbe à une dizaine de mètres du ruisseau et pressa le pas jusqu'à sa berline dont le timon reposait sur le sol. Le prince prit une des torches pour éclairer le véhicule, qui était intact de tout dommage. Ramón en fit le tour plusieurs fois, manœuvra les portes puis vérifia les suspensions de cuir et souffla bruyamment, soulagé.

— Mais que s'est-il passé ?

Mateo n'avait pas réfléchi longtemps. « Prenez bien soin des vôtres »... La phrase du docteur Pinilla l'avait remué. Il avait compris que le véhicule de son frère était une chance unique : il lui permettrait de quitter le Sacromonte, Grenade et la misère avec Kalia et l'enfant. Voyant les deux tourtereaux qui se murmuraient des mots doux à l'angle de la rue de l'hôpital, il s'était décidé. Il serait bien temps de rendre le véhicule à Ramón une fois sa famille en sécurité, loin de Torquado et de sa bande. *Ma famille*, avait-il murmuré, fier de cette pensée, avant de faire claquer le fouet sur Bandido et Capitán. Il avait quitté le chemin dès la première montée vers la colline des Gitans et s'était dirigé au fond de la gorge en se repérant aux pâles reflets argentés du Darro, avait attaché l'attelage à un vieil olivier et grimpé le flanc méridional de la colline de façon à éviter les groupes autour des braseros et à rejoindre dans l'ombre la grotte excentrée de Kalia.

Il était entré tel un grand seigneur venu délivrer sa princesse, lui avait exposé son plan et avait reçu pour toute réponse une pierre à corne lancée brutalement, suivie d'une argumentation fleurie lui expliquant que jamais une bohémienne ne quitterait son clan pour un gadjo pauvre et hideux, ce que Mateo avait trouvé exagéré dans les deux cas. Réveillé, l'enfant avait braillé aussi fort qu'un chanteur de *zambra*, obligeant Kalia à lui concéder un tour en carrosse, juste un petit tour, afin de le calmer et de se rêver en princesse le temps d'une sortie dans Grenade. Mateo avait porté la mère, incapable de marcher, qui elle-même tenait son fils, incapable de se taire. Il les avait installés dans l'habitacle, avait grimpé à la place du cocher et, au moment de partir, avait noté la drôle de couleur que la lune commençait à prendre, ce qui l'avait plus étonné qu'effrayé. D'un coup de poignet sur les rênes, il avait encouragé les bêtes à avancer, ce qu'elles avaient refusé de faire. Après plusieurs tentatives infructueuses, il s'était résigné à utiliser le fouet, qui avait eu pour effet d'affoler les deux mules, de planter la berline dans une ornière, de faire crier Kalia de douleur et d'ameuter les Gitans de la colline.

Malgré les protestations de Kalia, Torquado avait été intraitable. Les faits étaient contre elle, et puisqu'elle avait voulu fuir le Sacromonte, il l'avait bannie, ainsi que Mateo et l'enfant.

Magnanime devant les cuisses bandées de la jeune mère, le prince leur avait laissé une des deux mules, gardant l'autre, ainsi que la berline.

— Mais c'est la mienne ! s'étrangla Ramón en apprenant la nouvelle. Et la bête aussi !

— Vous êtes ici sur un territoire où j'ai pleine autorité, assura Torquado.

— Je me plaindrai au capitaine, au gouverneur ! dit le *mayoral* en s'enhardissant avant de reculer dès que le Gitan s'approcha.

Le prince le toisa sans répondre puis lui tendit la torche. La conversation était terminée.

— Dites-moi au moins où ils sont allés, quémanda Ramón sans conviction.

Torquado lui avait déjà tourné le dos. Le cocher lança un dernier regard à son véhicule puis aux deux hommes qui étaient restés à ses côtés alors que tous les autres n'étaient déjà plus qu'un serpent lumineux remontant la pente vers les terrasses.

Il quitta la colline et gagna Grenade jusqu'à la *plaza Nueva* où les rues étaient plus animées qu'à l'habitude. La lune avait retrouvé sa couleur et son éclat mais la nouvelle de l'éclipse s'était propagée et avait fait sortir les curieux. Après une rapide inspection, il délaissa la place et se rendit directement chez leur mère. Il tambourina à la porte de l'appartement, qui resta close. Seul le voisin de palier sortit, alerté par le bruit.

— Celle qui s'y trouve ne risque pas de vous ouvrir, commenta-t-il. Elle est morte.

— Je sais, bougonna Ramón, dont l'énergie et la patience déclinaient. Mateo n'est pas venu ce soir ?

La réponse négative ne le surprit pas. Il posa les mains sur sa nuque. Il n'avait pas mangé depuis Guadix et réfléchir lui semblait au-dessus de ses forces, d'autant que rien n'était prévisible avec son frère.

— Voulez-vous entrer vous reposer ? proposa le voisin. Je vous ai reconnu, monsieur Alvarez. Ma femme a fait un *salmorejo*, ajouta-t-il pour le convaincre. Vous me raconterez votre vie d'homme d'affaires à Murcie.

Les sourcils du *mayoral* prirent une position horizontale en même temps que son regard s'éclaira. Il entra en faisant mille révérences à son sauveur, s'affala dans la chaise qu'on lui présentait sans même enlever sa veste pendant que l'épouse, convoquée, filait à la cuisine.

Ramón saliva à la vue de la mie de pain trempée dans un mélange d'huile, de vinaigre et de tomate recouverte d'une appétissante tranche de jambon cru dont la couleur lui rappela les œillets fichés dans la chevelure de la danseuse gitane. Il chassa cette pensée, avala trois *salmorejos* de suite jusqu'à épuisement du plat, tout en jouant le rôle de l'entrepreneur en transports qu'il n'était pas – ou pas encore – en répondant aux questions de son hôte et en remerciant intérieurement sa mère d'avoir exagéré sa situation. Le sort de sa berline lui revint en mémoire, ce qui le rembrunit et lui donna un air soucieux que le voisin prit pour de l'inquiétude au sujet de la santé de sa maman. L'homme lui proposa un alcool fort anisé, Ramón lui offrit un cigare et les deux s'assirent dans un sofa au tissu lustré face à une fenêtre ouverte sur la nuit, d'où des sérénades et des chants leur parvenaient des rues avoisinantes. Il laissa le voisin lui raconter la vie de l'immeuble étage par étage, puis celle de l'institutrice trépassée, dont il n'avait que faire. Il se sentait mieux, détendu par l'alcool et par la faconde de son hôte, et n'avait plus la force de bouger. Il allait se reposer avant de reprendre ses recherches. Ramón aperçut à l'angle de la fenêtre le bord jaune pâle de la lune revenue de son éclipse.

— On aurait dit un fruit pourri, dit-il en pensant à l'astre, interrompant le voisin dans sa longue tirade. Tout à l'heure, elle avait l'air d'un fruit en décomposition, répéta-t-il devant le regard incrédule de l'homme.

Celui-ci parut tenter de remettre de l'ordre dans ses idées et manifesta son étonnement en croisant et décroisant les jambes avant de répondre :

— Vous m'en voyez navré. Pourtant, nous avons fait de notre mieux pour qu'elle ait un embaumement de qualité.

Chapitre III

Mardi 2 juin, Grenade, Espagne

10

Le cri de l'enfant aspirant sa première bouffée d'air envahit la salle des Bains. Le docteur Pinilla coupa le cordon, l'emmaillota et le déposa dans les bras de Delhorme, qui resta un instant figé avant de le présenter à sa femme. Alicia se sentait euphorique après la première délivrance ; la douleur s'était apaisée et tous ses muscles s'étaient détendus.

— Un garçon, dit simplement Clément, que l'émotion rendait soudainement taiseux.

Elle se redressa sur ses coudes, regarda son minuscule nouveau-né, lui envoya un sourire rempli d'amour, puis un autre à son mari, avant de se laisser envahir par la réalité : elle allait devoir subir deux autres accouchements, alors que le premier venait de la laisser exsangue. *Comment puis-je y arriver ?* songea-t-elle en se laissant choir sur son lit de douleur. Elle ferma les yeux pour rassembler toute son énergie.

La baignoire avait été aménagée par Clément, qui avait apporté le matelas et les coussins sur lesquels Alicia reposait, ainsi que des draps qu'il avait déchirés, selon les indications du médecin.

Tous avaient le visage perlé de sueur en raison de la chaude humidité ambiante. Pinella, qui savait que les poumons des trois fœtus n'étaient pas encore arrivés à maturité, avait décidé de les humidifier au maximum par ce biais, sans jamais l'avoir tenté, mais l'accumulation des contraintes nécessitait de prendre des risques. Le système imaginé par Bönickhausen avait permis de générer une humidité et une chaleur de forêt tropicale. En questionnant Contreras, l'ingénieur avait appris l'existence d'un atelier de production d'alcool situé près de la place des Citernes, et tous deux avaient récupéré un alambic à même de produire une quantité suffisante de vapeur. Les soldats de ronde les avaient aidés à transporter le récipient en cuivre et bois, puis à amasser suffisamment de bûches de chauffage. Les officiers et le médecin de la garnison avaient été réveillés et une agitation inhabituelle avait gagné toute l'Alhambra.

L'ingénieur avait retiré le condenseur du corps de l'alambic pour le relier directement au tuyau qui traversait le mur jusqu'aux robinets de la baignoire, de simples poignées en fer, les originaux – des têtes de lion en or massif – ayant depuis longtemps disparu. Grâce à ce système, Clément contrôlait le taux d'humidité dans la pièce.

Bönickhausen vérifia la vigueur du feu alors que Pinilla réclamait encore plus de vapeur. Le deuxième enfant se faisait attendre. Le médecin s'épongea le front et s'essuya les mains avant d'introduire de nouveau les tuyaux de caoutchouc du stéthoscope dans ses oreilles. Il le posa sur le ventre resté énorme de sa patiente et réfléchit à la suite des événements. *Le col est toujours dilaté, l'accouchement sera rapide une fois la deuxième poche rompue,* se rassura-t-il. Pinilla se souvint des jumeaux de Mme Hermoso, dont le second enfant était né plusieurs semaines après le premier. Le médecin avait refusé de rompre la poche des eaux, source fréquente d'infections chez la mère, et avait préféré attendre que la nature fasse son œuvre. *Mais comment procéder avec des tri-jumeaux ?* Il n'en avait aucune idée et, pour la première fois de sa carrière, hésitait à intervenir.

Une heure et demie s'était écoulée depuis la première délivrance lorsque la membrane s'ouvrit naturellement, à son grand soulagement. Quatre-vingt-dix minutes durant lesquelles les cris d'Alicia s'étaient petit à petit éteints par épuisement, malgré leurs encouragements.

— Allez, nous y sommes presque ! l'exhorta le praticien après avoir effectué une palpation. Vous allez retenir votre souffle puis, aux prochaines contractions, pousser vers le bas aussi fortement que vous le pourrez !

— Je ne peux pas, je ne peux plus, murmura Alicia dont les yeux, enfoncés dans leurs orbites, peinaient à s'ouvrir.

Ses joues s'étaient creusées, faisant ressortir ses pommettes saillantes.

— Il nous faut faire autrement, ma femme n'a plus de forces, intervint Clément.

Pinilla, qui écoutait les battements des cœurs à travers son stéthoscope, ne répondit pas. Delhorme s'empara de l'appareil et répéta sa remarque en articulant devant le cornet d'ivoire. Le médecin grimaça et répondit sèchement :

— Autrement ? Mais que proposez-vous ? Il n'y a pas d'autre façon d'accoucher, monsieur, et cela depuis que le monde est monde, croyez-moi, je...

Il ne put finir sa phrase : au même moment, Alicia fut sujette à une contraction plus violente qui la tétanisa. Sa main gauche s'agrippa au stéthoscope, la droite à l'avant-bras de son mari. Dans un hurlement primal, réunissant ses dernières forces, elle poussa avec l'énergie du désespoir, arrachant les deux embouts des oreilles du médecin, qui brailla de douleur. Les deux cessèrent de crier au même moment, laissant place à un silence groggy.

— Ça y est, ça y est, je vois la tête ! annonça Clément, qui tenait avec force la main de sa femme.

Pinella reprit sa position à côté de la parturiente. Son dos lui faisait mal, ses oreilles étaient en sang. Il enveloppa les jambes d'Alicia dans des serviettes chaudes qu'il attacha avec des épingles de nourrice. L'acte relevait plus du réflexe que de l'utilité, vu la température ambiante, mais le médecin avait besoin de conserver le mode opératoire qui était le sien et qui lui avait toujours réussi. Il empoigna la tête de l'enfant des deux mains et tira doucement. Les épaules ne s'engagèrent pas.

— Ne poussez plus, prévint-il. Monsieur Delhorme, allez chercher les forceps qui sont dans la sacoche. Et le flacon de sirop.

Clément lui donna les tenailles en forme de grosses cuillères et enleva le bouchon du flacon.

— Combien doit-elle en boire ?

Pinilla tendit le bras en lui faisant signe de le lui donner. Il prit la flasque et en avala trois lampées avant de la lui rendre avec une mimique de satisfaction.

— C'est bien celui-là. Un tonique de ma composition. Cela devrait la réveiller. Attention, pas plus d'une petite gorgée, prévint-il alors que Clément tenait la nuque d'Alicia pour l'aider à boire.

— Bientôt plus de bois, cria Contreras depuis la salle attenante.

— Il faut conserver la même chaleur, et l'humidité aussi, trancha le médecin.

Delhorme reboucha le tonique, le posa hors de portée du médecin et gagna la pièce du four. Bönickhausen finissait de recouvrir l'alambic d'une couverture de laine afin de minimiser les pertes de chaleur alors que l'architecte rassemblait les dernières branches de bois sec posées sur le sol.

— Il nous en reste pour une heure, pas plus, indiqua l'ingénieur. Après, plus de vapeur.

— J'ai pris tout le stock de bois de l'atelier. Et celui de la garnison, ajouta Contreras.

Clément regarda les flammes qui léchaient le bois calciné dans le foyer.

— On peut calfeutrer la pièce chaude, proposa-t-il, tendre des toiles et des couvertures à l'entrée et la sortie, plusieurs couches, pour pallier l'absence de portes.

— On n'a pas le temps de les mettre en place, objecta Contreras, et il faudrait des clous spéciaux pour ne pas abîmer les murs.

— Alors, je ne vois qu'une solution...

— Venez vite ! cria Pinilla. J'ai un problème !

Les yeux d'Alicia ne reflétaient plus qu'une vision trouble de la réalité. Tout semblait distendu. Elle avait eu envie de pleurer, puis s'était sentie euphorique lors de la délivrance de son deuxième enfant. Euphorie qui n'avait duré que quelques instants, suivie d'une intense agitation autour d'elle. Elle n'entendait pas son enfant pleurer. Elle voulut parler, savoir, comprendre, mais était incapable d'articuler le moindre son ou d'ouvrir les yeux. Le temps était long, si long. Un liquide chaud coula entre ses jambes. Elle perçut l'odeur du sang, des bruits de ciseaux, mais elle ne sentit rien, ce n'était pas son corps que l'on tailladait. Puis, enfin, un hurlement félin, suraigu. Le cri de la vie. Elle entendit la voix de son mari, lointaine, si lointaine ; c'était une fille. Alicia répondit d'un sourire, puis on la lui posa un instant dans les bras et elle sentit son souffle contre sa peau. On la lui enleva.

Elle avait chaud mais elle frissonnait, elle n'avait même plus la force d'ouvrir les yeux, d'ailleurs à quoi bon, tout était si trouble, le médecin, Clément, toute cette agitation derrière eux... Il lui sembla voir des ombres passer dans la pièce en transportant un échafaudage. Elle devait délirer. Son corps n'était plus qu'un ensemble de douleurs, elle avait l'impression que son ventre et ses jambes, s'étaient décousus et que plus jamais ils ne la porteraient. Les voix lui parvenaient toujours déformées et lointaines. Il y avait ces sifflements aussi, de plus en plus forts, comme un tourbillon d'insectes autour de sa tête. Et la voix qui disait qu'un enfant était encore en elle, qu'il fallait recommencer, que, courage, c'était la dernière fois. La dernière ? Mais elle ne faisait qu'accoucher, encore et encore, elle était devenue Prométhée, sa vie entière était un accouchement répété sans fin.

Elle sentit Clément lui tenir la main, ainsi que le goût amer du liquide qu'il déposait de nouveau dans sa bouche, et fut envahie d'une immense lassitude. Puis, soudain, son ventre fut repris d'une contraction. Mais, contrairement aux fois précédentes, elle eut l'impression d'être devenue étrangère à ce corps qui la torturait. Ils allaient devoir se débrouiller sans elle. Elle se laissa flotter, loin de tout, loin d'elle-même.

— On joue de malchance, avoua Pinella, la poche du dernier est encore entière. Avec ce qui vient de se passer, elle aurait dû se rompre.

Le nouveau-né était sorti par le siège, le cordon enroulé autour du cou. Le médecin aurait été incapable de faire un compte rendu précis de ses gestes, qu'il avait effectués dans un état second, dû à la fatigue extrême et au tonique ingéré. Il avait réussi à sortir l'enfant, à couper le cordon qui l'étranglait et à la réanimer. La mère n'était plus en état de l'aider pour le dernier. Il ne voulait plus attendre.

— Dites-leur de préparer une bassine d'eau chaude, on va l'injecter en douche pour provoquer la délivrance, ordonna-t-il à Clément.

— En êtes-vous sûr ? s'inquiéta Delhorme.

Le médecin eut un geste d'impuissance et jeta au sol la serviette qu'il avait en main.

— Votre femme ne pourra plus pousser, elle est dans un état d'épuisement majeur. Je vais utiliser un moyen drastique, mais je suis convaincu qu'il permettra de contracter suffisamment sa matrice pour l'expulsion. Le chemin a été tracé par les deux premiers ! Désolé pour mon langage, se reprit-il, mais je vous demande de me faire confiance.

Clément évalua les risques et opina de la tête :

— D'accord, je vous suis.

Contreras, qui avait entendu la conversation, les interpella depuis la salle de la chaudière.

— Il nous reste une heure de fonctionnement, pas plus.

Avec l'aide de Bönickhausen et de Clément, ils avaient démonté l'échafaudage de la salle des Ambassadeurs, ce qui leur avait procuré un stock d'une vingtaine de planches longues et épaisses.

— Il faudra que j'en commande d'autres avant qu'Alicia ne s'en aperçoive, plaisanta l'architecte à l'adresse de l'ingénieur.

— Vous avez le temps, elle devrait être occupée pendant les dix années à venir, renchérit ce dernier.

— C'est mal la connaître. L'Alhambra est aussi son enfant.

De l'autre côté, la vapeur formait un fin brouillard. Clément apporta la bassine d'eau chauffée et s'assit à côté de sa femme. Pinilla évacua d'un revers de manche l'humidité qui couvrait son front et ses sourcils, prit une poire de caoutchouc et entama les injections utérines. Il admirait la force de Delhorme qui parlait sans discontinuer à Alicia, d'elle, de lui, de leurs deux enfants qui se reposaient de leur arrivée fracassante dans le monde, endormis dans un large couffin à côté d'eux, de l'Alhambra, de leur vie future.

À près de six heures du matin, Alicia expulsa le dernier des trois jumeaux, une fille, sans même en avoir conscience, dans un long gémissement qui s'éteignit dans un souffle. Le nouveau-né rejoignit son frère et sa sœur et les réveilla par ses cris perçants et ses gesticulations. Alicia reçut une dernière dose de tonique avant de s'endormir profondément.

Le médecin attendit l'expulsion du troisième placenta, l'examina, prit le pouls de sa patiente, se lissa les moustaches et se signa en murmurant :

— Merci, Seigneur !

Delhorme s'était assis contre la baignoire, le visage inondé de larmes et de sueur.

— Regardez, dit-il au médecin en lui montrant les étoiles de lumière qui s'étaient dessinées sur le sol.

Les premières lueurs de l'aube avaient pénétré dans la salle des Bains par les lucarnes découpées dans la coupole et formaient des colonnes de lumière qui transperçaient la salle du plafond jusqu'au sol dans un spectacle irréel. L'une d'elles s'était déposée sur le couffin, éclairant les enfants d'une pâle lueur qui semblait les avoir calmés. Les gesticulations désordonnées cessèrent, les petits poings se desserrèrent, ils s'endormirent l'un après l'autre très rapidement.

Pinilla et Bönickhausen transportèrent Alicia, inconsciente, dans l'appartement pendant que Clément veillait sur ses enfants qui devraient rester plusieurs jours dans l'atmosphère ouatée des Bains. Ils revinrent avec un clos-vougeot, que l'ingénieur ouvrit pour fêter l'événement en burent en silence. Peu avant sept heures, l'officier de la garnison vint aux nouvelles et promit pour l'après-midi vingt stères de bois, que ses hommes iraient chercher dans la colline. Puis l'architecte et l'ingénieur prirent congé.

Contreras regagna son atelier où la céramique, qu'il avait laissée dans le four, s'était fendue de partout. Il s'allongea sur sa couche, située à l'étage, et s'endormit aussitôt. Bönickhausen, après avoir longé le hammam d'où s'échappait encore un filet de vapeur, se trompa de chemin et entra dans la cour de la Lindaraja sur laquelle donnait sa chambre. Il fit le tour du cloître, admira la profusion végétale qui le composait et s'approcha de la fontaine centrale au clapotis rassurant. Il trempa sa main dans l'eau à la limpidité cristalline, impressionné par le travail des architectes arabes qui avaient détourné le cours de la rivière provenant de la montagne pour développer un système d'irrigation transformant la colline de l'Alhambra en un jardin paradisiaque. Il leva les yeux vers la fenêtre ouverte de sa chambre d'où provenait une faible lueur et s'en voulut d'avoir oublié d'éteindre la bougie. Délaissant l'éden qui s'éveillait, Bönickhausen gagna prestement la chambre de l'Empereur et s'arrêta, interdit, sur son seuil.

— Mais que faites-vous là ? Et qui êtes-vous ?

Pinilla avait profité de la relative fraîcheur sur l'esplanade balayée par un levantin discret. Clément l'avait rejoint après avoir vérifié que les nouveau-nés et la mère dormaient bien et avoir attendu l'arrivée de Mme Contreras pour prendre soin des enfants. À leurs pieds, Grenade s'éveillait d'une nuit tranquille.

— Je voulais vous remercier, du fond du cœur, dit le Français.

— Me remercier ? Mais c'est Dieu qu'il faut remercier. Ce qui arrive est proprement incroyable, répondit le médecin, les yeux perdus vers la Sierra Nevada dont les pointes blanches commençaient à sortir de l'obscurité. Comment peut-on survivre à trois accouchements de suite ? Mme Delhorme est une femme exceptionnelle.

— Alicia est une femme unique, corrigea Clément. Elle vient de résoudre une équation à trois inconnues.

— Est-il vrai qu'elle a des ancêtres maures qui ont habité l'Alhambra ? s'enquit Pinilla en reprenant à son compte une des rumeurs les plus tenaces qui couraient sur la promenade de l'Alameda.

Delhorme ne répondit pas. Le vagabond de la nuit passa devant eux, vaguement sobre, et les salua sans les reconnaître. L'homme allait quémander sa nourriture en ville. En contrebas, le concierge manœuvrait les deux pans de bois recouverts de fer de la porte de la Justice, qui s'ouvrirent dans un long grincement.

Pinilla tendit la main en direction de Delhorme :

— Mon flacon.

— Votre potion ?

— Oui, mon tonique. Sa composition n'est connue que de moi. Et j'y tiens.

— Pourquoi croyez-vous que je l'aie ?

— Parce que je vous ai vu le mettre dans votre poche.

— Ma foi, oui, dit Clément en le lui rendant. J'ai dû le faire machinalement, mentit-il.

— Tatata ! Vous avez voulu m'empêcher d'en boire trop ! Et vous avez eu raison, reconnut le médecin en tirant le bouchon, qui émit un claquement caractéristique. Une nouvelle journée qui commence, dit-il en levant la flasque. À vos enfants !

Il but et le tendit à Clément, qui l'imita. Le liquide était sirupeux et d'une amertume puissante.

— Comment allons-nous faire pour les nourrir ? s'inquiéta Delhorme en lui rendant la flasque.

— L'allaitement mercenaire, cher ami, indiqua le médecin en la laissant tomber dans la poche de son gilet.

Clément l'interrogea du regard.

— Il y a des dizaines de nourrices disponibles en ville, expliqua-t-il en embrassant Grenade d'un geste théâtral.

— Vous en connaissez ?

— Non, mais j'ai l'adresse de leur rabatteuse. C'est la seule sur la place.

— Rabatteuse ?

— C'est ainsi qu'on l'appelle dans notre jargon. C'est elle qui les propose aux parents, elle a sélectionné les filles sur leur aptitude à donner du lait de bonne qualité et monnaye ses services. Avec cet engouement pour les nourrices, c'est devenu un vrai commerce.

— Un vrai trafic, oui ! s'exclama Clément, faisant se retourner deux adolescents qui montaient vers l'Alcazaba une canne à pêche sur l'épaule.

— Un trafic qui peut sauver vos enfants, s'offusqua le médecin en omettant de lui préciser que les médecins aussi recevaient une commission à chaque placement.

Pinilla laissa s'installer un silence contrarié.

— Monsieur Delhorme, reprit-il après réflexion, je dois vous avertir : la plupart des nourrices viennent des villages de la Vega où les conditions de vie sont rudes. La mortalité des nourrissons y est importante. Mais c'est la moins mauvaise des solutions.

— Et le lait animal ?

— Celui de chèvre a déjà sauvé des vies, je l'aurais conseillé pour un nouveau-né vigoureux, mais vos enfants sont si chétifs ! Il faut vous préparer à ce qu'ils ne survivent pas tous. La nature sélectionnera les plus robustes.

— Pas question ! s'emporta Clément. Nous avons trois enfants et tous auront la même chance de vivre !

— Quelle utopie, mon ami, quelle folie... Ils sont nés prématurément. Si l'un des trois survit, ce sera déjà une belle histoire. Il reste une dernière possibilité, ajouta-t-il après une hésitation : faire venir la nourrice à domicile. Mais pour cela, il vous faudra débourser une somme que vous n'avez certainement pas, sans vouloir vous offenser.

— Si c'est la meilleure des solutions, je n'hésiterai pas une seconde.

— La meilleure solution est de prier Dieu dans sa grande miséricorde.

— Si cela peut apporter une aide quelconque, ce sera fait, croyez-le. Allons quand même voir votre esclavagiste.

— Les Français sont-ils tous comme vous ?

Clément se garda de répondre et se dirigea vers le palais.

— Attendez-moi, dit-il, je vais chercher des capes pour nous protéger, il va pleuvoir.

— Pleuvoir ? Pourquoi dites-vous cela ? Il n'y a pas le moindre nuage !

— Je vous dis qu'il pleuvra.

— Allons, soyez sérieux !

— Faites-moi confiance. Chacun son tour.

— Chacun son tour... répéta le médecin. Va pour la *capa* !

11

Ramón ouvrit les paupières : la lumière inondait un lieu qu'il mit plusieurs secondes à reconnaître. *Le salon... Le voisin...* Les derniers événements se mettaient en place les uns après les autres. Il resta allongé sur le sofa, les yeux grands ouverts. Posée en évidence sur un dressoir outrageusement sculpté, une pendule au cadran enchâssé dans un bloc de marbre rose indiquait six heures. *Ma mère...*

L'hôpital... L'odeur des restes de *salmorejo*, qui traînaient sur la table, parvint à ses narines. *Mateo... Ma berline !*

Il se leva d'un bond, électrisé par cette pensée. Sa tête l'élança, il se sentait nauséeux. *L'anisé...* Il avait dû beaucoup en boire, lui que l'alcool n'empêchait pas de marcher droit. L'adaptation à la verticalité se fit rapidement et tout se dissipa en quelques secondes, ce qui le rassura sur ses capacités d'endurance, prétendument héritées de son père, dont il savait qu'elles n'étaient que le fruit de l'exagération démesurée de leur génitrice. M. Alvarez avait été le seul officier mort de froid en pleine guerre carliste pour s'être allongé un soir d'été à côté d'un pain de glace dans l'arrière-boutique de Don Hurtado, secret de famille qui avait été transformé en une fin glorieuse sur un lointain champ de bataille.

Ramón sortit sans un bruit, vérifia que personne n'était rentré chez sa mère et quitta définitivement l'immeuble, ses souvenirs et ses illusions de devenir un jour l'entrepreneur rêvé par les siens.

Il descendit jusqu'à la cathédrale puis se perdit dans le bazar de l'Alcazar, où quelques rares commerçants commençaient à installer leurs marchandises. Il observa un boucher dépecer une carcasse de mouton en imaginant le sort qu'il réserverait à son frère, s'en voulut, concentra son ire sur le prince des Gitans, sans qui la berline serait toujours sienne, puis abandonna l'idée de s'aventurer au Sacromonte pour la lui reprendre en se remémorant la constitution de ses gardes du corps et la taille de leurs dagues ; il décida que la justice devait lui être rendue par la loi.

Arrivé sur la *plaza Nueva*, il tenta d'entrer dans le palais de la Chancellerie pour voir le capitaine général, mais les bureaux n'ouvraient qu'à huit heures et le garde en faction le refoula sans ménagement. Il but un café sur la place, congédia un mendiant qui lui réclamait de la nourriture, but un second café et fuma Braserillo sur Braserillo. Alors que les huit coups de la cloche de Santa Ana étaient encore dans toutes les oreilles, il se présenta de nouveau au bureau du capitaine général où on lui expliqua que le gradé, présidant un conseil extraordinaire qui devait durer toute la journée, ne pourrait lui donner audience, ni le lendemain ni le jour suivant. Les militaires n'avaient manifestement aucune envie de recevoir une plainte contre les habitants du Sacromonte qui les aurait obligés à intervenir. Ramón, se souvenant alors de l'incendie de la réserve de dynamite du village de Cogollos et des propos de Delhorme, affirma avoir des révélations à faire, ce qui lui ouvrit le bureau d'un officier subalterne au visage marqué par la petite vérole et à la moustache bien taillée.

— Je vous écoute, dit l'homme tout en réprimant un bâillement, alors qu'un coléoptère au corps effilé et aux longues antennes s'était posé sur la table et en tentait la traversée.

— J'étais à Cogollos hier, juste après l'explosion.

L'homme poussa l'insecte, qui grimpa sur son doigt.

— Comme cinquante autres témoins, rétorqua-t-il avec morgue après l'en avoir chassé. Et... ? interrogea-t-il sans plus s'intéresser à lui, à la recherche d'un papier et d'une plume.

— Et il se trouve que j'accompagnais deux grands savants français qui se rendaient à Grenade et qui ont élucidé le mystère !

Le militaire daigna le considérer d'un regard intrigué et lui fit signe de continuer.

— Voilà : personne n'a mis le feu aux poudres, c'est la faute des murs, annonça fièrement Ramón.

— Des murs ?

L'homme se gratta la tête, incrédule. Ramón hocha la sienne :

— Ils étaient pleins de salpêtre !

— Comme partout, remarqua l'officier en jetant un regard vers l'angle du plafond recouvert de poils blancs où le coléoptère venait de se poser. Vous me faites perdre mon temps, *amigo*.

— Attendez ! Dans ce cas, c'était pour fabriquer de la poudre à canon ! Les deux ingénieurs l'ont dit.

— De la... Vous voulez dire qu'il y avait un atelier clandestin d'explosifs ? *Madre de Dios*, il faut que je le note !

L'homme sortit soudain de sa nonchalance, s'empara de l'encrier, trempa la plume d'un geste sec et regarda Ramón dans l'attente de la suite. Le cocher, satisfait de l'attention qu'on lui prêtait enfin, se laissa aller à donner moult précisions sur le phénomène, brodant à partir du peu qu'il avait pu entendre, ajoutant des éléments qu'il trouvait crédibles, insistant sur des détails qui renforçaient la véracité de sa présence. Le militaire se grattait la tête à chaque nouvelle révélation, dont il percevait l'exagération sans pouvoir en évaluer l'importance. Mais la caution des deux ingénieurs lui suffisait pour prendre l'affaire au sérieux. Il stoppa Ramón au détour d'une digression et lui tendit sa déposition, résumée à l'essentiel.

— Inscrivez le nom des savants et signez, dit l'officier d'un ton que l'habitude des suspects avait rendu intimidant.

— Holà, mon capitaine, il y a, avant, une autre affaire dont je voudrais vous parler !

— Je ne suis pas capitaine, mais je vous écoute. Toujours des explosifs ?

Ramón présenta sa mésaventure comme un vol de carrosse avec menaces et préméditation.

— Je signerai si vous m'aidez, conclut-il. Et, croyez-moi, grâce à l'affaire de Cogollos, vous ne resterez pas longtemps lieutenant.

— Je ne suis pas lieutenant. Mais que Dieu et le capitaine général vous entendent !

Le coléoptère gratta le salpêtre dans un bruit de papier froissé. Y voyant un présage, l'*alférez*[1] ébaucha un signe de croix et se baisa les doigts.

Lorsque Ramón sortit, le vent s'était levé et avait apporté avec lui un convoi de gros nuages teints à l'encre noire. Il ne boudait pas sa satisfaction : il avait obtenu l'assurance des autorités qu'une patrouille l'aiderait à récupérer sa berline avant la fin de la semaine. Le *mayoral* entama la montée de l'Alhambra en chantonnant, persuadé que M. Bönickhausen, qui avait apprécié ses services, accepterait son offre de l'accompagner jusqu'à Cordoue avec un carrosse qu'il louerait à un confrère. La pluie le surprit à l'approche des murailles. Il accéléra le pas.

12

Tía Camino déposa la goutte de lait sur son ongle jauni et replia lentement son doigt : elle y resta jusqu'à ce que celui-ci prenne une position verticale, glissa lentement et tomba sur son tablier de toile blanc maculé d'auréoles.

— Bien dense, dit-elle pour elle-même en observant la couleur et le contour de la tache formée. Et riche en gras !

Elle daigna seulement alors regarder la jeune femme qui s'était présentée pour un emploi de nourrice et qui attendait, debout devant elle, les bras croisés sur la poitrine, effarouchée par l'examen qu'elle subissait.

Tía Camino s'en aperçut et haussa les sourcils. Combien de jeunes paysannes, attirées par la perspective du gain que procurait une place de nourrice auprès de la noblesse ou de la haute bourgeoisie de la région, avaient abandonné après s'être frottées à l'ancienne matrone

1. Enseigne, premier grade d'officier subalterne dans l'armée de terre espagnole.

qui s'était assuré l'exclusivité de ce commerce auprès des médecins grenadins.

— Viens, approche, dit Camino en redressant son corps imposant dans son fauteuil d'osier.

La rabatteuse avait un visage large, un cou adipeux et des cheveux épais et sales noués en chignon par un cordon usé. Ses yeux noirs, enfoncés sous d'épais sourcils, étaient en perpétuel mouvement, ce qui contrastait avec sa physionomie avachie.

Se sentant épiée, la jeune femme avança lentement tout en lançant un regard panoramique dans la pièce. Tant de rumeurs circulaient sur Tía Camino.

— Ton lait a l'air de bonne qualité, voyons maintenant ta personne, dit-elle en lui écartant les bras pour examiner sa poitrine.

Elle la lui palpa tout en commentant à voix haute, à la manière d'un maquignon :

— Les seins sont de bonne taille, bien élastiques, les veines épaisses. Tétons de belle couleur, ajouta-t-elle en les pinçant, faisant s'exprimer une goutte de lait.

Elle la prit, la déposa sur son œil, comme un collyre, et cligna des paupières.

— Parfait, commenta la matrone. Il n'est pas irritant. Mais arrête de reculer, lui intima-t-elle en lui tenant fermement le buste.

La jeune femme sentit les larmes lui monter aux yeux. Elle évita son regard et se concentra sur un dessin accroché au mur, représentant une vue de l'Alhambra depuis la colline voisine.

Tía Camino se pencha en avant et respira la peau de son ventre puis se leva avec difficulté.

— Quel âge as-tu ?

— Vingt-cinq ans.

— Mariée ?

— Oui.

— Chrétienne ?

— Oui.

— Tes parents ?

— Aussi.

— As-tu amené les certificats de moralité ?

La jeune femme opina de la tête. Camino la dévisagea longuement en silence avant de lui prendre le bras et de le lever.

— Pas d'odeur de transpiration. En plus, ta peau est douce et fraîche. Très bien, ouvre la bouche ! intima-t-elle en essuyant sa main sur son tablier.

La candidate nourrice ferma les paupières avant de s'exécuter. Elle sentit les doigts parcourir ses gencives et soulever ses lèvres. Un goût rance se mélangea à sa salive.

— Voilà qui est bien, des gencives fortes et une bouche saine, conclut la matrone. Maintenant, tu vas enlever ta jupe. Je dois voir tes organes génitaux.

La jeune femme se défit de son emprise.

— Non, non... je ne veux pas. Je n'en peux plus.

— Enfin, tu le veux, ce travail, ou pas ? dit Camino en se laissant choir dans son fauteuil.

— Oui... enfin, je croyais. Mais ce que vous me faites me dégoûte !

— C'est qu'il me faut tout examiner, répondit-elle d'un ton détaché. Je dois m'assurer que tu n'as aucune maladie qui pourrait abîmer le lait. Pas de syphilis. Il en va de ma réputation auprès de mes clients. Après, en fonction de ce que j'ai vu, de tes qualités morales aussi, je te proposerai pour un placement en famille ou pour un séjour de l'enfant chez toi.

La jeune femme resta un instant silencieuse.

— Je ferai tout pour ne pas retourner dans mon village sans argent, finit-elle par reconnaître.

— Te voilà raisonnable, *hermosa ave*[1]. Maintenant, enlève tes dessous ! D'autres vont arriver et prendre ta place.

La future nourrice s'exécuta sans cesser de fixer le tableau, retenant ses sanglots jusqu'au moment où elle sentit les doigts de la rabatteuse parcourir son sexe. Ses yeux s'embuèrent. Elle chassa rageusement les larmes pour ne pas quitter du regard l'image de l'Alhambra.

— C'est fini, maintenant arrête de pleurer. Tu vas gâcher ton lait par tes humeurs âcres, prévint Camino. Rhabille-toi, ajouta-t-elle en lui tapant sur la fesse.

La jeune femme ne réagit pas à la provocation.

— Il n'est même pas exact, dit-elle d'une voix enrouée.

— Quoi donc ?

— Votre tableau. Les tours ne sont pas à la bonne place.

La matrone vérifia le dessin et constata qu'elles avaient été disposées dans une configuration parfaitement symétrique sans rapport avec la réalité. La tour du Guet avait perdu la moitié de sa taille et le campanile avait disparu.

— Peu importe, dit-elle, je n'y mets jamais les pieds. Et je ne connais pas l'auteur de cette barbouille. Mais tu es vive d'esprit et

1. Bel oiseau.

tu as un joli minois, je trouverai rapidement une famille pour toi. Tu iras loin, ma petite.

— Vous avez eu raison, pour le temps, dit Pinilla en secouant sa cape. Jamais je n'aurais parié sur une averse aujourd'hui !

— Sommes-nous encore loin ? s'inquiéta Clément alors qu'ils remontaient la pente de la longue *calle de los Molinos*.

— C'est ici.

Ils pénétrèrent sous un porche qui débouchait sur une vaste cour fermée par trois grandes maisons et croisèrent la jeune femme au moment où elle sortait de chez la rabatteuse. Elle s'arrêta et leur jeta un regard étrange, rougi par les larmes. Ils la saluèrent en soulevant leurs chapeaux, puis Pinilla franchit le seuil avant de s'apercevoir que Clément était resté dehors.

— Vous venez, Delhorme ?

Le Français suivit des yeux la jeune femme jusqu'à ce qu'elle disparaisse dans la rue.

— Delhorme ? répéta le médecin.

— Excusez-moi, je vous rejoins, commencez, j'arrive, dit-il en remettant son chapeau.

Pinella souffla d'agacement et gagna le patio où Tía Camino avait l'habitude de recevoir ses clients. Il n'avait pas dormi de la nuit et la fatigue commençait à se montrer irrépressible. La matrone s'y trouvait, penchée sur le dessin au fusain dont la naïveté et la fausseté l'avaient toujours intrigué.

Elle l'invita à s'asseoir et à boire un chocolat, malgré l'heure précoce ; les traits tirés du médecin l'incitaient à lui proposer un remède aux vertus toniques. Pinilla lui raconta l'accouchement par le menu, ce dont elle raffolait, à la suite de quoi elle posa quantité de questions en ponctuant chaque réponse du praticien d'un hochement de tête et de *Madre de Dios* puissants.

— Je n'ai jamais vu ni entendu parler de quoi que ce soit de pareil, finit-elle par avouer. Et pourtant, j'en ai pratiqué, des mises bas, dans ma jeunesse ! J'en ai vu sortir dans toutes les positions possibles, seuls ou à deux, mais trois d'un coup, et vivants, jamais ! J'aurais voulu être là ! finit-elle en crachant par terre.

Le médecin contint une grimace de dégoût devant la grossièreté de la rabatteuse.

— Vous comprenez donc, Tía Camino, la raison de ma venue, dit-il pour abréger alors que Delhorme ne revenait pas. Ma patiente a besoin d'un allaitement mercenaire de qualité.

— Tout cela dépend de la somme qu'ils sont prêts à payer. Au domicile ou en campagne ?

— Ni l'un ni l'autre ! proclama Clément en entrant. Nous n'avons plus besoin de vos services, madame. Veuillez nous excuser. Vous venez, docteur ?

Camino jeta un regard d'incompréhension à Pinilla qui, après un instant d'hésitation, posa sa tasse, s'excusa à son tour et prit congé.

Les deux hommes marchèrent en silence jusqu'à la *plaza Campo del Príncipe,* avant que le médecin n'arrête Delhorme en le prenant par le bras.

— Mais enfin, qu'est-ce qui vous a pris ?

— Pas question de faire commerce avec elle, c'est tout. J'ai parlé avec la jeune paysanne.

— Qu'a-t-elle bien pu vous dire ?

— Sans doute rien que vous ne sachiez déjà, mais les méthodes de votre rabatteuse sont ignominieuses. Ces femmes sont traitées comme du bétail ! Cela est contraire à mes principes. À nos principes, ajouta-t-il afin d'y inclure Alicia.

— Mais de quoi parle-t-on ? Ce n'est pas de l'esclavage, ce sont des femmes à gages qui louent leurs mamelles !

— Alors je peux demander directement à cette paysanne. Nous la traiterons décemment et nous ne donnerons pas un réal à Camino.

— C'est impossible, tout le monde passe par elle ! Ce serait dangereux pour votre protégée.

— Et les médecins ont leur commission.

— Oui, et alors ? En quoi est-ce déshonorant ? Chacun y trouve son compte, y compris ces pauvres filles, qui reçoivent des sommes inespérées. La plupart n'ont aucune éducation. Elle vous aura sans doute menti, vous ne la connaissez pas.

— Justement, si.

Clément avait tout de suite identifié la jeune femme, qu'il avait rencontrée trois mois auparavant dans le village d'Agrón, en pleine Vega, alors que son ballon avait atterri dans le champ que louaient ses parents.

— Elle était enceinte de son second enfant et allait accoucher, expliqua Delhorme au médecin qui ne décolérait pas. Le mari était tonnelier et aidait les parents aux champs. Ils m'ont hébergé le soir alors qu'il était trop tard pour reprendre le chemin de Grenade. Une belle famille.

Peu après la naissance, le père s'était blessé avec sa faux et l'argent avait vite manqué pour les soins, alors que l'homme devait impérativement être guéri avant les récoltes. La jeune mère avait décidé de tenter sa chance comme nourrice à Grenade, prenant le risque de laisser son propre enfant sans lait, comme toutes les candidates attirées par l'espoir d'une vie meilleure ou contraintes par le destin.

— La suite, vous la connaissez, docteur. L'examen a été une humiliante descente aux enfers.

Ils s'étaient avancés jusqu'au milieu de la place où trônait une statue du Christ en croix. Le médecin leva les yeux vers lui et sembla le prendre à témoin.

— Dans ce cas, je ne peux plus rien pour vous, monsieur Delhorme. Je vais rentrer chez moi me reposer.

— Vous avez déjà fait beaucoup. Mes enfants et ma femme sont vivants et je vous le dois. Je vais trouver une solution pour les nourrir.

Resté seul, Clément regarda à son tour la croix qui trônait au-dessus d'une large coupole de pierre remplie de plantes grasses. Autour de lui des carrés de galets dessinaient des motifs sur le sol. À l'angle de la place, des orangers en fleur laissèrent échapper des pétales blancs qui virevoltèrent avant de venir se coller sur les mosaïques mouillées. Clément venait d'évaluer toutes les possibilités et avait décidé de se procurer un biberon et du lait de chèvre. Il prit un des pétales qui avait atterri sur sa chaussure et observa sa forme fine et fuselée. Il regrettait son attitude, qui allait priver un des enfants du sein d'une nourrice. Mais il ne pouvait plus reculer.

— Mes seules patientes allaitantes sont une femme de la bourgeoisie et une Gitane, dit la voix de Pinilla dans son dos. Vous avez de la chance : leurs situations respectives les protègent de Camino.

Clément sourit et se retourna :

— Merci.

— Cela ne va pas être facile, prévint le médecin qui était revenu. La première n'a aucune raison d'accepter et a peut-être déjà perdu son enfant à l'heure qu'il est. Quant à la seconde, elle vit dans des conditions d'hygiène déplorables et sous la coupe de son clan.

13

Voilà, ma chère maman, pour te décrire en quelques mots la nuit la plus folle dans l'endroit le plus incroyable que j'aie jamais vécue. J'en suis à prier Dieu pour que Marguerite ait un accouchement le plus banal possible, un garçon, qui naîtrait dans la douceur de notre maison de Clichy-la-Garenne, et surtout sans jumeau ! J'ai oublié de te préciser que mon collègue, M. Delhorme, s'est spécialisé dans l'étude de l'atmosphère et qu'il ne cesse de battre des records d'altitude avec son ballon. Il faudra, une fois rentré à Paris, que je m'intéresse de plus près à la science de la météorologie, qui pourra nous être d'une grande utilité sur les chantiers.

Bönickhausen lut le passage qu'il venait d'écrire, puis se laissa bercer par le va-et-vient des quelques clients présents à la poste sans plus réussir à fixer son attention.

Il est plus de dix heures et je n'ai toujours pas dormi. Figure-toi, ma chère et bonne mère, qu'en reprenant possession de ma chambre, après la dernière délivrance, j'ai trouvé l'endroit occupé. Et pas par un vagabond qui aurait franchi les murailles, lesquelles sont en ruine à plus d'un endroit, non, mais par un couple avec un nourrisson qui venait de naître ! Encore un, le croiras-tu ? La petite famille avait fui la colline des Gitans pour trouver refuge là où elle pensait se mettre à l'abri de leur ire pour une raison dont je n'ai pas eu connaissance. Mais le plus incroyable est à venir. Te souviens-tu du cocher dont je t'ai parlé dans ma lettre précédente, celle de Murcie ? Figure-toi qu'en venant me retrouver ce matin dans mon logis, il est tombé en arrêt devant ce couple, figé comme une statue de sel, avant de se jeter sur l'homme et de le malmener quelque peu, puis de tomber dans ses bras. Il n'était autre que son frère et les deux sont restés longtemps à se demander pardon tout en versant quelques larmes sur leurs affaires de famille. Je n'ai pas voulu avoir l'air indiscret et les ai laissés seuls pour me rendre dans cette poste d'où je t'écris cette histoire. N'en dis mot à Marguerite, elle supposerait que le soleil de la Vega m'a retourné l'esprit et s'inquiéterait à tort. Je quitterai Grenade aujourd'hui et serai rentré pour la Saint-Antoine.

Ton dévoué Gustave

Il plia les trois feuillets de la lettre et les enfourna avec difficulté dans l'enveloppe puis nota l'adresse avec soin. Son attention fut attirée par deux hommes qui étaient entrés et s'étaient positionnés au guichet du télégraphe. Le plus grand, au visage émacié et aux traits anguleux, ne lui était pas inconnu. Il s'adressa à l'autre en français.

La Société des ingénieurs civils..., comprit Bönickhausen : l'homme y avait fait une présentation lors d'une session l'année précédente. *J'aurais dû y penser, ils sont tels que Delhorme les a décrits. Repérables à des kilomètres. Cela ne risque pas de m'arriver,* songea-t-il en frottant sa joue recouverte d'une barbe sauvage. Il rajusta la cape qu'il avait empruntée et vérifia le coût de la taxe postale affiché au mur. Les deux hommes échangeaient sans méfiance dans l'attente de leur tour. Ils travaillaient pour la Compañía de los Caminos de hierro del Norte, appartenant aux frères Pereire, et semblaient confiants quant à l'obtention du marché. Bönickhausen avait déjà collaboré avec les deux industriels français et avait nourri de solides amitiés chez les ingénieurs de la Compagnie du Midi, autre joyau des Pereire. Si ceux-ci remportaient la concession de la ligne, sa propre compagnie serait en bonne position pour le lot des ouvrages d'art.

Tout en continuant à les écouter, Bönickhausen se présenta au guichet et tendit l'enveloppe.

— Douze cuartos, annonça l'employé après l'avoir pesée.

— Y aura-t-il une surtaxe ?

— Oui, *señor*. À la charge du destinataire.

— Pouvez-vous l'évaluer ? Je voudrais la payer, insista-t-il devant l'air réprobateur de l'employé.

L'opération allait nécessiter de vérifier la convention postale et de calculer le change entre les deux pays, ce qui lui donnait au moins dix minutes de répit.

— Attendez ici, dit l'homme après lui avoir jeté un regard noir.

Il ferma le guichet et disparut à l'arrière de l'agence. De l'autre côté, le préposé, qui ne lisait pas le français, répétait avec difficulté le texte des ingénieurs, une liste des besoins en matériel pour les rails et les ouvrages d'art. *S'ils appliquent les prix du marché, nous serons les plus compétitifs*, se réjouit Bönickhausen. Les deux Français, qui commençaient à trouver que l'employé manquait de discrétion, lui parlèrent à voix basse, mais leur chuchotement rendit la compréhension encore plus difficile et, après un rapide regard circulaire sur les lieux, ils abandonnèrent l'idée. Personne ne semblait se soucier d'eux.

Une fois le télégramme envoyé, le guichetier calcula le nombre de mots et annonça le prix.

— Tu as vu que Fives-Lille est sur les rangs ? dit le plus grand.

— Oui, il paraît même qu'ils sont en ville, répondit l'autre en récupérant sa monnaie. Mais je n'ai vu personne. C'est vraiment la crise.

— Comme tu dis ! Au fait, tu as bien reçu les instructions concernant les Pauwels ?

Bönickhausen ne put s'empêcher de jeter un œil dans leur direction : il était le bras droit des Pauwels, leur représentant pour la France et le directeur de leurs ateliers de Clichy.

— Ils sont en train de couler, affirma le grand. Deux cent mille francs de pertes l'année dernière, ils ne s'en remettront pas. Ils vont vendre.

— Comment le sais-tu ?

— J'y ai quelques amitiés.

Mais qui donc ? s'interrogea Bönickhausen.

— Qui donc ? dit le second en écho.

Bönickhausen n'entendit pas la réponse : les deux ingénieurs venaient de sortir.

— Alors, vous payez ou pas ? s'impatienta le guichetier.

Bönickhausen le dévisagea comme s'il découvrait l'endroit où il se trouvait. Les difficultés de trésorerie ne lui étaient pas inconnues, il en avait déjà discuté avec François Pauwels. Les commandes ne manquaient pas, mais elles ne concernaient que des petits chantiers. Si leur principal bâilleur de fonds les lâchait, c'en était fini de leur compagnie.

— Neuf décimes, monsieur ! s'écria l'employé devant l'air absent de son client.

Bönickhausen mit sa main dans la poche de son veston et s'aperçut qu'il l'avait remplacé par la cape en partant. Il n'avait pas d'argent sur lui.

— Pouvez-vous au moins me rendre ma lettre ? demanda-t-il après avoir expliqué sa situation.

— Non, *señor*, soit vous me payez, soit elle sera jetée ! tonna l'homme en agitant les mains derrière son guichet.

— Alors, jetez-la, répondit l'ingénieur en quittant la poste. De toute façon, personne ne m'aurait cru !

14

— Il a l'air d'aller mieux, n'est-ce pas ? déclara Mme Pozo, qui tenait son enfant dans ses bras. Jezequel est très courageux, vous savez.

Elle regarda alternativement son médecin et Clément Delhorme, en cherchant une approbation dans leurs regards.

— Son état semble stable, répondit sobrement Pinilla, qui l'avait examiné.

L'enfant dormait, mais son visage cuivré arborait une expression de souffrance, le front plissé. Sa main gratta maladroitement sa joue. Il gémit.

— Excusez-moi, je n'ai pas bien compris votre demande, dit-elle en le rendant à sa domestique.

Le médecin relata l'accouchement de la nuit et l'insuffisance de lait pour les trois nouveau-nés. Mme Pozo l'écouta en s'éventant machinalement d'un mouvement saccadé du poignet, interrompu par de nombreux arrêts.

— Quelle histoire incroyable, dit-elle, je ne savais pas cela possible.

— Ce qui est incroyable, c'est que la mère et les enfants sont tous en vie. Mais ils vont avoir besoin de lait supplémentaire.

— Quels sont leurs prénoms ?

— Nous n'avons pas encore choisi, avoua Clément. Comprenez que nous sommes dans l'urgence de la situation.

— Vous n'êtes pas espagnols, n'est-ce pas ?

— Non, je ne vais pas vous le cacher, répondit-il, une pointe d'agacement dans la voix. Je ne vois pas en quoi...

— Mme Delhorme est d'ascendance andalouse, tempéra Pinilla. Et elle effectue un admirable travail de restauration à l'Alhambra.

Mme Pozo hocha la tête d'un air satisfait.

— Alors, ils sont un peu espagnols. C'est important, vous savez, mon mari ne porte pas les Français dans son cœur. Ils ont incendié l'entrepôt de son grand-père en quittant Grenade et l'ont ruiné.

— Je comprends, mais c'était il y a cinquante ans, et cette famille n'en est pas responsable, dit le médecin, à court d'arguments. Nous avons besoin de vous, madame Pozo.

— Mais en quoi puis-je vous être utile ? s'étonna-t-elle sincèrement.

— Un des trois jumeaux doit être nourri par une autre mère, expliqua Pinilla dont l'embarras allait grandissant. Et... nous avons pensé à vous.

— Madame, je ne sais comment vous le demander, compléta Clément. Je vous en supplie, il en va de la vie de mes enfants et j'accéderai à toutes vos requêtes, vous avez ma parole. Mais il faut faire vite !

La mère de Jezequel resta un moment interdite avant de répondre.

Lorsqu'il entendit sa femme élever la voix dans le salon, M. Pozo, rentré de Madrid la veille au soir, enfila sa robe de chambre en soie et arrangea ses cheveux tout en inspectant son reflet dans le miroir de sa chambre. Dans le couloir, il croisa la domestique qui remmenait le nouveau-né gémissant dans sa chambre. Le père n'eut pas un regard pour lui. La maladie de son fils l'avait contrarié plus qu'affecté et sa vue le dégoûtait.

— Pouvez-vous me dire ce qui se passe ? interrogea-t-il alors que le mécontentement de sa femme ne semblait pas vouloir s'éteindre.

La servante lui expliqua la demande du médecin.

— Quel rustre ! Prendre ma femme pour une vulgaire nourrice ! s'offusqua-t-il en cherchant son étui à cigares dans la poche de sa robe de chambre.

— Le monsieur a proposé de l'argent, beaucoup d'argent.

— Le grossier... Qu'avez-vous dit ? De l'argent ?

Clément s'était engagé à vendre son ballon pour financer l'allaitement.

— Et qu'a répondu Madame ?

— Vous l'entendez, elle n'est pas d'accord. Et pas contente du tout !

Jezequel émit des cris stridents qui relevaient plus de la douleur que de la faim.

— Montez-le dans son lit, intima le père, mal à l'aise devant la souffrance de son enfant.

Resté seul, M. Pozo sortit un Braserillo de l'étui et se rendit au patio pour le fumer. Il ne voulait pas s'attacher à un nouveau-né qui allait mourir. Mais la présence d'un enfant à la maison, même s'il n'était pas le leur, permettrait à sa femme de surmonter un deuil qui s'annonçait difficile. Lui-même avait du mal à comprendre que son épouse s'attachât ainsi à son nourrisson malade, mais il pressentait que la culpabilité allait la ronger. M. Pozo réfléchissait avec méthode et froideur, comme il l'avait toujours fait, ainsi qu'il avait été éduqué. De plus, l'offre financière de Delhorme lui permettrait de se sortir d'une passe difficile dans ses affaires. Il n'y voyait que des avantages.

Il héla Clément et le médecin à leur sortie du salon.

— Messieurs, nous avons à parler !

Lorsque le garçon s'était réveillé, il avait entraîné ses deux sœurs dans un chœur de hurlements propre à affoler les mères les plus endurantes. Mais la situation avait à peine tiré Alicia de sa léthargie. On l'avait transportée de nouveau dans les Bains, où Clément avait dressé une couche la plus confortable possible. Elle avait donné le sein à l'une des jumelles pendant qu'on s'agitait autour d'elle. Le nouveau-né avait sucé si fort le téton qu'elle en avait crié, avant de s'y habituer.

— Où est Clément ? s'inquiéta-t-elle, ne le voyant pas dans la pièce.

Il allait arriver, le temps de trouver une nourrice. Pourquoi était-ce si long ? Elle avait du mal à penser. Quelqu'un posa doucement la seconde jumelle sur son ventre. Elle hurlait aussi fort que la première. Alicia porta son sein à la petite bouche et caressa sa fille pendant qu'elle tétait avidement.

— Victoria..., chuchota-t-elle au bébé. Je crois que ce prénom te conviendra bien, ajouta-t-elle alors que le nourrisson émettait un gémissement de contentement. Et ta sœur s'appellera Nyssia, sourit-elle en regardant l'enfant endormie. Ton père est un admirateur des romans de M. Gautier.

L'agitation n'avait pas cessé. En plus de Mme Contreras, elle aperçut une jeune femme, elle aussi allongée sur une couche, son nouveau-né endormi dans ses bras. L'inconnue lui sourit et son sourire était apaisant. Elle allait l'aider à nourrir son garçon, si Mme Delhorme l'acceptait. Alicia fit un signe de la tête, pourquoi refuserait-elle ? L'allaitement avait épuisé les dernières réserves d'énergie qui lui restaient, et son garçon hurlait à pleins poumons.

Le silence qui suivit la mise au sein ressembla à celui qui régnait sur la terrasse de la tour du Guet au moment où le soleil se couchait, où la Sierra Nevada prenait des reflets roses et où toute la ville se suspendait au moment de grâce et de légèreté d'une journée finissante. Dans quelques heures, il faudrait recommencer, mais pour le moment tout le monde allait bien et Alicia se sentait heureuse. Son fils rejoignit ses deux sœurs dans le couffin.

Elle les contempla un long moment puis se retourna vers la Gitane, qui donnait le sein à son enfant.

— Quel est votre nom ?

La bohémienne lui sourit sans comprendre. Alicia prit conscience qu'elle n'avait fait que murmurer et répéta sa question dans un ultime effort.

— Kalia, dit la jeune femme.

— Kalia..., répéta-t-elle. Et votre enfant ?

— Javier.

Et mon fils, quel prénom lui donner ? s'inquiéta Alicia, qui se sentait glisser de nouveau vers les limbes. Elle lâcha prise.

15

L'esplanade de l'Alhambra avait été désertée à la suite d'une dernière averse à laquelle avait succédé une éclaircie. Le soleil était revenu puis s'était cassé comme un jaune d'œuf et envoyait une lumière diffuse dans un ciel laiteux. Sur la tour du Guet entourée d'une nuée d'hirondelles, deux adolescents lançaient leurs cannes à pêche dans les airs, décrivant des moulinets que suivaient les centaines d'oiseaux présents.

— La pêche à l'hirondelle... Décidément, cette ville m'étonnera jusqu'au bout, affirma Bönickhausen en posant son sac sur le siège de la berline louée par Ramón.

Il vérifia que son bagage, une immense malle de cuir aux coins renforcés d'épaisses ferronneries et aux énormes poignées de métal, était bien attaché sur le toit de la berline, puis ouvrit le couvercle de sa montre à gousset et s'exclama :

— Trois heures de l'après-midi ! Il est vraiment temps de prendre la route. Je tenais à vous saluer, monsieur Delhorme, dit-il en lui serrant longuement la main.

— Vous serez à Baena à la tombée de la nuit, répondit Clément. Et c'est moi qui voulais vous remercier pour votre aide précieuse, monsieur Bönickhausen.

— Qu'allez-vous faire pour l'allaitement ?

Kalia s'était proposée comme nourrice en échange d'un logement à l'Alhambra et d'une protection, mais Mateo, dont l'état de panique n'avait pas diminué, s'entêtait à vouloir quitter la ville dès que la Gitane aurait suffisamment de forces. Quant à M. Pozo, malgré son assurance, il n'avait pas réussi à convaincre sa femme de prendre en charge un des jumeaux.

À une dizaine de mètres des ingénieurs, sur le chemin qui menait au palais du Mexuar, Ramón tentait toujours de convaincre son frère de rester auprès de la famille Delhorme. Le *mayoral*, voyant que les deux Français le regardaient, crut arrivée l'heure du départ et les rejoignit en courant.

— Mon frère m'a promis de rester jusqu'à mon retour, leur apprit-il. Il a juré sur la tête de notre mère et, croyez-moi, il va tenir parole, ajouta-t-il pour les rassurer. Je me fais fort de le convaincre définitivement si nous pouvons lui assurer qu'il n'y aura pas de représailles du prince Torquado.

Sur la tour, les deux garçons crièrent en même temps : un des oiseaux s'était pris à leur hameçon et, en tentant de s'échapper, avait emmêlé les fils des cannes. Il virevoltait près de leurs têtes, manquant de les cogner à chaque passage et provoquant des hurlements entrecoupés de rires, jusqu'à ce qu'un des deux prenne un filet à papillons large de plus d'un pied et finisse par l'attraper au bout de plusieurs tentatives. Ils le posèrent à terre alors que l'hirondelle continuait à agiter désespérément ses ailes. Comme ils tentaient de retourner le filet pour saisir l'oiseau, celui-ci força le passage et, dans un battement d'ailes frénétique, parvint à s'échapper, le fil cassé dépassant du bec. Il se fondit dans le nuage de points noirs qui décrivait des arabesques élégantes dans le ciel.

— Nous sommes prêts, dit Ramón, qui avait attelé les mules pendant l'épisode.

— Accepteriez-vous de correspondre avec moi ? demanda Bönickhausen en fouillant dans la poche de son gilet. Vos travaux m'intéressent énormément. Le vent est l'ennemi des bâtisseurs et nous avons besoin de calculs de plus en plus précis.

— Volontiers, mais je ne sais si je conserverai longtemps mon matériel.

— Tenez, voici ma carte. Elle ne sera peut-être bientôt plus d'actualité. Mon employeur ayant montré quelques faiblesses, je songe à m'établir à mon compte.

Clément la regarda attentivement et plissa les sourcils.

— Bönickhausen n'est pas mon patronyme, dit l'ingénieur en devançant la question de Delhorme, c'est le nom d'un de mes ancêtres. Habituellement, je suis heureux de l'ignorer, mais dans les circonstances présentes il me permet la plus grande discrétion.

Ramón siffla et encouragea de la voix les mules tout en manœuvrant la berline sur l'esplanade. Le véhicule vint s'arrêter devant les deux Français, qui se donnèrent une accolade. Un nouveau sifflement et les mules prirent le pas. Clément les suivit du regard jusqu'à ce qu'ils disparaissent sur le chemin de la porte de la Justice.

— Gustave Eiffel..., dit-il en relisant la carte. Bonne route, monsieur Eiffel.

Un premier pleur s'échappa du palais de l'Alhambra, suivi de deux autres. Il plia le papier dans sa poche. Les jumeaux s'éveillaient.

CHAPITRE IV

Lundi 27 mai 1918, Alhambra, Grenade

16

Mlle Delhorme n'avait pas dormi aussi bien depuis des années. Lorsqu'elle s'éveilla, le soleil avait glissé des tranches de lumière ambrée à travers la natte de bambou tressé qui faisait office de rideau. Les rayons formaient d'étranges arabesques sur le mur en face d'elle. *Le même dessin que celui de mon enfance*, songea-t-elle en le détaillant. La pièce non plus n'avait pas changé : les trois lits étaient recouverts des couvertures au crochet bariolées rapportées de leur voyage à Porto, le plateau en olivier brut découpé par leur père, qui leur servait de table d'étude pour les devoirs, trônait toujours au centre de la chambre, et la grande malle de voyage était à sa place, dans l'angle au parquet abîmé. Leur mère avait présenté ce coffre au cuir usé comme un vestige du passage de Washington Irving. Il avait servi d'armoire aux jumeaux et accompagné les rêves de voyage de Nyssia aussi sûrement que ses lectures. Tout avait défié le temps dans un sentiment d'éternité rassurant.

Elle se leva et constata avec satisfaction que ses articulations ne la faisaient pas souffrir. La poussée inflammatoire semblait contenue par les injections de sels de mercure faites à Paris avant son départ. Nyssia rejoignit Kalia dans la cuisine et sourit en humant l'odeur d'huile d'olive dont elle badigeonnait un morceau de pain. Elles déjeunèrent dans un silence ponctué des murmures de plaisir de Mlle Delhorme.

— Que c'est bon, dit-elle en déposant de la purée de tomate sur sa troisième tartine. J'avais oublié à quel point c'était bon !

— Elles viennent du Generalife. Les olives aussi. Javier les adore et en fait des provisions chaque fois qu'il vient me voir. Je le soupçonne même de ne plus passer que pour cela, ajouta-t-elle en souriant pour adoucir l'amertume de sa remarque.

— Je suis contente que vous vous soyez réconciliés tous les deux.

— Si Dieu avait pu en faire autant avec toi et ton père...

— Kalia, s'il te plaît, gardons les explications pour plus tard. Je connais mes torts mais laisse-moi te raconter ma vie avant de m'accabler. Aujourd'hui, je veux juste retrouver les lieux de mon enfance.

— Pardonne-moi, dit Kalia en se levant pour débarrasser la table.

— Non, c'est moi, soupira Nyssia en sortant un paquet de Murad de sa poche, j'ai tant à me faire pardonner. Tu en veux une ? proposa-t-elle en lui tendant une cigarette que la vieille femme refusa.

Nyssia la posa sur un fume-cigarette de jade blanc et noir et aspira profondément la première bouffée. Elle s'installa à la fenêtre ouverte et s'étonna du peu de monde présent dans les allées de l'Alhambra. Seul un couple déambulait dans la cour de Machuca.

— Il n'y a que des Espagnols, commenta Kalia. Nous n'avons plus beaucoup d'étrangers depuis quatre ans.

— La guerre...

— La grippe aussi. Tous vos journaux nous pointent du doigt. Il faut dire que même le roi en est atteint. Mais le docteur Pinilla m'a confié qu'il n'y avait que peu de cas à Grenade.

— Pinilla ! s'exclama Nyssia, faisant se retourner les deux promeneurs. Je suis heureuse qu'il soit encore vivant. J'avais l'intention de lui rendre visite.

— Désolée, *chica mía*, il est mort, répondit la Gitane. C'est de son fils Ruy que je parlais. Il a repris son cabinet.

— Quel dommage. Peut-être pourra-t-il m'aider à retrouver la trace de papa ? Les médecins en savent plus que les confesseurs, de nos jours.

La *calle Párraga* était l'une de ces innombrables veines du cœur de la ville protégées du soleil par leur étroitesse, dont le corollaire était une pénombre constante. Par chance, la maison Pinilla, construite en face d'un jardin, bénéficiait de plusieurs heures d'ensoleillement quotidien, ce dont le médecin profitait pour faire des lectures à sa mère dans un patio baigné de lumière ambrée. L'annonce de la visite de Mlle Delhorme ne sembla pas le surprendre. Il eut un regard vers sa mère, dont le visage impassible, aux lèvres pincées et aux yeux arrondis, reflétait l'attaque d'apoplexie dont elle avait été victime après la mort de son mari et qui l'avait privée définitivement de la parole. Le médecin pria la domestique d'introduire leur visiteuse.

Mlle Delhorme ne s'était jamais rendue chez les Pinilla et n'avait qu'un vague souvenir du médecin de famille, qu'elle avait croisé lors des lancements de ballons-sondes, mais son fils ne ressemblait pas du tout à la descendance de ce souvenir. Plus grand que la moyenne des Espagnols, il ne portait ni barbe ni moustache et une calvitie radicale avait emporté avec elle la couleur de ses cheveux. Ruy Pinilla était un homme avenant au sourire réconfortant, qui pratiquait une médecine moderne basée sur les dernières études, qu'il raffolait de lire. Il avait hérité de son père sa collection de plumes métalliques ainsi qu'un goût immodéré pour les romans hugoliens. Il écouta Nyssia avec attention, sans l'interrompre, assis à côté de sa mère dont la bouche s'ouvrait et se fermait comme celle d'un poisson à la recherche d'oxygène et dont le regard immobile n'avait pas même croisé celui de Nyssia.

— Voilà la raison de mon retour à Grenade, dit celle-ci pour conclure son explication. Je voudrais savoir si mon père est encore vivant.

Ruy observa longuement le graphe qu'elle lui avait tendu. Les traits du papier millimétré s'étaient éclaircis sous l'effet d'un séjour prolongé à la lumière, mais le tracé bleu était encore nettement visible.

— Quand votre père a-t-il disparu ? C'était il y a une quinzaine d'années, n'est-ce pas ?

— Le 10 septembre 1889.

— Comme le temps passe vite, murmura-t-il pour lui-même avant de continuer : Je m'en souviens très bien, je venais de finir mes études et j'assistais mon père à son cabinet. Madame votre mère est passée pendre les pilules qu'il lui prescrivait pour ses problèmes de santé. Il était parti à l'Exposition universelle et c'est moi qui les ai préparées. Elle nous a appris que l'aéronef de M. Delhorme avait été porté disparu.

Ruy Pinilla observa de nouveau le document, avant de le lui rendre.

— Excusez-moi pour cette question, mais êtes-vous sûr qu'il soit authentique ? Quelqu'un aurait pu le fabriquer, après tout, ce n'est que du papier millimétré avec une ligne d'encre.

— J'y ai pensé, admit-elle. Mais il y a un détail dont je me suis souvenue. Un détail connu de très peu de monde et que je voudrais vérifier avec vous.

— Lequel ? demanda-t-il alors que sa mère, au visage toujours impassible, avait posé la main sur son bras.

— Mon père utilisait une encre spéciale qui ne gelait pas à haute altitude. Elle était d'une couleur unique, une note de bleu indigo, indiqua-t-elle en lui montrant le tracé. C'est le docteur Pinilla qui l'avait composée pour lui.

Le médecin sentit les doigts de sa mère se crisper sur sa peau. Elle acquiesça d'un lent mouvement de la tête.

— Je crois que nous pouvons vous le confirmer, dit-il. Voulez-vous m'accompagner dans mon bureau ?

La pièce, qui donnait sur la ruelle arrière et ne comportait qu'une fenêtre, baignait dans la pénombre. Ruy alluma soigneusement les deux lampes à pétrole fixées au mur et sortit un carnet de notes d'un des tiroirs du secrétaire.

— Il rédigeait tous ses comptes rendus avec cette encre en prétendant qu'elle ne s'effaçait pas avec la lumière ou le temps. Il en était très fier.

La comparaison conforta Nyssia dans sa certitude : le tracé avait la même couleur que les lignes écrites de la main du médecin.

— Vivant, il est vivant ! s'écria-t-elle en tombant dans les bras de Ruy qui chancela avant de répondre à son accolade. Je vous adore, vous et votre famille !

La joie et la familiarité spontanée de Mlle Delhorme surprirent Pinilla, dont les joues s'empourprèrent.

— Si je puis vous aider dans vos recherches, n'hésitez pas à me mettre à contribution, je vous ouvrirai mon carnet d'adresses, proposa-t-il, emporté par l'élan de la Française.

— Je retrouverai mon père, dussé-je fouiller chaque maison de Grenade et de la vallée de la Vega ! proclama-t-elle. Je ne le perdrai pas une seconde fois.

Ruy la raccompagna avant de retrouver sa mère dans le patio. Mme Pinilla lui tendit un carnet sur lequel elle avait griffonné un mot d'une écriture hésitante.

— Non, ce n'est pas elle, mère, dit-il en le déchirant après l'avoir lu. Cessez de me questionner, je ne vous le dirai jamais.

Une larme roula sur le visage de cire de Mme Pinilla.

Deuxième époque

1875-1877

CHAPITRE V

17

Lundi 10 mai 1875, Levallois-Perret, région parisienne

Le rivet, rougi par la chaleur, s'écrasa sous les coups de maillet de l'ouvrier, qui vérifia son travail avant de se frotter les mains : il venait de finir dans les temps la série d'arbalétriers destinés à la structure métallique de la gare de Pest[1]. Il avait du mal à situer la ville dans sa géographie personnelle mais avait compris, d'après une conversation des contremaîtres, que l'affaire était la plus importante jamais réalisée par la compagnie de Levallois-Perret, et il s'en réjouissait. Il aurait du travail pour plusieurs semaines. Le riveteur rassembla ses outils, s'éloigna en sifflant et salua au passage son patron. Eiffel, qui avait surveillé l'opération depuis l'entrée de l'atelier, lui rendit son salut et fit le tour des travées où des dizaines de pièces en fer étaient alignées, en instance de départ, après avoir été forgées et assemblées sur place.

Après son retour d'Espagne, l'entreprise des Pauwels avait périclité et Eiffel avait négocié sa sortie avant qu'elle ne rende l'âme. Il s'était établi en 1866 comme constructeur indépendant, rachetant à ses anciens employeurs le matériel des ateliers et comptant sur l'aide de ses parents, qui l'avaient toujours soutenu financièrement. Sa première commande avait été, l'année suivante, la charpente métallique d'une des galeries de l'Exposition universelle à Paris. Puis avaient suivi quelques ponts dans le Limousin, un gazomètre à Versailles, deux viaducs dans l'Allier, un autre en Poitou-Charentes, une passerelle aux Buttes-Chaumont, des phares sur les côtes françaises, une douane, un môle portuaire et une église au Pérou, une autre à Manille, des fermettes de barrage en Russie, des ouvrages sur les lignes Brive-Tulle et en Vendée ainsi que dans le Jura suisse

1. Actuelle Budapest.

et en Roumanie, le casino des Sables-d'Olonne, le pont de Chinon... Il aimait se réciter la liste de ses réalisations, non par orgueil, mais pour se pousser à ne pas s'en satisfaire. À quarante-deux ans, sa situation d'entrepreneur était encore fragile et sa réputation ne dépassait pas le cercle des ingénieurs, mais il escomptait bien que les chantiers de l'année lui donneraient la légitimité et l'assise financière des plus grands.

Eiffel se rendit au bureau des ingénieurs et rechercha le plan du hall des départs pour lequel les éléments étaient destinés. Mais il n'arrivait pas à se concentrer : son esprit était tourné vers le projet suivant, dont il attendait le résultat de l'attribution pour le jour même.

— Tout va bien, patron ?

Eiffel dévisagea Seyrig. Il n'aimait pas être affublé de ce titre de la part de son associé et ingénieur en chef, mais celui-ci, qui appréciait peu l'application d'Eiffel à ignorer son statut et son réel apport dans les projets, lui décochait régulièrement des piques sur le sujet.

— Un problème avec les plans ? insista-t-il en constatant qu'Eiffel ne réagissait pas.

— Non, répondit ce dernier sans se départir de son air soucieux.

Il griffonna un mot sur une feuille de cahier qu'il déchira soigneusement à l'aide d'une règle, fouilla sa poche et lui tendit deux billets de dix francs :

— Théophile, j'ai un service à vous demander. Vous allez vous rendre au bureau du télégraphe de la rue des Batignolles.

— Un message à envoyer ?

— À Pedro Inácio Lopes, dit-il tandis que des coups de marteau résonnaient en salve depuis le fond de l'atelier.

Eiffel entraîna Seyrig dans la cour.

— Pedro Inácio Lopes, répéta-t-il. Il est l'ingénieur de la Compagnie royale des chemins de fer portugais. L'attribution du pont sur la Douro a lieu aujourd'hui et nous devrions déjà en avoir le résultat. Cela m'inquiète.

— Voyons, Gustave, vous savez comme moi que notre proposition est la seule à respecter le prix de revient demandé. Nous sommes deux fois moins chers que les autres !

Eiffel haussa les sourcils comme pour conjurer le mauvais sort et plia la feuille.

— Le texte et l'adresse, dit-il en la lui donnant. Pouvez-vous envoyer le message et attendre la réponse ?

— Mais... cela peut durer plusieurs heures !

— C'est très important pour la pérennité de la société, et vous le savez. Dès que vous avez la réponse, prenez un fiacre et foncez m'avertir.

— D'accord, patron. J'y vais, soupira Seyrig, vexé d'être traité comme un chef d'atelier.

— Une dernière chose : ne m'appelez plus « patron ». Nous avons fait les mêmes études, que diable !

Théophile le quitta sans un mot en se demandant s'il avait conscience de l'ampleur croissante de leur rivalité.

Il quitta la rue Fouquet et rejoignit l'avenue de Clichy d'un pas mesuré. La journée avait été estivale et, à cinq heures de l'après-midi, la température avoisinait encore les vingt-huit degrés. Il n'avait pas l'habitude de parcourir les rues à cette heure et trouva Paris grouillante d'animation. Il reconnut le bureau du télégraphe des Batignolles à sa lanterne bleue et y entra après avoir ôté son chapeau. Seyrig constata avec satisfaction que le guichet était libre. Il sortit un mouchoir, s'essuya le front, puis les mains, et tendit le papier à l'employé.

— Une délivrance en express, s'il vous plaît, précisa-t-il.

L'ingénieur s'acquitta du montant après l'avoir recalculé, trouvant la somme demandée exorbitante. Mais, à cinquante centimes le mot, les douze francs réclamés étaient justifiés. Le progrès n'avait pas de prix. Il avait du mal à imaginer que son message avait déjà été réceptionné à Porto et que, bientôt, à mille cinq cents kilomètres de la rue des Batignolles, l'ingénieur Lopes prendrait connaissance du message d'Eiffel.

Le plus long sera le temps de le trouver pour lui remettre le télégramme, songea-t-il en flânant dans la rue. Il avisa une quincaillerie qui proposait une impressionnante gamme de balais pendus à sa devanture, entra, mû par un réflexe professionnel, et se dirigea vers la ferronnerie où il acheta plusieurs rivets d'un fournisseur qu'il ne connaissait pas, ainsi que des charnières dont il trouvait le dessin élégant.

Il se procura *Le Petit Journal* à un kiosque, remarqua qu'il pouvait s'y abonner six mois pour le prix d'un télégramme à l'étranger, et retourna au bureau des postes convaincu qu'aucune nouvelle, si importante soit-elle, ne valait le prix d'une demi-année de lecture.

Seyrig vérifia d'un regard que la réponse n'était pas arrivée, ce que l'employé confirma d'un signe de main, puis s'installa sur une chaise et entama la lecture du quotidien par *Les Pieuvres de Paris*. Bien qu'il ne suivît ce feuilleton que par intermittence, il était curieux de savoir si la belle Fanny allait céder aux avances de Mortimer l'arriviste. Il leva les yeux vers le guichet : le télégraphe était muet.

Eiffel fut assailli dans le vestibule par une tribu de cinq enfants déguisés en bergers qui firent une ronde autour de lui tout en piaillant et chantant des paroles incompréhensibles. Il éclata de rire :

— Mais qui êtes-vous ? Une famille de pâtres ?

— Non, papa, on est des habitants de Pest venus célébrer la nouvelle gare que tu construis, dit la plus grande, au regard volontaire.

— Merci Claire, merci à tous, Laure, Édouard, Valentine et Albert, dit-il en les saluant l'un après l'autre d'un large coup de chapeau.

— On doit te remettre une médaille de la part des Hongrois, déclara Laure solennellement.

— Ce sera un honneur, mais attendons que cette gare soit construite. Au fait, où est votre mère ?

— Dans sa chambre, elle est montée se reposer, répondit Claire après avoir donné aux autres le signal de dispersion. Elle a beaucoup toussé, papa.

Eiffel caressa les cheveux de sa fille pour la rassurer et la regarda rejoindre la gouvernante, qui attendait la fin du spectacle en retrait au fond du couloir. Il déposa sa sacoche sur son bureau, la vida et rangea ses dossiers, puis souleva le rideau de la fenêtre pour observer la porte d'entrée : Seyrig n'était toujours pas revenu. Eiffel grimpa l'escalier et ouvrit doucement la porte de la chambre.

— Je ne dors pas, indiqua sa femme en refermant le livre qu'elle lisait distraitement. Venez !

Les crises de toux avaient cessé vers le milieu de l'après-midi et la bronchite était en phase de guérison. Marguerite avait les yeux cernés et le visage terne. Elle ébaucha un sourire qui se perdit, happé par des pensées tristes. À trente ans, elle en paraissait quarante. Cinq grossesses en douze ans avaient usé son corps et émoussé sa volonté.

— Je vais demander à Albert[1] de passer nous voir, dit Eiffel, qui s'était assis sur le bord du lit.

— Je vais mieux, ce n'est pas la peine de le déranger, affirma Marguerite d'une voix éraillée par l'irritation.

— Vous souvenez-vous de l'été dernier à la montagne ? On pourrait y retourner.

1. Albert Hénocque, médecin et époux de Marie, sœur d'Eiffel.

— Comment pourrais-je l'oublier, on a marché avec de la neige jusqu'aux genoux !

— Et on est revenus avec le visage rougi par le soleil. L'altitude et l'air pur vous avaient fait beaucoup de bien.

Marguerite se retint de tousser mais l'effort l'épuisa.

— Je vais vous laisser vous reposer, conclut Eiffel en lui tapotant la main.

— Non, je dois me lever.

La cloche de la porte d'entrée tinta et le fit bondir sur ses pieds :

— C'est pour moi !

— Non, répliqua sa femme. C'est le photographe, nous avions rendez-vous à dix-huit heures.

— Quel photographe ? demanda-t-il en se rendant à la fenêtre.

L'homme qui marchait dans l'allée portait à l'épaule une chambre noire montée sur un trépied.

— Celui que nous avons retenu pour le portrait de la famille, auriez-vous oublié ?

— Pour être franc, oui, et cela ne m'arrange pas.

— C'est l'affaire de trente minutes, dit-elle en se levant.

Elle se regarda dans la glace et fourra toutes ses mèches éparses dans son chignon.

— Il va falloir que je me prépare. Pouvez-vous le recevoir ?

— Pas vraiment le temps, grogna-t-il. Je vais demander à Claire, vous m'appellerez quand tout sera prêt.

— Claire n'a que onze ans, monsieur mon mari.

— Bientôt douze, répliqua-t-il avant de se replier vers la sortie, à court d'arguments. Alors, je m'en occupe mais je vais lui dire de faire vite.

L'homme ne sembla pas impressionné par la détermination du maître des lieux à bâcler la séance et visita différents endroits de la maison avant de décider que le mieux était encore de se mettre dans le jardin. Il avisa l'allée devant l'escalier qui menait à la terrasse et qui était entourée de deux haies de lierre grimpant.

— Le cadre sera parfait ! s'exclama-t-il, satisfait. La luminosité est exceptionnelle aujourd'hui, expliqua-t-il en déplaçant une table ronde métallique qui trônait sur la pelouse, nous allons en profiter. Venez, installez-vous. Monsieur, sur la droite, ordonna-t-il. Non, sur ma droite, corrigea-t-il alors qu'Eiffel venait de s'asseoir à l'opposé. Et Madame de l'autre côté.

L'ingénieur soupira d'exaspération. Seyrig se faisait attendre.

— Toi, ma grande, tu vas aller t'asseoir entre tes parents et tu prendras le petit sur tes genoux.

— Il s'appelle Albert, répondit Claire, vexée du peu d'attention accordé à son frère, tout en s'exécutant.

Eiffel tapota des doigts sur la table et jeta un coup d'œil en direction du portail. Le photographe accéléra la mise en place.

— Les deux autres, restez debout et entourez votre mère. Voilà, ainsi, posez votre main sur son épaule, indiqua-t-il à Laure. Cela me semble bien, dit-il en reculant.

— Et Valentine, elle n'a pas le droit d'être sur la photo ? demanda Eiffel en montrant la cadette, à dix mètres d'eux, tout à l'observation d'un papillon posé sur une fleur de la bordure.

Le calme du maître des lieux mit l'homme plus mal à l'aise qu'une remontrance. Il s'empressa d'installer la fillette à côté de son père, sur un petit banc qui servait de support à des fleurs en pot.

— Cette fois, la famille est au complet !

Il disparut sous le voile noir de son appareil photographique.

— Madame, pouvez-vous regarder votre mari ? Tous les autres, veuillez fixer la chambre noire !

Eiffel resta impassible. Il détaillait mentalement son dossier du pont de Porto tout en se demandant comment il aurait pu améliorer encore son offre. Valentine tira sur son pantalon.

— C'est quoi la chambre noire ? demanda-t-elle de sa petite voix suraiguë.

Son frère Édouard lui montra du doigt l'appareil photographique. Elle l'imita avant de sourire, découvrant des dents fines et serrées.

— Je vais enlever le cache, attention, on ne bouge plus ! intima l'homme en ignorant leurs mimiques.

La demande, hurlée comme un ordre, figea les enfants, ce qui déclencha le rire nerveux de Marguerite Eiffel. Elle fut prise d'une quinte de toux qu'elle ne put contenir et il lui fallut une longue minute avant de retrouver son souffle. L'homme sortit la tête et se releva en attendant le retour à la normale, puis replongea sous la jupe de toile noire. Eiffel lui, était, plongé dans ses pensées : il aurait dû proposer un pont entièrement en fer au lieu d'y laisser quelques pièces de fonte. Il venait de se persuader que le retard de l'annonce du résultat était dû à ce point précis et il s'en voulait. Il croisa les jambes et fronça les sourcils.

— Cette fois, tout est parf..., dit le photographe, avant d'être interrompu par le tintement de la cloche.

Avant même d'avoir aperçu le visage aux traits sévères de son ingénieur, Eiffel s'était précipité dans l'allée. Il l'entraîna sur la terrasse où ils discutèrent à voix basse, puis de plus en plus fort. Les enfants lançaient des regards interrogateurs à leur mère, ne sachant s'ils pouvaient bouger. Marguerite ne vit pas leurs suppliques : elle ne quittait pas son mari des yeux. Eiffel avait le visage fermé. Tout ne se passait pas comme prévu.

— Comment ça, pas assez cher ?

Il descendit l'escalier qui menait au jardin, s'arrêta devant le banc où tous l'attendaient, chacun dans la position qui lui avait été indiquée, puis se tourna vers son associé resté sur la terrasse.

— Pas assez cher ? Mais ils vont signer ou non ?

— Avant de confirmer, ils vont nommer une commission spéciale pour examiner à nouveau notre projet, répondit Seyrig en le rejoignant.

À son arrivée, Eiffel reprit sa marche et passa entre sa famille et le photographe.

— Qui sont les membres de la commission ?

À l'énoncé des patronymes, il retrouva le sourire.

— Je connais les trois, ils seront favorables à nos innovations, se rassura-t-il en reprenant sa place, au grand soulagement des siens. Je finis cette séance puis nous passerons à mon bureau, ajouta-t-il en prenant la pose.

Seyrig admira la chambre noire que l'homme avait ouverte afin d'y déposer la plaque de verre au collodion.

— C'est un daguerréotype ? s'enquit-il d'un ton mal assuré qui trahissait son ignorance du sujet.

— Grands dieux, non ! s'exclama le photographe en refermant la boîte. Un daguerréotype demanderait au moins cinq minutes de pose.

Il tourna le dos à la famille et chuchota :

— Vous imaginez la difficulté avec M. Eiffel !

Seyrig risqua un regard vers l'ingénieur, qui lui fit un geste d'impatience.

— Celui-ci est un ambrotype, expliqua pour tout le monde le photographe. Il vient directement de Boston, aux États-Unis. Deux secondes de pose et...

— On va tout recommencer ! coupa Eiffel en se levant.

— Mais je n'ai encore rien fait, se défendit l'homme.

Eiffel l'ignora et s'approcha de Seyrig.

— On va recommencer les calculs, il faudrait frapper les esprits en allant plus loin encore dans la précision. Les impressionner, montrer que rien n'est laissé au hasard ou à l'improvisation.

— J'ai fait moi-même ces calculs et je puis vous assurer que...

— Nous sommes les moins chers ET les meilleurs, l'interrompit-il, il faut que cette idée pénètre les esprits ! Et j'ai la solution ! conclut-il en tapant sur l'épaule de son associé. Vous allez partir en Espagne.

— Mais c'est impossible, je dois être à Pest dans cinq jours ! Nous allons commencer le montage de l'ossature, protesta Seyrig en accompagnant ses propos d'un geste qu'il voulut sans appel. Et pourquoi l'Espagne ?

Eiffel s'assit sans lui répondre et fit signe au photographe de procéder à la prise. Les enfants fixèrent l'objectif et Marguerite fixa son mari, qui annonça :

— Vous avez deux secondes !

L'homme opina puis, d'un geste théâtral, posa sa main sur le cache de l'objectif et s'exclama :

— On ne bouge plus !

18

Lundi 24 mai 1875, Alhambra, Grenade

Les ondes firent frissonner la peau de l'eau. Victoria courut jusqu'à l'extrémité opposée de la cour des Myrtes et se pencha au-dessus du bassin, à côté de la fontaine qui l'alimentait.

— Non, je ne les vois pas. Vas-y, recommence, dit-elle à son frère.

Irving, assis au bord de la pièce d'eau, fouetta le liquide avec ses jambes, remuant les particules en suspension et provoquant l'apparition d'une écume abondante.

— Pouah, dit-il en s'asseyant en tailleur, c'est une vraie mare ! Alors ?

Victoria attendit plusieurs secondes avant de se relever :

— Des poissons rouges, des blancs, et quelques-uns mélangés. Mais aucun avec la peau dorée.

Jezequel, qui allait et venait dans l'allée, le regard fixé sur le bassin, s'arrêta pour l'écouter avant de reprendre son activité.

— Tu vois, il nous a raconté des bobards, ton vieux, intervint Javier, qui s'était tenu à l'écart et mâchonnait un brin d'herbe. Des craques ! C'est rien qu'une légende !

— Non ! s'énerva Jezequel. Mon père les a vus quand il était jeune, même qu'il en a capturé un et que ses écailles étaient vraiment en or !

— C'est une légende, lâcha Javier avant de cracher la graminée.

— C'est pas une légende ! s'agaça Jezequel en haussant le ton.

— Si, c'est une légende, répéta-t-il.

Les deux garçons s'opposaient souvent l'un à l'autre, mais Jezequel cédait toujours avant la confrontation physique. Javier possédait une carrure qui ne laissait aucun doute quant à l'issue du débat.

— C'est vrai qu'il y a plein de légendes sur l'Alhambra, maman nous les a toutes racontées, intervint Victoria afin de ménager tout le monde. Pas vrai, Irving ?

Le garçon hocha distraitement la tête, occupé à fouetter l'eau avec un bâton.

— Oui, dit-il alors que plus personne n'attendait sa réponse. Y en a bien des vraies dans le tas, non ?

— Moi, je vous dis que le bassin est profond et que les poissons dorés sont en dessous, affirma Jezequel. C'est pour ça qu'on ne les voit pas.

— Pour sûr, dit Irving dans une moue exagérée, il y a bien plusieurs mètres.

— Il n'y a qu'un moyen de le savoir, assura Jezequel en enlevant son maillot.

— Tu vas plonger ? s'étonna Javier.

Malgré leurs différends quotidiens, il se sentait responsable des autres et en particulier de Jezequel, qui avait gardé de sa maladie d'enfance une constitution chétive ainsi qu'une peau cuivrée et qui était régulièrement la cible de moqueries.

— Je suis le meilleur nageur, non ? dit Jezequel en prenant les autres à témoin.

Contre toute attente, sa guérison de la maladie de Winckel lui avait conféré des capacités respiratoires hors du commun.

— Je parie que je peux aller jusqu'au fond voir les poissons, affirma-t-il afin de réveiller l'ambiance oisive de l'après-midi.

— Jez, pas de bêtises, lui cria Victoria. Et tu ne verras rien, l'eau est trop sale.

Javier, qui s'était levé, s'approcha du bord. Le bassin était trouble et sa profondeur impossible à évaluer.

— Tu ne les verrais pas même s'ils venaient te chatouiller les narines, conclut-il.

— Je suis sûr qu'il y a plus de trois mètres, insista Jezequel.

Javier lança un caillou et le regarda s'enfoncer lentement avant de disparaître, avalé par la turbidité de la mare.

— Après tout, dit-il, si tu veux avoir l'air crasseux d'un Gitan, libre à toi !

Victoria lui jeta un regard noir auquel il réagit en levant les bras au ciel :

— Quoi ? Je-ne-suis-pas-un-Gitan ! martela-t-il. Mon père est un Alvarez, ses ancêtres sont tous andalous et j'en suis fier ! Et que personne ne me parle de ma mère ! Pour moi, elle est morte !

— Bon, j'y vais, décida Jezequel en faisant tournoyer son maillot.

— Attends, je vais chercher une corde à nœuds que tu enrouleras autour de ta taille, dit Irving en gagnant le couloir de la salle des Ambassadeurs.

— Surtout pas un mot à tes parents ! prévint Jezequel. Et je n'ai pas besoin de corde, ce n'est pas dangereux.

— C'est juste pour vérifier que tu te trompes sur la profondeur, plaisanta Javier. Et toi, tu serviras d'appât aux poissons dorés !

La fraîcheur de l'eau lui rappela qu'elle provenait de la Sierra Nevada. Il se glissa dans le bassin jusqu'au cou, lâcha le bord, demanda plus de mou sur la corde qui le gênait et inspira profondément avant de plonger. Une fois au fond, ses mains touchèrent une matière meuble qu'il imagina être un amoncellement de branches et de feuilles en décomposition. Il se redressa et fit un effort pour accommoder ses yeux, qui lui brûlaient, à la lumière filtrée par les particules en suspension.

Il sentit une tension sur la corde et répondit en tirant dessus à son tour afin de rassurer ses amis. Moins d'une minute s'était écoulée, il avait encore assez d'air dans les poumons pour tenir autant de temps et il parvenait enfin à distinguer un peu son environnement. Les poissons allaient et venaient autour de lui sans se soucier de sa présence. Aucun n'avait de reflet doré. Il décida d'avancer vers l'endroit de la piscine qui se trouvait à l'opposé de la fontaine d'alimentation. La couche de déchets végétaux y était plus dense et formait au niveau de l'angle un cône multicolore. En approchant les mains, il sentit un léger courant s'engouffrer entre ses doigts. Jezequel fit tomber la pyramide de saletés accumulées et découvrit le trou d'évacuation protégé par une grille aux barreaux filiformes rongés de rouille. Il s'aperçut que les multiples couleurs provenaient d'objets tombés dans le bassin, qui, au fil des siècles, s'étaient accumulés contre la grille. La tête lui tourna ; il n'avait plus de réserve d'air. La corde s'agita frénétiquement : ils devaient être inquiets en haut, ce qui l'amusa. L'adolescent remarqua alors une forme oblongue aux éclats dorés coincée dans un lacis de débris végétaux. Il l'attrapa à deux mains et prit appui sur ses jambes pour regagner la surface.

La chaleur de l'air l'enveloppa à sa sortie. Il respira goulûment avant que Javier et Irving ne l'aident à s'extraire du bassin et ne détachent la corde. Jezequel s'agenouilla, les mains toujours fermées sur son trésor.

— Quatre mètres, dit Javier après avoir compté les nœuds. Tu avais raison, Jez !

— Je l'ai trouvé, j'ai la preuve qu'il existe, dit le garçon en regardant ses compagnons d'un air triomphant.

— Montre ! demanda Victoria, qui s'était assise près de lui, pendant que Javier jetait négligemment la corde sur la haie de myrtes et s'approchait sans se presser.

Lorsque Jezequel ouvrit les mains, un mélange de vase et d'humus s'écoula entre ses doigts. Tous se penchèrent vers l'objet d'un jaune terne, à la rondeur imparfaite, posé au centre de sa paume. Des gouttes échappées de ses cheveux vinrent s'écraser dessus.

— Une écaille en or, annonça-t-il fièrement.

— Ça, c'est un vieux médaillon, corrigea Javier en le prenant.

Il l'examina et le donna à Irving.

— Il n'y a pas d'inscription, remarqua ce dernier.

— En tout cas, ce n'est pas une pièce, ajouta Victoria après le lui avoir chipé.

Elle le rendit à Jezequel, qui l'essuya à l'aide de son maillot. La surface était légèrement grenée et le bord écaillé en plusieurs endroits.

— De l'or, répéta-t-il. C'est le trésor de l'Alhambra !

— Ton or, il ne brille même pas au soleil, fit remarquer Javier.

Jezequel se mit dans la lumière de l'astre pour lui prouver le contraire mais, au même moment, celui-ci disparut, occulté par une immense sphère qui s'éleva au-dessus des toits de l'Alhambra depuis la terrasse du Partal.

— Papa ! cria Victoria. Il va lancer un nouveau ballon !

Alors que les autres s'engouffraient en courant dans les thermes, Javier haussa les sourcils avant de les suivre sans empressement. Il s'arrêta dans la salle des Bains et s'assit à côté de Nyssia qui lisait, allongée, dans la colonne de lumière étoilée qui jaillissait de la coupole. Bien que moins frisés, elle avait les mêmes longs cheveux noirs que sa mère, au contraire de Victoria qui contenait les siens dans un chignon tout andalou où était fiché un œillet. Javier la regarda avec insistance mais elle continua de lire en l'ignorant. Il lui retira l'ouvrage des mains pour consulter le titre.

— Platon. *Le Banquet*... Connais pas ! dit-il en le lui rendant rapidement afin d'éviter une tape. Encore un livre de cuisine !

Nyssia fit une moue qu'il interpréta comme une moquerie.

— Quoi ?

Elle reprit sa posture, les mains dans le rai de lumière, et changea de chapitre.

— Quoi ? répéta-t-il. Je ne lis jamais, c'est ça ? Je suis un ignare ?

Elle ne lui prêtait plus attention et tourna la page avec une délicate lenteur.

— Et toi, tu n'es jamais avec les autres, toujours dans ton coin, continua-t-il. Toujours avec un bouquin, Nyssia, la chère Nyssia !

— Arrête avec mon prénom, tu sais que je ne l'aime pas !

Elle s'était levée. Javier, surpris, recula d'un pas avant de continuer :

— Pourquoi ? C'est bien le tien, tu veux que je demande confirmation à tes parents ?

— *¡ Estúpido !*

Le sujet fâchait invariablement la jeune fille, c'était le seul qui puisse la faire sortir de sa tanière de rêves.

— Tu te crois plus maligne parce que tu lis, mais à quoi cela te servira-t-il quand tu seras mariée ? À suivre les recettes de ce Platon ?

Dehors, une guitare entama un air de fandango, déclenchant les applaudissements d'une foule bruyante et nombreuse.

— Allez, viens, dit Nyssia en fourrant son ouvrage dans une besace qui en contenait plusieurs autres. Allons voir le départ du ballon.

Après la naissance des trois jumeaux, Clément Delhorme avait revendu son matériel afin de payer l'allaitement et d'entretenir toute sa famille. Il n'avait gardé que les enregistreurs de pression et de température, dont les relevés quotidiens lui avaient permis de conserver un lien avec l'Observatoire de Paris. Les premiers mois, Clément n'avait pu effectuer les relevés avec la régularité nécessaire à leur établissement, à sept heures du matin et deux heures de l'après-midi, étant le plus souvent occupé auprès des jumeaux, et avait dû batailler ferme avec son directeur, Urbain Le Verrier, afin de continuer d'avoir accès à toutes les archives météorologiques des stations affiliées. Puis la vie s'était petit à petit organisée dans une routine ne laissant aucune place à l'improvisation. Alicia avait nourri ses filles pendant plus d'un an, alors qu'Irving avait partagé le sein de Kalia avec Javier durant quatre mois, puis celui de Mme Pozo avec Jezequel jusqu'au printemps suivant. La Gitane s'était installée avec Mateo à l'Alhambra, dans la chambre qu'avait occupée Gustave Eiffel, jusqu'au jour où elle était retournée au Sacromonte, happée par l'envie et le besoin de la colonie, laissant Javier seul avec son père de substitution le jour même de ses deux ans. Tous deux étaient restés à l'Alhambra, où ils vivaient encore, bien qu'ayant changé de palais. Mateo ne supportait plus la chambre de Charles Quint hantée par le fantôme de la femme qu'il aimait encore et s'était installé dans un des pavillons du Generalife, près des potagers. Javier passait ses journées avec la famille Delhorme et rejoignait Mateo le soir, une fois son père descendu de la Sierra Nevada. Il le trouvait invariablement l'échine courbée sur la terre des jardins, les mains brûlées par les blocs de glace transportés et durcies de cals. Ils rentraient alors tous les deux dans leur appartement de l'étage supérieur aux immenses murs de plâtre décorés d'arabesques mauresques, où le taiseux Mateo passait son temps à regarder le Sacromonte voisin tout en gémissant sur son sort ou à chasser son spleen dans la couleur rubis du valdepeñas que le glacier Hurtado lui fournissait pour une somme dérisoire. En grandissant, Javier s'était éloigné de Mateo, à qui il avait fini par en vouloir d'être resté autant qu'à sa mère d'être partie. Il passait tout son temps avec les jumeaux et Jezequel, mangeant et dormant chez les Delhorme comme le sixième membre de la famille.

La première année, Alicia avait organisé la rénovation des palais de l'Alhambra en fonction des tétées et tout le monde sur le chantier, des ouvriers à l'architecte Contreras, s'y était plié de bonne grâce. Plus grands, les enfants l'avaient accompagnée dans les salles en travaux, avant de rester définitivement dans leur appartement du Mexuar sous leur propre garde. Durant les trois premières années, leur père s'était exclusivement occupé d'eux, s'accommodant d'une situation que les hommes de la ville, tout comme la plupart de leurs épouses, jugeaient humiliante et dégradante pour l'image parentale. Ni lui ni Alicia n'en avaient eu cure.

Clément noua la dernière corde d'ancrage au piquet métallique fiché dans la terre et repoussa son chapeau vers l'arrière en s'essuyant le front de sa manche de chemise. Il vérifia les deux autres fixations, qui formaient avec la troisième un triangle isocèle au milieu duquel reposait le panier contenant les enregistreurs. Au-dessus de sa tête, à plus de dix mètres du sol, flottait l'immense ballon retenu dans des mailles serrées. En 1866, il avait pu acheter le matériel nécessaire à la fabrication d'un nouveau prototype et, en mai 1867, avait procédé à son premier lancement devant des bambins médusés. Huit ans plus tard, leur émotion était restée la même.

Depuis l'incident avec Ramón, Delhorme avait amélioré son système de trappe et utilisait du gaz d'éclairage au lieu de l'hydrogène – le produit était tout aussi inflammable mais son coût moins élevé. Alicia avait décidé de faire de chaque lâcher une fête et d'y associer les Grenadins. D'abord farouchement opposé à l'idée, Clément avait avancé les risques d'explosion comme argument imparable, ce que sa femme avait rapidement déjoué en proposant de n'autoriser les spectateurs qu'une fois le ballon accroché à ses cordes. L'élément décisif était venu du docteur Pinilla qui, s'étant renseigné auprès de ses collègues de la faculté, avait appris que seule la présence de témoins et de la presse locale permettrait d'officialiser chacune de ses tentatives. Clément, que les honneurs n'intéressaient pas, avait tenu quelques mois avant d'abdiquer quand Alicia avait réussi à négocier la livraison et le paiement du gaz porteur par la Ville, sous réserve que tous les citoyens puissent assister aux lancers depuis l'Alhambra. Mateo avait invité un ami guitariste, vite rejoint par d'autres pour former un orchestre de fandango qui ponctuait chaque cérémonie d'airs populaires et de compositions nouvelles.

Un des aérostats de 1873 avait atteint une altitude de quinze mille mètres et enregistré une température de moins cinquante-cinq degrés, ce qui avait fait la fierté de toute la ville. Depuis lors, tous attendaient à chaque lâcher un nouveau record, et Clément s'était habitué à la popularité après l'avoir fuie.

Le vent s'était levé et le ballon dodelinait comme une tête géante. Pour cet essai, Clément avait peint le tissu en noir et n'avait gardé que la moitié des plaques d'aluminium, réparties à la manière de cabochons. Cet aspect avait fait forte impression sur les spectateurs et le journaliste présent qui, après avoir tourné autour de l'installation un long moment, s'était approché de Clément pour l'interroger.

— Un costume d'Arlequin ? répéta le météorologue afin d'être sûr d'avoir bien entendu la question alors que l'orchestre battait son plein. Non, la raison n'est pas esthétique. Venez, suivez-moi.

Clément entraîna l'homme à l'écart de la place au moment où ses enfants déboulaient par la porte de la Rauda.

— Papa, c'est le mien ? demanda Victoria en cherchant les lettres peintes sur la toile.

Son père fit non de la tête.

— Le *Irving*. Le *Victoria* n'est pas encore réparé, ajouta-t-il devant son air contrarié. Va dire à maman qu'on va bientôt le décrocher, enjoignit-il en lui posant son chapeau sur la tête. L'anémomètre s'affole.

— Vos triples jumeaux ont l'air d'aller bien, fit remarquer le journaliste. Pourrons-nous faire un article sur eux, maintenant qu'ils sont grands ?

— Vous me le demandez tous les ans...

— Et tous les ans vous me le refusez. Mais, cette année, c'est pour un autre journal qui va bientôt sortir : *El Pensil granadino*. Nous n'y parlerons que de sciences, d'art et de littérature. Cela vaut bien un papier, ce sont peut-être les premiers au monde à avoir survécu tous les trois et ils sont nés ici. Alors ?

— Alors ? Comme vous le savez, tout gaz se dilate à la chaleur, puisque c'est le principe des engins ascensionnels, éluda Delhorme devant la moue renfrognée du journaliste. Et grâce au soleil et à la couleur noire du tissu, le gaz contenu dans mon ballon va chauffer. Regardez !

Clément prit un bout de bois et traça des équations sur le sol.

— Si la densité du gaz est de 0,3, elle sera de 0,7 du poids de l'air, ce qui représente 794 grammes par mètre cube à une température d'air de 30 °C et seulement 650 à –20 °C. Le gain est donc de 144 grammes par mètre cube et mon ballon fait 500 mètres cubes. Vous me suivez ?

Le journaliste resta silencieux, se demandant si l'ingénieur était sérieux ou s'il se moquait de lui.

— Si je ne prends que le premier terme de la formule de Laplace pour calculer la force ascensionnelle...

— Faites, dit l'homme, qui avait cessé de prendre des notes.

— ... et que j'évalue le poids du ballon à 50 kilos, alors l'altitude obtenue sera de...

Il détailla le calcul sur le sol.

— 16 398 mètres en hiver et 18 232 en été, conclut-il en encadrant sa réponse à la manière d'un professeur. Ce qui fait près de deux mille mètres de gagnés rien que par l'effet soleil.

— Donc, avec la chaleur d'aujourd'hui, vous avez bon espoir de battre votre record, résuma le journaliste, qui tenait l'information qu'il était venu chercher. Nous sommes en juin !

— Pas tout à fait, tempéra Clément. Il y a un élément dont je n'ai pas tenu compte : la valeur linéaire du rayon vecteur du soleil.

— Ah...

— Elle est plus forte au solstice d'été que d'hiver.

— Mais c'est plutôt bien ? se risqua l'homme.

— Oui, si l'on est dans l'hémisphère austral. Mais ce n'est pas le cas.

— Non, ce n'est pas le cas... Alors, qu'est-ce que j'écris, moi ?

— Que, austral ou pas, Laplace ou pas, aujourd'hui soufflent des courants ascendants qui vont élever cet engin jusqu'aux étoiles. Regardez où se trouvent les hirondelles, conclut Delhorme d'un geste de la main alors que les habituels pêcheurs de la tour du Guet rassemblaient leurs affaires, faute de pouvoir les attraper. J'attends une telle situation depuis des années !

Tandis que les deux hommes s'éloignaient, un étranger vêtu d'un épais costume pied-de-poule et coiffé d'un chapeau melon s'approcha des calculs tracés sur le sol poussiéreux ; il les lut, fit un commentaire en français et les effaça du pied. Il défit le nœud de sa cravate courte et s'éventa à l'aide de son chapeau tout en restant à l'écart de la manifestation alors qu'Alicia prenait la parole afin de procéder au lancement. À son signal, les trois cordes d'ancrage furent lâchées et le ballon s'éleva rapidement en prenant une forme aplatie à sa partie supérieure. Clément observa à la jumelle le balancement de la nacelle dont les oscillations ne dépassèrent pas la limite qu'il avait calculée pour la sécurité de son matériel d'enregistrement. Elles cessèrent vers trois cents mètres, comme il l'avait prévu, ce qui lui arracha un sourire complice avec sa femme. La foule joyeuse et bigarrée se dispersa rapidement car la sonde n'était déjà plus qu'un point lumineux se dirigeant au sud vers La Zubia. Le Français, qui n'avait pas bougé, attendit que Delhorme vienne à sa rencontre, ce qu'il fit, prévenu par les enfants qui avaient repéré le voyageur dès son arrivée à l'Alhambra.

— On me dit que vous me cherchez, monsieur ? s'enquit Clément après s'être présenté et lui avoir donné une poignée de main chaleureuse.

— Je suis Théophile Seyrig, l'associé de...

— À la bonne heure ! Comment va-t-il ? Et vous arrivez le jour du lancement, quel plaisir pour moi ! Qu'en pensez-vous ? demanda-t-il en levant la tête vers le point qui lançait des éclairs intermittents dans le ciel. Appréciez-vous la science météorologique, monsieur Seyrig ?

— Ma foi, je n'ai pas d'avis tranché sur la question.

— Gustave et moi correspondons depuis presque douze ans sur le sujet, continua Clément en l'entraînant à travers les jardins vers son logement du Mexuar.

— Il m'en a informé, c'est un thème qui le passionne aussi. Je suis ici pour récupérer les calculs du pont sur le Douro, déclara-t-il sans ambages.

— Les calculs, oui, les calculs... C'est dommage, marmonna Clément en ralentissant l'allure.

— Que se passe-t-il ? Vous ne les avez pas ?

Seyrig s'était arrêté. La situation n'était pas pour lui déplaire : il était l'auteur des premières évaluations établies dans l'avant-projet qui avait été soumis aux décideurs portugais et il avait longuement contesté la décision d'Eiffel de faire appel à Delhorme pour les affiner.

— Non, non, ce n'est pas cela, répondit Clément en remarquant la légère déception sur le visage de son interlocuteur. Comme ils sont prêts depuis deux semaines, j'avais proposé à Gustave de les lui envoyer pour vous éviter un voyage jusqu'en Andalousie.

— C'est moi qui ai préféré venir. Je dois me rendre à Porto afin de déposer le dossier mis à jour.

— Dans ce cas, vous m'en voyez ravi ! dit Delhorme tout en localisant son ballon à la jumelle, dont il évalua l'altitude à plus de mille mètres. Nous pourrons en discuter à mon retour.

— Quand serez-vous là ?

— J'ai réglé le mécanisme de l'horloge pour qu'il entame sa descente dans une heure.

— Nous pourrons donc nous voir cet après-midi, se rassura Seyrig.

— Ou demain, pondéra Clément. Cela dépendra du temps qu'il me faudra pour le retrouver. Il se dirige vers le sud-ouest et va probablement tomber dans une zone montagneuse de la Tejeda. Dans tous les cas, vous êtes notre hôte pour la soirée.

— Je suis déjà installé à l'hôtel Los Siete Suelos.

— Les enfants iront chercher vos bagages. Ce serait une erreur de venir à Grenade sans dormir à l'Alhambra. Pire : ce serait une faute ! Vous aurez en Alicia la meilleure des guides, ajouta-t-il. Et cela vous donnera le temps de lire ma proposition. J'ai employé des équations différentes des vôtres, notamment pour la résistance des matériaux au vent, ce qui m'a permis d'augmenter la précision des résultats. Venez, je vais vous les donner.

Les quatre pièces étaient situées à l'étage de la salle du Mexuar, en enfilade le long d'un couloir, et donnaient sur la cour de Machuca et les murailles de l'Alcazaba. L'intérieur, d'inspiration mauresque, avait gardé l'aspect délabré des occupations précédentes : parquets ternes et abîmés, fresques murales en partie recouvertes de suie et huisseries au bois moisi ou éclaté, dont les Delhorme retardaient la rénovation d'année en année, faute de temps. Mais l'Alhambra entier était leur terrain de jeux.

Après le repas en compagnie d'Alicia et des enfants, tout le monde se retira pour la sieste et Seyrig en profita pour commencer la lecture du compte rendu de Clément. Plus que les résultats, qu'il trouva remarquables de précision par l'utilisation de logarithmes à sept décimales, il était troublé par la beauté d'Alicia, qui surpassait celle de toutes les femmes de la bonne société parisienne qu'il avait fréquentées et toutes les Espagnoles croisées jusqu'à Grenade. N'arrivant pas à se concentrer suffisamment sur son travail, il quitta le salon, que les époux Delhorme avaient transformé pour lui en chambre d'ami. L'appartement semblait vide. Dehors, *las Placetas*, la grande esplanade de terre qui faisait face au palais de Charles Quint, avait elle aussi été désertée, malgré une chaleur que Seyrig estima supportable. Elle ne résonnait plus que des pas de deux voyageurs anglais qui, étonnés de n'y trouver personne, se précipitèrent vers lui pour demander, dans de grands assauts d'amabilité, s'il connaissait la *señora* Delhorme. Alicia semblait être le point de contact obligé pour ceux qui voulaient visiter les palais en réfection. Seyrig joua l'incompréhension lorsqu'ils l'abordèrent en espagnol, puis en anglais, mais fut obligé de répondre à leur français honorable. Il leur indiqua qu'elle ne serait pas disponible avant le lendemain, n'étant pas prêt à partager son hôtesse avec deux étrangers, même venus de loin. *Fût-ce des pôles*, songea-t-il en prenant conscience que le mensonge lui avait été très agréable. Ceux-ci se résignèrent à remettre à plus tard leur visite de l'Alhambra, le saluèrent et décidèrent d'aller traîner le cuir de leurs John Lobb au Sacromonte, histoire de côtoyer quelques instants la misère du monde.

Seyrig regagna sa chambre sans rencontrer personne et resta longtemps planté devant la fenêtre ouverte, à admirer le bassin et les arbres de la cour de Machuca tout en laissant ses pensées s'égarer entre Alicia Delhorme, le pont sur le Douro et son association avec Eiffel, qui lui semblait de moins en moins équitable.

Lorsqu'elle vint le trouver pour le tour des palais, il s'était endormi, allongé sur son lit sans avoir enlevé sa veste. La visite fut un émerveillement architectural qui lui permit d'admirer toutes les connaissances des bâtisseurs nasrides et le savoir-faire des rénovations d'Alicia. Lorsqu'ils regagnèrent les appartements, le soleil couchant teintait la Sierra Nevada de reflets fauves. Clément n'était toujours pas rentré.

— Il arrive que la nuit interrompe ses recherches et qu'il reste dormir chez des paysans ou dans une bergerie de montagne, expliqua-t-elle.

— C'est vrai, une fois, papa s'était abrité dans un refuge à cause d'un orage, renchérit Victoria tout en dressant la table pour le souper. Quand il est sorti, la rivière était si haute qu'il ne pouvait plus la franchir avec Barbicane.

— Barbicane ? répéta Seyrig, amusé.

— Notre âne, répondit-elle.

— C'est une mule, rectifia Nyssia.

— Alors, il est retourné dans la maison abandonnée, continua Victoria, et cette fois, il y avait quelqu'un. Un vieux sage.

— C'était le berger, reprit Nyssia. Il était rentré chez lui.

— N'empêche que c'était un sage, très vieux, qui lui a donné plein de secrets sur l'Alhambra, poursuivit la fillette tout en déposant les couverts en tas sur la table. Il avait plus de cent ans !

— Un vieux fou qui lui a répété les légendes du coin, rien de plus, dit Nyssia qui s'était plantée devant leur hôte, les bras croisés. Excusez ma sœur, elle a trop d'imagination, ajouta-t-elle d'un ton amène. Comment est la vie à Paris, monsieur Seyrig ?

— Ma foi..., répondit-il, quelque peu déstabilisé. Que voulez-vous savoir, jeune fille ?

— Tout. Comment vivent les gens, ce qu'ils mangent, à quelle heure, ce qu'ils font les soirs, le théâtre, l'Opéra, les bals... Est-ce qu'il y a beaucoup de musique dans les rues ? Quelle est la nouvelle mode ?

— Est-ce vrai qu'il fait très froid l'hiver ? intervint Victoria de sa voix toujours enfantine.

Seyrig jeta un regard à Alicia qui, au lieu de venir à son secours en rabrouant sa curieuse progéniture, attendait elle aussi un récit circonstancié. Il s'y appliqua du mieux qu'il put alors que chaque réponse entraînait son lot de nouvelles questions. Le repas n'y suffit pas, les garçons s'étaient joints à la discussion et la source ne se tarit qu'au moment où Javier les quitta, après que Mateo fut passé le chercher.

Tout dans cette famille le surprenait. La liberté des enfants qui, bien que respectueux et polis, se mêlaient aux conversations comme des adultes, l'absence de domestiques alors que l'on pouvait en trouver dans la moindre famille bourgeoise de la ville, cette femme qui avait étudié une matière exclusivement masculine et son mari, qui, pour faire partie du corps des ingénieurs centraliens, n'en avait jamais tiré la moindre utilité professionnelle, et qui avait accepté son travail comme pour rendre service à un ami ou par simple défi.

Il n'est toujours pas revenu, songea Seyrig, déçu, en regardant les aiguilles de sa montre gousset dépasser les onze heures, alors qu'il n'avait plus pensé à Delhorme depuis un long moment. L'ingénieur en profita pour se retirer et gagner sa chambre. Il s'allongea sur le lit et parcourut le dossier en espérant y trouver un appel au sommeil, mais n'y parvint pas : les calculs lui demandaient trop de concentration. Il soupira, se leva et se dirigea vers la fenêtre, attiré par un curieux bourdonnement au-dehors. Une fois celle-ci ouverte, le bourdonnement s'amplifia et se scinda en différents sons caractéristiques : voix, rires, pas pressés ou traînants accompagnaient les airs de fandango et le crépitement de castagnettes dans un joyeux maelström.

— Vous entendez cette mélopée ? C'est le cœur de la ville qui bat, dit une voix dans son dos.

Il se retourna et découvrit Clément, debout au milieu de la pièce, qui tenait en main son enregistreur protégé par une caisse en bois. Ses vêtements étaient poussiéreux, ainsi que son foulard qui lui couvrait le cou jusqu'au menton. Seyrig se prit à envier son air d'aventurier, lui qui n'avait jamais osé porter que les costumes les plus stricts afin de renforcer le sérieux de sa position professionnelle, mais il se ravisa vite en imaginant sa gêne dans des vêtements de marginal.

— Venez, ajouta Delhorme en lui faisant signe de le suivre.

Il déposa son matériel au passage de son bureau, accrocha son chapeau au bord aussi large qu'un sombrero sur une patère chargée d'autres oripeaux, s'empara d'une lanterne et conduisit son visiteur dans le vestibule de la salle des Ambassadeurs, au fond duquel il ouvrit une petite porte fichée dans la muraille avant d'allumer la lampe.

— Qu'est-ce donc que cela ? interrogea Seyrig à la vue de l'intrigant briquet au bouton en cuivre manipulé par son hôte.

Delhorme ne répondit pas et l'entraîna par un escalier en colimaçon jusqu'à l'étage de la tour de Comares, qu'ils quittèrent par une galerie ouverte pour rejoindre le pavillon supérieur d'une seconde tour aux murs recouverts de fresques Renaissance abîmées par le temps et la négligence.

— Le boudoir de la Reine, commenta distraitement le météorologue.

Ils sortirent sur un balcon qui offrait une vue exceptionnelle sur la ville. En contrebas, le Darro s'étirait, paresseusement lové contre une avenue bordée d'arbres remplie de monde.

— On dirait que toute la ville s'est donné rendez-vous ici, remarqua l'associé d'Eiffel.

— N'oubliez jamais cette ambiance, vous ne la retrouverez dans aucun autre endroit au monde. Grenade est une danse, une danse unique.

Clément se pencha entre les créneaux comme pour mieux humer l'atmosphère.

— Qu'en est-il de la situation politique ? demanda Seyrig. Tout a l'air si calme et insouciant ici, alors que la monarchie a repris le pouvoir.

La première République espagnole venait de s'écrouler comme un enfant frappé par la vérole à l'âge de deux ans, remplacée par le jeune roi Alfonso II.

— À Paris, les réfugiés disent que les carlistes et les anarchistes vont mener le pays à la guerre et qu'il y a des insurrections partout. Je redoutais mon voyage à Grenade.

— Les troubles sont localisés dans le Nord et, en tant qu'étranger, vous ne risquez rien. Aucune rébellion n'est organisée dans le Sud. Les Andalous sont placides ou résignés, je ne sais pas. La vie est la même qu'avant pour le peuple, seuls les maîtres changent... Qu'importe, tant qu'on aura des nuits aussi belles et ambitieuses que celle-ci, Grenade sera toujours le paradis sur terre, la seule liberté que personne ne pourra nous voler, conclut-il en admirant la beauté irréelle des lumières qui scintillaient à leurs pieds.

— Que voilà une déclaration d'amour !

Clément s'adossa au balcon et jeta un regard vers le palais du Mexuar :

— Non, les déclarations d'amour, je les réserve à ma femme.

Comme je vous comprends, pensa Seyrig, qui se retint de le lui dire. Il baissa furtivement les yeux de peur que la pénombre ne suffise pas à cacher son trouble.

— Et êtes-vous satisfait de votre expérience ? interrogea-t-il, heureux de détourner la conversation vers le sujet du jour.

— Douze mille mètres d'altitude, mais ce n'est pas le plus important.

— Douze mille ? Mais personne n'est jamais allé aussi haut ! Bien sûr que c'est important, vous avez battu un record !

Delhorme écouta distraitement Seyrig lui parler des derniers aéronautes à avoir réalisé une ascension scientifique officielle en France.

— Ils avaient atteint huit mille mètres, insista l'ingénieur. Vous avez réalisé presque le double !

Clément ne prit pas la peine de lui indiquer que le *Victoria* et le *Irving* avaient maintes fois dépassé cette valeur. L'ascension du jour lui avait permis de traverser le front isobare d'une immense dépression, dont les autres sites d'observation indiquaient qu'elle se déplaçait sur l'Europe du nord au sud, et il était impatient de pouvoir en utiliser les résultats. Mais il s'était perdu en cherchant son ballon et avait failli passer la nuit sur les contreforts de la Sierra de Tejeda, ce qui lui laissait un goût d'inachevé. Il devait trouver un moyen d'y remédier.

— Et les vols habités ? Vous y avez pensé ? reprit Seyrig.

— Bien sûr, j'y ai pensé : qui ne voudrait voler jusqu'aux étoiles ? Mais, pour l'instant, j'ai besoin d'économiser sur le poids afin d'y placer le maximum d'enregistreurs. Un jour, peut-être...

Il resta un moment songeur, les mains fichées dans les poches, la tête levée vers le ciel. Aucun nuage ne voilait les astres de la nuit.

— Qui sait ce qu'on pourrait trouver là-haut ? ajouta-t-il. À part un froid intense, pas d'oxygène et, j'imagine, un silence impressionnant. Je n'ai pas envie de finir comme l'équipage du *Zénith*.

Un mois et demi auparavant, une tentative de vol ascensionnel s'était soldée par la mort de deux des trois passagers après une montée en altitude sans réserve d'oxygène.

— J'ai lu ce qui était arrivé à ces malheureux aéronautes.

— L'atmosphère est aussi dangereuse que la haute mer, conclut Seyrig. Mais nous avons bien réussi à dompter les océans...

— Croyez-vous ? Nous les aurons domestiqués quand nous saurons prévoir les tempêtes pour ne plus avoir à les affronter.

Dans la rue en contrebas, une guitare entama un flamenco furieux auquel répondirent les claquements de pieds rageurs d'une danseuse, rapidement étouffés par une conversation joyeuse et bruyante.

— Si nous savons rester humbles, alors je suis d'accord avec vous, Théophile, rien n'arrêtera le progrès, assura Clément en fouillant sa poche pour en sortir un objet. Vous me demandiez, pour ce briquet ? C'est un prototype électrique. Je l'ai fabriqué moi-même à partir de la description de son inventeur. Le courant fait rougir un fil de platine qui allume la mèche. Simple et pratique. Voyez-vous, je ne comprends pas cette manie qu'ont les hommes de tout breveter, ajouta-t-il en lui tendant l'objet.

Seyrig manipula le bouton de cuivre, faisant jaillir une flamme.

— Impressionnant, plus besoin de gaz... Mais, il faut bien protéger ceux qui inventent et prennent des risques, objecta-t-il.

— Protéger de quoi ?

— Mais de la concurrence !

— Voilà un bien vilain mot qui sent le rance !

— Vous êtes un idéaliste, Clément. Sans vouloir vous offenser, il faut être fou ou immensément riche pour s'affranchir des contraintes de l'économie.

— Je veux être utile, juste un homme utile.

Le bourdonnement demeura intense jusqu'à deux heures du matin, puis s'éteignit progressivement. Les rues avaient retrouvé leur calme lorsque les premiers rayons du jour virent les balayer. Seyrig s'éveilla avec difficulté, peu habitué à ce rythme, et fit rapidement ses valises. Les enfants étaient déjà partis à l'école et Alicia dirigeait dans le patio des Lions un chantier dont il entendait les coups de marteau étouffés. Seul Clément l'attendait, avec Ramón, près de la berline qui allait l'emmener à Murcie pour prendre le train. Seyrig lui donna un ouvrage de la part d'Eiffel.

— J'ai failli oublier, il ne me l'aurait pas pardonné, confia-t-il en ébauchant un sourire.

— *Voyages aériens*, commenta Clément en lisant la couverture. De Camille Flammarion. Qui est-ce ?

— Un journaliste scientifique du *Siècle*, précisa l'ingénieur. Un homme populaire et influent. Aéronaute de surcroît.

— Vous remercierez Gustave de ma part. Tenez, pour vous, annonça Clément en lui donnant une petite boîte en carton. Faites bon voyage.

Seyrig l'ouvrit et ébaucha un sourire. Le briquet électrique s'y trouvait, accompagné d'un mot : « La science est faite pour être partagée. » Il s'installa confortablement dans l'habitacle et s'endormit avant même les portes de Grenade franchies. Il se réveilla alors que les mules entamaient les premières pentes des hauts plateaux de la Sierra de Huétor et s'étira, ravi d'avoir le véhicule pour lui seul après un voyage aller serrés à dix dans une diligence aux suspensions absentes.

Trois jours après, il s'asseyait dans un wagon Kitson & Co. et, tout en regrettant la domination anglaise dans la fabrication des trains, quittait Murcie pour Madrid. Dix-huit heures plus tard, il prenait un bain à l'Hôtel de Rome et passait une mauvaise nuit dans une chambre pourtant confortable, mais qui donnait sur un carrefour bruyant dont le bourdonnement n'avait rien de commun avec celui de l'Alhambra. Le lendemain matin, il se rendait à la gare à pied, accompagné d'un porteur, et effectuait le trajet jusqu'à Zamora en neuf heures, après une correspondance à Medina del Campo où il logea dans une pension de famille conseillée par Eiffel pour son charme et sa cuisine et y resta le dimanche, faute de train. Le lundi, après dix heures de voyage pendant lesquelles il put lire *Quatre-vingt-treize* entre deux conversations avec les occupants de sa banquette, un missionnaire apostolique français et sa sœur partie rejoindre son promis à Compostelle, la Fairlie Avonside s'arrêtait en gare de Monforte de Lemos. Dès l'aube du lendemain, Seyrig enchaînait un nouveau trajet jusqu'à la frontière, à Valença do Minho, qu'il atteignit peu après midi. Une fois la douane passée, il s'endormit dans la voiture qui le menait à Viana do Castelo où l'attendait un lit propre, ainsi qu'un second bain, à la pension Fondiz où sa logeuse s'occupa de laver ses vêtements.

Dix jours après avoir quitté Delhorme, le vendredi 4 juin à trois heures et demie de l'après-midi, il entrait en berline dans Porto et gagnait le Grand Hôtel, *rua Santa Catarina*, avant de retrouver son contact, Pedro Inácio Lopes, à qui il remit le projet contenant les nouveaux calculs.

19

Lundi 18 octobre 1875, Alhambra, Grenade

Alicia enleva le mouchoir qui l'avait protégée de la poussière pendant le grattage du mur et inspira profondément. Elle retira du bout des doigts les derniers débris de peinture qui étaient restés accrochés et essuya délicatement la petite surface décapée. Rafael Contreras, qui se tenait en retrait, émit un sifflement admiratif :

— *¡ Madre de Dios !* Tu avais raison, il y a bien une fresque sous la peinture.

— Et je parie qu'elle prend tout le mur, dit-elle en dégageant d'un revers de manche les cheveux qui s'étaient collés sur son front.

Alicia avait, par hasard, découvert l'œuvre cachée en nettoyant un mur d'une des maisons adossées à la tour des Dames. La portion qu'elle avait dégagée représentait une cérémonie nasride mettant en scène des cavaliers en habits de parade.

— Je ne sais pas qui sont les criminels qui ont osé recouvrir cette œuvre de crépi, mais ils devraient être jugés, s'emporta-t-il en touchant la fresque à son tour.

— Bah, ils sont tous morts depuis plusieurs siècles.

— Crois-tu ?

— Oui, c'est le même type de peinture que celle de la chambre de l'Empereur. Je soupçonne les décorateurs de la Renaissance, dit Alicia en reculant de quelques pas afin de mieux observer l'ensemble. Alors, conservation ou restauration ?

Le choix était difficile. Alicia et Rafael étaient des émules de Viollet-le-Duc, l'inspirateur de la « restauration stylistique », mais ils venaient de dégager la seule fresque peinte de toute l'Alhambra.

— La conservation sera délicate, la peinture est très écaillée, estima Contreras. Mais cela vaut la peine d'essayer.

— Tu as vu les liserés sur le haut ? Il y a des inscriptions en arabe dessus.

— Sans doute des extraits du Coran. Ou des indications sur le trésor de l'Alhambra, plaisanta l'architecte en repliant son escabeau. Cela devrait plaire à Clément.

Alicia ne répondit pas. Son attention avait été attirée par des symboles géométriques insérés dans la fresque, dont les formes lui rappelaient les *alicatados* de la salle des Bains.

— Es-tu sûre que ce soient vraiment les mêmes ? douta Contreras. Tous ces entrelacs se ressemblent.

— Ceux-là, je ne risque pas de les oublier, je les ai eus devant les yeux durant tout l'accouchement !

Rafael acquiesça d'une moue d'empathie et s'apprêtait à enchaîner sur l'une des nombreuses anecdotes qu'il distillait encore sur la mémorable soirée lorsque des hurlements joyeux leur parvinrent des jardins du Partal.

— Déjà midi ? s'inquiéta-t-il.

— Il est à peine onze heures, répondit Alicia en se fiant au campanile de la tour du Guet qui venait de sonner.

Javier entra en courant, suivi de Jezequel et Irving. Ils entourèrent Alicia que Javier aurait presque dépassée en taille, n'était l'impressionnante chevelure bouclée de Mme Delhorme. Leur enseignant avait interrompu son cours quand l'employé du télégraphe lui avait remis un pli et avait suspendu la classe jusqu'au lendemain, à la grande joie des élèves.

— On peut aller jouer sur le terrain de paume ? demanda Irving.

— Moi, je vais pêcher des martinets, prévint Javier. Il y en a plein le ciel.

Il s'éloigna sans attendre la réaction des autres, qui hésitèrent.

— Vous voulez m'aider, les garçons ? proposa Alicia.

Jezequel interrogea du regard Irving, qui décida de suivre Javier. Alicia les regarda s'éloigner, pensive.

— Il nous faudra de la gomme mastic, indiqua-t-elle à Contreras. Commandons-en dès maintenant à Paris. Nous l'aurons dans un mois.

Elle se remit au minutieux décapage des pigments qui cachaient la fresque, tout en se demandant quel avenir professionnel attendrait Irving. Lui et Javier étaient inséparables, mais il était aussi discret que son frère de lait était extraverti et aussi réfléchi que Javier était instinctif. Sa scolarité s'apparentait à une traversée sur une mer d'huile. Irving n'aimait ni subir ni provoquer de vagues. *S'il avait pu prendre un peu du tempérament de Javier !* songea-t-elle. *Je l'aime pour ce qu'il est, un point c'est tout,* se reprit-elle, tout en dégageant un visage de femme d'un lambeau de crépi. Irving n'avait jamais manifesté le moindre intérêt pour un métier particulier et Alicia espérait secrètement qu'il se découvre une passion pour l'architecture, alors que Clément le destinait au métier d'ingénieur. Elle l'emmenait souvent avec elle sur les chantiers, mais le garçon semblait en permanence la tête ailleurs, si bien qu'elle avait fini par abandonner tout prosélytisme.

Quand les jumelles débarquèrent de l'école de filles, située dans l'Albaicín, Alicia avait recouvert d'une toile la partie dégagée de la fresque, une surface ridiculement petite en regard du travail fourni, et rangeait ses outils avec le même soin qu'à son arrivée à Grenade. En quinze ans, elle n'avait vu que cinq chantiers se terminer. *Il faudra trois générations de Contreras pour tout réhabiliter*, avait l'habitude de plaisanter Rafael.

— Où sont les garçons, maman ? lança Victoria, parée d'une joyeuse énergie.

Nyssia, elle, avait revêtu sa moue boudeuse et tenait un livre bras croisés sur son ventre, comme elle l'eût fait d'une peluche. Une fois l'information reçue, elle suivit sa sœur à la tour du Guet sans aucun empressement. Lorsqu'elles débouchèrent sur la terrasse, Javier était assis contre le rebord du côté opposé au campanile, un miroir à la main, figé dans la posture du guetteur, les yeux rivés en direction de la Sierra Nevada. Près de lui, dans une cage en osier, deux martinets se plumaient les ailes en tentant de forcer leur prison.

— Moi, je dis qu'il ne te préviendra pas, assura Jezequel tout en ramassant des cailloux.

L'adolescent au teint de cuivre déposa les pierres dans le réceptacle qu'Irving avait formé avec le bas de sa chemise.

— Il est midi et demi et son père n'a pas envoyé le signal, expliqua-t-il aux jumelles qui s'approchaient d'eux.

— Ce n'est pas mon père, lâcha Javier d'un ton morne, sans cesser de fixer l'horizon.

Les relations entre l'adolescent et Mateo fluctuaient de fâcheries en réconciliations, toutes initiées par Javier.

— Alors, si c'est pas ton père, qu'est-ce que tu fais à attendre ici ? Tu te prends pour un toutou ? Ouaf, Ouaf !

— Arrête, Jez, intervint Nyssia pour couper court à la réaction prévisible de Javier.

— Oui, arrête, renchérit Victoria, qui s'était assise à côté de lui. Javier, il est comme notre frère. Alors, s'il veut, notre papa c'est aussi le sien, d'accord ?

— D'accord, accepta-t-il avec un sourire. Mateo, c'est pas mon père, mais je l'aime bien, rectifia-t-il à l'adresse de Jezequel. Il ne m'a jamais abandonné, lui. Et je ne veux pas qu'il lui arrive du mal.

Tous l'avaient rejoint et l'encerclaient au bord de la terrasse. Le soleil était mordant comme aux derniers jours de l'été et les enfants happaient ses rayons avec la même délectation qu'une friandise sucrée. Irving avait posé sa réserve de cailloux au sol et Jezequel puisait dedans alors qu'il tentait de toucher la cloche du campanile, sans succès.

— Tu ne peux pas y arriver, il y a au moins quinze mètres, remarqua Irving.

— Tu dis n'importe quoi, répliqua Jezequel.

— Si, regarde, les blocs du parapet font un demi-mètre et j'en ai compté trente. Et la cloche est à au moins trois mètres de hauteur.

— Arrête avec tes chiffres, on dirait ton père ! Si je n'y arrive pas, c'est que tes cailloux sont trop légers !

L'impossibilité de la tâche sembla motiver Javier, qui se leva. Il choisit deux pierres dans le tas restant, en mit une dans chaque main, prit son élan et les lança simultanément. Le bronze vibra deux fois sous le choc des projectiles, entraînant les hourras des enfants Delhorme. Les martinets qui, d'épuisement, s'étaient calmés, s'agitèrent de plus belle. Javier leva les bras en signe de victoire et toisa Jezequel.

— Tu as triché, tu étais plus près ! argua ce dernier avant de reculer, de peur des représailles.

— Les garçons, vous avez fini de jouer au plus fort ? Dire qu'on est tous nés le même jour, remarqua Nyssia.

— Ah non, désolé mais je suis plus vieux que vous, fit valoir Jezequel, à distance respectable.

— De trois jours, soupira Victoria.

— N'empêche que je suis le plus âgé de la bande ! Et...

— La lumière ! s'écria Irving. J'ai vu l'éclair dans la Sierra ! ajouta-t-il en pointant son doigt en direction du centre de la montagne.

Tous s'agglutinèrent contre le parapet et hurlèrent lorsque le second point lumineux jaillit du tapis neigeux de la Nevada. Mateo avait rempli de glace les paniers de sa mule et allait redescendre. Javier s'était saisi de son miroir et jouait avec le soleil afin de lui répondre. Le système avait été imaginé par Clément sur le modèle des veilleurs nasrides qui, mille ans auparavant, envoyaient des messages d'alerte de montagne en montagne. Il permettait au *nevero* d'annoncer son retour à Javier. Il irait livrer sa glace aux cafés avant le coucher du soleil.

— Tu lui dis quoi ? demanda Victoria en observant les éclairs produits par Javier.

L'adolescent eut un rire inattendu qu'il réprima vite ; les vrais rebelles se retenaient de telles faiblesses et montraient un visage dur et déterminé, ce qu'il tenta de faire.

— Je ne dis rien, petite sœur, ce n'est pas un langage comme celui du télégraphe, j'envoie juste un rayon de lumière pour qu'il sache que j'ai reçu les siens, expliqua-t-il.

— Ah..., dit-elle, un peu déçue. Pourquoi il est absent, votre professeur ? enchaîna-t-elle dans un raccourci qu'elle seule pouvait comprendre.

Les trois garçons firent simultanément une mimique interrogative.

— La raison, on s'en fiche, dit Javier en rangeant son miroir.

— J'ai entendu dire qu'il ne serait pas là demain non plus, renchérit Jezequel.

— Il est peut-être malade, suggéra-t-elle.

— C'est vrai qu'il avait l'air pâle en partant, assura Irving en rassemblant les cailloux contre le campanile.

— S'il pouvait avoir contaminé notre régente [1], ce serait parfait, dit Nyssia en se dirigeant vers l'escalier. Viens, Victoria, on doit

1. Personne qui enseigne à une classe de collège.

se préparer pour cet après-midi. Tu peux être sûre que la maladie n'aura pas voulu d'elle. Je déteste les travaux d'aiguille et les cours de maintien.

— Si tu crois que les cours de rhétorique et de poésie me plaisent, renâcla Javier.

— Plains-toi, c'est M. Delhorme qui paie tes études ! fit remarquer Jezequel. Tout ça pour finir *nevero* !

Il n'eut pas le temps de réagir que Javier l'avait ceinturé et soulevé de terre. Il se dirigea vers le bord le plus à pic de la terrasse. Jezequel poussait des petits cris apeurés.

— Arrêtez ! cria Victoria en cherchant de l'aide du côté de sa sœur.

— Qu'ils se débrouillent, lâcha Nyssia. Ils sont aussi bêtes que les martinets qu'ils capturent.

— Je vais peut-être finir *nevero*, comme Mateo, mais toi tu finiras aplati comme une tortilla, expliqua-t-il froidement.

— Non : plus bêtes, confirma-t-elle en disparaissant dans la bouche de pierre.

— Excuse-toi, conseilla Irving à Jezequel. Vite !

— D'accord, je regrette ! Maintenant, lâche-moi ! hurla-t-il alors que Javier faisait mine de le jeter par-dessus le parapet.

Son tourmenteur se ravisa, ouvrit les bras et le laissa tomber lourdement sur les briques du sol.

— Ça va, Jez ? s'inquiéta Irving en voyant le garçon passer la main sous sa chemise en grimaçant.

Jezequel confirma de la tête et répondit d'un ton irrité :

— Ça va, c'est bon. Mon écaille d'or est intacte.

Il sortit la chaîne qu'il avait autour de son cou et vérifia ce que la palpation lui avait indiqué.

— Tu as de la chance, lança-t-il à Javier, qui venait de prendre la cage d'osier. Je me vengerai quand je serai plus fort que toi.

— Ne dis pas ça ! s'écria Victoria.

— Ne t'inquiète pas, cela n'arrivera pas, ricana Javier.

— Si. Cela finit toujours par arriver.

— Désolé, c'était pour rire. On est des amis, non ? *Tres amigos*. Allez, on va vendre nos oiseaux au marché cet après-midi, proposa-t-il en tenant la cage à bout de bras devant le visage de Jezequel. On partagera les sous !

Jezequel s'en empara d'un geste vif et inattendu, et, tout en courant vers la bouche de sortie, l'ouvrit et fit s'échapper les martinets avant de détaler dans l'escalier, poursuivi par Javier.

— Au moins, ces deux-là en auront profité, dit Victoria à Irving tout en ramassant la cage. Dis, c'est quoi un séditieux ?

— Quelle drôle de question... Pourquoi ?

— C'est notre régente, elle a dit que votre professeur était un séditieux.

CHAPITRE VI

20

Lundi 18 octobre 1875, Porto, Portugal

L'approbation royale était parvenue le 5 octobre. Eiffel, qui dans l'attente aimait à se répéter que son projet était le plus audacieux et le moins cher de tous, avait fini par se convaincre que la commission ne pourrait que valider les calculs affinés par Clément Delhorme. Lorsque le télégramme était arrivé, il n'avait pas paru surpris, avait prévenu son beau-frère Joseph Collin qu'il avait engagé deux ans auparavant pour superviser les chantiers les plus importants, et avait embarqué avec lui dès le lendemain. Les deux hommes étaient arrivés à Porto le 16 octobre, leur organisme marqué par dix jours de trajet en diligence. La mer, trop agitée, leur avait interdit une traversée confortable. Joseph y avait vu un présage que les éléments allaient leur être défavorables, Eiffel un moyen d'approfondir plus encore sa connaissance de tous les facteurs qu'ils auraient à maîtriser sur place.

— Bon sang, c'est haut et plus impressionnant que sur les plans ! s'écria Joseph alors qu'ils venaient d'arriver au sommet de la colline qui dominait la rive droite du Douro, dans le quartier de la *praça de Ribeira*.

Ils avaient contourné un immense bâtiment au style austère et dépouillé et s'étaient arrêtés sur un promontoire qui faisait office de but de promenade pour les habitants. Seuls trois adolescents s'y trouvaient ; ils se mirent à l'écart en les voyant arriver et continuèrent à fumer sans trop se soucier de ces deux voyageurs venus admirer le point de vue.

— Gustave, je ne comprends pas, s'inquiéta Joseph, qui avait déplié un plan de la ville sur lequel était tracé l'emplacement de l'ouvrage. D'après mes indications, nous sommes ici, affirma-t-il en posant son index sur un rectangle noir en bordure du fleuve. Juste derrière se trouve le cimetière, qui est là sur le plan, je l'ai reconnu quand le cocher nous a déposés.

— Et alors ?

— Alors, d'après tes calculs, le pont doit aboutir juste à l'endroit où nous nous trouvons, ce qui implique que le rail va traverser cette caserne en son milieu !

La remarque fit sourire Eiffel.

— Ce que tu me décris est exact, à deux détails près. Tout d'abord, nous n'allons pas couper cette bâtisse en deux, nous allons passer dix mètres en dessous.

— Un tunnel ! Mais tu ne m'en avais pas parlé !

— Cela ne présente pas de difficultés, sourit Eiffel. Je n'ai pas choisi l'emplacement du pont ni le tracé des rails. Mais, même s'il avait fallu enjamber le bâtiment, nous aurions trouvé une solution !

— Et quel est le second détail ?

— Ceci n'est pas une caserne, mais un orphelinat.

Au même moment, un prêtre ensoutané en sortit, fit quelques pas sur la terrasse et apostropha les trois adolescents qui, surpris, jetèrent leurs cigarettes par-dessus le parapet sans trop de discrétion et gagnèrent dare-dare le pensionnat sous les invectives du religieux, en prenant soin de choisir une porte à l'opposé de celle devant laquelle il se tenait. Celui-ci, surpris de l'esquive, releva ses manches et prit Dieu et ses saints à témoin. Il vit seulement alors les deux étrangers qui l'observaient et leur jeta un regard sombre avant de rentrer d'un pas lourd et décidé.

— Je crois qu'une caserne eût été plus tolérante, soupira Eiffel en roulant des yeux.

L'incident l'avait alerté sur le risque d'opposition possible au chantier. La marche du progrès n'empruntait pas toujours les mêmes chemins que certains ordres, surtout quand elle devait passer sous leurs fondations.

— Nous irons leur rendre visite, dit-il à Joseph en observant la façade aux cent fenêtres. Nous leur expliquerons les nombreux bienfaits que ces travaux apporteront. Maîtriser tous les facteurs de l'environnement, ajouta-t-il pour lui-même.

Le fleuve, qui formait une frontière naturelle au sud de Porto, avait jusqu'à présent empêché la présence d'une gare dans la ville. Celle-ci se situait à Villa Nova de Gaia, sur la rive gauche, et avait favorisé l'implantation des compagnies liées au commerce du vin du même côté des berges.

— Le cœur de l'activité économique de la ville est juste en face de nous, indiqua Eiffel. Quelle heure est-il ? interrogea-t-il soudain.

— Dix heures et trente minutes, répondit son beau-frère sans sortir sa montre de sa poche.

Joseph avait pris pour manie de regarder l'heure à tout moment et, au fil du temps, la toquade s'était transformée en obsession, d'autant que tout le monde se tournait toujours vers lui lorsque la question se posait. Il était devenu la référence en matière de temps, sans pour autant parvenir à être ponctuel.

— Partons, maintenant.

— Où allons-nous ?

— Pas loin, à deux cents mètres d'ici. En face, précisa-t-il en lui désignant l'autre rive du fleuve.

Ils parcoururent à pied le kilomètre et demi qui les séparait du pont Dona Maria II, seul passage existant sur le Douro.

— Une passerelle, oui, s'écria Joseph alors qu'ils le traversaient. Et payante, en plus !

— C'est un peu sévère, dit Eiffel, en s'écartant pour laisser passer une berline.

— Tu as senti comme il a oscillé ? insista Joseph.

Eiffel s'était arrêté au milieu du pont pour observer les chaînes tendues.

— La conception est ancienne, mais il est en bon état. Et les piliers de butée ont l'air solides. Les oscillations sont courantes pour ce genre d'ouvrage. Il suffirait de remplacer les chaînes par des câbles et de rigidifier le tablier.

— Il rase les flots. Le nôtre va le ridiculiser, le rendre obsolète, fanfaronna Joseph, dont le moral s'était ragaillardi.

— Le nôtre est prévu pour y faire passer un train, tempéra Eiffel.

Il leva les yeux vers l'orphelinat qui dominait la ville. Il s'était engagé à construire un pont à partir des deux rives, sans pile pour le soutenir sur les cent soixante mètres qui les séparaient, les deux moitiés s'emboîtant au milieu du fleuve et résistant à des charges de cinq cents tonnes. Une première pour les ateliers Eiffel, pour les ingénieurs civils français, pour les transports en Europe. Le contrat leur donnait vingt mois pour finir les travaux. Il s'était condamné au chef-d'œuvre et en tirait une grande exaltation.

— Regarde les *rabelos* ! dit-il en découvrant les barques à fond plat à la proue relevée, remplies de tonneaux, qui descendaient le fleuve aux reflets jaunes en file indienne.

Les embarcations gagnaient le port depuis les chais de Villa Nova de Gaia pour envoyer leur précieux breuvage à destination de l'Angleterre et du Brésil.

— Fais-moi penser à en rapporter aux parents pour Noël, dit Eiffel en reprenant la marche. On en trouve si peu en France.

Ils quittèrent le pont et remontèrent la rive gauche sur un sentier marqué de nombreux sillons laissés par les charrettes à bœufs, avant de grimper jusqu'au sommet de la colline, en face de l'orphelinat.

— Combien de temps ? interrogea Eiffel. Une heure ?

— Cinquante minutes, annonça Joseph avant de faire claquer le couvercle de sa montre.

— Aujourd'hui, les voyageurs qui viennent de Lisbonne butent sur la gare de Villa Nova de Gaia, après huit heures et demie de trajet. Soit ils finissent à pied avec leurs valises, soit ils louent une berline qui va les amener au pas jusque dans la ville. Demain, ils franchiront le Douro en quelques secondes, à partir d'ici, et débarqueront dans le cœur même de Porto. N'est-ce pas cela le progrès ?

Le souvenir chaotique de leur arrivée fit vigoureusement acquiescer Joseph.

— Il faudra construire au plus vite les logements pour les ingénieurs et les contremaîtres, indiqua Eiffel. En attendant, trouve-leur un hôtel ou une pension toute proche. Pas question que mes collaborateurs s'épuisent en trajets inutiles.

— Les ouvriers seront recrutés sur place ?

— Les moins qualifiés, oui. Mais nous ferons venir les riveteurs de Paris. Je ne veux prendre aucun risque. Compte environ cent cinquante personnes.

Les deux hommes scrutèrent les quelques maisons éparses autour de l'orphelinat.

— Cela ne va pas être facile, conclut Joseph. Il n'y a rien d'assez grand, à part cette école.

— Tu as raison, va pour l'orphelinat !

— Mais je n'ai pas...

— C'est une bonne idée, habiter chez eux va tuer dans l'œuf toute velléité de s'opposer à nous. Pas question de laisser un prêtre fustiger mon pont comme l'œuvre du diable. Ils seront là pour le bénir le jour de l'inauguration !

Eiffel fit trois pas vers la pente recouverte d'arbres qui plongeait jusqu'à la berge. Construire des routes d'accès allait également être une priorité.

— Finalement, propose aussi aux ouvriers d'y loger, ajouta-t-il, même ceux qui viendraient de Porto. Cela renforcera l'esprit de corps. Toute la ville doit se sentir impliquée, toute !

Joseph le regarda avec insistance, ce que Gustave prit pour de la fatigue. Depuis la mort, onze ans auparavant, de sa femme Laure, sœur de Gustave, Joseph errait entre le doute et l'ennui, malgré l'aide de toute la famille Eiffel. Il ne se sentait pas à l'aise en chef de chantier, lui qui avait fait sa carrière dans les forges, mais ne voulait décevoir personne, surtout pas sa défunte épouse. Ses larges favoris couvraient une partie de ses joues et ses yeux en amande, soulignés de cernes, semblaient en permanence mi-clos. Ses cheveux s'étaient raréfiés au sommet de son crâne mais, poussaient en boucles frisées sur sa nuque et ses oreilles. Tout lui semblait une épreuve et son dos se voûtait un peu plus à chaque chantier. Gustave le savait et lui adressa une tape d'encouragement avant de remonter son col de veste. Le vent avait arraché aux nuages une bruine fine et pénétrante qui leur piquait le visage. En quelques secondes, ils furent saturés d'humidité. Leur combat contre les éléments venait de commencer.

L'ingénieur Lopes s'essuya la bouche avant de porter le quatrième toast.

— À notre collaboration, *senhor* Eiffel ! Je suis ravi de vous revoir. Je n'en ai jamais douté, dit-il en prenant Joseph à témoin. Jamais. Votre projet était le meilleur, je l'ai toujours affirmé. N'est-ce pas ?

Eiffel opina poliment du chef et le remercia à son tour. Joseph, plus taciturne encore qu'à son habitude, n'avait pas touché à sa *feijoada*.

— Peut-être voudriez-vous manger autre chose ? proposa Lopes. Vous n'aimez pas le ragoût de porc ? ou les haricots ?

Il avait choisi le restaurant du Gand Hôtel de Porto pour la qualité de ses mets afin que les papilles de ses hôtes s'habituent en douceur aux plats traditionnels locaux.

— Non, tout est parfait, le rassura Eiffel. Quand pensez-vous pouvoir commencer les appels d'offres ?

— Dès que vous aurez validé les différents lots, demain si vous le voulez.

— Il faudra débuter le chantier au plus tard en janvier, indiqua Eiffel tout en jetant un coup d'œil en direction de la grande horloge murale. Concentrez-vous dès demain sur la maçonnerie, c'est le lot le plus urgent.

— Mais vous ne serez pas présent ?

— J’ai une nouvelle affaire pour laquelle je dois me rendre dans le Minho. Il s’agit d’un pont sur le Cávado.

— *¡ Perfeito !* s’enflamma Lopes. Je savais que Porto ne serait que le premier acte d’une longue collaboration. Ce pays a besoin du chemin de fer et le chemin de fer a besoin de vous, *senhor* Eiffel, ajouta-t-il en esquissant un nouveau lever de verre. Et M. Seyrig, comment va-t-il ?

— Très bien, il est à Pest où il supervise le chantier. Il devrait nous rejoindre au printemps prochain.

La nouvelle rassura Joseph : en l’absence de Gustave, il pourrait s’appuyer sur la compétence de son associé. Il se détendit et engloutit avec voracité la *feijoada* délaissée, sous les yeux étonnés des deux autres convives.

— On peut dire que vous vous adaptez vite à notre nourriture, monsieur Collin, le complimenta Lopes au moment où le serveur débarrassait les plats.

Le salon dans lequel ils se trouvaient, agencé dans un pur style victorien pour plaire aux nombreux Britanniques qui vivaient ou voyageaient à Porto, ne comportait que deux autres tables, toutes éloignées les unes des autres. La première était occupée par un couple d’Anglais qui semblaient des habitués et plaisantaient en portugais avec le personnel. L’homme assis seul à la dernière table fumait une pipe dont il tenait la tête serrée dans sa main gauche tout en aspirant la fumée avec une régularité horlogère, et prenait des notes sur un cahier de petit format au fil de son inspiration. Joseph avait remarqué qu’il ne se gênait pas pour les écouter alors que la conversation avait pris un tour plus technique.

— J’ai l’impression qu’il y a encore des émissaires de nos concurrents, souffla-t-il à Eiffel en le désignant discrètement.

La remarque fit sourire l’ingénieur portugais.

— En tout cas, nous avons emprunté ce matin la passerelle suspendue et...

Joseph s’interrompit, la bouche restée ouverte comme s’il avait été foudroyé par une attaque d’apoplexie. Eiffel, qui venait de lui écraser le pied gauche de son talon de chaussure, s’essuya la bouche dans sa serviette d’un air détaché.

— Et ? demanda Lopes, attendant la suite avec curiosité.

— Et ? insista Eiffel.

— Et... les piliers sont très beaux et l’ouvrage est de qualité, commenta Joseph, dont les joues s’étaient empourprées et les yeux arrondis.

— C'est mon père qui a bâti cet ouvrage il y a plus de trente ans, annonça fièrement l'ingénieur portugais.

— J'en suis ravi ! s'empressa de répondre Joseph, soulagé d'avoir évité la catastrophe.

Il chercha de l'aide du côté d'Eiffel, que la situation semblait amuser. Le couple britannique se leva, déclenchant le ballet des serveurs, qui virevoltèrent autour d'eux avant de reprendre leur place, figés à l'angle de la pièce.

— Je vais devoir vous quitter bientôt, dit Eiffel après un nouveau regard à la pendule.

— Alors, voulez-vous commencer l'entretien maintenant ? demanda Lopes.

— Quel entretien ? interrogea Joseph.

L'ingénieur de la Compagnie royale des chemins de fer fit un signe à l'homme de la table voisine, qui les rejoignit en les saluant. Il vida sa pipe dans un cendrier, la fourra dans sa poche de veste et posa son carnet de notes sur la table avant de s'asseoir en face de Gustave Eiffel.

Lopes présenta aux deux Français le journaliste du *Comércio do Porto,* le plus ancien quotidien de la ville.

— Venez, dit-il à Joseph en l'invitant à le suivre vers le bar. Laissons-les seuls.

Ils commandèrent un verre de vinho verde qu'ils burent debout devant le comptoir tandis que Lopes lui expliquait avec passion l'origine et la fabrication de ce vin singulier.

— António Augusto de Aguiar dit de lui qu'il est à la fois bizarre, rafraîchissant et diététique. C'est notre plus grand professeur de chimie, précisa-t-il pour donner plus de poids au témoignage avant de commander deux nouveaux verres.

Joseph l'écoutait poliment tout en observant de loin l'entretien par la porte ouverte du salon. Il ne pouvait les entendre, mais les mains d'Eiffel s'agitaient avec grâce et fluidité, et son interlocuteur semblait sous le charme.

— C'est moi qui ai contacté le *Comércio do Porto,* à la demande du *senhor* Eiffel, lui apprit Lopez. Pour l'instant, les journaux sont prudents, ils ont du mal à imaginer qu'on pourra construire un pont ferroviaire à cet endroit. Mais quand ils le verront sortir de terre et monter jusqu'à la hauteur de l'orphelinat, croyez-moi, ils vont se précipiter tous les jours sur le chantier !

Ils burent de nouveau, en silence.

— C'est vraiment bizarre..., marmonna Joseph en faisant tourner le vin dans son verre à pied.

— Je vous avais prévenu, répliqua Lopes, mais il ne saoule pas.

— Désolé, je pensais à autre chose, rectifia le Français. À quelle distance d'ici se trouve la ville de Barcelinhos ?

— Barcelinhos ? Drôle de question.

— Est-ce si loin ?

— Non, une soixantaine de kilomètres. Mais ce n'est pas une ville, juste un village. Vous n'y trouverez rien de remarquable.

— Gustave va s'y installer pour ses affaires, il sera ainsi à mi-chemin entre le Minho et Porto.

Lopes eut une moue d'étonnement.

— Quel dommage, le *senhor* Eiffel aurait dû m'en parler, je lui aurais évité de faire erreur. La ligne de train s'arrête à Braga. Il reste une heure de diligence jusqu'à Barcelinhos. Oui, quel dommage, répéta-t-il en hochant la tête. Ce n'est pas le meilleur endroit.

Eiffel fit irruption au bar :

— Je dois m'en aller, je vous contacterai avant la fin de la semaine. Merci pour ce délicieux repas, Pedro Inácio.

— Ce fut un plaisir pour moi, répondit Lopes. Voulez-vous que je vous trouve un hôtel à Braga ?

Eiffel était déjà parti.

— C'est un homme de la ville, maugréa Joseph. Que diable va-t-il faire à la campagne ?

21

Lundi 18 octobre 1875, Alhambra, Grenade

Clément quitta l'Alhambra et traversa les jardins jusqu'au Generalife, propriété champêtre des rois de Grenade, situé sur le Cerro del Sol à quelques centaines de mètres en face des palais et du Sacromonte, afin d'assurer ses relevés météorologiques. Il laissa le bâtiment principal et ses jardins ordonnés, et se rendit à l'extrême est de la résidence, où un mirador carré à la façade abîmée par le temps semblait se cacher du monde, en lisière de forêt. Clément était le seul, avec Alicia, à en posséder la clé. Il avait choisi d'entreposer tout son matériel de vol et d'observation dans la pièce centrale du premier étage, notamment en raison de la présence d'un balcon protégé des intempéries et des regards, qu'il avait aménagé pour ses instruments. Positionné sur une large table, son barothermographe enregistrait en continu température et pression grâce à un mouvement d'horlogerie qu'il avait fait construire spécialement au Locle, dans les ateliers Favre-Jacot. De chaque côté de l'impressionnant appareil, le baromètre Fortin-Secrétan et le thermomètre que l'Observatoire de Paris envoyait à tous ses correspondants avaient l'air de jouets datés. Ils ne servaient que les jours où Clément embarquait son appareil dans le ballon.

Il nota les valeurs observées à sept heures du matin et deux heures de l'après-midi. L'utilisation d'un cylindre pour l'enregistrement en continu lui permettait désormais d'éviter de s'y rendre plusieurs fois par jour et de s'épuiser quotidiennement dans un chemin qui, bien que bordé de parterres de fleurs et d'arbres protecteurs, n'était que montées et descentes sur tout le trajet.

Orientée plein ouest, la pièce avait été un oratoire sous la domination des Maures, puis un boudoir à la Renaissance ; depuis un siècle, elle avait servi de débarras aux différents ateliers installés par un précédent gouverneur avant d'être abandonnée. Clément avait persuadé Alicia de ne pas chercher à la rénover. La moitié de la surface au sol était occupée par le tissu replié qui composait le ballon, avec ses losanges d'aluminium. La nacelle était rangée avec le filet dans l'unique placard, lui aussi fermé par une clé qu'ils étaient seuls à posséder. Même Contreras ignorait que Clément y dissimulait son trésor.

Le météorologue nettoya au plumeau l'espace autour des instruments, car des rafales de vent avaient émaillé l'après-midi, chassant les nuages mais apportant des particules en suspension jusque dans la pièce. Il marcha sur des traces de terre et de débris d'humus et pesta contre les chats et belettes qui, pour les plus habiles, parvenaient à bondir jusqu'au balcon. Par deux fois, il en avait retrouvé dans la pièce fermée à clé, mais heureusement, ils n'avaient pas occasionné de dégâts. Le bruit régulier, à peine perceptible, des roues crantées de l'horlogerie le rassura quant au bon fonctionnement du matériel.

Cette tâche était aussi pour lui l'occasion de méditer loin de l'agitation familiale. Il lui arrivait d'y rester une demi-heure ou plus, à réfléchir tout en mâchant des amandes ou des bâtons de réglisse alors qu'il entendait ses enfants, partis à sa recherche, l'appeler en passant en dessous de son refuge. Il entendait aussi parfois Mateo gratter son lopin de terre à quelques pas de lui tout en soliloquant à voix haute. Cette aile du Generalife n'était pas habitée et personne ne se méfiait des étages supérieurs.

Lorsqu'il quitta son antre, Clément ne vit pas Mateo, qui tirait sa mule aux paniers vides dans une des allées des jardins supérieurs. Ce dernier dut le héler plusieurs fois pour le sortir de ses pensées. Le Français rejoignit son ami grenadin, qui lui montra ses mains brûlées par la glace : il avait perdu ses gants sur le chemin mais n'avait pas voulu rentrer sans marchandise.

— Croyez-vous que vous pourriez me trouver un remède ? demanda le *nevero*. Je dois y retourner dans deux jours et elles sont bien amochées. Déjà que cette satanée montagne m'a pris deux doigts il y a dix ans, ajouta-t-il en lui en montrant les moignons, coupés à la première phalange.

— Ne bouge pas, il y a tout ce qu'il faut ici, dit Clément en fouillant du regard les carrés de végétation.

Il avisa un aloès dont les grandes feuilles majestueuses dépassaient d'un ensemble de plantes aromatiques, en trancha une à l'aide de son couteau, la pela et fit s'exsuder le lait sur les mains de Mateo.

— Vas-y, frotte, indiqua-t-il. Ça doit pénétrer.

Le *nevero* s'exécuta consciencieusement.

— Tu n'auras qu'à recommencer ce soir et demain, cela aidera ta peau à guérir, conclut Clément en lui donnant une seconde feuille. Tu veux une paire de gants ?

— Ce n'est pas de refus. J'en ai une autre, mais je voudrais que Javier m'accompagne pour m'aider.

— Mateo... on en a déjà discuté...

— Oui, mais j'ai besoin de lui ! Tout seul, je ne m'en sors plus. Mon dos me fait souffrir. Que voulez-vous, j'ai cinquante-trois ans. Les autres *neveros* sont plus jeunes, ils vont plus haut et ils prennent une glace de meilleure qualité, qu'ils vendent mieux. Avec Javier, je vais pouvoir m'en sortir !

— Mais il est doué pour les études, il pourra aller loin ! répliqua Clément, le front plissé par la contrariété.

— Je sais tout ce que vous faites pour Javier, Alicia et vous, et je vous en suis très reconnaissant. Mais il est temps pour lui d'arrêter, insista-t-il en lui montrant ses mains ravagées.

Clément regarda un long moment le sol où une double ligne de fourmis traversait l'allée en contournant sa chaussure.

— Mateo, je vais trouver une solution... Donne-moi un peu de temps, d'accord ? Juste un peu de temps pendant lequel tu vas le laisser aller en cours. Trois mois.

— C'est que...

— Jusqu'à Nöel. Si je n'ai rien d'ici là, je me rangerai à ta décision.

— Quoi, papa, tu as fait ça ? s'indigna Victoria.

Le souper était agité des convulsions consécutives à la nouvelle. Clément avait préféré l'annoncer lui-même à Javier avec des mots choisis et essuyer un débat avec les enfants plutôt que de laisser Mateo l'informer d'une décision brutale et irréversible dont il n'aurait supporté aucune contestation. Le caractère enjoué du *nevero* s'était perdu dans les herbes du Sacromonte cette nuit de 1863 où il avait abandonné la berline de son frère aux mains des Gitans. Ramón lui avait pardonné mais, depuis lors, il lui remboursait réal après réal le prix du véhicule. Leur mère avait fini par trouver la voie du paradis, après de nombreux séjours à l'hôpital où elle rentrait convaincue de l'imminence de son rappel auprès de Dieu et dont elle ressortait confortée par le corps médical de l'excellence de sa santé, répit qu'elle mettait sur le compte de l'intensité de ses prières.

En février 1870, alors qu'elle traversait la rue pour se rendre à une corrida, elle fut renversée et écrasée par une remorque qui manœuvrait pour pénétrer dans les arènes. L'engin transportait un des taureaux qui devait participer aux combats, une bête monstrueuse et réputée qui venait de Madrid, si bien que Mateo et Ramón avaient pris l'habitude de répondre à qui le leur demandait que leur mère avait fini piétinée sous les sabots du plus féroce taureau d'Espagne, ce qui était la fin la plus glorieuse qui fût, une fin dont ils auraient sans doute rêvé pour eux-mêmes. Bien que sa part de l'héritage eût permis à Mateo de lever considérablement sa dette envers son frère, il continuait à lui verser un quart des revenus provenant de la vente de la glace, revenus qui fondaient plus vite encore que la neige dans ses paniers, et l'échéance reculait au fur et à mesure que ses forces l'abandonnaient.

— Tu ne peux pas le laisser faire, insista Nyssia en repoussant son repas en signe de protestation.

— Il est meilleur que nous tous en maths et en physique, renchérit Irving. Il peut devenir ingénieur, comme toi !

Javier restait silencieux, le regard fiché dans son assiette pleine.

— Je sais, je sais tout cela, les enfants. Je vais tout faire pour que ça n'arrive pas, mais je voulais que vous le sachiez. Les études sont une équation à deux inconnues, pour quoi et comment, et nous allons la résoudre.

— Faites-nous confiance et commencez par manger votre *gazpacho*, ajouta Alicia. Il est tard.

Alors que les jumeaux semblaient encore sous le choc de la nouvelle et qu'aucun ne bougeait, Javier prit sa cuillère et avala une lampée de soupe. Les autres l'imitèrent et bientôt l'on n'entendit plus que les bruits des couverts raclant les bols. Contrairement aux usages en cours, le silence n'avait jamais accompagné aucun repas chez les Delhorme ; l'atmosphère était pesante.

— Voilà que le mercure dégringole et que la pression baisse, remarqua Clément. Si vous continuez, nous serons bons pour l'ouragan. Allons, tout va bien !

— Pour l'instant, rétorqua Victoria sans oser lever les yeux.

Javier, qui avait gardé la cuillère dans son poing serré, la posa délicatement et se leva :

— Je suis désolé de vous causer tous ces soucis, monsieur Delhorme.

— En aucune façon ! répondit prestement Clément. Assieds-toi et finissons le repas.

— À demain, reprit Javier comme s'il n'avait pas entendu. Ne vous inquiétez pas pour moi.

— À ta guise, mon garçon.

Javier sortit sans se retourner.

— Cela nous fait une part de plus pour le dessert, plaisanta Clément devant les mines défaites de ses enfants.

— Papa ! s'exclama Victoria, au bord des larmes.

Elle se leva sans permission, prit une lanterne et y ficha une bougie allumée avant de disparaître en franchissant la porte ouverte sur la nuit. Elle entendit l'appel de sa sœur, qui voulut la rejoindre, et l'injonction de sa mère qui l'en empêcha. Elle regretta son geste, qui allait obliger ses parents à la punir alors qu'ils y répugnaient tous les deux.

La nuit était claire. Victoria aperçut Javier comme il sortait de la cour de Machuca, sous l'arche de cyprès. Elle accéléra le pas en tenant la lampe à bout de bras afin d'éviter les multiples pièges du sol, dalles et racines, et faillit lui rentrer dedans en débouchant sur le chemin qui longeait le palais de Charles Quint. Javier était immobile face à une patrouille de soldats de la Garde civile qui barrait le passage, une dizaine d'hommes, la tête surmontée du tricorne distinctif, le fusil armé, menés par un capitaine au visage grêlé et à la moustache épaisse. Il tenait un pistolet dirigé vers le sol entre ses mains jointes, dans une attitude désinvolte, et brailla un ordre à une seconde patrouille, qui se dirigea vers l'Alcazaba.

Javier mit ses poings sur les hanches alors que Victoria se réfugiait derrière sa protection dérisoire. Elle avait peur, ils ressemblaient aux armées de fantômes aux visages décharnés des légendes racontées par son père. Le capitaine rangea son arme dans son fourreau et s'avança vers eux.

— Petits, amenez-moi chez le *señor* Delhorme.

Victoria hurla : c'était la voix d'un mort.

22

Lundi 18 octobre 1875, Porto-Braga, Portugal

Il avait avisé la première bijouterie de la *rua das Flores*. Eiffel était rentré dans la boutique, un sac dans chaque main, les avait posés et avait parcouru les présentoirs de l'argentier au pas de course avant de revenir vers un collier aux motifs géométriques qui lui avaient rappelé les arabesques de l'Alhambra. Le bijou avait été ciselé avec la finesse d'une pâte de verre soufflée, ce qu'il trouva remarquable. Il paya, fourra l'écrin dans son manteau comme il l'eût fait d'un mouchoir, reprit ses bagages et sortit. La gare qui desservait la ligne ferroviaire du Minho était située au nord de Porto et il lui faudrait une demi-heure pour s'y rendre en berline, c'est-à-dire juste à temps pour l'embarquement. Il s'en voulait d'avoir quitté si tard le restaurant, mais sa rencontre avec le journaliste avait été fructueuse. L'homme avait promis de venir aux différents stades de l'avancement du pont pour en faire des articles.

Une fois dans le véhicule, Eiffel se détendit. Le cocher semblait avoir bien compris sa demande. Alors que son espagnol était sans faille, sa maîtrise du portugais était plus que sommaire et, surtout, récente. L'ingénieur pensa à ses enfants et se promit de leur rapporter des bijoux de cette même boutique. Il vit les premières maisons de la *rua Santa Catarina* défiler devant ses paupières, qui se fermèrent rapidement. Il sentit les secousses dans les rues pavées, entendit l'animation du marché central alors que ses pensées fluctuaient dans sa conscience assoupie. Les images de ses derniers chantiers se mêlaient à celles de ses projets en cours. Il se rêva sur un chemin de Bolivie, là où, deux ans auparavant, ils avaient édifié un ouvrage dans les conditions les plus difficiles. Il portait un pont replié sur son dos et, apercevant Seyrig au bord d'une rivière, lui criait : « J'ai le pont portatif ! » avant de le déposer aux pieds de son associé, d'en sortir des pièces en forme de triangles et d'ajouter : « J'ai trouvé la solution, il faut breveter ! » Au moment où Seyrig lui répondait, le cocher toqua à la portière : il était arrivé. Eiffel ouvrit les yeux, se massa le visage, coiffa ses cheveux d'un coup de doigts et avisa la pendule qui trônait tel un œil de cyclope en haut du bâtiment central.

— Accordez-moi une minute, indiqua-t-il au *mayoral*.

Il sortit son carnet et griffonna un dessin correspondant aux différentes pièces qui lui seraient indispensables pour assembler un pont mobile. L'idée le taraudait depuis plusieurs années. Il avait racheté en 1873 un brevet de pont léger, mais n'avait pas réussi à l'améliorer suffisamment pour en faire l'ouvrage portable, montable et démontable en deux heures dont il rêvait. Il lui manquait le moyen de rendre l'assemblage simple et efficace. Et, ce moyen, il venait d'en avoir l'idée à la faveur de son assoupissement. Il dénombra neuf pièces, dont les triangles isocèles qui allaient servir d'entretoises porteuses.

Le cocher toqua de nouveau et lui signala que l'heure du départ était arrivée. Eiffel paya la course sans montrer d'affolement, attendit sa monnaie, attrapa les deux valises que le *mayoral* lui tendait et entra dans la gare d'un pas assuré. Les nombreux voyages qu'il avait déjà effectués lui avaient donné une certaine expérience quant au protocole ferroviaire et à sa ponctualité. Lorsqu'il déboucha sur le quai, flanqué du porteur qui lui avait pris ses valises d'autorité, l'endroit était parsemé des proches qui avaient accompagné les voyageurs et qui échangeaient avec eux, face aux fenêtres ouvertes, les dernières recommandations ou mots d'amour. Le chant de la locomotive retentit, faisant fermer les portes des compartiments et reculer l'attroupement autour des wagons. Eiffel héla le chef de gare, lui signifiant son intention de monter à bord. L'homme arrêta le décompte d'un coup de sifflet autoritaire, déclenchant une reprise des échanges familiaux sur le quai.

Eiffel s'arrêta devant le chiffre 5 peint en blanc sur la coque rouge. Le wagon de première respirait le neuf mais, comme tous ceux du réseau, n'était pas équipé de couloir ni de toilettes. Chaque compartiment avait sa propre entrée et la fumée qui s'échappait du premier ne provenait pas de la vapeur du train, mais des cinq voyageurs qui s'époumonaient à consumer leurs Braserillo et Panatella dans le seul endroit du wagon réservé à cet effet. Eiffel ne leur prêta pas attention et fit signe au porteur de le suivre. Il examina attentivement les compartiments suivants et ne s'arrêta que devant le dernier. L'employé ouvrit avec difficulté le double système de fermeture de la porte et grimpa dans l'habitacle. Il installa les deux sacs de cuir usés dans le filet surplombant les places, empocha sa commission et jeta un regard furtif aux deux occupants avant de décamper, pressé par le sifflet du chef de gare. Le premier, un homme d'âge mûr à la barbichette napoléonienne couvrant un menton galochard, était affalé plus qu'assis au milieu de la banquette gauche, dont il semblait vouloir prendre toute la place ; son pince-nez à la main, il badinait d'un ton assuré avec la passagère lui faisant face, qui s'était accoudée à la fenêtre afin d'éviter d'être frôlée par ses chaussures. La jeune femme avait un visage rond ponctué de taches de rousseur et un regard bienveillant. Rassemblés en chignon, ses cheveux remplissaient un chapeau haut piqué de fleurs fraîches. Sa veste cintrée, ouverte sur une chemise de soie noire, laissait entrevoir une taille et des hanches fines. Elle avait posé son sac en osier sur ses genoux. L'arrivée d'Eiffel fit naître sur ses lèvres un large sourire qui déplut au vert-galant, lequel se sentit obligé de replier ses jambes et de se relever.

— Vous permettez ? demanda l'ingénieur.

Il prit le sac qu'elle lui tendait et le déposa à côté de ses affaires, dans le filet, tout en la complimentant sur l'objet.

— Un cadeau d'un proche auquel je tiens, répondit-elle d'une manière gracieuse qui contrastait avec sa froideur précédente, ce qui n'échappa pas au passager dont la barbichette oscilla de mécontentement. Asseyez-vous, invita-t-elle.

Le voyageur, bien décidé à ne pas accueillir Eiffel sur sa banquette, étala son journal d'un côté et ses gants de l'autre au moment où le trille du train retentissait joyeusement. Il fut aussitôt suivi par les soubresauts du départ, dont l'ingénieur profita pour se jeter à la gauche du goujat, qui grommela, recula vers la porte, installa son pince-nez sur son appendice et réclama sa gazette qui avait fini sous les fesses du voyageur.

Eiffel lui rendit son exemplaire du *Gaulois,* daté du jeudi précédent, sans prendre le soin de s'excuser. Le journal annonçait la mort du sculpteur Carpeaux et Gustave prit le temps d'en lire quelques lignes avant de lui rendre le papier chiffonné. L'homme tenta de le déplisser mais ne réussit qu'à en déchirer un coin. Il se renfrogna plus encore et tendit *Le Gaulois* comme un paravent entre lui et l'intrus qui lui avait fait perdre une si jolie prise.

La ligne jusqu'à Braga ne comportait que cinquante-cinq kilomètres, mais elle était émaillée de nombreux arrêts. Prévus pour durer cinq minutes, ils s'éternisaient souvent à cause de voyageurs descendus pour aller aux toilettes et obligés de faire la queue devant le seul lieu d'aisance local. Eiffel et la passagère conversaient sans faire attention aux à-coups de la machine lors des arrivées et des départs, ni à leur compagnon de voyage qui s'invitait dans leurs échanges en soliloquant régulièrement, planqué derrière son *Gaulois*. Arrivé à la station de Santo Tirso, l'homme replia soigneusement sa gazette, rangea ses affaires dans son sac, enfila ses gants et son chapeau. Il ouvrit la porte, descendit, disparut quelques secondes pendant lesquelles Eiffel pria Dieu pour qu'il ne revienne pas, puis passa la tête à la fenêtre et les salua d'un sourire équivoque avant de laisser la place aux deux chasseurs qu'il avait incités à monter.

— Vous verrez, c'est le meilleur compartiment, le plus chaud, et les occupants sont charmants, leur dit-il en portugais. Vous ne le regretterez pas.

Les nouveaux arrivants tapèrent du pied sur le sol de façon à détacher la terre séchée sous leurs semelles, posèrent leurs fusils contre la paroi et une dizaine de grives et deux lièvres dans le filet des bagages. Puis ils s'assirent en s'adossant contre la porte et saluèrent les autres voyageurs d'un coup d'index sur le chapeau vissé à leur tête. L'un d'eux sortit une pipe qu'il avait coincée entre sa cartouchière et son ventre proéminent et la mit à la bouche sans l'allumer. Lorsque la locomotive démarra, les deux hommes avaient entamé une conversation enlevée et sonore dans un dialecte local éloigné de l'académisme qu'Eiffel avait pratiqué. Le train accéléra, puis freina plusieurs fois, créant des soubresauts qui firent tomber une des grives entre les mailles du filet. Elle resta coincée à mi-corps au niveau des ailes dans une position verticale incongrue, pointant son bec vengeur vers le meurtrier de tout son clan.

— Votre gibier a du plomb dans l'aile, plaisanta l'ingénieur, ce qui n'éveilla aucune réponse en retour.

Les chasseurs les ignoraient totalement. La jeune femme interrogea Eiffel du regard.

— Ils ne comprennent pas le français, confirma-t-il.

— Je commençais à croire que tu ne viendrais pas à Porto, dit-elle en se penchant vers lui, avant de s'arrêter dans son élan face à son mouvement de recul.

— Comment s'est passé ton voyage ? enchaîna-t-il d'un ton dépourvu d'affect.

— Fatigant, répondit-elle après s'être calée dans l'épais tissu velours cramoisi qui distinguait les wagons de première classe. Beaucoup d'hommes croient qu'une femme seule dans un train est forcément une gourgandine.

— Tu devais prendre le compartiment réservé aux femmes...

— Complet jusqu'à Bordeaux. Et il n'y en a pas dans ce train. Si tu savais comme je suis contente de te retrouver, ce voyage commençait à être un cauchemar !

Le sifflet indiqua un arrêt proche. Le convoi stoppa à Lagoa puis repartit avec les deux chasseurs qui n'avaient pas cessé leur conciliabule. La grive s'était approchée encore plus du chapeau et se balançait au rythme du convoi, uniquement retenue par les pattes.

— Peut-être descendront-ils à la prochaine gare, commenta Eiffel devant la mine contrariée de la jeune femme. Et nous aurons toute notre intimité ce soir, comme cela ne nous est jamais arrivé.

— Et toi, es-tu heureux de me retrouver ? demanda-t-elle, déconcertée par son attitude réservée.

— Oui, Victorine. Oui...

— Tu ne le montres pas.

— Ces messieurs ne nous comprennent peut-être pas, mais ils ont des yeux, répondit Eiffel.

— Je sais, mais à quoi bon se cacher ainsi alors qu'on est à mille kilomètres de Paris ? Aurais-tu des connaissances chez les chasseurs portugais de Santo Tisso ?

— Tirso. C'est Santo Tirso.

— Peu importe ! J'ai envie de prendre ta main.

— Cela me frustre autant que toi, tu sais.

— J'ai envie de t'embrasser !

Eiffel lança un regard vers les deux passagers, dont le volume sonore était monté d'un cran quand Victorine avait élevé la voix. Se sentant observés, ils tournèrent la tête vers lui, qui s'excusa de la main. Leur conciliabule reprit aussitôt.

— Attendons d'être à Barcelinhos. Repose-toi, maintenant.

Le ton lui déplut. Elle eut envie de répondre qu'elle n'était pas un de ses ouvriers sur un chantier. Elle soupira et laissa son regard embrasser l'alternance de forêts et de champs qui composaient le paysage.

— Parle-moi de l'endroit, Gustave, demanda-t-elle après un long silence.

— La maison est simple mais bien meublée et le village est calme. Je ne serai jamais absent plus d'un ou deux jours.

Victorine haussa les sourcils.

— Tu es plus convaincant quand tu parles de tes ponts, dit-elle en tentant de faire passer sa remarque pour une plaisanterie.

Eiffel croisa les jambes et les bras simultanément, ce qu'elle savait être un signe de renfrognement.

— Quand devras-tu repartir ? murmura-t-elle.

— N'y pensons pas maintenant, nous venons de nous retrouver !

— Quand ? insista-t-elle.

Il décroisa jambes et bras et se pencha vers elle jusqu'à effleurer ses mains :

— Avant la mi-décembre. Personne ne comprendrait que je ne sois pas rentré pour mon anniversaire, ajouta-t-il en devançant les reproches.

— Et tu reviendras quand ? poursuivit Victorine, qui était restée impassible.

— Mars ou avril, je ne sais pas encore, dit Eiffel en se redressant. Nous en avons déjà parlé maintes fois, madame Roblot.

L'utilisation de son nom de famille la blessa. Il s'en aperçut et le regretta aussitôt, mais il ne pouvait s'en excuser. Il ne savait pas le faire. Elle attendit plusieurs secondes avant de répondre :

— Je dois être folle d'avoir accepté... Je vais passer des mois à vous attendre, monsieur Bönickhausen !

— Je viendrai souvent, je vais trouver d'autres affaires, dit Eiffel, sentant que le moment était venu de temporiser.

Leurs disputes étaient aussi intenses que leur passion et aussi furtives qu'un feu d'amadou. Le caractère exalté de Victorine lui avait plu autant que son joli minois et son esprit.

— Tu vas venir pour ton travail.

— Mais nous serons ensemble plus que nous ne l'avons jamais été ! s'emporta-t-il avant de vérifier que les autres occupants du compartiment n'y prêtaient garde.

— Et je serai seule plus que je l'ai jamais été, conclut-elle en luttant contre la mélancolie qui montait en elle.

Victorine vit son reflet dans la vitre de la fenêtre opposée.

— Excuse-moi, c'est la fatigue, je suis épuisée, et je ne le pensais pas, dit-elle alors que le silence venait de se faire dans le compartiment.

Les chasseurs avaient sorti une bouteille de maduro verde d'une des besaces, suivie d'un tire-bouchon et de deux gobelets en terre. Leur mutisme prit un caractère solennel lorsqu'ils débouchèrent le vin et qu'ils se servirent sans en renverser une goutte. Ils admirèrent le liquide ambré et le burent d'un trait avant de servir une nouvelle rasade, qu'ils proposèrent au couple de Français. Alors qu'Eiffel hésitait, Victorine s'empara du gobelet tendu et le vida sous les moues admiratives des chasseurs. Leurs regards moqueurs se tournèrent ensuite vers l'ingénieur, qui se sentit piégé. Le vin, quoiqu'un peu jeune, était d'une qualité qui le surprit et l'alcool le détendit.

L'apaisement les gagna tous et les chasseurs se révélèrent deux compagnons plaisants malgré la difficulté à se comprendre. Arrivés à Celeirós, ces derniers rassemblèrent leurs affaires avec une vivacité d'autant plus inattendue que trois bouteilles de maduro verde gisaient, vides, sur la banquette, embarquèrent le produit de leur chasse et sautèrent sur le quai après un rapide signe d'adieu.

— La grive, ils ont oublié la grive ! dit Victorine en montrant la bête toujours pendue sous le filet.

Eiffel la détacha avec difficulté, se pencha à la portière et l'agita en criant. Les chasseurs, qui en étaient aux embrassades avec leurs femmes, n'avaient pas encore quitté le quai et répondirent à son appel par des beuglements et des rires. L'un d'eux fit mine de viser la bête avec son fusil tandis que l'autre hurlait des « *¡Presente*[1] *!* » à la chaîne jusqu'à ce qu'ils disparaissent, entraînés par leurs compagnes.

— J'ai froid, dit Victorine en se blottissant contre Eiffel alors que le train avait repris sa route.

Il l'enveloppa dans sa redingote. L'aventure dans laquelle il s'était embarqué ne lui correspondait pas. Il n'avait aucune idée d'où cela allait les mener, il ne maîtrisait pas tous les paramètres de sa passion amoureuse. Alors qu'il passait de plus en plus de temps dans des voyages professionnels, Victorine lui avait proposé de l'y retrouver. Il avait accepté avec enthousiasme mais le regrettait déjà. La prudence l'obligeait à habiter loin de ses chantiers. Il lui caressa les cheveux tout en réfléchissant à la construction des piles-culées qui allaient être implantées sur les deux rives du Douro. Il devait absolument prévenir Joseph de reporter dans les plans de maçonnerie l'inclinaison de quarante-cinq degrés qu'auraient les moellons avec le soubassement de la pile. L'angle n'apparaissait pas sur l'avant-projet, et il ne voulait prendre aucun risque avec l'entreprise qui remporterait le lot. *Je lui enverrai un télégramme dès demain matin*, décida-t-il en imaginant la réaction de Victorine lorsqu'il lui apprendrait qu'il devrait se rendre à la poste de Barcelos.

— À quoi penses-tu ? demanda-t-elle alors qu'il la croyait assoupie.

— À nous.

La lumière commençait à décliner lorsque les lanternes vertes et bleues des employés de la compagnie des chemins de fer indiquèrent

1. Cadeau !

l'arrivée à Braga. Tous les passagers se déversèrent sur le quai avant d'envahir les rues adjacentes telle une pluie d'automne, à la recherche d'une berline ou d'une carriole.

— La nôtre est réservée, expliqua Eiffel. Le cocher doit amener avec lui la cuisinière qui sera à notre service, ils vont arriver.

Trente minutes plus tard, ils étaient toujours sur le parvis. L'endroit était désert et le crépuscule approchait lorsqu'un chariot remonta la rue. Tiré par deux bœufs puissants, l'attelage stoppa à quelques mètres d'eux.

— *Senhor* Eiffel ? Il y a eu un problème !

Le conducteur, à peine âgé de seize ans, sauta de son siège et ôta son béret, qu'il tint entre ses deux mains pendant toute son explication. La cuisinière était tombée malade et ne les rejoindrait que dans une semaine. Elle n'avait pu faire les courses et s'en excusait.

— Mais j'ai du pain et des olives, montra fièrement le jeune homme en soulevant la bâche arrière, découvrant un banc sur lequel trônait un panier.

Le trajet de trois heures se déroula dans le silence, rythmé par les encouragements de l'apprenti *mayoral* à ses bêtes.

— On pourra toujours faire cuire la grive, dit Eiffel en la soupesant.

— Et qui plumera l'oiseau ? Qui le videra ? Toi ?

En l'absence de réponse, Victorine l'attrapa et la jeta dans le panier.

— J'espère que tu sauras m'aimer, Gustave, je l'espère sincèrement.

Ils gagnèrent Barcelinhos alors que onze heures du soir sonnaient au double campanile de l'église. La bâtisse faisait l'angle avec la rue principale déserte. Calée sur un étage de petite dimension, percée de fenêtres carrées, elle offrait une façade lisse et sans charme.

— Alors ? demanda-t-il après l'avoir aidée à descendre.

— Cela ressemble à un tombeau.

Une larme roula sur sa joue.

23

Lundi 18 octobre 1875, Alhambra, Grenade

— Veuillez excuser mes enfants, capitaine, dit Alicia en lui servant un verre de valdepeñas. Ils n'ont pas l'habitude de voir des patrouilles de la Guardia ici, surtout en pleine nuit, et je crois qu'ils ont trop cru aux histoires que mon mari leur a racontées lorsqu'ils étaient petits.

— Vous m'en voyez navré, renchérit Clément, qui venait de les rejoindre dans la salle à manger. Les jeunes ont trop d'imagination.

— Comment va-t-elle ? s'enquit le capitaine par politesse.

— Bien, elle a compris qu'elle n'avait pas eu affaire à un spectre, répondit Clément. Quelle est la raison de votre présence à l'Alhambra, capitaine ?

L'homme prit le temps de finir son vin, puis émit un claquement de langue et rendit le verre à Alicia.

— Merci de votre hospitalité, *señora* Delhorme. Comme vous le savez sûrement, nous sommes à la recherche d'un anarchiste du nom de Pascual, annonça-t-il en observant leur réaction. C'est un homme dangereux appartenant à un groupe de comploteurs.

Les époux Delhorme échangèrent un regard surpris.

— Le professeur de votre fils, en effet. Il s'est évanoui dans la nature juste avant que nous l'arrêtions à son école.

— En quoi pouvons-nous vous aider ? demanda Alicia en refermant la porte qui donnait sur le couloir des chambres.

Elle avait repéré le bas d'une robe de chambre dans l'entrebâillement.

— Cet homme a été aperçu à l'entrée de l'Alhambra.

— Nous ne l'avons pas vu, affirma Clément, et pourtant nous avons travaillé tout l'après-midi ici et au Generalife.

L'homme se leva et observa l'esplanade depuis la fenêtre. Les points lumineux s'étaient regroupés, signe que les militaires n'avaient rien trouvé dans le secteur. Ils attendaient ses ordres.

— Le Generalife, dites-vous ? Mes hommes vont s'y rendre. Sans vouloir vous vexer, ce sont des professionnels et vous ne pouvez imaginer dans quels trous les *bandidos* peuvent se cacher.

Il ouvrit la fenêtre et aboya un ordre qui fit bouger le groupe de points lumineux. Clément sentit la tension monter chez Alicia. Il la serra dans ses bras, lui fit discrètement signe de se taire et prit la parole :

— Capitaine, comme vous le savez, ce lieu est en pleine rénovation, des travaux sont en cours et les chantiers ne peuvent être fouillés.

— Ils ne peuvent être fouillés ?

L'ironie suintait dans l'interrogation du militaire.

— Auriez-vous peur qu'ils soient abîmés comme il y a cinquante ans par les troupes de votre empereur ?

— Les Français ont plus respecté ces palais que tous les potentats locaux qui les ont transformés en ateliers !

Dans son emportement, Alicia s'était avancée vers le militaire ; Clément l'avait retenue. Sa femme ne se mettait jamais en colère sauf quand il s'agissait de défendre son joyau. Il l'avait vue, un jour de septembre 1870, sortir par le col de veste un voyageur autrichien qui venait de graver ses initiales au poinçon sur l'un des murs de la salle des Ambassadeurs. Le quidam, qui avait pourtant une carrure impressionnante et la dépassait de vingt centimètres, aurait pu la bousculer d'une simple pichenette, mais il n'avait pas osé se défendre devant l'ouragan d'énergie de la Française. Clément accentua sa pression en prévision de la réaction du militaire. Alicia se colla contre son mari et le rassura en lui prenant la main. L'homme jeta un regard vers l'esplanade avant de considérer le couple d'un air condescendant :

— Je ne vais pas perdre mon temps à discuter, surtout avec une femme. Vous allez m'ouvrir toutes les pièces, sinon nous enfoncerons les portes. Et nous finirons par découvrir dans quel trou se cache ce rat !

— M. Pascual ne peut pas s'y trouver, ces endroits sont fermés à clé par nos soins. En outre, l'Alhambra est sous la juridiction de son gouverneur et, sauf votre respect, vous n'y avez pas autorité, affirma Clément avec calme.

Le sourire du capitaine lui indiqua qu'il avait attendu ce moment avec une jubilation contenue. Il sortit une feuille de papier de sa poche de veste, la déplia et la lui présenta.

— Lisez, cet ordre émane du ministre lui-même. Si vous ne coopérez pas, *señor* Delhorme, je serai obligé de vous arrêter pour complicité. D'autant qu'il y a un antécédent.

— Un antécédent ?

— Il y a douze ans, au mois de juin. J'étais un jeune *alférez* affecté auprès de notre capitaine général. Un témoin est venu me voir au sujet d'une explosion dans le village de Cogollos.

— Je m'en souviens, oui, dit Clément, intrigué.

— Vous ne pouvez pas avoir oublié, *señor*. Puisque vous vous êtes vanté que celle-ci était liée à la présence d'une fabrique clandestine de dynamite. J'ai retrouvé la déposition de mon témoin.

— Simple hypothèse.

— ... ou complicité ! Alors, à vous de voir si je fais stopper les recherches. Mais, dans ce cas, je ne reviendrai pas bredouille, ajouta-t-il en le pointant du doigt.

— Ils vont arrêter papa ! chuchota Irving, qui avait continué à les écouter malgré la porte fermée.

Il était rentré pâle et essoufflé dans la chambre où l'attendaient Victoria et Nyssia. Son cœur battait comme un tambour de guerre et ses mains tremblaient en leur racontant la scène qu'il avait entendue.

— Ils vont les mettre en prison, ajouta-t-il, fataliste.

— On ne va pas les laisser faire ! dit Victoria, dont la colère avait empourpré les joues.

Nyssia se posta à la fenêtre.

— Regardez, ils s'en vont avec lui ! renchérit-elle.

Les hommes de la Guardia escortaient Clément vers le palais de Comares.

— Ils vont fouiller partout jusqu'au Generalife, leur apprit Irving.

— Javier ! Il faut le prévenir, s'écria Nyssia. Il va encore vouloir leur tenir tête.

— C'est vrai, confirma Victoria, les larmes aux yeux. Ils vont lui faire du mal, hoqueta-t-elle.

Irving enleva sa robe de chambre et enfila sa veste d'école sur son pyjama. Ses sœurs le regardèrent, incrédules, lacer ses chaussures, ouvrir la porte, se retourner vers elles en posant son index sur ses lèvres et sortir.

— Mais il va où ? s'inquiéta Victoria, qui n'avait jamais vu son frère prendre une initiative risquée.

Nyssia ne répondit pas, s'assit sur son lit, monta la flamme de sa lampe à huile et se réfugia dans la lecture d'*On ne badine pas avec l'amour*, qu'elle cachait sous ses draps depuis un mois, après avoir volé l'exemplaire à la bibliothèque.

Irving quitta leur appartement par l'escalier qui aboutissait à un couloir longeant la chambre Dorée et le mena directement au Mexuar. Il traversa le palais de Comares au-dessus de la salle de la Bénédiction où les soldats venaient de pénétrer. Il entendit le capitaine crier et la voix de son père répondre avec autorité. Un des échafaudages fut déplacé sans être soulevé et crissa sur le sol, puis tomba quelques instants plus tard dans un bruit de tonnerre. Irving, qui s'était arrêté pour écouter, reprit sa course comme une mule que le fouet aurait effrayée. Sous ses pieds, les ordres fusaient, du capitaine au sergent, du sergent au caporal, aussi désordonnés que l'écho de leurs voix sur les murs incrustés de décorations en plâtre. Il gagna le palais chrétien par la chambre de l'Empereur et descendit au rez-de-chaussée, longea la cour de la Lindaraja jusqu'aux jardins du Partal où il fit une halte. Il se déplaçait sans lumière grâce à une lune puissante et à sa parfaite connaissance des lieux. Il n'y avait pas une niche ou une cache qui lui soit encore inconnue. Il se rendit compte que sa peur avait été remplacée par un autre sentiment, étrange et nouveau pour lui, qui le faisait agir sans réfléchir, déchargeait des vagues de frissons dans son corps et déposait un goût âcre dans sa bouche. Était-ce cela, l'aventure ? Irving n'eut pas le temps de s'interroger davantage, les premières torches venaient d'apparaître sur le sentier longeant le hammam. Il devait conserver son avance. Il gagna la promenade des tours en trébuchant fréquemment sur les pierres irrégulières du sol, mais ne tomba pas et emprunta la porte qui conduisait au Generalife. Il courut tout au long du chemin bordé de lauriers-roses, dont les branches formaient une arche continue au-dessus de sa tête, et retrouva Javier assis sur une marche à l'entrée de son appartement. Il s'était disputé avec Mateo et attendait qu'il soit parti se coucher pour rentrer. Irving lui expliqua la situation et lui proposa de se cacher en attendant le départ des soldats.

— Qu'ils essaient d'entrer chez moi et ils verront ! lança Javier, bravache, le poing levé.

— Si tu fais ça, alors ils vont t'emmener, et aussi papa, répliqua Irving. Il faut qu'on se sauve. Viens, je sais où aller !

— Irving, c'est bien toi ? s'étonna Javier devant la détermination de son ami.

— Oui, c'est moi, et je suis la voix de l'aventure, dit-il dans un transport qui l'étonna lui-même.

Sans attendre de réponse, il l'entraîna vers les jardins du Generalife. Irving se sentait porté par des ailes et se demandait quand cette excitation allait décroître et le rendre à son état naturel, fait de crainte et de prudence. Mais elle ne faiblissait pas. Ils rentrèrent dans l'Alhambra et Irving conduisit Javier le long des citadelles jusqu'à apercevoir une patrouille suffisamment bruyante et éclairée pour qu'ils aient le temps de se cacher dans la tour de la Captive, à l'abri d'un pilier supportant l'arc d'entrée. Les hommes de la Guardia ne daignèrent pas la visiter et s'éloignèrent vers le Generalife.

— Bon débarras, grogna Javier.

Les deux garçons montèrent sur la terrasse, d'où l'on avait une vue panoramique sur l'ensemble de la colline, afin de vérifier la position des différents groupes de recherche. Les militaires avaient pris position aux points d'entrée du Generalife. Les deux garçons pouvaient gagner le domicile des Delhorme sans être inquiétés.

— Si on restait un peu ? On est bien ici, proposa Javier en s'asseyant contre le parapet.

— S'ils reviennent, on n'aura pas le temps de sortir, objecta Irving après un dernier regard à la situation au sol.

— Le général César a parlé, ironisa Javier, agacé par l'ascendant de son frère de lait d'habitude si discret.

Il se leva et se posta à côté de lui en mimant un soldat au garde-à-vous. Irving, qui continuait à scruter à travers les dentelles de pénombre, ne s'intéressait pas à son ami ; Javier s'accouda contre le muret dans une posture avachie.

— Il est là ! souffla soudain Irving en lui montrant un point en direction des Palais nasrides. M. Pascual, je suis sûr que c'est lui ! J'ai reconnu sa façon de marcher. Il est entré dans le patio des Lions !

Javier s'était redressé. L'ombre qu'il avait perçue pouvait effectivement être celle de leur professeur.

— Il fait trop sombre pour en être sûr, tempéra-t-il.

— Mais qui, à part lui, se promènerait dans l'Alhambra la nuit sans lumière ? insista Irving.

— Nous ! fanfaronna Javier. J'espère qu'il s'en sortira, ajouta le garçon alors que les soldats avaient investi le Generalife et que les ordres aboyés leur parvenaient, apportés par le zéphir.

— Viens, allons l'aider, dit Irving en l'entraînant par le bras.

— J'espère qu'il saura nous rendre la pareille !

Le garçon n'avait aucune sympathie particulière pour son professeur de rhétorique, qui se montrait froid et distant avec ses élèves et jamais ne les avait encouragés, malgré tous leurs efforts pour réussir dans une matière qu'ils détestaient.

— J'aimerais qu'il augmente ma moyenne jusqu'à la fin de l'année, ajouta-t-il.

— Mais tu ne comprends pas, c'est un anarchiste, il ne reviendra plus. Sinon, il serait emprisonné. Ce n'est plus notre enseignant.

— Alors restons ici, objecta Javier.

— Moi, j'y vais. Il n'y a pas de temps à perdre, décida Irving.

Il ne lui laissa pas le loisir de répondre et disparut dans l'escalier.

Le patio des Lions ressemblait à une clairière de pierre entourée d'une forêt de colonnes. En son centre, la fontaine était composée d'une grande vasque dodécagonale de marbre blanc au milieu de laquelle reposait un second bassin, en forme de calice, d'où jaillissait un jet arrosant les deux réceptacles. L'ensemble était porté par douze lions sculptés, dont les gueules recrachaient l'eau des vasques.

La lune était stationnée juste au-dessus de leurs têtes et les gouttes d'eau scintillaient dans l'air comme des lucioles argentées.

— Il n'est pas ici, affirma Javier, qui avait fait le tour du cloître avant de rejoindre Irving près de la fontaine.

Ce dernier jeta un regard sur les fenêtres de l'étage.

— Tout à l'heure, j'ai cru voir deux ombres.

— Un complice ? Tu vois bien qu'il n'a pas besoin de nous !

— J'espère que la Guardia va laisser mon père tranquille, dit Irving en caressant machinalement la tête d'un lion.

— Pour sûr, ils n'ont rien à lui reprocher. Au fait, merci d'être venu me trouver.

La reconnaissance de son ami, qui était une grande première, valait toutes les médailles du monde pour Irving.

— On y va ? ajouta Javier pour éviter toute effusion.

— D'accord, mais, avant, je vais te montrer une cachette que tu ne connais pas.

— C'est impossible, on les a toutes faites ensemble.

— Non, celle-là, c'est ma mère qui me l'a indiquée.

— Alors, c'est un secret de famille.

— Pas tout à fait. Jez la connaît déjà, rectifia Irving, certain du poids de son argument.

— Jez ? Tu la lui as montrée ?

— Oui, et il l'a utilisée depuis. Comme la semaine dernière.

— C'est pour ça que je ne l'ai pas trouvé ! fulmina Javier. Vous ne perdez rien pour attendre, tous les deux ! Allez, montre-la-moi !

Irving fit le tour des lions, positionnés à intervalles réguliers tels les douze soleils du zodiaque.

— Pas tout à fait réguliers, fit-il remarquer en se postant devant deux d'entre eux, situés face à la coupole du temple est. L'espace entre ces deux-là est plus large. Et maintenant, regarde bien...

Irving se mit à quatre pattes et se faufila entre l'arrière-train des deux bêtes et la colonne centrale qui tenait la vasque. Le volume était restreint, mais il pouvait en faire le tour. Et surtout, la pénombre aidant, il était invisible aux yeux extérieurs.

— Maintenant, à toi. Viens !

— Non, je suis trop grand, répondit Javier en se penchant pour le localiser.

— Si, tu peux passer et il y a assez de place pour deux.

— Sors, on reviendra un autre soir. Si la Guardia arrive, on est faits comme des rats !

— C'est la cachette idéale ! Viens !

Javier s'allongea et rampa entre les deux statues pour pénétrer dans la niche naturelle jusqu'à ce que ses pieds y disparaissent.

— Je ne peux même pas m'asseoir, je ne peux pas me retourner ! râla-t-il.

— Maintenant, on est comme les maîtres du monde, invisibles et intouchables, proclama Irving.

— On est surtout deux crétins recroquevillés qui vont rester coincés ! La bonne nouvelle, c'est qu'on n'aura pas cours demain avec Pascual, quoi qu'il advienne !

À force de contorsions, il réussit à replier ses jambes et à se redresser sur ses coudes sans que la position lui soit trop inconfortable.

— J'ai l'air d'un chien qui attend un os, dit-il, déclenchant le rire d'Irving. Tu peux te moquer, mais, dans six mois, toi non plus tu ne pourras plus y rentrer. Et on sera à égalité.

La remarque de son ami fit réfléchir le fils de Clément. Il était partagé entre le désir de grandir vite et de conduire sa vie sans les entraves que les adultes imposaient, et son envie de demeurer un enfant protégé par les lions du patio.

— Moi, tout ce que je veux, c'est ne pas gratter de la glace dans la Sierra Nevada ma vie durant, dit Javier. Tout sauf ça, tout sauf ce qu'il veut faire de moi. Je partirai. Je ne resterai pas ici. Tu veux du poisson séché ? proposa-t-il en sortant un filet de hareng de sa poche.

Il le partagea et tous deux mâchèrent en silence.

— Tu voudrais aller où ? s'enquit Irving en essuyant ses mains sur son haut de pyjama.

— N'importe où pourvu que je m'y sente libre. Et respecté. Oui, respecté, c'est important. J'aimerais être ingénieur, comme ton père. Mais loin d'ici !

— Pourtant, on est bien chez nous, ici c'est comme le paradis. Maman dit que...

Un cri les interrompit. Une expression de douleur et de surprise, suivie d'un râle rauque. Un long râle qui se termina en gémissement.

— Ils l'ont eu ?

Le chuchotement d'Irving trouva rapidement sa réponse. Deux soldats émergèrent de la forêt de colonnes qui ouvrait sur la cour des Myrtes, lanterne en main, suivi de deux autres qui portaient un homme plus qu'ils ne le tenaient, tant sa conscience semblait aussi chancelante que ses pas. Ils s'arrêtèrent à moins d'un mètre de la fontaine. Irving vit une paire de bottes dont les reflets des boutons argentés brillaient sur l'eau de la rigole.

— Tu vas faire un effort pour marcher, bougre d'âne ? dit l'un d'eux.

— Tu l'as frappé trop fort, répondit un autre. Il est à moitié assommé.

— C'est malin, commenta le troisième. Moi, j'arrête. Il est trop lourd. Tiens, mets-lui la tête dans l'eau, ça le réveillera.

— Attendez, ordonna le dernier. J'ai soif, je vais boire avant que vous ne souilliez la fontaine !

Les autres approuvèrent. Javier lança à Irving un regard interrogatif. Il distinguait dans le noir le clignotement des paupières de son ami qui trahissait sa nervosité. Il lui serra l'avant-bras, ce à quoi Irving répondit en faisant de même : *pas de panique*. Javier articula silencieusement : « Ce n'est pas lui. » Irving approuva de la tête. « C'est qui ? » demanda-t-il à Javier, qui haussa les épaules pour marquer son ignorance. L'homme était plus petit et plus corpulent que leur professeur.

— Ho, hisse, crièrent les soldats de la Guardia.

De l'eau éclaboussa les deux garçons. Le prisonnier avait été jeté dans la vasque, s'était réveillé et se débattait, sous les rires des soldats. Ils l'en sortirent sans ménagement.

— Maintenant, tu nous suis sans faire d'ennuis, annonça celui qui semblait diriger le groupe. On n'a pas eu l'anarchiste, mais toi, on te garde.

Le vagabond, qui dormait dans un recoin d'une cour du Mexuar, avait été réveillé brutalement et s'en était pris aux membres du groupe à coups de jurons.

— Allez, marche ! ordonna le meneur, qui comptait en faire un complice de Pascual afin de ne pas rentrer bredouille devant le capitaine.

L'homme, que le passage dans la fontaine avait dégrisé, comprit la situation et tenta de fuir. Il chuta dans un des canaux d'évacuation de l'eau et heurta lourdement le marbre du sol. Son front se fendit d'une large coupure. Il tenta de se relever mais fut assailli de coups de pied et de crosse. Les garçons l'entendirent supplier puis ne perçurent plus que des impacts sourds et les ahans appliqués des soldats. Une côte craqua comme du bois sec.

Le déferlement cessa aussi soudainement qu'il avait débuté et le son rassurant de la nuit reprit ses droits dans le patio des Lions. Javier vit une main récupérer le tricorne tombé près de lui pendant la tempête. Irving avait caché son visage dans ses bras comme s'il avait lui aussi subi l'assaut. Il tremblait.

— Maintenant, il a une bonne raison de ne plus marcher, fit remarquer le meneur, essoufflé, déclenchant les rires des autres. On s'en va !

Les deux garçons laissèrent un temps infini s'écouler avant d'oser s'extirper de leur niche. La cour, vide, était belle et rassurante, comme à son habitude.

— On a rêvé, c'était un cauchemar, murmura Irving avant d'apercevoir la ligne sombre qui rayait la cour de la fontaine à la salle des Abencérages.

Une longue traînée de sang.

— Bienvenue au paradis, lâcha Javier.

Lorsqu'ils rentrèrent dans l'appartement des Delhorme, les garçons furent accueillis par les jumelles qui leur apprirent que les recherches avaient été arrêtées après que Rafael Contreras eut fait intervenir le capitaine général de la ville. L'architecte se trouvait encore au salon, en grande conversation avec Clément et Alicia. Il fut décidé que Javier resterait dormir dans leur chambre. En dépit des questions pressantes de ses sœurs, Irving refusa de leur expliquer ce qu'ils avaient fait pendant les deux heures de leur absence. Il s'allongea sans enlever sa veste et s'endormit rapidement malgré les chuchotements des autres qui se prolongèrent une partie de la nuit. De toute sa vie, Irving n'oublia jamais les événements de cette soirée et longtemps, très longtemps après, il se demandait encore s'il n'avait pas tout rêvé.

CHAPITRE VII

24

Mercredi 15 mars 1876, Porto et Barcelinhos

Comme chaque jour depuis trois mois que Gustave était parti pour la France, Victorine Roblot guettait l'apparition du postier. L'homme n'obéissant à aucune routine, son passage s'échelonnait de l'aube à la fin de matinée, en fonction de son itinéraire, des sujets de conversation qu'il abordait avec les habitants et de son entrain à distribuer les lettres. Surtout de son entrain, qu'une anémie pernicieuse et tenace mettait à mal et que son médecin avait traitée à l'aide d'une macération de plantes et de clous, dont l'un avait fini avalé, provoquant quelques hémorragies, aggravant l'anémie et le peu d'entrain en question. En ce jeudi matin, devant la pile de lettres qui s'étaient accumulées sur sa table et le besoin urgent d'argent liquide et de fer soluble, le facteur avait décidé de braver sa tendance à la procrastination et s'était habillé pour sa tournée. Il avait gardé la jolie Française pour la fin, en espérant que celui qui lui avait tenu compagnie jusqu'à Noël n'était pas revenu, auquel cas il pourrait tenter de la faire rire, car sa tristesse était de plus en plus visible. Il pressentait que la lettre qu'il allait lui délivrer n'allait pas améliorer son moral, ce qui n'était pas pour lui déplaire.

Lorsqu'il lui tendit le pli, le visage de Victorine rosit et ses yeux semblèrent soudain éclairés d'un soleil levant.

— Je reste ici, au cas où il y aurait une réponse, dit-il pendant qu'elle ouvrait l'enveloppe.

La cuisinière, attirée par le bruit, sortit de l'office en s'essuyant les mains, jeta un regard noir au facteur dont elle connaissait par cœur le manège avec les femmes et balança son torchon sur son épaule. Elle habitait avec la Française et, en dehors de son rôle nourricier, lui tenait lieu de professeur de portugais, de guide local, de confidente et, accessoirement, de partenaire de bingo.

Le regard de Victorine eut tôt fait de passer de l'aube au crépuscule. Ses lèvres se pincèrent. Elle plia la lettre et la remit dans l'enveloppe avec soin, avant de la faire disparaître dans sa poche.

— Il ne peut pas venir avant deux mois, dit-elle en portugais en se tournant vers l'employée, qui lui signifia sa désapprobation de la tête. Beaucoup de travail à Paris.

— Une réponse, peut-être ? se hasarda l'homme.

Victorine l'ignora et se lança dans un long monologue en français, qu'aucun ne comprit, avant de quitter la pièce pour la cuisine.

— Je vais attendre, proposa le postier en posant une fesse sur la table, elle va revenir avec une lettre.

— Non, tu n'attends rien, tu crois que je n'ai pas repéré ton manège de joli cœur ?

La cuisinière lui envoya un coup de son torchon comme elle l'eût fait pour chasser une mouche. Le préposé résista au premier assaut mais battit en retraite aux suivants. Elle rejoignit l'office où Victorine était en larmes, un couteau dans une main, un oignon dans l'autre.

— Ne croire pas que je pleure, dit-elle dans son portugais perfectible. C'est à cause de lui, ajouta-t-elle en lui montrant le bulbe.

— *Cebolla*, traduisit la domestique. Bien sûr que c'est à cause de lui, ajouta-t-elle, apaisante. Vous voulez m'aider ?

Elle lui tendit un papier journal et l'invita à éplucher des pommes de terre. Victorine, qui n'avait jamais évoqué sa situation directement avec elle, s'attela à la tâche en se concentrant sur la finesse des épluchures. Pour tous à Barcelinhos, elle était la gouvernante de l'industriel français dont les affaires l'amenaient à n'être que rarement présent à son domicile portugais. Victorine jeta la première patate dans la bassine d'eau en reniflant. Dans les moments de découragement, elle puisait dans le stock des souvenirs des deux mois passés ensemble à leur arrivée. Mais, depuis la fin février, les nouvelles s'étaient faites rares et les provisions de souvenirs amenuisées. Elle culpabilisa de lui en vouloir alors qu'il passait ses journées et ses soirées à la recherche de contrats pour son entreprise et se rasséréna à la quatrième patate : en mai, il serait là, à elle, rien qu'à elle, après avoir traversé deux pays pour la retrouver. Elle soupira.

Alors qu'elle rassemblait les épluchures sur le journal, Victorine se figea. Elle les évacua d'un revers de main, consulta la page tachée du *Comércio do Porto*, tapa du poing sur la table et disparut en hurlant une bordée de jurons en français dont la cuisinière était persuadée qu'ils n'avaient pas d'équivalent en portugais tant ils lui semblaient abominables. Après un instant de stupeur, la cuisinière posa le lapin qu'elle venait de dépouiller et s'empara du *Comércio do Porto*. Seule la partie inférieure était encore lisible. L'article indiquait que le concepteur du futur pont sur le Douro, l'ingénieur Eiffel, était arrivé à Porto avec sa famille deux jours auparavant, et qu'il s'était installé à Villa Nova de Gaia pour diriger le début des travaux. La cuisinière entendit Victorine descendre l'escalier et ses talons résonner dans le couloir. La porte d'entrée claqua.

Sa tournée l'avait épuisé. Le facteur jeta un œil vers le guichet désert, repoussa la porte de l'arrière-boutique et avala la poudre que le pharmacien lui avait préparée en se demandant quel ingrédient maudit des dieux possédait une amertume si puissante. Il but un pichet de vin entier sans réussir à en faire passer le goût. Il attendait le retour de son collègue, chef du bureau de poste, en mangeant un *pastel de nata* qui ne lui était pas destiné, mais auquel il estimait avoir droit pour l'avoir remplacé jusqu'à midi. *Plus que midi, même*, songea-t-il en regardant l'aiguille des minutes pencher à droite du chiffre fatidique. Il se dépêcha de finir la pâtisserie en entendant un bruit de pas.

Lorsqu'il se présenta au guichet, la bouche pleine, il eut la surprise de se trouver face à la jolie Française et déglutit nonchalamment avant de s'essuyer les lèvres sur sa manche de chemise.

— Je peux...? s'enquit-elle en lui tendant un texte pour le télégraphe.

— Donnez, je vais l'envoyer. Normalement nous sommes fermés, mais, pour vous, je vais faire une exception.

Victorine sourit faiblement en signe de reconnaissance, ce qu'il prit pour une forme d'encouragement.

— Je vous l'avais dit qu'il valait mieux que j'attende, dit-il d'un ton badin avant de lire le message.

Le court texte était en français et le postier n'en comprenait pas le moindre mot, ce qui le frustra.

— Peut-être vaudrait-il mieux l'envoyer en portugais, hasarda-t-il, pour qu'ils ne fassent pas d'erreur à la réception.

Victorine refusa catégoriquement. Le facteur s'appliqua sur chaque mot et demanda confirmation au télégraphiste du bureau de Porto.

— Pour le même prix, précisa-t-il. Voilà, c'est fait ! Je vous apporterai la réponse. S'il y en a une.

Elle le remercia, paya en laissant un pourboire qu'il s'empressa de refuser, arguant du devoir du postier dans les situations d'urgence, et sortit en croisant le chef du bureau, surpris du zèle de son anémique employé. Ce dernier l'apostropha et lui fourra le papier dans les mains.

— Toi qui parles le français, tu peux me le traduire ?

— Ferme d'abord ce guichet avant que le quartier tout entier ne vienne nous empêcher de déjeuner !

Le facteur s'exécuta pendant que son collègue chaussait ses lunettes et décryptait le message.

— Alors ?

— Je t'avouerai que je n'ai pas tout compris... une histoire de chasseur et de grive, répondit-il en lui rendant la feuille. Bon, conclut-il en se frottant les mains, où est mon *pastel de nata* ?

Le siège portuan de la Compagnie royale des chemins de fer portugais était en effervescence. L'arrivée d'Eiffel avait donné un coup de fouet au démarrage des travaux, ce qui n'était pas pour déplaire à Pedro Inácio Lopes. Joseph Collin, qui était resté pour coordonner le chantier, lui semblait si peu charismatique comparé à son beau-frère. Et l'industriel avait annoncé le renfort de deux recrues de choix, Émile Nouguier et Jean Compagnon, qu'il avait débauchés des établissements Gouin, un de leurs compétiteurs malheureux dans l'attribution du pont.

Lopes était impatient de les rencontrer. Nouguier, l'ingénieur des Mines, aurait en charge de coordonner l'exécution des travaux, et Compagnon, doté d'une grande expérience acquise partout en Europe, serait le chef monteur. Il en était persuadé : si eux ne parvenaient pas à réaliser cette prouesse technologique, personne au monde ne saurait le faire. Il se réjouit à la perspective de travailler avec de tels experts, sortit de son bureau et observa Collin échanger avec un des contremaîtres. Sa présence lui semblait maintenant moins problématique. Se sentant épié, Joseph s'approcha de l'ingénieur portugais.

— Première tuile, mon ami : on a deux chaudières en panne sur le site, expliqua-t-il en effectuant des moulinets avec les mains.

— À quel endroit ? demanda calmement Lopes.

— Rive droite, là où les fondations ont pris du retard. Je vais envoyer des hommes les réparer. Ils travailleront jour et nuit s'il le faut.

— N'ayez pas d'inquiétude, dit Lopes en l'entraînant vers son bureau dont il ferma la porte.

— Mais la maçonnerie doit débuter dans une semaine. Gustave ne tolérera pas de retard à ce niveau !

— Je suis sûr que M. Eiffel ne s'en inquiétera pas. Ces chaudières, elles sont louées ?

— Oui, pour la durée du chantier, répondit Joseph, sourcils froncés, comme un étudiant à la peine devant un examinateur.

— Alors contactez l'entreprise, qu'elle vous les échange.

— Mais s'ils ne peuvent pas ? Nous leur en avons loué tellement qu'ils ne doivent plus avoir de stock !

— Vérifiez les conditions du contrat. À eux de se débrouiller, vous êtes leur plus gros client, non ?

— Cela ne fait aucun doute.

— Alors ne vous inquiétez pas. Écoutez, vous êtes le maître d'ouvrage et je ne veux pas interférer dans votre projet, mais, si vous voulez, nous irons ensemble, proposa Lopes, dont le rôle se bornait à la supervision du planning au nom de sa compagnie.

— Je vous en suis réellement reconnaissant, je ne suis pas à l'aise avec la langue, avoua Joseph en se tamponnant le front de son mouchoir.

Un assistant les interrompit : un télégramme venait d'être déposé pour Gustave Eiffel.

— Je m'en occupe, dit Joseph en le prenant des mains de Lopes. Je m'en vais de ce pas à Villa Nova de Gaia.

L'enveloppe contenant le texte n'avait été fermée que sur sa pointe et Joseph déploya des trésors d'inventivité tout au long du trajet afin qu'elle s'ouvre toute seule, sans y parvenir. L'envoi l'intriguait d'autant plus qu'il parvenait de la poste de Barcelinhos. Quelques gouttes de pluie l'obligèrent à fourrer le papier dans sa poche de veste.

La grande maison occupée par Eiffel avait été louée par les soins de Joseph selon les critères de l'ingénieur. Prétextant que Nouguier, Compagnon et Seyrig y seraient mieux pour y travailler qu'au collège des orphelins, où la cohabitation n'allait pas de soi avec les pères qui en avaient la charge, il leur avait attribué des chambres et en avait profité pour se joindre à la distribution. L'autre moitié de l'équipe de Levallois était restée au collège, mais, devant leurs protestations quotidiennes, Joseph avait fait réhabiliter un bâtiment annexe à la maison qu'ils allaient bientôt pouvoir habiter. La propriété, située entre deux chais à quelques mètres du Douro, ne permettait pas d'apercevoir les travaux, cachés par un méandre du fleuve.

Arrivé à quelques mètres de l'entrée principale, Joseph bifurqua à droite, sortit l'enveloppe quelque peu froissée par le traitement qu'elle avait subi et en déchira la pointe d'un coup d'ongle. Le texte le laissa perplexe au point de lui faire regretter son geste. Il humidifia le bord d'un coup de langue afin de lui redonner un aspect scellé, ouvrit la porte du jardin et s'engagea dans l'allée de la *quinta da Coelho* où Valentine vint s'échouer dans ses jambes en riant. La fillette de six ans était la seule des cinq enfants qu'Eiffel avait emmenée avec eux. Joseph la prit dans ses bras, l'écouta lui raconter sa matinée sans reprendre son souffle et la déposa sur les genoux de sa mère, assise dans la véranda à dresser la liste des commissions pour le domestique. Depuis leur arrivée, Marguerite avait pris en charge l'intendance de la maisonnée, au grand soulagement de Joseph qui voyait en sa présence un renfort logistique bienvenu.

— Gustave a bien fait de te convaincre de venir, sourit-il.

Marguerite vérifia qu'aucun collaborateur n'était à portée d'oreille et répondit :

— La dernière fois, il a failli ne pas rentrer. Te rends-tu compte, il a raté son anniversaire et Noël. Trois mois d'absence... Au moins, maintenant, je suis avec lui. Mais ce sont les enfants qui me manquent !

— C'est qu'il y a des contrats à aller chercher partout dans le pays, le défendit Joseph. D'ailleurs, où est-il ?

Eiffel avait organisé une réunion avec tous les contremaîtres et Seyrig, qui venait d'arriver de Pest. *On dirait un général avant une bataille*, songea Joseph en entrant dans la pièce encombrée de plans et de matériel qui leur servait de salle de travail. Les hommes lui adressèrent un bref regard avant de reprendre leur conversation. Seyrig lui fit un signe de la main auquel Joseph répondit par un salut avant de se lancer dans le tri des factures en attente.

— Tu ne m'as pas prévenu, pour les chaudières.

Joseph releva la tête : la réunion était finie et Eiffel était debout devant lui, les mains posées sur le bureau. Bien que son regard fût rassurant et sa voix neutre, son beau-frère l'impressionnait toujours par son assurance et son charisme.

— Mais... je vais m'en occuper, Gustave.

— Inutile, c'est réglé.

— Comment avez-vous fait ?

— Le fournisseur a des chaudières sur d'autres chantiers moins importants. Il va remplacer les nôtres ce soir ou demain matin. En attendant, tu n'honores aucune de leurs factures, conclut Eiffel en quittant le bureau.

Il revint sur ses pas et s'adressa à tout le monde.

— On a vingt mois pour réussir et on ne mettra pas un jour de plus, même si les éléments devaient se déchaîner contre nous. Vingt mois, répéta-t-il avant de partir pour de bon.

— Sinon, c'est cinq cents francs de pénalité à chaque soleil couchant, compléta Seyrig. Et la clé sous la porte.

La remarque donna des sueurs froides à Joseph. Il prit alors conscience qu'il avait oublié de lui transmettre le télégramme.

Il dut attendre le milieu d'après-midi avant de se retrouver seul avec lui. Les deux hommes étaient au milieu du trou béant dans la colline qui allait recevoir les fondations, une énorme excavation carrée faite dans le granit, qu'il avait fallu attaquer à l'explosif puis à coups de pioche avant d'en éliminer les gravats. Les ouvriers présents s'étaient arrêtés pour décharger les nouvelles chaudières. La fine pluie apportée de la mer par des rafales de vent venait de cesser.

— Sais-tu combien de béton on va couler pour les piles-culées ? interrogea Eiffel avec jubilation.

Joseph lui signifia son ignorance.

— Vingt mille tonnes. Vingt mille ! Te rends-tu compte ? Il faudra donner ce chiffre aux journalistes, ils sont friands d'anecdotes de la sorte. Qu'est-ce donc ? demanda-t-il en voyant l'enveloppe que lui tendait son beau-frère.

— Un télégramme qui est arrivé pour toi. De Barcelinhos, ajouta-t-il en guettant sa réaction.

Eiffel l'ouvrit sans remarquer l'état de l'enveloppe et resta impassible pendant la lecture du texte.

— Pourquoi ne me le donnes-tu que maintenant ? Il est daté du matin et mon correspondant attend une réponse, déclara-t-il en le fourrant négligemment dans la poche de son gilet.

— Je suis désolé, Gustave, bredouilla Joseph.

— Peu importe. Je vais au bureau du télégraphe, occupez-vous de démarrer les chaudières, qu'elles soient prêtes à donner dès demain matin. On se retrouve plus tard à la maison.

Il regarda Eiffel quitter le chantier d'un pas énergique malgré la boue qui tentait de retenir ses bottes à chaque pas. *Le chasseur a oublié sa grive dans le train...* Le texte tournait en boucle dans la tête de Joseph comme une ritournelle enfantine dont le sens lui échappait.

Et si... ? Une idée venait de le traverser. Nouguier et Compagnon étaient tous les deux connus pour être francs-maçons. En les engageant, Gustave ne venait-il pas de révéler son appartenance à cette confrérie ?

— Il me l'aurait dit, marmonna Joseph. Il ne me cache rien.

Mais, s'il l'était, le texte prenait alors une autre signification. *Un message codé entre maçons...* C'était une évidence. Sinon, comment aurait-il pu avoir les chaudières aussi rapidement ? Quant au message, Joseph pressentait une affaire d'État, et il décida de ne plus le questionner sur Barcelinhos. Son admiration pour son beau-frère, déjà grande, devint absolue.

Victorine regrettait déjà sa décision. Alors que la cuisinière lui avait proposé une énième partie de bingo pour faire passer l'attente d'une réponse au télégramme qui ne venait pas, elle s'était hasardée à lui proposer d'apprendre les règles du trictrac, son jeu de table favori, avant de comprendre, trop tard, que l'explication, déjà ardue en français, était une gageure dans une langue dont elle ne possédait que les rudiments. Les deux femmes étaient assises devant un plateau de feutrine verte sur laquelle des pointes blanches et noires étaient dessinées.

— C'est le tablier, expliqua Victorine en portugais.

— Tablier ? s'étonna la domestique. Comme le mien ? interrogea-t-elle en tirant sur les bretelles du vêtement qui ne la quittait pas de la journée.

— Oui, exactement. Il a deux parties, dit-elle avec lenteur, peu assurée de sa prononciation.

La Française montra l'arête de bois qui divisait le plateau en deux moitiés.

— Là, c'est le petit jan, indiqua-t-elle en lui montrant la partie gauche.

— Petit jan, répéta consciencieusement la cuisinière.

— À droite, le grand jan.

— Grandjean ? C'est le nom du facteur, le nom du joli cœur !

Elle frappa dans ses mains et émit un roucoulement mélodieux qui s'apparentait chez elle à un rire.

— Il a eu un ancêtre français, mais lui ne parle pas la langue. Donc, à droite, le facteur, s'amusa-t-elle.

— Appelons cette moitié le facteur, convint Victorine. Et celle de gauche sera...

— La lettre, pouffa la cuisinière.

— Va pour la lettre !

Elle prit une poignée de pions noirs et les posa sur le tablier :

— Les dames, pour toi. Pour moi, les mêmes mais blancs, dit-elle en montrant son tas.

— Blanches.

— Blanches, rectifia Victorine en hochant la tête. Il y en a...

Elle s'interrompit, cherchant la traduction du nombre sans y parvenir.

— Il y en a dix et moitié de dix, indiqua-t-elle en accompagnant sa démonstration avec les doigts.

— Quinze, d'accord. Et quel est le but du jeu ? s'impatienta la domestique en réprimant un bâillement.

— Gagner des points avec les dames qui bougent, répondit Victorine, que sa difficulté à traduire les règles en portugais agaçait.

— Avec les dés ? demanda son interlocutrice en les faisant rouler dans sa main.

— Oui. De gauche à droite, indiqua Victorine en montrant le déplacement des pions.

— Ah, les dames vont de la lettre au facteur, s'amusa la cuisinière avant de roucouler de plus belle. Vers le Grandjean !

Victorine regrettait déjà le bingo et les grains de café qu'elle posait au hasard sur les cases sans avoir ni à parler ni à réfléchir. Elle prit le pavillon, drapeau miniature en ivoire, dont elle fit tourner la hampe entre pouce et index.

— Alors ? demanda la domestique, qui attendait une explication complémentaire.

— Alors ? Une partie se joue en douze trous, répondit Victorine en français, pour avoir un trou, il faut douze points, les points sont pairs et augmentent de la lettre au facteur, pour reprendre votre image. Chaque flèche, que j'appelle case, a un nom, il y a la case du diable, celle de l'écolier, continua-t-elle en accélérant le débit. On ne peut pas mettre sa dame sur une flèche ayant une dame adverse, mais on peut, que dis-je, on doit couvrir ses dames avec d'autres de même couleur pour les protéger, sinon elles sont vulnérables. Vous comprenez, vulnérables ? demanda-t-elle en haussant le ton. Tout le monde est vulnérable, surtout quand on est seule, seule dans une case et sans protection et...

Elle prit le plateau et le replia en le claquant sous le regard médusé de la cuisinière.

— Je n'en peux plus, plus de cette attente, plus de cet endroit, plus de... Oh, je suis désolée, dit-elle. Désolée, vous n'y êtes pour rien.

Elle s'approcha de la brave femme et lui prit les mains.

— Je suis désolée, reprit-elle en portugais, arrachant un sourire à son employée que le déluge de français avait, dans un premier temps, pétrifiée.

— Ce n'est pas grave, Madame, on va faire un bingo, d'accord ?

Victorine acquiesça. La clochette de la porte d'entrée retentit.

— Je vais voir, dit la cuisinière devant le regard implorant de Victorine.

Elle revint, un télégramme dans les mains.

Victorine rit et pleura à la fois avant de l'ouvrir, puis rit à nouveau à la lecture du texte qui annonçait l'arrivée d'Eiffel la semaine suivante et pleura en s'excusant une nouvelle fois auprès de sa domestique pour son attitude inattendue.

— Le joli cœur voulait vous l'apporter lui-même, mais je lui ai dit qu'ici, ce n'était pas comme le trictrac : la dame ne va pas de la lettre au facteur !

25

Vendredi 15 décembre 1876, Alhambra, Grenade

L'amphisbène était tapi aux aguets, entre deux couches de feuilles de la litière végétale. Il venait d'échapper à un lynx en s'enfouissant dans un trou du sol meuble et avait attendu un long moment avant d'en sortir. La forêt semblait avoir retrouvé son calme après le passage du mammifère, mais son odorat lui indiquait une odeur puissante qu'il n'avait jamais rencontrée. Il se sentit soudain plaqué par une force écrasante, puis soulevé de terre par l'arrière de la tête.

— Regardez, un serpent ! clama Jezequel en le tenant entre ses doigts, après l'avoir capturé.

Il l'exhiba devant Irving, qui recula, puis Javier.

— Ce n'est même pas un serpent, c'est un orvet, fit remarquer ce dernier après avoir tenté de l'attraper, sans succès.

— Non, rétorqua Jezequel, l'orvet est plus gros et plus clair. Je le sais, mon père m'en a montré dans notre jardin.

Irving s'était désintéressé de la conversation et continuait de ramasser du bois mort.

— T'en penses quoi ? l'interrogea Javier.

— On dirait un gros ver de terre, c'est un reptile inoffensif, laisse-le partir.

— On va le montrer aux filles pour leur faire peur ?

— Non, tu vas encore faire hurler Victoria pour rien.

— Papa nous attend pour le bois, aidez-moi et rentrons, intervint Irving. Il fait froid !

— Douze degrés à midi et seulement cinq cette nuit, confirma Javier en lui prenant une partie de son chargement.

— Tu as accompagné mon père aux relevés ?

— Non, il m'a demandé de les faire depuis hier, sa machine lui prend tout son temps. Eh, j'habite à côté, c'est pour t'éviter tout ce chemin ! ajouta-t-il alors que le visage d'Irving s'assombrissait. Allons-y, je suis impatient de la voir fonctionner !

Ils sortirent du bois qui recouvrait les pentes du Cerro del Sol et gagnèrent le Generalife par le plus grand jardin fermé du lieu, bâti autour d'un bassin longiligne dont l'eau reflétait la luminosité du ciel de décembre. Clément et Mateo les attendaient dans un petit mirador du côté ouest du canal, dont les larges fenêtres sans vitres en arcs mauresques offraient une vue sur les potagers extérieurs et l'Alhambra.

La machine était imposante, composée de trois parties reliées entre elles par des tuyaux métalliques. Les garçons déposèrent les branches et s'écartèrent respectueusement. Mateo en fit de même, partagé entre crainte et incrédulité. Clément ouvrit la gueule d'un petit fourneau portatif, qui constituait la base de la première partie, et le bourra de bois sec avant d'y mettre le feu. Une chaudière cylindrique remplie d'eau s'échappait du fourneau, couplée à une pompe à air.

— Les enfants, allez me chercher de l'eau à la fontaine de la cour, demanda-t-il en leur tendant une caisse en zinc divisée en deux rangées de trois alvéoles identiques, ainsi que deux baquets de bois. Mateo, je suis sûr que tu te demandes comment un engin qu'on chauffe en brûlant du bois peut fabriquer de la glace, n'est-ce pas ?

Le *nevero* sourit sans répondre. Quand Clément lui avait annoncé, quelques jours auparavant, avoir trouvé la solution pour qu'il n'ait plus à arpenter la montagne, Mateo ne l'avait pas cru. Il jeta un œil vers les sommets de la Sierra Nevada, recouverts d'une épaisse couche blanche, et se signa.

Une fois les garçons revenus, Clément cala la caisse remplie au milieu d'un carré composé de serpentins métalliques et recouvrit l'ensemble de laine. Il vérifia que le fourneau chauffait suffisamment le corps de chaudière et le remplit d'eau à l'aide des baquets.

— La vapeur produite va permettre d'animer la pompe à air, qui va faire le vide dans ce vase métallique, précisa-t-il en leur montrant du doigt l'élément principal de la deuxième partie de la machine.

— Qu'est-ce qu'il y a dedans ? interrogea Javier qui, le premier, s'était approché.

— Un liquide spécial. En chassant l'air, on va le transformer en gaz. Le principe est simple...

— Mais pourquoi il devient gaz si on chasse l'air ? interrompit Irving de sa voix douce.

— Et c'est quoi, ce liquide ? questionna à son tour Mateo.

— Un mélange de ma composition conçu pour avaler le plus de chaleur possible lors de son changement d'état.

— Il avale de la chaleur ? Sérieux ? dit Jezequel.

— C'est une image, corrigea Clément, mais elle est proche de la réalité, on peut le voir ainsi : tous les corps solides ont besoin de caloriques pour se liquéfier ou tous les liquides pour se vaporiser. Donc, quand la chaleur de l'environnement est avalée, qu'est-ce qu'on produit ?

— De la fumée ? risqua Jezequel.

— Tu n'as pas répondu à ma question, papa, continua Irving.

— Du froid ! comprit Javier, enthousiaste. La machine envoie du froid, *caramba* !

— Exact, jeune homme. Et nous allons canaliser ce froid grâce au serpentin rempli d'eau qui plonge dedans.

— Mais elle va geler aussi, affirma Javier avec conviction.

— Pas si on y ajoute un peu de chlorure de sodium, rectifia Clément. Ainsi, l'eau va se refroidir à des températures négatives tout en restant liquide. Et on va l'amener jusqu'à la caisse que Jez a remplie d'eau. C'est la troisième partie du système, là où se fera la glace, dans les alvéoles cubiques. Chacune peut contenir un bloc de dix kilos.

— Mateo, tu te rends compte ? La machine peut fabriquer soixante kilos de glace ! Autant que ce qu'on met sur notre mule en un chargement ! s'enthousiasma Javier.

— Mais il faut combien de temps pour y arriver ? questionna le *nevero* en se grattant la tête d'un air perplexe.

— Vingt minutes, souvent moins. Cela dépend de la température de l'eau de la fontaine.

— Le Darro est froid, même en été, nota Jezequel. Je peux en témoigner !

— Papa, tu n'as pas répondu à ma question, répéta Irving en tirant Clément par la manche de sa veste.

— Ce sont les lois de la physique, mon bonhomme, répondit ce dernier. Quand la pression de l'air diminue, les liquides se transforment plus facilement en gaz, c'est ainsi. Et ce gaz, une fois revenu à la pression de l'atmosphère, va redevenir un liquide, d'autant plus vite qu'il fera froid. C'est ce qui correspond au montage du centre : regardez, on voit les premières gouttes !

Tous se disposèrent autour du seul élément en verre, une colonne parcourue par un serpentin, pour constater sur les parois l'apparition de gouttelettes qui se rassemblèrent en une flaque grossissant à vue d'œil.

— Et mon mélange retourne par ce tuyau muni d'un robinet dans le vase de départ où il sera à nouveau vaporisé pour produire du froid, dit-il en ouvrant le robinet et faisant s'écouler le liquide. C'est un cycle sans fin.

Clément se rapprocha de la troisième partie de la machine, suivi par toute la troupe, et enleva la laine autour de la caisse de zinc :

— Trempez votre main dans l'eau.

— C'est glacé ! dit Mateo en se frottant la main pour la réchauffer. C'est glacé... répéta-t-il pour lui-même alors qu'il commençait seulement à mesurer les conséquences de ce qu'il voyait.

— Je n'ai rien compris, avoua Irving, appuyé par un hochement de tête de Jezequel.

— C'est génial, monsieur Delhorme ! s'écria Javier. Votre gaz produit du froid comme le feu produit de la chaleur !

— Je n'ai fait que combiner deux procédés existants, et j'en ai profité pour les perfectionner.

— Avec votre mélange secret !

— Oui. Mais c'est à Mateo de décider s'il veut le garder secret, dit Clément.

— Mais cela changera quoi ? interrogea le *nevero*, dépassé par les événements.

— Que tous les autres porteurs de glace pourront la faire comme nous.

— Ah ça, non !

— Alors, nous gardons le secret, dit Clément, satisfait.

— Nous aussi, on veut savoir, dit Jezequel en cherchant l'appui des deux autres.

— Serez-vous capables de tenir votre langue ?

— Oui ! jurèrent-ils en chœur.

— Je peux juste vous dire qu'il contient des ingrédients volatils, indiqua Clément, amusé.

— Volatils ? Ça vient des poules, alors ? demanda Irving.

Ses deux amis, qui n'en savaient pas plus, ricanèrent tout en fuyant Clément du regard.

— Tu n'es pas loin, le rassura son père, mais ce n'est pas ça. Un jour, nous partagerons le secret avec vous.

— En attendant, je peux continuer à aller à l'école ! fanfaronna Javier. Jamais je n'aurais cru que cela me fasse autant plaisir !

Mateo, silencieux, s'était mis à l'écart, adossé contre la colonne d'une des fenêtres du mirador. Son regard oscillait entre la machine et le paysage montagneux. Il semblait perdu. Il venait de comprendre que la machine de Clément allait lui permettre de produire sans effort autant de glace en une journée qu'il pouvait en extraire en une semaine de travaux forcés dans la Sierra. Bien que la nouvelle eût dû le rendre heureux, il se sentait parcouru de sentiments contradictoires. Sa vie ne serait plus la même et cela lui faisait peur.

Il regarda Javier. Le garçon, surexcité, bombardait Clément de questions alors qu'ils venaient de sortir le premier bloc de glace de la caisse en zinc. Une glace d'un blanc immaculé, presque aussi belle que celle, éternelle, du Veleta et du Mulhacén[1]. Clément aida Javier à sortir le deuxième bloc de son alvéole avant de rejoindre Mateo dont il avait remarqué le désarroi.

— Mais où sont les inconvénients ? Où est le problème ? demanda le *nevero* en désignant l'engin des mains.

— Pourquoi veux-tu qu'il y en ait ? C'est le progrès.

— Non, vous ne comprenez pas, *amigo mío*. La glace, c'est un métier dur, très dur. On ne peut pas le remplacer par un autre où tout se fait sans labeur. Cela n'existe pas !

— Ce n'est pas le cas : il te faudra alimenter le feu en permanence avec du bois ou du charbon, charger l'eau, décharger la glace et la transporter jusque chez tes clients habituels. Plus les autres, car tu en auras de nouveaux, crois-moi. Mais tu n'auras plus besoin de t'échiner dans la montagne. J'ai calculé que cette machine, avec une pompe de huit chevaux-vapeur, peut produire une tonne de glace en une journée. Le prix de revient sera d'environ cinq pesetas le kilo. Quel est ton prix de vente ?

— Douze pesetas le kilo.

— Garde-le. Ou, plutôt, descends-le à dix. Tu seras meilleur marché et tu pourras fournir tes clients à n'importe quelle heure de la journée, n'importe quel jour de l'année.

---

1. Les deux plus hauts sommets de la Sierra Nevada.

Les deux hommes s'assirent sur le rebord d'une des fenêtres.

— Ils ne voudront jamais d'une glace fabriquée, jugea Mateo.

— Fais-moi confiance, dans certaines grandes villes les commerces et les bourgeois s'approvisionnent déjà ainsi. Et cette glace est faite avec l'eau du Darro, qui vient des neiges de la Nevada. Ils vont tous en vouloir.

— Je ne sais pas...

— Venez vite, il y a un problème ! s'écrièrent les garçons, qui venaient de poser à terre un des blocs de glace et s'en étaient écartés.

Au centre du cube large de vingt-deux centimètres, Clément vit un trait noir qui semblait le diviser en deux et qu'il prit d'abord pour un bâton. En s'approchant, il comprit qu'il s'agissait d'un reptile qui formait une inclusion.

— Mais d'où vient ce serpent ?

— Jez ! intima Javier. Tu as fait quoi de l'orvet ?

— Je vous jure que j'ai rien fait ! D'abord, c'était pas un orvet, je te l'ai déjà dit !

— Il est où ? gronda Irving en reconnaissant l'amphisbène aux écailles annelées.

Jezequel fouilla dans sa poche et en sortit un mouchoir replié aux extrémités nouées entre elles. Il ouvrit le carré de tissu et le présenta aux autres : il était vide.

— Je ne sais pas ce qui s'est passé... Je l'avais rangé pour faire peur aux filles, confessa-t-il. Il a dû s'échapper quand on est allés chercher de l'eau, ajouta-t-il, penaud.

— Papa, il faut faire quelque chose, implora Irving, dont l'empathie avec tous les animaux de la Création, araignées et insectes compris, avait toujours intrigué son entourage.

— On peut essayer, proposa Clément alors que Mateo sortait de sa poche de pantalon le petit poinçon qui ne le quittait jamais.

Il avisa un marteau dans la boîte où étaient rangés les outils et sourit pour la première fois depuis leur arrivée dans le mirador :

— Fendre la glace, j'ai l'habitude, c'est mon métier, lâcha-t-il tout en commençant à attaquer le cube près d'une arête.

Il en cassa la majeure partie en quelques instants. Le reptile n'était plus entouré que par une fine pellicule d'eau gelée.

— Maintenant, ça va devenir plus compliqué, avoua-t-il en cherchant à quel endroit poser son poinçon sans couper en deux l'animal.

— Changeons de méthode, proposa Clément en prenant le monolithe entre les doigts.

Il le déposa près de la chaudière. En moins de deux minutes, le sarcophage s'était transformé en flaque autour du corps reptilien. Irving le prit et le sécha précautionneusement dans le mouchoir de Jezequel. L'amphisbène était redevenu mou mais restait désespérément inanimé.

— Comme c'est dommage, regretta-t-il.

— J'ai déjà vu dans la montagne des animaux qu'on croyait morts de froid et qui revenaient à la vie, dit Mateo en validant d'un plissement de front le sérieux de son affirmation.

Il s'empressa de raconter une histoire qui redonna le sourire à Irving et lui fit oublier qu'elle s'était trouvée largement exagérée au fil des années. Un soir de décembre 1860, alors qu'il travaillait sur les pentes du Veleta à charger de la glace dans les paniers de sa mule, il avait vu un lynx poursuivre un oiseau – une pie-grièche, précisa-t-il, mais je ne l'ai identifiée que plus tard – qui avait réussi à lui échapper grâce à l'intervention du *nevero*. L'oiseau, épuisé et blessé à une aile, s'était recroquevillé dans un amas de branches qui dépassait du tapis neigeux. Mateo avait essayé de l'approcher, mais l'animal se débattait en piaillant à chaque tentative, s'épuisant et se blessant encore plus. Il lui avait jeté quelques miettes de son pain et était retourné à son activité alors que d'autres *neveros* étaient arrivés dans le même champ et s'activaient à débiter la glace à la lueur de leurs torches. Avant de partir, Mateo était revenu vers la pie pour constater qu'elle était inanimée, les ailes et le corps durcis par le froid. Il l'avait prise pour la rapporter à Kalia, qui en aurait tôt fait un mets de choix, malgré sa petite taille, et l'avait calée sous sa cape, dans la grande poche de sa chemise, avant d'entamer les quatre heures de trajet du retour. Arrivé dans le ravin de la Tinaja, tout près du Sacromonte, Mateo avait senti son cœur taper dans sa poitrine, comme s'il voulait en sortir, avant de comprendre que la pie s'était réveillée et tentait de s'échapper, ce qu'elle avait fait dès que le *nevero* eut relevé son vêtement.

— Depuis, croyez-moi ou non, elle m'accompagne tous les jours où je monte dans la Sierra. C'est bien elle, je reconnais sa tête rousse. Et elle me protège, car elle est revenue du pays des morts.

Tous étaient captivés par le récit. En bon conteur, Mateo multipliait les détails, jouait de son corps pour imiter les personnages et rythmait ses phrases d'intonations théâtrales.

— Je ne savais pas que tu racontais si bien, avoua Javier, qui faillit ajouter: papa.

Mateo s'abstint de répondre, son fils adoptif ne lui avait jamais demandé la moindre histoire quand il était enfant. Les siennes, il les jouait devant ses compagnons d'infortune, la nuit, dans la Nevada ou sur le chemin de Grenade.

— Regardez ! cria Jezequel en montrant son mouchoir qu'il venait de prendre près de la chaudière.

Une trace luisante parcourait le tissu. Le reptile avait disparu.

26

Vendredi 15 décembre 1876, Levallois et Porto

Le coupe-papier déchira l'enveloppe dans un imperceptible crissement. Eiffel en sortit les documents, parcourut rapidement la lettre et, après s'être calé sur le siège de son bureau, s'attarda sur la photo à l'aide d'une loupe. Marguerite passa dans le couloir et fut prise d'une longue quinte de toux. Il leva les yeux, l'entendit s'isoler dans la salle d'eau puis se remit à la tâche. Les détails observés lui donnaient pleine satisfaction. La toux reprit, expectorante, interminable, épuisante. Il posa la loupe, attendit quelques secondes que sa femme parvienne à reprendre son souffle, puis se leva et la rejoignit.

— Je vais mieux, assura-t-elle, gênée de sa présence, un mouchoir devant la bouche.

Depuis son retour du Portugal, en avril, elle avait enchaîné les bronchites et n'avait pu l'accompagner lors de ses séjours suivants.

— Je vous remercie de vous inquiéter pour moi, mais je vais mieux, répéta-t-elle, voyant qu'il ne sortait pas.

— Voulez-vous que j'aille chercher un remède en pharmacie ? proposa Eiffel. L'officine n'est pas encore fermée.

Elle le poussa gentiment vers la porte :

— Je vais descendre vous rejoindre. Surtout ne vous inquiétez pas.

— Que ferions-nous sans vous, ma femme ? Que deviendrait toute notre smala de Levallois ? plaisanta Eiffel pour conjurer le mauvais sort, tandis que les cris stridents des enfants leur parvenaient du rez-de-chaussée. Je vous attends dans le couloir pour affronter nos petits monstres !

— Il ne faut pas leur en vouloir, ils sont rentrés directement après l'école. Le brouillard est si pénétrant depuis ce matin, je n'ai pas voulu qu'ils prennent froid.

Marguerite avait tenu à aller les chercher elle-même et avait été prise de quintes de toux à leur retour.

— Vous n'auriez pas dû, lui reprocha Eiffel en lui tendant une robe de chambre. La gouvernante est là pour ça.

Lorsqu'ils arrivèrent à la salle à manger, les trois filles et les deux garçons avaient entamé une danse autour du sapin fraîchement dressé, au pied duquel un cadeau avait été déposé. Ils passèrent rapidement à table dans un joyeux brouhaha auquel le maître de maison mit fin avec autorité. Le repas se déroula dans le silence nimbé de l'attente du dessert. Au moment fatidique, le gâteau d'anniversaire, un immense mille-feuille à la gelée de groseille, fut apporté par une domestique. Les bougies allumées entouraient un pont en nougat. Tous se mirent à les compter, sauf Valentine dont l'arithmétique s'arrêtait avant les quarante-quatre ans de son père.

— C'est maman qui l'a commandé spécialement et qui est allée le chercher à la pâtisserie Joulet. C'est près de l'Opéra, précisa fièrement Claire.

Eiffel envoya un regard de réprimande à sa femme puis s'intéressa à l'ouvrage d'art, dont les bords commençaient à fondre sous l'effet de la chaleur.

— Nous avions tellement été frustrés de votre absence l'année dernière qu'il fallait bien marquer le coup cette année, se justifia Marguerite. Maintenant, soufflez !

Tout le monde se tut, Eiffel formula intérieurement un souhait puis souffla vigoureusement sur les bougies qu'il éteignit du premier coup, faisant s'écrouler le tablier sur la pâte feuilletée.

— Le vent a toujours été le pire ennemi des ponts, plaisanta-t-il en essayant de le reposer sur les piles.

N'y arrivant pas, il le croqua, se lécha les doigts et prit le couteau pour découper le gâteau.

Chacun reçut une part d'une taille proportionnelle à son âge et Albert eut le droit de manger sur les genoux de son père. Au signal de leur mère, les trois filles lui donnèrent son cadeau. Il fit semblant de découvrir la paire de gants pour laquelle le tailleur avait pris ses mensurations le mois précédent.

Une fois les enfants couchés, l'industriel retrouva l'air soucieux qu'il avait abandonné pour sa soirée d'anniversaire.

— Savez-vous que *Le Petit Journal* va éditer ses bracelets porte-bonheur pour la nouvelle année ? dit Marguerite, qui n'osait l'interroger sur l'avancement des travaux. Ils seront disponibles dès demain à leur siège.

— Vous vouliez en reprendre pour les enfants ?

— Cela leur avait beaucoup plu l'année dernière.

— Alors, vous m'en prendrez un aussi.

— Y a-t-il des soucis sur vos chantiers ? se hasarda-t-elle.

— Non, les dernières nouvelles sont bonnes. Nouguier et Compagnon font des merveilles à Porto. Regardez.

Eiffel sortit de la poche de son gilet la photo reçue le jour même, montrant deux piles métalliques sortir d'une base en béton et se dresser très haut sur la rive du Douro.

— Le tablier droit est même déjà commencé, précisa-t-il en lui indiquant l'immense poutre en fer fichée sur le haut de la colline, qui s'étirait jusqu'à la première pile de la berge.

Il expliqua les détails à Marguerite, surprise mais ravie de se retrouver dans une confidence dont elle était habituellement exclue.

— Alors, qu'est-ce qui vous préoccupe, mon mari ? s'enhardit-elle à lui demander.

Eiffel hésita un instant avant de lui répondre.

— J'ai demandé à mon père de rassembler tous les documents afin d'introduire une instance auprès du Conseil d'État. Je ne veux plus que nos actes de naissance indiquent « Bönickhausen dit Eiffel ». Il y a trop de gens malfaisants prêts à nous rappeler ce patronyme et à nous accuser d'être prussiens ou je ne sais quoi. Cela pourrait compromettre la réussite actuelle de notre entreprise.

— Je comprends, dit Marguerite. Voulez-vous faire un trictrac pour vous changer les idées ? Vous adoriez ce jeu quand nous étions à Porto.

Eiffel déclina la proposition, se leva et l'embrassa sur le front :

— J'ai beaucoup à faire. Nous avons six ouvrages en cours rien qu'au Portugal. Le travail m'appelle.

Malgré l'heure tardive, il se rendit aux ateliers, qui tournaient en continu. La chaleur ambiante et le bruit métallique des marteaux le rassurèrent. Il déposa sa veste au bureau des ingénieurs et descendit dans l'atelier pour superviser la production de montants qui allaient servir à la construction de la partie supérieure de l'arc de Porto. Les cotes des plans avaient été calculées au dixième de millimètre par Seyrig et les pièces métalliques étaient usinées selon une précision inégalée. Cette pensée fit monter en Eiffel une douce euphorie. L'image de Clément grimpant sur le rebord de la tour au nom de l'assurance de l'infaillibilité des mathématiques lui arracha un sourire. Il se promit de lui écrire prochainement pour prendre des nouvelles de l'avancement de ses recherches. Le travail lui permettait aussi de ne pas se laisser envahir par les souvenirs de

Barcelinhos. Il culpabilisait d'y laisser Victorine seule, tout comme il culpabilisait de l'y retrouver. Il n'avait pas prévu d'y retourner avant le printemps. Le chef d'équipe vint le prévenir d'un souci sur un des plans du pont. Il releva ses manches de chemise et le suivit.

Émile Nouguier se réchauffa au fourneau d'une des cabanes et, par la porte ouverte, regarda l'eau tomber d'un ciel grisâtre. Il pleuvait depuis trois jours et le chantier n'avançait plus. Jean Compagnon, assis à la table posée devant l'unique fenêtre, qui donnait sur le Douro, mettait la dernière main au plan de travail de la journée. Le calme des deux hommes contrastait avec l'agitation des ouvriers, que l'attente rendait nerveux.

— Il reste une dernière livraison de poutrelles métalliques à aller chercher à la gare et à décharger dans l'entrepôt 3, dit Compagnon. Je vais envoyer les gars tout de suite avant que le chemin d'accès ne devienne impraticable à cause de la boue.

Nouguier acquiesça. Compagnon interrogea en portugais les dix hommes présents, qui se portèrent tous volontaires. Il en choisit six et envoya les quatre autres stabiliser le sentier à l'aide de planches.

— Je suis passé à l'observatoire, indiqua Nouguier, la pression barométrique était toujours basse.

— On n'a pas encore pris de retard, fit valoir Compagnon.

D'un naturel calme, l'homme avait une physionomie rassurante, une tête ronde aux cheveux et à la barbe ras, et une voix de stentor qui portait loin sur le chantier. Nouguier aimait travailler avec lui, tout comme le reste de l'équipe. À moins de quarante ans, le chef monteur avait une expérience unique de la construction de ponts en Europe.

— On n'a pas pris de retard parce qu'on a programmé toutes les tâches d'intérieur, mais, dès demain, il faudrait passer au montage de la grue sur le tablier, objecta Nouguier.

— Je sais, mais je ne ferai pas grimper les gars dans ces conditions. Trop dangereux.

— Les vieux d'ici disent que ça va s'arrêter avant ce soir. Apparemment, les vents ont changé de sens et poussent vers la mer.

— Si les vieux le disent...

Le battement de la pluie sur le toit de la bicoque s'atténua, ainsi que les rafales de vent. Une odeur d'humus et de moisi s'éleva en même temps qu'une brume montait de la terre.

— Il faudra faire quelque chose pour ça, dit Nouguier, je déteste cette odeur, c'est mauvais pour le moral des hommes. Sortons, proposa-t-il.

— Je m'en occupe, Émile, dit Compagnon en enfilant sa gabardine.

Un crachin intermittent les accueillit dehors. Ils longèrent la rive et s'arrêtèrent à la première pile-culée, là où dix mois plus tôt reposait le ventre repu de la colline et où se tenait à présent une carrière béante, à l'aplomb du collège des orphelins. La masse de béton avait été coulée à fleur d'eau sur la berge. Le pilier métallique qui s'en échappait rejoignait le tablier à soixante mètres de haut. La même opération avait été menée sur l'autre rive. Les deux parties avaient été montées en même temps et les ouvriers s'étaient scindés en deux groupes, ceux de la rive droite et ceux de la rive gauche, chaque communauté cherchant à prendre l'ascendant sur l'autre dans la qualité de son travail.

— On les changera de rive pour le montage de l'arc, suggéra Compagnon. Chacun doit pouvoir se reposer sur le travail de l'autre groupe.

Nouguier acquiesça tout en dépliant une toise qu'il plaqua contre la base de la pile-culée, jusqu'au niveau de l'eau.

— Que faites-vous ? demanda Joseph Collin, qu'ils n'avaient pas entendu s'approcher.

— Émile vérifie le niveau du fleuve, répondit le chef monteur après l'avoir salué, pendant que l'ingénieur, agenouillé sur le bord de la pile, se concentrait sur l'alignement de sa toise.

— Il a monté, commenta-t-il, laconique.

— De combien ? s'inquiéta Collin.

— Dix centimètres.

Compagnon éclata de rire : à l'endroit des piliers, la berge était près de dix mètres au-dessus du niveau des basses eaux.

— Nous avons encore une belle marge ! s'amusa-t-il alors que Nouguier repliait sa règle. Mais méfiance quand même, nous sommes près de l'embouchure et les crues sont brutales.

— J'ai interrogé les anciens du quartier, ils disent que le ciel sera sec avant demain, avança Joseph.

— Tu vois, fit Nouguier à Compagnon. Ils sont plus fiables qu'un baromètre de Fortin, crois-moi !

— Vous avez beaucoup bourlingué ? demanda Collin.

— Pas mal, en effet, admit le chef monteur. J'ai connu la Russie, l'Espagne, l'Italie, la Hongrie, et j'en oublie.

— La France, voyons, compléta Nouguier.

— La France, aussi. Évidemment.

— La Russie, ça a dû être terrible, l'hiver, commenta Collin en frissonnant.

— Pour qui travaille au-dessus de l'eau, ce n'est pas la période la plus terrible. Non, le pire, c'est le moment du dégel.

Il se tut, laissant Collin relancer la conversation :

— À cause de la fonte des neiges ?

— Oui-da ! La Volga, au mois de mai, il faut vraiment s'accrocher : le niveau monte de plusieurs mètres et le débit est multiplié par cinq. Vous imaginez ?

Les eaux boueuses et agitées du Douro parurent soudain plus amicales à Joseph. Compagnon les laissa regagner seuls la cabane de chantier et rejoignit les ouvriers qui revenaient de la gare en tirant un chariot à l'aide d'un attelage de deux bœufs du Minho. Les bêtes, à la musculature puissante et aux gigantesques cornes à pointe noire, tractaient leur précieux chargement sans effort apparent. La vapeur d'eau qui s'échappait de leurs corps formait un halo qui donnait à la scène un aspect fantastique.

Les deux hommes se réchauffèrent et mirent à sécher leurs manteaux au-dessus du fourneau. Nouguier retourna à ses calculs tandis que Collin rédigea le compte rendu de la journée qu'il enverrait à Eiffel avec ceux de la semaine. Compagnon les rejoignit une heure plus tard, tenant une grande casserole de *caldo verde* chaud, qu'il posa sur le fourneau.

— J'ai dit aux gars de toujours la maintenir pleine et sur le feu, dit-il en remuant et en humant le fumet de chou et de chorizo. Quoi de mieux qu'une odeur de soupe pour chasser le moisi et remonter le moral ?

Il distribua le *caldo verde* dans des bols en bois. Le trio mangea en silence ; chacun était perdu entre ses pensées et l'effet bienfaisant du liquide chaud et voluptueux.

Un bruit de tambour interrompit leur rêverie : la pluie avait repris.

CHAPITRE VIII

27

Mardi 2 janvier 1877, Grenade

Le cœur battait comme les sabots d'un cheval au galop. Le docteur Pinilla avait eu beau fermer les yeux, il avait du mal à se concentrer sur les bruits diastoliques[1] de sa patiente. Sa main tenait le pavillon du stéthoscope qui montait et descendait au rythme de sa poitrine. Mme Delhorme devait avoir froid, sa peau s'était grainée, il le sentait au toucher, tout comme il percevait l'odeur d'argan laissée par son savon. Le corps de sa patiente se contracta imperceptiblement, mettant fin à une auscultation qui, au fil des ans, le troublait toujours autant. Pinilla était persuadé qu'il n'en avait jamais rien montré et que le secret de son émoi restait une affaire entre lui, sa conscience et Dieu.

Alicia s'était assise et lui parlait tout en reboutonnant son gilet. Il ne comprit pas ses paroles et retira les deux embouts de caoutchouc qui épousaient parfaitement les conduits de ses oreilles.

— Vous avez toujours le même ausculteur, dit-elle en désignant le stéthoscope.

— C'est vrai que je l'ai utilisé une des premières fois lors de votre accouchement, répondit-il en se promettant de toujours l'appeler ainsi à l'avenir. Et je n'en ai pas changé. C'était en 1865 ?

— 1863. Les enfants ont treize ans maintenant, précisa-t-elle en cherchant sa casquette gavroche.

— Avez-vous passé de bonnes fêtes de la Nativité ? questionna le médecin en regagnant son bureau.

Il n'avait oublié ni la date exacte, ni chaque détail de cette journée à laquelle il repensait souvent avec une admiration sans bornes pour

1. Période de relâche du cœur, qui se dilate et se charge de sang après une contraction.

la rage de vivre et de donner la vie qu'avait montrée Alicia. Mais il voulait lui donner l'impression d'une relation professionnelle parmi tant d'autres patients.

— Nous ne sommes pas très liés à la religion dans la famille Delhorme, avoua-t-elle. Nous avons travaillé à l'Alhambra et les enfants nous ont aidés.

— Ah, les Français..., répondit Pinilla en faisant semblant de la gronder.

— Javier et Mateo étaient là, eux aussi, et je ne crois pas que l'absence de messe et d'actions de grâces les aient traumatisés. Mais nous ferons un effort pour l'Épiphanie, docteur.

— Mateo a bien changé depuis qu'il ne va plus dans la montagne.

— Oui, il a l'air de rajeunir, dit Alicia en fouillant la poche de la veste qu'elle tenait en main. Tenez, j'ai apporté vos étrennes, je crois qu'elles vous plairont, avança-t-elle en lui tendant un paquet de petite taille.

Le médecin ne contint pas sa joie et se lissa les moustaches en découvrant une boîte de plumes métalliques françaises.

— Clément les a rapportées de son dernier voyage à Paris, précisa-t-elle. C'est une toute nouvelle marque.

— J'en avais déjà entendu parler, mais je n'en avais jamais vu. Baignol & Farjon, lit-il sur le corps dont il admira le dessin fuselé et la base à taille de guêpe de la plume. Une belle réalisation. Je vous remercie du fond du cœur !

Il l'utilisa pour noter le compte rendu de l'auscultation dans son cahier.

— Il n'y a pas d'évolution par rapport à l'année précédente, conclut-il après avoir relu ses anciennes notes. Comment vous sentez-vous ?

— En pleine forme, mon cher docteur.

— Vous en avez l'air. Le prochain contrôle dans un an, indiqua-t-il, mais je vous reverrai bien avant pour vous le rappeler !

Alors qu'elle payait sa consultation, il sortit de son tiroir droit – celui réservé aux accessoires d'écriture – un flacon au col érodé, fermé par un bouchon de verre et rempli d'un liquide à la puissante couleur bleu minéral. Il l'ouvrit et le respira comme un parfum.

— C'est une recette que je tiens d'un inventeur qui vient de la publier dans l'*Encyclopédie Roret*: cette encre est inaltérable et ineffaçable. Elle résiste aux agents chimiques, aux plus grands froids, au soleil. J'en ai modifié la couleur et j'ai recopié la formule, dit-il en lui tendant une feuille pliée. Elle sera parfaite pour les enregistrements de votre mari. Ils vont défier le temps !

Alicia sortit du cabinet, la bouteille serrée entre ses mains, et remonta la *calle Párraga* en direction de la *plaza de Bib-Rambla*. La remarque du médecin concernant Mateo faisait allusion à son changement de comportement, ce qu'elle avait feint de ne pas comprendre. Elle y avait été confrontée plusieurs fois au cours des derniers mois. Elle défendait Mateo parce qu'il était son ami, mais n'avait eu que des argutics à opposer aux commentaires sur l'attitude rogue de l'ancien *nevero* devenu entrepreneur.

La machine à fabriquer de la glace construite par Clément n'avait pas seulement permis à Mateo de ne plus s'échiner de jour comme de nuit dans la montagne : en moins d'un an, elle avait radicalement transformé son niveau de vie. Dès les premières semaines, ses clients habituels, glaciers en tête, avaient doublé, voire triplé leurs commandes, vite rejoints par d'autres : la marchandise était moins chère et livrée à n'importe quelle heure de la journée, ce qui rendit toute concurrence caduque. En juin, les autres *neveros* avaient bien tenté de faire interdire sa glace par le tribunal de la ville, tout en lançant toutes les rumeurs possibles sur les dangers que couraient ceux qui s'aventuraient à la consommer. Le juge s'était transporté jusqu'au Generalife pour une démonstration de sa fabrication et avait reçu une explication détaillée de son fonctionnement par Clément, avant de décider, en août, que rien ne pouvait s'opposer à sa commercialisation, puisque l'eau gelée par la machine provenait directement du Darro et que seul son refroidissement était obtenu par un procédé artificiel.

La première conséquence avait été une explosion des demandes, notamment des particuliers et des administrations qui allaient emboîter le pas des commerçants alors que l'été était encore caniculaire, obligeant Mateo à engager un livreur à temps plein en plus de ses propres tournées. En quelques mois, il avait absorbé la moitié de la demande de la ville et définitivement remboursé la berline à son frère. Il travaillait encore plus qu'avant, s'occupant du bois de chauffage, de la production de glace, des commandes et des livraisons, mais recevait en retour des sommes qui, sans être extraordinaires, lui apparaissaient comme faramineuses comparées à la misère de sa vie d'antan. Les amitiés, anciennes et oubliées, ou nouvelles à la bienveillance intéressée, avaient afflué à son domicile du Generalife ; il les avait toutes renvoyées à leurs foyers sans ménagement, créant autour de lui l'image d'un homme âpre et chiche, ce dont il n'avait cure. Mateo n'avait qu'un seul but et qu'une seule personne en tête.

Alicia rejoignit Kalia, assise entre deux étals de fripiers à mi-hauteur de la *calle Zacatín* sur un siège si bas qu'on eût dit une chaise d'enfant, deux paniers en osier posés devant elle. À trente-cinq ans, la Gitane ne ressemblait pas aux autres femmes du clan. Sa peau était pâle et son visage façonné de traits volontaires et aristocratiques qui imposaient la distance. Ses lèvres à la chair pulpeuse laissaient entrevoir un filet de dents à la blancheur de perles qu'elle ne dévoilait jamais en entier. Elle portait une robe à fleurs rouges et mauves éclatantes ainsi qu'une étole noire qui recouvrait sa poitrine généreusement décolletée. Kalia se rendait au bazar tous les mardis pour vendre des escargots que les Grenadins consommaient sous la forme de tapas tout au long de l'année.

L'endroit était devenu leur rendez-vous hebdomadaire. Alicia apportait des nouvelles de Javier, que Kalia n'avait plus revu depuis ses deux ans, et lui achetait invariablement trente escargots, ce qui, certaines semaines, représentait la totalité de sa marchandise.

— Comment a été la cueillette aujourd'hui ? demanda Alicia en soulevant un des couvercles.

— Plutôt bonne, comme tu le vois, répondit la Gitane en formant un cornet avec une page de *La Lealtad*[1]. Je n'ai eu qu'à me baisser, cette fois.

Les bêtes, une centaine, occupaient la moitié du panier. De petite taille, leur corps brun était habillé d'une coquille rayée de noir, à la base large et épaisse. Kalia y plongea la main à plusieurs reprises jusqu'à remplir le cornet de la quantité désirée. Alicia donna à la Gitane cinq pesetas et le coinça sous son bras, à côté de la bouteille d'encre.

— Alors, comment il va ? Comment va mon fils ?

— Il va bien, il est en pleine forme, comme toujours, répondit Alicia. Il a de l'énergie à en épuiser les autres.

La remarque fit sourire Kalia. Elle grimpait souvent sur les pentes du Cerro del Sol, près du Generalife, pour y chercher ses gastéropodes et, invariablement, faisait un crochet vers l'Alhambra pour tenter de voir son fil de loin en train de pêcher les hirondelles,

1. « La fidélité », journal politique de Grenade.

chahuter avec Jezequel et les trois jumeaux ou, le soir, aider Mateo dans son potager.

— Il est, encore une fois, le premier de sa classe en mathématiques, annonça Alicia, omettant les faiblesses de Javier en littérature et poésie et sa difficulté récurrente à se plier à toute discipline de groupe.

— Quelle chance vous avez là, intervint la fripière à gauche de Kalia, qui pliait des jupons de dentelle avec une dextérité consommée. Ce n'est pas moi qui aurais des garçons aussi brillants ! conclut-elle en prenant soin de vérifier que son mari ne pouvait l'entendre.

— Je l'aurais préféré médiocre et près de moi, répliqua la Gitane avant de se raviser, les larmes aux yeux. Non, je veux qu'il soit loin du Sacromonte, qu'il devienne un bourgeois, qu'il épouse une noblesse ! Il a si peu l'air d'un Gitan, il pourra se passer du clan. Mais l'avoir là, à la fois si près et si loin, c'est dur...

Alicia posa au sol son chargement, la prit dans ses bras pour la rassurer et lui chuchota quelque chose à l'oreille si doucement que la fripière, qui s'était penchée, ne put en comprendre un mot.

— Je sais qu'il est bien avec vous et avec Mateo, dit Kalia. Je comprends qu'il ne veuille pas me voir, je l'ai abandonné si jeune. Mais je n'ai pas eu le choix. Pas le choix.

Elle hésita avant de continuer :

— Mateo me transmet des messages depuis des semaines, il me demande de revenir avec lui, avec eux, au Generalife. Mais comment le pourrais-je, surtout maintenant qu'il est devenu riche ? Que penserait de moi mon fils ?

La fripière approuva, déplia l'éventail qui ne la quittait jamais et l'agita devant elle comme chaque fois qu'elle réfléchissait à ce qu'elle allait dire. Ne trouvant aucune repartie, elle fit rouler ses yeux d'Alicia à la Gitane tout en hochant la tête d'un air entendu, avant de s'écrier en pointant le cornet d'escargots :

— Vous perdez votre repas ! *La Lealtad* n'est plus ce qu'elle était !

Les mollusques avaient transpercé le fin papier du journal et deux d'entre eux s'étaient échappés en direction des paniers. Kalia y mit bon ordre et fabriqua un emballage à double épaisseur en y glissant deux escargots supplémentaires.

— Pour mon petit, précisa-t-elle.

Alicia lui caressa la joue avec tendresse et reprit sa route. La Gitane vendit quelques escargots à une habituée qui tenait une auberge à l'Albaicín et referma les couvercles en osier sur les bêtes qui grimpaient à la recherche d'une improbable liberté. Elle soupira et resserra son étole sur sa poitrine devant le regard chafouin d'un passant avant de se tourner vers la fripière, qu'elle n'avait plus entendue depuis le départ d'Alicia. Celle-ci était penchée sur un flacon dans lequel elle avait trempé un morceau de chiffon blanc.

— Eh, mais c'est à Alicia ! s'écria Kalia.

— Bien sûr, elle l'a oublié en partant, reconnu la marchande. Dis donc, c'est une sacrée encre qu'elle a, ça ferait une belle teint...

La Gitane lui reprit la fiole des mains sans ménagement. Elle en ferma le col avec le bouchon que la fripière lui tendit et s'élança vers la montée de *los Gómeles* en lui criant :

— Garde mes bêtes, ou mange-les !

Alicia avait contourné l'Alhambra par-delà les murailles et se rendit directement au Generalife, dont elle traversa les potagers avant de s'arrêter à la lisière du bois du Cerro del Sol. Elle ouvrit le cornet de papier et, comme chaque mardi, dispersa les escargots dans l'herbe humide, à un endroit où elle savait que Kalia passait régulièrement. Le manège durait ainsi depuis cinq ans et Alicia était persuadée que la Gitane n'en était pas dupe.

Elle remonta la grande allée de cyprès qui menait au Generalife, l'esprit tourné vers la tristesse de Kalia, et fit une pause, essoufflée, sur le pont d'accès à l'enceinte fortifiée au moment où la matinée s'effaçait sous les douze coups du campanile de la tour du Guet. Elle fut interpellée au loin par les trois garçons, qui firent la course depuis la médina pour la rejoindre. Leur joie exubérante la remplit d'espérance en l'avenir. Ils étaient le meilleur des chasse-spleen. Jezequel arriva le premier, suivi par Javier, qui prit prétexte de son chargement pour expliquer son retard, et par Irving, que la compétition dérangeait et qui finit en marchant.

— Tiens, tu avais oublié ta bouteille d'encre sur le marché, dit Javier en lui tendant l'objet.

L'étourderie d'Alicia n'était même plus un motif de moquerie tant elle faisait partie de sa personnalité. Elle ne s'était aperçue de rien.

— Comment l'avez-vous récupérée ? Comment avez-vous fait ? interrogea-t-elle, vaguement inquiète.

— C'est une dame qui te cherchait qui nous l'a donnée, répondit Irving tout en soupesant les deux branches mortes qu'il venait de ramasser.

— Elle est encore là, compléta Jezequel en désignant la silhouette élancée de Kalia qui les observait depuis le chemin de ronde de l'Alhambra.

— C'est la marchande du Zacatín chez qui je l'ai oubliée, expliqua Alicia en lui faisant signe.

La silhouette disparut.

— Bon débarras, dit Javier. Je n'aime pas me sentir épié.

— Moi, je trouve qu'elle ressemblait à une princesse arabe, reprit Irving, qui avait jeté le bois le moins solide. Comme celles des contes de papa.

— On court jusqu'à elle pour la remercier ? proposa Jezequel en faisant mine de démarrer.

Un braiment puissant leur parvint du Generalife.

— Barbicane ! s'écrièrent les trois garçons en chœur.

— Courez plutôt retrouver votre mule et ramenez-la, proposa Alicia. Elle a dû s'échapper.

Elle eut une pensée pour Kalia, que Javier n'avait pas reconnue, et se promit de tout faire pour œuvrer à leur réconciliation.

Irving, qui avait été le plus prompt à détaler dans l'allée aux cyprès, fut rapidement dépassé par Javier, qui s'arrêta brutalement alors qu'il arrivait en vue de Clément. Irving comprit pourquoi dès qu'il identifia l'homme qui se trouvait devant son père et qui semblait barrer le chemin à lui et son âne. Bien que le militaire se tînt de trois quarts de dos, tous les deux avaient reconnu le capitaine de la garde civile qui avait fouillé l'Alhambra quatorze mois plus tôt. Jezequel les dépassa en sprintant, se retourna sur ses amis en se demandant ce qui avait bien pu les transformer en statues de sel, puis finit sa course jusqu'à Barbicane en levant les bras au ciel. L'animal poussa un braiment effrayé, mais une tape de Clément sur son encolure le calma.

— Voilà ma réponse, dit-il au capitaine. Barbicane a parlé en mon nom !

L'homme serra la mâchoire avant de répondre :

— Vous ne devriez pas le prendre ainsi. Vous ne serez pas toujours protégé.

Il le salua sèchement et quitta les lieux.

— Que voulait-il ? s'inquiéta Irving, qui n'avait pas osé le regarder lorsque le capitaine les avait croisés sur le chemin.

— Rien, c'est un homme en colère et qui se trompe. Il n'est pas dangereux.

Alicia s'était adossée contre le mur d'enceinte et jouait avec les reflets moirés de l'encre du docteur Pinilla, qui glissait sans laisser la moindre trace sur le verre. Elle était d'un bleu qu'elle n'avait jamais vu pour une encre, plus foncé que le saphir, avec un léger reflet indigo qui lui donnait un éclat particulier, à la fois fascinant et rassurant.

Elle sentit une présence et leva la tête pour apercevoir l'homme à la tête de rat qui quittait l'Alhambra par le chemin de ronde. Alicia se précipita vers le Generalife où Clément, accompagné des enfants, tirait Barbicane chargée de deux malles pleines dont l'une contenait la toile du *Victoria*.

— Tu l'as vu ? Que voulait-il ? Que voulait-il encore ?

L'attitude de leur mère inquiéta les garçons et Clément s'appliqua à rassurer tout son monde.

— Le capitaine Tête-de-rat n'est plus en poste à Grenade. Il a été muté à Murcie et il est persuadé que c'est à nous qu'il le doit. C'est juste un malentendu.

— Mais pourquoi s'acharne-t-il ainsi ?

— Ne vous inquiétez pas. Pour l'heure, je dois partir.

— Tu vas lancer un ballon ? Mais personne n'a été prévenu ! s'inquiéta Alicia en regardant le ciel qui n'avait rien d'idéal pour une ascension.

Clément donna les rênes à Irving et embrassa sa femme.

— Je n'ai pas eu le temps de te prévenir. J'ai reçu le télégramme ce matin.

Il lui tendit la missive sans autre explication.

— Ramón va m'emmener, je prends le train à Guadix cet après-midi.

Eiffel l'appelait en renfort. Le chantier de Porto était arrêté depuis deux semaines à cause des inondations.

28

Mercredi 10 janvier 1877, Porto

Le pilier métallique jaillissait du Douro à deux mètres de la berge. L'équipe dirigeant le chantier entourait Clément, vêtu d'une longue *gabardina* et d'un chapeau cordobés en feutre noir, qui se tenait debout, les bottes dans l'eau, sur la rive droite.

— Toute la maçonnerie est noyée, dit Nouguier.

— Le fleuve est monté de onze mètres, compléta Compagnon.

Joseph Collin accompagna leurs commentaires de hochements de tête dubitatifs. Le plus gros de la crue était apparu en une demi-journée et, depuis lors, le niveau de l'eau oscillait quelques mètres au-dessus de la normale.

— Ce sont les cabanes de chantier ? demanda Clément en pointant les baraques aux portes ouvertes desquelles une langue d'eau s'échappait.

— Oui. Nous n'avons pas eu le temps de les démonter, précisa Compagnon. L'eau est montée trop vite. Mais tout le matériel est à l'abri.

— Sa location nous coûte cher. Ainsi que les hommes, qui attendent de pouvoir reprendre le travail, tempéra Collin.

— Pas de main-d'œuvre locale ?

— Si, mais la plupart ne sont pas de Porto et logent à l'orphelinat, expliqua Nouguier. Que faites-vous ? demanda-t-il à Clément, qui avait reculé de plusieurs pas.

Celui-ci ne lui répondit pas, prit son élan et sauta par-dessus l'eau jusqu'au pilier, auquel il s'accrocha par les entretoises métalliques.

— Que faites-vous, monsieur Delhorme ? répéta Nouguier en criant pour être entendu.

La pluie avait cessé, mais un vent soutenu venant de la mer s'engouffrait dans le chenal et balayait tout le paysage de son humidité salée. Clément assura son premier appui et entama l'ascension à l'intérieur du pilier en calant ses pieds et ses mains aux croisements des entretoises et des poutrelles maîtresses.

— Mais il est fou ! s'exclama Collin. Faites quelque chose !

Les deux autres ne répondirent pas et suivirent sa progression régulière vers le sommet. Arrivé aux deux tiers, Clément fit une pause et laissa passer une bourrasque plus forte que les autres.

— Et ce type est censé nous aider ? continuait Collin. Il va se tuer, la presse va s'emparer de la nouvelle et le chantier ne redémarrera jamais ! Mais pourquoi Gustave est-il allé le chercher ? Quelle poisse !

— Tu en penses quoi ? demanda Nouguier à Compagnon.

— Qu'il sera le premier à avoir une vue unique sur le chantier, l'animal ! Je crois qu'il sait ce qu'il fait. Ce qui n'empêche qu'il risque de se rompre les os !

Clément était parvenu au sommet de l'ouvrage. Il s'introduisit dans le tablier horizontal, composé lui aussi de poutrelles métalliques, qui reliait le haut de la colline au pilier. Il se cala sur l'ossature en leur tournant le dos, fouilla dans sa veste et demeura plusieurs minutes affairé, alors que les hommes au sol ne pouvaient rien distinguer de précis sous les bourrasques de pluie qui avaient repris et leur fouettaient le visage. Delhorme avait sorti un carnet et prenait des notes, ce qui provoqua l'ire de Joseph et son départ.

— Tout va bien ? cria Nouguier, les mains en porte-voix.

Clément le rassura d'un signe et fourra ses affaires sous sa *gabardina*.

— Rendez-vous ce soir à Villa Nova de Gaia ! cria-t-il avant de progresser sur le tablier en direction de la colline.

Les deux hommes le virent quitter le pont et s'avancer sur le chemin qui menait à l'orphelinat, avant de disparaître.

— Si l'on faisait de même ? proposa Compagnon en secouant son chapeau dont le bord relevé s'était transformé en gouttière.

Ils gagnèrent la maison en silence et y retrouvèrent Collin, qui n'avait pas décoléré et venait d'envoyer un message alarmiste à Eiffel.

— Quand sera-t-il avec nous ? l'interrogea Nouguier en se réchauffant à l'âtre de l'immense cheminée du séjour.

— Dans deux jours. Il est encore à Barcelinhos, indiqua Collin.

Nouguier ne releva pas la pointe d'agacement dans sa réponse. Ils avaient quitté Clément trois heures auparavant, et celui-ci n'était toujours pas réapparu.

La berline s'était immobilisée sur le haut de la colline. Les deux lusitaniens à la robe grise maculée de boue renâclèrent tout en soufflant puissamment la vapeur de leurs naseaux. Le *mayoral* annonça l'arrivée à ses passagers d'un coup de manche sur le toit. Victorine, qui s'était pelotonnée contre Eiffel, se redressa, lui sourit et l'embrassa. Ils avaient quitté le village en milieu de matinée et, à trois heures de l'après-midi, avaient touché au but. Lui s'en voulait de s'être laissé convaincre par la jeune femme, tout en culpabilisant de l'avoir installée à Barcelinhos depuis plus d'une année avec pour seule compagnie une vieille cuisinière et un jeu de trictrac.

— Sortons, dit-elle. Et fais-moi visiter.

— Nous en avons déjà discuté, je ne peux pas. Je pourrais être reconnu.

Sans chercher à le faire changer d'avis, elle mit un large chapeau, redressa sa fourrure sur ses épaules et lui caressa la joue en signe de remerciement.

Elle fit quelques pas jusqu'au parapet de la terrasse. À ses pieds, une dizaine de *barcos rabelos* sortaient d'un méandre du Douro en glissant sur ses flots brunâtres à la surface grêlée par la pluie. Ils passèrent entre la berge et le pilier métallique qui dépassait de l'eau.

— Je vois ton pont ! cria-t-elle en regardant en direction de l'attelage. Il a déjà belle allure !

La porte s'entrouvrit et une main lui fit signe de regagner le carrosse. Elle s'exécuta sans se hâter et resta debout devant le véhicule comme une élève s'apprêtant à se faire sermonner.

— Victorine, nous ne devons pas nous faire remarquer. Je ne suis pas censé être ici ! dit-il d'une voix inquiète mais sans reproche.

— Je sais, mais il n'y a personne, détends-toi. Ne gâchons pas ce moment, insista-t-elle en ouvrant la portière en grand et en l'invitant à sortir.

Eiffel, surpris, tira sur le rideau noir de l'habitacle, masquant son visage et le haut de son corps. La scène déclencha le rire de sa compagne.

— On dirait un confessionnal, s'amusa-t-elle en se signant dans le vide. Mon père ?

— Il reste des ouvriers dans ce bâtiment, à côté, il ne faut pas qu'ils nous voient ensemble, la rabroua Eiffel sans relever le tissu. Nous en avons déjà parlé. Viens, maintenant ! conclut-il en perdant patience.

— Tu m'avais promis de me le montrer, répondit-elle en retournant vers son point d'observation. J'y vais seule.

Eiffel haussa les épaules, referma la porte et se cala au fond de l'habitacle.

— Les baraques en dessous sont inondées, commenta-t-elle.

— Je sais, marmonna-t-il pour lui-même. Et elles me coûtent cher chaque jour.

Il était en négociation avec la Compagnie royale des chemins de fer portugais afin de pouvoir décompter tous les jours d'arrêt du temps total imparti. Dans le cas contraire, il lui serait impossible de rattraper le mois écoulé dans le planning du chantier.

Victorine fit une remarque qu'il ne comprit pas. Il se promit de se montrer plus aimant avec elle, dont la patience dans cette situation était exemplaire. Elle passa la tête par la portière.

— Il ne pleut plus, répéta-t-elle.

Il lui était impossible de se détacher d'elle. Elle lui apportait ce qu'il n'avait jamais connu, ni même attendu et qui le mettait en danger permanent, loin de son quotidien dans lequel il devait tout prévoir et tout maîtriser au millimètre près, sous peine de catastrophe.

Avec Victorine, Gustave lâchait prise, il le désirait et le regrettait en même temps, elle était devenue son indispensable risque. Mais il ne savait lui rendre ce qu'elle lui donnait. Il la dévisagea avec une infinie tendresse, ce qu'elle perçut comme le signe imminent d'une mauvaise nouvelle.

— Ne dis rien, anticipa-t-elle, laisse-moi le plaisir de ces moments. Viens, tu vas me montrer ta maison !

Joseph donna un coup de tisonnier, faisant s'éparpiller des papillons d'étincelles dans l'âtre. La chaleur qui régnait à la *quinta da Coelho* les avait tous rassérénés.

— Mais pourquoi diable Gustave s'est-il entiché de ce... de ce Don Quichotte ? maugréa-t-il en reposant la tige de fer.

— C'est vrai qu'il en a l'allure, dit Nouguier en prenant place près de la fenêtre pour inspecter le ciel. S'il pouvait chasser les nuages aussi bien qu'il grimpe aux ponts, ce serait parfait !

Compagnon tira un bâton du feu et porta le bout incandescent près du foyer bourré de tabac de sa pipe.

— J'ai connu en Russie un chaman, commença-t-il, s'interrompant pour pomper sur le tuyau jusqu'à ce qu'une volute de fumée sorte de sa bouche, un chaman que l'on avait fait venir sur le chantier pour que la nature nous soit favorable. Il est resté neuf mois avec nous à prier, à boire et à consommer autant de champignons hallucinogènes que les forêts du Tatarstan pouvaient en contenir.

— Et alors ? s'impatienta Angevère, le contremaître, s'insérant dans leur conversation.

— Alors, l'hiver fut doux et la Volga est restée dans son lit. Ni plus ni moins que les deux années précédentes, ajouta-t-il après un silence savamment distillé.

— Tout de même, insista Collin, ce n'est pas sérieux de faire confiance à un aventurier qui prédit la météo comme un mage de foire prédirait votre avenir. Personne n'a jamais réussi ce miracle, et si d'ailleurs c'en est un, c'est qu'il appartient à Dieu et non aux hommes.

— Je ne suis pas d'accord, intervint Nouguier. Il est ingénieur centralien et correspond avec Gustave depuis treize ans. Croyez-vous que notre ami soit fou au point de se lier avec un illuminé au risque de perdre son plus gros chantier ?

— Tu as raison, approuva Compagnon, faisons confiance à Eiffel et à ce Delhorme.

— Autant regarder dans les entrailles d'un poulet ! s'exclama Collin.

— Je le préférerais dans mon assiette..., glissa une voix derrière eux.

Clément attendit que tous se soient retournés vers lui pour continuer :

— Si cela ne vous dérange pas, messieurs. J'ai une faim de loup !

Il posa au sol la caisse qu'il tenait, d'où dépassaient des rouleaux de papier, défit sa *gabardina* et son chapeau, qu'il lança sur l'un des fauteuils, et, dans un silence général seulement interrompu par le gémissement du bois dans l'âtre, vint se réchauffer les mains auprès des bûches nappées d'un manteau de flammes rosées.

— Je crois que j'ai interrompu votre conversation, constata-t-il en les regardant l'un après l'autre. Mais je crois aussi que je vous dois une explication. N'est-ce pas ?

Nouguier et Compagnon acquiescèrent, suivi des autres.

— Vos méthodes ne sont pas conventionnelles, monsieur Delhorme, avoua le premier. Votre matière non plus, concéda-t-il.

— Alors, donnez-moi l'occasion de vous convaincre, suggéra Clément avant de fouiller dans sa caisse et d'en sortir une bouteille de vin qu'il avait achetée dans les chais de la maison Taylor's, deux rues en contrebas.

Il la tendit à Collin. Le beau-frère d'Eiffel regarda l'étiquette machinalement ; il n'aimait pas le vin local, qu'il trouvait trop puissant.

— Et vous voulez emporter notre adhésion avec ce porto ? dit-il en tendant la bouteille à Compagnon.

— Avec ces cartes, plus précisément, répondit Clément en montrant les rouleaux. Je vais vous démontrer que la science est capable de prédire le temps par des modèles mathématiques.

— Mettons-nous sur la table de travail, proposa Compagnon, sa pipe serrée entre les dents. Je vais demander à la cuisinière de nous apporter quelques *petiscos* pour honorer ce vintage 1868 ! Vous nous gâtez, monsieur Delhorme. Dernier millésime avant le phylloxéra !

Ils déplièrent les rouleaux en les empilant puis calèrent les bords à l'aide des couverts que la domestique venait d'apporter. Sur chaque feuille était imprimée une carte de l'Europe où d'étranges arabesques avaient été dessinées.

— Tout a commencé il y a trente-cinq ans avec Adolphe Quetelet, à l'Observatoire de Bruxelles, expliqua Clément. Un bon savant, ce Quetelet, opiniâtre. Il avait bâti partout en Europe un réseau de plus de quarante observateurs qui lui envoyaient leurs relevés quotidiens. Il a eu un jour l'idée de reporter sur une carte les données collectées, et là, bingo ! Il constate que certains endroits ont la même pression atmosphérique à la même heure et qu'ils peuvent se relier entre eux par une ligne pour former ce genre d'ellipses concentriques, dit-il en leur montrant la carte du dessus. Le plus étonnant est que ces courbes de pression se déplaçaient, jour après jour, comme le front gigantesque d'une armée en marche.

Il découvrit la deuxième carte, sur laquelle les ellipses imbriquées les unes dans les autres avaient glissé vers le sud.

— Quetelet l'avait remarqué et en avait tiré sa théorie sur les ondes atmosphériques, dont le déplacement serait responsable du temps qu'il fait en un lieu précis.

Il s'arrêta pour grignoter un *petisco*, laissant son auditoire observer les cartes.

— Ce sont les vents qui déplacent ces courbes de pression ? interrogea Compagnon.

— L'inverse. Ce sont les différences de pression entre les lignes qui les créent : l'air va se déplacer du plus dense au moins dense, d'une haute à une basse pression. Où est le cellier ?

— À côté de la cuisine, répondit Collin après un temps d'hésitation. Mais si vous avez faim, demandez à la cuisinière. Elle a horreur qu'on fouille dans son garde-manger.

— Prenez deux bougeoirs et suivez-moi !

La domestique, qui préparait une *caldeirada*, vit débarquer dans son antre l'équipe du chantier et suspendit son geste, couteau dans une main et calmar dans l'autre. Collin s'excusa de leur intrusion, fit un compliment sur le fumet qui se dégageait de la marmite dans la cheminée et expliqua qu'ils allaient réaliser une expérience scientifique, ce dont elle n'aurait pas à s'inquiéter. Pour toute réponse, elle haussa les épaules, fendit le chapeau rose du mollusque et l'éviscéra avant de couper la chair en petits cubes. Clément avait ouvert la porte du cellier, dont la fraîcheur était accentuée par la chaleur de géhenne de la cuisine.

— Parfait, commenta-t-il en posant un des chandeliers sur le sol.

Il tint l'autre à bout de bras dans l'embrasure de la porte.

— Alors, qu'observez-vous ?

— Ma foi, quel étrange phénomène, commenta Compagnon.

Les flammes du candélabre au sol pointaient vers la cuisine alors que celles du chandelier tenu vers le plafond se dirigeaient vers le cellier.

— Il y a deux courants d'air, expliqua Clément. L'un, en hauteur, qui va du chaud au froid et l'autre, inférieur, qui va du froid au chaud. Il en est de même dans l'atmosphère. Et j'ai mieux, suivez-moi, proposa-t-il à la troupe, qui regagna le salon.

Restée seule, la domestique découpa un second calmar en cubes, réserva le même sort à un gros poivron vert et dissémina l'ensemble dans la marmite. Elle resta un instant pensive devant la porte refermée du cellier, l'ouvrit et tendit les mains vers le plafond pour ressentir le courant d'air, puis s'agenouilla sans parvenir à discerner le moindre filet d'air. Elle posa sa tête contre le sol et ferma les yeux pour se concentrer. Elle sentit un grand souffle d'air, les rouvrit et se trouva face à une large paire de bottes.

— Maria, que se passe-t-il ? lança son mari qui venait d'entrer dans le cellier. Tu fais une sieste ?

Elle se releva sans mot dire, s'essuya les mains sur son tablier et prit le jambon que son époux rapportait.

— Non, je fais des sciences !

Eiffel avait d'abord catégoriquement refusé. Il avait cédé une première fois lorsqu'elle avait demandé à voir le chantier en cours, puis de nouveau quand elle avait voulu découvrir la maison qu'il louait. Ils étaient arrivés à la *quinta da Coelho* à la nuit tombante et s'étaient garés légèrement en contrebas de l'entrée principale, d'où ils avaient pu apercevoir les membres de l'équipe en grande conversation autour du feu.

Un homme avait dépassé le carrosse et s'était retourné vers eux avant de pénétrer dans la propriété : Eiffel avait reconnu Clément. Cette fois, il était décidé à ne plus rien concéder, à déposer Victorine dans sa chambre d'hôtel et à rejoindre ses hommes et Delhorme. Mais il n'avait pas encore trouvé le moyen de l'informer de ses intentions sans la blesser. L'attelage démarra avec difficulté, les roues de gauche patinant dans une ornière de boue avant de s'extraire du bas-côté sous les coups de fouet rageurs du conducteur.

— Tu sais ce qui serait bien ? demanda-t-elle alors que la berline traversait au pas le pont de bois sur le Douro et qu'une légère oscillation se faisait sentir dans l'habitacle.

Sans attendre sa réponse, elle lui tendit le *Jornal do Porto* ouvert à la troisième page.

— De faire une croisière sur l'*Albion* ? interrogea Eiffel en lisant un encart publicitaire pour un vapeur anglais qui mouillait dans le port.

— Non, juste à gauche, dit-elle en pointant un entrefilet. J'aimerais qu'on aille au théâtre São João ensemble. On ne l'a jamais fait ! dit-elle en élevant la voix comme pour anticiper la réponse négative de son amant. À Paris, ce n'est pas possible et à Barcelhinos, il n'y en a pas! C'est une occasion unique, regarde, une compagnie lyrique italienne joue *Nabucco* ce soir. Je rêve d'aller à l'Opéra avec toi, Gustave.

— Mais tu sais bien que...

— Et ne me dis pas que ce n'est pas possible, je t'en prie!

— Je commence à être connu dans cette ville, protesta-t-il en lui prenant les mains. Banquiers, industriels, et même les journalistes. Je ne peux pas m'afficher avec...

Il s'interrompit.

— Je suis désolé. Mais tu peux me comprendre, continua-t-il après un moment de réflexion. Tu savais que je ne pouvais pas te donner plus.

— Et moi, te rends-tu compte de ce que je t'ai donné? Je viens de t'offrir un an de ma vie, un an d'attente, de doutes, d'espoir, toujours disponible pour toi quand tu veux venir...

— Quand je peux...

— Quand tu as envie de venir. Mais je ne me plains pas. Pour une fois, n'aie pas honte de moi!

— Mais ce n'est pas cela!

— Alors viens, prenons une loge, entrons après tout le monde, partons avant la fin, fais-moi sentir que tu me désires vraiment, que tu as envie de passer ce moment avec moi, rien qu'avec moi. Ou bien fais semblant, mais sois convaincant, j'en ai besoin, j'en ai vraiment besoin!

Il resta silencieux, yeux baissés et sourcils froncés, évaluant chaque risque et les moyens d'y parer.

— À quelle heure commence le spectacle? finit-il par demander, nanti d'un timide sourire, ce qui chez lui était le summum de la manifestation amoureuse.

— Sept heures et demie, dit-elle alors que ses yeux s'embuaient d'une joie salée. Merci, mon amour.

Eiffel passa les quatre actes assis sur une chaise collée contre le fond de la loge. Victorine s'était installée près du balcon et se retournait sans cesse pour lui envoyer des regards amoureux ou languissants qu'il faisait mine de ne pas voir. Certains parmi les spectateurs avaient remarqué le manège et tenté de repérer celui qui se tenait incognito dans l'ombre d'un des compartiments réservés aux hôtes de marque, puis, de guerre lasse, avaient fini par l'oublier. Victorine, elle, finit par se désintéresser de l'opéra au troisième acte et recula jusqu'à Eiffel, qui montrait des signes de lassitude. Après une ultime négociation à laquelle elle céda presque sans discuter, le couple quitta discrètement le théâtre au moment où s'élevait dans le chœur le chant nostalgique des prisonniers de Babylone.

— Fascinant, admit Nouguier, alors qu'ils étaient revenus à la salle à manger. Mais tout cela relève du constat et ne fait pas des prévisions.

— Exact. Et c'est là où j'interviens. Voici quinze ans que je travaille à modéliser ce que Quetelet et d'autres ont observé. Pour en faire une prévision mathématique. Avez-vous de quoi écrire ?

Collin, qui était resté silencieux, debout à l'écart des autres, apporta feuille, plume métallique, encre et s'assit à côté de lui.

— Pour établir cette loi qui régit la dynamique de l'air à la surface de la Terre en rotation, nous sommes face à un problème à sept inconnues : pression, température, densité de l'air, taux d'humidité et...

— Et les trois dimensions de l'espace, répondit Nouguier, piqué au jeu.

— Exact. Il nous faut donc trouver sept équations pour résoudre l'ensemble.

— Combien en avez-vous ?

Clément fit semblant de réfléchir mentalement :

— Sept. Je crois bien que j'ai les sept.

— Vous avez tout résolu ? s'exclama Nouguier.

— Pour y arriver, j'ai fait quelques approximations sur l'hétérogénéité du relief : l'air ne se frottera pas de la même façon contre un océan, une montagne, une ville ou un champ. Les turbulences sont différentes et les échanges plus complexes à modéliser. Mais j'ai établi un modèle, dit Clément tout en déroulant ses équations d'un crissement sec sur le papier.

— Vos prévisions sont à quelle échéance ?

— Trois jours.

La cuisinière entra, une pile d'assiettes surmontée de couverts en main. Joseph Collin lui donna d'un coup d'œil l'autorisation de dresser la table, avant de reprendre la conversation :

— C'est peu.

— Avec un coefficient de réussite de quatre-vingts pour cent. Cinq jours avec soixante pour cent. Largement de quoi anticiper les récoltes avant une pluie ou une gelée, non ?

La domestique fit une moue d'acquiescement avant de se retirer sous le regard noir de Collin, courroucé à l'idée qu'une servante s'immisce dans une conversation que, forcément, elle ne pouvait pas comprendre.

— C'est effectivement remarquable, concéda Nouguier. Comment comptez-vous faire vos prévisions dans le cas présent ?

— En vous quittant, je suis passé à l'observatoire météorologique, expliqua Clément. Ils m'ont fourni les données d'une vingtaine d'observatoires situés en Europe.

— Ce sont ces relevés-là ? questionna Compagnon en montrant les cartes sur la table.

— Voilà le jambon ! claironna la cuisinière, revenue de l'office.

— Oui, mais ce ne sera pas suffisant, répondit Clément en repliant ses rouleaux. J'ai besoin d'affiner.

— Il en reste à la cuisine, répliqua-t-elle.

— Merci, Maria, dit Nouguier, amusé de la méprise. Allez vite nous chercher la *caldeirada*. Comment allez-vous faire ? questionna-t-il en invitant Clément à s'asseoir.

— Nous avons un réseau de correspondants dans toute l'Europe qui, chaque jour, s'astreignent à relever températures et pressions, avec la même rigueur que les membres des observatoires. Sans eux, je n'aurais jamais eu assez de données pour mes équations. Ils m'ont fait parvenir ici toutes les valeurs des quatre dernières semaines. Elles sont dans la caisse que j'ai apportée, ainsi qu'une seconde bouteille de vintage, dit-il en la sortant avant de la poser au centre de la table. Je n'ai plus qu'à les intégrer et j'aurai une représentation des lignes de front des plus... affinées, conclut-il en piquant une tranche de jambon. Bon appétit, messieurs !

Tous se servirent et firent honneur au ragoût de calmar.

— Mais vos correspondants, combien sont-ils ? voulut savoir Nouguier.

— Plus de cent vingt.

— Et qui sont-ils ? renchérit Compagnon. Je n'ai jamais entendu parler de ce réseau.

— Ce ne sont pas des scientifiques, précisa Clément, mais des amateurs éclairés, toqués de progrès, dont certaines professions pourraient vous étonner. Tous gardent une relative discrétion sur cette activité. La science officielle n'est pas tendre avec la science populaire.

— Gustave en fait partie ?

La question émanait de Collin.

— Gustave est un scientifique, répondit Clément avec malice avant de continuer: Mais ce n'est pas un secret. Les enregistreurs sont dans son abri de jardin à Levallois.

Il ne m'en a jamais parlé, songea Joseph, déçu que son beau-frère semble lui manifester aussi peu de confiance. *Y aurait-il un lien avec les francs-maçons ? Et avec son télégramme ? Le chasseur a oublié sa grive dans le train... Ce doit être un signe de ralliement...*

Rasséréné, Collin passa la suite du repas à écouter Compagnon et Nouguier évoquer leurs pires souvenirs de chantier, ce qui lui fit relativiser leur situation, et Delhorme leur décrire la restauration de l'Alhambra. Joseph le prit comme un prétexte de Clément pour leur asséner l'amour qu'il portait à sa femme, ce qui à la fois le toucha et l'attrista quant à sa propre situation. Il regarda sa montre de gousset, une Billodes, après avoir estimé l'heure mentalement, et sourit en constatant qu'il ne s'était trompé que de cinq minutes, puis s'attarda sur le mécanisme qu'il aimait voir fonctionner. Elle lui avait été offerte par Eiffel au détour d'un voyage en Suisse où il avait rencontré Georges Favre-Jacot, le fondateur de la manufacture, qui avait eu l'idée de réunir tous les métiers de l'horlogerie dans sa fabrique afin d'en améliorer la production.

— Et vous, Joseph ? questionna Clément. Qu'en pensez-vous ?

Collin s'aperçut qu'il avait perdu le fil de la conversation et que tous attendaient la réponse à une question dont il n'avait aucune idée. Il ferma le clapet de sa Billodes et se prépara à s'excuser d'être, une fois de plus, à contretemps des autres.

— Ne dites rien, avança Clément pour lui venir en aide. Ce que j'ai fait en haut du pilier doit rester notre secret.

Joseph le remercia intérieurement de son aide et eut la sensation que ce mensonge rehaussait sa faible crédibilité aux yeux des autres. À partir de ce moment et à chacune de leurs rencontres, il eut pour Delhorme une considération sincère. Mais jamais il ne sut pourquoi Clément était grimpé tout en haut du pont en construction.

Nouguier ouvrit la fenêtre pour constater qu'il pleuvait toujours, Collin regretta pour la cinquième fois de la soirée qu'Eiffel n'ait pas répondu à son télégramme, Compagnon vida le restant de sa pipe dans l'âtre, puis tous se retirèrent juste avant que l'horloge du salon ne tintinnabule pour annoncer deux heures du matin. Clément étala toutes ses cartes et les compléta avec les données de ses correspondants. Puis, vers quatre heures, il entama la série de calculs qui allaient lui permettre de connaître l'évolution des fronts. À six heures, les oiseaux s'époumonaient dans l'immense bougainvillier du jardin, la table était recouverte de feuilles noircies et Clément avait la réponse à sa question. À huit heures, le jour avait pointé son museau et parsemait la pièce d'une ambiance laiteuse qui reflétait la brume s'élevant avec pesanteur du Douro. Il avait épluché une pomme de terre abandonnée dans la cendre chaude et la grignotait tout en vérifiant pour la troisième fois ses équations lorsque Eiffel entra.

Clément le trouva conforme au souvenir qu'il lui avait laissé depuis leur unique rencontre, treize ans auparavant. Tout juste sa barbe s'était-elle légèrement épaissie et parsemée de quelques rares fils gris. Sa voix était la même et l'énergie qu'il dégageait plus prégnante encore.

— J'arrive directement de la gare, indiqua-t-il.

Ce qui était la stricte vérité. Eiffel avait juste omis de préciser qu'il était à Porto depuis la veille et venait d'y déposer Victorine dans le premier train pour Braga. L'ingénieur déboutonna son manteau avant de le jeter sur le fauteuil et de donner une chaleureuse accolade à Clément. Le *mayoral* entra en tirant son immense malle, soufflant et ahanant comme un bœuf minhoto. Delhorme sourit en reconnaissant le bagage qu'il avait vu sur le toit de la berline stationnée devant la maison.

Les deux hommes partagèrent le café qui avait chauffé toute la nuit dans l'âtre, accompagné d'un *centeio*[1] à la mie bise et compacte.

— Entrons maintenant dans le vif du sujet, proposa Eiffel en montrant les feuilles éparpillées sur la table.

Delhorme évita de détailler son algorithme – l'ingénieur avait une entière confiance en lui – et se focalisa sur les cartes où il avait dessiné l'évolution probable des courants atmosphériques.

Eiffel demeura un moment silencieux, les mains jointes sur la bouche, après que Clément eut terminé sa démonstration.

— Alors, ma décision est prise, conclut-il à son tour. Comment vont les lancers à l'Alhambra, mon cher ami ?

Gustave était régulièrement informé par leur correspondance des vols ascensionnels de Clément, et avait en tête chacun de ses records.

— J'ai apporté tout le matériel pour lâcher un ballon perdu depuis Porto, annonça-t-il. Nous verrons s'il confirme mes derniers résultats.

— Je suis très intrigué par cette barrière de température que vous observez, avoua Eiffel. L'altitude a beau jeu de s'élever, au-dessus de dix mille mètres vous vous heurtez à un mur. Moins

1. Pain de seigle.

cinquante-six degrés Celsius... nous sommes loin du zéro absolu[1]. Que se passe-t-il là-haut ?

— Je ne l'explique pas, mais les relevés sont formels et se répètent, dit Clément en se levant pour alimenter le feu. Il y a même plus étrange, ajouta-t-il en sortant un carnet d'une des nombreuses poches de son gilet.

Il le feuilleta et le lui présenta ouvert sur un graphique de chiffres.

— Cela est arrivé deux fois, précisa-t-il.

— Incroyable...

— La température semble remonter. Je songe de plus en plus à un vol habité afin de vérifier si ce n'est pas une erreur. Mais peut-on seulement survivre à une telle altitude ?

Les yeux d'Eiffel s'écarquillèrent et les deux hommes se laissèrent bercer par leurs rêves.

Nouguier et Compagnon les interrompirent vers neuf heures, suivis de peu par Collin.

— Gustave ! Mais pourquoi n'as-tu pas prévenu ? As-tu au moins reçu mon télégramme ?

L'animation monta d'un cran et Eiffel laissa son équipe lui commenter les dernières nouvelles du front.

— On n'a eu que deux jours sans pluie, commenta Compagnon.

L'eau en crue n'avait pas baissé d'un centimètre au cours des deux dernières semaines. L'attente usait les organismes autant que l'humidité ambiante.

— Messieurs, on arrête le chantier jusqu'au 25, dit Eiffel en envoyant un regard appuyé vers Delhorme, qui salua la décision d'un mouvement de tête. Émile, que les ouvriers retournent dans leurs familles. Joseph, on suspend toutes les locations, tu trouveras une entente avec les sous-traitants. On refera le point tous les cinq jours avec les nouvelles prévisions de Clément. Ceux qui croient en Dieu ont le droit de faire appel à son concours, ceux qui croient dans la science savent qu'on finira dans les temps.

---

1. – 273,15 °C.

CHAPITRE IX

29

Samedi 3 mars 1877, Alhambra, Grenade

Alicia ouvrit la porte et battit des paupières sous la vague de chaleur qui lui gifla le visage. Le four à moufle donnait son maximum depuis la veille et la cuisson des azulejos en forme de vague était terminée. Elle s'approcha en se protégeant les yeux et constata que la couleur rouge initiale avait viré au foncé et que des fissures étaient apparues.

— Ce ne sera pas pour cette fois-ci, annonça-t-elle à Rafael Contreras qui attendait le verdict.

— *¡Nombre de Dios!* J'ai bien cru qu'on avait réussi... Mais comment faisaient-ils pour arriver à ce rouge ? Comment ? s'écria-t-il en jetant sur la table son gant de protection.

Cette couleur était la seule qui échappait encore à leurs travaux de rénovation. Ils avaient réussi à répliquer les verts à partir de sels de cuivre, les bleus grâce au cobalt et les jaunes par un mélange de fer et manganèse, mais n'avaient pas percé le mystère du rouge.

— Ce sera pour une prochaine fois, admit-elle tout en sortant du four la plaque de carreaux. Plus la peine de les faire refroidir, maintenant.

— Clément pourrait peut-être nous aider pour trouver les bons pigments, suggéra Rafael.

— Ce n'est pas un chimiste. Laisse tourner le feu, j'ai une série de bleus à cuire, ajouta-t-elle alors qu'il s'apprêtait à arrêter le four.

— Il a construit la machine à glace de Mateo, objecta l'architecte.

— Tu as raison, concéda-t-elle, et les *alicatados* le fascinent. Il a commencé à répertorier toutes les figures géométriques des bas-reliefs.

— « La mosaïque est une équation à trois inconnues », dit Rafael en imitant la gestuelle de Clément. Au fait, tu as de ses nouvelles ?

Alicia malaxait de l'argile qu'elle était allée chercher sur les rives du Beiro. Elle s'arrêta et soupira :

— Non, pas depuis son arrivée, et cela m'inquiète.

Elle s'était décidée à lui envoyer un télégramme dans l'après-midi. Ce silence ne lui ressemblait pas, alors qu'il était à Porto depuis un mois et demi. Alicia ajouta de l'eau à la glaise et se concentra sur la pâte, qu'elle pétrit avant de l'aplatir et de découper des étoiles à quatre branches à l'aide d'un moule. La chaleur du four rendait l'atmosphère difficilement respirable. Bien qu'elle eût noué sa longue chevelure bouclée en arrière, des mèches lui retombaient sur le front et les yeux. Alicia avait beau tenter de les chasser en soufflant dessus, elles revenaient invariablement lui chatouiller les sourcils. Elle essaya aussi d'utiliser le revers de ses mains recouvertes d'argile mais ne fit que déposer un peu de pâte sur son front.

— Je crois que tu as besoin d'aide, intervint Rafael en lui essuyant le visage. Ne touche plus à rien.

Il défit le lien de tissu, libérant sa volumineuse chevelure sur ses épaules, puis la rassembla en catogan et entreprit de la rattacher. Ses gestes étaient précis mais d'une lenteur équivoque qui mit Alicia mal à l'aise. Rafael le sentit.

— Tu as des cheveux magnifiques, j'ai toujours rêvé de jouer à la poupée, plaisanta-t-il.

— Nyssia ! s'exclama Alicia, surprise.

Sa fille se tenait debout, dans l'embrasure de la porte de l'atelier, et les regardait en silence.

— J'ai emprunté un livre à la bibliothèque et j'ai dit que c'était pour toi, maman, expliqua-t-elle en montrant la couverture de loin.

— D'accord, mais dis-moi au moins le...

Nyssia avait déjà disparu.

— ... titre, finit Alicia, dépitée. Merci, Rafael, dit-elle en s'écartant de lui, ce qui dénoua sa chevelure.

Elle attrapa un chiffon, essuya sommairement l'argile sur ses mains puis se fit un chignon qu'elle ceignit avec le tissu d'un geste rapide et habile.

— Les garçons ne jouent pas à la poupée, ils surveillent la cuisson des azulejos, dit-elle en sortant. Je ne serai pas là tôt cet après-midi.

Elle tenta de rejoindre Nyssia mais ne la trouva pas sur le chemin de l'appartement. Victoria et les garçons jouaient avec Barbicane dans la cour de Machuca, autour de la pièce d'eau rectangulaire percée de six niches. Ils tentaient de la faire sauter par-dessus le bassin. Jezequel s'était assis sur sa croupe, Javier et Irving tiraient la longe tandis que Victoria s'était positionnée en face de l'obstacle et agitait des fanes de carotte. La mule résistait sans effort aux intentions des enfants.

En apercevant Alicia, Irving se précipita vers elle, suivi des autres enfants et de Jezequel, qui tenta de faire prendre le trot à Barbicane. L'âne partit dans la direction opposée et s'arrêta à la haie pour déguster une touffe de chardons qui avait poussé à la base des cyprès.

— Maman, maman, s'écria Irving, c'est vrai qu'un prince russe a acheté l'Alhambra ? Tout le monde en parle à l'école !

— Attendez-moi, hurla Jezequel tout en bottant les flancs de la bête sans parvenir à la faire bouger ni à l'empêcher de manger. Je veux être là !

— Non, personne n'a acheté notre merveille, les rassura-t-elle. Le gouverneur n'y aurait jamais consenti.

— J'arrive, je n'entends rien ! continua Jezequel, qui avait réussi à faire abandonner les chardons à Barbicane.

La mule regarda le groupe en mâchant une tige qui dépassait à moitié de sa bouche, trotta dans leur direction, les dépassa et sortit par la haie malgré les efforts du garçon pour l'arrêter.

— Ce qui est exact, c'est qu'un prince russe et sa suite sont présents à Grenade, expliqua Alicia en élevant la voix pour Jezequel.

Il avait réussi à arrêter sa monture sur le chemin de l'esplanade et à faire demi-tour. Barbicane se montra docile et obéit aux injonctions de Jezequel, qui fit stopper fièrement devant le groupe l'animal réputé n'obéir qu'à Clément.

— Il a loué le palais de Comares et le patio des Lions, ajouta-t-elle. Il y donnera une fête costumée ce soir.

— On pourra y aller, maman ? demanda d'une petite voix Victoria.

— Non, seuls les invités du prince y participeront.

— Mais on est chez nous, ici, protesta Javier. Ils n'ont pas le droit !

Alicia avait tenté de faire interdire la soirée auprès du gouverneur par l'entremise de Rafael, mais elle n'avait réussi à obtenir qu'une compensation financière pour les travaux ainsi que l'engagement du prince de ne pas investir les pièces en cours de rénovation. Des émissaires étaient venus plusieurs fois, à qui elle avait fait visiter toute l'Alhambra en insistant sur le caractère unique de son architecture et sur sa fragilité après des siècles d'abandon. Les aides de camp de la maison Romanov n'en avaient eu cure et n'avaient été intéressés que par la possibilité d'installer leur cuisine dans l'une des quatre salles attenantes au patio des Lions. Ils avaient d'abord jeté leur dévolu sur la salle des Rois, en raison de sa grande taille sur tout le côté est, mais Alicia leur avait opposé la rénovation des fresques du plafond – en réalité achevée depuis plusieurs mois. Elle avait demandé à ses aides d'y ranger du matériel de peinture et de décapage. Le capharnaüm et les relents de vernis qui avaient accueilli les émissaires du prince lors de leur visite avaient achevé de les convaincre que l'endroit n'était pas le plus judicieux pour y préparer le repas des festivités. Dans la salle des Deux Sœurs, Alicia leur avait expliqué que l'odeur pestilentielle de latrines provenait du cabinet de toilette attenant, dont les tuyaux de décharge étaient bouchés – Mateo y avait, à sa demande, déposé du lisier de son potager. Dans celles des Abencérages, elle leur avait raconté l'histoire du massacre de trente-six chevaliers par une famille rivale, leur montrant les traces rouges dues à l'oxydation du fer dans la fontaine centrale comme une preuve de la tuerie, perpétrée lors d'une fête – le dernier mot ayant définitivement confirmé toutes leurs réticences. Quant à la salle des Entrelacs, la rénovation du plafond y était réelle, et il aurait été impossible aux dizaines de cuisiniers et serviteurs prévus de circuler entre les bâches et les échafaudages.

Les aides de camp avaient été soulagés de trouver à l'étage la cour du Yannan, à l'espace réduit et délabré, mais en partie protégé, qui donnait par des jalousies sur le patio des Lions, ce qui leur permettrait de suivre le déroulement du dîner et de régler le ballet des cuisiniers sur la chronologie de la soirée. La négociation avait été âpre, mais Alicia avait réussi à circonscrire la fête à l'endroit le moins à risque du palais. Elle espérait que la pluie, le vent et le froid se conjugueraient afin d'écourter la réception et regrettait vivement l'absence de Clément.

— On ira dans notre cachette et on sera aux premières loges, proposa Javier à Irving et Jezequel, qui avait abandonné la mule et s'était rapproché du groupe.

— Personne ne va nulle part ce soir, objecta Alicia, qui l'avait entendu. Il y aura des gardes à toutes les entrées chargés de chasser les curieux et les mendiants. Et rien d'intéressant à voir. Vous m'avez compris ? Interdiction de quitter le Mexuar dès votre retour de l'école.

Seule Barbicane répondit d'un braiment intempestif. La mule avait repéré dans le bassin un poisson dont les reflets argentés l'avaient intriguée au point de se pencher au-dessus de l'eau et de montrer les dents en dodelinant de la tête.

— Je cherche votre sœur. Savez-vous où elle se trouve ? reprit Alicia.

— Comme d'habitude, répondit Victoria en désignant du doigt le palais voisin.

Alicia quitta les enfants après une dernière recommandation sur Barbicane et gagna les thermes en traversant la cour des Myrtes, d'où elle entendit le groupe éclater de rire, de la voix grave de Javier à celle d'oisillon de Victoria. Le rire d'Irving était si discret qu'elle ne l'entendait jamais s'affirmer dans le concert de bonne humeur, celui de Jezequel éclatait toujours à contretemps, comme pour se singulariser face à l'hilarité envahissante de Javier.

Alicia était impatiente que Clément revienne, d'abord et surtout parce qu'il lui manquait mais aussi parce qu'elle avait de plus en plus de mal à gérer de front le travail à l'Alhambra et le quotidien des jumeaux sans faire de concession à l'un ou à l'autre.

Elle retrouva Nyssia en pleine lecture, assise dans une niche de la salle des Bains éclairée par les étoiles de lumière qui descendaient de la coupole du toit. Le système de chauffage n'avait plus été utilisé depuis son accouchement et l'endroit, nimbé de pénombre en dehors du trajet des lucarnes étoilées, dégageait une fraîcheur humique. Personne ne s'y rendait jamais en dehors de sa fille, et Alicia lui en avait donné les clés. Les Bains étaient le refuge de Nyssia.

Elle leva les yeux à l'arrivée de sa mère et les baissa aussitôt afin de poursuivre sa lecture.

— Je n'ai pas faim, maman, dit-elle, étonnée que sa mère se déplace en personne.

— Je n'ai pas compris le titre du roman que tu avais emprunté en anticipant ma bénédiction, expliqua Alicia alors que sa fille l'avait retiré du rai de lumière.

— C'est de la poésie, pas un roman, dit Nyssia en lui présentant vaguement la couverture.

Alicia le lui chipa avant qu'elle ait eu le temps de reprendre sa lecture.

— C'est de la poésie, répéta-t-elle sans conviction.

— *Les Fleurs du mal* de Charles Baudelaire ? Je connais, ce n'est pas n'importe quelle poésie. Une version non censurée, qui plus est, ajouta-t-elle en consultant la première page pour découvrir l'édition publiée à Bruxelles.

Alicia s'assit à côté de sa fille.

— Je ne vais pas te faire un discours moralisateur, tu sais à quel point ton père et moi sommes allergiques à la censure. Mais il y a des textes qu'une jeune fille de treize ans n'a pas à lire.

— Presque quatorze. Et Victor Hugo l'a encensé ! Rends-le-moi, s'il te plaît.

Alicia l'avait ouvert et trouva « Le Léthé » qui, dans sa mémoire, ne laissait aucun doute sur la libido de l'auteur :

Je veux longtemps plonger mes doigts tremblants
Dans l'épaisseur de ta crinière lourde
Dans tes jupons remplis de ton parfum.

Elle referma l'ouvrage et le confisqua d'un geste indolent.

— Laisse le temps faire son œuvre, ma douce. Ce sont des lectures que tu apprécieras quand tu seras adulte.

Nyssia ne chercha pas à le reprendre.

— Et quand est-on adulte, maman ? demanda-t-elle en se levant et se lovant contre Alicia.

— Je crois que seule l'expérience te le dira, répondit sa mère en lui caressant la joue.

Elles restèrent immobiles, l'une contre l'autre, à profiter de cet instant rare.

— Ne sois pas pressée, lui chuchota Alicia.

La porte d'entrée du hammam claqua et Victoria apparut.

— Maman, Jez est tombé tout habillé dans le bassin !

La journée reprenait un cours normal.

Le bureau de poste venait d'ouvrir ses guichets lorsque Alicia grimpa les quelques marches de l'immeuble de la *calle Puerta Real*. Elle sourit à l'employé du télégraphe, qui était de la famille de Mateo et Ramón et qui apportait toujours ses messages à Clément, toutes affaires cessantes. Mais, ce jour, l'homme parut ennuyé de la voir et se montra froid avec elle lorsqu'elle demanda à envoyer un message à Porto afin d'avoir des nouvelles de son mari. L'appareil était en panne, le câble avait été rompu quelque part entre Grenade et Guadix, et il faudrait plusieurs jours avant de le remettre en fonction.

— En êtes-vous sûr ? demanda-t-elle devant l'air embarrassé du jeune homme, dont le malaise était visible.

— S'il vous plaît, revenez dans une semaine, implora l'employé en jetant des regards en direction des autres guichets où ses collègues étaient occupés. Attendez-moi près de la fontaine du parc de la *plaza de la Trinidad*, lui chuchota-t-il avant de fermer le volet qui les séparait.

Alicia sortit sans se retourner. Elle franchit les quatre cents mètres d'un pas rapide, s'assit sur un banc à l'endroit indiqué et s'aperçut alors seulement qu'elle tremblait. Elle avait peur pour Clément. Chez lui, le silence n'était jamais dû à l'oubli. Alicia croisa les bras sur sa poitrine pour contenir son tremblement et attendit dix minutes sans oser regarder autour d'elle. Lorsque l'employé s'assit à côté d'elle, elle avait envisagé toutes les hypothèses et imaginé toutes les solutions, sauf la réalité qu'allait lui livrer l'homme.

— Je suis désolé de faire autant de mystère, madame Delhorme, mais on nous a demandé de garder tout le courrier que votre mari vous enverrait et de copier tous vos télégrammes.

La première réaction d'Alicia fut l'incompréhension. Ils ne se connaissaient aucun ennemi à Grenade ou ailleurs et n'avaient aucune activité politique.

— « On » ? Mais qui ? Pourquoi ?

— Pourquoi, je ne sais pas. C'est un capitaine de la Guardia qui est venu voir notre directeur juste après la nouvelle année. Mon chef n'a pas voulu d'histoires. C'était un ordre, vous comprenez.

Le souvenir du militaire qui avait rendu visite à Clément le jour de son départ, le regard fermé à toute humanité, se dessina devant elle. Depuis la fouille de l'Alhambra, le capitaine était persuadé que les Delhorme avaient aidé le professeur anarchiste à s'échapper. Elle frissonna et releva son châle de dentelle sur ses épaules.

— Je comprends mieux votre réaction, assura-t-elle en regardant l'employé pour la première fois.

— Quand je vous ai vue, j'ai paniqué. Je ne voulais pas vous trahir, je vous aime bien, vous et votre mari. Alors, j'ai inventé cette histoire de panne.

— Merci de votre franchise. Savez-vous si mon mari m'a écrit depuis le mois de janvier ?

Le jeune homme hocha la tête et sortit de dessous sa veste une pile d'enveloppes liées par une ficelle. Il la lui tendit.

— Je vous demande juste de me les rendre dès demain, sinon je risque d'avoir des ennuis avec la Guardia. Et avec mon directeur. Vous pouvez en garder certaines, ajouta-t-il en anticipant la question. Je suis le seul à en connaître le nombre exact.

Alicia regarda le visage juvénile du préposé, qui lui sourit maladroitement. Avec ses longs cheveux noirs, sa barbe et sa moustache bien taillées, il ressemblait à Boabdil, le dernier roi nasride de l'Alhambra, dont elle avait rénové le portrait sur un des plafonds du palais. Le petit roi, *el rey chico*, comme l'avaient surnommé les Espagnols, n'avait pas abusé de sagacité et de sagesse lors de son règne, qui s'était terminé dans la fuite et l'exil loin de l'Alhambra.

Elle lui sourit en guise de réponse, prit les lettres et quitta le parc sans se retourner. Arrivée à la maison, elle prépara un *granizado* pour le retour des enfants, gagna l'atelier où elle finit un assemblage géométrique d'azulejos pour un bas-relief de la cour des Myrtes, récupéra les garçons qui s'étaient postés en haut de la tour de Comares afin d'apercevoir la soirée costumée du prince, dirigea la manœuvre du souper et envoya tout le monde dans sa chambre avant que neuf heures ne sonnent depuis le campanile. Elle s'assit enfin au secrétaire de Clément, délia les lettres et ouvrit sans la déchirer l'enveloppe de la première. Alicia reconnut l'écriture de son mari et, dès les premiers mots, se sentit envahie d'un bien-être indicible.

30

Samedi 3 mars 1877, Alhambra, Grenade

La lune éclairait de sa lumière hâve le patio des Lions dans lequel les invités, déguisés en membres du sérail nasride, ressemblaient aux fantômes maures peuplant les contes de l'Alhambra. Les premiers étaient arrivés depuis plus d'une heure et s'étaient disséminés sous les arches où une collation et des boissons leur étaient servies.

Tout le monde attendait le prince et guettait son apparition en sultan.

— Je déteste les fêtes costumées, marmonna le garde de faction à l'entrée principale en repliant la manche trop longue de sa tenue.

— Ça nous change des bals de la cour à Saint-Pétersbourg, objecta son homologue. Moi, je trouve que ça a du cachet, ajouta-t-il en se retournant vers le patio où déambulaient les convives.

— Mais regarde-toi déguisé en bachi-bouzouk, tu as l'air ridicule !

L'homme détailla ses vêtements. Les deux soldats de l'armée du tsar portaient une culotte plissée bleu marine très ample, une chemise blanche et une veste noire qui leur descendait jusqu'aux pieds, chaussés de babouches en cuir. Sur leur tête, une calotte conique était emballée par un turban blanc qui finissait attaché sous le menton.

— Ce n'est pas un costume de bachi-bouzouk, se défendit-il. D'abord, c'étaient des cavaliers : tu les vois monter à cheval avec un tel accoutrement ? Et puis ils n'avaient pas de tenue spéciale : c'est ça qui les rendait... spéciaux !

La repartie laissa le garde dubitatif, qui réfléchit un moment avant de reprendre :

— Mais alors, on est déguisés en quoi ?

— On est habillés en janissaires. L'unité d'élite de l'armée.

— Janissaires, ça ? Je n'ai jamais combattu les Ottomans, mais...

— Moi, si, précisa l'homme.

— Vraiment ? Explique-moi comment tu as pu guerroyer contre une unité qui n'existe plus depuis au moins cinquante ans !

— Vous avez raison, intervint l'aide de camp, qui revenait des jardins de la Lindaraja. C'est moi qui ai organisé la distribution des costumes et vous n'êtes sûrement pas des janissaires.

— Ah, capitaine Karataïev, alors, vous allez nous éclairer !

Le militaire prit le temps d'inspecter du regard le patio où le photographe engagé pour la soirée immortalisait les invités costumés, seuls ou en groupes, pendant que d'autres, massés autour de la fontaine des Lions, observaient la couche de mousse qui s'était formée à la surface de la vasque supérieure. Un serviteur vêtu d'une longue tunique blanche sans boutons, galonnée de rouge aux manches, se précipita vers eux muni d'un plateau et de verres vides.

L'aide de camp maugréa une amabilité slave à l'adresse du régisseur de la soirée avant de leur répondre :

— Vous représentez les gardiens des odalisques, messieurs.

La phrase glissa sur les soldats comme l'eau sur les plumes d'un canard.

— Donc... on est qui ? se hasarda le plus téméraire des deux.

— Voyons, la garde rapprochée du harem, les eunuques ! Avez-vous vu le prince ? Il doit entrer par votre porte.

— Non.

— Venez me trouver dès son arrivée, je dois m'occuper de l'orchestre. Dès que la musique démarrera, tout le monde investira la cour. Et il y aura aussi les danses, ajouta Karataïev pour lui-même en les quittant.

Les deux soldats reprirent leur posture à l'entrée du patio.

— J'ai pas envie d'être un eunuque, dit rapidement le premier.

— Moi non plus ! On dira aux autres qu'on est des janissaires du siècle dernier, voilà tout.

— Tu as raison. Et Karataïev, d'abord, il est déguisé en quoi ?

— En donneur de leçons !

— Oui, et on les reconnaît quel que soit leur déguisement, s'esclaffa le premier avant de se figer soudain.

Les deux militaires se mirent au garde-à-vous devant l'homme qui venait de traverser la salle des Deux Sœurs et qui les dépassa sans un signe de tête. À son arrivée dans le patio, les regards se tournèrent vers lui et tous le saluèrent en s'inclinant. Son aide de camp se précipita et lui résuma l'agencement de la soirée en évitant de relater les quelques ratés du début. Le prince s'approcha de la fontaine ; la couche de mousse s'était épaissie dans la vasque supérieure et tombait directement dans la coupe inférieure supportant les lions. Il se fit servir du liquide et le but, lentement, les yeux rivés sur la façade qui lui faisait face. Karataïev attendait le verdict en retrait derrière lui.

— Il paraît que le champagne est une proposition de son régisseur, dit l'un des invités, habillé d'un burnous de laine très fine à large capuche.

— Il ne devrait pas le rester longtemps : savez-vous que le gouverneur local a protesté contre cette idée ? glissa la femme à son côté, enveloppée dans une étoffe de soie multicolore.

— Parce que nous sommes dans un lieu chargé d'histoire ?

— Non, parce que ce n'est pas du vin andalou qui coule dans cette fontaine ! Il se fiche bien de déverser de l'alcool dans leur rivière, pourvu qu'il soit acheté ici !

— En tout cas, cette soirée a dû lui coûter cher, une fois de plus.

— C'est un Youssoupov. On les dit plus riches que le tsar. Ils pourraient faire pleuvoir le champagne s'ils le voulaient ! En attendant, allons en profiter, conclut-elle en le prenant par le bras.

Le prince remercia Karataïev, dont le soulagement était notable, et eut un regard vers les jalousies percées au-dessus de la salle des Abencérages. Il la traversa, toujours impassible, prit le couloir de droite et monta l'escalier jusqu'à l'étage, croisant les serviteurs qui allaient et venaient depuis les cuisines proches. Il déboucha dans une cour aux carreaux blancs et bleus au fond de laquelle une petite demeure à deux portiques donnait sur le patio des Lions. Youssoupov pénétra dans la pièce du milieu et fit se retourner la femme qui s'y trouvait.

Alicia ouvrit l'enveloppe suivante. La correspondance était datée du jeudi 25 janvier. Elle regarda la pile des lettres non lues, qu'elle recomptait avant chaque lecture, comme des bonbons dont on voudrait qu'ils se multiplient chaque fois qu'on en mange un nouveau, et poussa un soupir. Il n'en restait plus que cinq.

Mon amour,
La situation est ici très étrange pour tout le monde. Je t'expliquais dans ma dernière missive comment mon ami Eiffel avait décidé de suivre mes prévisions et d'arrêter le chantier jusqu'à aujourd'hui. Figure-toi que la pluie a cessé depuis cinq jours et que la décrue est grande. Or j'ai refait mes calculs avec les derniers relevés et j'en ai conclu que la pluie allait revenir, en grande quantité, avant la fin du mois, probablement dès samedi. Tous les hommes d'Eiffel sont vent debout contre moi et demandent à redémarrer les travaux, ce qui pourrait être fait dans un ou deux jours, dès lors que le fleuve sera rentré dans son lit d'origine. Mais Gustave m'a soutenu, il a confiance dans mes travaux. J'espère ne pas le décevoir et je dois t'avouer que, parfois, moi aussi je me mets à douter. Si je me suis trompé, c'est au minimum une semaine de perdue pour eux, voire deux, à ajouter au mois et demi d'arrêt.
J'ai oublié de te raconter ce que j'avais fait de la mèche de tes merveilleux cheveux que tu avais coupée pour moi. Elle trône fièrement tout en haut de la pile qui soutient le tablier, nouée comme une corde de marin, parée à résister aux vents les plus violents. Ainsi, tu seras pour l'éternité présente au sommet du plus beau pont d'Europe (et peut-être du monde!). Si tu avais vu leur tête quand j'ai escaladé le pilier de métal! Ils m'ont pris pour un fou et je crois que l'assertion tient encore. C'est de toi que je suis fou et chaque seconde qui passe me rapproche de nos retrouvailles. L'absence est une équation à deux inconnues : comment et combien. Comment faire pour revenir au plus tôt et combien de temps mon cœur peut-il battre sans toi ?
Ton A, Clément

Alicia entendit les enfants chahuter, hésita à aller les réprimander, attendit un instant et constata que le calme était revenu. Elle remit la lettre avec précaution dans son enveloppe, déposa sur la languette une pointe de colle qu'elle utilisait habituellement à l'atelier pour les céramiques, et la ferma définitivement avant qu'elle rejoigne la pile montante.

Nyssia dévisagea l'homme qui venait de la surprendre à les épier à travers la jalousie. De taille moyenne, le visage d'un ovale allongé, il portait une moustache taillée et d'épaisses rouflaquettes courbes. Ses sourcils, tout comme sa bouche, étaient légèrement tombants, ce qui lui donnait un air mélancolique et fragile, démenti par des yeux au regard sûr et dominateur.

— *¿ Quién es usted*[1] ? interrogea-t-il avec fermeté.

— Et vous, monsieur ? répliqua-t-elle en français d'un ton irrévérencieux.

La bravade sembla l'amuser :

— J'imagine que vous le savez, jeune fille.

— Je suis une femme, pas une enfant.

— Vraiment ? Quel âge avez-vous ? dit-il en la considérant de pied en cap.

— Dix-sept ans, affirma-t-elle avec le plus grand aplomb.

Le prince Youssoupov croisa les bras.

— Admettons... Pourquoi m'espionnez-vous ?

— Vous vous donnez beaucoup d'importance. Sachez que j'habite ici. J'y suis même née.

— Quant à vous, sachez que j'ai loué cet endroit pour toute la soirée. Nous allons faire revivre les grandes heures de la dynastie qui a construit l'Alhambra, tel est mon désir. Et cette fête est privée, mademoiselle.

Nyssia s'approcha du prince à une distance non protocolaire.

— Vous avez loué cet endroit, mais pas tous ceux qui s'y trouvent. Le servage a été aboli, même en Russie, monsieur Youssoupov.

— Vous avez un culot incroyable devant un homme de mon rang ! Et vous avez l'air bien instruite pour une fille de l'Alhambra. Vous êtes décidément un mystère, jeune femme.

— Je lis beaucoup, répondit-elle, puisque les professeurs d'histoire sont réservés aux garçons. En tout cas, votre français est parfait, le complimenta-t-elle en se rasseyant sur le banc de marbre devant la fenêtre protégée de moucharabiehs.

— Je n'ai aucun mérite, toute la cour de Russie est francophone. Me feriez-vous le plaisir de participer à notre soirée autrement qu'à travers cette fenêtre ?

— Qui sont vos invités ? l'interrogea-t-elle en les regardant s'animer dans le patio sous l'effet du champagne dont la mousse ne cessait de croître.

— Ceux qui m'accompagnent depuis le début de ce voyage, ainsi que la petite communauté russe de Grenade et vos potentats locaux. Juste une centaine de personnes. Venez, lui enjoignit-il en lui tendant la main.

— On y voit très bien, mieux même que depuis la cour, éluda-t-elle. D'ailleurs, votre reconstitution est pleine d'erreurs.

1. Qui êtes-vous ?

— Ah oui ? Peut-être alors pourrez-vous nous faire bénéficier de votre savoir ? Puis-je ? demanda-t-il avant de s'asseoir à côté d'elle.

Nyssia se sentit soudain importante pour un homme important et eut l'impression de rougir. Cette réaction était l'apanage de sa sœur, dont les joues se teintaient au moindre compliment, et elle la moquait suffisamment pour ne pas s'y retrouver confrontée elle-même. Nyssia évacua le sentiment de fierté qui commençait à la flatter et se força à considérer le prince comme l'un des quelconques visiteurs de l'Alhambra qui la questionnaient régulièrement en la croisant. Elle attendit qu'il prenne place et s'habitue à la vision à travers les dessins de la jalousie avant de lui détailler les invraisemblances de la reconstitution.

— Tout d'abord, il faut que vous sachiez que le rouge était la couleur de la dynastie nasride et que nos sultans l'utilisaient beaucoup, avec leur devise dorée brodée aux manches. Ensuite, par-dessus leur chemise, les hommes de rang élevé portaient une large blouse avec une capuche.

Le prince semblait réellement intéressé par les explications qu'elle lui fournissait. Elle n'osait le dévisager, alors que lui ne s'en privait pas, la détaillant avec insistance.

— Enfin, ils ne portaient pas souvent de turban, conclut-elle avec un regard appuyé vers la coiffe du prince. C'était plutôt la coutume chez les savants et les juristes.

— Ainsi donc, aucun de mes vêtements n'aurait pu faire de moi un sultan de l'Alhambra, conclut-il en regardant, amusé, sa culotte blanche et sa veste de soie bleue. Je vais devoir remercier Karataïev, mon aide de camp, qui m'a ainsi destitué !

— N'en faites rien, s'inquiéta Nyssia, je ne voudrais pas être responsable de son renvoi ! Je peux vous montrer une fresque, dans le patio en bas, où tous portent des turbans. Vous êtes très bien ainsi et personne ne le verra à part mam... Mme Delhorme, croyez-moi !

Le prince rit de la candeur de sa jeune interlocutrice.

— Vous venez de l'épargner, soit ! dit-il en lui tapotant la main. Et puisque cette Mme Delhorme n'est pas de la fête, vous et moi sommes les seuls à le savoir. Ce sera notre secret, vous voulez bien ?

Elle acquiesça en silence. Nyssia était en train de découvrir l'intérêt qu'elle éveillait chez les hommes, surtout lorsqu'elle prenait des expressions ingénues tout en les intriguant par sa maturité. Elle l'avait déjà remarqué chez certains de ses professeurs ou chez Javier, mais leur attention la laissait indifférente. Alors que le prince avait fait naître en elle la délicieuse sensation de côtoyer le toit du monde.

Il se leva et lui tendit la main pour l'inviter à en faire autant.

— Quel est votre nom, jeune inconnue ? Que je puisse vous présenter, ajouta-t-il devant son hésitation.

— Je m'appelle Veronica. Veronica Franco.

L'absence de réaction du prince la rassura. Prise de court, elle avait prononcé le nom de la plus célèbre courtisane vénitienne de la Renaissance, dont elle avait lu des poèmes à la bibliothèque. La vie de Veronica, entre faste et misère, grandeur et décadence, l'avait fascinée, et cet attrait la troublait et la culpabilisait en même temps.

Youssoupov se frotta les mains et les leva, paumes vers le ciel, à la manière d'un pope remerciant le Seigneur.

— Bien, maintenant que nous nous connaissons, êtes-vous disposée à rejoindre notre fête ? Vous indiquerez à Karataïev les vêtements qu'il faut pour vous transformer en princesse arabe et vous me ferez visiter votre Alhambra et tous ses mystères !

Alicia leva les yeux lorsqu'elle entendit la musique s'échapper du palais voisin. L'œuvre, *Le Désert*, était une ode-symphonie de Félicien David teintée d'exotisme oriental. Elle se félicita d'avoir échappé à ce qu'elle considérait comme le caprice d'une tête couronnée et reprit sa lecture.

Il s'est mis à pleuvoir le 30 janvier. Quinze millimètres par mètre carré. Puis le double le lendemain et, depuis, ce sont des trombes qui sont déversées par l'énorme front nuageux descendu d'Écosse. Je n'en ai tiré aucune gloire et j'en étais presque aussi déçu que l'équipe. L'eau du Douro est remontée et il va falloir encore attendre. La bonne nouvelle est que cela ne durera qu'une semaine. Eiffel a déjà réservé la location du matériel pour le 10 février. La confiance qu'il m'accorde m'honore.

Je passe mes journées à aider l'équipe qui prépare le redémarrage du chantier. Le moral est bon et tous ont tant confiance en mes calculs que personne n'imagine ne pas reprendre les travaux bientôt. Comment se passe la vie à l'Alhambra ? Vous me manquez tous ! Je suis sûr que les enfants suivent mes consignes et t'aident de leur mieux. Je suis parfois inquiet pour Nyssia, elle semble déjà bien loin des préoccupations de l'enfance. Victoria et elle sont si différentes, elles ne seraient pas un bon exemple pour le livre de M. Darwin sur l'évolution humaine. À ce propos, pourras-tu dire au bibliothécaire que je ne pourrai pas le lui rendre en temps voulu ? Il va tempêter puis finira par accepter, comme à son habitude.

Je peux essayer de le mettre dans mon ballon mais je ne suis pas sûr que les vents le portent jusqu'à lui, sinon il y a déjà longtemps que je serais venu te rendre une visite surprise. Je devine ton sourire à la lecture de ces lignes. Il me manque, mon amour, tout comme ton regard et le grain de ta merveilleuse peau (là, je te sens rougir !). Gustave est parti hier dans le Nord prospecter pour de nouveaux ouvrages à construire. Cet homme est infatigable. Nous avons prévu à son retour de faire une tentative pour dépasser mon record actuel d'altitude. Il est très excité par cette idée, je suis plus partagé : j'espère en rapporter plein de nouvelles données, mais je voudrais qu'il soit battu à Grenade en ta présence – que veux-tu, je suis un sentimental. Pour l'instant, il nous faut attendre son retour de Barcelinhos et la fin des pluies. Je devrais être rentré avant la mi-mars.

Alicia relut plusieurs fois la dernière phrase : dans quelques jours, ils seraient à nouveau ensemble ! L'ombre du capitaine de la Guardia, qui traversa son esprit, ne réussit pas à atténuer sa joie.

Tous les regards se tournèrent vers eux. Nyssia était entrée au bras du prince et chacun se demandait qui était cette femme habillée d'une *marlota* rouge et blanc, au visage masqué d'un loup de dentelle noire. Son nom, que les invités répétaient à l'envi, leur était inconnu. Youssoupov la présenta à chaque groupe qu'ils croisaient en progressant dans le patio. Nyssia n'avait pas peur, elle se sentait protégée par son hôte, portée par le lieu, respectée, désirée ; elle découvrait qu'elle dominait les échanges, que c'était facile, que c'était un jeu et qu'elle l'adorait. Le prince, lui, était en admiration devant cette jeune femme – à qui il donnait seize ans tout au plus – qui éclairait sa soirée d'une lumière originale et d'un vent de fraîcheur au milieu d'un entourage de plus en plus indolent. Elle aurait pu persuader l'assemblée qu'elle était une authentique princesse nasride, lui-même ne demandait qu'à le croire. Elle avait ce don rare de convaincre et de séduire sans effort, porté par un physique enjôleur.

Karataïev vint chuchoter à l'oreille de l'hospodar. Youssoupov donna son assentiment d'un signe de tête discret. L'aide de camp tapa dans ses mains à l'adresse des serviteurs, qui déposèrent des rangées de chaises du côté est, face au petit temple d'entrée de la salle des Rois.

— La surprise de la soirée, commenta le prince en se tournant vers Nyssia.

Il plissa soudain les yeux vers l'entrée opposée où les deux eunuques venaient de laisser passer un homme sans déguisement. Il reconnut Rafael Contreras, qui leur avait donné presque autant de fil à retordre qu'Alicia.

— Regardez, l'architecte est venu ! Je vais vous présenter, il va vous adorer... Mais où est-elle passée ? demanda-t-il à la cantonade.

Nyssia avait disparu. Youssoupov fit le tour du patio, interrogea chaque groupe puis, contrarié et pressé par Karataïev, alla s'installer au premier rang. Au moment de s'asseoir, il aperçut une silhouette derrière une jalousie du premier étage. Le prince fit laisser inoccupée la chaise à sa droite et jeta un regard prolongé vers la façade avant de donner le signal du départ.

Cinq danseuses investirent la scène improvisée devant la forêt de colonnes dorées. Un orchestre, resté en arrière sous la coupole du temple, fit résonner cordes de guitares et violons, flûtes, tambours et tambourins d'un rythme lent et presque hypnotique, que les danseuses marquaient à l'aide de minuscules cymbales passées à leurs doigts. Elles étaient vêtues de tulles légers ondulant à chaque mouvement.

— Mais dites-moi, ce n'est pas ce qu'on appelle un flamenco ? s'enquit Youssoupov.

— Non, c'est une *zambra mora*, indiqua Rafael, qui s'était installé à sa gauche, un mélange de danse orientale et de flamenco. La fusion entre les musiques populaires espagnole et arabe. Ce sont les Gitans qui l'ont introduite il y a près de cinq cents ans. D'ailleurs, les danseuses sont toutes du Sacromonte.

Le rythme s'était accéléré, imperceptiblement, et les femmes ponctuaient leurs ondoiements de ventre de coups de talon et de cris.

— Mais que disent-elles ?

— *¡ Ole !*

— *Ole* ? Qu'est-ce que cela signifie ?

— Cela vient de l'arabe *Wa'Allah*, « par Allah ».

Le prince regarda l'architecte d'un air amusé :

— Mon cher ami, je ne savais pas l'Église catholique aussi tolérante.

— Je crois qu'ils l'ignorent ou feignent de l'ignorer, répondit Rafael. Si vous posez la question à un Grenadin, il vous répondra que les *zambras* sont des danses d'origine catholique. C'est ce malentendu qui les a sauvées de l'interdiction.

La chorégraphie fit place à d'autres *zambras moras*. Le ballet des corps hypnotisait les convives, sauf le prince, qui envoyait régulièrement des œillades vers la jalousie en espérant que Veronica Franco lui fasse signe, ce qui ne se produisit pas. Dès la fin du spectacle, il remercia courtoisement la troupe et s'éclipsa rapidement vers la cour du Yannan, dont il gravit l'escalier. Le prince sourit avant d'ouvrir la porte de la pièce aux deux portiques.

— Décidément, vous êtes..., commença-t-il avant de s'interrompre, le sourire transformé en interrogation.

À la place de Nyssia se trouvait, assise sur le banc face à la jalousie, une des cuisinières que la surprise avait paralysée.

— ... vous êtes qui ? finit-il du ton altier que le personnel lui connaissait.

Elle se leva prestement et s'inclina avec respect.

— Votre Altesse, je voulais voir, je ne voulais pas... J'ai fini mon service, bredouilla-t-elle sans oser le regarder.

— Sortez, intima-t-il.

Resté seul, il s'approcha de la fenêtre et observa Karataïev raccompagner les premiers invités qui partaient. *Veronica Franco*, songea-t-il, *vous êtes le plus grand mystère de ce lieu.*

— Toujours partant pour visiter l'Alhambra ? interrogea la voix de Nyssia dans son dos.

Cette fois, c'était la dernière. Au fil des lettres, Alicia avait amélioré sa technique d'ouverture des enveloppes et son intervention était devenue invisible. Elle étira ses muscles endoloris à force de rester en position assise, se rendit à la cuisine pour se servir le *granizado* restant, en profita pour vérifier l'heure qu'elle pensait tardive, ce que valida la pendule de la cuisine – deux heures passées –, puis se remit dans sa position préférée, assise en tailleur dans la chauffeuse du bureau. Un papier qui avait été glissé dans la lettre tomba sur ses genoux lorsqu'elle la déplia. Clément lui envoyait le relevé d'altitude : le ballon n'avait pas dépassé les huit mille mètres.

— Le record sera pour ici, amour, chuchota-t-elle à son intention avant de se plonger dans la lecture.

La tentative avait été faite le 22 février, après plusieurs jours d'attente en raison d'un vent qui soufflait vers la mer. Il avait viré au nord le jeudi matin et, à midi, sous un temps sec et une température de quatorze degrés, Clément et Gustave avaient procédé à l'envoi du *Victoria* sous l'œil bienveillant du correspondant du *Jornal do Porto*. Le ballon avait atterri à trente kilomètres au sud-est de Porto, dans la campagne, près de la petite ville de Canedo. Malgré l'absence de record, l'expérience avait enthousiasmé Eiffel, qui s'était promis de recommencer avec Clément.

Gustave veut me faire rencontrer Camille Flammarion, qui a déjà effectué de nombreux vols en aérostat, dont celui de son voyage de noces : t'imagines-tu avec moi dans la nacelle à voir le monde à plusieurs kilomètres de hauteur ?

— Oui, mon A, dit Alicia en souriant à cette idée.

Mais, pour le moment, Gustave a repris le bateau pour Bordeaux et la bonne nouvelle est qu'ils n'ont plus besoin de moi sur le chantier : je m'apprête à quitter Porto et serai de retour le 4 ou le 5 mars.

L'aurore mordillait la nuit de sa blancheur à l'arrière du Generalife quand Nyssia regagna le premier étage du palais du Mexuar. Elle se faufila dans l'appartement sans un bruit, aperçut sa mère endormie sur le canapé du bureau, un paquet de lettres dans les mains et, sans hésiter, pénétra dans la chambre de ses parents. Elle ne mit pas longtemps à trouver l'ouvrage qu'elle cherchait, posé sur la table de nuit au-dessus de plusieurs autres. Nyssia gagna son lit, situé à côté de la fenêtre, dont elle replia un coin de rideau qu'elle coinça à l'aide d'une épingle à cheveux, habituée à lire dans la pénombre sans réveiller son frère et sa sœur. Et, alors qu'un halo de lumière diaphane éclairait son lit, elle ouvrit *Les Fleurs du mal*.

CHAPITRE X

31

Mardi 28 mai 1918, Grenade

Les fils électriques surplombaient la *plaza Nueva* telle une gigantesque toile d'araignée. En dessous, au centre de la place, quatre tramways au bois verni rutilaient dans l'attente de leur départ. Nyssia monta dans le premier, paya son ticket au contrôleur, dont il lui sembla qu'il la reconnaissait – mais la moitié de la ville se retournait sur son passage, l'autre moitié attendant qu'elle eût le dos tourné –, et s'installa tout au fond, sur le siège de droite, alors que le compartiment était vide.

Elle n'avait jamais pris les transports en commun à Paris. Dès son arrivée, elle n'avait connu que berlines et fiacres privés. Le conducteur parut attendre un temps infiniment long que d'autres passagers montent, en vain – il était deux heures de l'après-midi –, puis se décida à démarrer au son de la cloche que le contrôleur fit tinter d'un *la* joyeux avant de rejoindre son collègue et de bavarder avec lui en ignorant leur unique passagère. La ligne existait depuis plus de dix ans et s'était constamment ramifiée dans la ville, osant des rues de plus en plus étroites ou pentues. Ils quittèrent la *plaza Nueva* et firent une halte vaine à la *plaza Isabel Católica* avant d'embarquer trois femmes à la *puerta Real* et d'obliquer vers la grande *avenida del Genil*, où elles descendirent. Nyssia se laissait porter par le tangage nonchalant du tramway et par ses souvenirs des années d'insouciance avec Victoria et Irving, Javier et Jezequel. Les tenues vestimentaires avaient davantage changé que les rues, qui pour la plupart n'avaient pris qu'un ou deux étages. Elle repéra la librairie dans une rue adjacente et descendit au *paseo del Salón*. Nyssia regarda le tramway s'éloigner pendant qu'une gerbe d'étincelles jaillissait du fil au contact de la perche, puis elle gagna la boutique.

La vendeuse affichait son insolente jeunesse dans un sourire mutin qui semblait défier l'avenir et qui lui rappela sa posture au même âge. Nyssia fit semblant de s'intéresser aux rayonnages centraux qui proposaient des auteurs espagnols dont elle ne reconnut qu'une moitié, l'autre lui étant inconnue, signe de la vitalité de la littérature ibérique. Puis elle opta pour *Impresiones y paisajes*, livre d'un jeune auteur local qu'elle ne connaissait pas.

— C'est un étudiant de l'université qui l'a publié à ses frais, expliqua la libraire lorsque Nyssia le lui présenta. L'histoire d'un voyage de jeunesse, c'est très bien écrit, ajouta-t-elle pour s'assurer de la vente.

— Les voyages de jeunesse sont comme des odyssées, murmura Nyssia en fouillant dans son sac pour la payer. Tout le monde devrait les relater.

— Moi, je ne suis jamais partie, commenta la jeune femme en lui tendant l'ouvrage. Je n'en ai pas envie, c'est tout.

— Je vous envie, répondit Nyssia en cherchant son fume-cigarette qu'elle ne trouva pas. C'est vous qui avez raison.

Nyssia fronça les sourcils, incapable de se souvenir de la dernière fois où elle l'avait utilisé et où elle pouvait l'avoir laissé. Elle sortit de son sac un roman à la couverture usagée.

— Il y avait un libraire, il y a trente-sept ans, dans cette même boutique, dit-elle en regardant autour d'elle comme pour convoquer ses souvenirs. C'était le fils du boutiquier. Savez-vous s'il est encore en vie ?

— Oui, dit-elle sans paraître étonnée, c'est mon père ! Il est toujours en vie, mais il ne vient plus souvent.

Nyssia lui tendit *Bel-Ami* :

— Pourrez-vous le lui donner ? Il me l'a prêté en 1881 et je ne le lui ai jamais rendu.

La cloche de Santo Domingo, toute proche, sonna quatre coups.

— Je dois y aller, je suis attendue, dit Nyssia en s'éloignant.

— Attendez, protesta la jeune femme, je ne sais même pas votre nom.

— Il s'en souviendra.

Nyssia gagna la *plaza del Realejo* où un groupe de jeunes Grenadins s'affairait autour d'un mannequin représentant une jeune femme perchée sur un dragon. *La Tarasque*, pensa-t-elle en s'approchant de la bête. Les garçons s'écartèrent pour la laisser observer le char.

— Elle est responsable de mes plus terribles cauchemars d'enfant, dit-elle en caressant une aile du dragon.

— Elle est belle, n'est-ce pas ? demanda l'un d'eux. Notre Andalouse, précisa-t-il en désignant le mannequin. Et sa robe est du dernier cri !

— Il dit cela parce que c'est son père qui l'a faite, ajouta un autre.

— Il a raison d'être fier, tu pourras dire à ton père que ce vêtement est superbe, dit Nyssia, en le faisant rougir.

— Vous aussi, vous êtes belle, osa le premier, vous êtes très *salada*[1] !

— Vous viendrez voir le défilé, demain ? enchaîna le second.

La cloche du tramway mit fin aux questions. Le groupe la regarda se hâter dans sa direction et grimper sur la passerelle avant de disparaître dans l'habitacle.

Le véhicule s'arrêta *calle de los Reyes Católicos* afin d'attendre le dégagement d'une charrette dont une roue s'était coincée dans les rails. Nyssia pensa à son mari pour la première fois depuis son départ de l'hôtel International. La voiture du comte était toujours au parking mais avait changé de place. Un des employés de l'établissement, dans son habit de chasseur à l'anglaise, frottait la carrosserie jaune à l'aide d'une peau de chamois dans de grands mouvements circulaires appliqués. Elle remarqua alors seulement Pierre, qui se tenait adossé au mur à fumer une cigarette tout en donnant des indications sur la gestuelle à accomplir qui, manifestement, ne lui convenait pas. Il s'approcha du larbin et lui prit le chiffon des mains afin de lui montrer le protocole à suivre avant de se retourner vers le tramway, mains sur les hanches. Nyssia se cala dans son siège. Le véhicule redémarra.

L'Albaicín avait été la grande oubliée des premières lignes électriques et Nyssia monta à pied de la *plaza Nueva* jusqu'à la *placeta de Nevot*. La maison de la famille Pozo dépassait des murs d'enceinte cossus qui la ceignaient, sur lesquels se déversait une végétation luxuriante. Nyssia attendit quelques minutes dans le patio en consultant une bibliothèque exclusivement composée de romans hugoliens. Elle avait le sentiment d'être épiée. Elle était le centre de toutes les attentions depuis trente-cinq ans, ce dont elle avait conscience non sans un certain plaisir, mais, depuis son retour à Grenade, cette vie lui semblait vaine. L'homme aux cheveux gris épars et courts qui vint à sa rencontre avait gardé la même peau cuivrée qu'à sa naissance.

---

1. « Salée ». *Salada* était un compliment familier.

— Jezequel, dit-elle alors qu'il la saluait d'un baisemain, je suis sincèrement contente de te revoir.

— Cela veut-il dire que tu m'as pardonné mon attitude stupide et que l'on est toujours amis ?

— C'est bien parce que tu es mon ami qu'elle était stupide. Cela m'aurait été égal venant d'un inconnu.

— Alors, permets-moi de te dire en toute amitié que tu es plus belle à chacune de nos rencontres.

— Tu t'es mis à collectionner tout Victor Hugo ? questionna-t-elle en désignant les livres de l'écrivain.

— En quelque sorte. J'en ai hérité à la mort du docteur Pinilla. Il voulait qu'ils me reviennent. Je crois que Ruy m'en a longtemps gardé rancune. Viens, suis-moi, lança-t-il sans attendre de réponse.

Ils quittèrent le patio et empruntèrent le couloir jusqu'à l'office où une marmite chauffait à doux bouillons en exhalant un fumet de chorizo.

— Il va sans dire que tu restes déjeuner, commenta-t-il en sortant dans la cour.

Jezequel l'avait prise par le bras et Nyssia se laissait conduire.

— Après la mort de mes parents, j'ai racheté le terrain attenant et j'en ai fait un jardin à mon goût. Tout est permis quand on a de l'argent, n'est-ce pas ? dit-il en s'arrêtant devant un bassin d'une longueur exceptionnelle entouré d'une haie d'arbustes taillés.

— On dirait la cour des Myrtes, remarqua-t-elle en prenant ses chaussures à la main pour marcher pieds nus dans l'herbe.

— C'en est la réplique exacte, au centimètre près. L'eau vient du Douro. La seule différence est que je suis le seul poisson à y nager. Je dois bien cela aux écailles dorées qui m'ont toujours porté chance !

Nyssia s'assit au bord du bassin et mit les pieds dans l'eau.

— Elle n'est pas fraîche, constata-t-elle.

— Il y a une chaudière derrière le mur d'enceinte. On a chacun sa propre idée du paradis, ajouta-t-il. Je m'y baigne tous les jours. C'est mon jardin secret.

Le lieu était clos par une rangée d'arbres suffisamment denses pour empêcher toute vue depuis l'extérieur et depuis la maison.

— Cela va te sembler étrange, mais moi qui étais une enfant solitaire, je ne me suis plus jamais retrouvée seule depuis mon départ. Pas un jour. Et je me rends compte seulement maintenant que cela m'a manqué. Pourquoi ne t'es-tu jamais marié, Jez ?

Il s'assit à côté d'elle avant de répondre :

— Je ne voulais pas avoir d'enfants, et un mariage sans enfants n'a pas de sens. Le risque était trop grand qu'ils aient la même maladie que moi. Et je suis un miraculé... Toi non plus, tu n'as pas eu d'enfants, conclut-il pour évacuer la culpabilité qui ne l'avait jamais quitté.

— Et je ne le regrette pas, ce n'était pas compatible avec ma vie. Mais je me suis mariée, comme quoi tout est possible ! Tu n'as qu'à suivre mon exemple.

Nyssia comprit le regard suppliant de Jezequel.

— Je voulais te remercier de m'avoir donné des nouvelles de ma famille pendant toutes ces années, dit-elle en changeant de sujet. C'était important pour moi.

— Pourquoi les as-tu laissés tomber, si c'était important ?

— Nous en avons déjà parlé et je n'ai pas à me justifier devant toi, répondit-elle en se levant.

Nyssia sécha ses pieds en les frottant dans l'herbe et enfila ses chaussures aux épais talons hauts.

— Je suis désolé, dit-il. Tu vois, je suis toujours aussi bête, je n'ai pas changé. J'étais bien content de te donner de leurs nouvelles, cela me permettait de te voir quand je venais à Paris, j'y ai trouvé mon compte, tu sais. Viens, restons encore un peu.

— Je suis revenue, Jez, dit-elle en s'éloignant sur l'allée de marbre. Il est peut-être tard, mais pas trop tard. Allons dans le patio, je n'aime pas cet endroit. Si tu veux m'aider à retrouver mon père, tu dois me dire tout ce que tu sais.

Lorsqu'elle redescendit de l'Albaicín, Nyssia croisa de nombreux promeneurs qui formaient de petites rivières multicolores convergeant vers le centre-ville pour assister au défilé inaugural de la *feria*. Les nuages s'étaient teintés au crépuscule de nuances indigo et l'air ambiant exhalait les senteurs que la chaleur avait inhibées durant la journée. Elle marcha lentement jusqu'à l'Alhambra, perdue dans ses pensées et lestée par ses articulations que la marche avait rendues douloureuses. Elle décida de consulter Ruy Pinilla afin qu'il la soulage.

Kalia l'attendait, assise sur un muret de l'esplanade.

— Je suis trop vieille pour ces manifestations, répondit-elle alors que Nyssia lui proposait de l'emmener au défilé. J'ai participé à des dizaines de fêtes-Dieu, d'abord en recevant le pain du pauvre, puis en dansant la *zambra* et, pour finir, en distribuant le pain aux miséreux. Assieds-toi et restons ici, je n'ai pas le courage de monter à la tour du Guet. Tu me raconteras ta visite au fils Pozo.

Un coup de tonnerre retentit depuis la ville basse puis toutes les cloches sonnèrent à la volée.

— La parade a démarré, commenta la Gitane. Te souviens-tu que c'est un jour de *Corpus Christi* que j'ai accepté de revenir à l'Alhambra ?

— Je pourrais difficilement l'oublier : Mateo a failli arrêter le défilé pour t'en soustraire !

Elles restèrent un moment silencieuses. Les hirondelles rasaient les murailles de l'Alcazaba. Le soldat en faction remontait de la porte de la Justice en sifflotant et en faisant tinter ses clés. Il apparut à la porte du Vin, fit un signe de la main à Kalia et poursuivit sa ronde. Une mule envoya un braiment rauque depuis le Generalife.

— Tout est rassurant ici, comme si aucun malheur ne pouvait arriver, remarqua Nyssia. Où est-elle morte ? demanda-t-elle soudain.

La question, prononcée avec la même douceur de ton, surprit Kalia.

— Maman, précisa Nyssia, à quel endroit l'a-t-on retrouvée ?

— Dans le hammam, répondit la Gitane. Il n'avait plus fonctionné depuis le jour de votre naissance. Alicia avait longtemps retardé sa rénovation mais Rafael avait peur que le gouverneur ne lui supprime son budget. Alors, elle s'était décidée et avait commencé à enlever les carreaux de la salle chaude...

L'émotion interrompit le récit de la vieille femme. Elle accrocha ses lunettes dans ses cheveux comme pour mieux laisser les souvenirs danser devant elle.

— Même le gouverneur était présent pour lui rendre un dernier hommage. Elle a tant fait pour l'Alhambra. Si tu avais vu ce monde, elle était très aimée, tu sais.

Nyssia l'enveloppa de ses bras et lui chuchota à l'oreille :

— Je n'ai pas pu, si tu savais comme je le regrette, mais je n'ai pas pu être présente.

Ce n'est pas ma faute, pensa-t-elle, *ce n'est pas ma faute, maman, pardonne-moi !*

Nyssia avait beau s'y attendre et s'y être préparée, la culpabilité, qu'elle avait pu contenir loin de Grenade, brisait toutes les digues qu'elle avait érigées durant des années. Elle se leva et fit quelques pas avant de revenir vers Kalia. La vieille femme avait les yeux rivés au sol.

— Ta sœur s'est occupée de tout, elle a été d'un grand courage, d'une grande abnégation, comme toujours. Tu sais, elle m'a souvent dit qu'elle me devait sa vocation le jour où je lui ai conté la légende des Gitans. Elle aussi a fait beaucoup de bien autour d'elle. C'est une femme formidable, elle ressemble tant à ta mère !

— Veux-tu me la raconter aussi, ta légende ? demanda Nyssia en se frottant les bras.

— D'accord, mais rentrons. Je vais te faire une bonne soupe de tomates, tu as l'air de frissonner. J'espère que ce n'est pas la fièvre.

— Non, un problème de santé récurrent. Je l'ai depuis des années, rien de grave.

Le potage et une bouteille de clos-vougeot, dont Kalia ne savait comment elle avait pu arriver jusqu'à l'Alhambra, dénouèrent les muscles contractés de Nyssia et apaisèrent ses articulations.

— Il y a longtemps, commença la Gitane, dans le pays de l'Inde, vivait un roi de l'Empire gupta...

Nyssia se lova contre elle comme elle le faisait, enfant, avec sa mère. Les cheveux de Kalia sentaient le feu de bois. Nyssia caressa la peau toute fripée du dos de sa main.

— Continue, dit-elle.

— Ce roi avait une grande crainte des appétits de conquête du roi de Perse et il lui envoyait régulièrement des cadeaux en gage de bonne entente entre leurs royaumes respectifs. Un jour, il fit convoquer tous les musiciens du pays et les fit jouer dans le but de choisir les deux meilleurs d'entre eux, un homme et une femme, afin qu'ils se rendent en Perse divertir le souverain et sa cour. Ce dernier en fut tellement enchanté qu'il leur offrit un bœuf, un âne, du blé et un lopin de terre, pour qu'ils restent à jamais. Mais le couple revint un an plus tard, après avoir mangé le bœuf et le blé. Ils étaient sans le sou et la femme était enceinte. Furieux, le roi de Perse refusa de les aider à nouveau. « Il vous reste votre âne, leur dit-il. Prenez votre rudra-vina[1] et parcourez le monde de royaume en royaume pour dispenser la joie, qui est votre seule richesse. Mais jamais plus vous ne reviendrez ici et jamais plus vous n'occuperez une terre. » Le couple s'en alla et, à peine les murailles de Persépolis disparues, la femme accoucha de trois jumeaux, dans la montagne du Kuh-e Rahmat. Ils y vécurent plusieurs années et, quand leurs enfants furent assez grands, continuèrent leur route. Devenus adultes, chacun des trois prit une

1. Cithare sur tube, instrument à cordes pincées.

direction différente et leurs descendants essaimèrent de par le monde sous le nom de Gitans.

— C'est une belle histoire, Kalia.

— Victoria la raconte tous les ans à ses classes. Et le plus drôle, c'est que parmi ces jumeaux il y avait deux filles et un garçon, comme vous.

— C'est vrai que nous avons pris tous les trois une route différente. Si différente.

CHAPITRE XI

32

Lundi 2 avril 1877, Porto

Le pinceau lécha la toile, déposant délicatement un trait sur l'arc en formation. L'artiste recula en plissant les yeux : sa représentation du pont était conforme à l'original, du moins en éprouvait-il une certaine satisfaction. Il n'avait jamais vu d'ouvrage pareil, les piliers de métal et le tablier étaient ajourés et il avait dû recommencer leur dessin par deux fois avant de réussir à les représenter avec suffisamment de finesse.

L'œuvre était une commande de Gustave Eiffel, qui lui avait demandé de représenter trois étapes de la construction de l'arche. Le peintre avait choisi de se placer à un kilomètre du chantier, du côté de Villa Nova de Gaia ; il avait joué sur les proportions, écrasant la hauteur des bâtisses et relevant celle des deux collines accueillant les bases du pont, ce qui faisait ressortir davantage encore le gigantisme de l'ouvrage. Plus que les quelques dessins parus dans la presse, le tableau allait montrer aux derniers réticents son intégration esthétique dans le paysage et la plastique de l'ouvrage lui-même.

Gustave sera ravi du résultat, pensa Joseph Collin, qui surveillait la réalisation en l'absence du maître d'œuvre. Il consulta sa Billodes et constata que l'échotier du *Jornal do Porto*, qui courait sur le chemin tout en leur faisant d'amples signes des bras – *Comme si on ne l'avait pas vu, on dirait un pélican qui essaie de décoller*, s'amusa Joseph –, avait une demi-heure de retard. L'homme se présenta en sueur et, à bout de souffle, expliqua qu'il remplaçait le journaliste initialement prévu, lequel avait dû se rendre sur le port à la suite de l'incendie d'un bateau à vapeur anglais en provenance de Liverpool. La nouvelle contraria Joseph, que le départ précipité d'Eiffel pour Barcelinhos avait déjà mis d'humeur chagrine. Par chance, après une matinée de fine pluie, le temps s'était installé au beau fixe et la température avait dépassé les vingt degrés, ce qui, après les intempéries des mois passés, sonnait comme une récompense bien méritée. Joseph s'était habitué auprès d'Eiffel à la présence des journalistes et, même s'il savait ne pas avoir son charisme, il avait en mémoire les réponses aux questions qui revenaient invariablement lors des entretiens, ainsi que les intonations que prenait Gustave pour dominer l'échange.

— Pensez-vous que vous aurez fini l'ouvrage dans les temps, *senhor* Collin ? demanda l'homme tout en finissant d'effacer la sueur de son front.

— Pourquoi voulez-vous que ce ne soit pas le cas ?

— Tout de même, il y a eu ces crues exceptionnelles et le chantier a été arrêté deux mois et demi, il y a de quoi s'interroger, non ?

L'échotier rangea son mouchoir dans la poche de son gilet, le laissant dépasser en partie, et posa la pointe de son crayon de papier sur son carnet, tel un sportif s'apprêtant au départ d'une course.

— Nous avions intégré ce risque depuis le début, répondit Joseph tout en le regardant prendre note. Le montage de l'arc a commencé il y a un mois, nous sommes toujours dans les temps. En outre, nous avons dans notre équipe un ingénieur chargé de la prévision météorologique, ce qui nous permet d'établir un planning de travail idéal, argua-t-il avant de se mordre la joue en se souvenant qu'Eiffel avait prononcé le mot « optimal ».

— Idéal ? releva le journaliste. Vous semblez avoir une confiance absolue en la science. Comment savoir le temps qu'il fera ce soir, demain, dans un mois ?

— Par les courbes isobares, répliqua Collin en se réfugiant dans un langage abscons. En suivant les courants atmosphériques fondamentaux. Nos modèles sont puissants ! conclut-il avec une pointe de dédain.

— Pourrais-je interroger votre ingénieur ? Ce sujet peut intéresser nos lecteurs, demanda l'homme, voyant qu'il ne pourrait plus rien en tirer.

— Il n'est plus à Porto. Il habite Grenade.

— L'Espagne ?

L'homme tira le mouchoir de sa poche et se tamponna machinalement le visage tout en réfléchissant.

— Mais comment peut-il prévoir le temps d'aussi loin ? questionna-t-il en insistant sur les deux derniers mots. Êtes-vous sérieux ?

— Monsieur, ce sont des phénomènes complexes, je ne peux vous les expliquer ainsi, debout sur un sentier de muletier, en quelques phrases convenues, argua Joseph qui contenait difficilement son agacement. Seul le résultat compte. Ce pont sera terminé en octobre, je puis vous l'affirmer, et il représentera une grande innovation en matière de technologie.

Un peu plus loin, l'artiste, qui avait terminé, les écoutait tout en remballant son matériel.

— Permettez-moi d'insister, *senhor* Collin. Ne risque-t-on pas la colère de Dieu à force de vouloir le concurrencer, à force de vouloir élever des Babel toujours plus hautes ?

— *Mãe de Deus !* s'écria le peintre. Mais avez-vous des yeux pour voir, monsieur ?

Le journaliste eut une seconde d'hésitation avant de comprendre que l'homme s'adressait à lui et non au Français.

— Regardez ! dit-il en le prenant par la manche pour l'amener près du chevalet où trônait la toile. Avez-vous jamais vu une œuvre aussi parfaite ?

L'homme considéra la peinture et trouva le qualificatif exagéré.

— Oui, c'est une représentation fidèle, mais de là à dire que...

— Mais non, *estúpido*, je parlais du modèle, je parlais de ça ! s'emporta le peintre en montrant de la main le paysage sous leurs yeux. Ce pont est le prolongement des deux rives, il en sera bientôt la réunion, le trait d'union. Regardez cet arc qui jaillit des deux berges comme deux mains tendues l'une vers l'autre et qui vont se lier !

Il laissa l'échotier aux prises avec ses doutes naissants avant de continuer :

— Je n'ai jamais vu d'ouvrage industriel aussi esthétiquement abouti. Imaginez l'arc quand il sera complet, quand les deux rives se souderont à sa flèche, sa force, sa finesse en même temps, ces poutres qui sont ouvertes, qui ont autant de vide que de matière, mais qui résisteront à tout. Cela fait des heures que je l'observe pour le copier, que je le caresse à force de le dessiner, et à chaque seconde qui passe je me rends mieux compte à quel point cette prouesse est une œuvre d'art. Et Dieu est amateur d'art, croyez-moi, ce n'est pas blasphème que de le dire ! ajouta-t-il en prenant son travail pour le déposer dans les mains de Joseph Collin. Je reviendrai dans six mois, quand tout sera fini. Sur ce, je vous souhaite un bon après-midi, messieurs !

Ils le regardèrent replier son chevalet et partir en sifflotant. Le journaliste se gratta les cheveux avec son crayon tout en relisant ses notes :

— Je crois que nous allons reprendre de zéro.

33

Jeudi 5 avril 1877, Vigo, Espagne

Este mundo es un fandango y él que no lo baila es un tonto. La phrase tournait en boucle dans sa tête. « Le monde est un fandango et celui qui ne danse pas est un idiot. » Le proverbe espagnol avait été la dernière phrase prononcée par Victorine en sa présence, un mois auparavant, à Barcelinhos. Ils s'étaient disputés, sans violence, mais avec de l'amertume et des non-dits, sous les yeux de la cuisinière qui avait de plus en plus de mal à ne pas prendre parti pour celle dont elle partageait le quotidien et comblait la solitude bien plus que la présence épisodique de son amant. Eiffel en avait profité pour anticiper son départ pour Porto, où l'attendaient son équipe et tous les problèmes attenants à un chantier de cette envergure. C'est au moment de monter dans la berline qu'elle l'avait retenu pour le prendre dans ses bras. Le baiser avait été furtif. Jamais il n'avait su être démonstratif dans ses sentiments. Les lèvres de Victorine étaient froides, ce fut la seule pensée qui lui était venue à l'esprit. Il lui avait conseillé de rentrer au plus vite en raison du vent et de la fraîcheur. Elle lui avait cité le proverbe, ses yeux brillant d'une lueur qu'il n'avait pas su décoder. Puis il était parti, les pensées déjà tournées vers son pont.

À son arrivée à Villa Nova de Gaia, il lui avait envoyé une lettre d'excuses et avait chargé la cuisinière de fleurir la maison, puis s'était rendu sur le chantier où l'arc avait avancé de plusieurs mètres et où le moral était à nouveau au plus haut. Eiffel était rentré une semaine plus tard à Levallois-Perret, était resté dix jours puis avait informé sa femme d'un nouveau voyage au Portugal. Le 1er avril, il avait rencontré à Porto le peintre qu'il avait choisi pour la représentation du pont et, au grand désespoir de Joseph, avait reçu un télégramme en provenance de Barcelinhos qui l'avait fait partir sur-le-champ.

Eiffel avait le regard tourné vers les collines qui entouraient la baie de Vigo et son port. Il avança avec son bagage de cabine devant le préposé à la douane, qui l'engagea à monter à bord sans même le questionner. *Ma douleur est-elle si visible* ? songea-t-il en cherchant à accrocher le regard des autres passagers pour y chercher confirmation. Mais tout le monde était occupé à s'installer en cabine ou sur le pont du vapeur dans un joyeux brouhaha. Il posa ses affaires sur sa couche et s'allongea sans parvenir à s'endormir. Il n'avait pourtant pas fermé l'œil la nuit précédente, mais sa culpabilité l'aiguillonnait chaque fois que l'assoupissement tentait de prendre le dessus. Il se leva et attendit l'heure du départ debout sur la dunette, les yeux perdus dans l'immensité de l'océan. À l'extrémité de la baie, une nuée interminable d'oiseaux entourait les îles Cies, voletant au-dessus de la mer ou piquant sur les bancs de sardines en blanchissant l'eau d'un inégal combat. Le spectacle lui fit oublier un court instant son chagrin et son accablement, jusqu'à ce que le capitaine vienne le saluer. Le bateau, de la compagnie Pereire, effectuait la liaison régulière avec Bordeaux, et Eiffel l'avait plusieurs fois emprunté, dont une avec Marguerite et leur fille Valentine. La traversée allait durer cinq jours. Cinq jours pendant lesquels le vapeur allait se balancer sans interruption au gré du vent et des grains. Eiffel, d'ordinaire malade au moindre mouvement, se laissa emporter par la danse nauséeuse de la mer, refusant le moindre apitoiement sur son sort, comme une punition méritée. Il ne sortit pas du voyage, même lorsque le navire fit escale à Bilbao, et débarqua sans avoir prononcé le moindre mot depuis Vigo. La remontée en train jusqu'à Paris se déroula entre rêve et réalité, assommé qu'il était par l'absence de sommeil et par le poids de ce qu'il venait de vivre.

Il ne pouvait partager sa douleur avec personne, condamné à se taire et à la garder en lui sans rien montrer. Lorsqu'il arriva à Levallois-Perret, il se rendit directement à son atelier rue Fouquet et fit déposer ses affaires à la maison. Il avait besoin de sentir l'odeur familière du fer, d'entendre les bruits de marteaux, de se plonger dans l'ambiance du travail studieux, de reprendre pied dans l'urgence de la réalité. Il s'assit à son bureau et, pour la première fois depuis qu'il avait appris la nouvelle, pleura. Victorine était décédée brutalement le 3 avril, quelques heures avant son arrivée à la maison de Barcelinhos. Il s'en sentait tellement responsable.

34

Samedi 30 juin 1877, Alhambra, Grenade

Mateo s'essuya les mains, debout dans le mirador entre les deux machines à fabriquer de la glace, les yeux rivés sur le Sacromonte.

— Oh, tu rêves, papa ? demanda Javier, qui venait de finir deux carafes frappées.

— Oui, dit-il en se retournant vers l'adolescent. Comme tu dis, je rêve...

L'allusion à Kalia, qui y habitait toujours, agaça Javier qui haussa les épaules :

— Fais comme moi, oublie-la !

Le garçon détecta chez Mateo un très léger haussement de sourcils qui ne lui dit rien de bon, mais refusa d'entrer dans son jeu. Lorsqu'on le lançait sur le sujet, l'ancien *nevero* était intarissable sur les qualités de la mère de Javier et sur son retour, qu'il considérait comme inéluctable. À chaque fois, Javier tentait de le raisonner et de lui faire comprendre qu'elle n'était plus amoureuse de lui et qu'elle préférait vivre avec les Gitans plutôt qu'avec son fils, mais rien n'entamait la résolution de Mateo de la faire revenir avec eux. Javier préféra changer de sujet de conversation :

— Je finis la série et je te laisse les livrer, j'ai école dans une heure.

— L'école, l'école, mais pourquoi tu continues à y aller ? Tu n'en as plus besoin, notre affaire tourne bien, regarde, maugréa Mateo en lui montrant la pièce encombrée de caisses.

La dernière machine développée par Clément, qui leur permettait de produire directement la glace dans de larges carafes en verre, était déjà un grand succès auprès des Grenadins. Javier ne répondit pas, la discussion finissait invariablement en fâcherie. Il fit le vide dans l'appareil en actionnant une pompe une dizaine de fois, accola deux nouvelles carafes, contenant un tiers d'eau, contre les tuyaux émargeant de deux robinets qu'il ouvrit, faisant adhérer les bouteilles. Il déposa des gouttes d'eau sur les goulots et termina la mise à vide en pompant de nouveau. Les dernières bulles d'air s'échappèrent de l'eau qui commença à geler. Au bout de vingt minutes, les deux carafes étaient entièrement congelées.

— C'est pour M. Canadas, le dentiste, indiqua Javier en ôtant les gants de cuir qu'il utilisait pour le maniement de la pompe.

Il les lui déposa dans les mains.

— Eh, je sais. C'est quand même moi le patron ! râla Mateo par pure forme et en pure perte.

Javier avait déjà quitté la salle du Generalife réservée à la fabrication de la glace. Il passa au Mexuar chercher Irving. Jezequel les attendait sur l'esplanade en compagnie de Victoria.

— Je n'ai pas école cet après-midi, il y a des matières qui sont réservées aux garçons, précisa-t-elle pour les narguer.

Jezequel tenta une blague qui ne fit pas rire les autres. Elle lui valut une pichenette de la part de Javier, qui avait horreur qu'un autre que lui fasse une réflexion sur ses jumelles préférées. Victoria les regarda quitter l'Alhambra avant de filer à la cour des Myrtes nourrir les poissons des restes de pain qu'elle avait ramassés à la table du déjeuner. Elle fit le tour du bassin, suivie par les carpes et poissons rouges que le pain avait mis en appétit. Elle accéléra et s'arrêta, plusieurs fois, s'amusant de leur obéissance, avant de leur donner le dernier quignon qu'elle gardait dans sa poche. Victoria se retrouvait seule plusieurs après-midi par semaine alors que les garçons suivaient des cours de mathématiques et de sciences et que Nyssia se retirait pour lire dans ses refuges secrets. Victoria avait remarqué que, depuis plusieurs mois, sa sœur écrivait aussi des lettres, qu'elle envoyait en cachette de leurs parents.

Elle soupira en regardant le ciel : l'après-midi allait être long et déjà la chaleur appelait à la sieste. Elle n'aimait pas ces moments d'immobilité imposée et, contrairement à sa jumelle, elle n'avait aucune patience ni passion pour la lecture.

Victoria décida de prospecter une partie éloignée du Mexuar qui n'avait pas encore été placée sur la liste des rénovations. La colline offrait des possibilités infinies d'exploration et les enfants ne se privaient jamais d'en profiter. Ils taisaient parfois les lieux découverts, même à leurs parents, surtout à eux, qui leur auraient interdit d'y retourner. Les portes dérobées et tunnels étaient nombreux, et chaque promenade était une aventure. Jezequel rêvait d'y trouver d'autres écailles en or, Javier fouillait tous les recoins à la recherche d'un plan ou d'un signe qui l'amènerait vers le trésor de l'Alhambra, Irving craignait qu'on ne réveille tous les fantômes des Nasrides. Victoria, elle, cherchait les souterrains décrits par Washington Irving dans ses chroniques, mais n'en avait jusqu'alors trouvé aucun.

Elle décida de se rendre à la tour des Infantes, une petite forteresse enchâssée dans les murailles du chemin de ronde menant vers le Generalife. Elle aimait l'endroit, bâti autour d'une cour centrale couverte, et surtout la légende qui lui avait donné son nom. Victoria s'arrêta sous un lentisque généreux qui protégeait l'allée des morsures du soleil de midi et considéra la fenêtre de la tour depuis laquelle les princesses étaient descendues par une corde en soie pour s'enfuir avec leurs amoureux. Elle se repassa mentalement la description de Washington Irving, qu'elle connaissait par cœur : « Le rocher sur lequel s'élevait l'habitation des trois princesses est traversé par des galeries creusées dans le granit, dont les unes communiquent avec la ville et les autres vont aboutir sur les rivages du Genil et du Darro. » Elle se pencha au-dessus du muret qui protégeait de l'à-pic de la colline afin de trouver un signe qui lui aurait permis de repérer une des galeries, mais elle s'avoua vaincue en raison du soleil, qui rendait la façade aussi lumineuse qu'un miroir. Elle avisa un embryon de chemin entre les ronces et les arbustes qui peuplaient le flanc de la colline ; il semblait descendre vers le Darro. L'endroit étant escarpé, elle décida d'attendre les garçons pour s'y aventurer. Ayant remis son excursion à plus tard, elle entra dans la tour et grimpa à l'étage jusqu'à une des chambres qui donnaient sur la cour intérieure. À défaut de trouver la sortie du passage secret, elle allait en dénicher le point de départ.

Victoria sonda l'épaisseur des murs en frappant de son poing fermé, comme elle avait souvent vu sa mère le faire lors des travaux. Elle arrêta rapidement : la pierre était pleine et ses doigts rougis lui faisaient mal. Elle se pencha à la fenêtre d'où les recluses étaient censées avoir fui et la hauteur lui donna le vertige. À leur place, elle n'aurait jamais pu s'échapper. La cadette de l'histoire, elle, était restée pour ne pas attrister son père, pourtant responsable de leur captivité. Zorahayda avait peut-être eu le vertige au moment de partir ? s'interrogea-t-elle en fouillant des yeux la pièce. La tour n'était pas habitée et la chambre respirait le moisi et la poussière. Tous les meubles avaient disparu, à l'exception d'un coffre rempli de vêtements qui, étonnamment, n'avait fait l'objet d'aucun saccage. Les habits étaient vieux et usés, Victoria les avait déjà tous essayés : ces *marlotas* aux couleurs vives de toutes tailles avaient été portées du temps où les ateliers clandestins avaient envahi l'Alhambra. Elle en choisit une pour sa couleur vert criard, l'enfila et enfouit sa tête dans la capuche. Elle s'assit sur le sol, devant la balustrade qui donnait sur la cour intérieure, et laissa pendre ses pieds dans le vide en les balançant. Dehors, la chaleur imposait le silence à toute forme de vie.

Victoria tendit l'oreille : sur le chemin de ronde, un bruit étrange avait bravé l'ordre établi. Un tintement sourd et régulier. Le bruit cessa. Elle joua à nouveau de ses jambes puis s'arrêta brusquement. Le roulement avait repris, discret mais régulier. Elle imagina des cailloux poussés dans l'allée par des bourrasques de vent. Mais il n'y avait pas de vent. Ou des billes, comme celles des garçons, quand ils les fourraient dans leurs poches. Mais le son était plus mat. Victoria se redressa et posa ses mains sur la rambarde à la manière d'un capitaine de pirates paré à lancer un abordage. Il se rapprochait. Elle n'avait pas peur et se sentait en sécurité, l'Alhambra était le cocon de toute la famille et rien ne pouvait leur arriver.

Victoria ne pouvait voir dehors en raison du couloir coudé de l'entrée mais elle n'avait plus de doute : l'étrange bruit était maintenant dans la tour.

— Monsieur Alvarez ?

Mateo se retourna, surpris de s'entendre interpeller par son nom. Pour tous, il était Mateo et sa réussite récente n'avait rien changé aux habitudes. Il se pencha par la fenêtre du mirador et localisa deux individus au pied d'un des orangers du potager.

— Vous êtes bien Mateo Alvarez ? s'impatienta le plus grand en l'absence de réponse.

L'individu se tourna vers son acolyte, qui le lui confirma d'un signe de tête. Mateo reconnut son frère. Ramón ne l'avait pas prévenu de son arrivée, ce qui le mit de mauvaise humeur. Il détestait être perturbé dans ses habitudes, d'autant qu'il avait encore beaucoup de travail pour la journée. L'autre lui était inconnu, mais ses habits relevaient de la dernière mode en cours à Madrid. Ils reflétaient aussi le niveau de vie de la très haute bourgeoisie que toute la glace du monde ne lui permettrait jamais d'entrevoir.

— Que me voulez-vous ? lança-t-il depuis son mirador.

— Pouvons-nous monter ? Nous voulons vous entretenir d'une affaire d'importance, déclara l'homme en avançant dans l'allée.

— Bonjour, Ramón ! dit Mateo avant de disparaître à l'intérieur sans répondre à la demande.

L'homme attendit quelques instants et se tourna vers le *mayoral*, qui mâchonnait nerveusement son Braserillo éteint.

— Alors ? questionna-t-il.

— Ça veut dire oui, estima Ramón.

— Eh bien, cela ne va pas être facile...

— Mateo est un taiseux, mais ce n'est pas un mauvais bougre, monsieur, vous verrez.

L'homme l'arrêta et le prit par le bras :

— Mon ami, sachez que quand on vend cinquante tonnes de glace en un an à toute la population de Grenade, on n'est pas un mauvais bougre ! On est un génie. Ou, tout au moins, un petit malin. Aujourd'hui ce sont les carafes, et demain ? Cet homme est peut-être une aubaine, qui sait ce qu'il a encore en tête ?

— Mateo ? Je le connais bien, il n'a rien en tête, à part sa Gitane. La machine, c'est M. Delhorme qui l'a construite, je vous le dis ! affirma son frère en crachant les brins de tabac coincés entre ses dents.

— Oh, et puis suffit ! Je me demande pourquoi je discute avec vous. Allons-y.

À l'intérieur, Mateo regarda l'homme le saluer de son chapeau et reçut sans enthousiasme l'accolade de son frère.

Il écouta le discours d'Alfredo Lupion, qui se présenta à lui comme un industriel venu de Madrid pour l'aider à développer son affaire. Peut-être était-il banquier, ou les deux, Mateo n'avait pas compris. Lupion lui cita tous les avantages d'avoir un associé qui lui permettrait de vendre ses machines dans les principales villes du pays.

— Voire plus ! ajouta-t-il d'une voix enthousiaste. Je ne vous cacherai pas que le marché européen est à prendre et que l'on peut voir grand, très grand, grâce à mes contacts. Nous sommes aussi dans les chemins de fer, argua l'homme dans une conclusion imparable.

Mateo le regarda sans répondre, enfila ses gants et actionna la pompe à vide.

— Alors ? s'impatienta Lupion.

— Alors quoi ? répondit l'ancien *nevero* en positionnant une carafe.

— Qu'en pensez-vous ?

Mateo haussa les sourcils, puis les épaules, et répondit simplement :

— Non.

Il pompa énergiquement tout en surveillant les bulles de gaz à la surface de l'eau, sous le regard incrédule de l'industriel.

— Mais vous ne pouvez pas refuser, c'est la chance de votre vie ! tenta-t-il après en avoir lancé un coup d'œil à Ramón afin qu'il le soutienne. Mais dites-lui, vous, insista-t-il devant son absence de réaction, vous êtes son frère !

Le *mayoral* ne parut pas impressionné par l'insistance de l'homme d'affaires.

— Moi, vous m'avez payé pour vous conduire jusqu'ici, pas pour jouer les entremetteurs. Mon frère, il fait ce qu'il veut. Comme toujours.

Mateo approuva d'un geste et continua à manœuvrer sa pompe.

Lupion s'était approché de la machine et en observait les différentes parties.

— Elle peut faire des blocs de cinquante kilos en une heure ! affirma fièrement Ramón. Et il y en a deux !

— Nous pourrions les multiplier par dix, par cent ! affirma l'homme d'affaires. Vous seriez extrêmement riche...

Mateo l'ignorait toujours. Lupion posa sa main sur la pompe pour l'empêcher de continuer.

— Si vous avez peur de vous lancer, je peux acheter votre brevet, dit-il en le regardant droit dans les yeux. Et je comprends votre réticence, c'est notre première rencontre. Réfléchissez, je vais attendre quelques jours aux Siete Suelos. Prenez votre temps.

Il salua les deux hommes et tourna les talons.

— Attendez ! intima Mateo, arrachant un sourire à Lupion, qui resta sur le seuil pour l'écouter.

Mateo prit le temps de s'essuyer les mains et de s'éponger le front avant de continuer :

— Je vais nous faire gagner du temps à tous les deux. J'ai dit non, je suis bien ainsi et je ne veux rien changer, monsieur. Alors, vous allez demander à Ramón de vous raccompagner à la gare de Guadix dès aujourd'hui, vous avez sûrement mieux à faire que de perdre votre temps à Grenade, n'est-ce pas ?

— À votre guise, je vous laisse ma carte, dit l'homme sans insister, ce qui étonna Mateo.

Il la prit et la jeta dans le foyer ouvert de la chaudière.

Peu importe, pensa le *señor* Lupion, *j'ai ce que je voulais.*

Victoria avait reculé et s'était abritée derrière les épais barreaux de la rambarde d'où elle observait le rez-de-chaussée. Deux pieds nus apparurent sur le seuil et avancèrent dans la cour intérieure. Sans faire de bruit, Victoria s'allongea contre la rambarde et colla son visage entre deux barreaux de bois : l'intrus se trouvait à la verticale, juste en dessous d'elle. Ses longs cheveux et sa poitrine ne laissaient aucun doute sur sa féminité. Elle portait dans la main droite un seau métallique dont le contenu tintait à chaque balancement. L'inconnue leva la tête vers l'étage et Victoria se jeta en arrière. Elle avait reconnu la Gitane qui vendait des escargots au marché. Ce n'était pas la première fois qu'elle la croisait sur la colline. La femme ne lui inspirait aucune défiance, elle était jeune et d'une beauté qu'elle comparait à celle de sa mère, mais que faisait-elle dans la tour ? Victoria attendit un moment qui lui parut long, avant de se pencher avec précaution. La cour était déserte. Elle se leva lentement jusqu'à pouvoir inspecter la pièce en entier : la Gitane ne s'y trouvait plus. Victoria descendit l'escalier en s'attendant à la voir apparaître à tout moment, mais la tour resta figée dans une immobilité silencieuse qui, contrairement à ses visites précédentes, ne lui semblait plus protectrice et rassurante. Elle fit le tour du rez-de-chaussée, emprunta le couloir d'entrée et sortit sur le chemin aux dalles chauffées par le cagnard. Elle s'arrêta, hésita, puis revint sur ses pas.

Le seau posé sur la table était une invitation à assouvir sa curiosité. Elle avait gardé sa *marlota* trop grande, qui la gênait dans ses gestes. Elle releva ses manches, mais elles se rabattirent aussitôt. Victoria embrassa la pièce du regard afin de vérifier si la Gitane n'était pas cachée dans un recoin à l'observer et, après une ultime hésitation et un tour sur elle-même, elle souleva le couvercle. Le récipient métallique contenait une centaine d'escargots enchevêtrés sur plusieurs couches, dont la dernière reposait sur un lit de feuilles. Les coquilles étaient responsables de l'intrigant tintement dont elle avait encore le bruit en tête. La Gitane, qui avait laissé sans surveillance le fruit de sa cueillette, ne devait pas être loin.

Elle ne peut être que là, songea-t-elle en fixant l'entrée de la seconde chambre, à l'étage, le seul endroit qu'elle n'avait pas considéré. Elle grimpa sans bruit jusqu'à la porte dont elle remarqua qu'elle n'était pas complètement fermée. Elle la poussa de quelques centimètres, ce qui l'entrebâilla suffisamment pour lui permettre de voir Kalia debout devant l'unique fenêtre de la pièce, une ouverture en arc outrepassé coupée en deux par une colonne, contre laquelle la Gitane se tenait, immobile comme si elle était elle-même une décoration de pierre.

Qu'est-ce qu'elle regarde? se demanda Victoria en écartant un peu plus la porte.

— Entrez, jeune fille, dit Kalia sans se retourner.

Démasquée, Victoria se sentit honteuse. Elle fit demi-tour pour s'enfuir en courant mais se retrouva tirée en arrière par le bras. La large manche droite de sa *marlota* s'était fichée dans la poignée de porte et se déchira tout en la faisant basculer en arrière. Sa tête heurta la porte qui s'était fermée en claquant. Elle poussa un hurlement aigu et surprenant, plus proche de la vocalise que du cri de douleur. De l'autre côté, la Gitane cria en retour.

Les trois garçons, de retour de l'école, s'arrêtèrent net au pied de la tour de la Captive.

— Qu'est-ce que c'était? interrogea Jezequel en devançant les deux autres.

— On aurait dit un grincement, dit Javier.

— Ou un hurlement, renchérit Irving.

— La machine à glace fait du bruit ces temps-ci. Je vais réviser les rouages.

— Non, c'était comme un animal, analysa Irving, comme un chat hurlant.

— Un petit loup ? proposa Jezequel.

— Ou le fantôme de Boabdil qui s'est dégonflé comme une baudruche, plaisanta Javier en reprenant la marche. Allez, venez, dit-il en voyant que les autres hésitaient, un *granizado* nous attend à la maison. Et il y a autant de loups ici que d'ours polaires dans la Sierra Nevada et de princesses dans la tour !

— Ça va mieux, Victoria ? s'enquit Kalia en appliquant un chiffon imbibé sur sa joue gonflée.

— Vous me connaissez ? répondit la jeune fille entre deux sanglots.

— Oui, ta maman m'achète des escargots toutes les semaines au marché.

— Ah..., dit-elle en cherchant à comprendre le lien entre les deux.

— Elle me parle souvent de ses enfants, toi et tes deux jumeaux, se crut obligée d'expliquer la Gitane.

— Ah...

Victoria avait du mal à rassembler ses esprits. Le cours de ses pensées restait éparpillé, ses oreilles sifflaient encore et sa tête lui faisait mal. Elle prit le chiffon des mains de la Gitane et se frotta la tempe droite contusionnée.

— Mais vous faisiez quoi à la fenêtre ? demanda-t-elle alors que les sanglots s'étaient mués en hoquets.

Kalia connaissait par cœur les heures de rentrée des garçons et avait pris l'habitude de guetter Javier depuis la tour.

— Je viens souvent m'y reposer, il y fait toujours frais l'été, répondit-elle en tentant de se convaincre que ce n'était pas un mensonge.

L'affirmation sembla convenir à Victoria, qui retrouva son sourire habituel.

— Et toi, jeune fille ?

Victoria lui relata la légende des princesses et la présence du souterrain.

— Mais ne dites rien à maman, elle m'interdirait d'y retourner.

— D'accord, ce sera notre secret.

— Oui, j'adore les secrets ! dit la jeune fille en reniflant. En tout cas, votre produit m'a fait du bien. Qu'est-ce que c'est ?

— Ça, par contre, c'est un secret que je ne partage pas, affirma Kalia, qui avait trempé le tissu dans la bave des gastéropodes. Je te vois souvent avec d'autres adolescents, aborda la Gitane. Il doit y avoir ton frère et ta sœur. Il y a un plus grand, aussi.

— Oui, c'est Javier. Il est plus grand, mais pas plus vieux, vous savez. Il est né à peine quelques heures avant nous !

Kalia fit l'étonnée et la laissa lui parler de son fils. Elles s'étaient assises toutes les deux contre le mur de façade qui diffusait une douce chaleur et Kalia, qui avait pris Victoria dans ses bras, lui caressait lentement les cheveux. La jeune fille était intarissable et Javier était à travers ses yeux le plus parfait des garçons. La Gitane sourit en comprenant qu'elle avait un faible pour lui.

— Mais je n'exagère pas, insista Victoria en fixant Kalia d'un regard dont l'intensité aurait fait se pâmer le peintre le plus blasé. Il nous protège tous, même Jez qui est toujours à lui chercher des noises.

— Alors, j'aimerais avoir un enfant comme lui, dit la Gitane en la serrant très fort. Et une fille comme toi, ma petite princesse, ajouta-t-elle avant de l'embrasser sur la joue, ce qui fit grimacer Victoria. Je vais te raconter une histoire. Une histoire que nous nous transmettons depuis la nuit des temps au Sacromonte et qui va te révéler que, toi aussi, tu es une Gitane.

Victoria arrondit les yeux comme deux soleils bleus qui ne reprirent leur forme d'amande qu'à la fin du récit. Elles quittèrent la chambre et gagnèrent le rez-de-chaussée où les escargots avaient déserté le seau, dont Kalia s'aperçut qu'elle avait oublié de refermer le couvercle. Victoria partit à leur recherche dans la pièce et les rapporta tous. Les plus rapides avaient eu le temps de gagner le couloir, les plus intrépides avaient grimpé sur les murs.

— Je dois partir, dit soudain l'adolescente en entendant l'appel du campanile. Il est quatre heures !

Elle retourna directement à l'appartement du Mexuar où les garçons ne lui avaient pas laissé la moindre goutte de citronnade, pas même Javier – ce qui la désola après le portrait qu'elle en avait fait à la Gitane. Mais il fut le premier à la questionner sur l'état de sa joue et elle lui pardonna bien vite. Irving y vit la confirmation de la présence d'un chat sauvage, idée que la jeune fille refusa de confirmer ou d'infirmer, les laissant à leurs doutes pour rejoindre sa sœur dans la chambre. Nyssia finissait d'écrire une lettre, qu'elle cacha au regard de sa jumelle pour la relire.

— Eh, c'est l'encre de papa ! s'écria Victoria en apercevant le flacon ouvert sur le bureau.

— Il y en a bien assez pour tout le monde, répondit sa sœur. Et j'aime sa couleur, personne n'en a de pareille.

— Pourquoi tu l'as signée « Veronica » ? interrogea Victoria en lorgnant par-dessus son épaule.

— Petite curieuse, tu l'as lue ! s'exclama Nyssia en la pliant.

La feuille disparut sous sa chemise.

— Alors, pourquoi ?

— C'est mon secret, il ne te regarde pas.

— Moi aussi, j'en ai un, c'est la Gitane qui me l'a révélé et je ne te le dirai pas !

— Tu as raison.

— Tu ne veux pas savoir ?

— Non.

— Si, tu dois m'écouter, sinon, à quoi ça sert un secret si on ne peut pas le dire à sa sœur ?

— Un secret, c'est un trésor qui doit rester caché de tous comme s'il n'avait jamais existé.

— Alors, c'est une légende !

Oui, songea Nyssia. *Veronica Franco est une légende...*

35

Dimanche 8 juillet 1877, Rueil, région parisienne

Marguerite Eiffel inspira profondément avec gourmandise et se répéta une nouvelle fois les motifs qui faisaient de ce dimanche un jour de bonheur. Aujourd'hui était la date anniversaire de leur mariage, Gustave était à la maison depuis plusieurs semaines et semblait avoir récupéré d'un mois d'avril qui l'avait laissé épuisé et mélancolique, les enfants jouaient autour d'eux dans l'herbe, au milieu des pins du bois de Saint-Cucufa, en riant et chantant comme elle ne les avait pas entendus depuis longtemps, sa poitrine ne lui brûlait plus et respirer ou marcher était redevenu un délice. Elle lança un regard rassurant à Gustave et aux enfants, qui s'étaient tant inquiétés ces dernières semaines.

— Mac Mahon n'a pas bonne presse en ce moment, commenta Eiffel, le nez dans le journal. Il l'a bien cherché, il n'aurait pas dû rappeler le duc de Broglie pour former un gouvernement.

— Il y avait quand même du monde dimanche dernier au bois de Boulogne, remarqua-t-elle.

— Les gens venaient voir la revue militaire, comme nous. Il n'a pas été applaudi, c'est un signe. Vous voulez un fruit ? demanda-t-il en lui tendant un panier en osier.

La sollicitude de son mari touchait Marguerite et l'inquiétait tout à la fois, elle qui n'y avait pas été habituée auparavant et avait parfois l'impression qu'il s'adressait à une mourante. Il parut s'en rendre compte et ajouta :

— Les vésicatoires et la teinture d'iode ont été efficaces. Je crois qu'on a enfin trouvé le bon remède. Quand je vois la différence avec dimanche dernier !

— C'est parce que je préfère les bois de la Malmaison aux défilés, plaisanta-t-elle.

Les enfants piaillaient autour de la gouvernante qui tentait de les attraper, malgré ses yeux bandés.

— Allez, la smala, on va y aller, dit Eiffel en repliant le journal.

— Encore un peu, papa ! cria Valentine au nom des autres.

Elle les rejoignit et enlaça sa mère.

— S'il te plaît, maman Guite, implora-t-elle du ton enjôleur de ses sept ans, dont elle connaissait la redoutable efficacité.

— Votre père a du travail, répondit Marguerite. Et il est déjà plus de quatre heures.

— On pourrait peut-être passer aux Tuileries voir le diorama, proposa Eiffel en montrant la reproduction d'une affiche sur la dernière page du quotidien. Si vous vous en sentez la force.

— C'est quoi un diorama ? interrogea la fillette.

— Aujourd'hui, je me sens prête à gravir le Cervin, profitons-en, assura Marguerite en se levant énergiquement.

— C'est quoi le Cervin ? insista Valentine alors que les quatre autres, voyant sa médiation mal engagée, revenaient vers leurs parents.

— Où en sont-ils dans la souscription ? demanda Marguerite en repliant la nappe qui avait servi au repas.

— Le comité est loin d'avoir recueilli assez de fonds. Mais Viollet-le-Duc a commencé à fabriquer la tête.

— On a déjà vu des statues sans tête, mais des têtes sans corps, c'est plus original ! osa-t-elle, portée par une douce euphorie.

Gustave remarqua seulement alors sa fille, qui le regardait fixement en attente d'une réponse.

— Tu veux savoir ce qu'est une souscription ? dit-il en lui ébouriffant les cheveux.

— Non, ça, je sais. Mais je ne veux pas aller voir des têtes sans corps !

Claire Eiffel s'accrocha au bastingage arrière du navire pour admirer la rade de New York qui s'éloignait imperceptiblement. Les autres enfants la rejoignirent et saluèrent d'un signe de main la foule des badauds qui ressemblait à un ruban clair sur le quai sombre. Autour d'eux, les passagers du paquebot, vêtus à la mode américaine, semblaient indifférents à leur environnement, absorbés, cigarette à la main, dans d'éphémères et futiles conversations.

— La voilà ! crièrent les enfants, au comble de l'excitation.

Bedloe's Island s'étendait à tribord avec, sur sa pointe, un immense piédestal sur lequel s'élevait la statue de la Liberté, le bras tendu vers le ciel, portant une torche éclairée d'une lumière électrique. Le bateau manœuvra et l'icône, aussi haute que les buildings du front de mer, se trouva face à eux, immense, posée sur son îlot. Puis tout se figea.

— C'est fini, on y va, dit Marguerite, restée en arrière avec son mari.

— Non ! crièrent-ils en chœur.

— Encore une fois, demanda Claire.

— Oui, encore ! approuvèrent les autres.

— Moi aussi, je veux rester, émergea la petite voix du cadet.

— D'accord, céda Eiffel. Nous vous attendons dehors avec votre mère.

Ils payèrent trois francs une nouvelle séance de diorama pour les enfants et leur gouvernante avant de déambuler dans la grande nef du rez-de-chaussée, non loin du salon où l'attraction avait été installée.

— Je n'ai jamais vu une représentation aussi spectaculaire, avoua Marguerite. Les mannequins sur le bateau sont plus vrais que nature.

Eiffel opina de la tête. Il savait par des connaissances communes que, malgré une publicité sans précédent, Bartholdi avait du mal à trouver les fonds pour l'érection de la statue. Les journaux républicains avaient pris fait et cause pour que *La Liberté éclairant le monde* puisse voir le jour et soit offerte au peuple américain, mais une partie de l'opinion, relayée par les gazettes conservatrices, ne comprenait pas que l'on fasse un cadeau à une nation qui avait soutenu l'Allemagne pendant la guerre dont le souvenir était si vivace.

Ils étaient arrivés à l'extrémité ouest de la galerie, devant une archivolte en vitraux peints représentant la France invitant les autres nations à l'Exposition universelle. Eiffel la regarda, pensif. Il admirait l'opiniâtreté de Bartholdi qui, contre vents et marées, se démenait, organisant soirées de prestige au Louvre ou à l'Opéra, vendant photos, dessins et reproductions en terre cuite d'une statue qui n'existait encore que dans l'imaginaire collectif. Il comprenait l'état d'excitation mêlée de doute qui devait être celui du sculpteur et qu'il ressentait lui aussi dans chacun de ses projets. À Porto, les deux parties de l'arc, érigées depuis chaque berge, allaient bientôt se rejoindre au milieu du Douro, et les quelques dizaines de tonnes de ferraille ne devraient pas avoir dévié de plus de quelques centimètres. Ils faisaient partie de ces bâtisseurs qui défiaient les éléments, les hommes et leurs dieux. L'idée lui procura une pointe de fierté.

— Qui est cet homme qui nous fait signe ? demanda Marguerite en interrompant le cours de ses pensées.

— Bartholdi ! s'exclama-t-il joyeusement en reconnaissant celui qui s'avançait vers eux à grands pas.

Le concepteur de la statue de la Liberté leur présenta le rédacteur du *Journal illustré* qu'il emmenait voir le diorama avant la parution d'un article de soutien censé relancer la collecte.

— Nous serons présents à l'Exposition universelle l'année prochaine, précisa-t-il. La tête de la Liberté sera exposée à l'entrée du palais, tout le monde pourra la visiter et grimper en haut.

— Mais où en est son avancement ? s'inquiéta le plumitif.

— Je vous en laisse la surprise, vous le constaterez par vous-même après le diorama. Voulez-vous nous rejoindre aux ateliers, mon cher Eiffel ? Cela me ferait extrêmement plaisir.

Marguerite fut prise d'une quinte de toux à laquelle l'écho amplifié de la nef donna un caractère impressionnant. Eiffel déclina l'offre. Lorsque les enfants sortirent du palais de l'Industrie, leur mère avait repris son souffle mais Claire s'inquiéta de sa pâleur.

— Je vais bien, la rassura-t-elle, juste la fatigue d'une fin de journée qui fut belle.

Ils prirent congé et Bartholdi les regarda s'éloigner.

— À nous, maintenant, dit-il au journaliste. Je vais vous transporter à New York !

Les deux hommes s'engouffrèrent dans le salon.

Eiffel, en sortant, fit admirer l'arche de l'entrée principale.

— Plus grande que celle de l'Arc de triomphe, expliqua-t-il à sa famille dont l'attention avait atteint ses limites.

Les enfants sortirent en s'éparpillant dans l'immense allée centrale pendant qu'il hélait un fiacre. Le jardin des Tuileries affichait une affluence modeste malgré une température estivale, les promeneurs s'étaient dilués dans les allées et près du bassin. Beaucoup repliaient leurs affaires et se préparaient à rentrer, à l'exception d'un homme qui avait remonté le courant principal des badauds et s'était arrêté devant l'affiche du diorama.

Il laissa passer le fiacre de la famille Eiffel, avisa l'entrée du palais de l'Industrie, puis consulta sa montre et releva sa casquette sur son front pour arriver à la conclusion qu'il était en retard à son rendez-vous. L'homme sortit un carnet de sa poche, un crayon et entreprit de dessiner la façade aux deux cents fenêtres. Le croquis servirait à un de ses futurs dessins pour *Le Journal illustré*, auquel il collaborait. En moins de cinq minutes, le bâtiment avait pris vie sous ses doigts. Il aperçut le journaliste sortir soudainement de l'arche principale et courir dans sa direction, le dépasser et ployer en avant dans le premier bosquet venu. Il entendit le raclement caractéristique de la gorge lors d'un vomissement, puis les crachements attenants. Le dessinateur continua son esquisse et attendit que le rédacteur revienne vers lui en se tamponnant la bouche d'un mouchoir en tissu.

— Salut, Claverie, dit ce dernier en prenant un air dégagé.

— C'était si horrible à voir ? répliqua, goguenard, l'illustrateur.

— Je suis navré, vraiment navré ! cria Bartholdi, qui l'avait suivi. Vous allez mieux ?

Le journaliste le rassura d'un signe.

— C'est vraiment la première fois qu'un visiteur souffre du mal de mer dans ce diorama ! s'excusa le sculpteur.

— Je l'expliquerais comme un hommage au réalisme de la réalisation, s'amusa le dessinateur.

— Nous pouvons reporter la visite de l'atelier, si vous le désirez, proposa Bartholdi, qui imaginait déjà un article ravageur.

— Non, cela ira très bien, je vais mieux, croyez-moi. Allons-y.

— Avant, je voudrais m'assurer d'une chose, intervint Claverie en fermant son carnet d'une seule main.

— Quoi donc ? demanda le rédacteur, un soupçon d'agacement dans la voix.

— Tu n'es pas sujet au vertige au moins ?

Lorsqu'ils débarquèrent au numéro 25, dans les ateliers Gaget, Gautier & Cie, la rue de Chazelles résonnait du bruit des maillets martelant les plaques de cuivre. Le trajet en berline avait ragaillardi le journaliste, qui se trouvait de bonne humeur. Claverie resta un instant bouche bée devant le spectacle de la tête, à moitié réalisée, et des ouvriers qui s'activaient autour d'elle telles des fourmis près d'une géante endormie. Puis, son sens de l'esthétique reprenant le dessus, il chercha le meilleur angle de vue pour son croquis et se faufila près des hommes qui malaxaient du plâtre et de l'eau. D'autres transportaient le mélange dans des seaux qui étaient ensuite hissés jusqu'aux trois étages d'échafaudages entourant le visage de la Liberté.

— On fait d'abord un modèle en plâtre, qui permettra de fabriquer une empreinte en bois et sera comme un masque de la forme définitive, expliqua Bartholdi au plumitif. Venez, indiqua-t-il en l'emmenant près des couvreurs qui travaillaient à même le sol, penchés sur les feuilles de cuivre pour leur donner la forme des gabarits de bois.

Leur patience et leur précision impressionnèrent le journaliste. Déjà Bartholdi l'entraînait vers un autre poste et lui expliquait avec ferveur chacun des détails de la fabrication. Ils croisèrent Claverie, qui se positionnait pour faire un dessin du profil de la tête.

La visite dura plus d'une heure au terme de laquelle les deux hommes n'avaient pas envie de quitter les ateliers tant l'activité qui régnait autour de la géante les fascinait. Bartholdi leur tendit une bouteille de champagne dont l'étiquette était ornée d'une statue de la Liberté.

— Je vous l'offre, messieurs, en souvenir de votre visite. La maison Elite-Sec m'a acheté les droits pour faire une réclame avec elle. Dites bien à vos lecteurs que toutes les forces vives de la nation croient en la réussite de mon entreprise, mais que sans le peuple nous ne pourrons mener à bien notre souscription.

Bartholdi raccompagna ses invités jusqu'à la porte des ateliers.

— Au fait, qui a été votre modèle ? interrogea le rédacteur. Tant de noms ont circulé...

— Je suis désolé, répondit le sculpteur dans un sourire qui interdisait à son visiteur d'insister. Je vous ai tout montré, il me faut bien garder un petit secret de fabrication...

CHAPITRE XII

36

Vendredi 7 septembre 1877, Alhambra, Grenade

Le manchon de tissu posé sur le balcon claqua. Clément lui jeta un regard nonchalant qui cachait une grande excitation intérieure.

— Le vent est parfait, c'est le jour idéal pour un record, expliqua-t-il aux garçons, qui attendaient pour l'aider à transporter les affaires sur le lieu du lancement.

Il avait fabriqué le système à partir d'un drapeau, le pavillon d'un navire dont il ne savait comment il avait pu échouer dans la caisse d'un des anciens ateliers clandestins de l'Alhambra. L'angle que formait le manchon avec la hampe, ainsi que son volume de gonflement, apportait des indications sur la vitesse et le sens du vent.

Clément ouvrit le flacon d'encre et en remplit la réserve du barothermographe. Il vérifia que le liquide arrivait jusqu'au papier millimétré en faisant tourner le cylindre enregistreur.

— Parfait, dit-il devant le fin tracé.

— Mais où est le mécanisme du cylindre ? demanda Javier, qui tournait autour de l'appareil à la recherche de la réponse.

— Bien observé, mon garçon. Je ne l'ai pas encore installé.

Il ne vit pas la moue d'Irving, qui s'en voulut de n'y avoir pas pensé. Ce dernier se savait bien plus faible que Javier dans les matières scientifiques où il peinait à comprendre le moindre schéma et avait le sentiment de décevoir son père. Il n'avait jamais osé lui en parler et faisait des efforts pour lui montrer son intérêt, alors que son esprit s'envolait toujours ailleurs.

Clément ouvrit les doigts, à la manière d'un magicien, avant de sortir un objet de taille imposante d'un autre tiroir.

— C'est un mouvement d'horlogerie que j'ai emprunté à une défunte pendule appartenant à votre mère. Mais elle était d'accord... La pendule, pas Alicia, ajouta-t-il pour détendre l'atmosphère.

Sa plaisanterie tomba à plat, les enfants étaient aussi nerveux que lui. Il inséra le mouvement dans le cercle d'emboîtage qu'il avait fabriqué lui-même et lui fit faire une dizaine de tours afin de vérifier que les roues dentées s'étaient bien intégrées au mécanisme du cylindre. Le rouleau enregistreur entama sa lente rotation.

— Il faut le remonter à fond au moment du départ, ainsi il aura plus de deux jours d'autonomie.

Clément vissa l'ensemble sur une épaisse plaque en bois que les garçons l'aidèrent à transporter jusqu'à un chariot à bras.

— Apportez-le à *las Placetas*, indiqua-t-il aux enfants, ravis de leur responsabilité.

Leurs succès croissants l'avait contraint à exécuter les lancers depuis l'esplanade qui faisait face au palais de Charles Quint, afin de contenir la foule joyeuse et exubérante suffisamment loin du ballon. L'année précédente, plusieurs plaques d'aluminium de la toile avaient été volées avant le départ dans les jardins du Partal.

Le météorologue avait préféré rester seul pour réaliser la dernière opération. Le vol, à la différence des précédents, devait envoyer dans l'atmosphère une machine supplémentaire, que Clément avait pu fabriquer grâce au financement de la faculté de Grenade. Le dispositif, dont il avait conçu le mécanisme, allait permettre d'effectuer un prélèvement d'air à haute altitude.

Nous allons enfin connaître sa composition, pensa-t-il en remplissant d'acide sulfurique un ballon en verre. L'odeur puissante saisit ses narines et Clément se retourna afin de prendre une profonde inspiration. Puis il positionna le réservoir contenant l'acide au sommet de l'appareil.

Le docteur Pinilla avait été son plus fervent soutien dans l'enceinte de la faculté. Il avait défendu avec ardeur l'ingéniosité de la machine devant la commission chargée de l'évaluer.

Imaginez, messieurs, qu'à une altitude de quinze mille mètres, la dépression permettra l'ouverture d'une trappe qui libérera l'acide. Le liquide coulera sur un fil dont la rupture fera chuter un poids, celui-ci allant briser la pointe de verre qui maintient le vide dans un grand réservoir, le remplissant avec l'air de l'altitude, cet air dont nous ne savons rien aujourd'hui.
Et voilà où l'invention de M. Delhorme devient parfaite : comment maintenir ce gaz prisonnier de sa cage de verre afin qu'il ne se mélange pas avec notre air terrestre en redescendant ? Souvenez-vous de cet acide sulfurique, qui, en même temps qu'il va couper un

fil, tombe dans un mélange de chlorure de potassium et de sucre. Il en résulte une réaction de combustion qui fera fondre la pointe de verre brisée et scellera l'échantillon d'air atmosphérique. Dix minutes après son ouverture, notre ampoule sera à nouveau close.

La faculté avait validé le principe et fourni le budget. Le drapeau claqua de nouveau : il n'y avait plus de temps à perdre.

Las Placetas ne présentait pas l'agitation habituelle accompagnant le départ de ballon, et pour cause : la levée des vents avait été soudaine et les courants ascendants inattendus. Ils avaient juste eu le temps de prévenir les autorités au saut du lit et de remplir la sonde de gaz de ville. Les quelques spectateurs présents avaient bénéficié du bouche à oreille.

— Il faut attendre les officiels, avertit Alicia devant l'empressement de son mari.

— Pinilla suffira, répondit Clément lorsque le médecin déboucha de la porte de la Justice en courant.

— Tu connais comme moi les subtilités de la pompe et du protocole, objecta-t-elle. Ces messieurs ont payé.

— Qu'importe pour cette fois ! dit Clément en ouvrant et fermant le clapet de sa montre d'un geste sec.

Il leva les yeux au ciel.

— Je ne laisserai pas passer notre chance, les vents ascendants sont exceptionnels, la température idéale, la visibilité parfaite et Barbicane a des fourmis dans les pattes. Nos édiles seront vite calmés quand ils verront le nouveau record !

Il courut à la rencontre du médecin et l'emmena jusqu'à la nacelle vérifier que la machine à prise d'air était correctement amorcée. Le ballon, fermement arrimé à quatre points d'ancrage, ballottait de gauche à droite, donnant l'impression d'un cheval piaffant d'impatience avant le départ d'une course.

— C'est le mien ! fit remarquer Victoria à son frère en voyant le nom sur la nacelle. Le *Victoria*, c'est le ballon des records !

Les enfants s'étaient regroupés autour d'Alicia, à l'exception de Nyssia, qui était restée introuvable.

— C'est parce qu'elle n'a pas de ballon à son nom, supposa Victoria, que l'indifférence de sa sœur attristait.

— Ils n'ont pas l'air d'accord, dit Irving en désignant la conversation animée entre son père et Pinilla.

— C'est la tension du départ, tempéra Alicia avec fatalisme. Surveillez bien Barbicane, ajouta-t-elle avant de rejoindre les deux hommes.

— Madame Delhorme, aidez-moi à raisonner votre mari, implora le médecin sans grand espoir. Le maire et les doyens des collèges de la faculté sont prévenus, ils seront ici dans une heure tout au plus, attendons-les pour le lancement.

— Je crois que ce sont les éléments qui guident la décision de Clément, expliqua-t-elle.

Ses yeux aux reflets d'émeraude annihilèrent toute velléité de contestation chez le médecin.

— De toute façon, le vent s'essouffle, on ne discute plus, trancha Clément en faisant signe aux quatre hommes présents aux points d'ancrage. Lâchez tout !

Les cordages à peine défaits, le ballon s'éleva en oscillant. Une dépression se forma à son sommet. Croyant qu'il allait éclater, Victoria laissa échapper un cri.

— Ce n'est rien, les rassura Clément, juste la résistance de l'air. Preuve qu'il grimpe encore plus vite que prévu. Il se dirige vers la Sierra Nevada, parfait. Venez !

Tous montèrent sur la terrasse de la tour du Guet où trônait une longue-vue.

Les enfants l'entourèrent avec curiosité.

— C'est à nous ?

— Tu viens de l'acheter ?

— Je ne l'avais jamais vue !

— C'est une lunette Dollond, on se la transmet dans la famille depuis cent ans, mais elle fonctionne toujours à merveille. J'en avais oublié jusqu'à l'existence avant de faire le tri dans le pavillon du Partal qu'il a fallu vider pour la rénovation.

— Ce qui a permis de retrouver des fresques uniques, précisa Alicia.

— Et ce joyau de famille, ajouta-t-il en collant son œil à l'optique.

Chacun voulut voir en premier à sa suite et Alicia dut inventer un jeu pour départager les enfants. Le brouhaha et la désorganisation apparente semblaient plaire à Clément, qui surveillait discrètement la trajectoire tout en s'amusant de l'excitation des enfants.

— À moi de jouer ! proclama-t-il au bout de quelques minutes, alors que le point lumineux était encore visible à l'œil nu. Je file sur ma Rossinante à la chasse aux étoiles de jour. La prise devrait être bonne, docteur, très bonne. Prévenez vos éminents collègues.

Les enfants restèrent sur la terrasse et purent observer l'éclat argenté du ballon à la jumelle pendant près de trois quarts d'heure, avant de le perdre de vue.

— C'est fini, maintenant on rentre, décida Alicia.

Le campanile annonçait dix heures. La matinée était limpide, le ciel avait décidé d'inventer un nouveau bleu et le Darro gargouillait de plaisir dans son lit. L'école reprenait lundi, Jezequel était nerveux, comme avant chaque rentrée. Javier, lui, était impatient de retrouver les cours, non pas tant par envie que pour éviter de devoir travailler tous les jours à la fabrique de glace avec Mateo. Les jumeaux aimaient aider leur mère aux rénovations et avaient passé l'été à gratter la peinture d'un mur dans la maison du Partal qu'elle avait investie. Nyssia n'aimait que la lecture.

Après le repas, ils tentèrent de négocier la réduction du temps de sieste, qu'ils considéraient comme une punition. Mais Alicia, rompue à l'exercice, resta ferme et les trois jumeaux se retrouvèrent dans leur chambre.

— Tu crois qu'il a réussi ? demanda Victoria à son frère tandis que Nyssia, en tailleur sur son lit, était plongée dans un ouvrage dont elle avait caché la couverture sous son drap.

— Il doit être déjà sur le retour. Papa m'a dit que son ballon allait tomber quelque part dans le Trevenque.

Elle se positionna à la fenêtre et inspira profondément.

— Je voudrais toujours rester ici. Toujours.

— Sûrement pas !

Le cri du cœur de Nyssia figea les deux autres.

— Quoi ? Ça vous surprend ? s'exclama-t-elle.

— On est si bien ici, se défendit sa sœur.

— *Vous* êtes si bien. Moi, j'ai envie de voyager, de connaître le monde, de le sentir bouger, d'avancer avec lui !

— Ben, pourquoi ? demanda la voix enfantine de Victoria.

— Bon, oubliez ! soupira Nyssia en reprenant sa lecture.

Le *granizado* sonna le signal de la libération. Ils goûtèrent en silence puis quittèrent l'appartement en se dispersant comme les hirondelles de l'Alhambra.

Alicia enfila sa tenue de travail, pantalon d'homme et chemise d'ouvrier, fourra son immense chevelure sous sa casquette gavroche et passa le reste de l'après-midi à l'atelier à préparer des azulejos pour la cuisson. Sa concentration était telle qu'elle parvint à tromper l'attente du retour de Clément. Victoria et Irving passèrent en courant à sept heures du soir, la faisant sursauter. Ils venaient à la pêche aux nouvelles et repartirent bredouilles.

À huit heures, elle ferma l'atelier et fit un détour par la tour du Guet où tous les enfants se trouvaient en compagnie de Mateo pour observer à la jumelle le chemin qui grimpait depuis la porte des Grenades.

— Les enfants, on ne va pas attendre toute la soirée le retour de votre père. Il est peut-être déjà endormi dans un refuge.

Mateo admirait la confiance inébranlable d'Alicia en son mari. Il admirait leur union qu'il prenait en modèle pour le jour où Kalia reviendrait.

Alicia tapa dans ses mains et décida de sonner la retraite pour le souper.

— Regardez, le voilà ! hurla Irving, qui n'avait pas quitté le paysage des yeux.

Javier fut le premier à la longue-vue.

— Oui, je reconnais Barbicane ! dit-il avec la gravité qui seyait à la situation. Mais pourquoi il y en a deux ?

— Deux quoi ? demanda Mateo.

— Deux mules. Tout à l'heure, je n'étais pas sûr. Maintenant, je les vois bien. Il revient avec deux mules !

— Bon sang, c'est Chupi ! s'écria Mateo qui l'avait remplacé à la longue-vue.

— L'autre bourricot ? Tu le connais ?

— Non, celui qui les tient ! Ce n'est pas Clément, c'est un *nevero* !

37

Vendredi 7 septembre 1877, Sierra Nevada

Lorsque Chupi avait expliqué qu'il avait trouvé la mule errant seule sur le chemin qui descendait du pic du Trevenque, Nyssia avait poussé un cri, Victoria avait éclaté en sanglots et Irving avait reculé de plusieurs pas pour s'isoler, les mains sur les oreilles. Javier et Jezequel étaient allés le réconforter. Alicia, elle, avait fait preuve de calme et de détermination, comme si elle s'était maintes fois préparée à ce moment. Elle s'était approchée de Barbicane, lui avait caressé la tête pour la rassurer, avant de renvoyer les enfants au Mexuar. Ils avaient obéi sans un mot. Alicia avait déposé à même le sol les affaires que transportait l'animal et les avait fouillées, méthodiquement, l'une après l'autre, à la recherche d'un mot de Clément ou d'un indice susceptible d'aider à le localiser. L'enregistreur d'altitude était là, mais manquaient la toile du ballon et l'appareil de prise d'air. Les vivres ainsi que la gourde d'eau n'étaient plus sur l'animal, ce qui n'avait pas rassuré Alicia : elle craignait par-dessus tout une blessure ou une mauvaise rencontre.

Rafael Contreras arriva rapidement et proposa son aide à Mateo, qui voulait partir sans attendre le lendemain.

— J'ai l'habitude de ce chemin, même la nuit, répliqua-t-il à Alicia, qui s'y opposa. J'irai avec Chupi, si cela ne vous dérange pas, dit-il à Rafael.

— Je suis désolé, j'ai ma livraison, répondit l'homme en montrant à Alicia les quelques kilos de glace qui dépassaient des paniers de sa bête. Vous comprenez, madame...

— Chupi, nous les ferons livrer par Javier et, dès notre retour, je te fabriquerai cinquante kilos supplémentaires en dédommagement. J'ai besoin de toi, tu es le seul à pouvoir m'indiquer où se trouvait Barbicane.

Le *nevero* lui cracha aux pieds pour signifier son refus.

— À cause de toi, j'ai perdu plein de clients et les prix ont chuté, finit-il par lâcher en contenant sa colère. Je monte une fois de plus par semaine dans la Sierra. À cause de toi ! Je suis désolé, madame, j'espère que votre mari n'a rien, mais je dois m'en aller.

Il les quitta sans un mot ni un regard pour Mateo, qui décida de partir seul. Alicia tenta une nouvelle fois de l'en dissuader, mais ses yeux le suppliaient de ne pas l'écouter. Mateo s'équipa pour la montagne et la nuit et emporta son repas du soir dans une large besace. La chaleur était encore accablante en ce début de septembre, mais Barbicane avait été trouvée à plus de mille mètres d'altitude. Lorsqu'il sortit de l'Alhambra, la lune commença à teinter d'ombres et d'ambre la plaine de la Vega.

Mateo arriva en vue de Monachil après une heure et demie de trajet sur la mule dont la fatigue était croissante. Malgré tout, motivé par les encouragements et les chants de son cavalier, l'animal avait trotté une grande partie du trajet. Mateo fit une halte dans le village, chez un ami où il avait pris l'habitude de s'arrêter à chaque retour de la Nevada pour partager un repas et lui fournir de la glace.

— Je suis heureux de te revoir, Mateo, dit l'homme en lui versant une grande louche de *gazpacho*. Malgré les circonstances.

Mateo sortit sa besace et partagea son repas et ses doutes avec son ami. Il allait suivre la vallée du Huenes puis grimper le Trevenque, à plus de minuit, éclairé seulement de deux lanternes à huile, sans savoir avec exactitude à quel endroit Chupi avait trouvé la monture de Clément. Le *nevero*, qui avait une excellente mémoire visuelle, disposait en revanche d'un sens de l'orientation embryonnaire et n'avait pas été capable de situer l'endroit autrement que par sa description.

— Rien ne ressemble plus à un rocher qu'un autre rocher, compatit son ami en débarrassant la table. Chupi ne t'a pas fait de cadeau. Mais il faut le comprendre, il t'en veut, comme tous les autres.

— Je sais, mais je n'ai rien fait contre eux. Je me sens encore un *nevero* moi aussi.

L'homme haussa les épaules :

— Tu devrais attendre l'aurore. Dors ici si tu veux, dit-il avant de disparaître à la cuisine.

Mateo but avec gourmandise une dernière gorgée de vin de Jeréz et observa l'endroit, qui lui rappelait de nombreux souvenirs. La petite pièce ne comportait qu'une grande table entourée de chaises paillées ainsi qu'une cheminée qui ne s'animait que quelques soirs par an, lorsque l'hiver descendait de la Sierra jusque dans la vallée. Les murs étaient chargés de décorations hétéroclites, plantes en pots, casseroles de cuivre, ainsi qu'une affiche de réclame pour un chocolat représentant une petite fille écrivant en français sur un mur. Elle l'avait toujours intrigué, car il ne comprenait pas les mots, et lui donnait à chaque fois une fringale irrépressible pour un aliment qu'il ne pouvait pas se payer. Il prit conscience qu'il avait maintenant les moyens de s'acheter tous les chocolats français et espagnols réunis, mais n'en avait plus envie. Seul l'inaccessible l'avait fait avancer. Il pensa à Kalia et se convainquit qu'il n'en était rien pour elle.

Son ami revint, le visage éclairé d'un grand sourire :

— Regarde qui vient d'arriver ! dit-il en s'écartant pour laisser passer le nouveau venu.

Chupi s'arrêta sur le seuil, le temps de fusiller Mateo du regard, puis il s'approcha de lui avec détermination et lui envoya un coup de poing rageur sur la pommette droite.

— Ça, j'en avais envie depuis deux ans. C'est pour tout ce que tu as fait à la profession ! Maintenant, on est quittes. Mais ne t'avise pas de me parler de tout le chemin ! On y va.

Mateo se releva sans rien dire, frotta sa joue endolorie sous laquelle il sentit un hématome se former, prit son chapeau et remercia son hôte avant d'inviter silencieusement Chupi à le précéder. Les recherches pouvaient commencer.

38

Samedi 8 septembre 1877, Porto

Les deux équipes avaient progressé avec un synchronisme parfait dans l'édification des deux moitiés du pont qui s'élevaient en miroir l'une de l'autre et se trouvaient réunies par la partie inférieure de l'arc en croissant. Les câbles suspendus allaient et venaient entre les moitiés de pont de chaque rive, semblables à une gigantesque toile d'araignée dans un entrelacs de branches. Les plus gros filins, en acier, reliaient l'arc en construction aux tabliers du pont supérieur, perpendiculaires aux piles-culées.

— Quel dommage que Gustave n'ait pu être présent pour la pose de la clé d'intrados, soupira Joseph Collin, à l'adresse de Nouguier. Il n'a même pas répondu à mon télégramme.

Les deux hommes étaient debout sur le tablier, au-dessus de la première pile du pont située sur la rive droite, que les ouvriers avaient baptisée rive « Porto » en opposition à l'autre berge, la rive « Lisbonne », par laquelle le futur train arriverait depuis la capitale. Compagnon avait pris soin d'intervertir régulièrement les hommes de l'équipe « Porto » et ceux de l'équipe « Lisbonne » afin d'éviter la compétition pour être le premier groupe à terminer « sa » partie de pont. Nouguier et lui avaient effectué un travail d'orfèvre et, le jour prévu, le 27 août, les deux équipes soudaient au rivet la partie inférieure de l'arc en son milieu.

Et avec un seul centimètre de décalage à l'arrivée! songea Nouguier sans se laisser aller à l'euphorie, même s'il estimait que le plus difficile avait été fait. Il avança en se tenant au centre du tablier, lequel ne comportait pas encore de rambarde.

— Je vous laisse, dit Collin. Toujours ce maudit vertige, ajouta-t-il, frustré de ne pouvoir avancer plus loin que la pile de béton coulée dans le flanc de la colline.

Nouguier ferma sa veste dont les pans claquaient sous le vent, plus soutenu qu'à l'habitude. Devant lui, à soixante mètres au-dessus des flots qui frissonnaient en luisant sous le soleil, plusieurs ouvriers commandaient la manœuvre de montée de deux tronçons d'arc. L'engin de levage était constitué d'un treuil manœuvré depuis la berge et d'un système de poulies dont les dernières étaient calées sur une charpente posée au niveau de la clé d'intrados. Un des ouvriers se tenait debout sur la barre métallique qui s'élevait lentement dans le vide. Aucun des hommes n'était encordé pour le chantier, pourtant aucun accident n'avait été à déplorer depuis le début des travaux, au grand soulagement de Collin, qui avait longtemps tenté de les obliger à travailler avec une sécurité, sans jamais être écouté.

— Nous serons dans les temps pour river la clé d'extrados, murmura Nouguier.

Les deux barres tractées avaient presque atteint la base de l'arc. Collin, descendu sur la berge, était fasciné par la beauté irréelle du spectacle. L'édifice semblait imposant et fragile à la fois, sorte de squelette de fer sur lequel s'affairaient de minuscules insectes.

Un crissement suraigu s'éleva du pont. L'ascension des barres fut stoppée net à un mètre de leur but. L'homme qui se tenait debout sur l'une d'elles faillit tomber à la renverse mais réussit à s'agripper au câble. Les ouvriers crièrent. Nouguier courut jusqu'à la lisière du tablier inachevé en hurlant des ordres.

Collin resta paralysé. Le crissement se répéta, un hurlement de métal comme ceux qu'il entendait parfois lorsqu'il travaillait dans les forges, il y a longtemps, et qui n'étaient jamais de bon augure. Une tôle s'était pliée et avait frotté contre une autre dans le système de levage. L'homme fut hissé au niveau de l'arc par ses coéquipiers juste avant que la bigue de charpente ne cède, entraînée par le poids des deux pièces de métal. L'ensemble chuta dans le Douro, la gerbe d'eau grimpa à plus de trois mètres de haut, puis le silence reprit ses droits. Joseph regarda les vaguelettes venir mourir sur la berge alors que Nouguier vérifiait que personne n'avait été blessé. Il fit descendre tous les ouvriers et arrêter le chantier. Lorsqu'il croisa Collin, celui-ci n'avait pas bougé. Il l'invita à les suivre d'une tape sur l'épaule.

— On a eu chaud, dit Joseph, les yeux rivés sur le chemin.

— Il n'y a qu'un blessé, l'ouvrier qui manipulait le treuil. La manivelle s'est emballée et lui a cassé le pouce. Compagnon l'emmène à l'hôpital.

— Pendant quelques secondes, j'ai cru que toute l'arche allait tomber dans l'eau, j'ai vu toutes les pièces se défaire et tomber les unes après les autres. Quel cauchemar ! On a vraiment eu chaud.

— Hé, Joseph, il faut avoir confiance dans nos ingénieurs ! proclama Nouguier, que l'incident ne semblait pas avoir affecté. Les gars, tout le monde au bureau, dit-il aux ouvriers tandis que les hommes commençaient à se disperser.

Le groupe entra dans la cabane de chantier, Collin préféra rester un instant dehors. Nouguier distribua du vin et le reste du gaspacho froid qu'ils avaient consommé à midi. Il entama le dialogue avec les ouvriers qui étaient à la manœuvre afin de déterminer la cause de l'accident. Tous apportèrent leur contribution, y compris Gustavo, qui se trouvait sur la barre métallique. L'homme ne semblait pas choqué et se porta volontaire pour la montée suivante. Le spectre du drame évité s'effaçait rapidement.

Joseph tardait à les rejoindre, ce qui contraria Nouguier. Collin n'était déjà pas très populaire parmi les ouvriers du chantier et son attitude n'allait pas arranger les choses. Il entra au moment où Nouguier venait de clore la réunion et de décider de fermer le chantier pour deux jours.

— C'est un drame, dit Joseph, dont le visage était plus défait encore.

— Non, l'incident est clos. Nous avons identifié le problème : c'est un défaut de conception de la bigue. Nous allons changer de fournisseur et faire des essais de charge dès jeudi...

— Mais vous ne comprenez pas, le coupa Collin en brandissant un télégramme. Je viens d'avoir des nouvelles des Eiffel : Marguerite est mourante !

39

Samedi 8 septembre 1877, Alhambra, Grenade

Rafael Contreras essuya son visage perlé de sueur. La production d'azulejos rouges était de mauvaise qualité, il avait laissé le four s'éteindre à deux reprises, obnubilé par la disparition de Clément. Il jeta les pièces dans une caisse où d'autres rebuts étaient entassés comme autant de strates de leur travail. Il pouvait lier chacune d'elles à un événement qui avait perturbé sa concentration. Les faïences ne toléraient aucune erreur.

Tout le monde attendait encore le retour de Mateo et Clément. Il se surprit à imaginer qu'en cas de malheur Alicia serait une jeune veuve convoitée. Contre toute attente, cette pensée étouffa sa tristesse et décupla le désir amoureux qui sommeillait en lui. Un sentiment de culpabilité y mit très rapidement fin. Il ferma l'atelier et traversa la *placeta,* plus fréquentée qu'à l'habitude. Prévenus de la disparition de Clément, les Grenadins s'étaient spontanément rassemblés dans l'attente des nouvelles de son retour, et allaient et venaient dans l'Alhambra, soucieux de son sort et du record qu'il s'apprêtait à battre. Un groupe de Gitans descendus du Sacromonte jouaient des airs de flamenco et de *zambra mora*. Alicia était allée les remercier et leur offrir un déjeuner. Rafael, interrogé plusieurs fois sur le chemin de la tour du Guet, confirma que l'attente durait toujours. Les encouragements des habitants, voisins, amis ou inconnus le touchaient mais l'étonnaient. Il comprenait seulement à quel point le couple Delhorme était populaire à Grenade.

Il grimpa sur la terrasse dont les enfants avaient fait leur quartier général. Les néphélions s'étaient installés au matin, zébrant l'azur et rendant la chaleur plus présente après une nuit de répit venteux.

Alicia n'y était pas. Pendant que Javier scrutait la montée vers l'Alhambra, où il avait envoyé Jezequel à la manière d'un marin sur la proue d'un navire, Irving et Victoria jouaient à attraper des hirondelles avec l'insouciance des enfants. À chaque oiseau pêché, des exclamations de joie résonnaient, suivies de cris effrayés lorsqu'il s'agissait de les relâcher.

— Toujours rien, dit Irving, anticipant toute question. Maman est au Partal.

Rafael se rendit au chantier où il trouva Alicia appliquée à passer un vernis sur la partie d'une fresque murale qu'elle avait dégagée d'une couche de peinture.

— Elle date du règne de Yusuf Ier, celui qu'on appelait l'Éblouissant, commenta Rafael en s'approchant de la représentation pour en regarder les personnages. Encore un qui est mort assassiné. Tiens, le voilà, indiqua-t-il du doigt.

— Sais-tu ce qui m'inquiète le plus ? le coupa-t-elle soudain, pour mettre un terme à une conversation qui ne l'intéressait pas.

Il fit un signe négatif de la tête et l'invita à continuer.

— Une partie du matériel était sur Barbicane, ce qui indique qu'il avait commencé à le charger, dit-elle en plongeant ses mains tachées de peinture dans une bassine d'eau trouble. Le ballon n'était donc pas tombé dans un endroit inaccessible.

— C'est plutôt positif, me semble-t-il.

— Non, il y avait l'enregistreur d'altitude, continua-t-elle. Ce à quoi il tient le plus. Cela signifie qu'il avait confiance mais qu'il lui est arrivé quelque chose d'inattendu qui l'aura surpris.

— À quoi penses-tu ?

Elle s'essuya les mains d'une manière rageuse, sans même s'en rendre compte. Il lui prit le torchon et le posa parmi les affaires dispersées sur la table de travail.

— Je ne sais pas... j'espère me tromper.

Elle sortit et s'assit sur le seuil, l'invitant à faire de même.

— Pourtant, il n'y avait pas l'appareil de la faculté avec l'échantillon d'air, reprit-elle. Peut-être s'est-il cassé à l'atterrissage ?

— Ou bien il n'a pas eu le temps de le mettre. Tu disais toi-même qu'il avait pu être surpris.

Les yeux d'Alicia s'arrondirent. Elle luttait contre les émotions contradictoires qui l'assaillaient depuis la veille.

— Je suis fatiguée..., murmura-t-elle.

— Va te reposer, proposa-t-il. Cette fresque a attendu cinq cents ans, elle pourra attendre demain.

— Pas question, je dois être éveillée quand il reviendra.

Rafael voulut lui exprimer son admiration mais se tut.

— Madame Delhorme ! appela Jezequel, qui venait de jaillir du jardin en terrasse dans un nuage de poussière. Mateo est revenu, il est seul !

L'ex-*nevero* et Chupi avaient inspecté la zone où Barbicane avait été trouvée, un pic rocheux dont la face nord-ouest formait un étroit défilé aux parois verticales. À sept heures du matin, après être arrivés au sommet du Trevenque, ils avaient décidé d'abandonner et étaient rentrés épuisés. Après une courte explication, Mateo avait rejoint son appartement du Generalife pour dormir un peu avant d'entreprendre une seconde tentative, prévue en début d'après-midi.

Rafael raccompagna Alicia jusque chez elle tout en lui expliquant qu'il irait chercher de l'aide à Grenade afin d'organiser une vraie battue dans la Sierra Nevada après l'échec de Mateo. La voix de l'architecte résonnait comme un incessant bourdon dans sa tête, mais elle aurait été incapable de répéter la moindre des paroles qui coulaient sur elle comme une langue étrangère. Elle eut la force de le remercier puis s'isola dans sa chambre avant de s'écrouler en pleurs et de s'endormir.

Nyssia était près d'elle et lui sourit lorsqu'elle se réveilla. Alicia lui caressa la joue et tourna la couverture de l'ouvrage qu'elle avait en main.

— *Madame Bovary. Mœurs de province* ? Tu vas vite, ma belle, tu vas trop vite. C'est une histoire d'adultes. Je l'ai commencé il y a cinq ans et jamais fini. Tout est si désespérant dans le personnage principal. Comment s'appelle-t-elle déjà ?

— Emma.

— Oui, c'est vrai ! Emma... Quel dommage, quel gâchis, cette femme qui ne rêve que de vie mondaine ; elle n'a pas su trouver autour d'elle les beautés de la vie. Et pourtant elles sont là, bien plus présentes que les chimères du luxe et du paraître, crois-moi.

Nyssia referma le volume et le posa sur le lit, près de sa mère.

— Tiens, fais-moi plaisir, maman, finis-le. Passe l'après-midi à lire, change-toi les idées.

— Voilà ma fille qui joue à la mère, plaisanta Alicia en se redressant. Tu es mon mystère, Nyssia.

Elle se frotta le visage puis remit ses cheveux en ordre.

— Je ne sais pas comment tu fais pour garder ton calme dans ces circonstances, ajouta-t-elle en regardant le roman avant de le poser sur la table de nuit.

Nyssia lui prit les mains :

— Maman, tu n'as pas confiance en papa ?

— Si, quelle question ! Mais la situation est exceptionnelle.

— Papa aussi, répliqua Nyssia avec un naturel désarmant.

Alicia reçut la remarque comme une claque. Comment avait-elle pu douter ? Clément s'était toujours sorti des pires circonstances que la vie lui avait imposées, et il fallait sa propre fille pour le lui rappeler.

— Tu as raison, ma belle, proclama-t-elle énergiquement en se levant. Je vais préparer la maisonnée pour son retour !

— La Sierra Nevada est une équation à deux inconnues, maman, et je suis sûre qu'il les a déjà résolues.

Les cannes à pêche et la cage à oiseaux traînaient sur la terrasse dont le sol mordait la plante des pieds et brûlait les yeux sous l'effet du soleil de plomb. Les enfants s'étaient réfugiés à l'ombre chiche du campanile mais n'avaient pas voulu abandonner le terrain à l'astre hautain. Jezequel, après être passé au Partal, les avait rejoints avec un *botijo*[1] rempli d'eau et de glaçons. Chacun son tour, ils traver-

1. Cruche en terre cuite munie d'un bec, équivalent de la gargoulette française.

saient la plate-forme pour guetter la porte des Grenades par où leur père arriverait, la besace pleine d'histoires à leur raconter.

— Maman n'a pas voulu le dire, remarqua Victoria, repliée contre la fraîcheur relative des pierres, manipulant son éventail d'une main nonchalante.

— Dire quoi ? demanda Irving en se massant les pieds.

— S'il avait battu son record.

— Moi, je crois que oui ! Si tu avais vu le ballon filer dans les airs...

— Mais je l'ai vu, j'étais avec toi ! fit-elle semblant de s'offusquer.

Ils se laissèrent glisser dans un rire nerveux jusqu'à ce que Javier rappelle à Irving qu'il devait à son tour jouer au guetteur. Le garçon fit l'aller-retour en courant.

— Toujours rien, dit-il en sautillant. Juste des gens qui attendent, comme nous.

— Pourquoi tu as enlevé tes chaussures ? demanda Jezequel en se poussant pour lui faire de la place à l'ombre qui se réduisait dangereusement.

— Parce que je cours mieux sans elles.

— Oui, mais la chaleur te brûle plus les pieds.

— Peut-être, mais moins longtemps.

Nouvelle séance de rire cathartique alors qu'eux aussi avaient très peu dormi.

— En tout cas, si votre père s'en sort..., commença Jezequel.

— Pourquoi « si » ? l'interrompit Victoria.

— Tu veux dire « Quand il sera rentré », rectifia Irving.

— D'accord, désolé. Quand votre père sera rentré, reprit Jezequel en fouillant sous sa chemise, quand il sera revenu, je lui donnerai une de mes écailles, ajouta-t-il avant d'exhiber fièrement son collier.

— Quelle chance ! s'exclama Irving qui voulut les toucher.

Jezequel rentra précipitamment le bijou sous son vêtement.

— Tu es vraiment gentil, renchérit Victoria, voyant que son frère s'était renfrogné. Tu en as combien, maintenant ?

— Cinq ! Toutes trouvées dans le bassin des Myrtes.

— Cinq pièces sans valeur, commenta Javier.

— Alors pourquoi on n'en trouve pas ailleurs ? lança Victoria, sentant que le sujet allait, comme souvent, dégénérer entre les deux garçons. C'est bien la preuve que ce sont des écailles de poissons dorés et pas des pièces, non ?

Tout le monde se tut. La chaleur nécessitait d'économiser toute son énergie. Victoria replia son éventail. Les hirondelles virevoltaient autour d'eux, les rasant parfois en de provocantes arabesques. Javier tendit la main et serra le poing comme pour les attraper, et les autres firent de même.

— J'en ai un ! s'amusa Victoria en feignant de le déposer dans la cage vide.

Les garçons l'imitèrent et Irving se contorsionna exagérément, comme malmené par son captif imaginaire, avant de le jeter dans la cage et de refermer la grille. Il la tint à bout de bras devant lui, examinant fièrement le résultat de leur chasse, avant de la passer à Jezequel.

— Le mien est le plus gros... commenta-t-il en tendant la prison d'osier devant le ciel azurin. Eh, c'est quoi ? fit-il en lâchant soudain la cage.

Sa réaction inattendue surprit les autres, qui se levèrent.

— Quoi donc ?

— T'as vu un serpent ?

— Un scorpion ?

— L'éclair, s'énerva Jezequel. Vous n'avez pas vu ?

— Non, dit Javier après avoir consulté les autres du regard. Il va falloir que tu restes à l'ombre, mon vieux !

Jezequel ignora la boutade et gagna l'angle de la terrasse pour examiner le paysage. Un second éclair jaillit de la montagne, plus long que le précédent.

— Là, vous voyez ! Vous voyez bien, je n'ai pas rêvé !

Tous se groupèrent autour de lui. Le temps sembla infiniment long avant le troisième. Contrairement aux précédents, le point lumineux ne s'éteignit pas.

— C'est lui, c'est M. Delhorme ! cria Javier. Il envoie des signaux, comme faisait mon père !

40

Samedi 8, dimanche 9 septembre 1877, Sierra Nevada

Clément respira profondément en grimaçant. Sa blessure lui faisait mal. Adossé au tronc d'un arbre, il n'osait plus bouger. Ses forces l'abandonnaient. Il avait perdu beaucoup de sang mais la plaie ne coulait plus. Sa chemise, poisseuse et humide, lui collait à la peau. Sa vue se troublait. Il luttait pour rester conscient. Clément leva la tête vers le feuillage, qui lui semblait avoir bougé. Il n'y avait pas de vent.

L'olivier, entièrement recouvert de l'enveloppe du ballon, ressemblait à une boule de Noël. Les losanges d'aluminium scintillaient sous le soleil qui, dans sa course, trouvait toujours matière à réflexion. Mais il jetait ses derniers feux et, bientôt, la lanterne géante s'éteindrait.

Clément prit sa montre de gousset. Le clapet, abîmé, refusa de s'ouvrir. Il avait soif, tellement soif. Il crut entendre parler, il crut entendre ses enfants l'appeler. Il en était ainsi depuis des heures et il n'y faisait plus attention. Il s'endormit sans s'en apercevoir.

La terre tremblait tout autour de lui mais il se sentait incapable de bouger. Clément ouvrit les yeux sur la nuit étoilée. Il était sanglé dans un brancard attelé à un cheval.

— Il se réveille ! annonça la voix de Mateo.

Le convoi stoppa lentement, sans à-coup. Le docteur Pinilla se pencha au-dessus de lui. Sur son visage flottaient les ombres de la nuit que la flamme d'un brandon avait du mal à dissiper.

— Cher ami..., dit Clément en articulant lentement. Vous ne m'en voudrez pas... de ne pas vous saluer..., finit-il en lui montrant ses bras coincés sous les cordes de chanvre.

Il reprit son souffle en grimaçant avant de continuer :

— Vous êtes venu avec Mateo...

— Et une dizaine de militaires de la Guardia que le gouverneur a mis à notre disposition. Toute la ville était inquiète, Clément.

Le blessé tenta de relever la tête mais dut s'arrêter tant les douleurs le transperçaient à chaque mouvement. Les chevaux piaffèrent.

— Comment vous sentez-vous ? interrogea le médecin en examinant le bandage qu'il avait posé sur la plaie.

— À vous de me le dire, doc... Suis-je encore vivant ?

— Et pour longtemps ! Vous nous expliquerez ce qui vous est arrivé, mais, en attendant, avalez ceci, ordonna Pinilla en déposant une pilule dans sa bouche.

— Le matériel ? s'inquiéta soudain le météorologue.

— Nous avons tout récupéré, répondit Mateo, qui s'était approché. Content de vous voir, Clément. Nous n'avons eu qu'à suivre l'étoile de lumière jusqu'à vous. Ce sont les enfants qui vous ont repéré !

— Vive le samedi, plaisanta-t-il avant de fermer les yeux sous l'effet d'un vertige violent.

Le temps se distendit et les quatre heures de trajet lui parurent sans fin. À la montagne succéda la plaine, puis le village de Monachil où l'attendait Ramón, qui le fit monter dans sa berline et le transporta jusqu'à l'hôpital San Juan de Dios. Une salle, deux salles, trois salles, une enfilade de salles, à n'en plus finir, toujours les vertiges, la nausée et une soif infinie, jusqu'à une table au contact froid et dur. Une odeur puissante, éthérée, envahit ses narines et un goût sucré imbiba sa bouche.

— Juste le temps de refermer cette vilaine plaie à l'abdomen, dit la voix lointaine et déformée du médecin.

Les paroles se transformèrent en un sifflement qui envahit l'espace, avant que tout ne disparaisse.

— À quel endroit l'avez-vous retrouvé ?

La voix d'Alicia fut la source de son réveil. Mais il ne pouvait ouvrir ses paupières scellées.

— Au Veleta, bien loin du Trevenque.

Le ton de Mateo exsudait toute sa fierté. Clément, qui flottait entre rêve et réalité, ressentait les intentions bien au-delà de toutes les paroles.

— Je ne te remercierai jamais assez, Mateo, assura Alicia.

Je sens son regard posé sur moi, pensa-t-il, *elle lui parle mais s'adresse à moi.*

— Vous aussi, docteur, ajouta-t-elle.

Pinilla vient de rougir. Je l'entends rougir. La pensée l'amusa mais son rire ne sortit pas de son esprit. Il était gagné par une enivrante euphorie.

— Quand il se réveillera, ses chairs le feront suffisamment souffrir, laissons-le se reposer encore, proposa le médecin.

Il fuit, s'amusa Clément. *Il fuit sa gêne.*

La porte se ferma doucement. Les bruits de la salle commune, contiguë, lui parvenaient étouffés. Il eut envie de plonger à nouveau dans les limbes, somnola et reprit conscience deux fois sans réussir à se lever ni même à se réveiller complètement. La troisième fois fut brutale. La pièce était silencieuse mais quelque chose d'anormal s'était produit. Clément se sentait épié.

Quelqu'un est là, quelqu'un est là qui me regarde... Je sens son souffle et son regard, ce n'est pas un regard ami ! Il faut que je me réveille, il le faut !

Il fit un effort, qui lui parut surhumain, pour sortir de son état de conscience flottante et ouvrit les yeux : la chambre était vide.

Clément était pleinement réveillé lorsque Alicia revint en fin de matinée en compagnie de Mateo et Ramón. Ce dernier brandit le *El Pensil granadino*, dont un article décrivait le départ du ballon et la disparition du *señor* Delhorme.

— Le journaliste doit passer dans l'après-midi pour vous questionner, lui apprit Mateo. Tout le monde ici veut savoir, pour le record.

Clément éclata de rire sous le regard interrogateur des deux frères. Sa blessure suturée le rappela douloureusement à l'ordre.

— Mais je n'en sais rien ! expliqua-t-il. Demandez à Alicia.

— Nous avions décidé avant son départ de ne regarder l'enregistrement qu'une fois Clément rentré à l'Alhambra et de le découvrir ensemble, avoua-t-elle.

Elle avait revêtu la longue robe de dentelle noire que son mari avait fait faire par le tailleur Juan Zapata à l'occasion de la procession à la Vierge de 1870 et qui avait plus marqué les esprits que la cérémonie elle-même. Depuis, chaque année, à l'approche de la fête du 15 septembre, les commentaires et les paris allaient bon train sur le port des *encajes divinas*, les dentelles divines, par celle que plus personne n'appelait « la belle Française ». Alicia était devenue « la belle Andalouse ».

— Donc personne ne sait encore ? demanda Ramón, qui cachait mal son excitation.

— Nous avons tenu notre parole, répondit Clément. Le papier enregistreur est toujours dans son cylindre.

— Mais qu'attendez-vous ? Allons le chercher, il y a dehors au moins cinquante personnes qui veulent savoir !

Ramón ouvrit la fenêtre et se tint dans l'encadrement, faisant monter le brouhaha ambiant.

— Ils étaient tous à l'Alhambra. Ils attendaient votre retour. Ils m'ont suivi, plaida Mateo devant le regard assombri de Clément.

Pinilla entra avec une religieuse et fit sortir les frères Alvarez afin d'examiner son patient.

— Dites-moi que je vais rentrer chez moi cet après-midi, le conjura Clément après que la soignante eut changé son pansement.

— Si vous me promettez de garder la chambre une semaine, d'accord, répondit Pinilla sans se faire d'illusions.

— Sûrement pas, doc !

— Pas de grand trajet pendant trois mois, idéalement six, insista le médecin en jetant la bande de tissu dans une boîte posée au sol.

— Je dois me rendre à Porto le mois prochain pour l'inauguration d'un pont. Non négociable, cher ami.

— Bien, je savais que je pourrais compter sur vous, monsieur Delhorme, plaisanta Pinilla en forme de capitulation. Heureusement que vous avez une constitution robuste... Changez au moins votre bandage deux fois par jour jusqu'à cicatrisation. Je vous donnerai un onguent pour l'accélérer.

— Ça, je crois que je pourrai vous le promettre, docteur. On y va, mon amour ?

Le sourire de sa femme lui rappela qu'il n'était vêtu que de sa longue chemise de malade.

— Tu as raison, peux-tu me rapporter mon chapeau et deux ou trois autres frusques, que je sois présentable, même allongé sur un brancard ?

Resté seul, il tenta de se lever, mais ne réussit même pas à s'asseoir sur le lit. La convalescence allait être un pensum. Il se consola en décidant qu'il allait en profiter pour améliorer le principe de la machine à glaçons de Mateo. Il avait eu une idée.

Clément laissa son esprit vaquer entre les quatre murs chaulés de la salle de soins. L'hôpital ne disposait pas de chambres individuelles et l'endroit avait été aménagé pour l'occasion. Dehors, la foule eut un murmure bruyant qui lui parvint par la fenêtre restée ouverte.

Il faudra que je leur dise de rentrer chez eux, songea-t-il.

Il fut soudain envahi d'une grande tristesse, d'un immense vide, alors que s'imposaient à lui les images de sa longue attente des secours. Il n'avait pas eu peur de la mort, il aimait trop flirter avec elle, et avait bâti son système de croyances autour du fatalisme implacable des mathématiques. Il s'était senti prêt à assumer les conséquences de ses passions, mais, pour la première fois, il en avait mesuré l'impact pour ses enfants. Toutes ses pensées s'étaient tournées vers eux. Ils étaient encore si jeunes. Il se devait d'être présent, non seulement pour les protéger, mais pour leur donner toutes les armes face à la vie, c'était son rôle et sa responsabilité. Jamais il n'avait envisagé la paternité sous cet angle. Ni les hommes ni la nature n'étaient justes, mais à quoi bon l'asséner à des enfants qui ont encore une énorme réserve de candeur ? Il devait les amener vers cette conclusion à travers leur propre réflexion.

Ce en quoi j'ai échoué, se dit-il. *Je me suis comporté comme un enfant avec mes enfants. Et il a fallu que je finisse adossé à un olivier à me vider de mon sang pour en prendre conscience.*

Il décida d'arrêter les lancers de ballon jusqu'à ce que les jumeaux aient quitté l'Alhambra pour suivre leurs propres routes. Il décida qu'il n'y avait pas de passion supérieure à celle qui le liait aux siens, et que la plus noble des ambitions et le plus beau des records étaient le triple bonheur de ses enfants. *Le plus difficile à atteindre*, songea-t-il.

Lorsque Alicia revint, il voulut l'informer de sa décision, mais elle avait perdu son sourire, elle avait perdu la lumière de son regard. Un homme la suivait, qu'il ne connaissait pas. Son visage décharné avait un teint cireux, ses cheveux jaunes et gris frisaient sur son front comme du liseron, ses rides semblaient une expression de souffrance autant que de vieillesse : tout en lui laissait pressentir des tourments intérieurs cachés sous une froideur glaçante.

— Nous libérons la salle de soins, monsieur, dit Clément.

— Clément, voici le juge Ferrán. Nous avons un sérieux problème.

CHAPITRE XIII

41

Dimanche 9 septembre 1877, Levallois-Perret

> *Mes chers parents,*
> *Je suis encore sous le choc de la mort de ma pauvre et chère Marguerite. Nous avions beau savoir que l'issue ne nous laissait aucun espoir, elle allait mieux depuis quelque temps. Elle s'était couchée bien portante vendredi soir, après avoir dîné. La nuit, vers quatre heures, elle m'a appelé, je suis accouru et je l'ai trouvée vomissant le sang. Elle a été prise d'une syncope et elle est morte sans reprendre un instant connaissance, malgré tous nos efforts. Je suis frappé de stupeur et je ne peux me faire à l'idée de cet horrible malheur. Quel avenir pour mes pauvres enfants et pour moi ?*
> *Je vous embrasse,*
>
> *Gustave*

Eiffel resta un long moment les yeux rivés sur sa lettre sans parvenir à la relire, ni même à réfléchir. La tristesse et l'épuisement avaient eu raison de ses dernières forces. Il avait maintes fois imaginé ce moment, auquel tous les médecins l'avaient préparé, tout en maintenant Marguerite dans l'ignorance de sa situation. Il avait évoqué avec son père, à demi-mot, sa future situation et l'idée d'un remariage le rebutait. Eiffel pensa à ses enfants et se jura de tout faire pour leur bonheur à venir. Mais comment réorganiser leur vie familiale alors que les chantiers s'accumulaient ? Il regarda la photo de Marguerite et lui entourés des enfants, prise dans le jardin deux ans auparavant, juste avant que le marché de Porto lui soit attribué. Le bourdonnement des voix parvenant du salon, au rez-de-chaussée, s'amplifiait, parents et amis étaient venus pour rendre hommage à sa femme. Il n'avait pas le courage d'affronter leurs condoléances dont chaque parole lui rappelait sa situation nouvelle. Pas tout de suite.

— Gustave, tu es où ? demanda une voix depuis le couloir.

— Dans mon bureau, Albert, répondit-il.

Albert Hénocque était la seule personne que Gustave avait envie de voir en cette circonstance. C'est lui qu'il avait envoyé chercher lorsqu'il avait trouvé Marguerite baignant dans son sang. Le médecin habitait une maison toute proche mais, malgré son arrivée rapide, il n'avait pu la ranimer. L'hémorragie interne avait été massive. Il s'était occupé des déclarations administratives ainsi que des détails de l'enterrement, épargnant à Eiffel l'insupportable froideur des formalités d'usage.

— Marie est avec Marguerite, elle finit sa toilette et voudrait savoir quelle robe tu voudrais la voir porter, dit-il.

— Quelle robe ? Ma foi, je n'en ai aucune idée...

— N'y a-t-il pas un vêtement qu'elle préférait ou une tenue que tu aurais achetée et qu'elle aimait porter ?

Eiffel réfléchit longuement avant de finir par une moue interrogative.

— Pour être franc, je ne sais pas. Je n'avais pas vraiment le temps d'être attentif à ces détails. Demande à Marie de choisir.

— Tu sais comment est ta sœur, elle voulait s'assurer que tu n'avais pas une préférence.

— Non, je n'en ai pas... non...

— Ne t'inquiète pas, elle va trouver dans l'armoire de Marguerite. À ce propos, je ne savais pas que ta femme s'appelait aussi Marie en réalité.

— Il ne pouvait y avoir deux Marie, sourit faiblement Eiffel. Elle aimait son prénom d'emprunt, elle l'aimait bien.

Le médecin lui serra l'épaule dans une accolade de soutien.

— Pense à t'alimenter, sinon je vais être obligé de te faire une ordonnance.

— Celle de Chamonix, répondit mystérieusement Eiffel.

— De quoi parles-tu ?

— La robe. Qu'elle prenne celle qu'elle portait à Chamonix.

Le voyage d'août 1874, qui l'avait conduit avec Marguerite et Claire dans les Alpes françaises et suisses, avait été son meilleur souvenir de vacances en famille. Un bijou d'insouciance dans un écrin d'oubli. Une semaine où les poumons de Marguerite avaient fait la paix avec elle, où le soleil s'était étalé sur une neige granuleuse comme une décoration sur une pâtisserie alléchante, où les balades avaient rosi les joues et décuplé les appétits, où tout avait été prétexte à jeu et à fous rires. Il lui avait acheté une robe de mousseline noire chez un des tailleurs de la station chic, que l'homme avait vantée comme étant à la dernière mode de Paris et avait confectionnée en deux jours. Elle l'avait portée le soir de leur départ, s'attirant les regards et compliments des clients de l'hôtel.

— Oui, confirma-t-il pour lui-même. La robe de Chamonix. C'est ce qu'elle aurait aimé.

Resté seul, Eiffel considéra son reflet dans le miroir mural. Albert avait raison : l'épuisement se lisait sur ses traits et dans ses joues creusées. Il n'avait jamais été soucieux de son apparence physique, mais il décida de faire bonne figure pour ne pas inquiéter ses enfants et ses proches. Il avait trop de responsabilités pour se laisser couler dans le malheur. Il ôta sa veste d'intérieur au profit d'une autre, sobre et élégante, que Marguerite aimait lui voir porter.

— Tu as demandé à me voir, papa ?

Claire était entrée sans qu'il l'entende.

— Oui, ma fille, peux-tu fermer la porte et t'asseoir ?

Eiffel avait toujours eu une affection particulière pour son aînée. À quatorze ans, elle avait pris l'ascendant sur toute la fratrie et les gouvernantes dans la conduite de la troupe.

Ce qu'il allait lui demander allait changer sa vie à jamais.

— Claire, ma chère enfant, il nous faut maintenant être tous braves. C'est une perte irréparable que nous avons à affronter. Mais la vie continue son cours sans se soucier de notre malheur. Il nous faut dès à présent préparer l'avenir de notre famille.

Eiffel, qui était resté debout, marqua une pause avant d'affirmer avec solennité :

— Ton rôle va changer dorénavant. Tu seras, encore plus qu'avant, responsable de tes frères et de tes sœurs. Tu devras remplacer ta maman auprès d'eux. Ils en auront besoin. Je sais que je te demande beaucoup, mais c'est ton devoir, c'est le nôtre, pour la mémoire de ta pauvre mère, de tenir la maison comme si elle était toujours parmi nous.

— Bien, papa, répondit-elle, ne sachant que dire d'autre.

L'émotion la privait de son naturel loquace. N'osant le regarder, elle tenta d'accrocher son regard à un objet neutre. La pendulette du secrétaire, en marbre noir, surmontée de deux angelots, fit l'affaire. Elle l'avait toujours connue trônant sur le bureau de son père et en avait conçu une vision du paradis à l'image rassurante des deux chérubins potelés et rieurs. Mais tout la ramenait à sa mère et les larmes vinrent la surprendre.

— Allons, allons, il te faut être forte, dit-il en lui tendant un mouchoir alors qu'elle s'essuyait sur sa manche. Je vais différer tous mes voyages prévus dans les jours à venir, mais il en est un auquel je ne pourrai me dérober longtemps. Nous partirons à Porto en début de mois prochain.

— Nous ?

— Tu m'accompagneras. Ce ne sera pas un voyage d'agrément, j'aurai besoin de toi comme aide, comme confidente, comme soutien aussi. C'était le rôle de ta maman et je suis sûr que tu sauras le tenir parfaitement.

— Je le ferai, papa, et je ne te décevrai pas, assura sa fille, dont l'enthousiasme à l'idée de découvrir le chantier balaya un instant la pesanteur de son présent.

— Nous ne rentrerons qu'une fois le pont terminé et inauguré.

— Mais je vais rater l'école ?

— Ne te préoccupe plus de l'école, ma fille. À partir de maintenant, tu n'iras plus.

— Ah, répondit-elle, troublée. Mais jusqu'à quand ?

La cloche tinta à l'entrée. Eiffel se posta à la fenêtre et vit Marie réceptionner une immense gerbe de fleurs. Sa sœur jeta un regard en direction du bureau avant de rentrer. Il considéra sa décision et, une fois de plus, elle lui sembla la seule possible. Sa fille avait l'âge d'endosser ces responsabilités domestiques et elle en avait les capacités. Il s'assit à côté d'elle sur la chauffeuse.

— Il n'y aura plus d'école, Claire. Dorénavant, ton rôle est ici, auprès de moi et de tes frères et sœurs. J'ai besoin de toi, tu comprends ?

Elle opina d'un signe de tête hésitant.

— Tout ira bien, tu verras.

Marie entra sans prévenir dans la pièce.

— Gustave... Désolée de vous interrompre, dit-elle devant leurs mines surprises, mais je ne trouve pas la robe dont tu parles. Nulle part.

— Je m'en occupe, papa, proposa Claire en se levant. Laquelle cherches-tu ?

— Pas la peine. Je crois que je l'ai trouvée, répondit Marie en dévisageant sa nièce.

— Parbleu, c'est vrai ! s'exclama Eiffel en remarquant seulement alors la robe noire portée par sa fille.

— Maman me l'a donnée il y a quelques mois, indiqua Claire. Elle ne lui allait plus. Pourquoi la cherchez-vous ?

— Pour rien, ma fille. Je suis sûr que ta maman aurait été heureuse que tu la portes aujourd'hui.

42

Dimanche 9 septembre 1877,
hôpital San Juan de Dios, Grenade

Le juge Ferrán s'était fait apporter un fauteuil et attendait patiemment, les mains jointes sous le menton, que Pinilla ait installé une pile de traversins afin de caler Clément en position assise. Le médecin sortit après avoir insisté pour que l'entretien soit le plus bref possible, ce à quoi le magistrat ne répliqua pas. Alicia s'était assise à côté de son mari pour cacher son anxiété. Il lui serra discrètement la main, elle répondit machinalement. Clément comprit alors que ce qu'il avait pris pour de l'inquiétude était en fait de la colère. Une énorme colère contenue.

— Alors, que me vaut l'honneur de faire votre connaissance, monsieur le juge Ferrán ?

— Tout d'abord, je voulais m'associer à tout les Grenadins pour vous dire à quel point je suis content de vous voir ainsi rentré sain et sauf. La ville est fière de vos exploits. Maintenant, si je suis ici dans ces circonstances, c'est parce que j'ai été saisi d'une plainte exigeant votre emprisonnement.

L'homme s'arrêta pour jauger la réaction de Clément, dont l'incrédulité lui parut sincère.

— Pouvez-vous m'en dire plus ? demanda-t-il après un regard interrogatif à sa femme. Aurais-je froissé quelques susceptibilités en n'attendant pas les autorités pour le départ de mon ballon ?

— Dieu merci, le manque de savoir-vivre n'est pas un délit, répondit le magistrat avec sérieux.

Ferrán parlait d'une voix faible, au timbre aigu, sans se départir de son regard inexpressif et froid.

— Mais il semble que vous ayez maille à partir avec un membre de la Guardia.

Le capitaine Tête-de-rat s'était tourné vers la justice après que sa hiérarchie eut refusé sa demande d'emprisonner Clément.

— Et tout cela parce qu'il croit que j'ai aidé un anarchiste à se cacher dans l'Alhambra il y a deux ans ? Mais c'est insensé !

— Malheureusement, la situation est un peu plus complexe, et c'est la raison de ma venue.

Le juge se redressa dans le fauteuil avant de continuer :

— Il y a quatorze ans, alors qu'il était jeune *alférez,* une de vos connaissances, un *mayoral* de Guadix, a témoigné devant lui au sujet de l'explosion d'un bâtiment dans le village de Cogollos.

— Oui, je m'en souviens. Nous y sommes passés le jour même. Et alors ?

— Le problème est que, d'après lui, vous vous êtes vanté qu'il s'agissait d'un atelier clandestin d'explosifs, continua la voix de fausset.

— J'ai juste expliqué ce qui s'était probablement passé. Ce n'était pas bien compliqué, il y avait du salpêtre plein les murs.

— Votre *alférez,* lui, a fait le lien entre les deux affaires. Tout d'abord, ce témoignage écrit qui vous lie à un atelier clandestin, puis la présence d'un anarchiste près de chez vous.

— Mais tout ça n'est rien d'autre qu'un malentendu doublé d'une coïncidence, nous perdons notre temps tous les deux, dit Clément, soulagé par la légèreté des accusations.

— Tout à fait entre nous, je suis d'accord, mais malentendu et coïncidence sont deux mots que la justice n'aime pas associer.

— Pourquoi maintenant ? Pourquoi venir le trouver aujourd'hui ? intervint Alicia.

— Il y a eu un attentat anarchiste à Murcie samedi soir, madame. Un engin explosif lors d'une représentation théâtrale. Heureusement, personne n'en est mort, il y a juste eu quelques blessés dans la foule.

— Comme vous pouvez le constater, au même moment, j'étais en mauvaise posture à trois cents kilomètres de Murcie.

Clément n'arrivait pas à prendre au sérieux la plainte du militaire, mais il se retint de plaisanter. Le temps grandissant que le juge prenait pour répondre trahissait son embarras.

— Je le sais bien. Mais ce capitaine est aujourd'hui en poste à Murcie et tout le monde est aux abois. Ils ont obligation de trouver les responsables de l'attentat. Voilà plusieurs années qu'un groupe d'anarchistes s'est formé en Andalousie et tente de recruter afin de fomenter une révolte.

— Mais quel est le lien avec moi ? Je ne comprends toujours pas, insista Clément avec calme.

L'homme semblait s'être rabougri au fil de la conversation. Il tenait ses mains serrées contre sa poitrine, l'une massant l'autre contre une douleur invisible.

— Il est question de votre appareil, dit-il après avoir avalé de l'air comme s'il en manquait. Votre machine à capturer un échantillon d'atmosphère.

— Et ?

— Et il semble qu'elle fonctionne par un mécanisme à retardement contenant de l'acide sulfurique.

— C'est exact. Je l'ai mise au point et ce n'est pas un secret. Le docteur Pinilla en a informé l'Académie des sciences il y a quelques semaines.

— Le capitaine est au courant de cette machine. C'est ce qui a déclenché sa plainte. D'après lui, le même mécanisme aurait pu être utilisé pour l'attentat car des traces d'acide ont été retrouvées sur les vêtements. Il vous accuse d'être complice des anarchistes et d'avoir fabriqué la bombe.

— Mais mon mari n'est pas un activiste, il ne défend aucune cause politique ! C'est absurde !

Alicia s'était levée et son corps semblait vouloir ériger un rempart physique contre ces accusations. Clément la tira doucement par la main vers lui.

— Une telle machine ne peut servir d'arme, cette accusation ne tient pas la route, résuma-t-il d'une voix neutre après qu'elle se fut rassise.

Le juge semblait mal à l'aise dans son rôle d'accusateur. La rumeur de la foule leur parvenait du dehors, impatiente, telle une marée montante. Le magistrat attendit un ressac de silence pour reprendre :

— J'en suis autant convaincu que vous, croyez-le bien. Mais, vous le comprendrez aussi, je me dois de voir votre machine pour le constater et clore officiellement cette plainte. Ensuite, vous n'entendrez plus parler de moi. Sauf pour vous féliciter de votre record.

— Je crains que ce ne soit pas possible, juge Ferrán, répondit Clément en serrant plus fortement la main de sa femme.

— Pourquoi ? On m'a dit que tout le matériel avait été rapporté par la Guardia.

— C'est exact, mais pas l'appareil à prise d'air. Il a été brisé lors de l'atterrissage.

Le visage du magistrat ne manifesta aucune surprise. L'exercice de la justice semblait l'avoir rendu imperméable à toute émotion.

— Dans ce cas, je vais devoir être obligé de vous interroger sur ce qui vous est arrivé, monsieur Delhorme.

Clément avait demandé de l'eau et bu lentement, appréciant à chaque gorgée la fraîcheur vive du Darro qui chassait les dernières traces du chloroforme inhalé. Puis il avait parlé sans rien omettre, d'une seule traite, détaillant suffisamment son récit pour éviter toute question intempestive. Ferrán l'avait écouté sans l'interrompre, tout comme il n'avait pas jugé nécessaire de faire venir son greffier afin de consigner le récit de l'ingénieur. Il ne s'agissait pas d'un interrogatoire, juste d'une formalité. Il répéta aux époux Delhorme sa conviction de l'innocence de Clément, les salua et rentra chez lui le cœur léger du devoir accompli.

Augusto Ferrán habitait dans la ville basse, à quinze minutes de marche de l'hôpital, à l'intersection des *calles Almona del Campillo* et *Acera del Casino*. L'après-midi touchait à sa fin et le vent grappillait des fragrances de fleurs dans les jardins cachés par les hauts murs d'enceinte avant de les semer sur toute la ville ; les pierres gardaient la douceur de la chaleur accumulée et prenaient des teintes dorées. Ferrán traversa le Darro juste avant qu'il se cache sous terre, salua de son *cordobés* la façade qui avait abrité la naissance d'Eugénie de Montijo, comme il le faisait à chaque passage devant la maison de l'ancienne impératrice des Français, provoquant par erreur le salut d'un passant qui le croisait, et profita de la large avenue qui menait chez lui pour se remémorer les événements décrits par Delhorme, dont la succession lui paraissait peu cohérente. Il s'arrêta sur le trottoir qui faisait face à son immeuble et leva la tête vers le dernier étage où se situait son appartement. Celui-ci était surmonté d'une tour d'angle possédant une surprenante configuration octogonale, haute de deux étages, qui supportait une terrasse sur laquelle trônait une statue de la reine Isabelle la Catholique. Ferrán avait plusieurs fois rêvé que celle-ci, poussée par des mains assassines, s'écrase sur lui à sa sortie. Il n'avait jamais osé demander qu'elle soit déplacée, l'acte aurait été considéré comme une provocation digne des anarchistes que tous pourchassaient, ce que ni son statut ni ses convictions ne lui permettaient de faire. Mais le juge prenait toujours soin de vérifier que la géante de pierre était solidement arrimée au sommet de la tour lors de son passage. Après l'avoir regardée jusqu'à ce que la façade la cache, il se dépêcha d'entrer et monta sans empressement les étages, ce qui ne l'empêcha pas d'arriver essoufflé. La version de Delhorme l'intriguait de plus en plus. Il salua sa femme d'un baiser sur le front et lui demanda un instant d'attention. Ils s'assirent dans son bureau et Ferrán lui détailla très fidèlement le récit du Français.

— Ne trouvez-vous rien d'étonnant ? la questionna-t-il après avoir conclu sans lui donner son opinion.

— Ma foi, non, répondit-elle sans prendre le temps de la réflexion. La Sierra Nevada est pleine d'histoires de ce genre.

Beaucoup de voyageurs se sont fait attaquer par des loups. C'est arrivé il y a dix ans au vendeur de glace, je ne sais plus son nom, vous savez, celui qui a la machine maintenant. Il lui manque deux doigts à la main gauche.

— Bien, je vous remercie, très chère. Je vais rédiger mes conclusions afin que le gouverneur en soit averti dès demain matin.

Le magistrat n'avait aucun état d'âme et désapprouvait l'attitude du capitaine. Mais il ne comprenait pas pourquoi les loups étaient déjà affamés en septembre et s'étaient attaqués à Delhorme plutôt qu'à sa mule chargée.

Il avait été décidé d'attendre le soir afin de procéder à l'ouverture du cylindre et à la lecture de l'enregistrement d'altitude sur la *placeta* de l'Alhambra. Clément s'était reposé dans leur appartement sous le regard attendri de ses enfants, Nyssia en tête, et de Javier. Jezequel les avait rejoints pour le souper que tous avaient voulu prendre dans la chambre où il était couché, comme pour rattraper le temps perdu. Clément leur avait raconté une nouvelle fois son combat à l'arme blanche contre les loups, puis leur avait annoncé son intention de mettre un terme provisoire aux lancers et de se concentrer sur son algorithme de prédiction grâce aux relevés de tous les correspondants de son groupe. Les sourires des jumeaux avaient été son plus beau cadeau.

Ramón et Mateo aidèrent Clément à s'installer dans une charrette, habituellement utilisée pour transporter les gravats des chantiers de rénovation, qu'ils avaient nettoyée et recouverte d'un drap de lin et qu'ils tirèrent jusqu'à l'esplanade où les attendait une foule considérable. L'enregistreur avait été placé sur un meuble haut apporté de l'atelier, tel un trophée, et le docteur Pinilla eut le privilège de retirer le papier millimétré sur lequel le tracé de l'ascension s'était enregistré. Il chaussa ses lunettes, entreprit de le déchiffrer et se pencha vers Clément pour obtenir sa confirmation. Le murmure de la foule se fit tumultueux. Quelque chose s'était passé. L'agitation avait gagné Alicia et les enfants, qui entouraient maintenant les deux hommes. Quand, enfin, le médecin se présenta devant les Grenadins assemblés, il brandit le papier et expliqua ce à quoi personne ne s'était attendu.

43

Mardi 11 septembre 1877, Alhambra, Grenade

Ils étaient enfin seuls. Alicia s'allongea contre le corps de son homme qu'elle avait lavé avec un savon au néroli avant d'appliquer la pommade du médecin sur la grande cicatrice qui lui barrait l'abdomen, ainsi que sur les trois gros hématomes des bras et du ventre. Après avoir allumé une pastille des Indes, elle le caressa en l'effleurant, longuement, silencieusement, sans cesser de couvrir son regard de ses yeux émeraude. Plus rien ne comptait que ce moment qui les emportait, loin, très loin de tout, là où personne ne pourrait les rejoindre, dans ce paradis encore plus sauvage que la Sierra Nevada. Chaque baiser était une récompense au goût sucré de cerise, chaque étreinte était un cri de délivrance.

Ils firent l'amour avec mille précautions, ils l'inventèrent et le réinventèrent tout au long d'une nuit dont chaque battement était une vie éphémère. Quand les bougies rendirent l'âme, dans la pénombre diaphane des rayons de l'aube, ils avaient renouvelé ce pacte qui durait entre eux depuis vingt ans.

— Jamais l'un sans l'autre, murmura Alicia.

— Jamais l'un sans l'autre, répéta-t-il.

Elle laissa passer plusieurs respirations comme autant d'hésitations.

— Je sais ce que tu penses, dit Clément en lui caressant le front.

— Cela se voit-il tant ?

— Mon histoire n'était pas très crédible, n'est-ce pas ?

— Tu n'es pas obligé de m'expliquer.

Alicia aida Clément à se relever et se caler contre le mur, puis elle se lova contre lui.

— Il y a une inconnue que j'avais oubliée dans l'équation de la montagne, dit-il, les yeux tournés vers l'ombre de la sierra qui se détachait dans l'encadrement de la fenêtre.

— Que s'est-il réellement passé, mon amour ?

Le vent avait très rapidement emporté le ballon au-dessus du massif montagneux. Il avait dépassé le Trevenque et s'était déposé en douceur sur une pente du Veleta, bien avant les premières zones neigeuses.

— Dans un champ avec quelques oliviers et une vieille masure au toit à demi-effondré, raconta-t-il. Quand je suis arrivé, la nacelle était encastrée dans le feuillage d'un arbre et avait empêché le ballon de se traîner sur des centaines de mètres, comme c'est arrivé l'année dernière.

Alicia se rappela la mésaventure qui avait valu à Clément d'être obligé de changer tout le matériel. Elle embrassa sa poitrine avant de poser la tête sur le torse de son mari.

— La toile était déjà aplatie, continua-t-il en caressant sa chevelure aux boucles soyeuses. Je n'avais plus qu'à tout remballer et charger Barbicane. Un des vols les plus faciles jamais effectués ! J'ai commencé par me reposer et manger un peu, puis j'ai déposé les enregistreurs dans les paniers de la mule et c'est seulement à ce moment-là que j'ai compris ce qui me tracassait depuis mon arrivée : la toile.

— Qu'est-ce qui clochait ?

— Son emplacement. Au vu de son angle de chute, elle ne pouvait pas avoir pris cette position. C'était physiquement impossible : au lieu d'avoir recouvert le sommet de l'arbre, le tissu était en partie enroulé à la base du tronc. Il y avait eu une intervention extérieure. J'ai compris qu'un gros mammifère avait tenté de le traîner. Au même moment, Barbicane a brait. Je me suis retourné et là...

— Oui ? dit Alicia, qui s'était arrêtée de le caresser.

— Rien, tout était normal. Pas une seule bête, le champ à perte de vue, le soleil qui cognait et, au fond, la vallée avec la ville qui scintillait. C'était de toute beauté. J'ai commencé à détacher les cordes qui liaient la nacelle à la toile tout en cherchant des traces de crocs sur les losanges d'aluminium et j'ai juste eu le temps de voir une ombre s'y refléter. Je me suis jeté sur le côté puis tout est allé très vite.

— C'était un loup ?

— Un homme. Il y avait un homme, Alicia. J'ai vu un éclair dans ses mains. Il m'a donné un coup de couteau alors que je me relevais.

Il se tut. Les yeux de Clément roulaient dans leurs orbites. Il revivait la scène, non pour l'exorciser, mais pour comprendre à quel moment il avait manqué de vigilance.

— J'étais à terre, ma chemise commençait à se tremper de sang, continua-t-il. Je me souviens d'avoir été surpris par la chaleur du liquide. Pendant ce temps, le bonhomme m'a fait signe de ne rien tenter. Il s'est approché de Barbicane et a eu toutes les peines du monde à prendre ses rênes, comme tu l'imagines. Il est parti avec elle et le matériel en direction de la plaine.

— Et elle lui a faussé compagnie plus tard... Barbicane a toujours détesté être menée par d'autres que toi !

— J'étais incapable de me lever. Je me suis traîné jusqu'à l'arbre. Ma chance a été que la pointe de son couteau a d'abord dérapé sur ma montre. La blessure était large mais pas assez profonde pour être fatale. La suite, tu la connais.

Ils laissèrent passer le temps, suspendu aux premiers rayons du soleil qui traversaient la chambre. La douceur du moment avait le goût des fraises sauvages qu'ils cueillaient sur les pentes du Cerro del Sol.

— Tu es tombé sur le seul bandit qu'il reste dans la Sierra Nevada, conclut-elle en le serrant plus fort. On a eu de la chance. Mais pourquoi avoir menti au juge ? Pour protéger ce vagabond qui a failli faire de moi une veuve ?

— Ce n'était pas un vagabond, Alicia. Son acte était prémédité.

Elle s'assit sur le lit, les jambes repliées sous ses cuisses, enroulée dans le drap où les parfums de leurs peaux s'étaient mélangés aux fragrances des épices exotiques de la pastille des Indes.

— Tu m'inquiètes. Qu'est-ce qui se passe, Clément ?

— Tu es belle, tu es ma merveille, répondit-il, ému et impressionné comme au premier jour par la beauté de sa femme. Tu le sais, mon amour ?

Ses yeux répondirent pour elle en se couvrant d'un voile humide.

— J'ai eu le temps d'y réfléchir, sous mon arbre, continua Clément, le front plissé par la douleur qui se réveillait. Le voleur n'en voulait pas à notre mule. Il est arrivé avant moi et a essayé de découper les carreaux d'aluminium.

— Pour les revendre ?

— Oui, il y en a pour une fortune. Il s'est vite rendu compte que ce serait trop long et il a essayé de prendre la toile entière. Là encore, il a échoué : cela demande de la pratique et le bonhomme en manquait manifestement, j'ai retrouvé les cordes tout emmêlées. Sur ce, je suis arrivé, il s'est caché dans la masure en ruine. Et a attendu que je lui tourne le dos pour me mettre hors d'état de nuire. À défaut d'aluminium, il a fini par se rabattre sur les instruments qui étaient chargés sur Barbicane. Fin du suspense, ou presque.

Le bruit caractéristique de la charrette de Mateo partant livrer sa glace résonna dans l'allée du Mexuar. Alicia se leva, enveloppée dans le drap comme dans une toge romaine, et rapporta de la cuisine deux parts de pastèque.

— Cela ne répond pas à ma question, mon amour : pourquoi l'avoir caché au juge ? Ce n'est pas parce qu'on a tout récupéré qu'il faut le laisser courir. Il a failli te tuer !

Il prit son air d'enfant fautif quémandant un pardon avant de continuer :

— Il y a un dernier point dont je voulais te parler. Un petit détail. L'appareil à prise d'air n'a pas été brisé lors de l'atterrissage. Il était intact et l'ampoule contenant l'échantillon était scellée. Je l'avais posé avec le reste des affaires qui a été volé.

Alicia lui tendit les cubes de fruit qu'elle avait piqués sur un bâtonnet.

— Il a pu se casser lorsque Barbicane s'est débarrassée de lui, proposa-t-elle tout en dégustant les siens.

— Oui. Et dans ce cas, on ne le saura jamais. Mais il y a une autre possibilité, et c'est le juge qui m'en a donné l'idée.

Elle reprit sa position, lovée contre son mari, la tête au creux de son cou, les jambes enlacées aux siennes comme des lianes, en prenant soin de ne pas effleurer son abdomen douloureux. Clément supposait que l'homme repérait depuis longtemps tous les ingrédients qui pouvaient entrer dans la composition d'un engin explosif.

— Si l'on en croit Ferrán, un groupe d'anarchistes est en train de se former en Andalousie. Et ils ont besoin de produits chimiques.

— C'est peut-être vrai pour l'acide de ta fiole à air, mais quel est l'intérêt de voler la toile ?

— La poudre d'aluminium mélangée à du perchlorate de potassium est un explosif déflagrant, mon ange. Je n'y avais jamais pensé auparavant, mais il y a tout dans mon ballon pour fabriquer une bombe ! J'en arrive à comprendre le capitaine Tête-de-rat... Voilà pourquoi je ne pouvais pas raconter la vérité au juge : il avait là assez d'éléments pour me présumer coupable.

Un premier grattement à la porte les interrompit. Au second, Alicia ouvrit et la tête de Victoria apparut dans l'encadrement.

— Je n'arrive plus à dormir. Ça fait longtemps, dit-elle de sa voix la plus enjôleuse. Je peux venir avec vous ? Papa m'a trop manqué, ajouta-t-elle en grimpant sur le lit sans attendre la réponse.

— On va te faire une petite place, céda Clément.

Les combats des heures précédentes l'avaient rendu incapable de la moindre résistance. Et il avait envie de prendre ses jumeaux dans ses bras, envie de les serrer en oubliant la blessure qui le tiraillait, envie de leur dire à quel point il les aimait, de le leur répéter aussi, car les enfants, contrairement aux adultes, ne s'en lassent jamais, envie qu'ils lui disent tout ce que lui n'avait pas su dire à ses parents avant qu'Alicia n'entre dans sa vie et ne le débarrasse de tous les oripeaux de son éducation.

— Mon pauvre papa, dit Victoria, cajoleuse, tu n'es pas trop triste du résultat ?

Dans la précipitation du lâcher, le météorologue avait oublié de remonter le mécanisme du cylindre lié au rouleau enregistreur. Le tracé s'était interrompu après une quinzaine de minutes, à plus de sept mille mètres, ce qui avait fait dire à Clément qu'au vu de la progression, le ballon avait sans doute dépassé son record précédent d'au moins mille mètres.

— Je suis triste pour ceux qui l'attendaient, conclut-il. Pour moi, c'est le signe qu'il était temps d'arrêter.

Irving fit irruption peu de temps après, suivi par Nyssia, et tout le monde se retrouva enchevêtré sur la couche, jouant et riant en prenant soin de ne pas brusquer Clément mais en restant collé à lui comme pour l'empêcher de partir à nouveau.

Ils déjeunèrent au lit et Clément décida que la journée serait fériée pour la famille Delhorme, provoquant les hourras des enfants. Alicia les observa en pensant qu'ils n'avaient jamais été aussi heureux tous ensemble et fit le vœu que, chaque jour, ce moment de grâce se reproduise, même un court instant car, en matière de bonheur, même les miettes étaient essentielles. Alicia les picora jusqu'au soir, évitant de penser à la dernière phrase de Clément avant que les enfants ne mettent fin à leur intimité : il s'était mis en tête de rechercher son agresseur et ses complices afin de retrouver sa machine.

Chapitre XIV

44

Lundi 15 octobre 1877, Porto

Une immense clameur s'éleva du pont : les ouvriers venaient de réunir les deux parties du tablier en fixant les derniers rivets. Ils firent signe aux autres qui les regardaient depuis les deux berges et tout le monde applaudit, s'embrassa et se congratula.

— Ça veut dire qu'il est fini ? demanda Claire en portant un regard interrogateur sur son père.

— Ça veut dire qu'il a sa forme définitive, répondit-il en lui tendant les jumelles. Il reste à faire les essais de charge.

Installés sur la terrasse de l'orphelinat surplombant le pont sur la rive droite, les Eiffel avaient pu suivre le déroulement des opérations dans le moindre détail. Pedro Inácio Lopes, accompagné de sa femme, vint féliciter l'ingénieur.

— Nous l'avons fait ! s'enthousiasma-t-il en le gratifiant d'une longue et chaleureuse accolade.

Il leva les yeux vers le ciel, fit un emphatique signe de croix et embrassa son pouce.

— La plus grande arche d'Europe, peut-être du monde, *senhor* Eiffel ! Ton papa est un génie ! ajouta-t-il à l'intention de Claire, qui rougit de fierté.

Ils étaient arrivés à Porto une semaine auparavant, après un périple en Espagne, et l'adolescente avait découvert l'immense popularité dont jouissait son père auprès des habitants et des autorités.

La première fois qu'elle avait vu l'ouvrage, elle n'en avait pas cru ses yeux. Il était bien plus grand encore que ce qu'elle avait imaginé, que ce que les photos laissaient entrevoir, que ce que son père lui avait décrit. Les piles métalliques qui s'élevaient vers le tablier étaient aussi hautes que les flèches des cathédrales et l'arc, qui reliait les deux rives tel un Atlas arc-bouté sous le globe terrestre, écrasait le paysage de sa magnificence. Elle avait ressenti comme un vertige au pied de ce géant immobile, dont la taille lui tournait la tête. Au fil des jours, elle s'y était habituée, tout en gardant en elle une crainte confuse du gigantisme de l'édifice.

Claire passait ses journées sur le chantier ou à la bibliothèque en face du square San Lazaro, à côté de leur hôtel. Elle écrivait quotidiennement à sa tante Marie, qui avait la garde de ses frères et sœurs, ponctuant ses lettres de fréquents points d'exclamation, tant ses sens étaient sollicités et son émerveillement sans limite. Elle faisait de son mieux pour cacher sa tristesse lorsqu'elle pensait à sa mère, mais, une fois seule dans sa chambre d'hôtel ou dans les allées du square, elle laissait venir à elle la mélancolie salée refoulée tout le reste de la journée. Le vendredi précédent, ils avaient voyagé vers le nord pour visiter le chantier d'un autre pont, sur le Cávado, et l'admiration qu'elle portait à son père s'était vouée en vénération.

— On y va ? demanda Eiffel en lui tendant le bras.

Claire sortit de sa rêverie et parut étonnée.

— On peut ? Ce n'est pas risqué ?

— Pas si tu restes avec moi.

Ils rejoignirent Pedro Inácio Lopes et les ouvriers présents, qui attendaient tous ce moment depuis deux ans. Claire se cramponnait à son père, l'obligeant à rester au milieu du tablier et l'empêchant de s'approcher du bord pour vérifier des détails techniques, ce qui l'amusa.

— J'ai le vertige, expliqua-t-elle en se renfrognant. Et il y a du vent. Papa, arrête !

La bouderie ne dura que quelques pas. Ils parvinrent à la rive gauche où Collin tentait d'empêcher un journaliste de pénétrer sur le pont. Joseph avait écarté les bras pour faire rempart mais l'insistance de l'homme le faisait reculer d'un pas à chaque tentative, dans un ballet comique.

— Le pauvre, dit Claire, compatissante.

— *Que diabos ?* interrogea Eiffel avec autorité.

— Monsieur Eiffel, je représente le *Jornal do Porto,* dit l'homme. Permettez-moi d'être le premier à marcher sur le pont.

— Vous comprendrez que ce privilège revient à ceux qui l'ont construit, opposa l'ingénieur.

— Je le comprends, mais notre journal vous a soutenu depuis le début ! Et ce jour est un peu le nôtre aussi.

Eiffel fit mine d'hésiter avant de répondre :

— Venez, je vais vous accompagner pour la visite. Mais je vous demanderai en retour d'envoyer votre article aux principaux journaux de Paris.

— Avec plaisir, ce sera fait, approuva le rédacteur, qui dépassa Joseph en lui lançant un regard de défi. Savez-vous que le roi a parlé de vous lors du dernier bal ? ajouta-t-il en sortant un carnet de sa poche.

Claire, restée près de Joseph, réconforta ce dernier pendant que son père parcourait le tablier en enjolivant ses explications des anecdotes qui avaient ponctué les deux années de travaux. Le rédacteur insista pour que l'ingénieur lui livre son secret, celui qui lui avait permis de terminer dans les délais impartis malgré l'arrêt dû aux inondations.

— Ce dont n'importe quel entrepreneur ici devrait s'inspirer, assura-t-il en conclusion, déclenchant le rire d'Eiffel.

— Analyser, anticiper et innover, expliqua le maître d'œuvre. Analyser tous nos points forts et nos faiblesses, pour bâtir sur les premiers et anticiper les seconds. Et innover, innover sans cesse, mais sans prendre de risques sur l'essentiel.

— Puis-je l'écrire dans mon article ? interrogea l'homme, qui avait cessé de noter.

— Bien sûr, il n'y a là rien à cacher, ce sont les maîtres mots de tous les bâtisseurs. Le plus dur n'est pas d'en avoir connaissance, mais de ne pas s'en écarter, ajouta-t-il avec malice. Venez, que je vous présente mes collaborateurs.

Nouguier et Compagnon, courbés au-dessus des rivets implantés au niveau de la clé d'extrados, saluèrent le journaliste sans cesser leur activité. Alors que l'homme se penchait par-dessus la rambarde métallique afin d'observer le point de jonction, un coup de vent plus puissant lui arracha sa casquette, qui tomba en tournoyant au ralenti et amerrit en douceur à la surface fripée du Douro.

— Elle ne coule pas, commenta Nouguier en la regardant s'éloigner, ballottée par les vaguelettes : c'était un couvre-chef de bonne facture !

— Émile en a perdu plusieurs pendant les travaux. Il en a déduit une théorie sur la qualité des chapeaux, expliqua Compagnon.

— Cinq, pas moins, confirma Nouguier, et les meilleures étoffes, associées aux meilleures coutures, font des galures qui flottent comme des bouées. Un seul a coulé, précisa-t-il, acheté au marché de Levallois. Les autres couvrent maintenant la tête des poissons de l'Atlantique. Ma théorie se vérifie toujours !

Deux goélands argentés passèrent sous l'arche en raillant.

— Ils se sont déjà habitués, remarqua le rédacteur. Votre ouvrage s'est intégré dans le paysage.

Eiffel lui expliqua les étapes restantes, dont la plus importante consistait en un test de charge avec une locomotive lestée, et évalua l'inauguration aux environs du 4 novembre.

— Puis-je interroger votre fille, monsieur ? demanda l'homme, une fois rendu sur la terre ferme.

Claire se tenait à quelques mètres de là, en compagnie de Collin, et semblait prise d'une tristesse inconsolable, à laquelle le visage fermé de Joseph faisait écho.

Eiffel comprit l'intention du journaliste de l'entretenir sur la mort de sa mère et il lui opposa un refus poli mais ferme. Il se jura de toujours veiller farouchement à protéger sa vie privée.

— L'article paraîtra demain, conclut l'homme en portant sa main à sa tête dans un geste machinal de salut.

Puis, se rappelant que son couvre-chef était en train de cheminer vers le port, il sourit en guise d'excuse et partit les mains dans les poches en sifflotant. L'atmosphère elle-même était chargée d'un mélange de joie et de mélancolie.

La cuisinière avait les joues rougies par la chaleur de l'âtre. Elle huma les arômes de la blanquette dont elle avait suivi scrupuleusement la recette établie par Mlle Eiffel. Pour le repas organisé en l'honneur de la fin du chantier, père et fille avaient choisi des mets français. Claire, qui avait emporté avec elle un livre contenant des centaines de recettes, avait composé le menu qu'elle avait copié sur un carton à l'intention de chacun des membres de l'équipe :

Potage aux œufs pochés
Esturgeon braisé
Veau en blanquette
Croûte aux champignons
Compote de poires
Dessert surprise

Le menu initial contenait aussi un plat de mauviettes rôties, qu'Eiffel avait fait retirer sans que Claire en comprenne la cause. Depuis la mort de Victorine, il ne supportait plus les plats d'oiseaux, qui lui rappelaient les grives du train et son arrivée chaotique à Barcelinhos avec elle. En quelques mois, les deux femmes de sa vie venaient de disparaître mais cela, comme tout le reste, il ne pouvait le partager avec personne, surtout pas avec sa fille.

— Alors, c'est quoi ce dessert ? demanda la cuisinière de son accent chuintant qui trahissait son origine lisboète, tout en lui présentant une cuillère en bois qu'elle avait remplie dans le chaudron.

— C'est une surprise, dit Claire avant de picorer un morceau de blanquette.

— Mais je dois savoir, vous devez me mettre dans le secret !

— Même pour vous, ce sera non ! répliqua la jeune fille, amusée. Le veau est excellent, la félicita-t-elle. Quand la cuisson sera terminée, n'oubliez pas d'ajouter la muscade râpée et de lier avec des jaunes d'œufs...

— ... et du vinaigre, je sais, mademoiselle, répondit la cuisinière en souriant de l'application de la jeune fille. Vous pouvez dire à ces messieurs de passer à table.

Claire traversa la salle à manger de la *quinta da Coelho* et sortit dans le jardin où une immense tente avait été installée, abritant des tables un U recouvertes de nappes brodées. Elle n'eut pas besoin de battre le rappel : tous les employés du chantier et l'équipe technique s'étaient déjà assis, partageant bières et anecdotes dans un maelström de voix qui cessa instantanément lorsqu'elle pénétra sous la toile. L'annonce du repas déclencha un concert de hourras et d'applaudissements. Claire s'installa à côté de son père, à la table d'honneur qui reliait les deux parallèles. Il lui adressa un clin d'œil discret : elle avait rapidement trouvé sa place dans le dispositif, s'occupant de l'intendance du quotidien et de l'organisation de ses voyages. Aidé par Nouguier, Eiffel avait commencé à l'initier aux bases des techniques de la construction, et Claire, qui l'accompagnait sur les chantiers, le questionnait sans cesse. L'intérêt de sa fille pour son travail flattait l'ingénieur et il passait de longs moments à lui répondre, à évoquer ses idées et projets. En quelques semaines, elle était devenue son assistante et sa confidente. Il avait préféré s'installer à l'hôtel plutôt qu'à la maison louée à Villa Nova de Gaia, dont il jugeait l'atmosphère trop masculine pour elle. Claire s'y trouvait plus isolée mais ne s'en plaignait pas.

— J'aime ces moments, lui dit-il à l'oreille alors que le bruit des conversations avait monté d'un cran. Cette douce euphorie du travail bien fait.

Elle acquiesça et croisa le regard de Théophile Seyrig, assis de l'autre côté d'Eiffel. L'ingénieur les avait rejoints la veille afin d'être présent lors des essais de charge. Son visage ne dégageait pas la même joie que celle qui se reflétait sur l'assistance. Dans son discours, en début de soirée, Gustave avait remercié ses collaborateurs, le nommant parmi les autres, et Seyrig ne parvenait pas à passer outre ce qu'il considérait comme un affront puisqu'il était officiellement son associé et le concepteur de l'arc en forme de croissant que tous les journaux portugais louaient comme relevant du génie de M. Eiffel.

Alors que le dessert se faisait attendre, il se servit une coupe de champagne et quitta la table pour s'isoler en ruminant son désappointement, qu'il n'arrivait pas à évacuer. Il entra dans le cellier et admira les deux gros jambons suspendus, dont l'entame montrait une alléchante couleur rubis foncé. Malgré le filet de protection, deux mouches se promenaient sur le gras entourant le Chaves, s'arrêtant pour se lisser les pattes ou les ailes, repartant dans la direction opposée ou bifurquant aussi soudainement qu'elles s'étaient arrêtées. *La logique des mouches m'échappera toujours*, songea-t-il en tentant de les chasser d'un revers de main. Les insectes voletèrent sans parvenir à trouver la sortie. Seyrig répéta son geste mais, plus il les menaçait, plus elles zigzaguaient, affolées, entre la viande et son tissu protecteur. Il s'arrêta et attendit qu'elles se soient calmées avant de défaire le nœud et d'ouvrir en grand le bas du filet. Elles disparurent aussitôt sans demander leur reste.

— Vous avez encore faim ? s'inquiéta la cuisinière, qui venait d'entrer.

— Pas exactement, répondit Seyrig, je ne faisais que passer. Et je chassais les mouches, cela fait partie de mes attributions, ajouta-t-il avec amertume.

— Alors, vous aurez ici un emploi à l'année, répondit-elle en riant. Mais vous ne pouvez pas aller à l'office, le dessert est arrivé et personne ne doit le voir, expliqua-t-elle alors qu'il s'apprêtait à passer. J'attends Mlle Eiffel pour le servir.

L'ingénieur fronça ostensiblement les sourcils.

— Je vais vous le dire à l'oreille, dit la femme en se méprenant sur sa contrariété. Mais surtout ne le répétez pas.

Sans même attendre la réponse de Seyrig, elle se pencha vers lui et lui révéla le secret pâtissier.

— C'est une idée de la demoiselle, pour fêter le pont de M. Eiffel. Cette jeune fille est un ange !

Le visage de Seyrig s'était contracté. Il décida de ne pas assister à l'inauguration, posa la coupe de champagne sur le couvercle de la huche à pain et regagna le jardin où il croisa Claire. Elle avait gardé son sourire d'enfant et l'en gratifia avant de gagner la cuisine. Seyrig lui répondit par un rictus crispé et s'installa à une place libre en compagnie des riveteurs français, loin du maître d'œuvre. Songeant aux mouches, il se dit qu'il ne voulait pas attendre d'être pris dans la nasse pour reprendre sa liberté. Il décida de rédiger en son nom seul une communication sur le pont du Douro à destination de la Société des Ingénieurs. Tous devaient savoir qui était l'auteur principal de l'ouvrage.

— Une bière, monsieur Seyrig ? proposa un des ouvriers en lui tendant un verre qu'il prit machinalement. À votre ouvrage !

Les autres riveteurs levèrent à leur tour leurs verres en sa direction. Ce toast le rasséréna et il observa sans acrimonie l'arrivée de l'ouvrage en nougat, réplique exacte du leur, devant lequel un carton en pâte d'amande souhaitait une longue vie au pont Eiffel.

— Servez-m'en une autre, demanda Seyrig à son voisin après avoir vidé sa bière d'une traite.

À la tablée d'en face, les ouvriers portugais avaient entamé un fado de marins et tous se turent pour les écouter. À la fin de la chanson, les Français reprirent en chœur *Le Temps des cerises*. Les deux tables se livrèrent à une joute musicale jusqu'à épuisement des cordes vocales et du tonneau de bière.

Claire, qui était éreintée après une première soirée passée avec les officiels de la Compagnie royale des chemins de fer portugais, demanda la permission de se retirer. Nouguier fut chargé de la raccompagner jusqu'à son hôtel. Tous la félicitèrent pour son repas et elle voulut partager ces honneurs avec la cuisinière, qu'elle fit venir dans le jardin afin de recevoir une ovation.

L'intensité baissa d'un cran et la soirée s'étira en longueur. Des petits groupes s'étaient formés dans le jardin ou à l'intérieur tandis que d'autres quittaient régulièrement les lieux après avoir remercié leur employeur ou lui avoir laissé un présent en guise de souvenir.

— Alors, Jean, comment avez-vous trouvé votre premier chantier chez nous ? demanda Eiffel quand la maisonnée eut retrouvé son calme.

— Ma foi, c'est un honneur d'avoir participé à cet ouvrage, dit Compagnon en tirant sur le cigare qu'il venait d'allumer. Il est superbe ! Je recommencerai quand vous voulez.

— Tant mieux, car il y en a deux qui vous attendent au nord du pays. Vous reprendrez la même équipe.

— C'est un honneur, monsieur Eiffel. Mais, il faut que je vous dise...

Compagnon soupira et vérifia que personne ne les écoutait avant de continuer :

— Voilà, les gars de l'équipe, le contremaître, ils sont tous d'accord. Ils ne veulent plus travailler avec M. Collin. Je me sens obligé de vous en parler, il n'a pas d'autorité. Il n'en a pas parce qu'il n'a pas les connaissances du métier.

Eiffel ne parut pas surpris mais s'abstint de répondre.

— Il est gentil, M. Collin, et il est de votre famille, mais le chef de chantier doit se faire respecter par son expérience, insista Compagnon. Je suis désolé de vous le dire ce soir. Je crois que la bière m'a bien aidé ! conclut-il en montrant son verre vide.

— Ne vous inquiétez pas pour la prochaine fois, dit Eiffel en lui donnant une tape amicale. Venez, allons voir les étoiles à la jumelle que j'ai installée à l'étage.

Ils croisèrent Joseph dans le salon, en train de régler sa montre sur l'heure de la pendule. Compagnon évita son regard. Collin, les apercevant, leur souhaita une bonne nuit avant de se retirer. Il avait mangé le sommet de l'arc en nougat et frisait l'indigestion.

Lorsque Gustave rejoignit l'hôtel de la place San Lazaro, Claire était endormie, allongée sur son lit. Le courrier qu'elle n'avait pas fini d'écrire s'était échappé de sa main alors que l'autre tenait encore un porte-plume à la pointe asséchée. Il le lui enleva délicatement, sans la réveiller, déposa sur elle une couverture et parcourut la lettre destinée à sa sœur Marie. Sa fille y décrivait les événements de la journée, heure par heure, y compris la soirée qui s'achevait avec son départ et se concluait par un « Papa est un génie ! ». Un mois après la mort de sa mère, la vie avait plongé Claire dans une existence d'adulte qu'elle n'avait pas choisie mais qu'elle assumait crânement. Il se demanda ce qu'il deviendrait sans elle et pria pour qu'elle ne le quitte jamais.

45

Dimanche 21 octobre 1877, Alhambra, Grenade

Les premiers rayons du soleil frappaient déjà l'Albaicín de leurs feux rasants, le recouvrant d'un tulle aux nuances orangées, lorsque Kalia ouvrit en grand la porte de sa tanière sur les pentes du

Sacromonte. La ville scintillait à ses pieds et le spectacle la laissa interdite un long moment. Elle n'osait bouger devant tant de beauté, comme si le moindre geste allait en casser la magie et faire s'envoler les couleurs telle une volée d'hirondelles. Elle se résolut à rentrer, prit son balai fait de branchages serrés et évacua la poussière intérieure vers le seuil avec des gestes saccadés, presque rageurs. Mateo était venu la voir, une fois de plus, pour la supplier de quitter le clan et de s'installer avec lui et Javier à l'Alhambra. Elle avait, comme toujours, refusé, et cette réponse était pour elle un crève-cœur : quand Mateo s'en rendrait-il compte ? Elle avait décidé qu'elle refuserait de le recevoir la fois prochaine, tout en sachant qu'elle ne pourrait s'y résoudre lorsqu'il reviendrait. Entendre parler de son fils et avoir de ses nouvelles était sa plus grande joie et jamais elle ne s'en priverait. *Je dois être compliquée*, songea-t-elle. *Oui, c'est ça, je suis quelqu'un de compliqué, alors que tout pourrait être simple.* Elle interrompit son ménage et sortit alors que la poussière soulevée commençait à lui piquer la gorge.

Kalia s'approcha du bord de sa terrasse et s'assit au bord du vide. L'Alhambra était si proche et si loin à la fois. Cette colline voisine, sur les pentes de laquelle elle grappillait des escargots et des bribes de l'intimité de Javier, lui paraissait un autre monde séparé du Sacromonte par bien plus qu'un simple ravin. Il lui suffisait de si peu pour changer de vie, d'un mot, un seul, mais elle ne se sentait ni le droit ni la force de le prononcer : le clan avait besoin d'elle et Javier, malgré les dénégations de Mateo, la chasserait à coup sûr.

Elle suivit du regard la forme humaine qui descendait du Generalife par sa pente la plus raide. Sa démarche puissante et souple, sa progression rapide et régulière la convainquirent qu'il s'agissait d'un homme connaissant bien les lieux. Kalia plissa les yeux et tenta d'accommoder sa vue qui, depuis trois ans, lui jouait des tours et lui valait quelques moqueries de ses proches. L'inconnu disparut dans les lacets, avant de réapparaître, un quart d'heure plus tard, sur la plate-forme où hommes et bêtes avaient pris l'habitude de se reposer avant le premier niveau des terrasses.

Kalia le reconnut alors. Son cœur suspendit sa course comme un cheval avant l'obstacle, puis bondit et s'emballa : Clément venait d'entrer dans la maison du prince des Gitans. La raison de sa présence ne faisait aucun doute. Kalia rentra chez elle, ferma la porte et s'assit sur son lit en attendant leur venue.

L'unique source de lumière provenait d'un trou percé dans le plafond de roche, devant la porte d'entrée. Le prince entra sans frapper.

Il avait revêtu tous les oripeaux de sa fonction et son chapeau à large bord cachait le haut de son visage. Nanosh était moins autoritaire que son prédécesseur Torquado et, surtout, il n'avait cherché à faire de Kalia ni sa compagne ni sa maîtresse. Elle devinait, à son ombre projetée sur la terre, que Clément était resté sur la terrasse dans l'attente de l'autorisation d'entrer.

— Tu sais pourquoi nous sommes là, Kalia, dit le prince, immobile dans le rai de lumière.

Elle acquiesça sans oser relever la tête.

— Tu as parlé à Mateo récemment et tu lui as dit avoir des informations qui intéressent le Français.

Il laissa passer deux respirations avant de continuer :

— D'habitude, nous ne nous mêlons pas des affaires des gadjos. Mais Javier, qui est le fils de notre regretté Torquado, est un protégé du Français. Je t'autorise à lui dire tout ce que tu sais.

Le bruit des grelots du chapeau accompagna sa sortie. Le prince fit un simple signe de tête en direction de Clément pour lui signifier son accord. Puis il regagna sa demeure, s'assit sur une chaise posée à l'ombre de son toit et écouta une *zambra mora*. La matinée s'était avancée à pas feutrés vers le repas lorsqu'il aperçut Clément quitter les terrasses du Sacromonte. Le prince huma l'air encore rempli de l'humidité nocturne, chassa la troupe d'enfants qui soulevait un nuage de poussière en poursuivant un chien à la queue duquel ils avaient attaché une branche feuillue, et redressa son chapeau avant de descendre chez Kalia.

Clément se rendit au mirador du Generalife afin d'informer Mateo de ses intentions après les révélations de la Gitane. Kalia s'était trouvée parmi les quelques spectateurs présents lors du lancement du ballon. Son seau d'escargots à la main, elle était restée à l'écart, à l'abri dans un des nombreux recoins qu'elle utilisait souvent pour observer Javier sans être vue. Deux Grenadins à quelques mètres d'elle, se croyant suffisamment isolés, avaient exprimé sans méfiance leur intention de suivre la trajectoire du ballon. L'idée l'avait intriguée, mais elle n'y avait vu qu'un jeu jusqu'au moment où elle avait appris l'agression de Clément. Kalia avait été taraudée par son envie de parler, mais les Gitans devaient rester à l'écart des affaires des gadjos. Elle s'y était tenue jusqu'à la venue de Mateo.

L'ancien *nevero* n'était pas dans la salle des machines à fabriquer la glace. Elles étaient éteintes. Il avait exprimé la veille sa préoccupation devant la baisse récente des commandes, ce dont

Clément l'avait rassuré en évoquant le froid inhabituel pour la saison. Le météorologue fit un détour par le pavillon où se trouvaient ses enregistreurs afin d'effectuer les relevés de la mi-journée. *Les commandes ne risquent pas de s'envoler dans les jours à venir*, songea-t-il après avoir calculé ses prévisions de température pour la semaine et les avoir reportées dans un cahier où viendraient les rejoindre les valeurs réelles. Son algorithme s'était encore affiné et Clément envisageait pour l'année à venir de le communiquer à l'Académie des sciences.

Se concentrer sur son travail lui permit d'évacuer la colère qui l'avait envahi après sa discussion avec Kalia. Avant même ses révélations, il était persuadé que l'homme qui l'avait agressé dans la Sierra Nevada, ou un de ses complices, était présent sur l'esplanade au moment du départ du ballon. Il en avait désormais la preuve. Kalia ne les connaissait pas mais sa description avait été suffisamment précise.

— Je te trouve enfin ! dit Clément en avisant Mateo qui retournait la terre de son potager.

L'homme avait les moyens de s'offrir des légumes frais tous les jours, il avait les moyens de s'offrir un jardinier et des champs entiers de fruits, mais il n'avait jamais cessé de gratter la terre quotidiennement comme au retour de la Sierra lorsqu'il n'était qu'un *nevero*. Le Français lui résuma sa conversation avec la Gitane pendant qu'il s'épongeait le front avec un pan de sa chemise.

— Si je m'attendais à ça ! s'exclama Mateo.

— Je crois qu'il n'y a plus de doute, conclut Clément.

— Que comptez-vous faire ?

— Peux-tu lui donner rendez-vous ce soir ? Je veux lui laisser une chance de se racheter avant d'aller voir les autorités. Et j'ai encore espoir de retrouver mon échantillon d'air.

— Vous êtes trop bon ! Moi, je lui aurais fait avaler son couteau ! s'emporta Mateo en plantant sa pelle dans le sol meuble.

Clément enfila ses gants de cuir et releva son chapeau.

— J'y songerai, répondit-il en posant sa main à l'endroit de sa cicatrice.

Mateo savait qu'il en était incapable, toute la ville savait que l'aventurier était rétif à la moindre violence.

— Je préférerais venir avec vous, proposa-t-il. Au fond, ça me concerne aussi.

— J'ai prévu autre chose pour toi ce soir et je crois que cela va te plaire, *mi amigo*.

— Le voilà ! s'écria Nyssia en voyant son père traverser la cour de Machuca. Tu lui demandes tout de suite, maman, d'accord ?

Alicia s'amusa de l'empressement de sa fille qui, d'habitude, passait ses journées à l'écart du groupe et renâclait à participer aux repas familiaux. Elle avait été surprise de sa question, mais s'était laissé convaincre rapidement de l'intérêt que Nyssia portait à une autre activité que la lecture.

Dès son arrivée, tous passèrent à table et Clément fut surpris de l'ambiance studieuse, contrastant avec l'habituelle sarabande d'échanges bruyants qui faisait le quotidien des repas chez les Delhorme et surprenait toujours les invités de passage, conquis ou choqués par la liberté de parole des enfants.

Il se lava les mains et les essuya sans se presser, tout en réfléchissant à l'explication potentielle du silence religieux qui régnait. Même Javier, dont la voix déjà mature dominait d'une tessiture les débats, se taisait. Tous les regards étaient tournés vers Alicia, que la situation semblait amuser.

— Y aurait-il quelque chose que je devrais savoir ? demanda Clément après s'être assis sans que cela déclenche le tintement des couverts.

— Vas-y, maman, souffla Nyssia, dont l'impatience plissait le front.

— Mon amour, commença Alicia en tournant une cuillère en bois dans une poêle large et haute remplie de *gachas pimentonas,* j'ai une requête à te présenter de la part de Nyssia.

Elle s'assura que le bouillon de gruau dans lequel surnageaient chorizo et poivrons était assez salé avant de continuer :

— Notre fille voudrait t'accompagner à Porto à l'inauguration du pont Eiffel. Et elle m'a convaincue.

— Voilà une équation qui offre de nombreuses interrogations, lâcha-t-il en portant ses mains à son menton en signe de doute.

— Papa, implora Nyssia, il n'y a aucune inconnue dans ton équation !

— C'est une occasion unique pour elle de voyager autrement qu'à travers ses livres, fit remarquer Alicia.

— Certes, admit Clément, mais elle n'a que quatorze ans.

— Presque quinze ! exagéra Nyssia. Si ! s'emporta-t-elle devant le regard moqueur de son père, bientôt je serai plus proche de quinze que de quatorze, tu ne peux pas le nier ! Papa, tu sais que je me suis toujours sentie plus âgée que Victoria. Sans vouloir t'offenser, sœurette.

— Ça ne me dérange pas, répondit Victoria. Moi, je ne suis pas pressée d'avoir quinze ans, c'est la classe de Mme Augusta et elle me fait peur.

— Ce n'est pas ta place, Nyssia, argua Clément. Ce n'est pas sa place, insista-t-il auprès de sa femme.

— Tu m'as dit que la fille de Gustave Eiffel serait présente, objecta Alicia.

— Oui. Mais...

— Elle a le même âge que moi, papa !

— Elle a le même âge que toi quand tu n'exagères pas... Depuis quand t'intéresses-tu aux ponts ?

— Il y aura une réception avec le roi du Portugal et tu es invité. Nyssia rêve d'y être, plaida Alicia. Alors, tu l'emmènes ?

Clément prit sa cuillère et fit semblant d'hésiter tout en la regardant attentivement.

— J'accepte, finit-il par céder. J'accepte pour une seule raison.

— Laquelle ?

— Pour éviter que les *gachas pimentonas* ne refroidissent. Mangez, maintenant !

Le concert de voix et de couverts put enfin débuter.

Après le repas, la dispersion fut rapide et les enfants retrouvèrent Jezequel près du bassin, dans la cour des Myrtes, où ils lui firent un résumé de la situation.

— Moi, je sais pourquoi elle veut aller à Porto, affirma Victoria.

— Elle veut voir à quoi ressemblent un roi et sa cour, répliqua Jezequel en jouant machinalement avec son collier d'écailles. C'est tout Nyssia !

— Elle s'est toujours ennuyée avec nous à l'Alhambra. Elle veut voyager, compléta Irving.

— Non, il y a une autre raison et moi je la connais, déclara sa sœur. Mais je ne vous la dirai pas. Même contre une écaille d'or.

Clément quitta le bazar du Zacatín où il avait acheté des présents pour Eiffel et sa fille, traversa le pont qui enjambait le Darro et s'engouffra dans l'auberge du Corral del Carbón peu avant huit heures du soir. Il commanda une liqueur à la forte odeur de vanille, fit jouer les glaçons dans le verre et l'avala d'un trait pendant que le patron fermait le volet. Il touchait au but.

Presque trop simple, songea-t-il en observant les glaçons à demi fondus au fond de son verre. Il les fit tinter plusieurs fois et prit l'un d'eux, qu'il posa dans sa paume gauche pour l'examiner. Quelque chose l'intriguait.

— Un problème ? demanda l'aubergiste qui remontait de la cave, une caisse de vin en main.

— Une inclusion. Une aiguille de pin.

— Je vais vous en chercher d'autres, dit l'autre en posant son chargement derrière le comptoir.

— Inutile. Qui vous a livré cette glace ?

— Je n'ai pas eu le temps d'en commander chez Mateo, c'est Hortega, le cafetier, qui m'a dépanné. Ce qui revient au même, Mateo le livre tous les jours.

— C'est impossible, mon ami.

— Pourquoi donc ?

— Voyez-vous, les glaçons sont une équation à deux inconnues : comment et où ?

L'homme, qui connaissait la fiabilité des déductions de Clément, s'assit à sa table, tout ouïe.

— Comment il a été fabriqué : soit il vient d'une glace naturelle ramassée par un *nevero*, soit il provient de la machine de Mateo. Dans le cas présent, il provient d'une machine à glace, je reconnais les traits caractéristiques des couches successives, dit-il en les lui montrant.

— Donc le « où » est évident : il vient de l'Alhambra, anticipa l'homme.

— Justement, non, le contredit Clément. Il n'y a aucun pin dans l'environnement de l'atelier de Mateo. Et la cuve de production est recouverte d'un capot.

— Alors, qu'est-ce que ça veut dire ?

— Ça veut dire qu'il y a un autre producteur de glace sur Grenade qui possède une machine.

Le heurtoir de la porte interrompit leur conversation.

— Voilà votre homme, dit l'aubergiste en se levant. C'est pour cette raison que vous voulez le rencontrer avec discrétion ?

— Non, mais je viens juste de faire le lien entre les deux... J'aurais dû y penser plus tôt !

— Si vous avez besoin de moi, je serai dans l'arrière-boutique, conclut le patron en faisant jouer la clé dans la serrure. Vous pouvez vous servir au comptoir.

Il ouvrit la porte, faisant entrer une lumière poussiéreuse dans laquelle l'ombre du visiteur se découpa. Les deux hommes se saluèrent puis le patron le laissa seul avec Clément. Le nouveau venu prit le temps d'enlever sa *capa* et de poser son chapeau sur le dos d'une chaise avant de s'asseoir en face de Clément.

— Vous vouliez me voir, *señor* Delhorme ?

— Bonjour, Chupi. Nous avons à parler, tous les deux.

46

Dimanche 4 novembre 1877, Porto

Toute la ville pavoisait. Près de quarante mille spectateurs s'étaient répartis sur les deux rives du Douro, les recouvrant de points multicolores. Le fleuve aux reflets jaunes était tacheté de barques, et le ciel constellé de petits nuages moutonneux. Mais la pluie n'allait pas gâcher la fête, Clément l'avait promis à Eiffel. Il était arrivé la veille avec Nyssia et avait pris des chambres dans le même hôtel. Claire avait accaparé la jeune Grenadine, trop heureuse de trouver enfin une confidente de son âge, et les pères ne les avaient plus revues de la soirée ni de la matinée.

— D'ailleurs, où sont-elles maintenant ? s'inquiéta Eiffel auprès de Delhorme.

— De l'autre côté, répondit ce dernier. Un journaliste a annoncé l'arrivée du couple royal.

— C'est que l'inauguration va bientôt commencer et que Claire ne voulait en rien rater le premier train.

À quelques mètres d'eux, la locomotive augmenta son débit de vapeur, tel un pur-sang piaffant d'impatience.

— Votre beau-frère a l'air inquiet, remarqua Clément, amusé par le manège de Collin qui faisait les cent pas à l'entrée du pont, tout en ouvrant et fermant nerveusement le clapet de sa montre.

— On le serait à moins, il a supervisé l'agencement de la cérémonie et les répétitions ont été laborieuses. Le roi doit le décorer après l'inauguration, et, par-dessus tout, il est inquiet pour le passage du train. Cela fait beaucoup pour mon pauvre Joseph.

— Comment se sont passés les tests de charge ? interrogea Clément, distrait, tout en admirant les couleurs rutilantes de la locomotive.

— Parfaitement. Conformes à vos calculs. Vous avez une précision diabolique, mon cher.

— Quel a été l'abaissement à la clé de l'arc lors de l'épreuve en poids roulant ?

L'ingénieur prit plaisir à se répéter mentalement les chiffres avant de les annoncer :

— Un centimètre avec un train de voyageurs, un et demi avec un train de marchandises. Quatre cent soixante-dix-sept tonnes, pas mal, n'est-ce pas ?

Un orchestre entama *O Hino da Carta*, l'hymne national, dans une surenchère de cuivres qui éteignit les violons présents.

— Venez, traversons, leur cria Joseph, vous devez accompagner le roi et la reine. Et n'oublie pas le tableau, ajouta-t-il à l'adresse de Gustave.

Eiffel s'empara d'une aquarelle posée sur la banquette de la berline qui les avait amenés.

— Peinte il y a quelques jours par mon ami Sauvestre. Vous n'avez pas encore été présentés : c'est l'architecte de nos projets. Un cadeau pour le roi. Vous n'avez pas changé d'avis ?

La veille, Clément avait prévenu Gustave de sa détestation des mondanités et de son intention de rester à l'écart de l'inauguration. Il attendrait que tout le monde soit parti pour pleinement profiter du pont. La seule concession qu'il avait faite à Alicia avait été d'accepter d'accompagner sa fille au bal prévu le soir même.

Il les regarda s'éloigner au pas de charge alors que, de l'autre côté, Luis Ier et Maria Pia félicitaient les ouvriers du chantier qui, chacun leur tour, se courbaient à leur passage comme des roseaux sous le vent. L'arrivée d'Eiffel fut saluée par les applaudissements des employés et de leurs familles, applaudissements qui se propagèrent à toute la foule telle une marée montante. Gustave comprit seulement alors ce que le pont représentait pour les habitants, pour le pays entier. Il n'eut pas le temps de profiter de ce moment de grâce : déjà l'évêque s'avançait pour bénir l'ouvrage. Les deux filles l'avaient rejoint et sourirent aux anges lorsque le protocole les plaça avec l'ingénieur à côté du couple royal.

— Ce sont leurs enfants ? demanda Nyssia en désignant les deux adolescents qui accompagnaient la reine.

— Les princes Carlos et Afonso, précisa Claire avec l'assurance d'une habituée de la couronne. L'un d'eux sera roi un jour.

Nyssia les observa discrètement avant de détailler tous les invités du gotha mondain qui entouraient l'épicentre de la fête, corps diplomatiques de tous les pays d'Europe, ministres et députés, ambassadeurs, ainsi que tout le conseil d'administration de la Société royale des chemins de fer. Son regard s'arrêta sur l'un des princes, qui la dévisagea et lui sourit avant de l'ignorer.

L'évêque officia puis tout le monde put enfin fouler le pont à la suite du roi, à qui Eiffel racontait des anecdotes de sa construction, comme il l'avait fait aux journalistes depuis deux ans. Ces derniers formaient la deuxième vague et précédaient la foule des anonymes qui avaient voulu assister à ce moment unique.

Lorsque les premiers arrivèrent sur la rive gauche, Clément avait disparu. Les officiels montèrent dans les wagons de tête. Les autres participants avaient déboursé une coquette somme pour être du voyage. Claire et Nyssia, inséparables, eurent droit à une fenêtre, qu'elles ouvrirent pour répondre d'un salut aux clameurs de la foule qui agitait des mouchoirs blancs. Devant la locomotive, les princes Carlos et Afonso s'apprêtaient à gagner une calèche qui les attendait.

— Ils ne peuvent pas monter dans le train, il faut assurer la continuité de la monarchie en cas d'accident, expliqua Claire, qui s'était fait détailler la cérémonie par l'oncle Joseph. C'est dommage que ton père ne vienne pas, regretta-t-elle tout en se penchant pour voir la fin du convoi qui se perdait sur la voie.

— Oui, c'est pour assurer la continuité de la famille en cas d'accident, plaisanta Nyssia, déclenchant chez Claire un rire franc qui fit se retourner la reine.

La souveraine lui adressa un gracieux sourire. Les deux jeunes filles se regardèrent d'un air complice. Nyssia avait partagé avec Claire son admiration pour la vie mondaine.

— Ne t'inquiète pas pour mon père, reprit-elle, il est plus heureux ainsi. Je suis sûre qu'il est parti écrire ou télégraphier à ma mère, c'est une de ses occupations favorites. Que ce train est immense !

— Vingt-quatre wagons. Je les ai comptés quand il est arrivé, hier. Je crois qu'on démarre, s'enthousiasma Claire en cherchant des yeux son père.

Eiffel était en grande discussion avec le roi. Il avait décidé de ne pas attendre pour évoquer son projet de pont routier en aval du fleuve. Après des années de galère, il ne voulait plus lâcher le vent de la réussite.

Les deux jeunes filles se penchèrent afin de profiter du spectacle. Le passage du pont fut un émerveillement pour tous les voyageurs. Jamais personne n'avait traversé le Douro à cette hauteur, jamais de mémoire de Portuan il n'y avait eu autant de monde sur les deux rives, jamais la liesse populaire n'avait été aussi spontanée et sincère. On rendait hommage aux hommes, on saluait le progrès, on espérait beaucoup du futur.

La traversée dura cinq minutes, les cinq minutes les plus longues de l'histoire du rail, les plus belles pour les invités qui avaient pu monter à bord. La suite du protocole parut plus ennuyeuse à Nyssia, alors que Claire rosit de fierté quand son père reçut des mains de Luis Ier les insignes de commandeur de l'ordre de la Conception. Tout le monde se dispersa enfin dans l'attente du bal donné le soir même en l'honneur du pont Maria Pia.

Le drapeau français flottait sur le palais de Cristal tandis que le ballet des berlines déposant les invités devant l'immense nef d'entrée battait son plein. Lorsqu'elle descendit du fiacre, Nyssia se retourna vers la foule agglutinée derrière la haie vivante que formaient les soldats de la garde royale. Enfin, elle y était, elle, la fille de l'Alhambra, parmi les grands de ce monde, dans un décor digne des romans de ses auteurs favoris. Mais ce n'était que le premier pas. Le suivant aurait lieu le soir même.

Alors que son père avait pris le premier costume que le tailleur lui proposait pour la soirée, sans même l'essayer, Nyssia avait enfilé quatre tenues avant d'opter pour une cinquième, plus chère à la location, mais qui avait été portée par une comtesse hongroise lors de l'inauguration de l'Exposition internationale de 1865, une robe longue à crinoline parée de dentelles de couleur foncée, qui accentuait ses traits andalous, gommait ses derniers liens avec l'adolescence et lui donnait l'air de la femme du monde qu'elle rêvait d'être.

Clément s'arrêta sur le parvis afin d'admirer l'immense verrière hémisphérique qui dominait la porte d'entrée sur laquelle les lueurs rasantes du crépuscule magnifiaient le travail des verriers. Nyssia le tira en avant en lui soufflant discrètement « Papa ! » : aucun des autres invités ne prêtant la moindre attention à l'architecture du bâtiment, elle en avait conclu que la bienséance requérait de ne jamais s'émerveiller des choses du monde, du moins de celles dont l'enthousiasme pouvait être partagé par le peuple. Ce n'était pas le moment de se faire remarquer par une faute de goût. Clément s'en aperçut et hésita à rouvrir le sujet qui les avait déjà opposés à l'hôtel quelques heures auparavant. Il avait plus de mal qu'Alicia à accepter la fascination de leur fille pour le gotha et ses rêves improbables d'en faire partie. Mais il décida de ne pas lui gâcher sa soirée. Elle était venue autant pour ce moment que pour le pont lui-même. Clément bomba le torse, força son sourire, prit Nyssia par le bras et entra.

La nef principale s'étirait sur plus de cinquante mètres et se terminait par une estrade sur laquelle un orchestre symphonique jouait déjà pour les nombreux invités. De chaque côté, une galerie couverte s'étirait sur toute la longueur et se répétait sur un étage, tel un immense balcon de théâtre. L'ensemble était encadré par deux rangées de colonnes soutenant la coupole centrale de fer et de verre. Les invités avaient pris possession des galeries ou s'étiraient en groupes dans l'espace central. Tous attendaient l'arrivée du couple royal qui ouvrirait le bal. Eiffel père et fille les rejoignirent et Claire entraîna Nyssia vers les balcons.

— Ma foi, la redingote vous va aussi bien que la tenue d'aventurier, dit l'entrepreneur en détaillant le costume de Clément.

— Ne me dites pas que je suis crédible, répondit ce dernier en passant la main sous son col de chemise trop serré à son goût. Cette cravate est pire qu'un nœud coulant de pendu. J'étais plus à l'aise perdu dans la Nevada que dans cet environnement hostile !

— Diable ! Allons prendre un verre de porto, cela nous détendra. Et je vous présenterai le président de la Compagnie des chemins de fer. Il lui tarde de connaître celui qui a dompté les caprices de la météo. Je crois que votre talent l'intéresse. Tout comme moi, d'ailleurs.

Clément chercha sa fille des yeux et la localisa rapidement à l'étage : Claire et elle étaient entourées d'un groupe d'officiers portugais dont Nyssia se débarrassa avec naturel et distinction. L'aisance de sa fille à évoluer dans ce monde aux codes qu'il ne maîtrisait pas le mit mal à l'aise.

— Tu as déjà participé à d'autres bals ? s'enquit Claire, elle aussi impressionnée.

— C'est mon premier, mais je lis beaucoup, répondit Nyssia.

— En tout cas, tu leur fais forte impression. Descendons, le roi ne va pas tarder.

— Veronica Franco ?

Les deux jeunes filles se tournèrent vers l'homme à l'accent slave qui les avait accostées.

— Non, répondit Claire, surprise, tout en dévisageant le militaire.

— Oui, affirma simultanément Nyssia avec naturel, comme si le nom lui collait à la peau depuis sa naissance.

— Veuillez me suivre, il vous attend.

— Mais vous faites erreur...

— Je t'expliquerai, chuchota Nyssia, surtout ne dis rien à mon père. À plus tard.

Claire la regarda descendre l'escalier et quitter le palais de Cristal tout en jouant gracieusement de son éventail. Elle resta un long moment songeuse à fixer du regard les immenses lustres aux pampilles de cristal. Nyssia était définitivement un mystère. Le mouvement de foule la tira de ses conjectures : le couple royal venait de s'élancer sur la piste.

Claire dansa avec son père, puis l'oncle Joseph avant de décliner les invitations suivantes. Elle passa le reste du temps pendue aux basques paternelles, entre discussions professionnelles et félicitations d'usage.

— Comment s'est passée la soirée ?

Elle n'avait pas vu Nyssia s'approcher. La jeune Andalouse était seule et affichait le même sourire amène qu'à son arrivée.

— Tu n'as plus ton éventail, remarqua Claire.

— Non.

— Tu l'as perdu ?

— Donné. Où est papa ? J'aimerais danser avec lui.

— Il est parti, jeune fille, intervint Eiffel. C'est moi qui ai la responsabilité et le plaisir de vous ramener à l'hôtel.

— Restons encore un peu, proposa Claire en pensant à Nyssia.

— Je préférerais rentrer, dit celle-ci, si cela ne vous dérange pas.

— Ce soir, vous êtes les princesses, dit Eiffel en s'inclinant.

Lorsqu'elle entra dans sa chambre, son père l'attendait. Clément feuilletait un ouvrage qu'il claqua bruyamment. Il se leva en maintenant le livre sous ses bras croisés. Nyssia tenta de cacher sa surprise en la noyant de banalités.

— Ta soirée s'est bien passée, papa ? Tu ne t'es pas ennuyé ?

— Elle fut plus instructive que je ne le pensais. Et toi, ma belle ? Je ne t'ai pas beaucoup vue.

— Je me suis longuement promenée dans les jardins. Ils sont immenses et la vue est superbe, répondit-elle, navrée de son absence d'imagination.

Sa voix cachait mal son manque d'assurance. Elle se sentait comme une des hirondelles que les enfants pêchaient sur la tour du Guet et déposaient dans une cage en osier. Malgré le danger, elles continuaient de tourner autour de la citadelle et de mordre à l'hameçon tendu par les jumeaux.

— Quel dommage que tu n'aies pas profité du bal et de nos charmants amis du gotha, remarqua Clément en brandissant la couverture du livre. *Essai sur l'histoire du violon*. Intéressant, ton livre de chevet. Tout comme son auteur : Nicolas Youssoupov. Au fait, le prince était au bal ce soir. Mais, curieusement, il s'est fait discret. Personne ne l'a vu.

Clément lâcha négligemment le volume sur le lit.

— Aurais-tu à me parler, ma fille ? Quelque chose m'aurait échappé sur les raisons de notre venue à Porto ?

— Mais... il m'a offert son livre... il m'a juste offert son livre, qu'y a-t-il de mal à cela ? répliqua Nyssia, la gorge serrée, tentant de résister aux sanglots.

— Vous vous êtes rencontrés à Grenade en mars dernier et, depuis, vous échangez une correspondance régulière. Vous avez décidé de profiter de l'inauguration du pont pour vous revoir. Et n'aie pas le culot de nier, cela n'est pas une hypothèse mais un fait avéré.

— C'est Victoria, elle a lu mes lettres, c'est ça ? Je la hais !

— Ta sœur t'aime et s'est inquiétée pour toi.

— Je vais la tuer !

— Alors, il te faudra me tuer aussi : je t'ai suivie dans les jardins. Je n'ai pas eu besoin de chercher beaucoup pour vous trouver.

Nyssia ne put contenir ses larmes mais se refusa à baisser les yeux. Elle les séchait d'un geste rageur à chaque salve tout en affrontant le regard de son père.

— C'est un homme cultivé et intéressant, un homme qui connaît les manières de la haute société, parvint-elle à articuler. Il a voyagé partout dans le monde, il parle cinq langues et n'est pas resté coincé sur une colline à gratter des ruines ou à courir après des ballons ! Et je ne finirai pas comme vous !

Clément se retint de répondre. Du plus loin que remontaient ses souvenirs, Nyssia ne l'avait jamais vu se mettre en colère ni même se départir de sa décontraction coutumière. Jusqu'à cette soirée, où, déstabilisé, il n'arrivait plus à identifier les inconnues composant l'équation de sa fille.

— Je suis désolée, dit-elle après avoir ravalé ses pleurs. Je suis désolée de ce que j'ai dit, papa.

— Tu n'es pas et tu ne seras jamais de son monde, ne te fais aucune illusion. Nous repartons demain pour cette colline que tu sembles tant détester, annonça Clément en lui tendant l'ouvrage.

Nyssia se réfugia dans le silence durant tout le voyage de retour. Son père ne pouvait la comprendre, ni sa mère, ni sa sœur, personne. Ce qui l'attirait au-dehors était bien plus fort que les liens du sang, bien plus fort que leurs racines qui couraient dans la terre de l'Alhambra et que le ciel immaculé de l'Andalousie, ce qui coulait en elle était un vent de liberté, un doux zéphir qui lui murmurait à l'oreille ce qu'elle supposait depuis plusieurs mois : la fascination qu'elle exerçait sur les hommes et dont elle venait de prendre conscience, sans qu'elle ait rien d'autre à faire qu'être elle-même, ce dont elle n'avait pas à avoir honte et dont, au contraire, elle tirait une immense fierté. Un prince de la cour de Russie avait traversé l'Europe pour la voir, elle. Tout était désormais possible et son destin lui appartenait.

CHAPITRE XV

47

Mercredi 29 mai 1918, Grenade

Nyssia se regarda dans le grand miroir piqué qui reposait sur le mur de la salle de bains. Les taches noires étaient déjà présentes durant son enfance – elle aurait pu les situer les yeux fermés –, mais, en trente-cinq ans, le tain s'était altéré, créant des zones sans réflexion. Elle joua avec les imperfections en promenant le reflet de son visage, qui semblait par instants recouvert de taches de rousseur, sur la surface réfléchissante et se demanda ce qu'aurait été sa vie dans un autre corps avant de tenter de se convaincre que sa personnalité, tout autant que son apparence, avait été le vecteur de sa réussite. Veronica Franco avait troublé les hommes dès son arrivée à Paris par le mystère qu'elle n'avait cessé d'entretenir, par sa domination intellectuelle tirée d'une analyse juste de chaque caractère et par sa force de persuasion qui avait conduit des hommes à tout lui abandonner, jusqu'à leur vie.

Tout cela repose sur du sable, conclut-elle. *Si mon miroir de naissance avait été piqué, qui aurais-je été ?*

Kalia entra sans frapper ni paraître gênée et lui tendit des habits tout en admirant son corps dénudé.

— Eh bien, ma fille, je comprends pourquoi tu affoles encore tous les grands de ce monde. Je n'ai jamais vu une peau aussi belle, même chez une jeunesse ! dit-elle en lui caressant le bras. La prochaine fois, sers-toi directement dans l'armoire, il y a encore plein d'affaires de ta mère. Victoria a préféré les y laisser et les utilise quand elle vient se réfugier à l'Alhambra. As-tu l'intention de la voir ?

— Je lui ai écrit en arrivant à Grenade. Elle sait où me trouver répliqua Nyssia en enfilant une chemise blanche.

— Toi aussi, tu connais son adresse. Si elle est aussi têtue et fière que toi, vous ne vous verrez jamais, alors qu'elle est sur la colline d'en face ! Et, contrairement à toi, elle a des raisons de t'en vouloir ! s'emporta la vieille Gitane.

— Laisse-moi, Kalia, s'il te plaît, ordonna Nyssia en la poussant vers la sortie.

Restée seule, elle enfila une longue robe à fleurs après un dernier regard à sa plastique que peintres et sculpteurs avaient été nombreux à immortaliser de pigments et de glaise. Certains avaient été ses amants, jamais bien longtemps, leur situation ne leur permettant pas de rivaliser avec la puissance des mondains ; les autres ne s'étaient jamais remis de ne pas l'avoir été. Elle se sentait prisonnière du personnage qu'elle s'était construit année après année, de la Veronica Franco demi-mondaine qu'elle resterait toute sa vie.

Elle ressentit une douleur au coude gauche puis ses doigts se replièrent sans qu'elle puisse les relever. Elle les massa jusqu'à recouvrer leur usage. L'ennemi qui sommeillait dans son corps se réveillait. *Mon plus fidèle amant, toujours là depuis quinze ans*, songea-t-elle en plaisantant de désespoir. Nyssia aurait aimé que les sels de mercure le repoussent pendant tout son séjour à Grenade.

— Mais je ferai avec toi, petit monstre, dit-elle tout en nouant ses cheveux dans lesquels elle avait planté un œillet.

— J'espère que tu lui as indiqué la raison de ta venue, lui dit la Gitane, qui l'avait entendue chuchoter à travers la porte. Elle doit savoir, pour votre père !

Nyssia ouvrit promptement, la faisant sursauter.

— Excuse-moi, Kalia, excuse-moi sincèrement. Ne me crois pas cynique ou sans cœur, je suis la Nyssia que tu as connue, sois-en certaine. Mais rien n'est simple pour moi.

— Je le sais, et je te crois. Mais rien n'est simple pour personne, *chica*. Je n'oublierai jamais le jour où tu es partie en laissant seulement une lettre. Alicia est venue me voir au Zacatín pour me demander si je t'avais vue ou si j'avais entendu parler de toi. J'aurais tellement voulu les aider, malheureusement j'en savais aussi peu qu'eux. Personne n'a jamais compris comment tu avais fait pour voyager jusqu'à Paris sans argent. Aucun des *mayorales* de la région ne t'avait prise en charge dans sa berline et tu n'es pas montée dans le train à Murcie. Ils ont remué ciel et terre pour trouver ta trace, conclut Kalia en gagnant la cuisine.

— Je leur ai écrit en arrivant, se défendit Nyssia après l'avoir rejointe.

— Puis tu t'es volatilisée, reprit la Gitane en coupant une tranche de pain et en faisant virevolter son couteau.

Nyssia picora les miettes sur la table.

— Je suis devenue quelqu'un d'autre.

Kalia haussa les épaules et étala une large cuillerée de chair de tomate.

— Ils ne méritaient pas ça.

Nyssia accusa le coup.

— Non, dit-elle de sa voix fragile d'enfant.

— Tu le savais en venant ici que ce serait dur, dit la Gitane en lui tendant la tartine. Mais tu es venue. J'espère qu'il n'est pas trop tard.

— Il m'a fait signe, non ?

— Viens, allons au Generalife, j'ai une surprise pour toi.

Les deux femmes traversèrent la médina au pas hésitant de la Gitane. Nyssia tenait Kalia par le bras et l'aidait à passer les irrégularités du sol dont le site était truffé. La Gitane, âgée de soixante-seize ans, était d'une constitution robuste et avait conservé une aisance physique au-dessus de la moyenne, mais sa vue s'était dégradée et la paire de lunettes qu'elle chaussait occasionnellement ne lui était plus adaptée.

— Je te donnerai de quoi en changer, proposa Nyssia.

— Crois-tu que je n'aie pas les moyens ? Non, je n'en veux pas de neuves ! Je garde celles-ci parce que c'est ton père qui me les a offertes, tu te souviens ? dit-elle en les lui montrant.

— Non. Je ne t'ai jamais vue avec.

— Ah ? Alors, tu étais déjà partie...

L'air brassait toutes les senteurs des fleurs qui parsemaient le jardin du bas : sauge, magnolia, romarin, barbe-de-jupiter, amarante, dans un maelström olfactif apaisant. À l'approche du bâtiment principal, Kalia obliqua à gauche et s'engagea dans un potager dont une partie était en jachère. Au milieu se tenait une mule qui étrillait un chardon.

— Non, ce n'est pas vrai ! C'est elle ? s'écria Nyssia.

— Oui, c'est elle.

— Barbicane ! appela-t-elle. Barbicane !

— Elle est toujours vivante, mais elle n'entend plus beaucoup, dit la Gitane en agitant son châle.

L'animal leva la tête et les rejoignit à pas comptés. Nyssia la flatta longuement pendant que Barbicane secouait amplement la tête de haut en bas.

— Mais elle a au moins cinquante-cinq ans !

— Cinquante-sept exactement. C'est devenu une véritable institution, la plus vieille mule d'Andalousie, peut-être même d'Espagne !

— Oh, Barbicane, ma chère Barbicane, toi qui as transporté papa tant de fois, qui a accompagné ses records, tu es devenue un record toi aussi ! s'exclama Nyssia en l'enlaçant à nouveau. Que je suis heureuse de te retrouver !

Elles s'assirent sur un des bancs du potager, tout près d'une touffe d'herbes denses que l'animal se mit à mâchonner, plus par réflexe que par envie.

— Ton père disait souvent que la mule est une équation à deux inconnues : quand elle s'arrête et quand elle repart. C'est tout Barbicane !

— Il n'a jamais approuvé ma vie ni ce que je suis devenue, soupira Nyssia, les yeux rivés sur la Sierra Nevada.

Kalia resta silencieuse. Elle ne se sentait pas légitime ni crédible. Mais elle était peut-être celle qui pouvait le mieux comprendre Nyssia, pour avoir eu une vie faite de choix radicaux.

— Je ne peux pas le blâmer pour cela, continua Nyssia. Mais je ne me suis jamais sentie considérée par lui autant que mon frère ou ma sœur.

Barbicane vint leur administrer un coup de langue râpeuse et quémander des flatteries avant de reprendre son travail de tonte.

— Je n'ai jamais compris pourquoi il n'avait pas donné mon nom à un de ses ballons. À chaque lancement, tout le monde se demandait s'il allait voir le *Victoria* ou l'*Irving* s'élancer dans l'air.

Kalia se leva avec une vivacité insoupçonnée.

— Alors, tu ne le savais pas ?

— Que devrais-je savoir ?

— Viens !

La Gitane l'emmena au mirador carré situé à l'entrée de la forêt qui cernait le Generalife. Elle fouilla sous son corsage, en sortit une clé et demanda à Nyssia d'ouvrir la porte.

— La serrure est rouillée, expliqua-t-elle.

Mlle Delhorme dut s'y reprendre à trois fois avant que le mécanisme lui cède. Tout le matériel d'observation de Clément se trouvait encore intact à l'étage.

— Mais qui les fait fonctionner ? interrogea Nyssia en constatant que le cylindre de l'enregistreur de température tournait au son du mécanisme d'horlogerie qui lui était associé.

— Ta sœur et Javier, la plupart du temps ; Irving parfois, mais il y a longtemps qu'il n'est pas venu. Ils entretiennent la flamme. Maintenant, regarde dans cette grande armoire.

Deux énormes toiles remplissaient chacune la moitié du meuble.

— Ses ballons !

Les noms des aéronefs s'étalaient en lettres dorées sur les toiles : *Victoria* et *Irving*.

— Pour un enfant, ce n'est pas un détail, Kalia. Je ne lui ai jamais dit, par fierté, mais cela m'affectait.

La Gitane, qui avait sorti plusieurs journaux, les posa devant elle.

— Tout le monde était au courant, même la presse d'ici en a parlé. Il avait construit un nouveau ballon spécialement pour le voyage. Celui dans lequel il a pris place avant de disparaître portait ton nom, Nyssia.

Troisième époque

1879-1881

CHAPITRE XVI

48

Mercredi 15 octobre 1879, Grenade

Le capitaine Tête-de-rat resta impassible à l'arrivée du juge Ferrán, tout comme à l'énoncé des griefs qui venaient de conduire à son éviction de la Guardia Civil. Il regarda le mur défraîchi de la salle du Conseil et songea que rien n'avait changé pendant son exil de deux ans à Murcie. Il avait obtenu sa réaffectation à Grenade en début d'année et n'avait eu de cesse de persuader Ferrán de rouvrir le dossier du *señor* Delhorme, quitte à ignorer les avertissements de sa hiérarchie ainsi que ceux du magistrat. Les menaces n'avaient eu pour effet que de décupler sa conviction : Clément était coupable et protégé par le gouverneur de la province, pour une raison qui lui échappait mais qu'il finirait par connaître. Les anarchistes étaient en passe d'ourdir un complot, ils bénéficiaient de complicités au sein de l'appareil d'État, et son exclusion de la Guardia avait achevé de l'en convaincre. Qu'importe, même rendu à la vie civile, il continuerait à enquêter sur Delhorme, le confondrait et laverait par là même son honneur bafoué.

L'ex-capitaine défit sa ceinture et rendit ses armes en les posant, impassible, sur la table, salua une dernière fois sa hiérarchie puis quitta le palais, le regard happé par l'espace devant lui. Il avait eu l'autorisation de conserver jusqu'à la fin de l'année sa chambre dans la caserne de la *calle Molinos*. Il s'y rendit, changea de vêtements, jeta les anciens par la fenêtre ouverte et demeura longuement à regarder les toits hirsutes qui semblaient à portée de main. La machine à échantillon d'air était réapparue intacte, un matin de novembre, déposée devant la porte du bureau du docteur Pinilla à l'hôpital San Juan de Dios. Intacte mais vidée de sa réserve d'acide sulfurique. *Comme par hasard au moment où Delhorme était au Portugal*, rumina-t-il. Tête-de-rat en avait déduit que l'alibi trop parfait du Français était une nouvelle preuve de sa culpabilité. Il serra les mâchoires et descendit étrenner sa nouvelle vie en ville.

Tête-de-rat longea la grande allée de platanes qui suivait le *río* Genil, le traversa au niveau du pont Vert, vestige de l'occupation française, et traversa plusieurs quartiers avant de pénétrer dans une zone de la ville basse où les habitations avaient cédé la place à quelques usines et de nombreux ateliers. Il s'arrêta pour regarder un homme négocier deux dindons avec un restaurateur de l'Albaicín. Un jeune porteur d'eau vint lui proposer un verre pour un réal, qu'il accepta pour s'en débarrasser.

Tête-de-rat se présenta à la porte d'un atelier, au fond d'une ruelle en terre battue que son étroitesse et la présence d'un immense pin maintenaient dans une pénombre permanente. Il cligna des yeux pour s'accommoder au manque de lumière et lire l'inscription de la plaque de cuivre. *Fini la récréation*, pensa-t-il, *les affaires reprennent*.

Chupi se tenait debout, mains sur les hanches, devant l'immense machine à glace. Il avait été recruté, ainsi que trois autres *neveros*, par Alfredo Lupion. Après sa visite à Mateo, celui-ci avait fait fabriquer une réplique de son appareil à glace, sans toutefois en connaître le liquide calorifère. Après plusieurs essais infructueux, il avait fini par acheter aux frères Carré un brevet utilisant de l'éther sulfurique, ce qui avait permis le démarrage de la production, malgré des rendements bien inférieurs à ceux de Mateo et des risques d'explosion qui les avaient obligés à s'exiler loin du centre-ville. Lupion avait décidé de construire une nouvelle machine, deux fois et demie plus grande dans le but de pallier son faible rendement, et il avait proposé aux commerçants et aux particuliers des prix inférieurs à ceux que pratiquait Mateo. Mais en deux ans, il n'avait réussi à prendre qu'un quart du marché sur Grenade, en raison d'une glace à l'aspect hétérogène et au goût parfois piquant, et le *señor* Lupion n'avait jamais réussi à diminuer les coûts de fabrication au niveau de son concurrent. Il continuait à vendre à perte en espérant que Mateo finirait par jeter l'éponge. Lupion maintenait son activité grâce aux bénéfices de ses autres sociétés et aux diminutions de salaire de ses employés, qui avaient entraîné le départ de deux des trois *neveros*.

— C'est vous qui cherchez des ouvriers ?

La voix de Tête-de-rat résonna dans la pièce surmontée d'une voûte métallique. Il n'était pas encore habitué à la discrétion et sa question avait sonné comme un ordre. Chupi se retourna sans se presser.

— Possible, dit-il en essuyant ses mains rougies par le froid.

— Quel genre de travail ?

— Fabriquer la glace et la livrer, répondit Chupi en jaugeant la puissance physique de son interlocuteur.

— Quel salaire ?

— Quinze réals.

Tête-de-rat émit un sifflement :

— Bonne paie.

— C'est le salaire par semaine, pas par jour. Et rien la première semaine, on vous forme à la machine.

— Eh, ça change tout !

— À prendre ou à laisser. C'est un métier d'avenir. Vous pouvez finir chef d'atelier dans une autre ville, argua Chupi, qui ne se faisait plus d'illusions sur les promesses initiales de Lupion mais qui avait un impérieux besoin d'aide.

L'ex-capitaine s'approcha de la machine et en fit le tour.

— C'est quoi, cette odeur ? demanda-t-il après avoir reniflé le cylindre de verre qui plongeait dans la chaudière.

— Le liquide réfrigérant, répondit évasivement Chupi. Secret de fabrication.

— C'est âcre comme de l'acide, remarqua Tête-de-rat. C'est pas dangereux, au moins ?

— Aucun risque. Tout se déroule en vase clos, affirma Chupi. Une merveille du progrès.

Il avait envoyé le matin même un télégramme à Lupion pour l'alerter une nouvelle fois sur la fragilité des joints qui s'abîmaient très rapidement et laissaient fréquemment s'échapper le liquide volatil.

— Alors, vous êtes intéressé ? lança-t-il d'un air agacé devant l'hésitation de l'homme. Je vais faire un geste : je vous paierai votre première semaine. La vie est dure pour tout le monde, pas vrai ?

Tête-de-rat acquiesça.

— Je commence quand ?

— Tout de suite, vous allez m'aider à livrer l'hôtel de los Siete Suelos.

— Où est l'attelage ? interrogea l'ancien militaire qui n'avait vu ni âne ni carriole.

— L'attelage ? Je l'ai devant moi ! répondit Chupi en lui lançant ses gants. Les animaux sont trop chers à nourrir !

Ils déposèrent deux blocs de glace de cinquante kilos dans une charrette à bras que Tête-de-rat tira seul jusqu'à la porte des

Grenades, avant de recevoir l'aide de Chupi pour la montée de la *calle de los Gómeles*.

— Attendez-moi là et récupérez un peu, dit ce dernier en lui tapotant l'épaule d'un geste condescendant. Cela fait toujours ça au début. Je vais prévenir le patron pour qu'il nous ouvre la porte arrière de l'office. La dernière fois, il a fait toute une histoire parce qu'on avait soi-disant abîmé les nattes de sparterie de son couloir.

Tête-de-rat regarda son chargement avec un air de reproche et s'assit contre une des roues. Son plan fonctionnait comme prévu. Se faire engager par l'ancien *nevero* avait été un jeu d'enfant.

49

Mercredi 15 octobre 1879, Levallois-Perret

Émile Nouguier mâchonnait consciencieusement une tranche de pain frais tout en feuilletant *Le Temps* du jour et en balayant les miettes à chaque changement de page.

— Tiens, les Anglais ont repris Caboul[1], commenta-t-il à voix haute. Cela n'en finira donc jamais ?

Il rompit une nouvelle tranche qu'il trempa dans son café froid avant de l'avaler. Nouguier, présent à l'atelier depuis cinq heures du matin, ne s'était nourri que d'expédients durant la journée. Il venait de s'autoriser une pause avant de continuer les dessins de la charpente du Bon Marché.

— Quelles sont les nouvelles ? demanda Jean Compagnon en entrant dans le bureau des ingénieurs, les bras chargés d'une pile de registres.

— La grève des menuisiers vient de s'achever, répondit Nouguier en promenant sa loupe sur la page de journal. Mais les scieurs de long ont pris le relais.

— Tu devrais t'offrir des lunettes, remarqua Compagnon en posant sa charge sur le bureau.

— Ils devraient s'offrir un nouveau typographe, celui-ci s'entête à tout faire rentrer dans quatre pages ! Même un aigle perché sur mon épaule n'y verrait rien !

— Alors, change de canard.

---

1. Actuelle Kaboul, en Afghanistan.

— C'est le plus complet pour l'actualité internationale. Avec nos chantiers à l'étranger, il faut bien se tenir au courant de tout, argua Nouguier en repliant le quotidien. Prends du pain si tu veux, je l'ai acheté ce matin au marché.

— C'est pas de refus, répondit Compagnon en s'asseyant. Ton café a aussi mauvaise mine que toi, dit-il en lui montrant le breuvage à la surface duquel flottait une famille de miettes.

— Lui aussi date de ce matin.

Compagnon rouvrit *Le Temps* et refusa la loupe que lui proposait Nouguier.

— Tu fais quoi avec ces registres ? demanda ce dernier en désignant la pile.

— Gustave m'a demandé de retravailler l'inventaire. Il paraît que Seyrig le conteste en partie, dit Compagnon distraitement.

Il releva la tête de sa lecture avant de continuer :

— Tu t'y attendais, toi, à ce qu'ils se séparent ?

— Cela fait longtemps que l'entente n'était plus cordiale, tu l'avais remarqué autant que moi, tempéra Nouguier en regardant sa tasse d'un air hésitant, avant de se décider à finir son café.

— Oui, mais aussi brutalement, je n'aurais pas imaginé. Seyrig t'a proposé de le suivre ?

— Oui. Je suppose que toi aussi ?

— Idem. Mais ça n'aurait pas été correct vis-à-vis du patron, d'autant que la période a été difficile pour lui, conclut Compagnon en frottant sa barbe.

Après sa femme, Eiffel avait perdu ses deux parents à un an et demi d'intervalle, et l'avait vécu comme un cauchemar.

— Je ne sais pas comment il fait pour tenir le coup. D'autant qu'il refuse obstinément de se remarier, confia Nouguier. Heureusement qu'il y a les projets.

— Le carnet de commandes est plein. Quand je vois les difficultés des autres compagnies et les grèves un peu partout, je me dis que, de ce côté-là, il est gâté !

— C'est mérité, il ne ménage pas sa peine. Les contrats, il va les chercher jusqu'au fin fond de l'Asie ou de l'Amérique du Sud. Au fait, où en est la commande des fers pour le pont de Cubzac ?

— C'est en cours. On a choisi la société Dupont et Fould de Pompey. Ils ont les meilleurs produits. Tu as vu qu'il y a encore eu un cas de rage ? Un ouvrier de Saint-Ouen. « Samedi, dans l'après-midi, il se jeta, dans l'usine où il travaillait, sur un de ses camarades en voulant le mordre », lut-il à voix haute. Quelle misère que cette maladie ! Qu'y a-t-il de drôle ? demanda-t-il en voyant Nouguier se retenir de rire.

— Ce n'est pas charitable, je sais, mais le patron a tellement poussé Seyrig à bout que je l'imaginais en train de mordre Gustave pour lui réclamer son dû. On l'aurait accusé de la rage et emmené à Beaujon !

— L'image est cocasse, dit Compagnon, souriant à son tour. Mais, dorénavant, il faudra effectivement se méfier de lui comme de la rage. Ce sera un concurrent redoutable. Quelle heure est-il ?

— Tu me prends pour Joseph ? plaisanta Nouguier en sortant sa montre de gousset. Quatre heures pile !

— Ça va, j'ai le temps, dit Compagnon en repliant le journal avant de le lui rendre. J'ai promis à ma femme d'aller au théâtre. Ils jouent *L'Assommoir* à l'Ambigu-Comique.

— Je préfère la lecture. De toute façon, les pièces sont déjà commencées quand je sors des ateliers.

— Elles sont déjà finies, oui !

— Tu as raison. Heureusement qu'on vient d'engager Koechlin, je vais pouvoir souffler un peu.

Compagnon fit de la place sur la table où trônaient de nombreux rouleaux de plans.

— Tu en penses quoi du nouveau ? demanda-t-il en ouvrant le premier registre. Un peu jeune, non ?

— Ne te fie pas à son âge, Maurice est redoutablement intelligent. Dans quelque temps, c'est lui qui nous en remontrera. D'ailleurs, où est-il passé ?

— Avec le patron. Ils sont partis en début d'après-midi à un rendez-vous extérieur.

— Encore un pont à jeter entre deux rives ; je parierais bien pour la Cochinchine, dit Nouguier en fouillant ses poches, faisant tinter des pièces.

— Tu ne devrais pas, à chaque fois tu perds, s'amusa Compagnon.

— Alors ? insista l'ingénieur.

— Je penche pour le Portugal.

— Tope là ! Je sens que je vais gagner. Gustave m'a fait déposer des brevets de ponts portatifs et le gouverneur de Cochinchine, qu'il connaît, est à Paris en ce moment. CQFD ! jubila Nouguier. En attendant ma victoire officielle, je vais à l'estaminet chercher un autre café, je t'en rapporte un ?

— Non, mais je prendrais bien un bol de soupe pour me réchauffer et faire passer cette lecture indigeste.

Nouguier se rapprocha et feuilleta un des cahiers de comptes.

— Qu'est-ce que Seyrig reproche à Gustave ?

— Il conteste une partie des chiffres de l'inventaire pour la part qui lui revient, le montant de certaines rentrées, les taux d'intérêt... On n'en a pas fini, crois-moi, ces deux-là vont se battre comme des chiffonniers au centime près ! Ramène aussi un pain, je crois que je suis en train de finir le tien, ajouta Compagnon en lui lançant cinquante centimes. Et ajoute un peu de beurre, je n'aurai pas le temps de manger chez moi avant le théâtre.

Nouguier rattrapa la pièce et s'arrêta au seuil de la porte. Ses yeux se plissèrent de perplexité.

— C'est étrange ce silence. Il n'y a aucun bruit dans l'atelier. Où sont les gars ?

Des cris retentirent du côté de l'entrée principale. Ils se précipitèrent pour constater qu'une échauffourée avait éclaté entre les ouvriers, qui s'étaient scindés en deux groupes inégaux. Le premier, composé d'une cinquantaine de Français, cernait le second, de moitié moindre, constitué de travailleurs italiens. Tous étaient très agités, et menaces et invectives se mélangeaient allégrement dans la langue de la colère. Deux des protagonistes en vinrent aux mains. Tous firent cercle autour d'eux et les insultes devinrent encouragements. Dans le ring improvisé, l'Italien porta un coup de tête au Français qui l'esquiva en partie mais, déséquilibré, tomba à la renverse. L'autre se rua sur lui et l'immobilisa, face contre terre.

— Que se passe-t-il ici ? tonna Compagnon de sa voix de stentor pour imposer le calme.

Le cercle s'ouvrit, découvrant les deux combattants couverts de poussière. Chaque groupe se recomposa instantanément, faisant face à l'autre.

— Levez-vous, ordonna compagnon, et allez vous nettoyer.

Il les regarda s'épousseter rageusement près du point d'eau. La colère n'était pas retombée.

— Maintenant, vous allez m'expliquer pourquoi personne n'est à son poste. Marcel ?

L'homme, un des plus anciens ouvriers des ateliers, était connu pour sa faconde et son caractère vindicatif. Il s'avança jusqu'au chef de chantier avant de répondre :

— C'est la grève, Jean.

— La grève ? reprit Compagnon, abasourdi.

— Oui, la grève, asséna l'ouvrier après avoir cherché un soutien dans le regard des autres.

Les Français acquiescèrent alors que le groupe des Italiens protesta, provoquant un brouhaha général. Compagnon étouffa la reprise des hostilités.

— Ici ? Aux établissements Eiffel ?

Marcel opina.

— Mais pour quelle raison ? interrogea le chef de chantier, sincèrement étonné.

— Nous ne voulons pas la grève ! coupa un homme avec un fort accent transalpin. Mais, eux, ils veulent nous empêcher de travailler ! dit-il en désignant Marcel. Ils veulent bloquer l'entrée demain matin.

L'intervention déclencha de nouvelles huées de part et d'autre.

— Ça suffit !

Tous reconnurent la voix d'Eiffel. Le silence fut immédiat. Le groupe des Français se fendit en deux pour laisser passer l'industriel accompagné de Koechlin. Alors que le jeune ingénieur rejoignait Compagnon et Nouguier, Eiffel se tint seul face à ses ouvriers.

— Maintenant, vous allez m'expliquer toutes vos revendications et pourquoi il y a eu cette bagarre. Mais, avant tout, je veux un représentant pour chacun des groupes. Marcel, il semble que vous soyez désigné pour ce rôle. Messieurs les Italiens, qui veut vous représenter ?

Les regards du groupe se tournèrent vers le pugiliste, qui était revenu et restait à l'écart, le visage marqué.

— Moi, dit-il devant leur assentiment tacite.

— Très bien. Rosario et Marcel, suivez-moi. Les autres, reprenez le travail. Ensemble.

— Allez-y, les gars, concéda Marcel. On se retrouve plus tard.

Les deux hommes accompagnèrent Eiffel tels deux enfants fautifs suivant leur instituteur avant la punition. Le bureau, à l'étage, dominait l'ensemble des ateliers. Eiffel resta debout près de la grande baie vitrée intérieure.

— Je vous écoute.

— Voilà, dit Marcel après avoir dégluti et réfléchi à ses arguments, les gars et moi on estime que, vu les activités en ce moment et le nombre d'heures qu'on fait tous les jours, on devrait avoir droit à une augmentation de cinq centimes de l'heure, pas moins.

— Est-ce que vous vous plaignez d'avoir trop de travail ?

— Non, c'est pas ça, on n'a jamais rechigné à la tâche, monsieur Eiffel, et vous le savez, mais...

— Est-ce que vous estimez être moins payés qu'ailleurs ?

— Ça non plus, vous payez bien, on n'a pas à se plaindre.

— Alors quoi ? Voulez-vous que j'engage de nouveaux ouvriers ?

— Ah non ! s'emporta Marcel en regardant Rosario. Il y en a qui prennent le travail des Français !

— Vraiment ? Rosario, qu'avez-vous à dire ?

— Nous non plus n'avons pas à nous plaindre, monsieur Eiffel, mais certains veulent nous empêcher de travailler si on ne fait pas grève comme eux. Et ça, pas question ! C'est notre fierté qui est en jeu !

Eiffel se dirigea à son bureau et sortit un papier d'un des tiroirs.

— Pouvez-vous commenter ceci ? demanda-t-il en le tendant à Marcel.

L'homme, qui reconnut son écriture, refusa de le prendre.

— Peut-être voulez-vous que je le lise moi-même, conclut l'industriel.

— Où l'avez-vous eu ? Qui vous l'a donné ? grogna Marcel.

— Peu importe.

— Vous avez fouillé le vestiaire !

Eiffel balaya l'accusation d'un froncement de sourcils agacé et ne se donna pas la peine de répondre.

— Il s'agit d'une pétition, expliqua-t-il. Une pétition demandant l'expulsion des Italiens, je lis : « parce qu'ils viennent en France prendre le travail des ouvriers français ».

Rosario poussa un juron étouffé.

— Vous aviez l'intention de me la faire parvenir une fois la grève entamée, continua Eiffel. Histoire d'avoir un moyen de pression supplémentaire.

— Eux, ce sont des briseurs de grève ! dit Marcel en désignant Rosario. La grève, c'est un droit ! Quoi, monsieur Eiffel, vous voulez faire tourner vos ateliers, qui sont connus et respectés dans le monde entier, uniquement avec des étrangers ? Avec ces Italiens ?

— Et que leur reprochez-vous ?

— De vouloir nous retirer le pain de la bouche !

— Rosario, vous êtes riveteur, n'est-ce pas ? demanda Eiffel. Marcel, est-ce que Rosario fait mal son travail ?

— Ben... pourquoi cette question ?

— Nous verrons après pourquoi. Répondez-moi juste : fait-il mal son travail ? Parce que, dans ce cas, je serai obligé de me séparer de lui. Non parce qu'il est italien, mais parce qu'il serait un point faible de notre organisation. Et, comme je vous l'ai souvent dit, nous sommes tous importants. Un rivet mal posé et ce peut être une catastrophe pour un pont ou une charpente métallique.

— Non, c'est un bon ouvrier, mais...

— Tant mieux, vous me rassurez, Marcel. Messieurs, je me porte caution de chacun d'entre vous quand nous sommes ici, aux ateliers, à préparer les éléments, ou sur un chantier à les poser. Aux yeux de mes commanditaires, je me porte garant de votre professionnalisme, de votre moralité et de vos qualités humaines, car une équipe sans solidarité, une équipe sans connivence, sans altruisme, n'est plus une équipe. Toi, Marcel, si Rosario était en difficulté à cent cinquante mètres du sol, près de toi, tu ferais quoi ? Tu le laisserais se débrouiller ?

— Non, je n'ai jamais fait cela ! Bien sûr que je l'aiderais !

— Moi aussi, je l'aiderais s'il était en difficulté, vous savez que vous pouvez compter sur moi, intervint Rosario.

— Peut-être qu'il m'aiderait, je dis bien peut-être, mais eux, les Italiens, ils sont toujours entre eux, toujours à part, à comploter dans leur coin.

— Mais à comploter quoi ?

— J'en sais rien, mais ils ne jouent pas franc jeu, ils refusent de nous rejoindre alors que la grève, c'est pour le bien de tous les ouvriers. Si on obtient cette augmentation, ils l'auront aussi, alors qu'ils n'auront rien fait, ce n'est pas honnête.

— Et trouvez-vous honnête de vous mettre en grève alors que vous êtes déjà mieux payés que dans les autres compagnies ?

— En ce moment, on travaille parfois plus de douze heures par jour à cause des commandes. C'est grâce à nous que vous faites vos bénéfices !

— Est-ce vous qui allez de par le monde à la recherche de nouveaux chantiers ? Est-ce vous qui les négociez avec les autorités, qui parez les coups des concurrents, qui avancez des milliers de francs pour pouvoir concourir ? Si vous pouvez répondre oui à ces quatre questions, je suis prêt à renégocier votre statut, Marcel. J'ai le plus grand respect pour mes collaborateurs, pour tous mes collaborateurs, et tout le monde ici le sait. Mais si vous voulez tenter votre chance ailleurs, si vous pensez y être mieux payé, si vous pensez moins travailler et y être mieux considéré, je vous invite à y aller, car là est votre intérêt. Sinon, je vous demande de donner le meilleur de vous-même pour le bien de l'entreprise qui vous fait vivre et de travailler en bonne intelligence avec toutes les communautés. Dites-vous bien que personne ne prend la place d'un autre chez Eiffel, parce que chacun est à sa place et que, si j'ai choisi Rosario, c'est parce que vous ne prendrez aucun risque avec vos mains lorsqu'il plantera ses rivets. C'est une chance pour vous de travailler avec les meilleurs de chaque corporation.

Marcel, à court d'arguments, se gratta les cheveux sous sa casquette.

— Mais... les gars, ils sont déterminés, ils attendent du concret, une augmentation. Il va y avoir une grève, même sans moi, c'est tout le groupe qui se révolte !

Eiffel les accompagna vers la porte, signifiant la fin des échanges.

— Vous saurez leur parler, vous saurez les convaincre. Et vous pourrez leur apprendre que, grâce à votre entregent, j'ai accepté de prendre en charge l'assurance accidents sur les chantiers. Cela devrait calmer les esprits et vous faire faire des économies. Messieurs, cette conversation restera entre nous, conclut-il en déchirant la pétition.

Le bruit du papier fendit l'air comme un claquement de fouet.

La cour s'était vidée et les premiers coups de marteau sur les pièces métalliques avaient repris. Les trois ingénieurs y étaient restés un long moment, avant de rentrer dans leur bureau.

Nouguier rangea la monnaie qu'il avait gardée dans la main.

— Je n'ai plus envie de café, avoua-t-il.

— La soupe sera pour plus tard, ajouta Compagnon.

— Heureusement que l'après-midi avait bien commencé, dit Koechlin.

— La Cochinchine ! s'écria Nouguier.

— Le Portugal ? reprit Compagnon.

— Ah ? Je n'étais pas au courant, s'étonna le jeune ingénieur.

— Alors, vous étiez où ? s'impatienta Nouguier.

— Aux ateliers Gaget, rue de Chazelles. Bartholdi va faire appel à nous pour la statue de la Liberté.

50

Mercredi 15 octobre 1879, Grenade

Lorsqu'il pénétra dans la cuisine, Chupi se figea de surprise : il se trouvait en face de Mateo, que le gérant de l'hôtel était en train de payer pour sa livraison de glace.

— Hé, *amigo*, fit l'hôtelier, tu n'as pas eu mon message ? J'ai envoyé mon commis te prévenir. J'ai annulé ma commande.

— Mais pour quelle raison ? s'enquit Chupi.

— J'ai encore trouvé des saletés dans ta glace, expliqua l'hôtelier en montrant un insecte posé en évidence sur une soucoupe. Mes clients en ont marre et moi aussi. C'est moi qui ai demandé à Mateo de passer. Que veux-tu, je préfère payer plus cher pour un produit de meilleure qualité.

Alors que Chupi s'énervait, Mateo lui intima de se taire. Lorsque Clément avait rencontré Chupi dans l'auberge du Corral del Carbón, il les avait accusés, lui et son frère, de son agression dans la Sierra Nevada. Acculé, l'homme avait farouchement nié et s'était drapé jusqu'au ridicule dans la position de l'honneur bafoué. Clément lui avait donné une semaine pour rendre la machine à échantillon d'air sous peine de déposer une plainte auprès du juge Ferrán. *Je l'aurais quand même envoyé en prison,* avait songé Mateo, *Clément est trop bon avec cette fripouille*. Depuis lors, ils s'évitaient soigneusement, posture d'autant plus difficile qu'ils étaient entrés en concurrence frontale dans le marché de la glace.

Mateo remercia le gérant de sa confiance et lui promit une nouvelle livraison pour la fin de la semaine. En sortant, il aperçut Tête-de-rat tirant la charrette à côté d'un Chupi incapable de se dominer qui invectivait tous ceux qu'il croisait, animaux compris.

Mateo se remémora le jour où il avait parcouru la montagne en compagnie de Chupi, à la recherche de Clément. L'homme l'avait délibérément emmené à l'opposé de l'endroit où se trouvait le Français. Comme chaque fois qu'il convoquait ce souvenir, il serra les poings. Sans la présence d'esprit des enfants, Clément serait mort dans la sierra. Chupi s'en était tiré à trop bon compte et, cela, Mateo ne le supportait pas. Il mettait toute son énergie dans la bataille contre son concurrent; en un an, il lui avait repris ses principaux clients. Il était déterminé à le faire tomber définitivement et à l'obliger à quitter Grenade, ce que son complice de frère, qui avait porté le coup de couteau, avait déjà fait.

Le chemin de retour à l'Alhambra lui permit d'évacuer sa colère et de se focaliser sur sa relation avec Kalia. Au mois de mai, et alors qu'il n'y croyait plus, elle avait accepté de reprendre une vie commune avec Javier et lui. Le plus difficile avait été de convaincre le jeune homme, et Mateo s'y était employé avec l'aide de toute la famille Delhorme. Les retrouvailles avaient été glaciales mais, petit à petit, Kalia avait apprivoisé son fils. Mateo en était heureux, même s'il se sentait parfois jaloux de leur intimité naissante.

Il entra dans les jardins du Generalife et fit un grand signe à Clément, qui sortait du mirador avec ses relevés de la journée.

Mateo lui relata l'incident survenu avec Chupi.

— Je vais les rayer de la liste des fournisseurs de glace ! conclut-il en montrant son poing fermé.

— Ne te donne pas cette peine, Mateo, ils y arrivent très bien tout seuls. Leur produit est de si mauvaise qualité qu'ils n'auront bientôt plus de quoi acheter le bois pour le feu.

— Tout de même, je me demande ce que faisait ce capitaine avec lui. Il vous a toujours à l'œil.

— Il ne fait plus partie de la Guardia, je viens de l'apprendre. Il ne nous nuira plus. Mais ce ne sont pas eux qui m'inquiètent pour l'heure.

— Qui donc ?

— Tous ces industriels, comme Geneste et Herscher, qui sont en train d'inonder la France de machines domestiques à faire de la glace. Ils ont présenté un modèle de Carré à l'Exposition universelle l'année dernière et tout le monde en veut. Bientôt, chaque famille bourgeoise en aura à domicile et les cafetiers aussi. L'Espagne suivra, n'en doute pas.

— Alors, c'est la fin de notre commerce ? s'inquiéta Mateo qui, dans un raccourci fulgurant, voyait la banqueroute s'abattre sur lui, Kalia le quitter et Javier le renier pour n'avoir pas su garder sa mère avec eux.

— Pas si on sait évoluer avant les autres. J'ai un nouveau projet de machine que je te montrerai quand il sera abouti.

— Ah ? Mais que peut-on faire de mieux que des pains de glace ? Mettre des fruits dedans ? J'y ai pensé, l'autre jour, en livrant sur le marché. On pourrait piler les deux ensemble pour faire une sorte de *granizado* !

— C'est une bonne idée, mais, dans la semaine qui suivra, tu peux être sûr que tous les autres le proposeront aussi. Non, ce n'est pas une machine pour faire de la glace. Tu sais, le commerce est une équation à deux inconnues : le besoin et l'envie. Patiente un peu !

Laissant Mateo regagner son lopin, Clément déroula son chapeau en le faisant claquer dans l'air et le posa sur sa tête, légèrement en arrière. Le soleil, en dépit de la saison, imposait encore une chaleur mordante. Il choisit de rentrer par le chemin de ronde afin de s'accorder un répit avant de retrouver sa famille qui l'accaparerait pour la soirée. Tous, sauf Nyssia, dont le comportement solitaire s'était encore accentué depuis leur retour de Porto l'année précédente. Il ne savait plus comment aborder sa fille. Il n'avait eu d'autre choix que de lui infliger des interdictions, bien qu'il déteste le fonctionnement familial classique, qu'il jugeait répressif. Son propre système, qu'il voulait basé sur la responsabilisation et une grande liberté laissée aux enfants, avait aussi quelques failles. *Mais en quoi ai-je échoué ?* s'interrogea-t-il en s'arrêtant près de la tour de la Captive qu'il regarda comme un symbole du mal-être de Nyssia. *Pourquoi se considère-t-elle comme prisonnière ici ? Surtout ici !*

Pris d'une intuition, il traversa le patio des Lions et entra dans les Bains par la salle chaude. Nyssia s'y trouvait, assise contre un mur, absorbée dans la lecture d'un roman. Elle lui jeta un coup d'œil sans lever la tête avant de reprendre son activité. Clément ne parvenait pas à s'habituer à la posture revêche qu'elle avait adoptée depuis des mois. Il avait cru qu'elle finirait par s'en lasser, mais sa fille avait le même caractère entêté que lui. Il s'assit à côté d'elle et attendit qu'elle entame la conversation. Nyssia finit son chapitre sans se presser et referma le livre.

— C'est l'heure du souper ? demanda-t-elle, faussement naïve.

— Plutôt celle d'avoir une conversation, tu ne crois pas ?

— On en a déjà eu de nombreuses, il n'y a rien de nouveau, papa.

— Tu ne vas pas continuer longtemps à éviter toute ta famille. Reconnais que j'ai eu raison de mettre fin à une relation inconvenante.

— Elle n'était pas inconvenante !

— Soit. Imaginons qu'elle se soit poursuivie, que se passerait-il aujourd'hui ? T'aurait-il épousée ? Une roturière andalouse de seize ans et sans le sou. Réponds-moi en toute franchise : crois-tu qu'aujourd'hui il s'intéresserait encore à toi ?

Nyssia se tut. La contrariété se lisait sur ses traits.

— Tu as été pour cet homme une parenthèse que nous avons refermée avant qu'il ne le fasse lui-même. Ta beauté et ta vivacité d'esprit l'ont subjugué, je n'en doute pas, elles nous subjuguent tous les jours, ta mère et moi, et nous sommes fiers d'avoir une fille comme toi. Mais ce genre de personnage n'aime qu'une chose : la conquête. Puis il se lasse et change de terrain de chasse. Il en va ainsi partout dans le vaste monde, crois-moi.

Elle soupira, contenant ses pleurs.

— Regarde autour de toi, cet endroit est plein de jeunes hommes qui se damneraient pour t'avoir comme *novia*[1].

— Mais je ne veux pas vivre ici, je ne veux pas être une mère et une épouse résignée, je ne veux pas être l'ombre d'un homme,

1. Fiancée.

je veux décider de ma vie, qu'elle soit mon choix et que personne ne me le dicte !

— Mais qui te met ces idées en tête, ma fille ? questionna-t-il en lui prenant l'ouvrage des mains.

« *Le Pauvre Petit Causeur* de Larra, dit Figaro », indiquait la couverture, qui sentait bon le cuir neuf.

— Ce ne sont que ceux que vous me permettez de lire... Je n'ai plus besoin d'auteur pour me dicter mes idées.

Clément le lui rendit d'un air désemparé.

— Papa, mon père, dit-elle en le serrant contre elle, quand vas-tu enfin me faire confiance ?

— *A quien Dios le quiso bien, en Granada le dió de conter*[1]. Ta place est ici, ma fille.

— J'aimerais que Dieu m'oublie, tu sais. Je vous aime, je vous aime tous, mais je me sens irrésistiblement attirée par le vaste monde. L'ailleurs est ma maison, papa.

Clément ôta son chapeau et le posa sur le sol près des relevés. Il entoura sa fille de son bras et constata qu'elle avait encore grandi, sa chevelure dépassant d'une toise son épaule à lui. Elle avait atteint sa taille adulte.

— Je vais te raconter une histoire, Nyssia. Je ne sais pas si elle est vraie, mais tout le monde se la transmet dans ma famille depuis des générations. Celle du Hérisson blanc.

— Encore une histoire d'animaux qui parlent, se lamenta-t-elle. Papa, je n'ai plus dix ans !

— Le Hérisson blanc était un chirurgien qui habitait Nancy du temps où la Lorraine était un duché indépendant. C'est vrai qu'il avait la langue bien pendue, un caractère à ne pas trop s'y frotter, et était toujours affublé d'un bonnet blanc. Mais cet homme avait un rêve particulier.

— Lequel ? demanda-t-elle en posant ses jambes sur les genoux de son père, comme quand elle était enfant et écoutait les contes de l'Alhambra, assise sur le lit de leur chambre, à la lueur de la lune.

— Celui de rejoindre la mer en bateau depuis Nancy.

— C'est possible ?

— Oui, en suivant la rivière qui y coule. La Meurthe se jette dans la Moselle qui, elle-même, s'offre au Rhin. Et le Rhin, loin, très loin, débouche dans la mer du Nord. Avec une bonne embarcation et une

1. « À celui que Dieu aime, Il a permis de vivre à Grenade » (proverbe espagnol).

expérience de marin, il pouvait naviguer jusqu'à son but, au royaume des Pays-Bas. Seulement, il n'avait ni l'une ni l'autre.

— Qu'a-t-il fait ? Il a engagé un capitaine et son bateau ?

— Il n'en avait pas les moyens et il était bien trop fier pour déléguer son rêve à un autre. Le Hérisson blanc a construit lui-même la *Nina*, un voilier de cinq mètres de long, planche après planche. Il a mis plus de vingt ans.

Nyssia, dont l'intérêt grandissait, se redressa pour lui faire face :

— Et alors ? Il est parti ?

— Oui. Un an après l'avoir fini. Le 3 décembre 1702, le jour où les troupes françaises ont envahi Nancy. Il craignait qu'ils ne brûlent sa *Nina*.

— Et il a réussi, j'espère ?

— Mon aïeul, son meilleur ami, un chirurgien comme lui, n'a plus jamais eu de ses nouvelles.

— Alors, on n'a jamais su ? Quel dommage... Elle n'est pas intéressante, ton histoire, commenta-t-elle en se plaquant contre la paroi de faïences dont elle aimait la sensation de fraîcheur les soirs d'été.

— Près de cent ans plus tard, mon arrière-grand-père, un avocat du barreau lyonnais, reçut une lettre d'un de ses confrères de la ville de Metz lui apprenant qu'une malle contenant les papiers personnels du Hérisson blanc était à sa disposition : sa compagne, qui était décédée, avait expressément demandé qu'ils reviennent à ma famille. Les tabellions s'étaient succédé avant que l'un d'eux, plus futé, ou simplement plus opiniâtre, n'arrive à retrouver la trace de mes aïeux, quarante-cinq ans plus tard.

— Donc il avait réussi à rejoindre la mer ?

— Pas exactement. Lorsqu'il récupéra la malle, elle contenait de nombreuses observations anatomiques et chirurgicales, démontrant qu'il avait continué à exercer son métier pendant une dizaine d'années dans une autre ville. Elle renfermait aussi des lettres que notre homme avait écrites, mais jamais envoyées ; elles décrivaient son voyage, qui n'avait rien de l'odyssée d'Ulysse. Le Hérisson blanc avait bien rejoint la Moselle mais s'était échoué sur un banc de sable près du village de Vaux.

— Il n'est jamais arrivé à la mer ?

— Vaux est à quelques kilomètres au sud-ouest de Metz. La coque de la *Nina* était très abîmée et demandait de nombreuses réparations. Il s'est installé provisoirement à Vaux et y a fini sa vie. À quatre heures de cheval de Nancy.

— Mais pourquoi n'y est-il jamais retourné ? Pourquoi son silence ?

— Son véritable rêve n'était pas de voir la mer, mais de construire son bateau, jour après jour. Il l'avait compris, peu importait de continuer. Mais c'était un homme fier et jamais il ne serait rentré après un échec.

— Pourquoi me racontes-tu cette histoire maintenant, papa ?

— Il ne faut pas se tromper de rêve, ma fille. Les mondanités ne sont qu'illusion, tout comme la mer au bout du chemin. Nous avons tous été attirés, à un moment de nos vies, par ces mirages. Il faut juste en prendre conscience à temps.

Chapitre XVII

51

Mercredi 7 juillet 1880, Levallois-Perret

— Vite, vite, vite !

L'injonction de Koechlin n'affecta pas Nouguier. Il jeta un œil distrait sur la pendule de l'atelier avant de reprendre son activité.

— Il nous attend ! insista l'ingénieur.

À l'aide d'une pince, Nouguier coupa une tige en fer qui dépassait de la maquette. Il recula pour considérer l'ensemble et émit un grognement de satisfaction.

— On peut y aller. Ne t'inquiète pas, Gustave a beaucoup de points à discuter avec M. Bartholdi, ils ne seront pas désœuvrés en nous attendant. Elle est belle, non ? demanda-t-il en désignant la maquette.

La structure interne de la statue de la Liberté était composée de pièces de fer ajourées tenues entre elles par un treillis en croix de Saint-André ; elle avait l'allure d'un tronc d'arbre duquel une seule branche aurait jailli.

— On dirait une des piles du pont du Douro, remarqua Nouguier.

— Comment y va-t-on ? s'inquiéta Koechlin sans lui répondre.

— Il n'y a pas de véhicule disponible, déclara Compagnon qui venait d'entrer. Le patron est parti avec le fiacre et j'ai besoin de la carriole pour aller à la gare chercher des fers de Pompey.

— Le tramway ? proposa Koechlin.

Compagnon s'était approché d'un plan des lignes affiché au mur.

— Il n'y en a aucun qui vous emmènera rue de Chazelles. Quant à l'omnibus..., commença-t-il en suivant du doigt les traits rouges sur la carte de Paris. Il vous faut aller au coin de la rue Berzélius prendre la ligne H et changer rue Legendre pour la AJ jusqu'au parc Monceau. M'est avis que vous irez aussi vite à pied et que vous serez moins secoués.

— Il pleut par intermittence, fit valoir Nouguier. On prendra une voiture de place. Il y a une station de fiacres place Clichy.

Ils emballèrent la maquette, haute d'un mètre, et son socle dans une toile de jute et sortirent alors que les nuages, gonflés comme des éponges, déployaient leur crachin sur la ville.

Le fiacre vide roulait au pas à la recherche de clients potentiels. Le cocher savait qu'il lui était interdit de prendre quiconque en dehors des stations réservées, mais sa situation était précaire. *La faute au monopole,* bougonna-t-il intérieurement. Instauré par Napoléon III, qui avait créé en 1855 la Compagnie impériale des voitures de Paris, puis l'avait abolie en 1865, ce monopole avait permis l'éclosion d'une firme dominante et favorisé la disparition d'un grand nombre de ses concurrents. La Compagnie générale des voitures à Paris employait désormais cinq mille des dix mille cochers en activité. *Et moi, je suis tout seul à me battre contre une armée*, songea l'homme en croisant un concurrent de ladite CGV, dont les chevaux filaient un trot enlevé dans un trafic pourtant dense. Il avait fait son apprentissage et obtenu son permis de conduire en travaillant pour la compagnie Les Phaétons, qui avait été engloutie peu avant le monopole et à laquelle il avait racheté son fiacre. Il serait obligé de le changer dans trois ou quatre ans, au vu de son usure rapide sur les pavés parisiens, ce qui lui était désormais impossible et le conduirait inévitablement à la faillite. Il avait décidé de réagir et de se battre avec ses armes. L'homme recherchait les clients entre Clichy et Levallois, où il savait pouvoir trouver du monde parmi toutes les entreprises ayant élu domicile dans cette zone, qui faisaient des affaires avec tous les quartiers de la capitale. *C'est ici qu'il faut être*, songea-t-il pour se rassurer, *pas à la station avec les dizaines d'autres*. Les trajets, généralement courts, lui permettaient d'augmenter le nombre de rotations, donc de pourboires. Il commençait à mettre de l'argent de côté et espérait une embellie salvatrice. La journée avait bien commencé et les deux hommes qu'il repéra à marcher d'un pas de hussard, encombrés d'un colis, ne pouvaient lui échapper.

— Quelle chance que ce fiacre qui revenait de course ! dit Nouguier une fois qu'ils furent installés dans l'habitacle.

— Sauf que c'est interdit par la loi, fit remarquer Koechlin.

— Peu importe, dans dix minutes nous serons aux ateliers Gaget-Gautier, n'est-ce pas ce que tu voulais ?

— Il roule vite, répondit Koechlin en regardant les façades défiler par la fenêtre.

— Ils roulent tous vite. Tu n'aimes pas les transports publics ?

— Je n'aime pas ne pas maîtriser la situation.

— Pareil pour la statue ? demanda Nouguier en lui montrant l'enveloppe de jute.

— Pareil, affirma Koechlin en se détendant. Mais, une fois les calculs établis, il n'y aura plus aucune inconnue sur toutes les contraintes. On est arrivés au bon moment, Viollet-le-Duc n'aurait pas pu réussir.

Penché en avant de son siège, le cocher sifflotait tout en fouettant l'air au-dessus de la tête de son percheron. Les deux hommes lui avaient promis une gratification conséquente s'il arrivait à destination avant seize heures, ce qu'il avait accepté comme un défi difficile alors qu'il savait pertinemment que, même au petit trot, il serait dans les temps. Le conducteur aperçut un attroupement à l'angle de la rue de Prony et de la rue de Chazelles. Il essuya son visage mouillé par la pluie et constata qu'il était composé d'une foule de badauds qui faisaient face à des policiers en tenue. Il tira de toutes ses forces sur les rênes. Le fiacre stoppa au niveau de l'intersection.

— Que se passe-t-il ? On y est presque, dit Nouguier en ouvrant la porte.

Un sergent de ville vint à leur rencontre leur expliquer que la rue de Chanzy était bouclée.

— Un meurtre a été commis, une commerçante. Le suspect s'est réfugié dans une des maisons. Nous le tenons, il est encerclé.

— À quel numéro ? s'inquiéta Nouguier.

— Le 5. Surtout n'avancez plus et restez ici jusqu'à ce que tout soit fini.

La foule grossissait à vue d'œil. Prévenus par la rumeur, les curieux arrivaient de partout. Ceux qui sortaient des maisons environnantes étaient repoussés à l'intérieur ou extraits sans ménagement dans le but de ne pas gêner l'intervention des forces de l'ordre.

— Voilà bien notre chance, soupira Koechlin, qui était descendu du fiacre à son tour.

Plusieurs dizaines de badauds entouraient à présent la voiture et bloquaient la rue. Une averse se déclara, qui ne fit fuir personne : le spectacle promettait d'être à la hauteur des attentes. Les deux ingénieurs étaient rentrés s'abriter dans l'habitacle.

— Il faut me régler la course, messieurs, cria le cocher depuis son siège, j'ai d'autres clients qui m'attendent.

— Nous allons vous payer pour le temps perdu, mon ami, proposa Nouguier, et attendre le dénouement à l'intérieur.

L'homme sauta au sol et sa tête ornée d'un haut-de-forme apparut dans l'encadrement de la fenêtre.

— Ça n'est pas possible, il faut que je m'en aille. Vous me devez trente-cinq sous.

— Mais nous devons garder notre maquette au sec, s'emporta Koechlin en omettant de lui préciser qu'elle était en métal.

— Je suis désolé, mais je dois m'en aller, mon travail n'attend pas, même pour un crime, râla-t-il avant de remonter sur son siège. Trente-cinq sous !

— Payons-le et allons nous abriter sous une porte cochère, proposa Nouguier.

— Pas question, répliqua Koechlin. C'est une question de principe : quelle différence pour lui d'être payé par nous ou un autre ?

— Les pourboires, Maurice. Tu n'es pas encore assez habitué à Paris.

Le cocher tapa sur le toit avec son fouet pour accélérer le mouvement, ce qui eut pour effet involontaire de rameuter le sergent de ville.

— Que se passe-t-il, ici ? demanda-t-il en s'adressant directement à Koechlin.

— Rien, rien du tout, répondit le conducteur soudain devenu conciliant, ce qui ne fit qu'accroître la méfiance du policier.

— Alors, vous allez me montrer vos papiers, dit-il au conducteur. Le certificat de votre permis de conduire, la carte de sûreté et le bulletin d'entrée en service.

— Mais puisque je vous dis...

— Ce n'est pas une requête, c'est un ordre.

L'homme maugréa et se pencha vers sa sacoche.

— Ce n'est que justice, chuchota Koechlin, il n'avait qu'à se montrer plus avenant avec ses clients.

Nouguier n'eut pas le temps de lui répondre : une clameur monta de la foule des curieux et se brisa sur la barrière humaine formée par une dizaine d'agents, que le sergent rejoignit en courant. Un groupe de policiers était entré dans l'immeuble. La rue s'était figée, comme sortie d'un daguerréotype.

Le fiacre s'ébranla lentement au pas du percheron.

— Eh, mais que fait-il ? s'inquiéta Koechlin.

— Je crois qu'il essaie de se soustraire à la force publique, dit Nouguier en tenant la maquette en prévision des secousses.

Un coup de feu éclata au numéro 5, suivi de deux autres. La foule prit peur. Un second groupe de policiers pénétra dans l'immeuble tandis que le fiacre s'éloignait deux rues plus loin, le long du parc Monceau.

— Ne me payez pas, dit l'homme après leur avoir ouvert, mais ne me dénoncez pas. Il n'a pas eu le temps de voir mon numéro de fiacre, j'ai encore une chance de m'en sortir !

— Et pourquoi le ferions-nous ? interrogea Koechlin. Vous auriez pu nous faire tuer !

— Je ne suis pas un criminel, j'ai juste oublié mes papiers ! Mais la police n'arrête pas de me persécuter pour des broutilles avec les autres cochers et je suis fiché chez eux. Cette voiture est tout ce que je possède pour gagner ma vie, s'il vous plaît, messieurs !

— La maquette est intacte, intervint Nouguier. Nous sommes quittes, monsieur. De toute façon, même sans vous, nous n'aurions pas pu pénétrer dans la rue.

— J'ai un moyen de vous aider, dit l'homme alors que les deux ingénieurs s'éloignaient. Je sais comment vous pouvez rejoindre les ateliers Gaget à partir de la rue Guyot.

Le vacarme ne cessait jamais durant les heures de travail : les marteaux frappaient le cuivre, les limes affinaient les formes, les pièces finies étaient déplacées sous les grincements des poulies et les cliquetis des chaînes. Gaget, Gautier et Cie vivait depuis plusieurs années au rythme de l'érection de la *Liberté guidant le monde*. La mort de Viollet-le-Duc n'avait que peu altéré le rythme des équipes et l'annonce de l'arrivée de Gustave Eiffel, entrepreneur de l'extrême, l'avait accéléré, confortant Bartholdi dans son choix. Le sculpteur était, en outre, parvenu à clore son financement après plusieurs années passées à collecter des fonds publics et privés.

Les deux hommes se tenaient devant une immense main en bois que les gâcheurs s'appliquaient à recouvrir de plâtre.

— Impressionnant, avoua Eiffel.

— Le seul index fait deux mètres quarante-cinq, compléta Bartholdi en tapotant du plat de la main l'empreinte du modelage. Votre idée de les souder à l'arrière par des rivets aplatis me plaît beaucoup.

— Ils seront invisibles. Mes collaborateurs ont fait des essais : le rendu est très esthétique, assura Eiffel. L'enveloppe sera suspendue à l'ossature comme un vêtement sur un portemanteau, sans avoir à supporter son propre poids. Voyez-vous, dit-il en l'entraînant à l'écart, la proposition de M. Viollet-le-Duc de remplir la statue de sable jusqu'à mi-hauteur présentait quelques aléas en raison de la masse totale. Mon équipe a refait les calculs : le risque d'écroulement était réel.

Bartholdi jeta un regard songeur à la maquette en plâtre de la statue qui servait de base aux deux agrandissements à venir. Il se demanda pour la première fois si la hauteur finale, quarante-six mètres, n'était pas au-dessus de leurs moyens – et de ceux du progrès.

— Tout de même, votre solution est extrêmement légère pour une telle charge, le risque n'est-il pas plus grand ?

— Elle est bien plus flexible et résistera mieux aux contraintes horizontales du vent, répondit Eiffel. Elle tiendra, je m'y engage.

— Votre assurance est admirable, mon cher Eiffel, et, au vu de vos réalisations, je suis tenté de vous croire !

— Elle ne doit rien au hasard. Dans mon établissement, la prise de risque se fait au moment de la conception. Une fois les choix effectués, nous n'y revenons plus. Tout est contrôlé plusieurs fois. J'ai fait appel au meilleur ingénieur en calculs qui soit et qui m'a déjà aidé pour le pont du Douro. Koechlin et lui vont travailler avec les méthodes les plus récentes de la statique graphique, et je vous garantis que cette statue sera encore debout, face aux vents et aux vagues, dans plus d'un siècle !

Un ouvrier marteleur s'était approché d'eux, attendant la fin de la conversation pour intervenir.

— Patron, il y a deux hommes qui viennent d'arriver. Ils disent travailler pour M. Eiffel.

— Parfait, cela signifie que la rue n'est plus bouclée.

— Si, on ne peut toujours pas sortir, monsieur. Mais ils sont passés par les toits de la cuivrerie. C'est là qu'on les a récupérés.

Bartholdi regarda l'industriel d'un air admiratif.

— Rien n'est impossible aux établissements Eiffel, répondit ce dernier en affichant un air flegmatique qui masquait son admiration pour le professionnalisme de ses collaborateurs.

Koechlin et Nouguier firent une arrivée remarquée, le premier tenant la maquette comme il l'eût fait du Saint Calice. Il la déposa sur la table que lui indiqua le sculpteur.

— Ainsi donc, voilà l'ossature de notre belle, dit ce dernier. Plus impressionnant que sur le plan du polygone des forces.

Les bruits avaient peu à peu cessé et tous les ouvriers s'étaient approchés afin d'examiner la charpente qui allait supporter leur travail. Ils entourèrent les ingénieurs et Koechlin eut l'honneur de leur présenter les innovations contenues dans l'enveloppe en forme de pylône.

— Quel sera le poids ? demanda un plâtrier.

— Cent vingt tonnes, répondit Koechlin, soulevant des murmures d'admiration. Plus quatre-vingts tonnes de cuivre que vous aurez à monter, messieurs.

— Combien de pièces ? s'enquit un riveteur.

— Trois cents. Ce sera à vous de jouer.

— D'autres questions avant de reprendre le travail ? intervint Bartholdi.

— Oui, dit un chaudronnier : vous savez si les cognes ont arrêté le meurtrier de la mère Garin ?

52

Mercredi 7 juillet 1880, Alhambra, Grenade

Clément posa sa joue contre le tuyau de verre qui émergeait de la machine.

— Raté ! constata-t-il avant même de regarder le thermomètre, qui lui confirma que la température était de douze degrés là où il en attendait trois ou quatre.

Le gaz choisi, qu'il avait extrait d'un goudron de houille, ne ferait pas l'affaire. Il souffla sur la bougie qui chauffait une solution ammoniacale de l'autre côté du système, prit son carnet et raya le pentane dans sa longue liste d'essais non concluants. Il lui restait un dernier alcène à tester.

Les réfrigérateurs n'étaient déjà plus une nouveauté, mais n'avaient pas encore donné lieu à une utilisation domestique. *Si Mateo était le premier, il serait à l'abri du besoin pour le restant de sa vie et de celle de Javier,* songea-t-il en promenant son regard sur le circuit court de tuyaux. *Il y a forcément une solution, l'équation n'a que deux inconnues.*

— Papa, on est prêts !

La voix d'Irving le tira de sa rêverie technique.

— Ça y est, tu as réussi ? demanda le garçon en posant à son tour la main sur la tubulure.

— Non. Il faut que je trouve un gaz qui libère davantage de froid. Sinon, on pourra toujours l'utiliser pour rafraîchir les pièces, dit-il en refermant son carnet d'une main.

— Comme au théâtre de Madrid ?

— Ils utilisent des glaçons dont le froid est ventilé, ce n'est pas une innovation.

— Oui, mais cela fonctionne bien : l'année dernière, on a eu froid durant la représentation de *Amar por arte mayor*. Alors, on y va ?

Irving n'attendit pas la réponse de son père et le conduisit jusqu'au Mexuar comme un poisson-pilote, quelques mètres devant lui. Alicia et les autres enfants l'attendaient, ainsi que Mateo et Kalia, à l'ombre de la haie dans la cour de Machuca.

— J'ai reçu le programme du concours par les bons soins de Gustave Eiffel, commença Clément en prenant l'enveloppe qu'Alicia lui tendait.

Il en sortit deux feuillets imprimés qu'il commenta sans les lire :

— Vous aurez six épreuves écrites. Trigonométrie, physique et chimie, épure de géométrie descriptive, dessin et, la plus importante, géométrie analytique.

— Comment peut-on trouver de la beauté aux équations ? chuchota Nyssia à Javier.

— Il suffit d'en percer le mystère, répliqua-t-il. C'est comme les filles.

— La première session est début août, avertit Clément. Si vous êtes toujours d'accord, il nous reste un an pour réviser.

Javier opina vigoureusement.

— Mais comment on va faire ? Tu seras notre professeur ? questionna Irving, dont l'attention était en même temps attirée par deux photographes qui déployaient leur matériel sur la terrasse à l'aplomb du Mexuar.

— Mateo a proposé de payer des enseignants de la faculté pour vous préparer au mieux dans chaque matière. Je m'occuperai des maths.

L'ex-*nevero* approuva en soliloquant une phrase incompréhensible.

— Alors, mon fils sera ingénieur ? lui demanda Kalia, partagée entre la fierté de sa future situation et la tristesse de le perdre à nouveau.

Il n'entendit pas la question. Lui aussi avait repéré le manège des deux hommes. Le plus âgé était debout, droit comme le campanile de la tour du Guet, les deux mains posées sur la crosse de sa canne, habillé d'une *marlota* blanche aux revers bleus et coiffé d'une chéchia rouge. Il donnait des indications au second, à la chemise blanche auréolée de poussière et de sueur, et qui déplaçait par petites touches successives la chambre noire posée sur son trépied.

— S'ils révisent bien cette année, oui, nos fils ont toutes les chances d'intégrer l'École centrale, répondit Clément. Pour eux, c'est une équation à une seule inconnue : l'envie. S'ils en ont vraiment envie, rien ne les arrêtera.

— Mais ils font quoi ? demanda Irving sans regarder son père.

— Beaucoup d'applications industrielles pour les mines, la métallurgie, la chimie. Tu auras trois ans pour te décider.

— Non, *eux*, ils font quoi ? dit-il en désignant les deux étrangers du doigt.

Lorsqu'il vit que tout le groupe les observait, l'homme à la chéchia se fendit d'un salut amical.

— Il faudra leur demander de sortir du cadre, dit l'autre, la tête cachée par la jupe de tissu noir.

— Non, au contraire, je veux de l'humain dans mes photographies. Fini le temps des monuments nus et froids. Les œuvres d'art ont besoin de vie ! Continue la mise au point, il nous faut la cour et la façade dans la même vue. Avec les autochtones.

L'homme descendit l'allée d'un pas dolent et les accosta avec bonhomie :

— *¡Hola! ¿Cómo estás?*

— Vous êtes français ? répondit Alicia en reconnaissant l'accent du visiteur.

— Des compatriotes à Grenade ? Si je m'attendais ! s'écria-t-il. Vous faites si andalouse. Vous aussi, madame, dit-il à l'adresse de Kalia, déclenchant le rire des enfants.

— Nous sommes des citoyens de l'Alhambra, résuma Clément. Les familles Delhorme et Alvarez.

— Le Gray. Gustave Le Gray.

— Le photographe ? s'étonna Clément, éveillant l'intérêt d'Irving.

— Je ne savais pas mon nom si illustre, nota l'homme.

— Vous étiez le portraitiste de l'empereur et de sa famille, expliqua Clément pour les autres.

— Tout cela me semble si loin, et ce n'est pas ce dont je suis le plus fier, dit Le Gray en soulevant sa chéchia d'une main pour se recoiffer de l'autre.

— Vous non plus ne faites pas très français, remarqua Alicia en désignant la *marlota*.

— J'habite au Caire depuis vingt ans, dit-il en remettant sa calotte.

— Et quelle bonne aventure vous amène ici, monsieur Le Gray ?

— La Mission héliographique. Je suis venu pour y mettre un point final.

— Acceptez notre hospitalité et vous nous expliquerez en quoi elle consiste.

Le Gray se tourna vers son assistant qui, le prenant pour un signal, introduisit le négatif dans la chambre noire.

— Je crois qu'il va falloir nous figer un instant, dit Le Gray. Voulez-vous vous rassembler autour de moi ?

Les deux familles entourèrent le Français. Mateo ôta son sombrero et Kalia noua ses cheveux en arrière avec son fichu.

— Dommage que Jez ne soit pas là, regretta Victoria.

— Attention ! cria le photographe en découvrant le cache.

Il compta jusqu'à deux et le remit en place.

— Merci ! cria-t-il en sortant la plaque.

— C'est un calotype ?

La question d'Irving étonna plus ses parents que Le Gray, lequel, ravi de l'intérêt du jeune homme, se fendit d'une explication technique.

— Collodion humide. C'est un procédé de mon invention. Il n'a qu'un seul inconvénient, comme tu peux le voir, dit-il en désignant son assistant qui détalait en direction de l'hôtel Washington Irving. Le négatif doit être utilisé et développé très rapidement, sinon il devient insensible. Mais il donne une finesse incomparable aux images. Celle-ci sera pour vous. Nous allons photographier tous les bâtiments.

— Je peux vous accompagner ? Je vous servirai de guide ! proposa le garçon, enthousiaste.

— Irving connaît l'Alhambra mieux que quiconque, ajouta Alicia devant le regard interrogateur de Le Gray. Il y est né.

— Impressionnant. Te voilà donc mon second assistant, jeune homme. Suis-moi.

Tous les regardèrent monter jusqu'à la terrasse. Irving prit l'appareil sur son trépied, Le Gray mit en bandoulière la mallette en osier contenant des négatifs, et tous deux disparurent derrière le palais de Charles Quint.

— Vous saviez qu'il s'intéressait à la photographie ? demanda Clément à la ronde.

La dénégation fut générale.

— Où est passée Nyssia ? s'inquiéta Alicia.

— Partie juste avant la photo, répondit Javier. Elle ne voulait pas en être.

— Tu m'accompagnes au club de flamenco ? lui suggéra Victoria.

— Il n'y a plus de livraison de glace jusqu'à demain, mentit Mateo. Vas-y !

— Profitez-en, vous êtes encore en vacances ! conseilla Clément devant l'hésitation du jeune homme. Dans un mois, tu n'auras même plus le temps de faire une sieste.

Il envoya un regard perdu à Alicia. Les équations avaient atteint leurs limites : aucun des enfants ne grandissait comme il l'avait imaginé.

La Mission héliographique... Les mots du Français résonnaient dans la tête d'Irving comme la grande aventure dont il rêvait depuis des années. Il accompagna Le Gray et son assistant dans chacun des palais, portant le matériel, les écoutant deviser sur les intérêts comparés du nitrate de cellulose et de l'albumine, sur les techniques de la photographie marine et du ciel rapporté, sur l'avenir de l'art photographique, et ne prenant la parole que s'il y était invité, afin de les guider dans le labyrinthe de l'Alhambra. Le Gray n'avait qu'une liste des lieux griffonnée à la main qu'il sortait après chaque photo, pendant que son collaborateur courait à l'hôtel pour la révélation de la plaque.

— C'est un Français du Caire, un jeune homme passionné, comme toi. Il m'aide depuis deux ans maintenant, expliqua le photographe alors qu'ils l'attendaient avant de se rendre sur le site suivant. Après, nous allons..., dit-il en dépliant la feuille chiffonnée, nous allons aux jardins du Partal. Qu'y a-t-il d'intéressant à immortaliser ?

— La tour des Dames ! s'enthousiasma Irving. Ma mère a fini la rénovation de la façade l'année dernière, elle est superbe.

— Je n'en doute pas, je n'en doute pas, répondit Le Gray en pensant à Alicia.

— À cette heure, le soleil sera dans notre dos et éclairera la tour. Il faudrait se mettre au bout du bassin, elle se reflétera dedans.

— Très bonne proposition ! Tu as un œil d'artiste, mon garçon. J'ai bien fait de te prendre avec moi.

Le Gray s'épongea le front et observa en silence une bâtisse en ruine dont le toit était en partie écroulé.

— À quoi pensez-vous, monsieur ? demanda Irving, prêt à lui raconter l'histoire de chaque mur du site.

— À Palerme. J'ai arpenté la ville après qu'elle a été bombardée par l'armée sicilienne. Des quartiers entiers ressemblaient à cette bicoque.

— Vous avez connu le grand Garibaldi ?

— Oui. Je l'ai même photographié. J'étais aux côtés des révolutionnaires avec Alexandre Dumas.

Les yeux d'Irving s'étaient figés dans un arrondi parfait. L'admiration le laissait sans voix.

— Il faisait chaud, aussi chaud et sec qu'aujourd'hui, raconta Le Gray. Nous étions le 19 juillet 1860. J'avais débarqué en Sicile avec Dumas, qui était un ami de Garibaldi. Le général lui avait demandé de faire venir un photographe pour prendre des clichés de Palerme. Ces images en montraient davantage sur la guerre que n'importe quel récit. Ce que les hommes avaient bâti en des siècles s'était écroulé en une poignée d'heures. Quelques jours plus tard, il m'a fait venir pour des portraits. Quelques princes prisonniers, István Türr, puis le général Garibaldi en personne. Il avait une épaisse barbe rousse et des yeux petits et perçants, combatifs et magnanimes à la fois. Je lui ai demandé de tenir son sabre – a-t-on jamais vu un général désarmé ? Il portait autour du cou une longue chaîne dorée reliée à une montre enfouie dans sa poche. Je l'ai positionné face au soleil, heureusement voilé ce jour-là, devant un mur où il a pu s'adosser légèrement, ce qui lui a donné cette position que d'aucuns ont qualifiée de romantique. Nous lui avons porté le cliché le lendemain, Dumas et moi. C'était un papier albuminé et un négatif sur verre au collodion, puisque tu t'intéresses à notre art. Une précision et un grain parfaits. Alexandre y a apposé un mot et nous sommes partis le jour même pour Malte.

— Dumas et Garibaldi... C'était donc cela votre Mission héliographique ?

Le Gray éclata de rire.

— Non, mon garçon. Elle a commencé neuf ans avant, à Paris. Ah, voilà notre héraut rapportant l'œuvre de Dieu, dit-il en apercevant son collaborateur revenir vers eux, un cadre sous le bras. Allons voir les beautés des dames de la tour !

53

Jeudi 8 juillet 1880, Alhambra, Grenade

Il en avait rêvé toute la nuit. Irving avait côtoyé Dumas dans ses aventures d'Orient, s'était engagé auprès de Garibaldi et avait suivi Le Gray jusqu'au Caire, où le photographe lui avait révélé tous les secrets de l'héliographie. Chaque fois qu'il se réveillait, il se dépêchait de replonger dans le sommeil pour ne pas perdre le fil de ses songes et, lorsque les premières arabesques de soleil étaient venues s'inscrire sur le mur, il s'était habillé sans un bruit, avait tranché un morceau de pain qu'il avait recouvert d'olives concassées, l'avait mangé sur le chemin de l'hôtel et avait attendu plus d'une heure la sortie de Le Gray, assis sur la muraille en face du Washington Irving.

— Aujourd'hui, nous allons immortaliser le Generalife, annonça le Français avec une joyeuse humeur contagieuse. Nous te suivons, mon guide !

Irving n'oublia aucun des éléments qu'il estimait indispensables à la visite du domaine, choisissant les meilleurs points de vue des jardins, de l'allée aux cyprès, des bassins du Carmen et de la cour de la Acequia, s'arrêtant sur toutes les rénovations entreprises, des plus petits linteaux recouverts de mosaïques aux pièces entières décorées de fresques qu'Alicia avait dégagées centimètre par centimètre, forçant l'admiration des deux hommes qui purent prendre douze clichés avant que la chaleur ne les refoule à l'intérieur.

— Si nous continuons sur cette lancée, je vais approcher mon record, annonça Le Gray en repoussant son assiette après avoir fini sa seconde part de *tortilla*. Trente clichés en une seule journée. J'étais à Chenonceau avec Mestral, mon assistant de l'époque, dit-il à l'adresse de son collaborateur, qui eut une moue admirative avant d'enfourner une cuillerée de sa soupe de pois.

Le jeune homme ne cessait de jeter des œillades à Nyssia, qui l'ignorait superbement. Le manège avait d'abord amusé les adultes avant qu'ils y prêtent plus attention.

— Papa lui aussi a battu des records, affirma Victoria.

— Et dans quel domaine vous êtes-vous distingué, monsieur Delhorme ?

La conversation glissa vers les ballons perdus, alimentée par la ferveur d'Alicia et des enfants, sans que Clément ait à intervenir.

— Je peux me retirer ? demanda Nyssia, qui était restée silencieuse.

Elle se leva sans attendre la réponse, suivie par le regard affolé du Cairote dont l'envie de la suivre était à peine contenue par la pression des convenances.

— Avez-vous pensé aux prises de vues aériennes ? dit Le Gray, indifférent aux émois de son assistant.

— J'ai travaillé sur un système de déclenchement automatique qui aurait permis de photographier à une altitude précise, mais j'ai arrêté toutes ces expériences il y a trois ans.

Alicia relata l'accident du dernier vol, en s'en tenant à la version officielle.

— Cela ne me manque pas, conclut Clément pour changer de sujet. Ça ne me manque plus.

— Monsieur Le Gray, pouvez-vous nous parler de la Mission héliographique ? demanda Irving, qui se tortillait d'impatience sur sa chaise.

— Je peux vous quitter ? interrompit son assistant. J'ai des collodions à préparer pour cet après-midi. Et je connais l'histoire.

— Pour sûr, va, vas-y, répondit Le Gray distraitement.

— Des calotypes, lança Irving.

— Comment ? demanda le Cairote, surpris.

— Vous allez préparer des calotypes, pas des collodions. Ils ne se font pas à l'avance, expliqua Irving avec assurance.

— Oui, c'est ça. Excusez-moi. Le déjeuner était très bon.

Le jeune homme fit le tour du bâtiment et se planta dans la cour du Mexuar, devant la fenêtre du balcon du premier étage qu'il avait évaluée comme étant celle de la chambre de Nyssia. Il l'appela discrètement, partagé entre sa curiosité et la crainte d'attirer l'attention du reste de la famille. Toutes ses tentatives se heurtèrent aux murs de la cour fermée. En désespoir de cause, il avisa deux cailloux qu'il lança contre l'encadrement en bois du balcon. Rien ne se produisit. Haussant les épaules, il fourra les mains dans ses poches tout en marmonnant des conclusions hâtives et peu amènes sur les Andalouses.

— Est-ce ainsi que les garçons demandent un rendez-vous aux filles, dans votre pays ? En leur jetant des pierres ?

Nyssia sortit de la pénombre qui régnait dans la chambre Dorée. Il n'avait jamais vu une beauté aussi évidente, comme si toutes les grâces féminines s'étaient concentrées en un seul visage et sur un seul corps. Elle surpassait même les attraits des mondaines qu'il avait photographiées avec son mentor et sur lesquelles il avait fantasmé longtemps après qu'elles se furent révélées sur la plaque. Nyssia ne faisait rien pour être belle, elle n'avait rien à faire, elle était une incarnation universelle du Graal amoureux. Il avait compris, dès son apparition, qu'il serait fou d'elle durant sa vie entière et celles à venir, qu'il serait capable de tout abandonner sans même qu'elle le lui demande, capable de tuer, capable de mourir, capable de renoncer. C'était plus fort que lui. Il aurait préféré n'être rien mais l'être avec elle plutôt que de posséder un royaume ou une fortune car tout n'était que sable entre ses mains comparé à cette femme inaccessible. Et, par-dessus tout, il avait compris qu'un simple mortel ne pouvait épouser une déesse et qu'il n'avait aucune chance d'être son élu.

Elle tenait un livre dont il ne put voir le titre. Nyssia s'arrêta de l'autre côté de la grande vasque centrale au milieu de laquelle coulait une fontaine au gargouillis cristallin.

— Je voulais vous revoir, dit-il simplement.

— Avez-vous une guitare ?

— Non, je n'ai même aucune notion musicale. Pourquoi ?

— Chez nous, il est de coutume que les garçons jouent la sérénade sous la fenêtre de leur *novia*, pas qu'ils lui envoient des cailloux.

— Je m'excuse, bafouilla-t-il sans trouver quoi ajouter.

— Peu importe, vous n'êtes pas mon *novio*. Mais nous pouvons discuter, dit-elle en l'invitant à s'asseoir à même le sol, contre l'arête de la façade. En contrepartie, j'ai un service à vous demander.

Elle le lui chuchota à l'oreille. Ce fut leur seule intimité, mais le jeune Cairote se souviendrait toute sa vie du frôlement de ses vêtements, de son souffle lui caressant l'oreille, du parfum de sa peau et de sa voix au timbre enjôleur. Ce fut leur seule intimité, mais elle valait infiniment plus que la drôle de requête de Nyssia. À ce moment même, elle aurait pu lui demander de cueillir une fleur de lotus bleu qu'il serait parti en courant la chercher sur les berges du Nil.

Nyssia s'assit en tailleur à côté de lui.

— Parlez-moi du Caire maintenant, parlez-moi de l'Égypte, faites-moi voyager.

Après le repas, tous s'étaient installés sur des fauteuils de rotin blanc disposés en cercle dans le jardin de la Lindaraja, où les arbres hauts dispensaient une ombre bienfaisante. Le photographe, pressé par Irving, accepta enfin de lever le voile sur la Mission héliographique.

— Nous étions cinq. Cinq jeunes artistes dans cet art novice qu'était la photographie : Hippolyte Bayard, Henri Le Secq, Édouard Baldus, Auguste Mestral et moi.

Le Gray laissa filer un silence pendant lequel leurs silhouettes défilèrent devant ses yeux.

— Nous avions été choisis par la Commission des monuments historiques – sur quels critères, je ne l'ai jamais su – afin de recueillir des dessins photographiques des plus grands édifices historiques de France. Le premier recensement visuel de notre patrimoine, imaginez un peu la ferveur qui était la nôtre au moment de nous séparer pour quadriller les routes du pays ! Toutes les contrées de la Loire à la Méditerranée m'étaient échues, en compagnie de Mestral. Durant l'été 1851, lui et moi avons réalisé plus de six cents clichés. À la fin de la mission, nous avons donné tout le matériel à la Commission, comme les trois autres. Chaque région avait été parcourue, nous étions fiers de notre travail. J'ai expérimenté une nouvelle technique en utilisant du papier ciré sec et du chlorure d'or. Il n'y a pas mieux pour réveiller les détails endormis d'une cathédrale ou d'un château, crois-moi, Irving !

Le Gray fit une pause afin de s'humecter la bouche d'une gorgée d'eau fraîche.

— Malheureusement, les images n'ont jamais été publiées, continua-t-il. Nous avions pourtant tiré des épreuves à partir de nos négatifs. Nous n'avons jamais su pourquoi. Ces milliers de négatifs étaient un trésor et je n'ai aucune idée de l'endroit où ils se trouvent aujourd'hui. C'est le grand mystère de cette première Mission héliographique. Il y eut des gens pour dire qu'elle n'a jamais existé, comme si nous avions tout inventé, conclut-il avec un rictus amer. Alors, j'ai décidé de la recommencer et d'y mettre un point final. Seulement, cette fois, pas question de se contenter de la France. J'ai contacté Bayard, Le Secq, Baldus et Mestral et tous ont accepté de photographier les édifices les plus importants de l'Europe entière, que nous ferons publier car tout le monde a le droit de voir ce qu'ont réellement bâti nos aïeux, et pas seulement leurs représentations artistiques, si fidèles soient-elles. Je suis chargé de répertorier les monuments des pays de la Méditerranée, voilà la raison de ma présence ici.

La conversation roula sans s'épuiser jusqu'au milieu de l'après-midi. L'assistant de Le Gray réapparut, accompagné de Nyssia, au moment où le soleil, lassé de flageller les peaux, se transformait en caresse. L'équipe fit une nouvelle session de photos, accompagnée d'Alicia, qui leur ouvrit les chantiers des fresques en rénovation. Clément se retira au Generalife, dans son mirador, où il fit quelques relevés atmosphériques avant de vérifier les derniers calculs de contraintes qu'il devait envoyer à Eiffel pour la charpente de la statue de la Liberté. Il venait de détecter un problème majeur : les eaux de mer, chargées de sel, et les eaux de pluie, chargées de nitrates, pouvaient transformer la statue, faite de feuilles de cuivre et d'armatures en fer, en une immense pile électrique de quarante mètres de hauteur à la puissance inconnue.

Chapitre XVIII

54

Mardi 14 décembre 1880, Paris

— Maintenant, ouvre les yeux ! lança Eiffel après avoir demandé à Claire de descendre du fiacre les paupières fermées.

Elle s'exécuta et ne put s'empêcher de pousser un petit cri.

— C'est si beau ! Nous aurons quel étage ? interrogea-t-elle.

Père et fille étaient plantés devant la façade de l'hôtel particulier au 60 de la rue de Prony.

— Attends que je réfléchisse..., dit-il en faisant mine d'hésiter. Je crois que j'ai tout loué.

— Tout ?

Claire avança vers le porche d'entrée d'un pas hésitant.

— Les trois étages ? s'exclama-t-elle, incrédule.

— Oui. Deux cent quatre-vingts mètres carrés.

— Oh, papa, je t'aime ! dit-elle en lui tombant dans les bras. Mais a-t-on les moyens ?

Elle débuta la visite des lieux en silence avec une retenue craintive avant de retrouver son sens de l'organisation et d'anticiper le déménagement et la destination des pièces.

— Pour Édouard et Albert, dit-elle en désignant les deux pièces du fond au second étage. Valentine sera près de Laure, de l'autre côté. Quant à nous, les chambres seront au premier, ainsi que ton bureau.

— Je pourrais l'installer en bas, objecta Eiffel.

— C'est plus lumineux à l'étage, tu seras mieux, crois-moi, surtout les jours comme aujourd'hui où il fait si gris. La grande salle du rez-de-chaussée ira très bien pour les repas, et l'office n'est pas loin.

— Que ferais-je sans toi, ma grande ? dit-il en la prenant dans ses bras d'un geste affectueux.

— D'où elle est, maman est fière de toi, papa, j'en suis sûre.

— Elle est fière de nous tous, de la famille que nous sommes. Je te laisse, je dois me rendre aux ateliers Gaget. Le déménageur, doit arriver d'un instant à l'autre, tu régleras tout avec lui. Méfie-toi, il a tendance à exagérer l'évaluation des volumes.

Il se rendit à pied rue de Chazelles et apprécia la douceur exceptionnelle qui recouvrait Paris en cette veille d'hiver. Eiffel constata avec satisfaction que leur nouveau domicile était situé à six minutes exactement des ateliers de Bartholdi, ce qui le conforta dans son choix. Il y régnait la même activité intense et fiévreuse qu'à chacune de ses visites. Des ouvriers étaient perchés sur la reproduction en plâtre de la main droite qui sortait de l'épaule drapée de la géante. L'un d'eux, blanchi de la tête aux pieds, était assis sur l'index, calé contre le pouce, et peaufinait la peau de plâtre encore fraîche. D'autres étamaient les pièces de cuivre au son de leurs marteaux. Partout des morceaux de gabarit numérotés, des moules en plâtre, de la poussière. Eiffel s'arrêta devant la première des quatre reproductions en pied de la *Liberté guidant le monde*, haute de deux mètres soixante-dix.

Bartholdi vint l'accueillir et le fit entrer dans le bureau vitré d'où ils pourraient échanger sans être obligés de crier. Eiffel déroula le plan en coupe de l'ossature métallique.

— Mes ingénieurs, Nouguier et Delhorme, ont refait les calculs une fois de plus. Et tous deux ont abouti à la même conclusion, dit-il en posant son doigt sur l'armature du bras tendu. Il vous faudra modifier le dessin original pour que l'angle avec le pylône soit de vingt et un degrés et demi.

Bartholdi exprima sa contrariété en fronçant les sourcils.

— Actuellement, la tête est positionnée trop près du bras tenant la torche. Nous avons besoin qu'il soit plus tendu, expliqua Eiffel, afin que l'ossature soit assurée d'un meilleur soutien sur le pylône. Sinon, il n'y aura qu'un seul point d'appui.

— Quel sera le décalage ?

— Cinquante centimètres au niveau du sommet de la tête. Cela ne changera rien à l'esthétique générale de la statue.

Bartholdi regarda une nouvelle fois le diagramme avant de le rouler et de le poser au-dessus des autres.

— Nous allons l'intégrer dans la construction, promit-il. Des nouvelles quant au problème de risque électrique que vous avez soulevé ?

— Puisqu'on ne peut pas éviter que des vagues d'eau salée viennent toucher la surface, la solution consistera à séparer l'enveloppe de cuivre et l'armature en fer par une fine couche de minium. Cela se fait déjà en construction navale.

— Pas moyen de canaliser cette électricité ?

— Cela dépasse mes compétences et celles de mon équipe ; je ne m'y aventurerai pas.

Un des assistants du sculpteur toqua à la vitre et lui fit signe de le rejoindre. Bartholdi s'excusa et laissa Eiffel seul plusieurs minutes. L'ingénieur observa l'immense tête à l'allure sévère qui trônait dans la cour extérieure, rapatriée après des mois passés au Champ-de-Mars. Le bras tenant la torche se trouvait encore exhibé aux États-Unis, où la souscription pour l'édification du piédestal peinait à réunir les fonds. La géante était en attente d'un corps en construction.

— La visite des journalistes du *Petit Parisien* et de *L'Illustration*, expliqua Bartholdi revenu vers lui. Ils vont prendre des clichés de l'avancement des travaux. Vous savez comme moi l'importance de la presse, de nos jours. Voulez-vous vous joindre à nous ?

Eiffel déclina l'invitation. Il avait rendez-vous rue de Sèvres pour un autre chantier, où il se rendit en fiacre sur un pavé devenu glissant après un grain passager. Il fut accueilli par la directrice dans un Bon Marché bruissant des froissements de robes d'une foule à majorité féminine. Les chapeaux garnis de fleurs, de rubans et de plumes formaient les vaguelettes d'une mer immense qui avait envahi tous les étages.

Marguerite Boucicaut avait un visage d'une grande bonté, à l'arrondi replet et au sourire maîtrisé, et portait une robe de taffetas noir et gris aux reflets moirés. Elle lui fit signe de la suivre, soulevant l'étoffe afin de ne pas entraver sa marche et l'entraîna à vive allure, malgré son âge, à travers le magasin. Avant de rejoindre la zone des travaux, ils passèrent au second sous-sol admirer les calorifères qui venaient d'être installés et où régnait une chaleur incommodante, puis s'arrêtèrent dans les cuisines afin d'ingurgiter un verre d'eau et un café au moment où les marmitons préparaient le déjeuner en rôtissant des centaines de biftecks et en tranchant des morceaux de pommes de terre. Mme Boucicaut précisa avec fierté que les cinq mille cinq cents couverts quotidiens en faisaient la première cantine de Paris et l'entraîna vers les escaliers alors que les premiers employés du service des expéditions s'égaillaient vers les tables alignées en rangées parallèles.

Le chantier d'extension se situait entre la rue du Bac et la rue Velpeau, où la société Eiffel construisait une halle métallique de trente mètres de haut reliée aux autres bâtiments. Ils rejoignirent

Louis-Charles Boileau, l'architecte du magasin. Ensemble, ils firent un état de l'avancement des travaux, qui n'avaient subi ni retard ni inflation du budget malgré les techniques mises en œuvre, ce dont Boileau félicita l'ingénieur, comme à chacune de leurs rencontres. Tout autant que la qualité de son équipe, le nom d'Eiffel était devenu le gage d'une sécurité absolue dans la réussite d'un chantier.

— Votre Bon Marché est un endroit fascinant, dit-il à la directrice, une fois revenu à son bureau, où une baie vitrée s'ouvrait sur le corps principal dont le grand escalier esquissait une monumentale arabesque. Quelle idée visionnaire d'avoir regroupé tous les magasins de nouveautés en un seul lieu et d'avoir indiqué les prix sur les objets ! Vraiment fascinant, conclut-il en observant la foule dense animée de mouvements anarchiques incessants entre les différentes zones.

— Certaines de nos clientes restent jusqu'à douze heures dans notre magasin, avoua Mme Boucicaut. Même M. Zola m'a écrit qu'il voulait venir nous visiter pour un projet de livre. Vous rendez-vous compte ? Il règne ici comme un vent de folie qui parfois m'inquiète. Nous devons toujours offrir plus.

— C'est le progrès. Il est en marche et vous en êtes l'image la plus éclatante. Votre réussite est admirable. Et votre philanthropie est connue du Tout-Paris. Puis-je vous demander une faveur ?

— Quelle qu'elle soit, elle vous est d'ores et déjà acquise.

— Quel genre de jouet recherchez-vous ? s'enquit l'employée, dont la joliesse contrastait avec l'austérité de son uniforme.

— J'aurais voulu acheter les étrennes de mes enfants, mais je crains n'avoir pas d'idée, dit Eiffel. Mme Boucicaut m'a dit que vous étiez la personne idéale pour me conseiller.

La jeune femme baissa la tête pour signifier sa gêne avant de relever les yeux vers l'ingénieur et de lui envoyer un sourire enjôleur.

— Je vais faire de mon mieux, monsieur.

— Je crains de me perdre dans l'immensité de vos offres, ajouta-t-il sans remarquer son manège.

— Parlez-moi de vos enfants, demanda-t-elle en l'invitant à la suivre. Je dois tout savoir sur eux ! Tout d'abord, leur âge et leur prénom. On peut connaître beaucoup d'une personne à travers son prénom, susurra-t-elle en laissant son regard s'attarder sur lui.

L'exercice amusa Eiffel, qui s'y prêta en tentant de définir leurs goûts et leur caractère avec précision. La jeune femme l'avait fait asseoir à côté d'elle et le relançait par de nouvelles questions. Il prit conscience qu'il avait toujours regardé ses enfants vivre sans jamais s'interroger sur leur personnalité. À chaque évocation, les souvenirs familiaux affluaient plus nombreux et le visage d'Eiffel s'assombrissait. La vendeuse le ressentit et y mit fin en se levant hâtivement.

— Suivez-moi, l'invita-t-elle en l'emmenant vers une table voisine où trônaient des jouets d'équilibre.

L'ingénieur sembla remarquer seulement alors les minauderies de la vendeuse, qu'il dévisagea discrètement. Ses cheveux bruns et bouclés, relevés en chignon, dégageaient une nuque fine et diaphane qui lui rappela celle de Victorine. Son visage avait des proportions agréables, et le nez à l'arabesque fine mettait en valeur une bouche aux lèvres rubis qui ressemblaient aux appas charnus des fleurs carnivores. Il se détourna d'elle un instant pour constater que les seuls autres hommes présents étaient des vendeurs.

— Nous allons commencer par Albert et Édouard, reprit-elle en dansant d'un pied sur l'autre, encouragée par l'attitude de son client qui semblait s'intéresser à elle. Pour le plus petit...

— Albert, précisa-t-il.

— Pour Albert, je propose ce culbuteur.

L'objet en question était composé d'un escalier sur lequel deux figurines aux pieds démesurés, représentant des portefaix japonais, étaient reliées par une échelle au niveau des épaules.

— Il fonctionne comme ceci, expliqua-t-elle en les déposant en haut de l'escalier et en basculant le premier sur la marche inférieure.

Une fois lâchés, le plus haut des deux, aidé de l'échelle, passa par-dessus l'autre et se posa une marche plus bas. Le mouvement de balancier continua jusqu'à ce que l'attelage humain eût dévalé toutes les marches.

— C'est magique, n'est-ce pas ? dit-elle en joignant les mains comme si elle allait applaudir.

Elle prit le culbuteur et le lui tendit, effleurant sa main au passage.

— C'est aussi parce que le centre de gravité passe par le milieu de l'échelle, dit-il en le lui rendant. Ce sera parfait pour Albert. Les autres ?

Édouard fut crédité d'une toupie à crémaillère percée d'un trou.

— Ce modèle s'appelle la Cigale. Quand elle se met à tourner, elle bourdonne comme l'insecte.

— Va pour la Cigale, approuva Eiffel.

Valentine fut gratifiée d'une boîte de Burattini contenant des marionnettes et un décor. La vendeuse, après un nouveau sourire gracile, ouvrit un tiroir et en sortit un phénakistiscope.

— C'est la dernière mode, insista-t-elle. Il plaît aux parents autant qu'aux enfants !

Le jouet se résumait à un manche supportant un axe de métal, terminé à gauche par un disque noir percé de fentes et à droite par un disque de même taille, sur lequel étaient dessinés des polichinelles dans des attitudes successives de sauteur de corde.

— Regardez dans une des fentes, indiqua-t-elle en approchant l'objet du visage de l'industriel.

Elle fit tourner le disque de polichinelles.

— L'impression de mouvement est surprenante, n'est-ce pas ?

Eiffel hocha la tête en signe d'acquiescement. Sa patience pour ce genre d'achats commençait à tutoyer ses limites. Les calorifères, couplés à la densité de la foule et aux habits d'hiver, faisaient régner une lourde chaleur dans le magasin, et la cour de la vendeuse, qui flattait son désir masculin, l'irritait tout autant.

— Enfin, pour Claire...

— Claire est mon aînée et pour elle je ne veux pas de jouet. Je cherche un objet pour sa chambre. Pouvons-nous aller à l'annexe ?

Sans attendre sa réponse, il traversa le rez-de-chaussée en diagonale et emprunta le passage qui menait à la galerie réservée à l'ameublement, obligeant l'employée à courir pour ne pas se laisser distancer. Le lieu, moins fréquenté, était plus respirable et lui permit de flâner devant le mobilier exposé, escorté de sa vendeuse, sous le regard réprobateur de ses collègues attitrées du rayon. Il s'arrêta devant l'espace dévolu aux tapis et demanda son avis à la jeune femme, que la cavalcade avait échevelée.

— Si c'était pour vous, lequel choisiriez-vous ?

Elle prit le temps de renouer son chignon avant de s'intéresser aux modèles proposés. Elle désigna un tapis français d'inspiration moderne, aux couleurs vives et contrastées.

— C'est un bon choix, il plaira à Claire. Vous enverrez l'ensemble à cette adresse, indiqua-t-il en lui tendant sa carte.

Et il quitta le Bon Marché avec soulagement.

De retour rue de Prony, Eiffel croisa le déménageur sous le porche.

— Votre fille est encore plus dure que vous en affaires, fit remarquer ce dernier, le sourire aux lèvres. Elle a âprement négocié et nous sommes parvenus à un accord qui, je crois, satisfera tout le monde.

— Envoyez-moi ce devis et nous le signerons en l'état, répondit Eiffel afin de montrer la confiance qu'il accordait à sa fille.

Claire l'attendait dans la salle à manger vide et essuya ses paupières rougies lorsqu'il entra.

— L'endroit est poussiéreux, donna-t-elle comme explication.

Je n'aurais pas dû la laisser seule, se morigéna-t-il. *Le souvenir de sa mère est si vivace.*

Il acquiesça sans insister.

— Raconte-moi ta journée, mon papa ! dit-elle en l'entraînant à l'extérieur.

Une fois dans le fiacre, Eiffel lui relata ses deux visites de chantier, ce dont Claire raffolait, particulièrement les détails techniques.

— Les plis de la robe nous fourniront de nombreux soufflets qui permettront d'absorber la dilatation inévitable du métal. Pour une fois que les irrégularités d'un monument offrent aussi un avantage ! conclut-il en réponse à l'une des nombreuses questions de sa fille. Nous arrivons, dit-il en apercevant le toit de leur maison qui dépassait du faîte des arbres.

Eiffel regarda Claire quitter en trombe le fiacre et s'élancer dans l'allée en appelant ses frères et sœurs. Il espérait qu'en déménageant, elle ferait plus rapidement le deuil de sa mère, alors que chaque pièce de la maison était encore emplie de sa présence. Il songea tristement à Marguerite, à Victorine, à ses parents.

— Papa !

Claire était retournée sur la terrasse et l'appelait. Elle lui fit signe de la rejoindre. La vie continuait son cours imperturbable.

Les jouets furent livrés à six heures trente de l'après-midi en provenance du Bon Marché. Eiffel se dépêcha de les réceptionner avant que l'ouragan d'énergie des cinq enfants ne l'oblige à leur révéler le secret. Il donna un pourboire au livreur et fut presque déçu de ne pas voir la vendeuse avec lui. Puis il s'en voulut de sa naïveté : la jeune femme devait tenter sa chance auprès de tous ses clients masculins dans l'attente de ferrer un gros poisson, cela n'avait rien à voir avec son charme. Tout en le sachant, il s'était laissé bercer d'illusions l'espace d'une heure, histoire de tromper sa solitude comme on trompe la soif avec le noyau d'une datte. Il jeta un regard furtif à son reflet dans le miroir de l'entrée, qu'il trouva identique à celui de la décennie précédente. Eiffel monta les jeux dans sa chambre, redescendit chercher le tapis, qu'il réussit à transporter seul, puis referma la porte à clé. Il ouvrit toutes les boîtes et, assis à même le parquet, fit fonctionner les jouets avant de s'intéresser au cadeau de Claire. Le tapis était enroulé dans une feutrine verte, nouée par un large ruban sous lequel avait été glissé un carré de papier. Il le tira, l'ouvrit et sourit : la vendeuse s'appelait Denise et lui laissait son adresse, afin de « mieux [le] servir lors d'une prochaine visite ». Eiffel fourra la carte dans sa poche.

— Papa ! Tu es où ? cria Claire depuis le rez-de-chaussée.

— J'arrive ! répondit-il en poussant le tapis sous son lit.

— On parle de toi dans le journal !

La voix s'était rapprochée. La clenche s'agita.

— Tu t'es enfermé ! geignit-elle de l'autre côté de la porte.

— J'ai droit à mon intimité, plaida-t-il en lui ouvrant.

Claire entra en brandissant *Le Temps* du jour et le déposa sur le lit avant de s'affaler à côté.

— En première page ! dit-elle fièrement, alors qu'il commençait la lecture de l'article « Le viaduc de Garabit ».

Claire se posta sur le dos de son père pour lire par-dessus son épaule :

— « *Cette solution exigeait un viaduc formidable, et l'administration des Chemins de fer de l'État, très frappée par le souvenir du pont du Douro, dont nous avons parlé dans cette causerie scientifique...* » Il y a de quoi, commenta-t-elle avant de continuer : « *confia l'exécution du nouveau viaduc à M. Eiffel, un jeune ingénieur civil du plus grand mérite*. » Jeune ? dit-elle en faisant semblant de le détailler avec circonspection.

— Je n'ai que quarante-huit ans. Nous ne sommes plus au XVIIIe siècle, ma fille. Oui, je suis encore jeune, même si ce journaliste mériterait une paire de lunettes ! conclut-il en prenant connaissance de la suite.

— C'est vrai, ce qu'il dit ? « *On pourrait poser au fond de la vallée les tours de Notre-Dame, mettre sur ces tours la colonne Vendôme et le haut de la colonne serait encore à quelque distance du plancher sur lequel sont posés les rails*. »

— Il est en dessous de la réalité, il arriverait à peine à l'extrados. Des lunettes, te dis-je !

— Papa, tu es le plus grand constructeur du monde ! s'enthousiasma Claire en lui sautant dans les bras, lui arrachant un pincement de douleur au niveau des cervicales.

Eiffel se massa la nuque.

— Voilà bien les limites de ma jeunesse, concéda-t-il. Les voyages ne ménagent pas le dos.

— Cela fait un article de plus, je le mettrai avec les autres. Maman serait si fière !

Elle sortit aussitôt. Eiffel croisa du regard le portrait de Marguerite, qu'il avait rapatrié de la salle à manger à sa chambre et placé au-dessus de la cheminée, le seul tableau représentant sa femme, où transparaissait déjà, à la pâleur de ses traits, la maladie qui allait l'emporter. Il soupira, fouilla dans sa poche et jeta au feu le billet de Denise.

55

Vendredi 17 juin 1881, Alhambra, Grenade

M. Pozo se frotta énergiquement les doigts au savon et les plongea dans la bassine sans parvenir à enlever totalement les traces noires sur sa peau. Il s'essuya les mains, debout devant la fenêtre de son bureau, observant les deux gazomètres télescopiques qui s'élevaient de son usine. Les immenses cloches métalliques, enserrées dans leurs cages, qui se soulevaient au rythme du volume de gaz produit, tels deux poumons géants, faisaient sa fierté. Fabriqués sur le modèle de ceux de Londres, ses gazomètres comportaient quatre levées qui pouvaient quintupler la hauteur de base de la citerne. Ils constituaient toujours une attraction pour les voisins et les curieux lors de leurs remplissages, et chaque levée supplémentaire était un signe de la bonne santé de l'usine.

Après l'échec de son entreprise familiale, M. Pozo avait sauté dans le train du progrès et investi ses dernières économies dans la construction d'une unité de production de gaz d'éclairage quelques mois avant que la municipalité de Grenade ne décide de changer le mode d'alimentation de ses réverbères à huile, ce que d'aucuns avaient qualifié d'idée visionnaire et d'autres de collusion suspecte. Depuis lors, il fournissait le gaz à toute la ville et ses faubourgs et avait essaimé ses usines dans quatre autres cités andalouses. Grâce à un procédé d'extraction à partir du charbon, moins coûteux, et à un rendement supérieur à celui de tous ses concurrents, il possédait une avance de plusieurs années, et l'avenir s'annonçait dans des teintes claires et chaudes. Le seul bémol de cette activité était l'accumulation des sous-produits issus de l'extraction du gaz, comme le goudron de houille, qui s'entassaient en des successions de terrils que les enfants de Grenade s'étaient appropriés en aire de jeux.

Il suivit des yeux la carriole qui emportait cent kilos de goudron de houille qu'il avait aidé à charger, puis regarda sa main droite et la renifla : l'odeur caractéristique du liquide noir allait imprégner sa peau pour un long moment et sa femme, une fois de plus, le lui ferait remarquer, en exagérant son dégoût par des haut-le-cœur. *Mais c'est l'odeur de notre réussite*, répondit-il mentalement aux reproches qu'elle ne manquerait pas de lui adresser. Il pensa à Jezequel, qui venait de le rejoindre pour travailler à l'usine, et dont la peau marquée par la maladie de Winckel semblait avoir été trempée dans du coaltar[1]. Son fils avait l'air heureux de cette vie, même si M. Pozo avait exigé de lui qu'il débute avec les ouvriers à l'extraction du gaz. *L'odeur de notre réussite*, songea-t-il à nouveau en regardant la carriole s'éloigner. Lorsque Clément lui avait proposé de lui acheter du goudron de houille, Pozo le lui avait cédé gratuitement, trop heureux de voir l'ingénieur s'intéresser à un déchet dont il supputait que le Français pouvait le transformer en or. Il n'était pas pressé et saurait le monnayer plus tard.

Barbicane souffla bruyamment sous l'effort, envoyant une volée de postillons qui fit hurler Jezequel et Javier, assis à l'avant de la carriole. Irving, à l'arrière, éclata de rire tandis que Clément, qui tirait la mule dans la montée de l'Alhambra, s'arrêta et lui flatta l'encolure.

— Un dernier effort, ma belle, et tu seras libérée pour la journée.

— Et tu n'auras plus à supporter cette odeur méphitique ! ajouta Javier, penché vers les deux tonneaux remplis jusqu'à la gueule du liquide noir.

Barbicane jeta ses dernières forces dans la fin du trajet jusqu'au Generalife, où Clément avait aménagé une pièce dans l'aile la plus éloignée des parties utilisées du bâtiment. L'endroit était équipé d'une chaudière et d'un ensemble de cornues et de serpentins en verre destinés à la distillation du goudron de houille.

— Le coaltar contient des gaz dissous, expliqua-t-il aux enfants, une fois le liquide épais transvasé dans un fourneau. Je peux les séparer en chauffant à des températures différentes. Chaque gaz a sa propre température d'évaporation, il va s'échapper dans ces tuyaux puis passer dans des épurateurs et finir emprisonné dans ce gazomètre.

Les garçons s'étaient rapprochés.

1. Autre nom du goudron de houille.

— On dirait notre usine en miniature, remarqua Jezequel. Mais que cherchez-vous exactement ? Mon père m'a dit que les gaz du coaltar n'étaient pas propices à l'éclairage.

— Exact. Mais ils ont d'autres propriétés, notamment celle de produire du froid lorsqu'ils entrent en ébullition.

— Tu vas faire une nouvelle machine à glaçons ? demanda Irving, adossé à la fenêtre, et qui n'avait pas semblé s'intéresser à la conversation jusque-là.

— Non. Une machine à froid : un buffet clos qui conservera les aliments domestiques.

Comme un hiver permanent, songea Irving.

— Et quel est le gaz qui vous intéresse ? demanda Javier en regardant le thermomètre qui dépassait du fourneau.

— Le butane, le dernier de ma liste. Les autres n'ont pas eu un rendement suffisant pour un froid correct. Une fois qu'on l'aura extrait, nous irons l'essayer dans ma machine.

— Tu veux rester ? proposa Irving à Jezequel. Tu reprends ton travail à quelle heure ?

— Je n'y vais pas cet après-midi. Je fais un peu ce que je veux, je suis le fils du patron, crâna-t-il.

— Moi, je suis le fils du prof de maths, pourtant on est obligés de faire des révisions tous les jours, même le dimanche, hein, Javier ?

— Soyez heureux : cet après-midi, pas de cours, dit Clément en jouant sur la combustion pour contrôler la température de la chaudière. Rien que des travaux pratiques.

— Cette machine, c'est pour mon père ? s'enquit Javier sans cesser de la regarder.

— Le progrès est une équation à une seule inconnue : *quand*, répondit Clément après avoir acquiescé. Tout est atteignable, ce n'est qu'une question de temps. Et il nous faut toujours un coup d'avance.

Une rafale de vent traversa le mirador par ses ouvertures en arc.

— Une journée parfaite pour lancer un ballon, commenta-t-il en observant le ciel sans nuages. Idéale pour un record... Javier, peux-tu ouvrir le robinet du gazomètre portatif ?

Irving reprit sa position excentrée en réfléchissant au cadre le plus propice pour photographier l'expérience, Jezequel s'imagina directeur d'une usine de machines à froid et Javier se demanda quand il trouverait le courage d'avouer à Clément qu'il était depuis trois mois le *novio* de Victoria. Elle avait fait le premier pas, l'encourageant à se lancer sans retenue dans une relation qui semblait une évidence alors qu'ils se connaissaient depuis toujours. Comme tous les autres garçons de la ville, il était attiré par Nyssia mais jamais il n'aurait osé franchir le pas, persuadé que même lui se verrait opposer un refus qui mettrait à mal sa fierté. La rumeur qui circulait prêtait à la jeune fille des soupirants beaucoup plus âgés, proches de la cour d'Espagne ou d'autres illustres familles, dont certains auraient été vus visitant l'Alhambra incognito, ce à quoi il ne croyait pas – toutes les cours d'Europe passaient par l'Alhambra et toutes le faisaient incognito. Nyssia était une solitaire qui attirait sur elle tous les fantasmes et se moquait de sa réputation auprès des garçons, telle était la conclusion de Javier. Victoria avait la même beauté familiale, mais elle le rassurait par la simplicité de son caractère. Avec elle, les échanges n'étaient pas des joutes sans fin pour une domination intellectuelle de l'autre. À l'image d'Irving, Victoria était l'empathie même, avec tous les animaux de la Création, y compris les vers de terre qu'il avait fini par ne plus couper en morceaux pour ne pas l'attrister, avec les fleurs qu'il fallait laisser faner sur leurs tiges, et avec tous les humains, inconnus ou intimes. En cela, Victoria était un paradis reposant et Javier lui en était amoureusement reconnaissant.

— Êtes-vous toujours avec nous, mademoiselle Delhorme ?

Arrachée à sa rêverie, Victoria retrouva brutalement la réalité.

— Oui, madame, répondit-elle machinalement.

— Alors, pourriez-vous répondre à la question que je vous pose depuis un moment ?

Victoria dévisagea les autres élèves de l'*Escuela de institutrices,* dont aucune ne se risqua à l'aider face à l'acariâtre professeur. Elle n'insista pas.

— Je crois que j'ai eu un moment d'absence, *señora*, avoua-t-elle en baissant les yeux. Je vous prie de m'en excuser.

Elle laissa passer l'orage des reproches, nota la punition qui lui était délivrée et attendit avec impatience la fin des cours, moment que choisit l'enseignante pour la retenir.

— Il va falloir vous ressaisir, Victoria. Vous étiez une de nos meilleures élèves en début d'année et vous avez changé depuis quelques mois. Inexplicablement, ajouta-t-elle avec un air de connivence qui signifiait à la jeune fille : *Je sais ce qui vous arrive, je l'ai vécu aussi, mais ce n'est pas une raison pour ficher en l'air vos études*. Victoria fit semblant de ne pas comprendre et évoqua une fatigue passagère.

— Allez voir Pinilla, qu'il vous remette d'aplomb, conclut l'enseignante, ironique. Je vous évite l'avertissement pour cette fois, mais n'oubliez jamais que nos institutrices se doivent d'être des parangons de vertu pour leurs élèves. Sachez qu'en France, quand elles quittent l'école normale, les filles doivent rester célibataires au moins trois ans pour se consacrer uniquement à leur mission. Malheureusement, nous n'appliquons pas cette saine règle ici, mais nous sanctionnons tout écart de morale ainsi que les mœurs légères.

Les mœurs légères! rumina Victoria tout le long du chemin vers l'Alhambra. *Comme si aimer était un crime, qu'est-ce qu'elle peut bien y connaître, la vieille bique*? Victoria ne se sentait pas faite pour devenir institutrice, du moins pas dans ces conditions de vie monacale. L'*Escuela de institutrices* était la seule possibilité pour une jeune femme de faire des études, les autres diplômes étant réservés aux hommes. « Plus pour longtemps », lui avait dit son père. Les universités de Zurich et de Berne venaient de s'ouvrir aux femmes, mais Victoria ne se sentait ni l'envie ni la force d'une pionnière, prête à quitter sa famille pour aller étudier à l'étranger.

— Sauf à Paris, dit-elle à Kalia, qu'elle avait rencontrée à la porte de la Justice et qu'elle accompagnait jusqu'au Mexuar. J'aimerais tant être près de Javier lorsqu'il fera ses études.

— Quand est-ce que tu en parleras à tes parents ? demanda la Gitane. Vous n'êtes plus des enfants, à dix-huit ans !

— C'est à lui de le faire !

— Tu as raison, mais je crois que mon Javier perd toute sa bravoure quand il s'agit de sentiments.

Kalia l'embrassa et la prit dans ses bras, comme elle le faisait souvent depuis qu'elles s'étaient rencontrées dans la tour de la Captive.

— Tu as l'air si heureuse, toi, dit Victoria.

— Pourquoi ne le serais-je pas ? Je vis avec mon fils, avec un homme qui me vénère et tu es comme la fille que je n'ai pas eue, ajouta-t-elle en la serrant plus fort. Aujourd'hui, je danse la *zambra mora* sans être obligée de le faire, juste pour mon plaisir. Qui ne rêverait d'une telle vie ?

— Oui, concéda la jeune fille, qui n'en rêverait pas ?

Les rires des garçons leur parvinrent du Generalife. Victoria jeta un regard à Kalia, qui s'exclama :

— Va, va les rejoindre, mon bel oiseau.

L'odeur puissante et âcre s'était accrue avec le chauffage et lui piqua les narines. Victoria était grimpée dans le lentisque qui délimitait le potager, en face d'une des ouvertures, et les observait. Ainsi, elle pouvait dévorer des yeux son *novio* sans que son père se doute de leur relation et que Javier en soit gêné. L'idée émanait de Kalia, qui s'était définie elle-même comme une experte dans l'art de la contemplation discrète. Le terme avait plu à Victoria, qui décida, du haut de son arbre, d'en être la plus fidèle adepte, ce à quoi Barbicane mit fin rapidement en venant braire au pied du lentisque, rameutant les garçons qui la découvrirent en même temps que la mule. Irving, qui s'était désintéressé depuis longtemps de l'expérience, en profita pour les quitter, prétextant un exercice de géométrie analytique à finir. Victoria le remplaça et aida le groupe à caler le gazomètre portatif rempli de butane sur un plateau de charrette qu'ils tirèrent jusqu'au mirador voisin.

Clément transféra un petit volume du butane liquéfié dans le réservoir du circuit clos de sa machine à froid, alluma une bougie et la tendit à Victoria:

— À toi l'honneur, pose-la sous le flacon d'ammoniac.

La jeune femme s'exécuta avec solennité avant d'adresser une œillade à Javier. La flamme caressa le fond du récipient en verre comme le pinceau d'un artiste l'eût fait d'une toile. L'arrivée de l'ammoniac dans le réservoir provoqua l'ébullition du butane et le refroidissement du liquide restant.

— C'est un bon début, constata Clément, la main posée sur le serpentin qui entourait le réservoir. Attendons.

Plus personne n'osait parler ni même bouger. Tous faisaient cercle autour du thermomètre qui sortait du coffre en zinc recouvert d'isolant et dont le mercure descendait lentement.

— Dix degrés, commenta Clément. Quelqu'un veut parier sur le minimum? ajouta-t-il, amusé par le sérieux des enfants, les yeux rivés sur les graduations.

Nul ne répondit.

— Je dirais trois degrés, continua-t-il, mais, si vous respirez trop fort, on ne pourra pas descendre en dessous de six.

Javier et Victoria reculèrent avec précaution pendant que Jezequel se cachait le nez dans sa paume droite.

— Eh, je plaisantais! Vous pouvez danser autour que cela ne modifierait rien!

L'intervention ne changea pas leur attitude. À leur tour, Javier et Victoria s'étaient fait un masque de leurs mains. Le thermomètre indiquait six degrés.

— Que se passe-t-il ? demanda Irving qui venait d'entrer en courant. Pourquoi vous bouchez-vous le nez ?

Victoria lui fit signe de rester en retrait.

— Cinq ! annonça Jezequel d'une voix caverneuse.

— Barbicane s'est encore roulée dans ses crottes ? Pourquoi je ne sens rien ? chuchota Irving, calé contre le mur.

— Il ne faut faire aucun geste brutal, lui chuchota sa sœur à l'oreille, avant de reprendre sa place devant le coffre, mains sur le visage.

— Quatre, dit Javier à son tour.

Irving, par précaution, prit la même attitude que les autres.

— Trois ! Les enfants, vous pouvez respirer, la température ne descendra plus. L'essai est officiellement concluant !

Tous applaudirent et plongèrent les mains dans le coffre que Clément avait ouvert.

— C'est vraiment froid ! admira Irving. Alors, plus besoin de glace pour les aliments ? Les gens vont commander du gaz ?

— Non, c'est inutile : le cycle du froid est sans fin, c'est toujours la même quantité de butane qui circule. Cet appareil est économique, il suffit de le chauffer avec une source continue et le froid sera permanent.

— Du chaud pour du froid, résuma Irving, songeur. Au fait, papa, je revenais pour autre chose : il y a quelqu'un qui t'attend en haut de la tour du Guet.

— Qui est-ce ? Pourquoi ne l'as-tu pas fait entrer chez nous ? dit Clément avant d'éteindre la bougie entre ses doigts, ce qui avait toujours provoqué l'admiration de son fils.

— C'est qu'il m'a demandé la plus grande discrétion.

Les oiseaux rasaient la tour plus près qu'à leur habitude. Les garçons n'y étaient plus montés depuis des mois, chacun étant trop occupé à ses affaires, et la pêche aux hirondelles était tombée dans l'oubli. L'homme observait la ville sous une lumière qui commençait à allonger les ombres et à ourler les contours d'un jaune d'ambre. Il se retourna en entendant des cailloux crisser sur le sol.

— Monsieur le juge Ferrán, dit Clément en traversant la terrasse sans montrer d'empressement. Vous êtes bien la dernière personne que j'aurais imaginé croiser à cet endroit.

— Il y a quelques jours encore, j'aurais pensé la même chose, répondit le magistrat en le saluant.

— Voulez-vous profiter de mon hospitalité ?

— Une autre fois, avec plaisir, mais nous ne devons pas être vus ensemble.

— Allons nous mettre à l'ombre à l'étage inférieur, j'ai la clé, proposa Clément sans manifester la moindre émotion.

La pièce baignait dans une pénombre aux relents de moisi et de poussière. Elle était vide, à l'exception de quelques pierres des anciens créneaux qui y étaient entreposées dans l'attente d'une rénovation. Seules deux meurtrières assuraient le passage du soleil, formant des rais de lumière semblables à des poutres lumineuses fichées dans le sol.

— Je vous écoute, dit Clément.

— Je suis porteur d'une mauvaise nouvelle, déclara Ferrán, debout, les bras croisés, au centre de la pièce.

Son attitude rappela à Clément une des gravures qui illustraient un livre de contes du pays de Grenade, représentant le prince Boabdil juste avant sa fuite devant les troupes d'Isabel, d'où se dégageait une impression de lassitude et de mélancolie.

— Il s'agit de notre ex-capitaine de la Guardia. Il vient de déposer une nouvelle plainte contre vous.

Tête-de-rat prétendait disposer d'un témoignage corroborant l'implication de Clément dans les milieux anarchistes.

— Il s'agit d'un nommé Chupi, précisa Ferrán, son nouvel employeur.

— Je le connais. C'est un ancien *nevero* et le concurrent principal de Mateo dans la fabrication de la glace.

— Vous auriez pu ajouter « alcoolique notoire » et « de mauvaise réputation ». Il se serait confié à lui lors d'une soirée arrosée et lui aurait affirmé savoir qui avait déposé la machine à échantillon d'air chez le docteur Pinilla. Nous allons l'interroger.

Le juge fit une pause et s'approcha de Clément, qui restait impassible.

— Mais je n'en attends rien. Ce genre d'individu est prêt à dire tout et son contraire pour une poignée de pesetas. Il y a autre chose qui m'inquiète plus.

Ferrán avait baissé la voix. Les rais de lumière avaient disparu, absorbés par le passage d'un nuage. Il prit soin de scruter consciencieusement la pièce avant de continuer.

— J'ai appris que son éviction de la Guardia n'était qu'un simulacre destiné à le faire engager comme civil chez ce Chupi. Notre homme jouit de protections, un colonel basé à Murcie, qu'il a convaincu de votre culpabilité.

— Mais pourquoi diable s'acharne-t-il sur moi ?

— J'espérais que vous pourriez m'en dire plus, monsieur Delhorme.

— Vous en savez autant que moi, juge Ferrán.

Le magistrat hésita. Il se targuait de savoir jauger d'un simple regard la confiance qu'il pouvait accorder à quelqu'un. Mais Clément lui semblait une énigme.

— Alors, préparez-vous à l'affronter, conclut-il. Il ne lâchera jamais, vous êtes son obsession. Vous avez trouvé votre Javert, monsieur Delhorme.

Chapitre XIX

56

Jeudi 18 août 1881, Paris

Toutes les têtes étaient penchées sur leur feuille de papier. De temps à autre, l'une d'elles se levait, restait un instant suspendue à la recherche d'une idée ou d'un début de solution, avant de replonger frénétiquement dans sa copie. En raison de la chaleur, les fenêtres avaient été ouvertes et l'air de la rue pénétrait dans la pièce, en compagnie des parfums et des bruits de la ville, si différents de ceux de Grenade. Irving croisa le regard du surveillant, M. Boutillier, un des professeurs de l'École centrale des arts et manufactures, qui s'était présenté comme leur futur enseignant de travaux publics de troisième année. Le garçon fit semblant de vérifier son travail, qu'il avait terminé depuis une demi-heure, avant de reprendre sa rêverie, délaissé par le surveillant. L'épreuve d'épure durait cinq heures et il lui restait une heure et demie à patienter. Javier, assis à l'opposé dans la pièce, continuait de produire la figure industrielle d'un gazogène sec, de même que les autres candidats, au nombre de trois cents, qui remplissaient une des salles de l'orangerie du Luxembourg. Le dessin était sa matière préférée, la seule avec laquelle il avait pris du plaisir pendant les révisions. Un oiseau entra par une des fenêtres ouvertes et ressortit presque aussitôt, effrayé par les mouvements de bras de M. Boutillier. La plupart des candidats ne le virent même pas. Irving réprima un bâillement. Les autres épreuves avaient été longues, éprouvantes, celle-ci était la dernière avant la session des oraux à laquelle il avait décidé de ne pas se présenter. Il n'avait réussi dans aucune des matières et l'épure ne le sauverait pas. Il avait compris avant même leur départ de l'Alhambra qu'il n'avait aucune chance de réussir. L'esprit de logique et de déduction de la géométrie analytique lui échappait, tout comme la physique industrielle et la métallurgie. Devant son père et devant Javier, il avait fait semblant de comprendre leurs explications et, une fois seul, il s'était aidé des manuels pour arriver à terminer ses exercices. *Me voilà au bout de l'imposture*, pensa-t-il en apposant son nom sur sa feuille.

Lorsqu'il se leva, sa chaise crissa sur le sol dallé blanc et noir. Plusieurs têtes se dressèrent pour consulter la pendule murale. Irving croisa le regard interrogateur de Javier, puis tendit sa composition d'une main tremblante à M. Boutillier et sortit en ayant l'impression de marcher au ralenti, comme si une partie de lui voulait se battre et y croire encore. La relative fraîcheur du grand couloir le ramena à la réalité. Il en avait fini et se sentit soudain léger. Il repoussa la pensée de la confrontation avec son père et avec M. Eiffel, chez qui ils logeaient, et qui avait déjà prévu de le prendre en stage dans ses ateliers en dehors des heures de classe pour lui apprendre le métier. Irving inspira puissamment et traversa les jardins pour s'installer sur un banc près du carrousel, d'où il pouvait voir l'orangerie.

Il avait faim. La sensation lui parut étrange, tant il avait l'impression d'avoir laissé son corps de côté durant cette dernière année. Il avait faim, il avait envie de croquer cette ville qu'il ne connaissait pas, cette ville pieuvre, cette ville de contrastes, géante et minuscule, rebelle et apprivoisée, cette ville où tous les gens lui semblaient beaux et élégants. Il pensa à Nyssia, qui avait tout tenté pour les accompagner – et qui avait failli réussir. Mais le coût du voyage allié à son attitude envers leurs parents avaient clos le débat. Irving, lui, avait, le sentiment d'avoir volé ces moments à sa sœur.

— Vous voulez la justice ?

La voix le surprit autant que la question elle-même. Il dévisagea le garçon qui s'était posté devant lui, jambes écartées, casquette enfoncée sur la tête, foulard rouge autour du cou, et qui lui tendait un journal pris d'une pile qu'il tenait dans l'autre main.

— La justice ? répéta Irving en évaluant son âge à quatorze ou quinze ans.

— Oui, *La Justice*. C'est un nouveau quotidien, répondit le vendeur en lui montrant la une. C'est Georges Clemenceau qui l'a fondé. Cinq centimes seulement !

— C'est que... je n'ai pas d'argent.

— Tout le monde a au moins cinq centimes sur lui, dit le gamin en faisant tinter les pièces dans sa poche. C'est une obligation, sinon, les cognes peuvent vous embarquer. C'est un avocat qui me l'a dit !

— Je n'ai rien, pas un sou.

Le garçon remonta sa casquette pour se gratter le front.

— Pourtant, vous n'êtes pas un vagabond, observa-t-il. Alors, vous êtes un prince ? Mon père dit que les princes n'ont jamais un sou sur eux. C'est ça ?

— J'habite dans un palais, reconnut Irving. À Grenade.

— J'en étais sûr ! dit le vendeur à la criée après un sifflement d'admiration.

— Mais je ne suis ni prince ni mendiant.

— Un domestique, alors ? J'ai ce qu'il vous faut ! proclama le garçon avec le bagout d'un adulte expérimenté.

Il sortit un exemplaire du bas de la pile.

— Celui-là, je peux vous le donner, il date d'une semaine. Lisez-le et parlez-en autour de vous, donnez-le à votre employeur. Il peut s'abonner, même à l'étranger. Vous ferez cela ?

Irving accepta en songeant qu'il le ferait lire à Eiffel. La politique l'intéressait, puisqu'il allait se présenter aux prochaines élections cantonales de Neuilly.

Le vendeur à la criée était déjà reparti vers le bassin où les badauds lui semblaient plus fortunés. Irving observa sa facilité à capter l'attention de son auditoire et à ne plus le lâcher de sa faconde jusqu'à la vente des exemplaires.

— Alors, vous êtes un prince ! l'entendit-il crier à l'un des acheteurs avant de s'éclipser vers d'autres promeneurs.

Irving feuilleta rapidement son exemplaire, puis lut en détail la gazette du jour relatant l'ouverture de l'Exposition internationale d'électricité, le 15 août, au palais de l'Industrie. Il décida de proposer à Javier de s'y rendre sitôt l'épreuve finie. Il s'attarda sur la dernière page où un encart de petite taille attira son attention. Il le déchira et quitta prestement les jardins, l'adresse en poche, le cœur battant plus vite encore qu'à la sortie anticipée de l'épreuve d'épure, aussi vite que le soir où le goût de l'aventure l'avait, pour la première fois, envahi.

Le coursier avait patiemment attendu la réponse au billet qu'il avait livré en fumant plusieurs cigarettes devant la maison Poulenc, au 7 de la rue Neuve-Saint-Merri. Au moment où il entamait une nouvelle Bastos, le gérant sortit et le héla en lui tendant un flacon de petite taille emballé dans un épais carré de peau.

— Vous direz à M. Belay que je lui ai donné tout ce qui me restait, mais il y a moins que la quantité demandée. Et, surtout, gardez-le bien vertical ! ajouta-t-il en lui rendant le trop-perçu.

Le coursier tourna à droite rue du Temple d'un pas suffisamment vif pour exprimer son professionnalisme sans faille et ne réduisit son allure qu'une fois sur le pont d'Arcole. Il avait pris l'habitude de calculer mentalement le total des courses de la journée et de le comparer à ceux des jours précédents, de faire des totaux hebdomadaires, mensuels, d'en déduire les charges et d'évaluer le nombre de jours qu'il lui restait à travailler pour la même compagnie avant de pouvoir acheter la quincaillerie dont il rêvait, rue des Batignolles. L'exercice lui permettait aussi de faire passer plus rapidement l'ennui de son travail.

Il traversa les jardins du Luxembourg et, à proximité de la fontaine Médicis, salua le vendeur de journaux qui venait de solder ses derniers exemplaires de *La Justice*.

— Hé, cousin ! l'apostropha ce dernier. J'ai fini ma journée, je t'accompagne ? Tu vas où ?

— Rue du Faubourg-Saint-Jacques. Je veux bien de toi si tu ne ralentis pas ma course, répondit le livreur en accélérant l'allure.

En réalité, il était ravi de la présence du garçon, qui allait égayer son trajet, d'autant plus que le vendeur à la criée avait toujours quelque chose à raconter.

— Qu'est-ce que tu transportes ? lui demanda le gamin en désignant la peau de cuir qui emballait l'objet.

— Je n'en sais rien et je me targue de ne pas le savoir. Cela fait partie de mon métier.

— Arrête, cousin, on ne me la fait pas ! Ne me dis pas que tu n'as pas envie de savoir. Regarde, moi, je lis toujours mes journaux avant de les vendre, argua-t-il alors qu'ils traversaient la rue en direction de l'avenue de l'Observatoire.

— Mais tes journaux sont publics, pas mes colis.

— Imagine qu'il s'agisse du trafic d'un produit interdit, tu serais responsable de l'avoir transporté.

Le jeune homme s'arrêta, le dévisagea pour évaluer la part de réalité dans son affirmation, leva les yeux au ciel et traversa le jardin des Explorateurs sans lui répondre.

— Eh, crois-moi, c'est un avocat qui me l'a dit !

— Depuis que je te connais, il y a un avocat qui te conseille sur tout, cousin ! À croire que tu habites à la faculté de droit.

— N'empêche que tu devrais regarder, c'est ce que je dis, avec ou sans avocat ! Les gens qui ont des colis à envoyer sans passer par le brigadier des postes ont toujours quelque chose à cacher.

— Leur impatience, peut-être, répliqua le livreur en songeant que la sienne commençait à être éprouvée.

Il s'approcha de la fontaine des Quatre-Parties-du-Monde.

— Quelle beauté ! dit-il en faisant le tour du large bassin d'où des tortues de bronze crachaient de l'eau vers des chevaux cabrés qui protégeaient quatre femmes portant le globe terrestre.

— Les filles sont chouettes, oui.

— Toute la fontaine est belle et mon père a participé à sa construction, rétorqua le jeune homme d'un ton altier.

— Ça me donne une idée : la prochaine fois, je viendrai vendre mes journaux ici en expliquant que mon oncle l'a édifiée. Cela devrait m'aider. Mais je ne savais pas qu'il était devenu sculpteur...

— Il est toujours chaudronnier. Tu vois les tuyaux qui sortent de la bouche des tortues ? C'est lui qui les a fabriqués. Assez perdu de temps, conclut-il en reprenant sa marche.

Le garçon se pencha vers un des animaux de bronze, fit une grimace et rejoignit son cousin.

— Bon, alors, tu l'ouvres ? J'ai envie de savoir !

— Non.

— Et si c'était une bombe ? Tu serais complice et tu serais mort, ce qui fait beaucoup.

— C'est un produit de la maison Poulenc.

— Ah ? J'aurais espéré quelque chose de plus croustillant.

— Il y a trois ans, j'ai transporté pour un imprimeur les exemplaires du roman d'un auteur, et je les lui ai remis en main propre. Un auteur très connu, voilà qui fait ma fierté !

— Qui était-ce ? demanda le gamin, ragaillardi par la perspective d'un potin dont ses acheteurs raffolaient.

— Tu imagines bien que je ne peux pas te le dire.

— Pourquoi donc ? Tu n'es ni prêtre ni médecin !

— Je ne peux pas te le dire, mais je peux te dire le titre de l'ouvrage : cela ne sera pas trahir un secret. Il s'agit de *L'Assommoir*.

Le vendeur à la criée ne cacha pas son ignorance.

— Comment, toi qui lis *La Justice* tous les jours, tu ne sais pas qu'il s'agit d'Émile Zola ?

— D'abord, *La Justice* est un nouveau quotidien, se défendit le garçon. Ensuite, il y a trois ans, je ne lisais pas, j'étais trop jeune. Enfin, j'en ai marre d'attendre pour savoir, conclut-il avant de lui chiper le paquet des mains et de s'enfuir avant que l'autre ait eu le temps de réagir.

La course était inégale, le livreur, de cinq ans son aîné, avait un avantage athlétique indéniable ainsi qu'une énergie décuplée par la colère. Il rattrapa l'adolescent devant la fontaine, voulut le retenir par le col, trébucha et s'affala sur lui, le faisant chuter lourdement sur le sol comme un joueur de rugby football plaqué par un adversaire. Le garçon poussa un cri aigu étrange, les poumons comprimés par le poids de son cousin. Ce dernier se releva, s'épousseta en l'injuriant copieusement et se mit à la recherche de son paquet sans parvenir à le trouver.

— Relève-toi, stupide crapaud, dit-il en revenant vers le vendeur, mon paquet est sous toi ! Allez, dépêche-toi !

Le garçon, allongé face contre terre, ne réagit pas. Plusieurs passants s'étaient approchés.

— Que se passe-t-il ? demanda l'un d'eux. Vous lui couriez après, il vous a volé ?

— Non, ce n'était qu'un jeu, modéra le livreur.

— Drôle de jeu, il est sonné, annonça un autre qui s'était penché sur l'adolescent. Regardez, sa tête a heurté la pierre, assura-t-il devant les protestations du protagoniste.

— On ne peut pas le laisser comme ça, dit une femme au bras d'un militaire.

— Je m'en occupe, je vais chercher des secours, proposa celui-ci.

Le livreur se pencha et retourna doucement son cousin. La moitié de son visage était recouverte de poussière et de fin gravier, mais aucune blessure n'était visible. Au niveau de sa poitrine, une large tache, sombre et grasse, à l'odeur âcre, avait attaqué le tissu de sa chemise. L'adolescent gémit.

— Tenez, le voilà votre paquet, dit un des passants en le tenant entre pouce et index. Il est en mauvais état.

Le carré de peau s'était aplati et des grosses gouttes en suintaient. Le bruit de verre brisé acheva l'impression de catastrophe. Le coursier huma le paquet et fit une grimace.

— Mais qu'est-ce que c'est ?

57

Jeudi 18 août 1881, Grenade

La chambre, située à l'étage de la librairie Zamora, était petite et l'atmosphère tamisée par un rideau écarlate qui laissait passer par ses nombreuses déchirures des brisures de lumière rougies. Des myriades de particules dansaient dans l'air, entraînées par les courants de chaleur. Les deux corps à la respiration synchrone, appesantis et alanguis, étaient lovés sur le matelas posé à même le sol.

— À quoi penses-tu ? demanda le garçon en levant légèrement la tête.

La question, immuable, faisait partie du rituel de leur relation amoureuse. Il savait que la réponse le surprendrait, comme à chaque fois.

— À Lélia d'Almovar et à une immense tartine d'huile d'olive, répondit Nyssia sans se retourner.

— Lélia ? Celle de George Sand ?

— Celle-là même.

— Pourquoi penses-tu à elle quand tu es avec moi ? dit-il en s'accoudant, vexé.

— Tu n'as qu'à lire le roman. D'ailleurs, je ne pense pas qu'à elle.

— Stop, je préfère ne pas savoir ! Parfois, j'ai l'impression que je suis ton *novio* uniquement parce que je suis le fils du libraire, dit-il en caressant la cambrure du dos de Nyssia.

Elle se retourna pour l'embrasser mais arrêta son geste et lui posa l'index sur la bouche.

— Chut... Ne dis rien qui puisse être blessant pour nous deux.

— Mais je suis sincère, je t'aime plus que tout !

— Je le sais, je le vois et cela me touche.

— Et toi, est-ce que tu m'aimes ? se sentit-il obligé de demander.

Un porteur d'eau s'était arrêté sous leur fenêtre et vantait les mérites de la fraîcheur du Darro tout en faisant claquer deux gobelets l'un contre l'autre. Nyssia se leva et souleva légèrement le rideau pour le regarder.

— Attention, il pourrait te voir ! avertit le *novio*, qui se précipita pour lui donner sa robe.

— Qui voudrait lever la tête par cette chaleur ?

— Celui qui voudrait reluquer la plus belle femme de la ville nue devant lui. Et ils sont nombreux ! s'emporta-t-il avant de tendre le rideau au maximum.

Elle prit son vêtement de soie et y essuya son visage perlé de sueur avant d'en faire de même sur son amant.

— Pour répondre à ta question, je suis bien avec toi, j'aime nos échanges, dit-elle. Cela me rend la vie supportable.

— Supportable ?

Il lui serra le poignet, lui enleva la robe des mains et la jeta sur leur couche.

— Tu n'aimes pas le contact de la soie ?

Le jeune homme attrapa son autre poignet.

— Voudrais-tu faire de moi une prisonnière que tu me perdrais aussitôt, lança-t-elle en guise d'avertissement sans chercher à se libérer.

Il lui baisa rageusement la paume des deux mains et, tout en la tenant, parcourut son visage avec sa langue avant de l'embrasser sur la bouche. Nyssia se laissa faire, se laissa déposer sur le matelas, se laissa pénétrer, accompagna sa jouissance et le caressa distraitement jusqu'à ce qu'il s'endorme dans la petite mort post-coïtale. Elle fixa un long moment le plafond, évadée loin de Grenade, avant que le présent ne reprenne possession des lieux : le volet de fer de la librairie venait de claquer deux étages en dessous, indiquant la fermeture de midi, bientôt confirmée par le campanile de Santo Domingo.

Nyssia se leva, ramassa son jupon et l'enfila avec soin. Elle s'assit devant une malle en cuir foncé de la maison Goyard, dont le couvercle était orné des armoiries de l'Empire russe, prit la petite clé suspendue à son bracelet de cheville et ouvrit le coffre.

Son *novio* n'avait posé aucune question quand elle lui avait demandé de l'entreposer chez lui, malgré la petitesse de la chambre qu'il louait au propriétaire de l'immeuble. Il n'avait posé aucune question quand elle avait exigé de pouvoir s'y rendre seule pendant ses heures de travail à la librairie, même si cela affolait ses sens de la savoir aussi proche et inaccessible à la fois. Il n'avait toujours rien dit lorsqu'elle l'avait chargé de déposer des lettres à destination de la France à la poste du quartier – lui interdisant de se rendre à la poste centrale. Il n'avait posé aucune question parce que, dès leur premier baiser, elle lui avait défendu d'en poser. C'était là une des conditions de leur entente amoureuse. Il avait beau essayer de se convaincre du contraire, il n'était pas le seul homme dans son cœur et dans sa vie, il le savait mais, pour rester un de ceux-là, il devait oublier sa fierté et toute idée de mariage : leur relation devait rester secrète et, à chacune de leurs rencontres, il redoutait l'annonce d'une fin qui, dès le premier jour, était inscrite dans leur aventure, qu'il considérait déjà, et quoi qu'il advienne, comme la plus formidable de sa vie.

La malle renfermait plusieurs ouvrages et cahiers, deux piles de lettres reliées par de larges rubans, plusieurs vêtements et sous-vêtements provenant des meilleurs tailleurs européens, pliés avec soin et recouverts par une édition originale de *La Maison Tellier* que Maupassant avait dédicacée à Veronica Franco. Elle contenait encore une collection de gants issus des meilleurs gantiers de Paris et de Grenoble, en peau, soie ou en dentelle, des pièces dont elle avait rêvé toute son adolescence, fascinée par cet attribut, absent de la garde-robe des Andalouses, dont elle aimait le contact sensuel et mystérieux. Elle comportait enfin un coffret de bijoux dont Nyssia avait une idée de la valeur depuis qu'elle avait montré l'un d'eux – un saphir serti sur une bague en or – au bijoutier du Zacatín, qui n'avait pu cacher sa surprise et avait fait courir le bruit que le trésor de l'Alhambra avait été trouvé par la famille Delhorme, avant de s'en excuser publiquement devant Alicia sans lui révéler la source de cette rumeur mais sans l'éteindre définitivement.

Nyssia ouvrit un cahier dans lequel étaient insérées des photos, qu'elle feuilleta, puis elle ouvrit la lettre que son *novio* lui avait rapportée de la poste. Elle sourit à sa lecture et entreprit une courte réponse qu'elle relut deux fois en y ajoutant des modifications avant de la mettre sous enveloppe. Elle changea de position et se massa les deux pieds, envahis par des colonies de fourmis invisibles, se rassit en tailleur et étala devant elle un nécessaire à cacheter et un fil de soie. Un souffle chaud caressa sa nuque.

— C'est une enveloppe gommée, tu n'as pas besoin de cire, dit son amoureux, qu'elle n'avait pas entendu se réveiller. Sauf si tu n'as pas confiance en moi.

Il vit à son regard qu'il l'avait froissée et tenta de se reprendre :

— J'en ai déjà vu, mon père en a même commandé pour le magasin. Il paraît que certaines personnes l'humidifient avec la langue et que cela laisse un goût étrange. Encore une nouveauté qui va faire long feu, ajouta-t-il en enfilant sa chemise.

Il s'assit à côté d'elle et remarqua les photos posées sur le cahier ouvert.

— Tu veux les voir ? proposa-t-elle devant son expression implorante.

Nyssia en sélectionna deux. Les clichés étaient des portraits d'elle pris dans le patio des Lions et les jardins du Partal, que le jeune homme reconnut malgré le cadre serré. Elle portait sur les deux photos la même robe gris souris, droite, aux lignes près du corps et au corsage légèrement drapé dont il imagina qu'elle était à la dernière mode de Paris, et avait paré son cou d'une ligne de perles qui lui donnait l'allure et l'assurance d'une femme du monde. Il fut impressionné par le réalisme qui émanait de la composition : sa *novia* avait la prestance naturelle d'une Eugénie de Montijo ou de toutes les belles des grandes familles d'Europe qui s'étaient aventurées à l'Alhambra. Il ressentit soudain de la jalousie envers l'auteur des prises de vue qui avait tant su mettre en valeur sa beauté.

— Qui est-ce ?

— Tu ne me reconnais pas ? s'étonna-t-elle.

— Le photographe, reprit-il en s'apercevant de l'incongruité de sa question. Qui est-ce ?

— Peu importe, dit-elle en lui reprenant les clichés des mains avec douceur.

— Tu me montres les autres ?

— Non.

— Pourquoi ? Il y a des choses que je ne dois pas voir ?

Elle referma la malle à clé et le toisa.

— Je suis fière de ces photos, elles sont une partie de moi. Tu es le premier ici à les voir mais tu ne les as même pas vraiment regardées. Tu ne cherchais que des indices sur leur auteur.

— En voilà un qui est amoureux de toi, pour sûr !

— En quoi cela fait-il de moi une coupable ?

Elle avait élevé la voix et se leva pour enfiler sa robe. Le jeune homme se sentit soudain stupide et s'excusa.

— C'est la chaleur, elle me fait tourner la tête.

— Alors, tu devrais habiter dans la Sierra Nevada ou dans une machine à glaçons. Tu as gâché notre journée.

— Reste, Nyssia, reste encore ! implora-t-il en l'enlaçant au moment où elle passait près de lui.

Il se lova contre elle et enfouit la tête contre son épaule. Nyssia lui caressa les cheveux et attendit qu'il se fût calmé avant de se défaire de son étreinte.

— Je suis désolé, cela n'arrivera plus, j'ai été stupide.

— Tu as raison : cela n'arrivera plus.

Elle se laissa embrasser et lui caressa la joue affectueusement pour atténuer la frustration du jeune homme, qui allait l'inonder durant les jours à venir de messages de regrets et d'invitations à se retrouver.

La remontée vers le Mexuar, en plein début d'après-midi, fut éprouvante. Nyssia s'arrêta à la fontaine de Charles Quint pour s'asperger d'eau, puis emprunta le bois de l'Alhambra afin de se protéger de la morsure du soleil. Elle était la seule de la famille à fuir sa présence et sa peau était diaphane été comme hiver, ce qui, associé à ses cheveux et ses yeux d'Andalouse, formait un contraste avec les femmes locales et renforçait auprès de la gent masculine son charme éthéré. Elle tenta d'oublier l'attitude de son *novio*, sans y parvenir. La jalousie qu'il avait manifestée était habituelle et elle avait pris la mesure de la possessivité des hommes, ceux qui ne l'étaient pas lui semblant suspects. Mais il n'avait eu aucun mot pour ses portraits.

Nyssia avait très vite compris que la photographie était l'art de l'apprivoisement et de la séduction. Apprivoisement de la chambre noire et séduction du photographe pour son modèle, qu'elle avait mis en pratique avec l'assistant de Le Gray. Ce dernier avait tiré trois exemplaires des clichés, et il en avait gardé un de chaque. Nyssia avait envoyé les seconds au prince Youssoupov et regrettait d'avoir montré les troisièmes à son jeune libraire. Les négatifs n'étaient pas dans la malle mais dans une des nombreuses caches de l'Alhambra. Elle était impatiente de renouveler l'expérience, sans savoir quand elle pourrait se reproduire.

La maison était vide et Nyssia se servit un *granizado* avant de flâner dans les palais à la recherche des voyageurs photographes, qui n'étaient pas légion à Grenade. Elle croisa Kalia, qui lui demanda des nouvelles de Javier. Personne n'en avait eu depuis le mardi où Clément avait envoyé un télégramme rassurant : les épreuves s'étaient bien déroulées et, malgré la fatigue, Javier avait gardé son optimisme et sa gaieté naturels.

— J'ai brûlé des cierges toute la semaine, avoua Kalia. C'est tout ce que je peux faire pour l'aider. Mateo ne dit rien, mais je sais qu'il est aussi inquiet que moi.

Clément avait prévu de rentrer en Espagne après les écrits, alors que les garçons devaient rester chez Eiffel jusqu'aux oraux d'octobre.

— La rentrée de l'École est en novembre et Mateo essaie de me convaincre d'aller voir Javier à Paris.

— Vous allez à Paris ? Vous voulez bien m'emmener ? demanda Nyssia, qui avait pris les mains de la Gitane dans une attitude suppliante.

— Doucement, ma belle. Je n'ai jamais voyagé et quitter Grenade me semble insurmontable ! Et il te faudrait convaincre tes parents. Commence déjà par montrer de la bonne volonté avec eux et ne t'isole plus comme tu le fais en ce moment. Les parents n'aiment pas être traités comme des amoureux éconduits.

— Merci, Kalia, merci ! dit Nyssia en l'étreignant avec une force insoupçonnée, ce qui surprit la Gitane dont le rire envahit la galerie sud du palais de Comares. Je file voir maman !

— Mais je n'ai pas dit que j'acceptais ! Et ne m'étouffe pas ainsi, sinon tu peux dire adieu à tes rêves !

Nyssia aimait le contact de la peau de Kalia, élastique et dorée, ses cheveux qui sentaient le myrte et ses mains à l'odeur des feuilles de tomate dont elle aimait se frotter les paumes. Elle aimait sa beauté aux traits engageants, que la simplicité de ses vêtements ne dénigrait jamais, elle aimait l'éclat de son regard qui toujours souriait et sa bouche aux lèvres boudeuses. Elle admirait la liberté dont elle avait toujours fait preuve et les décisions qu'elle avait su prendre au moment de ses choix. *C'est à toi que j'aurais dû montrer mes photos*, pensa-t-elle. Elle embrassa la Gitane dans le cou et partit à la recherche de sa mère.

La jeune femme se rendit sur les trois chantiers en cours mais ne la trouva pas. Elle fit un détour par l'atelier de Contreras dont la lourde porte de bois était fermée, indiquant que le four était éteint. Nyssia regarda par la fenêtre aux rideaux tirés, qui était entrebâillée. Elle aperçut sa mère. Elle l'écouta un moment, n'entra pas et se rendit à la salle froide des Bains où elle lut jusqu'au soir, assise dans la lumière du puits d'étoiles.

Alicia séchait ses larmes, recroquevillée dans les bras de l'architecte.

— Ça va aller, ça ira, dit Contreras en lui relevant les cheveux qui s'étaient collés en bataille sur son front.

— Je suis désolée, Rafael, j'avais tant besoin d'en parler.

— Tu as bien fait. Je t'aiderai.

— Parfois, je me dis égoïstement que Clément ferait mieux de rester à Paris.

— Je te comprends. Cette situation n'est plus vivable.

Alicia sursauta.

— Qu'est-ce que c'est ? demanda-t-elle en planta son regard dans celui de l'architecte.

— Quoi donc ?

— Ce bruit, dehors.

Contreras desserra ses bras avec lenteur, comme pour ne pas l'effrayer, ouvrit la fenêtre et se pencha dehors.

— Ce n'est rien, dit-il après l'avoir refermée et tiré les voilages grisés par la poussière des azulejos et du plâtre. Juste Nyssia qui passait sur l'esplanade.

Alicia avait détaché ses cheveux et les tira en arrière pour reconstituer son chignon.

— Elle aussi est un sujet d'inquiétude. C'est étrange comme la vie nous échappe parfois.

— Nous allons alerter le capitaine général de la garde. Les patrouilles de l'Alhambra auront ordre d'empêcher cet individu d'entrer au Mexuar. Il ne t'importunera plus, crois-moi.

— Merci de ta sollicitude, Rafael, mais je ne crois pas que ce soit de nature à l'arrêter. Le capitaine Tête-de-rat n'a qu'un seul but et aucune limite pour y parvenir.

— T'a-t-il menacée ?

— Pas physiquement. Mais je me suis retrouvée acculée dans l'angle de la fresque du Partal. J'étais coincée et obligée de l'écouter hurler ses horreurs sur Clément. Il voulait me convaincre de sa culpabilité et que je vienne témoigner contre mon mari.

Alicia épousseta son pantalon et sa chemise de travail.

— J'aurais voulu lui tenir tête, mais je n'ai pas su réagir. Il savait que Clément et les garçons étaient loin.

— Il a voulu t'affaiblir en t'isolant. Il fonctionne comme les prédateurs. À partir de maintenant, nous travaillerons toujours ensemble sur les chantiers. Tu le veux bien ? ajouta Contreras devant le plissement de sourcils d'Alicia, qui avait toujours chèrement défendu son autonomie dans les rénovations.

— Je ne sais pas, nous en discuterons une autre fois, répondit-elle, le souffle court.

Elle s'assit sur le tabouret bas qu'elle utilisait habituellement pour travailler les pièces de céramique avec son pic de tailleur.

— Peux-tu ouvrir la porte ? J'ai besoin d'air.

Contreras s'exécuta, versa de l'eau propre dans une bassine, y trempa un chiffon et le lui posa sur la nuque. Elle tenta de respirer profondément mais n'y parvint pas. Un son rauque et sifflant sortit de sa gorge. Alicia porta la main à sa poitrine et ouvrit le minuscule pilulier qui pendait à son cou. D'un mouvement saccadé, elle prit le médicament entre le pouce et l'index. La pilule tomba au moment où elle la portait à sa bouche sans qu'elle puisse la rattraper.

— Ne bouge pas, je vais la retrouver, dit l'architecte en s'agenouillant.

— Il vaudrait mieux, c'est ma dernière, dit-elle en souriant faiblement. Sinon, mon tourmenteur aura atteint son but.

Le sol de terre était jonché de particules de plâtre de la même couleur et de la même taille que le médicament.

— Cela va être compliqué, s'inquiéta Rafael.

Il se releva vers elle et lui prit la main.

— Y a-t-il une autre solution ? demanda-t-il en lui tapotant les doigts.

Sa peau s'était légèrement grisée et ses lèvres étaient pincées.

— Oui, mais ce n'est pas celle-là, trouva-t-elle la force de plaisanter en enlevant sa main. Si tu peux te rendre chez Pinilla, commença-t-elle avant de prendre une profonde inspiration entrecoupée de râles d'étouffement, et m'en rapporter en moins de dix minutes, je serai ton obligée à vie.

— Mais j'en ai pour une demi-heure !

— C'est bien là le problème, dit Alicia, qui étouffait un peu plus à chaque inspiration.

— Alors, que dois-je faire ? demanda Contreras, que la panique envahissait.

Elle ne put répondre, réservant l'air à sa respiration.

— Maman ? Maman ? cria une voix sur l'esplanade.

— Victoria, murmura Alicia en sifflant. Elle... a... la solution.

58

Jeudi 18 août 1881, Paris

La réclame indiquait : *Monsieur Belay, élève du grand Gustave Le Gray, a repris l'atelier photographique du 32 de la rue du Faubourg-Saint-Jacques et sera heureux de vous y accueillir pour des portraits et cartes tous les jours ouvrables à partir de neuf heures.*

Irving vérifia une nouvelle fois l'adresse, détailla la devanture où étaient exposées des dizaines de cartes photographiques qui ne laissait voir de l'intérieur qu'un comptoir aux boiseries patinées. Il déclencha en entrant un grelot aux notes étouffées par un tampon de feutrine. Un daguerréotype, techniquement dépassé, était exposé dans un des angles de la pièce, ainsi que quelques agrandissements et des négatifs sur les murs. Il n'y avait personne. Une lumière rouge émanait de l'arrière-boutique où Irving distingua une ombre mouvante qui se reflétait sur le rideau noir occultant insuffisamment la pièce. Il toussota puis fit à nouveau tinter le grelot, sans effet. Irving s'approcha et toqua à la paroi :

— Monsieur !

Rien ne se produisit. Alors qu'il s'apprêtait à écarter le tissu, le rideau s'ouvrit sur un colosse, vêtu de noir, ce qui le fit reculer de surprise.

— Ah, enfin, pas trop tôt ! dit l'homme en s'épongeant le front. Alors, vous l'avez ? Venez, ajouta-t-il en rentrant dans la chambre rouge sans attendre de réponse.

Irving le suivit et se posta près d'une table encombrée de baquets et de flacons de différentes tailles remplis de poudres, qui entouraient une balance à trébuchet. Plusieurs piles de cadres de verre étaient posées à même le sol. Une forte odeur chimique flottait dans la pièce. L'homme et son capharnaüm auraient semblé inquiétants à quiconque, mais Irving, lui, se sentait autant à sa place dans cet environnement qu'il s'était trouvé incongru au milieu des candidats de l'École centrale.

— Donnez, dit Belay en tendant la main. L'azotite de potasse ! gronda-t-il devant le regard interrogateur du jeune homme.

Irving lui montra la réclame du journal.

— Alors, vous n'êtes pas le livreur ? Sacrelote ! Il va falloir que je le fasse moi-même ! maugréa le photographe, dont le regard s'était mué de nuage en orage.

Il plongea la main dans un tiroir de la table et en sortit un paquet de feuilles noircies d'une écriture qui défiait la rectitude et la régularité.

— Ah, voilà : une partie de salpêtre et de sel de nitre et deux parties de plomb, commenta-t-il avant de chercher les ingrédients qu'il déposa dans une éprouvette graduée. Au fait, vous êtes qui ? demanda-t-il sans même le regarder.

— Je m'appelle Delhorme. Irving Delhorme.

— Si vous voulez un portrait, revenez demain. Ce satané coursier m'a fait défaut au pire moment : je dois rendre une plaque avant ce soir pour un important concours que j'ai toutes les chances de remporter.

— Celui de la Société d'encouragement ? s'écria Irving, dont la voix perdit soudain toute timidité.

M. Belay se retourna et le dévisagea.

— Comment se fait-il que vous connaissiez ?

— Je m'intéresse à la photographie et c'est un prix prestigieux.

— Prestigieux et rémunérateur ! compléta le photographe. Le grand prix du marquis d'Argenteuil, douze mille francs à la clé ! Je l'ai raté d'un rien l'année dernière, c'est Chardon qui l'a eu pour une émulsion sèche au bromure d'argent. Quelle misère... C'est une technique que j'avais taquinée un moment. Un fil de fer, il me faut un fil de fer, coupa-t-il en remuant tous ses tiroirs.

Irving vit celui qui traînait à côté de la balance et le lui tendit.

— Merci... Tu me dis t'intéresser à la photographie ? Peux-tu m'aider ? Nous ne serons pas trop de deux. Enlève ta veste et relève tes manches, mon garçon !

Pendant qu'Irving remuait avec le fil de fer le mélange fondu dans un creuset, Belay prépara une solution d'acide carbonique.

— Quelle est sa couleur ? demanda le maître d'œuvre.

— Rouge foncé, mais je me brûle les doigts, répondit le jeune homme.

— Prends-en d'autres, tu en as suffisamment ! Quand il deviendra rouge clair, c'est que le plomb aura viré au jaune. On arrêtera le chauffage. Que connais-tu de la photographie ?

— Je connais les principales techniques.

— Comment fait-on un collodion humide ?

— Alcool, éther, iodure d'ammonium et bromure de cadmium, monsieur. Une fois sur la plaque, on la plonge dans du nitrate d'argent.

— Hum... pas mal. Rappelle-moi ton prénom ?

— Irving.

— Cela vient de quelle colonie ?

— Ça vient du nom d'un écrivain américain.

— Tu es né aux Amériques ?

— En Espagne. Et j'ai oublié quelque chose, ajouta Irving tout en changeant de main pour continuer à tourner sa baguette de fer.

— Quoi ?

— Le développement se fait au sulfate de fer et la fixation à l'hyposulfite de soude.

— Bien, tu connais ta leçon, mais as-tu déjà photographié ?

— Non, monsieur.

— Alors, j'ai juste affaire à un chimiste, dit Belay avec regret. Il te manque l'essentiel, mon garçon.

— C'est rouge clair, monsieur !

Le photographe se posta au-dessus du creuset tel un cuisinier humant le fumet de son plat, prit un gant amianté et versa le liquide sur un filtre.

— On laisse refroidir, prévint-il. Où as-tu appris la technique ?

— Avec M. Le Gray.

— Gustave ? Tu le connais ? Comment va-t-il ? Raconte !

L'attitude de Belay changea instantanément. Sa morgue disparut et Irving, ravi d'être devenu l'objet de sa considération, lui raconta par le menu le passage du photographe de la Mission héliographique à l'Alhambra.

— Je comprends ton enthousiasme, Irving. J'étais son assistant en 1858, quand il a réalisé ses dernières photos marines. Du grand art : on faisait un négatif pour le paysage et un autre pour le ciel avant de les superposer. Oui, du grand art... Qu'attends-tu de moi, petit ? Pourquoi es-tu venu me voir ?

— Je veux devenir photographe.

Irving détailla la correspondance qu'il entretenait depuis lors avec Le Gray, les livres sur les techniques photographiques qui avaient petit à petit remplacé les manuels de mathématiques et de physique, jusqu'au concours, la rencontre du vendeur de journaux et l'annonce qu'il avait prise pour un signe du destin.

Belay l'écouta sans l'interrompre, tout en faisant passer un courant d'acide carbonique sur la solution refroidie.

— Papa veut que je devienne ingénieur, continua Irving, mais je n'aurai pas mon concours. Maintenant, je suis prêt à le lui dire.

Belay prit la solution d'azotite de potasse et en recouvrit la plaque de verre.

— Et tu voudrais que je t'apprenne le métier, c'est bien ça ?

— Je suis prêt à travailler douze heures par jour, tous les jours !

— Et sans être payé ? Car je n'ai pas les moyens d'engager un assistant, surtout novice.

— Sans être payé, je me débrouillerai !

Belay posa les plaques dans l'un des baquets et lui indiqua une grande cruche en étain :

— Va chercher de l'eau à la fontaine de la cour, fais vite.

— Ça veut dire que je suis engagé ? demanda Irving en se précipitant sur le récipient.

— Non, ça veut dire que je suis en retard, répliqua le photographe, qui avait retrouvé son visage bougon.

Une fois les plaques lavées, Belay les adossa au mur.

— Voilà, on a fait le maximum dans l'urgence. Si je n'ai pas le prix, je pourrai toujours en accuser le livreur.

Il s'essuya les mains et s'approcha du jeune homme en le regardant longuement.

— Quel âge as-tu, Irving ?

— Dix-huit ans.

— Ton enthousiasme me rappelle le mien, petit. Mais...

Il suspendit sa phrase et jeta son torchon d'un geste rageur :

— Mais qu'est-ce que vous avez foutu, sacrebleu ?

Les deux cousins étaient apparus dans l'encadrement de la porte, l'air penaud. Le vendeur avait un bandage qui lui enserrait le front et un énorme trou dans sa chemise. Le livreur tenait dans ses mains réunies les restes du flacon qui gisaient sur le carré de peau.

— On est désolés, mais on peut tout vous expliquer, commença-t-il avant d'être interrompu par une bordée d'injures qu'Irving ne connaissait pas et qu'il aurait été incapable de traduire en espagnol.

Le photographe les repoussa en agitant les bras jusque dans la rue.

— Et surtout, ne remettez plus jamais les pieds chez moi, jamais ! hurla-t-il avant de claquer la porte et de retourner sa pancarte du côté « Fermé ».

Belay se radoucit dans l'arrière-boutique et reprit la conversation là où elle s'était arrêtée.

— Mais tu dois d'abord étudier.

— Étudier ? Il n'y a pas de cours de photographie dans les facultés !

— Je parle de peinture, je parle de sculpture, de dessin. Le Gray, Bayard, Le Secq, Baldus et même Carjat sont peintres. Un bon photographe est d'abord un bon œil. Le meilleur chimiste du monde pourra faire les photos les plus nettes, mais pas les plus belles. Apprends la peinture, apprends les beaux-arts, après on verra.

Belay le prit par l'épaule.

— En tout cas, merci pour ton aide. Je vais aller porter mon matériel, maintenant.

Le photographe se désintéressa de lui et disposa ses plaques verticalement dans un caisson de bois spécialement aménagé.

— Et vous ? demanda Irving après un temps de réflexion.

— Moi ?

— Vous êtes peintre ?

— Peu importe.

— Comment vous est venue votre passion ?

Belay referma la caisse avant de lui répondre :

— J'avais ton âge quand j'ai rencontré Le Gray. Il avait besoin de bras pour l'assister, j'étais ceux-là.

— Donc il vous a donné votre chance.

— Je te vois venir, petit. Mais je ne suis pas Le Gray, je suis juste un des très nombreux photographes de cette ville.

— Donnez-moi la mienne !

— Mais pourquoi moi ?

— Parce que vous êtes un signe du ciel.

— Je suis agnostique, passe ton chemin.
— Parce que vous êtes le meilleur.
— C'est déjà mieux, mais pas suffisant.
— Parce que je vous ouvrirai les portes de l'Alhambra, comme à M. Le Gray.
Belay éclata de rire.
— C'est un peu tard, jeune homme ! J'y suis allé il y a quelques années et j'ai déjà figé toute sa beauté sur le papier.
Il prit la caisse et sortit de l'arrière-boutique.
— En tout cas, tu as la qualité première pour réussir une photo : l'entêtement. Seras-tu capable de rester deux heures à côté de ton trépied à attendre que la pose se fasse, seras-tu capable de ne pas étrangler le promeneur ou l'animal qui gâchera ta photo juste avant la fin de la prise, de résister à toutes les atmosphères, à toutes les températures, de supporter mes sautes d'humeur, les plaques qui craquellent, l'injustice que tu ressentiras quand je dirai aux clients que si leur épreuve est ratée, c'est ta faute ? Si oui, voilà ce que je te propose : tu suis tes études aux Beaux-Arts et, les soirs et les week-ends, tu m'assisteras, sans jamais renâcler, sans jamais contester, toujours dans la joie, la bonne humeur et la vénération de ma personne. C'est d'accord ?
Envahi par l'émotion, Irving fit un signe affirmatif de la tête.
— Je suppose que cela nous tient lieu d'accord, conclut Belay en lui serrant la main.
— Vous ne le regretterez pas, vous verrez, s'enthousiasma Irving. J'ai déjà plein d'idées...
— Garde-les pour plus tard, mon garçon, chaque chose en son temps. Si elles sont vraiment bonnes, personne ne les trouvera à ta place. Maintenant, il te reste à convaincre ton père de ton changement de cap.

L'Astronomie populaire par Camille Flammarion. La couverture était reconnaissable entre mille. Encadrées d'un liseré rouge sang, des étoiles et des galaxies se détachaient d'un ciel bleu roi, au-dessus d'un soleil d'or dessiné comme un immense tournesol.
— C'est un plaisir de vous l'offrir, monsieur Delhorme, dit l'auteur. Je suis vraiment heureux de faire votre connaissance et je remercie infiniment mon ami Gustave d'avoir rendu possible ce moment.
— Cela fait effectivement des années que j'imaginais vous faire vous rencontrer, renchérit Eiffel. Le pionnier de la science

vulgarisée et celui des ballons libres réunis, cela mériterait bien une photographie !

— Avant d'entrer dans le vif du sujet, nous allons fêter l'événement ! proposa Flammarion. Que voulez-vous boire ?

Tous optèrent pour un verre de clos-vougeot dont Eiffel avait offert une bouteille. Mme Flammarion l'apporta elle-même sur un plateau avant de prendre part à la conversation, se révélant être une passionnée d'astronomie.

— Savez-vous où nous avons passé notre lune de miel avec Sylvie, monsieur Delhorme ?

— Dans les airs, à voyager en ballon, répondit sa femme, sans laisser à Clément le temps de la réflexion.

Camille Flammarion était d'une constitution robuste et d'une taille plus petite que la moyenne. Il portait une barbe fournie qui faisait écho à une chevelure épaisse, ondulant en deux vagues opposées à partir d'une raie centrale et que rien ne semblait pouvoir endiguer. Son regard, perçant et interrogateur, laissait transparaître une grande rigueur intellectuelle, accompagnée de la persévérance coupable des explorateurs.

Ils s'étaient installés à l'étage, sur une petite terrasse qui avait été transformée en salle d'observation, où deux lunettes braquaient leurs lentilles vers le ciel.

— Une Secretan de 108 mm et un télescope de 200 mm des frères Henry, précisa Flammarion. Mais, souvent, je me rends à l'Observatoire, c'est à deux minutes de la rue Cassini. Assez parlé de moi, où en êtes-vous dans vos recherches ?

— Je continue à collecter des données afin d'affiner ma théorie des fronts dépressionnaires et sa modélisation mathématique, répondit Clément en pointant la Secretan en direction du jardin du Luxembourg. Comme des centaines d'autres observateurs.

— M. Delhorme est trop modeste, intervint Eiffel. Son algorithme fait merveille sur nos chantiers et il détient sans conteste le record d'altitude en ballon lâché.

— Vraiment ? Combien ?

— Vingt mille mètres, continua Eiffel.

— Dieux du ciel ! s'exclama Flammarion. Imaginez la vue de notre planète à cette hauteur !

Tous s'y projetèrent en silence. Camille en profita pour descendre dans sa bibliothèque et remonter avec un exemplaire des *Voyages aériens*.

— L'ouvrage que j'ai écrit avec mon ami James Glaisher, précisa-t-il. Il possède le record du plus haut vol embarqué, à huit mille cinq cents mètres enregistrés. Peut-être plus, en vérité, mais James s'est évanoui à cette altitude. Je vous l'offre : il pourra vous donner des idées.

— J'y penserai, répondit évasivement Clément.

— Quant à moi, je n'ai guère dépassé les deux mille mètres, avoua Flammarion, mais j'ai franchi des distances honorables.

— Comme de Paris à la Prusse, précisa sa femme, dans un numéro d'admiration non feint.

— Contrairement à ce que l'on dit, les voyages en ballon ne sont pas si dangereux, à condition toutefois que l'on ne recherche pas de record. Il faut un pilote expérimenté et une bonne science de la météo. Alors, on peut profiter de ce spectacle extraordinaire, du silence absolu, seulement dérangé par les cris des animaux ou des enfants qui parviennent de la terre.

— C'est étrange comme les sons sont portés en altitude, confirma sa femme, comme ils prennent de l'ampleur et nous parviennent dans leur pureté originelle. Le seul auquel je ne m'habituerai jamais est celui des craquements de l'osier de la nacelle.

— C'est une aventure qui me tenterait bien, si je n'étais pas seul chargé d'une famille de cinq enfants, dit Eiffel.

Flammarion embrassa affectueusement la nuque de sa femme. Leur complémentarité rappelait à Clément son couple, et Alicia lui manqua plus encore. Le vin généreux avait délié les esprits et détendu les corps. Delhorme jouait à observer avec la lunette les détails des rues avoisinantes.

— Le moment que je préfère est celui où le pilote lance son « Lâchez tout » si symbolique, continua le journaliste scientifique en se levant pour s'adosser contre le rebord de la terrasse. Plus rien ne nous relie à la terre matrice, quelle sensation absolue que de se trouver entre l'humanité et les autres mondes... Croyez-vous aux planètes habitées, monsieur Delhorme ?

— Les mathématiques vous diront que oui et, si j'en crois vos propres calculs, la première d'entre elles serait Mars, n'est-ce pas ?

— Pardi, on y a découvert des canaux et des mers ! Je suis persuadé que, s'il y a là une race, elle nous est supérieure ! J'aimerais vivre assez longtemps pour pouvoir la connaître. Voyez-vous, quand la conquête de l'air sera faite, la fraternité universelle sera établie sur la Terre, la véritable paix descendra du ciel, les dernières castes s'effaceront et nous fonderons la liberté dans la lumière !

— Puisse le progrès y contribuer, opina Eiffel.

— Quelle heure est-il ? s'enquit Clément.

— Midi et quart, répondit Flammarion, le plus prompt à ouvrir le clapet de sa montre. Mais je manque à tous mes devoirs, messieurs : permettez-moi de vous garder à manger, puis nous irons ensemble à l'Exposition d'électricité.

Eiffel refusa pour la forme avant de céder aux insistances de leur hôte, qui le prit à part.

— Vous ne lui avez pas proposé ?

— Pas encore, dit Eiffel, j'attends le bon moment.

— Que lui arrive-t-il ? Il semble préoccupé.

— Son fils passe le concours de Centrale en ce moment même.

— Ah... je comprends mieux. Croyez-vous qu'il acceptera ?

— Pour être franc, je n'en sais rien, mais, s'il accepte, personne ne peut avoir plus de chances de réussir que lui.

À l'écart, Clément demeura un moment songeur, accoudé à la rambarde de la terrasse, les yeux dans le vague. Il était persuadé d'avoir vu Irving discuter avec un homme à l'angle de la rue du Faubourg-Saint-Jacques une heure avant la fin de l'épreuve de dessin. La Secretan était comme les mathématiques : elle ne pouvait se tromper.

La foule, compacte, circulait dans les allées ou s'agglutinait autour des stands du palais de l'Industrie dans un tumulte indescriptible, obligeant les participants à élever la voix ou à migrer dans le calme relatif du premier étage. Georges Berger, le commissaire de l'exposition, avait accueilli avec chaleur ses trois invités, qu'il avait qualifiés de prestigieux – il ne connaissait rien de Clément, mais un homme qui accompagnait Eiffel et Flammarion devait avoir, lui aussi, des états de service exceptionnels. Il les avait laissés après avoir été happé par le ministre des Postes, lui-même appelé au discours inaugural du congrès des électriciens qui se tenait à l'étage.

Le rez-de-chaussée était divisé en deux par une immense fontaine au milieu de laquelle trônait un phare de dix mètres de haut et où convergeaient les visiteurs en mal de fraîcheur. La première moitié était dédiée aux nations invitées, dont la surface du stand était proportionnelle à la puissance industrielle.

— Vainqueur : les États-Unis, suivis de près par l'Angleterre. L'Allemagne est distancée, s'amusa Clément, qui fut peiné par la petitesse de la représentation espagnole, à la traîne derrière la Suède et la Suisse.

La seconde moitié était toute réservée à la France où les chemins de fer s'attribuaient la part du lion, ce qui rassura Eiffel sur ses commandes à venir. Il en profita pour raviver quelques contacts, y compris au ministère de la Guerre où ses ponts portatifs disposaient de nombreux soutiens.

— Bell et Edison sont à l'étage, annonça Flammarion, ils font des démonstrations.

La salle où l'inventeur américain avait allumé ses ampoules électriques était remplie de curieux, et ils durent faire la queue avant d'y pénétrer. À leur grande déception, ils ne virent pas Edison, qui, au même moment, intervenait au congrès des électriciens. Flammarion se fit promettre par son assistant une interview pour *Le Siècle* et Eiffel laissa une carte à Bell pour un rendez-vous ultérieur.

— Ces scientifiques sont aussi populaires que les présidents, remarqua Clément qui s'était assis à l'écart, près d'un immense appareil à démagnétiser les montres qui ne semblait intéresser personne.

— Ils le sont bien plus encore, corrigea Eiffel. Ces hommes vont, dans un avenir proche, brasser un volume d'affaires inimaginable. Le téléphone et l'électricité vont envahir les foyers de tous les pays, rendez-vous compte !

— Du moins ceux des plus fortunés. Vous connaissez mon point de vue sur les brevets. Ces inventions devraient appartenir à l'humanité.

— Les brevets permettent d'avoir les fonds qui peuvent financer d'autres recherches. Vous êtes un idéaliste, Clément, mais même vos ballons ont besoin d'argent pour voler plus haut.

— J'avoue mes limites et mes contradictions, Gustave.

— Nous avons tous les mêmes, ajouta Flammarion. Mon *Astronomie populaire* doit beaucoup à notre ami Zola : nous avons pu l'éditer grâce aux revenus de *L'Assommoir*.

— La vérité est toujours au barycentre, conclut Clément en se levant pour quitter l'exposition.

Flammarion et Eiffel échangèrent un regard furtif.

— Nous avions une proposition à vous faire, commença Gustave après avoir vérifié que personne ne les écoutait.

La salle d'horlogerie était déserte, à l'exception d'un représentant de la manufacture des Billodes, qui s'était endormi sur sa chaise.

— J'aimerais que vous veniez travailler pour moi à Paris. Pour nous, ajouta-t-il en désignant Flammarion. Votre fils et son ami vont loger à la maison, vous pourriez les rejoindre. Toute votre famille pourrait venir.

— Vous avez assez d'ingénieurs pour les calculs, je peux continuer à les aider depuis Grenade, objecta Clément.

— Il ne s'agit pas que de cela. Vous m'avez parlé du phénomène observé au-delà de dix mille mètres, quand la température se stabilise et, plus haut encore, quand elle semble remonter.

— Nous devons savoir, nous devons comprendre, compléta Flammarion. Que se passe-t-il dans les hautes couches de l'atmosphère ? Il faut y aller, je veux dire pas seulement avec des instruments, des machines, mais nous, des êtres humains, pour faire des observations sensibles et rapporter ce secret qui ouvrira une nouvelle ère pour l'humanité.

— Je n'ai pas besoin d'y aller pour vous décrire ce qui se passe. Au-dessus de huit mille mètres, vous allez commencer à avoir des vertiges, puis des faiblesses. Vos membres vont fourmiller de partout. À dix mille mètres, si vous êtes encore conscient, vous risquez l'asphyxie et la cyanose. Vos membres vont devenir bleus. À vingt mille, la nacelle ne transporterait plus que des cadavres. Voyez-vous, je n'ai pas envie d'être le capitaine du *Hollandais volant*, même le plus haut du monde.

Clément avait parlé avec calme et précision. Eiffel comprit qu'il s'était posé la question bien avant eux, avait pesé le pour et le contre et tranché, au nom de la logique mathématique, des chances de réussite. Un visiteur entra et, devant leur allure de comploteurs, rebroussa chemin en s'excusant.

— J'imagine que cette conclusion ne vous a pas suffi, insista Eiffel. Je vous connais suffisamment, Clément, vous avez imaginé le moyen de pallier ces risques. Je me trompe ?

Le silence de l'aventurier fut pris par les deux hommes comme un aveu. Ils le pressèrent de questions.

— J'ai imaginé différentes solutions, finit-il par avouer. Aujourd'hui, il n'en reste qu'une.

— Je veux en être, souffla Flammarion. Pour rien au monde je ne veux rater cette tentative ! Nous prendrons Eugène Godard, le meilleur pilote, et vous êtes le meilleur météorologue !

— Je ne sais même pas si elle est viable, je n'ai fait que tracer des plans. Et elle est hors de mes moyens.

— De quoi s'agit-il ? Voulez-vous le partager avec nous ?

— La seule façon d'atteindre vivant ces altitudes est de construire un aéronef avec une nacelle close et pressurisée.

— Nous aurons l'argent, annonça Eiffel, enthousiaste. Camille va donner une partie de ses droits et moi des bénéfices de mes ponts portatifs. Le budget ne sera plus un frein. Nous voulons être les premiers à conquérir cette dernière frontière. En avez-vous envie, Clément ?

Le représentant des Billodes se réveilla au moment où Flammarion cria un « Lâchez tout ! » tonitruant. Il considéra les trois hommes avec circonspection, se demanda s'il n'avait pas rêvé et se rendormit pour le vérifier.

— Je n'ai pas dit oui, modéra Clément une fois dans l'escalier. Je vous demande un délai de réflexion, je dois en parler avec Alicia. Je ne viendrai pas sans elle.

— C'est tout à votre honneur, je comprends, le rassura Eiffel. On pourrait même imaginer de...

— Irving, c'est Irving ! l'interrompit Clément en apercevant son fils dans la foule. Je vous laisse, messieurs, à plus tard !

Il rejoignit les deux garçons, qui s'étaient assis sur le bord de la fontaine centrale. Javier le vit le premier et se leva, tout sourire, suivi d'Irving, dont le visage reflétait son tourment intérieur.

— Papa, il faut que je te dise...

Clément le prit dans ses bras.

— J'ai compris, ne t'inquiète pas. Tu as fait de ton mieux. On repart chez nous.

— Non, je reste, papa. Je reste à Paris.

CHAPITRE XX

59

Lundi 24 octobre 1881, Grenade

L'hérédité avait sauvé Alicia d'une issue incertaine. De ses trois enfants, seule Victoria avait développé le même type d'asthme, pour lequel elle portait sur elle en permanence des pilules de nitrite de cobalt et de potasse. Celle qu'Alicia avait prise lui avait permis de surmonter la crise sans conséquences pour son cœur fragile.

— Avez-vous eu de nouveaux malaises au cours des trois derniers mois ? demanda Pinilla tout en notant dans son cahier le compte rendu de l'auscultation.

— Pas depuis le 18 août, répondit Alicia. Grâce à votre traitement. Puis-je me relever ?

— Pardon, bien sûr, venez vous asseoir au bureau, dit-il sans lever la tête pour ne pas lorgner sur sa poitrine qui attirait irrésistiblement son regard.

Alicia prit son temps pour éviter les vertiges qu'elle éprouvait parfois lors des changements de position et qui lui valaient de prendre de la fleur de soufre tous les matins.

— Vous êtes sûre que tout va bien ? s'inquiéta Pinilla de son œil expert.

Il n'insista pas devant la réponse assurée de sa patiente et sortit une boîte ressemblant à un coffret de cigarettes.

— Il y a quelques mois, j'ai communiqué mes conclusions sur l'étiologie des crises d'asthme à mes confrères de l'hôpital San Juan de Dios. La présentation a eu un grand succès et sera prochainement publiée dans un article.

Le médecin était aussi fier que s'il avait écrit un roman pour lui déclarer sa flamme. Devant l'absence de réaction de sa patiente il poursuivit :

— Sans entrer dans les détails, j'ai remarqué chez nombre de mes patients que celles-ci se comportaient comme des crises d'urticaire ou d'eczéma au niveau des bronches. Cet exanthème bronchique peut avoir diverses causes, mais, parmi elles, l'inhalation d'un agent de l'environnement pourrait être soupçonnée. J'ai connu un malade qui déclenchait une crise chaque fois qu'il pénétrait dans un moulin. La poussière de farine... Me suivez-vous, Alicia ?

— Je le crains, répondit-elle en listant mentalement les lieux où des crises s'étaient produites.

— Alors ?

— L'atelier de cuisson et deux chantiers intérieurs.

Pinilla conclut d'une mimique, paumes levées :

— Ce peut être le plâtre et ses poussières, des pigments de vos peintures, n'importe quel élément présent.

— Mais cela fait des années que je vis dans cet environnement, docteur.

— Leur présence n'est pas suffisante, il faut un déclencheur, comme une grande tension intérieure.

Alicia fit instantanément le lien entre les dates des crises et de fortes contrariétés. Il y avait eu les menaces de Tête-de-rat le 18 août et la nouvelle de la liaison de Nyssia et du prince Youssoupov le jour de la crise précédente.

— Il n'est pas question pour moi d'arrêter mes chantiers, assura-t-elle avec sérénité.

— Je n'ai pas l'intention de vous le demander. Mais il vous faudra prendre quelques précautions dans les espaces fermés, éviter les tourments, continuer la fleur de soufre et prendre ceci en cas de crise.

Le médecin poussa la boîte vers elle. Elle contenait des cigarettes roulées autour d'un mélange séché qui ressemblait plus à une pâte qu'à des feuilles de tabac.

— Une recette de ma composition, ce qui se fait de mieux en matière de traitement contre l'asthme. Vous serez la première à pouvoir en bénéficier, en espérant que ce soit le plus tard possible.

Une odeur de foin, désagréable, presque fétide, s'en dégageait.

— Belladone, jusquiame, stramoine, phellandrie aquatique et opium, précisa-t-il. Je reconnais qu'en termes de parfum, ces plantes n'ont pas été gâtées par Dieu et la nature, mais elles auront une action salvatrice. Et vous ne risquez pas de les égarer, ajouta-t-il en reniflant à son tour la préparation. Gardez-les bien dans leur boîte, conclut-il avec une grimace.

Alicia le remercia et, comme à chaque fois, insista pour payer, jusqu'à ce qu'il cède. Le médecin la raccompagna à l'entrée et s'enquit des nouvelles de la famille Delhorme.

Clément était rentré seul à Grenade. L'admission de Javier n'avait pas été une surprise et, en attendant la rentrée prévue le 3 novembre, il travaillait au bureau d'étude de Gustave Eiffel en compagnie de Nouguier. Irving s'était inscrit au concours d'admission de la section peinture à l'École nationale des beaux-arts, pour lequel il devait attendre le mois de mars prochain, mais avait déjà commencé à étudier le dessin d'anatomie et l'architecture avec une motivation qui avait rassuré Clément. Il passait ses après-midi à l'atelier de Belay, qui l'avait dans un premier temps cantonné dans un rôle de larbin, avant d'admettre que son engouement n'était pas une passade et de l'autoriser à l'aider dans la préparation et le développement des plaques.

Les deux jeunes hommes avaient prévu de revenir à Grenade pour les fêtes de Noël, à la grande joie d'Alicia et de Victoria.

— Nous ne pouvions pas aller les voir à Paris, il y avait trop à faire ici, expliqua Alicia en se remémorant la réaction de Nyssia à l'annonce de la décision.

Sa fille avait cessé de s'alimenter plusieurs jours durant, avant de céder. Depuis, elle manifestait au quotidien une indifférence et une passivité qu'ils ne savaient comment résoudre. Victoria était la seule avec qui Nyssia avait conservé un lien nucléaire. Alicia avait maintes fois tenté de renouer le fil rompu, puis fini par abandonner afin de se préserver elle-même.

— Dites-lui de venir me voir, proposa Pinilla. J'ai déjà traité avec succès la mélancolie des jeunes femmes.

Alicia se contenta d'acquiescer. Nyssia n'était pas plus mélancolique que les nuages qui glissaient dans l'azur grenadin, mais elle rêvait de l'ailleurs vers lequel ils filaient, ce que sa mère ne considérait pas comme une maladie de l'humeur.

— Viendrez-vous à l'expérience de Clément ? demanda-t-elle afin de clore le sujet qui l'épuisait bien plus que ses problèmes de santé.

— J'en ai bien l'intention. À quelle heure est-ce ?

— Midi sur la *plaza Nueva*. Vous connaissez mon mari : il a voulu prendre tous les risques.

Les deux rangées d'arbres de la place offraient une ombre réduite à la portion congrue et les grands rideaux de couleur pendaient aux fenêtres des façades comme des boucliers dérisoires dans l'attente du soleil. Un chien errant se hasarda jusqu'à la fontaine et lécha la pierre du bassin encore humide, avant de s'aventurer vers le groupe d'humains qui avait déserté les îlots d'ombre pour le terre-plein central. Il renifla quelques jambes, se fit chasser par un pied nonchalant et se coucha dans le kiosque installé devant le palais de la Chancellerie.

— Messieurs les journalistes, veuillez vous approcher, déclara Clément. Le test va commencer.

Les quatre échotiers, suivis des édiles invités et des quelques curieux présents, s'avancèrent vers le meuble cubique déposé dans le kiosque, faisant fuir l'animal. Le Français leur expliqua le principe de la machine à froid, en omettant de préciser le nom des fluides utilisés, et en attribua la paternité à Mateo, debout près de lui. L'ex-*nevero*, mâchoires serrées et chapeau enfoncé jusqu'aux sourcils, était tétanisé à la seule idée d'être au centre de l'attention.

— L'avantage de ce système est qu'il a besoin de très peu d'énergie, expliqua Clément en indiquant les quatre bougies plantées sur un chandelier, qui servaient de source de chaleur. Il n'est pas nécessaire de les laisser brûler en permanence, vous pouvez les éteindre la nuit, le caisson est recouvert d'une couche d'isolant thermique sur ses faces intérieure et extérieure.

— Pourquoi nous avez-vous conviés aujourd'hui, monsieur Delhorme ? questionna le rédacteur d'*El Pensil granadino*.

— Nous allons déposer des aliments dans cette machine à froid et nous la rouvrions demain afin de démontrer son efficacité. La température atteinte est de trois degrés Celsius.

— Quelles sont les denrées choisies ? demanda un autre, que l'expérience commençait à intriguer.

Mateo s'était emparé d'un plateau recouvert d'une cloche de verre qu'il souleva avec solennité.

— Un broc d'eau fraîche contenant deux glaçons, annonça le Français, cette motte de beurre ainsi que ce petit poisson pêché ce matin dans le Genil.

Mateo approcha le plateau des journalistes, qui purent constater l'état de fraîcheur des produits. Clément ouvrit le caisson, y introduisit les trois éléments, le referma et bloqua la poignée à l'aide d'un cadenas.

— Demain, à la même heure, nous l'ouvrirons et nous saurons, dit-il en fourrant la clé dans sa poche d'un geste théâtral. Si tout a fondu, si le poisson rejette une odeur fétide, alors, messieurs, je ferai amende honorable.

— En quoi cela consistera-t-il ? voulut savoir le plumitif d'*El Pensil granadino*.

— Ce sera à vous de choisir.

— Vous mangerez tout ?

— Plus osé, messieurs.

— Vous brûlerez l'appareil sur cette place ?

— Plus imaginatif.

— Vous révélerez à tout le monde la composition des fluides utilisés dans votre machine à glaçons.

Tous se tournèrent vers celui qui avait parlé.

— De quel journal est-il ? s'enquit le représentant du *Diario de Granada*.

Son voisin haussa les épaules. L'homme lui était inconnu. Il avança jusqu'à Clément et se planta devant lui, poings sur les hanches. Tête-de-rat avait toujours la même morgue méprisante.

— Alors ? Acceptez-vous ce défi ? insista l'ancien capitaine.

Clément n'avait manifesté ni surprise ni colère. Il avait retenu Mateo, qui s'était avancé pour en découdre, alors que Chupi, bousculant quelques épaules, s'était porté à la hauteur de son acolyte devant des journalistes médusés par la tournure des événements.

Lorsque, à son retour de Paris, Clément avait appris le harcèlement opéré par Tête-de-rat sur Alicia, il était entré dans une colère homérique, la seule et unique colère qu'on lui eût jamais connue. Il l'avait chassée en abattant un vieil olivier frappé par la foudre durant l'été et en débitant tronc et branches en briquettes, qu'il avait ensuite déposées dans la salle de la chaudière des Bains avec instruction de ne jamais les utiliser. Puis il s'était installé sur la terrasse de la tour du Guet et y avait passé la soirée et une partie de la nuit, allant et venant entre ville et Sacromonte sous une voûte céleste partiellement cachée, jusqu'à ce que sa résolution soit prise. L'ancien militaire avait fait mouche en menaçant Alicia : l'acte avait profondément blessé Clément, qui s'était décidé à en finir avec son contempteur.

— J'accepte le défi ! Mais à une condition : si je le gagne, j'exige de vous une contrition publique. Vous reconnaîtrez vous être trompé sur mon compte. Et vous vous engagerez à ne plus nous harceler.

Tête-de-rat lâcha un « *¡ Muy bueno !* » qu'il escomptait ne pas avoir à tenir, persuadé de son succès. Les journalistes, émoustillés, tentèrent de le questionner. Il les repoussa dédaigneusement, aidé de Chupi qui gesticulait et grimaçait plus encore qu'à son habitude, excité par l'enjeu et par sa consommation de valdepeñas. Les échotiers se retournèrent vers Clément, posèrent une foultitude de questions sur l'affaire qui occupait les deux hommes et repartirent au pas de charge à leurs rédactions afin que l'article paraisse dès le lendemain matin. Précédé par la rumeur qui allait se propager tout l'après-midi, l'événement allait faire grimper les ventes et nul ne voulait rater cette occasion. Grenade se réveillait enfin après un début de mois aussi plat que la plaine de la Vega.

Ceux qui vinrent féliciter Clément pour l'ingéniosité de son appareil passèrent l'incident sous silence, comme si rien ne s'était produit, mais tous n'avaient que ce défi en tête. Pinilla s'enthousiasmait :

— J'y vois de nombreuses utilisations pour notre hôpital. En cas de réussite de votre test, je vous prédis un succès général !

— Son avantage est la faible consommation d'énergie nécessaire à son fonctionnement, répéta Clément tout en vérifiant que le cadenas était bien fermé. Nous avons même commencé à travailler avec Mateo sur l'utilisation de l'énergie électrique.

— Je m'en réjouis d'avance, intervint M. Pozo, qui les avait écoutés. Et je suis prêt à vous fournir tout le goudron de houille nécessaire, au meilleur prix.

— Vous n'aurez bientôt plus à vous soucier de vos déchets, assura Clément. Comment vas-tu, Jezequel ? demanda-t-il au jeune homme qui accompagnait son père.

— Bien, je vais bien. Et mes amis ?

Delhorme lui résuma l'évolution de leur situation depuis son retour.

— Vous leur écrirez qu'ils me manquent, vous voulez bien ? Ce n'est plus pareil maintenant qu'ils sont loin.

— Qu'est-il arrivé à tes doigts ? s'inquiéta Clément devant le bandage qui enserrait sa main droite.

— Ce n'est rien, le métier qui rentre. Ou qui sort, ajouta-t-il à voix basse pour ne pas être entendu par son père.

Clément, rejoint par Mateo, les regarda s'éloigner en direction de l'Albaicín.

— Je ne vous comprends pas, dit ce dernier en relevant le bord de son chapeau. Si l'on perd, non seulement notre machine à froid ne se vendra jamais, mais tout le monde pourra faire des glaçons comme nous et ce sera notre perte. Je vous ai toujours suivi dans vos entreprises et vous avez changé ma vie. Mais j'espère que vous êtes sûr de ce que vous faites, conclut-il dans ce qui était la plus longue tirade qu'il eût jamais prononcée.

— Ne t'inquiète pas, Mateo. Tête-de-rat viendra. Il viendra et je serai là. La haine est une équation sans inconnue, surtout quand elle est partagée.

La place, qui s'était vidée pour la sieste, s'anima ensuite rapidement. Sous l'impulsion du bouche à oreille, des groupes de badauds convergèrent vers le kiosque afin de découvrir la machine dont tout le monde parlait et, devant l'aspect monolithique du caisson, déçus de ne rien voir, ils se donnaient rendez-vous le lendemain midi pour son ouverture. La tombée de la nuit attira encore plus de monde et un groupe de musiciens gitans, sentant l'aubaine, s'installa pour jouer son répertoire. L'animation et la densité humaine allèrent crescendo jusqu'à une heure du matin, puis se diluèrent lentement. À trois heures, seuls quelques rares promeneurs traversaient la place pour rentrer chez eux en pressant le pas.

Au même moment, Clément entrait en compagnie du juge Ferrán dans l'immense bâtisse au style maniériste de la Chancellerie. Ils grimpèrent sur le toit-terrasse qui dominait la place, où les attendaient le capitaine général de la garde et plusieurs de ses hommes. Le kiosque se trouvait à leurs pieds, dix mètres plus bas.

— Je vous suis reconnaissant d'avoir accepté mon invitation, monsieur le juge, dit le militaire en l'invitant à s'asseoir sur les chaises disposées face à la rambarde.

— Elle ne manquait pas d'originalité, vous en conviendrez, quant à l'endroit et l'heure, répondit le magistrat.

— J'ai accepté le plan proposé par le *señor* Delhorme afin d'en finir avec cette affaire qui dure depuis trop longtemps.

Clément se pencha : les lampadaires, situés un mètre en avant de la rangée d'arbres, éclairaient la *plaza Nueva* d'une lumière suffisante pour qu'on puisse distinguer les visages depuis la terrasse.

— Les rapports de police que j'ai consultés montrent que les forfaits sont le plus souvent commis la nuit entre trois et six heures, avec un pic d'activité à cinq heures, expliqua-t-il, c'est-à-dire au moment où la probabilité de croiser quiconque sur cette place est la plus faible. Nous pensons que notre homme va tout faire pour saboter cette expérience.

— Quitte à prendre des risques inconsidérés, ajouta le militaire. Voulez-vous une *capa* pour vous isoler de la fraîcheur, juge Ferrán ? proposa-t-il en s'enveloppant de la sienne.

Depuis leur arrivée, tous les hommes s'étaient mis à chuchoter. Rapidement, ils se turent. Entre trois heures trente et cinq heures trente, ils n'eurent à constater que le passage de trois groupes, parmi lesquels seul un couple s'arrêta devant la machine. Le garçon fit mine de l'ouvrir pour impressionner sa *novia*, sans trop insister, avant de l'entraîner plus loin pour un langoureux baiser récompensant son acte de bravoure.

À six heures et quart, le juge bâilla sans retenue.

— Il est en retard sur vos prévisions, murmura-t-il à Clément.

À six heures trente, alors que les premières nuances blanchâtres de l'aube dessinaient un trait au-dessus de la colline du Sacromonte, un officier vint parler à l'oreille du capitaine, qui articula sans bruit en direction des autres : « Les voilà. » Clément, qui n'avait pourtant cessé de guetter, ne les avait pas vus s'approcher. Mais ils étaient là, reconnaissables à leurs silhouettes respectives, parlant à voix basse sans paraître se méfier outre mesure. Un soulagement perceptible anima les hommes présents sur la terrasse, à l'exception de Clément. Le capitaine tira sur sa veste pour la défroisser, le juge fit tomber sa cape d'un coup d'épaule. Le dénouement était proche. Chupi et Tête-de-rat entrèrent dans le kiosque.

60

Lundi 24 octobre 1881, Paris

Du haut de ses douze mètres, le buste de la *Liberté éclairant le monde* contemplait de son regard mystérieux et impassible l'aréopage des invités, une soixantaine d'officiels, journalistes et employés qui se pressaient autour de l'estrade, dans la cour de l'atelier Gaget-Gautier. Le pied gauche de la future statue trônait au milieu de la scène, encadré par les premiers mètres de l'armature métallique érigés par l'équipe d'Eiffel, sur laquelle des dizaines de drapeaux français et américains pavoisaient.

— Tu parles d'une mise en scène, s'amusa Nouguier, qui était resté à l'écart en compagnie de Javier. Un rivet dans le pied, trois discours emphatiques et tous ces messieurs repartent chez eux avec la satisfaction du devoir accompli alors que la véritable difficulté commence maintenant. Qu'en pensez-vous, inspecteur ? demanda-t-il au policier en civil posté près d'eux qui l'écoutait en souriant.

— Moi, je ne suis pas payé pour penser, encore moins pour m'exprimer, répondit ce dernier en se calant contre un stock de tuyaux en fonte, craignant d'avoir affaire à un journaliste.

Les premiers applaudissements crépitèrent. Édouard Laboulaye, président de l'Union franco-américaine, prit la parole pour une allocution. Eiffel et Koechlin étaient aux côtés de Bartholdi.

— Et ton ami, il s'en sort ? s'enquit Nouguier auprès de Javier.

Calé au fond de la cour, Irving chargeait une plaque dans une chambre noire sous les ordres de Belay. Le photographe était aux anges : grâce à la médiation de son assistant, il avait réussi à être le seul officiellement autorisé à immortaliser la scène. Il lui en était reconnaissant, tout en restant persuadé qu'il le devait autant à sa renommée de portraitiste qu'aux relations de son jeune employé.

Irving repéra Nouguier et vint le trouver :

— M. Belay a fait plusieurs clichés, mais nous voudrions en prendre d'autres en hauteur. Croyez-vous qu'on puisse se mettre dans la tête ?

L'ingénieur se proposa de les emmener, ce qui réjouit Javier. Lui aussi avait très envie de grimper jusqu'au sommet. Il avait surtout envie de le raconter à Victoria à leur retour et il se délectait d'avance des étincelles qui pétilleraient dans ses yeux quand il lui relaterait tout ce qu'il avait pu faire à Paris depuis leur arrivée fin juillet. Cette ville était l'accélérateur de son existence et Javier avait vécu en trois mois autant d'expériences qu'il en aurait eu en cent ans à l'Alhambra. Il avait compris que jamais plus il ne pourrait vivre ailleurs que dans une capitale et était décidé à convaincre Victoria de le rejoindre.

Ils firent le tour d'un bâtiment annexe puis contournèrent la tête par l'arrière. La statue avait passé des mois exposée au Champ-de-Mars pour des visites payantes, et une porte d'entrée avait été installée sous son épaule gauche. Ils grimpèrent l'escalier hélicoïdal et arrivèrent au niveau de la plate-forme du diadème au moment où l'ambassadeur Morton entamait son allocution en anglais. Belay tenta de caler le trépied dans l'espace restreint afin de cadrer la cérémonie.

— C'est impossible, quel que soit l'endroit il y a toujours un barreau qui me gêne. Ils sont trop serrés ! conclut-il en s'adossant contre la paroi interne pour souffler.

Dehors, le remue-ménage avait fait se retourner quelques invités. Imperturbable, l'ambassadeur continuait de relater l'histoire mouvementée de la collecte des fonds.

— Il y a une autre possibilité, suggéra Nouguier. Le toit d'un des hangars est accessible et à faible pente. Vous y serez bien.

— On remballe tout et on y court, ordonna Belay à Irving.

— Allez-y, je reste là, dit Javier. Je vais sonder les pensées de dame Liberté.

Ils traversèrent la cour au moment où l'ambassadeur cédait la place à Bartholdi. La pose du premier rivet allait débuter. Nouguier, qui les précédait, leur indiqua le bâtiment du fond et leur fit signe de grimper sur des caisses remplies de tôles en cuivre pour accéder au toit, puis se dirigea vers le policier en faction pour l'empêcher d'intercepter leur étrange équipée. L'explication de l'ingénieur calma l'inspecteur, qui fit signe aux autres de rester à leurs postes. Bartholdi avait pris la parole.

— Paix, liberté, justice, amitié entre les peuples, telle est l'œuvre que nous devons chercher à accomplir main dans la main. Tel est l'avenir que symbolisera cette statue pour nos deux démocraties, déjà centenaire pour les États-Unis et bientôt pour nous aussi.

Irving avait calé deux des pieds dans la gouttière et réglé le cadre pendant que Belay introduisait la plaque dans la chambre noire. Le photographe posa la main sur le dans l'attente du meilleur moment. Sur la scène, Bartholdi avait tendu un marteau à l'ambassadeur, qui le montra ostensiblement à l'assistance. Irving, encore essoufflé, jeta un regard interrogatif à Belay.

— On a le temps, petit, murmura celui-ci, les yeux rivés sur la cérémonie.

Morton s'agenouilla pour taper à plusieurs reprises sur le rivet dans le pied de bronze. Il se releva sous les applaudissements avant de recevoir l'accolade de Laboulaye pendant qu'Eiffel et Bartholdi se congratulaient et qu'un des ténors de l'Opéra de Paris montait sur l'estrade. Lorsqu'il entama l'hymne national américain, tout le monde se figea. Belay ôta le cache et compta jusqu'à deux avant de l'y remettre.

— Et voilà ! J'adore les démonstrations patriotiques : elles sont idéales pour la qualité des photos ! C'est une leçon à retenir, cher assistant.

Une fois redescendus, ils retrouvèrent l'équipe d'Eiffel. L'entrepreneur leur proposa de participer à la collation qui allait être servie.

— Désolé, mais nous avons du travail, regretta Belay.

— C'est du collodion humide, précisa Irving. Il nous faut les développer sans attendre.

— Alors, revenez après, ainsi nous pourrons voir vos tirages.

Ils préférèrent l'omnibus au tramway, changèrent deux fois de ligne, et le quittèrent à quelques mètres de l'atelier. Irving tira les six clichés pris à la cérémonie et Belay décida de n'en garder que quatre.

— On va prendre un fiacre, dit le photographe. Les transports en commun me donnent la nausée et je commence à avoir faim !

Tandis que Belay s'était assoupi, Irving passa le trajet le nez à la vitre à admirer les monuments et édifices qui défilaient sous ses yeux. Chacun ne demandait qu'à s'offrir à lui pour être photographié. Paris en était truffé.

À leur arrivée rue de Chazelles, les officiels étaient repartis. Seules restaient les équipes d'Eiffel et de Bartholdi, que l'alcool avait rendues joyeuses et bruyantes. Le sculpteur venait de signifier la fin de la fête et les employés commençaient à partir.

— Mais il reste de la nourriture pour vous, ajouta-t-il à leur adresse en indiquant le buffet où subsistaient quelques tranches de pâté et de rôtis à côté d'un gros pain entamé. Alors, ces photos ?

Pendant que Belay lui présentait son travail, Irving se mit à la recherche de Javier. Il entra dans l'atelier, déserté pour l'occasion. Des morceaux entiers de la statue étaient en cours d'élaboration, certains sous la forme de gabarits de bois, d'autres recouverts de plâtre pour les moulages, sans compter les éléments définitifs en cuivre. Irving se demandait comment les pièces éparpillées dans ce capharnaüm pourraient retrouver sans encombre leur destination finale pour former une œuvre d'art, comme dans les albums de casse-tête chinois que leur père aimait à partager avec eux.

Il demeura un long moment songeur devant la main gauche tenant une ébauche de tablette et dont l'avant-bras s'enfonçait dans une étoffe de plâtre au réalisme saisissant. Les plis de la toge donnaient l'impression que le membre titanesque, posé sur le sol, allait se mettre en mouvement. *Ce siècle est celui des géants*, pensa-t-il juste avant de se sentir soulevé de terre. Javier s'était approché sans bruit, l'avait ceinturé et décollé du sol avant de le lâcher le plus loin possible. Ce jeu était un de leurs favoris quand, enfants, ils s'ennuyaient à l'ombre du campanile de la tour du Guet.

— Javier, on n'est plus des gosses, râla Irving en se relevant.

— Et pourquoi donc ? dit son ami, content de son effet. J'ai l'impression d'avoir la taille d'un tout petit enfant ici. Un mouflet !

— Où étais-tu ? Je te cherchais depuis mon arrivée.

— Avec M. Eiffel, on a parlé un moment. On monte ? proposa-t-il en montrant le bras.

— On n'a pas le droit.

— Il n'y a plus personne.

— On risque de l'abîmer.

— Ils sont en permanence dix dessus la journée. Trouve autre chose pour te défiler, moi je grimpe, dit Javier en s'accrochant aux premiers plis de la toge.

Il s'assit à califourchon sur le poignet.

— Viens !

Irving regarda autour de lui. Le dernier groupe était dans la cour et Belay s'empiffrait des reliquats du buffet.

— Viens et je te dirai un secret !

L'argument emporta sa décision et Irving rejoignit son ami.

— Alors, on n'est pas bien ? On chevauche la Liberté ! fanfaronna Javier en l'éperonnant du talon.

— Où est l'autre bras ? Celui de la torche ?

— Bien observé, vieux frère !

L'expression, devenue un tic de langage chez Javier, agaçait Irving.

— Il est encore dans un parc de New York. Ils doivent le rapatrier bientôt. Tu savais que ton père travaillait sur un nouveau projet de ballon ?

— Qui t'a dit ça ?

— M. Eiffel. Une tentative de record. Il m'a dit aussi qu'il avait proposé à toute votre famille de venir. Mais ton père a refusé.

— Non, je n'en savais rien, rétorqua Irving en serrant les dents.

Il en voulut à son père de l'apprendre par un autre que lui. Même si le jeune homme avait choisi de rester à Paris, il n'acceptait pas de ne plus être au courant du quotidien de sa famille. Il lui en voulut également de son refus de venir à Paris.

Javier s'était mis debout et avançait en se tenant au pouce de la statue.

— Eiffel ne désespère pas de le convaincre, ajouta-t-il. Mais je crois que c'est plutôt ta mère qu'il reste à persuader. Eh, que fais-tu ? demanda-t-il alors qu'Irving avait sauté à terre.

— C'est ça, le secret dont tu voulais me parler ? C'est tout ?

Javier sauta à son tour.

— En fait, non. Quand je suis resté seul dans la tête de la Liberté, j'en ai profité pour graver le prénom de Victoria à l'intérieur du diadème. C'est romantique, non ?

— Je trouve ça idiot, répliqua Irving, de mauvaise humeur.

— Qu'est-ce qui t'arrive ? s'étonna Javier. Moi, je trouve que c'est une belle preuve d'amour ! J'en ai même cassé la pointe, dit-il en lui montrant son couteau. Ma *novia* aura son nom inscrit à New York pour l'éternité !

— À la première inspection, tu seras démasqué. M. Eiffel connaît Victoria et il sera bien ennuyé de ta bêtise quand il faudra changer la pièce.

— Pas d'inquiétude, vieux frère : elle se trouve dans un endroit difficile d'accès.

— Jusqu'à ce qu'ils démontent tout pour l'envoyer là-bas.

— Mince, j'avais oublié ce détail... En tout cas, Victoria sera fière et c'est le principal.

— Elle sera surtout fière si tu reviens à Noël et que tu passes du temps avec elle.

Un bruit de vaisselle cassée les interrompit. Le photographe avait lâché son assiette pleine, qui s'était brisée à ses pieds. Belay scruta en direction de la cour et, constatant que personne n'avait rien vu, poussa les débris du pied sous la nappe qui pendait jusqu'au sol. Il se servit un verre de vin et partit en sifflotant.

— Je crois qu'on va bientôt retourner à l'atelier, commenta Irving.

— On fait une fête vendredi avec les autres étudiants de Centrale, à la Laiterie du Paradoxe. Tu viendras ?

— Cela dépendra de mon travail.

— Il y aura des filles de l'École normale...

— Cela dépendra de mon envie.

— ... et une table de jeux dans la salle du fond.

— Cela dépendra de mes finances.

— Ça fait beaucoup de conditions, vieux frère.

— Il y en a une dernière : que tu arrêtes de m'appeler ainsi !

61

Mardi 25 octobre 1881, Grenade

L'ordre était clair : il fallait laisser le temps à Tête-de-rat et Chupi de commettre leur forfait. Ils seraient arrêtés à leur sortie de la place. Mais Clément n'arrivait pas à se rassurer. L'aurore avait chassé l'aube et la *plaza Nueva* baignait dans une lumière blafarde. Quelque chose clochait. Il n'arrivait pas à comprendre l'apparente désinvolture des deux hommes. Il était bien tard pour commettre un forfait. Un quart d'heure après avoir pénétré dans le kiosque, ils ressortirent et traversèrent le terre-plein sans empressement. Ils n'opposèrent aucune résistance lorsque les gardes les interpellèrent et les menèrent devant le juge entouré du capitaine général et de Clément.

— Pouvez-vous nous expliquer votre présence ici ? questionna Ferrán après leur avoir demandé de décliner leur identité.

— Nous nous rendions à notre travail, monsieur le juge, expliqua Tête-de-rat avec un calme qui impressionna Delhorme. Nous nous sommes arrêtés pour voir la machine, comme tout le monde.

Sa voix ne tremblait pas, ses mains non plus, ses yeux ne cillaient pas. Son regard, froid et assuré, balançait entre le juge et Clément.

— Elle est toujours fermée à clé, assura l'un des gardes en réponse à l'interrogation du magistrat.

— Alors, nous allons vérifier. Monsieur Delhorme ?

Clément débloqua le verrou, entrouvrit la porte, s'aida du chandelier afin d'en éclairer l'intérieur et la referma rapidement.

— Tout est en état, il fait cinq degrés, résuma-t-il. Rien n'a été forcé.

Le cadenas cliqua sèchement. L'ex-capitaine attendait, les bras croisés, la décision du juge.

— Tout porte à croire que votre présence n'est pas fortuite, commença Ferrán.

— Tout comme la vôtre, répliqua Tête-de-rat. Ce comité d'accueil ressemble à un piège tendu par quelqu'un qui a juré ma perte.

— Espèce de salaud ! s'emporta Clément qui s'avança, poing levé, avant de retenir son geste et de pointer son index. Je vous interdis de vous approcher de ma famille !

— Je ne sais pas de quoi vous parlez. Pouvons-nous partir ?

— Interdiction de quitter la ville, dit le juge en les libérant d'un mouvement d'agacement.

— Pas de risque, nous ne voudrions pas rater l'ouverture officielle à midi, riposta Tête-de-rat avant de leur tourner le dos.

Un marchand ambulant s'était installé en face d'eux, de l'autre côté de la rangée d'arbres, et montait sa tente. Un second arrivait en tirant son matériel. Le marché battrait son plein dans une heure. Déjà, Tête-de-rat n'était plus qu'un point qui s'engouffrait dans la *calle de los Reyes Católicos*. L'homme avait compris les intentions de Clément et l'avait dupé. Ce dernier s'en voulut de l'avoir sous-estimé.

De retour à l'Alhambra, il se coucha à côté d'Alicia et s'endormit aussitôt, d'un sommeil parsemé d'impressions désagréables. Un claquement le réveilla mais il l'avait rêvé. Il était seul dans le lit. La fenêtre était ouverte et, dans la cour, Alicia s'entretenait avec

Mateo. Clément prit le temps, avant de les rejoindre, de se laver et d'avaler un morceau de pain recouvert de tomate et d'une tranche de jambon fumé, ce qui l'aida à réorganiser ses idées. Ils descendirent ensemble jusqu'à la *plaza Nueva*. Une fois passée la porte des Grenades, Clément se força à rompre le silence inquiet qui les avait accompagnés sur le chemin, comme pour conjurer le mauvais sort.

— Nous ne l'avons certes pas pris sur le fait, mais à midi il s'engagera à ne plus nous harceler.

— Lui et Chupi n'ont aucune parole ! tempêta Mateo.

— Je préférerais les savoir loin plutôt que repentis, avoua Alicia.

— Qu'est-ce que c'est que ce bourdonnement ? dit Mateo en ralentissant au bout de la *calle de los Gómeles*.

Le bruit s'amplifia et, telle une baudruche, éclata lorsqu'ils débouchèrent sur la place : elle était noire de monde. Près d'un millier de curieux s'étaient ajoutés aux quelques centaines de Grenadins venus faire leur marché et palabraient en attendant que l'on ouvre la machine à froid. Les journaux avaient fait leur une de l'expérience de Clément en la décrivant comme une première mondiale dont la ville pourrait s'enorgueillir, ce qui avait flatté la fierté andalouse.

Leur apparition fut suivie d'une recrudescence du brouhaha. La foule s'écarta à leur passage jusqu'au kiosque où le capitaine général avait fait dégager un espace. Clément ne put s'empêcher de chercher Tête-de-rat parmi l'affluence et le localisa adossé à l'un des arbres de la place.

Le militaire adressa un signe à Delhorme pour qu'il ouvre le cadenas. Clément manœuvra la serrure et comprit, dès l'ouverture de la porte, que le caisson était remonté à température ambiante depuis plusieurs heures. Le poisson avait changé d'aspect, ses yeux étaient vitreux et ses écailles avaient pris un aspect brillant. Les branchies laissaient s'échapper une fine ligne de mucus qui signait un début de décomposition. La motte de beurre avait viré au jaune foncé et semblait s'être tassée sur elle-même, alors que les deux glaçons avaient carrément disparu.

Le capitaine général montra ostensiblement à la foule les trois aliments. Ceux qui étaient aux premiers rangs commentèrent pour leurs voisins de derrière, qui firent de même, et la nouvelle se propagea comme un frisson sur la peau : le *señor* Delhorme avait perdu son pari. Sa machine ne fonctionnait pas.

Clément prit la main d'Alicia. Il ne comprenait pas ce qui avait pu se passer. À six heures, tout était encore froid. Les bougies avaient fonctionné toute la nuit. Rien ne pouvait empêcher le succès de son expérience, sauf un acte de malveillance. Mais il ne pouvait l'expliquer, encore moins le prouver. La déception de la foule était manifeste.

Mateo perçut le bourdonnement qui croissait, croissait sans cesse, il entendit prononcer le nom de Clément, le sien, et ne voulut plus rien entendre du tout. Il fendit la foule, les poings serrés, les yeux au sol pour éviter les regards qui convergeaient vers lui tels les rayons brûlants du soleil d'été, et quitta la place au moment où Tête-de-rat prenait la parole.

Mateo monta au Generalife, coupa deux bûchettes et les enfourna dans la chaudière de sa machine à glaçons. Il attendit que le gaz produit dégage assez de froid, remplit un seau d'eau à l'une des fontaines du Darro et la versa dans la caisse en zinc du système. Il se concentrait sur chaque geste, sur l'eau qui blanchissait lentement, il ne voulait penser à rien d'autre, rien ne s'était passé sur la *plaza Neuva*, ce n'était qu'un cauchemar qui allait se dissiper.

— Mateo ?

Clément était revenu.

— Je leur ai donné la composition du liquide, annonça le Français.

— Je croyais que c'était à moi de décider si on la gardait secrète, vous vous souvenez ?

— Je n'ai pas eu le choix, Mateo, j'avais donné ma parole.

— Je sais bien que, sans vous, je n'aurais pas pu avoir tout ça, dit l'ancien *nevero* en montrant le système de production, et tout le reste. Mais, quand même, c'était à moi de décider.

— Je suis désolé. Sincèrement. Mes calculs étaient erronés. Je pensais l'appâter avec ce qu'il rêvait d'avoir depuis des mois. Le prendre sur le fait. J'étais persuadé qu'il tomberait dans le piège, aveuglé par sa haine. Mais c'est moi qui suis tombé dans le sien.

Clément se tut en espérant une parole de Mateo. Mais celui-ci resta fidèle à son caractère.

— Le risque est une équation à une seule inconnue : celui qui le prend. J'étais moi aussi aveuglé, et je l'ai sous-estimé.

Mateo sortit le premier cube gelé et rajouta de l'eau pendant que Clément rechargeait en bois la chaudière.

— Et maintenant, que va-t-il se passer ?

Le plus jeune des deux frères Alvarez n'en voulait déjà plus à son ami français, mais il redoutait les conséquences de sa bravade.

— Tu as l'expérience que les autres n'ont pas. Il ne suffit pas de connaître la recette, encore faut-il le tour de main.

— Et la machine à froid ?

— On fera un nouvel essai en public dans deux ou trois ans. Hélas, d'ici là, je crains que sa diffusion ne soit confidentielle. Mais je trouverai comment il a fait pour saboter notre expérience. Je rétablirai la vérité. Et je travaillerai sur d'autres machines, ne t'inquiète pas.

Mateo fit une moue signifiant qu'il ne se sentait pas inquiet. Ils produisirent un second bloc, que le Grenadin posa sur un chariot.

— Au fait, c'était quoi, la composition ?

Clément sourit : en trois ans, Mateo ne lui avait jamais demandé quelles étaient les molécules qu'il avait emprisonnées dans les tuyaux de verre et qui, inlassablement, changeaient d'état, liquide, gaz, liquide, dans un cycle sans fin. Ce n'était pas de l'indifférence face à un élément scientifique, mais sa pudeur et sa retenue qui s'exprimaient.

— Un mélange de cinq parties de sulfate de soude et de huit parties d'acide chlorhydrique. Ce qui se fait de mieux comme réfrigérant, vingt-huit degrés d'abaissement de température. C'est le secret de la durée de conservation de nos glaçons. Mais Tête-de-rat a été déçu : il n'y avait pas d'acide sulfurique, ce qui aurait été pour lui un aveu de mon appartenance au mouvement anarchiste. Et puis, j'ai révélé les ingrédients, mais pas leurs proportions, Mateo. Il faudra du temps à Chupi pour les trouver, crois-moi.

CHAPITRE XXI

62

Vendredi 4 novembre 1881, Paris

La Laiterie du Paradoxe n'était déjà plus une crémerie au début du siècle, mais elle en avait gardé le nom. Situé au rez-de-chaussée d'un ancien hôtel particulier, rue Saint-André-des-Arts, le café avait vécu son heure de gloire locale dans les années 1850, attirant une partie des artistes en devenir ou en vogue, avant de revenir vers des clients plus anonymes, moins valorisants mais moins versatiles et plus solvables.

Rosa fit une halte rue Gît-le-Cœur et posa son chargement de café et de vins en songeant qu'elle allait finir par illustrer le nom de la rue à force d'accepter de faire les courses à la place du garçon, en lequel son patron avait une confiance limitée. Elle travaillait dans l'établissement depuis plus de vingt ans et était la seule encore présente à avoir connu la bande de littérateurs qui avait enflammé les soirées du café, ce qui faisait d'elle la mémoire vivante du lieu alors que l'établissement avait changé deux fois de gérant. Rosa souffla sur sa main rougie dont l'ampoule avait fini par s'ouvrir, laissant la chair à vif, et tenta de repositionner la peau morte à sa place avant d'empoigner les deux sacs et de reprendre sa marche, la tête dans les souvenirs. Elle aussi avait eu sa part de renommée. Alphonse Delvau, le chroniqueur, avait loué sa beauté dans son *Histoire anecdotique des cafés et cabarets de Paris* : « Elle allumait le matin plus d'incendies qu'elle ne pouvait en éteindre le soir »... ce dont elle lui avait voulu mais que, au fil des ans, ses succès déclinant, elle avait fini par trouver plus flatteur que sulfureux. À quarante-deux ans, elle avait gardé le charme de son regard améthyste, que le temps avait plus de mal à gommer que la finesse de ses traits et le grain de sa peau.

Rosa arriva en vue de la Laiterie du Paradoxe et fit une seconde pause afin de ne pas entrer essoufflée devant les clients – la coquetterie tout comme l'espoir de rencontrer un homme qui la sortirait de sa condition ne s'étaient pas complètement évanouis avec les années. Elle posa ses affaires derrière le comptoir et enfila son tablier. La salle, aux murs d'un bleu délavé, était d'une piètre surface comparée aux autres estaminets de la capitale et ne comportait que quatre tables ; les habitués s'y retrouvaient pour boire un café ou une bière en jouant aux échecs ou aux dominos dans une ambiance au calme trompeur.

— Quand tu auras fini ici, tu viendras m'aider, dit le patron venu chercher une bouteille d'absinthe. Ils veulent de la bière mais je sens que l'ambiance va glisser à la boisson d'homme !

La seconde salle, plus grande, donnait sur la cour arrière. On y accédait par une grande baie. Elle avait été investie l'année précédente par les étudiants de l'École centrale à la recherche d'un lieu fédérateur pour leur corporation. Les carabins allaient à la brasserie Schaller, ceux de l'école de droit au café Soufflot, les saints-cyriens prenaient leurs quartiers au Hollandais, les étudiants de familles aisées avaient jeté leur dévolu sur le Café de l'Europe. Le patron de la Laiterie du Paradoxe espérait fidéliser les élèves de l'École centrale et les futurs ingénieurs qu'ils seraient dans trois ans, d'autant que leur présence drainait une clientèle féminine inespérée.

Rosa fit griller des grains de café à la poêle et prépara quelques tasses pour les joueurs d'échecs avant d'entrer dans la salle des centraliens, un plateau de verres de bière à la main. Les acclamations fusèrent des groupes qui, attablés ou debout, attendaient la troisième tournée du breuvage – les premières avaient ouvert les esprits sans les échauffer encore en ce début d'après-midi à la température anormalement douce.

— Par ici, Rosa !

Celui qui l'interpellait était son favori. Il avait l'air plus âgé que les autres, de par sa taille et sa carrure athlétique. Son type aussi contrastait avec celui de ses camarades, une peau mate, des yeux et des cheveux d'un noir profond et une tendance prononcée à rouler les « r » lorsqu'il parlait français – tout le charme de la jeunesse et de l'exotisme. Elle chassa cette pensée, sourit au beau garçon et déposa deux brocs à sa table avant d'aller servir les étudiants qui la réclamaient à cor et à cri.

— Alors, qu'en penses-tu ? demanda Javier à Irving après avoir bu une première gorgée et attendu que son ami fasse de même.

— C'est amer, très amer, grimaça-t-il. Il faut que je m'habitue.

— Non, je te parle de tout ça, du lieu, des autres : qu'en dis-tu ?

Un élève ingénieur de dernière année était affairé à dessiner sur un mur une fresque représentant un train dont les wagons venaient de dérailler, envoyant dans les airs des voyageurs aux visages caricaturés de leurs professeurs. Rosa venait, quant à elle, d'envoyer un coup de torchon à un jeune homme qui lui avait pincé la fesse, faisant valser son chapeau jusqu'à la table voisine où tous se le firent passer tandis qu'il tentait de l'attraper, déclenchant un tohu-bohu général.

— Je dirai que cela n'a rien à voir avec nos *tertulias* et qu'on a l'air de s'y amuser, commenta sobrement Irving. On a surtout l'air de s'y enivrer beaucoup, non ?

— Oui, mais c'est une ivresse joyeuse, légère, collective, s'enflamma Javier. Tout le monde vit la même folie au même moment. Je n'avais jamais connu ça avant.

— Même lors des fêtes du Corpus Christi ?

— Si, d'accord pour le Corpus Christi, mais cela arrive une fois par an. À Paris, c'est permanent, il te suffit de pousser la porte d'un café et il y aura toujours quelqu'un avec qui tu referas le monde jusqu'à plus soif.

— Cela ne fait que trois mois qu'on est arrivés et tu sembles déjà comme un poisson doré dans le bassin de la cour des Myrtes, fit remarquer Irving après une nouvelle tentative pour goûter sa bière, dont il conclut en la repoussant que cette boisson n'était définitivement pas faite pour lui.

— C'est que, ici, tout se vit en accéléré. Tu peux faire des rencontres incroyables. Te rends-tu compte qu'un immense poète comme Charles Baudelaire avait ses habitudes dans cet estaminet ? Nyssia sera folle de jalousie quand elle saura que je fréquente les mêmes lieux que lui et que je vais peut-être le rencontrer !

— Laisse Nyssia tranquille. À ta place, je ne lui écrirais pas pour lui annoncer ça.

— Pourquoi ? Elle m'a toujours pris pour un inculte.

— Cela ne risque pas de s'améliorer : Baudelaire est mort il y a des années.

— Ah... ? N'empêche qu'il est venu ici, comme plein d'autres, et que leurs esprits hantent encore les lieux, insista Javier pour ne pas perdre la face. Autre exemple : Nadar, le photographe. Lui aussi était un habitué, c'est le patron qui me l'a dit.

Irving considéra un instant l'endroit comme s'il s'agissait d'un sanctuaire à la mémoire des gloires passées.

— Quoi ? Il est mort, lui aussi ? dit Javier devant sa moue dubitative.

— Non, Belay m'a dit qu'il avait toujours un atelier à Paris. Mais, à l'Alhambra, j'ai rencontré Le Gray, qui est plus grand photographe que Nadar.

— Irving, vieux frère, tu es trop sentimental, conclut le centralien, abandonnant le combat.

— Ta promesse...

— D'accord, plus de vieux frère, camarade ! répliqua Javier en lui tapant sur l'épaule. Tu veux que je te commande autre chose ? un mercurey ? une Raspail ? une abs ? Pas de l'eau de Seltz, quand même ?

— Une abs ? Qu'est-ce que c'est ? Et comment fait-on pour payer tout ça ?

— Ne t'inquiète pas : ce soir, on élit notre bureau et les consommations sont réglées. Hé, voilà deux grisettes ! Hou-ou ! cria Javier à l'adresse des deux jeunes femmes qui venaient d'entrer. Venez !

Il éclata de rire devant le regard perdu de son ami.

— Je crois que tout va trop vite pour moi, confirma Irving.

Les deux ouvrières, bien qu'ayant repéré le manège de Javier, n'avaient pas daigné y répondre et faisaient mine de chercher une table. L'une d'elles lança des regards à la dérobée en direction d'Irving. Elle était la plus belle femme qu'il ait croisée depuis son arrivée à Paris, même si son expérience en la matière était restée limitée à la fille aînée de Gustave Eiffel et aux clientes de l'atelier photographique de la rue du Faubourg-Saint-Jacques. Claire était plus jeune que lui de quelques mois, mais son rôle de maîtresse de maison lui conférait une autorité sur Irving et Javier qui les plaçait en position d'obligés et mettait le jeune homme mal à l'aise. Quant aux clientes, elles ne prêtaient aucune attention à l'assistant du photographe lors des séances de pose et laissaient leur personnel de maison s'occuper de la réception des clichés qu'Irving venait leur livrer. Une seule fois, la femme d'un industriel américain, représentant à Paris de la compagnie US Electric Lighting, s'était adressée à lui pour lui demander par curiosité l'origine de son prénom.

La jeune grisette se désintéressa de lui et suivit Rosa, qui les installa à une des tables opposées à la leur. Javier, de son côté, semblait les avoir oubliées aussi vite qu'il les avait repérées.

— C'est quoi, une grisette ? lui demanda Irving alors que Javier, après avoir fini sa bière, s'était attaqué à celle de son ami.

— Ah, que voilà une bonne question ! clama une voix dans son dos.

— Irving, je te présente Alphonse Lavallée, le plus vieil étudiant de notre école, en termes d'âge et de longévité dans nos locaux, dit

Javier sans même regarder le nouveau venu. La mémoire vivante de Centrale.

— Que voulez-vous, je ne suis pas pressé de rejoindre la fonderie familiale, la province et son ennui mortel, avoua le garçon en lui écrasant les articulations en guise de salut. Je ne suis pas fait pour m'enterrer vivant à vingt-huit ans. Pas vrai, Torquado ? conclut-il d'une tape dans le dos de Javier.

— On a tous un surnom à l'école, expliqua Javier à Irving, qui avait cillé.

— Oui, renchérit Alphonse. Moi, c'est La Fontaine. À cause de la fable de la tortue, ajouta-t-il en produisant le rire machinal qui accompagnait toujours l'explication. Et pour répondre à ta question, une grisette est une jeune fille que l'on supposera de condition médiocre et qui n'a que son minois et son..., dit-il en dessinant dans l'air une chute de reins, ... pour en changer. Ce qui est peu et beaucoup à la fois. Note bien que, techniquement, ce n'est pas une cocotte ou une demi-mondaine, elle n'a pas donc pas une ambition démesurée, juste celle d'accrocher un bon mari pour ne plus aller à l'usine ou à l'atelier de couture. Ce qui me semble tout à fait honorable et constitue pour nous, étudiants, la possibilité de nous amuser à peu de frais, à condition de ne pas engrosser la belle, sinon nous voilà pris à son piège !

Javier, qui parut soudain se souvenir de l'existence des deux jeunes filles, les chercha des yeux et se leva pour les inviter à leur table. Alphonse en profita pour questionner Irving :

— Vous qui êtes aussi ibère, est-il exact que Torquado était le nom de son père et qu'il était prince des Gitans ? Javier nous raconte des anecdotes qu'on a parfois du mal à croire !

Irving le fixa de ses yeux où perçait déjà une mélancolie qui ne le quitterait plus. À Paris, malgré son français irréprochable, on le considérait comme espagnol et, à Grenade, ils étaient les Français de l'Alhambra. La remarque de Lavallée, bien qu'anodine, le perturbait, tout comme la revendication par Javier de ses origines gitanes, qu'il avait honnies jusqu'alors. Les seules racines d'Irving étaient l'Alhambra, pas une nation ou un peuple. Il avait l'impression de lui appartenir, corps et âme. Sa nationalité lui importait peu, ce qui apparemment n'était pas le cas des autres.

— Alors ? s'impatienta Alphonse. Vous a-t-il mis dans la confidence ou a-t-il trop d'imagination, notre ami Torquado ?

— S'il vous l'a dit, vous pouvez le croire. C'est vrai, répliqua Irving avec solennité. Et tout le reste aussi.

— Ah bon ? Les poissons aux écailles d'or, la pêche à l'hirondelle ?

— Tout est vrai, répéta Irving en lui montrant le pendentif qu'il avait autour du cou et qui ressemblait à un vieux médaillon jaunâtre terni.

Jezequel, au fil de ses plongées dans le bassin de la cour des Myrtes, avait fourni toute la famille Delhorme en écailles d'or. Mais le débat restait ouvert entre ceux qui, comme Victoria, croyaient en leur réalité, et ceux qui en doutaient, comme Nyssia. Irving, lui, n'était jamais parvenu à un avis tranché et s'était rangé à l'avis de sa mère, qui lui répétait souvent qu'une légende existait à partir du moment où au moins une personne croyait en elle.

Alphonse examina le médaillon d'un air d'abord circonspect, puis déclara, convaincu :

— Alors, je crois que je voterai pour lui ce soir. Torquado président ! cria-t-il pour toute l'assemblée.

Des exclamations fusèrent des autres tablées. Certains reprirent sa formule, d'autres braillèrent le nom des deux autres candidats à la présidence du bureau des élèves. Les pro-Torquado prirent rapidement le dessus dans la bataille acoustique préélectorale. L'agitation profita à Javier qui, grâce à cette aura de popularité, réussit à convaincre les deux jeunes femmes de venir s'installer à leur table.

Il fit les présentations pendant qu'elles s'asseyaient et que Lavallée les quittait pour aller attendre dans la rue le parrain de la soirée, un ancien élève de l'école dont l'arrivée, prévue à huit heures, était imminente.

Irving jugea la jeune grisette encore plus belle de près. Elle se prénommait Juliette et vendait des fleurs dans un kiosque à côté de la gare Montparnasse, avec son amie Zélie. C'est elle qui l'avait entraînée à la Laiterie du Paradoxe à la suite de l'invitation d'un élève de seconde année à qui Javier venait de les arracher.

— Je n'ai pas l'habitude de sortir ainsi, avoua-t-elle, je veux dire, dans ce genre d'endroit et sans être accompagnée. Enfin, je veux dire par un frère ou un fiancé. Je n'ai pas de fiancé... enfin, je n'en ai plus. Mais j'ai un frère... Oh, je suis désolée, je dois vous paraître stupide. En fait, je me sens mal à l'aise... Je ne connais pas les codes de votre monde.

— Ne vous inquiétez pas, ce n'est pas mon monde, je ne suis qu'invité, comme vous.

La voix d'Irving était aussi rassurante que son propos et Juliette se sentit en confiance malgré l'atmosphère d'excitation et d'enivrement croissants.

— Que voulez-vous boire, les tourtereaux ? demanda Javier en s'attirant un regard orageux de son ami. Quoi ? Tu ne lui as pas dit que j'étais un grand plaisantin ?

— Ce n'est pas ce que dit Victoria.

— Qui est Victoria ? demanda Zélie.

— Sa *novia*, répondit Irving sans laisser à Javier le temps de trouver la moindre explication. Voulez-vous savoir ce qu'est une *novia* ?

— Plus tard, l'interrompit Torquado, voilà notre parrain de la fête !

63

Vendredi 4 novembre 1881, Alhambra, Grenade

Victoria regarda à la dérobée la photo de Javier qu'elle avait cachée dans le creux de sa main. Les aiguilles des heures avaient fini par se décider à avancer et la fin des cours était proche. Elle ferma le poing et continua d'écrire sous le regard suspicieux de l'enseignante. Elle aimait son *novio* comme jamais, mais la colonne des reproches s'était considérablement allongée depuis son départ. Javier n'avait toujours pas révélé leur relation à ses parents, ce qui avait empêché Victoria de le suivre à Paris. Elle attendait avec impatience son retour pour Noël tout en craignant qu'il se trouve trop de travail et le reporte. Elle surveillait chaque jour l'arrivée du facteur qui, invariablement, s'excusait de n'avoir rien à lui remettre, avant de prendre sa lettre quotidienne et de lui lancer un « Ça sera pour demain » en forme d'encouragement.

Lorsque la cloche tinta, elle rangea machinalement ses affaires dans son sac et prit le chemin de l'Alhambra, monta à la tour du Guet d'où elle observa l'arrivée de la berline en provenance de Guadix, qui déversa des voyageurs inconnus dont aucun n'avait la silhouette de Javier.

Seul Irving lui écrivait, des lettres envoyées depuis la poste du boulevard de Courcelles les lundis et les jeudis avec la régularité consciencieuse qui le caractérisait, et lui donnait des nouvelles détaillées de son *novio*. Elle toucha l'enveloppe au contact rugueux qu'elle avait reçue de son frère le matin même et qu'elle n'avait pas ouverte afin de garder le plaisir de sa lecture intact pour le soir même. Elle voyait Javier partout, dans les personnages des fresques qu'Alicia restaurait, dans toutes les caches de l'Alhambra qu'ils avaient investies, dans les nuages avec lesquels elle partageait ses craintes et ses espoirs et dont elle espérait qu'ils iraient jusqu'à lui pour lui dire combien il remplissait son quotidien. Mais cette omniprésence, qu'elle savait ne pas être partagée, l'épuisait de plus en plus. Elle leva les yeux vers le ciel où le visage de Javier lui sourit faiblement, lui répondit d'un signe et décida de rentrer.

Victoria fut étonnée de trouver Nyssia dans la chambre alors qu'elle passait habituellement ses journées à l'extérieur. Elle s'était assise en tailleur, le dos contre le mur, à lire *La Maison Tellier*. L'ouvrage, en couverture cuir, avait été édité au mois d'avril et Victoria avait entendu Alicia demander à Clément comment elle avait pu se procurer un exemplaire aussi récent et onéreux.

— Ce n'est pas le garçon de la librairie Zamora, avait juste répondu son père. On les lui envoie de Paris.

Victoria ne voulait pas questionner sa sœur sur le mystère qui se faisait de plus en plus épais autour d'elle et attendait sans trop y croire que Nyssia en parle d'elle-même.

— J'ai reçu une lettre d'Irving, annonça-t-elle en agitant l'enveloppe.

Sa sœur leva à peine les yeux.

— Je la regarderai à l'occasion, dit-elle tout en reprenant sa lecture. Surtout ne la lis pas tout haut !

Victoria prit son temps pour s'installer sur son lit, un drap sur les jambes, et entrouvrit le rideau afin d'augmenter la luminosité de la pièce qui frisait la pénombre. Elle entendit le soupir de sa jumelle, qui tourna une page dans un bruit sec, puis se concentra sur l'écriture fine et serrée de son frère.

Nyssia s'était à nouveau immergée dans l'ambiance des nouvelles de Maupassant. Youssoupov lui envoyait toutes sortes de romans, des auteurs français aux traductions d'auteurs russes, des éditions récentes aux plus anciennes, qu'elle commentait après les avoir lus. Le prince était fasciné par la pertinence des analyses de la jeune femme, qu'il décrivait à son entourage comme une poétesse et muse espagnole, augmentant l'aura de la mystérieuse Veronica Franco. Le jeu amusait beaucoup Nyssia, qui avait depuis longtemps pris la mesure de son mentor.

Elle avait sorti *La Maison Tellier* de son coffre et avait caché le volume dans sa chambre pour le relire régulièrement. Elle aimait tout particulièrement la dernière nouvelle, « La femme de Paul », qui, en quarante pages, décrivait les mécanismes de la passion amoureuse et de la jalousie possessive des hommes. Madeleine, la femme de Paul

– en réalité son amante – dominait le pauvre garçon avec une facilité déconcertante et, malgré l'aversion de Paul pour les lesbiennes, lui imposait ses infidélités avec d'autres femmes, comme elle aurait pu lui imposer tout ce qu'il détestait. Malgré sa lecture répétée, Nyssia n'arrivait pas à éprouver de compassion pour le garçon, qui finissait par se noyer de désespoir dans la Seine. Elle voyait en Madeleine une femme moderne et en Maupassant l'auteur qui avait livré aux femmes les failles des hommes.

La respiration irrégulière de Victoria la fit sortir de sa bulle. Lorsqu'elle leva les yeux, des larmes coulaient sur le visage de sa sœur. Victoria renifla et s'essuya les joues d'un revers de manche. La lettre, qui s'était froissée dans ses doigts crispés, reposait sur ses genoux.

— Que se passe-t-il ? Qu'est-il arrivé ?

— Rien, répondit-elle avant d'éclater en sanglots.

Elle enfouit son visage dans ses mains pour tenter de contenir les émotions qui sourdaient. Nyssia, qui s'était rapprochée, voulut la prendre dans ses bras. Victoria s'en dégagea et quitta précipitamment la pièce.

— Puisque tout va bien..., murmura Nyssia sans chercher à la rejoindre.

Elle ramassa la lettre qui était tombée au sol et reprit sa position favorite sur son lit pour la parcourir. Elle ne fut pas longue à réagir.

— Non ! Il a fait ça... Non ! s'emporta-t-elle en sortant précipitamment.

Nyssia voulait elle aussi des explications sur ce qu'Irving leur avait appris.

Le thermomètre à mercure, plongé dans la caisse en zinc de la machine, annonçait quinze degrés.

— Ça ne fonctionne pas, constata Mateo.

— Alors, c'est parfait, dit Clément, assis devant un tuyau qui se terminait en douchette à l'intérieur d'un large cylindre de verre. Nous avons réussi !

— Réussi ? À faire une machine sans froid, oui !

Le Français se releva et se nettoya les mains dans un baquet d'eau fraîche.

— Nous avons réussi à prouver que Tête-de-rat a saboté notre installation, corrigea-t-il en les essuyant dans un torchon taché de goudron de houille. Regarde.

Clément lui montra l'ouverture par laquelle pénétrait le tuyau de la douchette. La jointure était percée de plusieurs trous,

— Ils ont versé le contenu d'une seringue dans la réserve de butane liquide. Cela a modifié les propriétés du gaz, qui ne s'est pas évaporé. Donc plus de froid produit. J'ai refait l'expérience avec du butane neuf et tout a fonctionné.

— *¡ Joder, maldito sea*[1] *!* jura Mateo en se retenant de cracher.

— On ne saura sans doute jamais quel produit ils ont mis, mais il leur serait très facile de recommencer chez nos futurs clients sur des machines qu'on leur vendrait. Je vais revoir les plans pour que tout soit intégré dans un caisson plus grand.

Mateo se massa le ventre au niveau de l'estomac. Il admirait la façon dont Clément contrôlait ses émotions et l'attitude détachée avec laquelle il affrontait les événements. Lui ruminait sa revanche contre Chupi et Tête-de-rat sans bien savoir quelle forme elle allait prendre.

— N'aie pas d'inquiétude, Mateo, assura Clément. Profite du présent. Javier est brillant, son avenir est assuré et tu as réussi à te faire aimer de Kalia. Que voudrais-tu demander de plus ?

La remarque lui fit l'effet d'une révélation. Clément avait raison : quatre ans auparavant, il était un simple porteur de glace de la Sierra Nevada, seul et sans un sou. Mateo lui offrit un large sourire en guise de réponse.

— Voilà qui est mieux ! *¡ La vida es bella, mi amigo !*

— Papa ! cria Victoria depuis la cour centrale du Generalife.

— Victoria ! Viens dans le mirador, je vais te montrer comment notre machine a été...

— Papa, je m'en moque ! l'interrompit-elle en entrant. J'ai quelque chose d'important à te dire. Reste, cela te concerne aussi, ajouta-t-elle à l'adresse de Mateo qui s'éloignait.

Clément n'avait jamais vu autant de colère brûler dans les yeux de sa fille. À bien y réfléchir, il n'en avait jamais vu du tout. Il jeta le torchon près du baquet, s'approcha de Victoria et l'invita d'un geste à parler.

— Voilà... commença-t-elle avant de se rendre compte qu'elle n'avait rien préparé et que les idées se bousculaient dans sa tête. Javier et moi sommes amoureux, depuis plus d'un an. C'est très sérieux, je suis sa *novia*, nous voulons nous marier quand il aura fini ses études à Paris. C'est lui qui devait vous l'annoncer avant de partir, mais il n'a pas osé. Il avait peur de ton refus... Quoi ? Vous

1. Putain, qu'il soit maudit !

le saviez ? s'agaça-t-elle après que son père eut lancé un regard complice en direction de Mateo.

— Disons que ce n'est pas vraiment une surprise, répondit-il. Mais pourquoi me l'annonces-tu avec autant de rage ?

— Irving m'a écrit, papa. Javier ne rentrera pas à Noël, il a trop de travail avec la *Liberté éclairant le monde*. Il n'a même pas eu le courage de me l'écrire directement. Je lui en veux !

— Je suis d'accord avec toi, intervint Mateo. Mon fils est stupide de préférer une statue à sa jolie *novia*. Tu as ma bénédiction et celle de Kalia !

— La nôtre aussi, compléta Clément. Au cas où vous en douteriez.

— Mais j'ai l'impression qu'il m'oublie, là où il est ! dit Victoria en se lovant dans les bras de son père.

Des bourrasques dolentes balayaient le mirador ouvert à tous les vents andalous. Clément remit les cheveux de sa fille en ordre.

— Détrompe-toi. Les études à l'École centrale sont ce qu'il y a de plus difficile. Elles vont l'absorber durant les trois années à venir. Ce n'est que partie remise, il faudra savoir être patiente. C'est un sacrifice pour lui aussi.

— Alors pourquoi as-tu...

— Papa !

Nyssia avait hurlé depuis l'entrée du Generalife. Elle fit son apparition quelques secondes plus tard.

— Papa ! cria-t-elle à nouveau en brandissant la lettre d'Irving.

— Voilà ma seconde fille aussi courroucée que la première ? Mes enregistreurs n'avaient pourtant pas prévu un temps d'orage, plaisanta Clément.

— Arrête, papa ! C'est grave !

La gravité était une notion que Nyssia maniait avec générosité et qui revenait régulièrement dans sa bouche dès lors qu'un obstacle se présentait sur sa route.

— Nyssia, nous venons d'en parler, je suis heureux que tu sois solidaire de ta sœur...

— Il ne s'agit pas de cela. Pourquoi as-tu refusé de travailler à Paris avec M. Eiffel ?

Mateo profita du silence qui suivit pour s'éclipser, pendant que Victoria se rapprochait de sa sœur. Clément eut un léger haussement de sourcils : il venait de prendre conscience de l'ampleur du conflit qui s'amorçait.

— Nyssia, calme-toi, répliqua-t-il sans grand espoir.

— Comment veux-tu que je me calme alors que tu as refusé que toute la famille soit réunie là-bas ! À cause de toi, on reste à croupir ici au lieu de vivre à Paris !

— Ce n'est pas aussi simple. D'autres éléments plus importants entraient en jeu dans ma décision.

— Quoi ? Lesquels ? Qu'est-ce qui serait plus important que le bonheur de tes enfants ?

— Je n'ai pas à en discuter avec toi, répondit Clément d'une voix qu'il s'efforçait de garder neutre.

— Pourquoi ? Tu nous as toujours dit que chacun dans une famille devait s'exprimer et que chaque opinion comptait !

— Papa ne savait pas pour Javier et moi, tempéra Victoria. Enfin, pas officiellement, se reprit-elle.

Clément retourna à sa machine sans répondre, se saisit d'une clé et s'allongea derrière l'appareil afin d'en démonter la tuyauterie. Les jumelles entourèrent leur père.

— Tu peux encore changer d'avis, l'apostropha Nyssia. Tu le dois !

— Papa, dis oui ! renchérit Victoria. On pourrait tous être si heureux là-bas !

Les récriminations durèrent plusieurs minutes, jusqu'à le faire sortir de son refuge.

— Écoutez, mes filles, je n'ai pas à me justifier de tout auprès de vous. Vous devez l'accepter comme une contrainte ou une épreuve, peu importe. Mais il n'y aura pas de concertation.

— Pourquoi tu as fait ça ? hurla Nyssia. Pourquoi ?

— Ma fille, je trouve tes motivations très personnelles et je n'ai aucune envie de t'emmener à Paris pour t'offrir comme festin à un prédateur, fût-il de souche royale. Mon devoir est de te protéger, y compris de toi-même.

Nyssia accusa le coup et se demanda ce que ses parents pouvaient savoir. Victoria l'enlaça pour la réconforter.

— Je te hais, murmura-t-elle comme un défi à son père.

— Clément n'y est pour rien, intervint une voix dans leurs dos.

Alicia était entrée, accompagnée de Kalia et Mateo. Elle se campa au centre du mirador et les regarda tous droit dans les yeux avant de continuer :

— C'est moi qui ai refusé d'y aller, pas votre père.

64

Vendredi 4 novembre 1881, Laiterie du Paradoxe, Paris

Gustave Eiffel était installé à la petite table d'honneur. Il fit un signe en apercevant les deux garçons, ce qui accrut encore la popularité de Javier auprès des autres élèves, puis écouta avec solennité le discours d'introduction du plus ancien des étudiants. Lavallée le gratifia d'un éloge particulièrement détaillé et cita de mémoire les principales réalisations de l'ingénieur, dont les ponts de Cubzac, de Szeged et de Garabit, encore en chantier.

Eiffel le remercia chaleureusement avant de prendre la parole, visiblement ravi de retrouver à travers l'assemblée quelques dentelles de souvenirs.

— Chers étudiants et futurs collègues, je suis heureux de me trouver à cette place, après avoir été à la vôtre il y a de cela presque trente ans maintenant. Pour mon discours de parrainage, j'ai entrepris de vous entretenir aujourd'hui des grandes constructions métalliques. Ne m'en veuillez pas, j'en ai fait ma spécialité et je ne m'aventure à parler que de ce que je connais bien. N'ayez pas d'inquiétude, je ne vais pas vous tenir en haleine trop longtemps avant l'élection tant attendue, ajouta-t-il tout en lançant un regard appuyé en direction de Javier. Et le sujet est bien trop vaste pour être condensé dans ces quelques instants que vous me consacrez.

Irving laissa son esprit flotter dans l'espace cotonneux de la rêverie pendant qu'Eiffel entamait une étude comparée des avantages du fer sur la fonte et l'acier. Il n'osait regarder Juliette, dont il percevait la respiration légèrement anxieuse. Il savait qu'elle n'écoutait pas plus que lui l'exposé d'Eiffel. Il ressentait la même tension et la même attraction qu'elle. Il jugea délicieux ce moment de non-dits, leurs deux corps figés et parallèles, le temps qui s'écoulait dense et collant comme des gouttes de miel tout au long de l'explication des ponts en arc et des ponts suspendus. Eiffel fit un aparté sur la statue de la Liberté qui réjouit Javier et qu'Irving n'entendit même pas.

— L'un de vous travaille dans mon équipe à l'édification de cette statue, n'hésitez pas à le questionner sur cette expérience unique, dit-il sans plus de précision alors que tout le monde avait identifié Torquado.

— Dis donc, il te fait un trône sur mesure, M. Eiffel, remarqua Alphonse, qui s'était rapproché d'eux. Si avec ça tu n'es pas élu...

Remarque, il avait fait une bonne campagne aux cantonales et il a fini troisième, dit-il en reculant pour éviter toute réaction de Javier, qui ne vint pas.

Irving avait rapproché sa main de celle de Juliette tout en prenant soin de ne pas la toucher. Il lui décocha une œillade, dont elle fit semblant de ne pas s'apercevoir. Il voulait imprégner son profil dans sa mémoire comme s'il était une plaque photographique. Il voulait surtout éviter de se montrer brusque avec elle. Irving ne savait pas comment s'y prendre avec une fille, grisette ou non, et s'interrogeait sur ce qui était convenable en une telle circonstance. Il n'en avait jamais parlé avec Javier, encore moins avec ses sœurs jumelles. Démuni, il décida de reporter toute tentative de séduction en se convainquant que rien ne pressait.

Il se pencha vers Juliette et lui chuchota :

— Savez-vous ce qu'est une abs ?

La question surprit la jeune femme, qui la lui fit répéter. À son tour, elle se pencha vers lui et lui posa la main sur l'épaule – dans un geste qu'il considéra comme dénué d'arrière-pensées – avant de répondre :

— Une abs est une absinthe, on utilise beaucoup les apocopes ici.

— Les apocopici ?

— C'est à la mode de supprimer les dernières syllabes des mots, expliqua-t-elle sans corriger le quiproquo. Bientôt il n'y en aura plus un seul entier. C'est un client qui me l'a expliqué, s'empressa-t-elle d'ajouter. Un monsieur gentil qui me prend des roses tous les mois pour les offrir à sa femme.

Zélie, qui les écoutait, se mêla à la conversation, trop heureuse de se divertir pendant le discours.

— Sa femme... Tu es bien naïve, ma petite Juliette, assura-t-elle avec l'accent gouailleur et traînant du faubourg du Temple. C'est sa maîtresse qu'il console ainsi de ne pas être son épouse ! conclut-elle sans discrétion, ce qui lui valut un regard courroucé de Javier et un « chhhhut » d'Alphonse proche d'une fuite de gaz d'éclairage.

De son côté, Eiffel avait conquis tout le reste de l'auditoire, y compris Rosa, qui s'était arrêtée de servir des boissons et mise à rêver des villes lointaines que l'ingénieur égrenait comme exemples des plus beaux ponts du monde.

— Un bon ingénieur, messieurs, est celui qui terminera son œuvre en temps et en heure, sans dépassement de budget, et qui laissera un ouvrage pérenne que plusieurs générations pourront utiliser en toute sécurité. Un ouvrage qui allie le plaisir des yeux à son utilité. C'est ce que je vous souhaite à tous dans les années à venir !

La qualité du discours alliée aux bouteilles de clos-vougeot apportées par l'ingénieur déclencha une salve d'applaudissements prolongée. Rosa reprit son activité tandis que les assesseurs de Lavallée apportaient l'urne de l'élection à bout de bras, dans une parodie de cérémonie. L'objet était un vase de bronze au style vaguement antique, qui avait appartenu à l'hôtel de Juigné avant que celui-ci ne soit loué à l'École centrale. Les centraliens de l'époque avaient fait main basse sur le vase et l'avaient soustrait telle une prise de guerre au propriétaire de la maison. Chaque élève vint déposer dans l'urne un papier avec le nom de son champion, dans un joyeux tumulte et sans aucune procédure, sous le regard amusé de Gustave Eiffel à qui le rôle de parrain conférait aussi celui de juge suprême des élections.

Lorsque Javier fit tomber sa feuille pliée dans le vase, des applaudissements fusèrent de plusieurs tablées, suivis instantanément de cris d'encouragement à l'adresse des autres candidats. La joute dura quelques minutes avant qu'un élève de seconde année, aux cheveux dressés comme une haie de bocage, ne se lève dans un équilibre précaire et ne beugle :

— Rira, rira pas !

La phrase fut reprise en chœur par toute l'assemblée, y compris Zélie et Juliette, une dizaine de fois, le tout ponctué d'éclats de rire et de hurlements. Le garçon se rassit, satisfait de son intervention.

— C'est une scie, dit la jeune femme à Irving, perplexe. On répète des phrases sans signification précise.

— Alors, pourquoi le faire ?

Elle eut envie de le prendre dans ses bras. Irving avait l'air d'un enfant candide perdu dans une tourmente d'adultes.

— Initialement, pour agacer son interlocuteur, répondit-elle. Je crois que celle-ci est née lors d'une représentation théâtrale. Puis les scies sont devenues comme des refrains sans queue ni tête. Vous ne connaissez vraiment pas ?

— Attrapez les canards ! mugit l'étudiant de dernière année qui avait abandonné sa fresque murale depuis longtemps.

La scie donna lieu à plusieurs minutes de répétition en boucle où les groupes se répondaient en criant de plus en plus fort.

Irving fit un signe d'incompréhension à Juliette.

— Celle-ci est d'origine inconnue, expliqua-t-elle. On sait juste qu'elle est née à Lyon avant d'avoir été adoptée à Paris. C'est le mystère des scies.

Alphonse mit fin au vacarme en proclamant la votation terminée.

— Nous allons procéder au dépouillement, annonça-t-il en soulevant l'urne par les anses.

Tous se rapprochèrent lorsqu'il la retourna pour étaler les billets pliés sur la table. Il les ouvrait un à un, les transmettait à Eiffel, lequel annonçait les noms que les assesseurs notaient sous forme de bâtons dans les trois colonnes. L'alcool aidant, certains élèves avaient inscrit d'autres noms que ceux des candidats. Une dizaine d'entre eux avaient voté pour Eiffel, qui fut applaudi, un autre pour MacMahon, qui fut sifflé. Un bulletin avait été remplacé par la photo d'une comédienne à succès de la Gaîté. Les bulletins valides furent comptés plusieurs fois et Eiffel annonça les résultats:

— Avec cent vingt-cinq voix sur cent quatre-vingt-huit votants, Javier Alvarez est élu président du bureau des élèves !

Il le félicita, lui chuchota à l'oreille qu'il aurait rêvé pareil score aux cantonales, dont il avait décidé qu'elles seraient sa seule incursion en politique, puis prit congé. La fête pouvait commencer.

Javier s'éclipsa et revint, quelques minutes plus tard, arborant un curieux chapeau en forme d'entonnoir, à bord large, terminé par un pompon.

— Quelle drôle de coiffe ! dit Juliette, revenue s'asseoir près d'Irving, resté en retrait.

Il se demanda depuis quand Javier possédait l'oripeau caractéristique du prince des Gitans et surtout qui le lui avait donné, car son ami ne lui en avait jamais parlé, et s'aperçut qu'il ne savait pas tout de son frère de lait. Sur la tête de Javier, le chapeau était devenu la couronne du président des étudiants de l'École centrale et le resterait des décennies durant, jusqu'à ce qu'elle disparaisse en 1940 à la veille de l'entrée des troupes allemandes dans Paris.

Torquado fut porté en triomphe par ses partisans, qui firent le tour des deux salles et sortirent dans la rue à grand bruit, avant de rentrer précipitamment après avoir aperçu une patrouille de police à l'angle de la rue Séguier. Javier tenta un discours de remerciement, fut interrompu par des cris et des hourras à chaque phrase et abandonna en promettant un flot ininterrompu d'alcool et de scies. Zélie, collée à ses basques, lui arracha un baiser par surprise, ce qu'il s'empressa de faire savoir à toute l'assemblée, avant d'en refuser un second.

Le vin avait été remplacé par des alcools plus forts qui avaient eu pour effet d'augmenter le bourdonnement des conversations.

— Vous n'aimez pas la fête ? demanda Juliette.

— À Grenade, je regarde toujours les défilés du Corpus Christi depuis une des tours, répondit Irving, soulagé qu'elle prenne l'initiative de la conversation. La foule me fait peur, surtout quand les gens ont bu.

— Mais ils boivent toujours !

— C'est ainsi depuis des années, je ne sais pas pourquoi, mentit-il en faisant un effort pour ne pas convoquer les images de la nuit où il avait assisté au passage à tabac du vagabond dans le patio des Lions.

— Alors, vous devez boire aussi ! s'écria-t-elle en cherchant Rosa des yeux.

La serveuse déposa deux verres et la bouteille d'absinthe sur leur table.

— Hé, garçon, tout le monde boit de l'absinthe, même les Auvergnats ! dit-elle devant l'hésitation d'Irving.

— Voilà une scie facile à retenir, commenta-t-il en s'exécutant.

Rosa remplit les deux verres, écrasa le bouchon dans son goulot avec un bruit caractéristique et répondit :

— Sauf que ce n'est pas une scie, mais une réalité ! À toi, mon garçon !

L'alcool lui détruisit les papilles avant de lui brûler la gorge et de définir avec précision l'emplacement de son estomac. Irving réussit à ne pas tousser mais des gouttes de sueur apparurent sur son visage, qui avait viré au cramoisi. Alphonse, qui l'observait depuis le seuil de la pièce où il gérait l'entrée des flux alcooliques, lui beugla un encouragement qu'il ne comprit pas, tant le brouhaha s'était amplifié.

— Ça va aller ? s'inquiéta Juliette, qui avait posé sa main sur celle d'Irving.

— Oui, je crois que je suis toujours vivant, répondit-il en croisant ses doigts avec ceux de la jeune femme dans un réflexe de tendresse, avant de les retirer doucement.

— Voilà une belle intronisation dans la confrérie de l'ivresse, déclara Lavallée, qui s'était rapproché. Trinquons, mon ami ! Ce poison est le plus réjouissant que je connaisse.

Irving refusa par deux fois avant de capituler devant l'insistance de l'étudiant et les premières bouffées d'euphorie qui soufflaient dans son corps.

— Tu sens comme c'est différent ? Delvau a écrit que la bière donnait une ivresse lourde, le vin une ivresse joviale et l'eau-de-vie une ivresse féroce. Mais l'abs, elle, te transporte dès les premières gorgées dans un univers différent, où tu te sens à la fois plume et plomb, clair et confus, où tout devient incohérent et harmonieux. Cette liqueur te transporte dans un ailleurs unique à la vitesse du son ! À la tienne ! conclut-il en vidant son verre.

Lavallée réprima un haut-le-cœur et s'approcha pour lui murmurer, l'haleine imbibée d'un mélange d'alcools :

— Profite bien de ta grisette, mon ami.

Irving voulut s'en offusquer mais se sentit incapable de réagir. Alphonse s'était éloigné à la recherche de Rosa ou d'une bouteille d'absinthe encore en activité. Javier tenait un discours décousu à la table voisine et Irving supposa qu'il avait ingurgité autant d'alcool que lui. *Et même plus*, songea-t-il alors que son ami était monté sur la table pour esquisser un pas de flamenco qu'il n'avait jamais su danser. Autour de Torquedo, les gens riaient grassement, surtout Zélie dont la voix ressemblait au braiement de Barbicane. Juliette était la seule à avoir conservé sa dignité et sa beauté, qu'il ne se lassait pas d'admirer. Elle le questionnait et Irving avait la sensation de n'être que le témoin de leur conversation et qu'un autre, drôle et charmeur, faisait tout le travail à sa place, tel un double rêvé de lui-même. Il voulait que ce moment dure le plus longtemps possible, il avait peur que ses ailes fondent, qu'il chute et s'écrase contre le sol rugueux de la réalité. Il devait continuer à ingurgiter le liquide au goût floral et anisé, légèrement amer, afin que cette flamme ne s'éteigne pas et continue de les éclairer, Juliette et lui.

Javier s'assit plusieurs fois avec eux, et même entre eux, pour lui adresser des plaisanteries auxquelles il lui sembla répondre avec à-propos, mais Irving oubliait aussitôt questions et réponses, seule la voix de Juliette restait accrochée en lui. Puis le temps remonta comme un saumon à la source d'une rivière, il se dilata avant d'exploser et de disparaître. Il avait l'impression d'avoir vécu une vie entière dans la Laiterie du Paradoxe à échanger avec le premier ange échappé du divin. Juliette aussi avait bu, juste assez pour éteindre les complexes et la honte de sa condition qui la poursuivaient à chaque sortie avec Zélie.

Ceux qui n'avaient pas réussi à arrêter à temps les tournées incessantes de Rosa et du patron jonchaient le sol ou se traînaient, incapables de tenir debout sans ressembler à des pantins de fête foraine, aidés par les autres élèves, plus prudents ou plus habitués, qui avaient une meilleure connaissance de l'invisible frontière à ne pas franchir. La fête avait commencé dans l'euphorie de l'élection et s'éternisait dans une bérézina annoncée. Alphonse, après avoir uriné contre une table, s'était endormi au pied de la fresque murale, donnant l'impression de s'en être échappé. Javier n'avait pas quitté son chapeau mais sa chemise avait disparu. Il avait entamé une improbable partie de lansquenet en compagnie de deux étudiants, dont un portait sa liquette mais n'avait plus de chaussures aux pieds. Zélie était toujours auprès de lui, appuyée à son épaule, à commenter le déroulement des parties en les ponctuant de son imitation de Barbicane qu'Irving jugea de plus en plus proche de la perfection. Il avait l'impression d'avoir raconté sa vie à Juliette en commentant chaque jour passé à l'Alhambra, mais elle n'avait pas l'air de s'en être lassée. Son regard était lumineux comme les billes translucides d'agate qu'il avait reléguées depuis longtemps dans un coffre, mais qu'il regardait parfois en les portant devant le soleil pour jouer avec leurs reflets. Il s'entendit lui proposer de quitter le café. Ce fut son dernier souvenir avant le réveil.

CHAPITRE XXII

65

Samedi 12 novembre 1881, Grenade

Le 4 novembre, Nyssia s'était disputée avec sa mère, puis de nouveau avec son père. Les échanges étant rapidement devenus stériles, elle les avait quittés sans un mot ni un regard. Seule Victoria avait tenté de la retenir, mais Nyssia l'avait repoussée sans ménagement. Elle avait rassemblé toutes ses affaires dans un sac de voyage dont elle aimait l'odeur de cuir raffiné et qui lui avait valu une multitude de questions auxquelles elle n'avait jamais répondu. Elle avait attendu le fils du libraire Zamora, qu'un jeune Gitan était allé chercher pour cinq réals, et lui avait raconté la dispute. Son *novio* n'avait pas compris sa décision de quitter le foyer familial, qu'il jugeait disproportionnée, mais avait été ravi qu'elle lui demande de l'héberger quelques jours. Il avait choisi de l'emmener à Cenes de la Vega, un village dans les faubourgs de Grenade, à une heure et demie de marche, où un de ses oncles possédait une petite maison isolée à flanc de coteau, au bout d'un chemin où l'ombre régnait en permanence et qu'il n'habitait que les mois d'été pour fuir Grenade et sa chaleur étouffante. Il avait menti à son oncle afin d'obtenir les clés, menti à son père pour obtenir un congé et s'était menti à lui-même en se convainquant que Nyssia était aussi partie parce qu'elle l'aimait.

Il acheta un petit jambon fumé, des figues sèches, quelques tomates confites ainsi qu'un pain rond au marché du village. L'air était saturé d'humidité, il avait plu toute la nuit et le ciel laiteux ressemblait à un drap auréolé de taches grises. Il avait la consigne de ne parler à personne, ce dont il s'acquittait volontiers, pressé de rejoindre son amoureuse. Il coupa quelques fleurs sauvages sur le chemin du retour et fut soulagé de l'entendre lui répondre lorsqu'il l'appela du bas des marches qui menaient à leur chambre. Il vivait ce moment comme un rêve dont il savait que le réveil serait brutal.

Nyssia était allongée, enroulée dans le drap de lin blanc qui leur servait de seconde peau.

— Viens, viens vite, dit-elle, le bras tendu comme pour l'attraper. Tu m'as manqué. Personne ne t'a questionné ?

Il la rassura, lui montra son bouquet et le déposa dans une bouteille en grès transformée en vase. Le jeune Zamora se déshabilla et la rejoignit, le corps tendu par son attraction inassouvie pour Nyssia.

— Prends-moi dans tes bras, j'en ai tant besoin après tout ce qui s'est passé, susurra-t-elle. Tes caresses me font du bien. Qu'as-tu acheté pour manger ?

Il lui décrivit ses courses tout en se concentrant sur la sensualité de ses gestes. Elle y répondit par des murmures félins avant de le caresser à son tour. Nyssia sentit l'intensité de son désir, le soulagea avant qu'il ait pu la pénétrer puis se colla contre lui et lui réclama un poème de Castro de Murguía. Le jeune homme avait emporté *Follas Novas*, dont il lui lisait des extraits plusieurs fois par jour tout en faisant semblant de s'enthousiasmer des écrits de la poétesse.

— Tu ne veux pas plutôt lire *Bel-Ami* aujourd'hui ? suggéra-t-il en désignant la couverture.

— Plus tard. Je veux que tu me caresses de ses mots, répondit-elle en s'étirant.

Il s'exécuta en récitant consciencieusement deux poèmes extraits de la partie « D'a Terra ». Elle l'encouragea à davantage de sensualité dans son interprétation, ce qui eut pour effet d'exagérer sa déclamation.

— Elle est tellement mélancolique et désenchantée de tout, argua-t-il avant de poser le livre par terre où il rejoignit de nombreux autres, disposés en strates de trois ou quatre, comme autant de piles d'un pont imaginaire.

Divers objets encombraient le sol, assiettes et verres, bol d'olives aux trois quarts vide, vêtements épars, bougies fondues, journal local, tous les témoins de leur réclusion volontaire. Une fragrance florale flottait autour d'eux. Le jeune Zamora embrassa la nuque de Nyssia et respira sa peau intensément.

— C'est une eau de rose du parfumeur Rigaud, précisa-t-elle.

— Un jour je pourrai t'en offrir. Et nous ne serons plus obligés de supporter tous ces cadeaux que tu reçois de je ne sais qui !

Elle lui sourit et se pencha hors du lit pour attraper son corset droit, qu'il l'aida à enfiler. La dentelle noire qui surmontait le gousset de poitrine était ourlée de fils dorés et le busc épousait parfaitement ses hanches et sa chute de reins.

— Oui, dit-elle en anticipant la question, il a été fait sur mesure.

Elle l'enlaça et l'embrassa sur le front.

— Et, non, le tailleur n'a pas vu mon anatomie : j'ai pris les mesures moi-même. Tu as encore des commentaires avant que l'on passe à un autre sujet ?

Elle se pencha pour atteindre le bol d'olives et en croqua une. Le jeune Zamora hésitait. Nyssia en prit une seconde, la lui proposa et l'avala après qu'il l'eut refusée.

— Que veux-tu me dire ? insista-t-elle.

— Je suppose que celui qui te l'a payé, lui, a pu la voir.

La gifle claqua sur sa joue sans qu'il ait eu le temps de l'éviter.

— Tu l'as méritée, se justifia-t-elle en s'asseyant en tailleur au centre du lit.

— Je suis désolé, dit-il en tentant de l'amener vers lui.

Elle se dégagea de son emprise sans cesser de le dévisager. Le *novio* n'osait pas soutenir son regard.

— Pourquoi faut-il toujours que tu gâches tout ? Surtout maintenant ?

— Parce que je t'aime ! gémit-il.

— Aimer n'est pas un blanc-seing pour faire du mal.

— Toi aussi tu m'as fait mal, répliqua-t-il.

— Cette gifle n'était pas violente. Elle était méritée.

— Comprends-tu ce que je dois endurer ? Cet autre qui te couvre de cadeaux dont tu te pares devant moi !

— Si je les mets, c'est pour être belle pour toi, benêt. Tu n'as pas compris ? C'est lui qui devrait être jaloux, il paie pour qu'un autre en profite.

— C'est vrai... C'est vrai...

— Crois-tu vraiment que je serais restée huit jours enfermée avec toi si je ne t'aimais pas ?

Sa colère et sa jalousie disparurent instantanément. Le jeune homme ressentit à la place un sentiment de honte. Il avait douté de la femme qu'il aimait et qui lui prouvait son amour à sa façon. Il posa la tête sur les cuisses de Nyssia.

— Pardonne-moi, pardonne-moi, psalmodia-t-il en enfouissant son visage contre la peau soyeuse de sa fiancée.

Elle lui ébouriffa les cheveux sans répondre. Ils restèrent ainsi, silencieux, un long moment, chacun dans ses pensées.

— Je vais quitter Grenade, déclara-t-elle lorsqu'elle le sentit apaisé.

Pour seule réponse, les mains de son *novio* se contractèrent sur sa peau.

— Nous le savions tous les deux, que cela devait arriver, n'est-ce pas ?

Le jeune Zamora bougea la tête pour esquisser un oui puis se releva, lentement, et l'embrassa. Les lèvres de Nyssia étaient froides. Il s'enveloppa avec elle dans le drap.

— Emmène-moi avec toi, murmura-t-il. Nous irons où tu voudras.

— Tu sais bien que ce n'est pas possible, ta vie est ici, répliqua-t-elle en lui caressant la joue.

— Mais je ne peux pas vivre sans toi !

— Ne me demande pas d'être tout pour toi, je ne pourrais pas le supporter. Je t'écrirai souvent, je serai proche, toute proche.

Il ne réagit pas. Nyssia sut qu'elle venait de réussir en douceur sa première séparation. Elle pouvait lui annoncer la nouvelle.

— Je vais partir aujourd'hui. On va venir me chercher.

— Une jeune femme, elle a dix-huit ans, elle me ressemble beaucoup. C'est ma sœur jumelle et elle a disparu.

Victoria, tout comme ses parents, n'avait pas baissé les bras. Chaque jour, à midi et à six heures de l'après-midi, elle filait en ville interroger les commerçants et les passants, quartier après quartier, inlassablement.

— Non, ça ne me dit rien, répondit le cocher dont le fiacre stationnait *plaza del Realejo*. Vous dites qu'elle a disparu le 4 ?

— Oui, en soirée.

— Moi, je n'étais pas à Grenade, mais demandez à Manuel, là-bas, il travaillait sur la place ce jour-là.

Chacun la renvoyait vers une personne qui avait plus de chances d'avoir vu Nyssia, laquelle connaissait quelqu'un plus à même de les aider, et Victoria se sentait comme une balle passant de main en main. Après une semaine de cet étrange manège, ils étaient forcément tout près de la trouver, la moitié de la ville ayant cité l'autre moitié comme possible témoin. Victoria gardait espoir.

L'heure était au repos du début d'après-midi, mais elle avait décidé de continuer ses investigations. Elle gagna le Zacatín où Kalia distribuait ses derniers escargots aux marchands voisins. La vente n'avait pas été bonne.

— Ce n'est pas la meilleure saison, invoqua-t-elle avant de s'éloigner pour nettoyer son seau à la fontaine la plus proche.

— Tu parles, elle a passé son temps à questionner les passants, expliqua la marchande de tissus. Elle se moque bien de vendre des escargots, elle pourrait acheter la marchandise de tous les étals de la rue !

— Vous n'avez rien de nouveau ? s'enquit Victoria.

— Non. Je suis vraiment désolée de ce qui vous arrive, ma petite. En tout cas, tout le monde en parle et l'opinion la plus répandue est qu'elle n'est plus à Grenade.

— Nous avons interrogé tous les cochers de fiacre et personne ne l'a embarquée, objecta Victoria, un voile de lassitude dans le regard.

— J'ai fait tirer les cartes par ma cousine Simza, renchérit Kalia, une fois revenue. C'est une simple d'esprit, mais elle a un don et elle est formelle : Nyssia n'est pas loin. Il ne faut pas qu'on abandonne, ma chérie, ajouta-t-elle en caressant la joue de Victoria.

La jeune fille acquiesça et les quitta pour regagner le Mexuar. Elle s'enferma dans sa chambre et pleura à chaudes larmes, allongée sur le lit de sa sœur, avant de s'endormir d'épuisement. À son réveil, la peau de son visage était sèche et irritée. Elle s'aspergea d'eau à la salle de bains et effleura du regard son reflet dans le grand miroir. Elle n'osait se regarder, tant l'image de Nyssia effaçait la sienne.

— Victoria, tu es là ?

Sa mère l'appelait. Elle devait faire bonne figure pour soutenir ses parents. Alicia revenait du quartier des arènes où le transport de taureaux était à l'origine de nombreux trajets vers Murcie ou Séville.

— Personne ne l'a vue, confirma-t-elle. Ramón nous a télégraphié de Guadix : aucune femme seule n'a pris le train depuis samedi dernier. Rien, rien... Mais, tu ne devrais pas être en cours ?

— On est samedi, maman.

— C'est vrai, excuse-moi.

Alicia se massa longuement les yeux avec la paume des mains.

— Elle est ici, elle n'est pas partie. La cousine de Kalia l'a dit, c'est une voyante.

La réflexion de Victoria arracha un sourire à sa mère.

— Si seulement elle avait ce don !

— Je vais aller la voir, maman, peut-être qu'elle pourra nous en dire plus, proposa Victoria.

Elle quitta l'appartement sans même attendre le consentement de sa mère. Elle avait besoin de se plonger dans n'importe quelle forme d'action afin de semer ses idées noires. Personne n'avait encore eu l'idée de questionner le clan du Sacromonte : cette pensée lui donna une énergie nouvelle.

Simza était plus âgée que Kalia et plus typée, la peau tannée et burinée par le soleil. Elle détailla Victoria de ses petits yeux où iris et pupille se confondaient et eut un large sourire qui révéla l'étendue de son désert dentaire. Elle répéta ce qu'elle avait déjà dit à Kalia, dans un mélange d'espagnol et d'arabe à la diction approximative, en ponctuant ses phrases d'un ricanement bref qui accentuait son image de diseuse de bonne aventure à l'esprit dérangé.

— Où ? Pouvez-vous me dire où elle se trouve ? insista la jeune femme.

La vieille fit un effort qui creusa ses rides avant de conclure que Nyssia était entourée de livres et d'amour.

— Non, elle n'est plus à la maison. Aidez-moi, je vous en prie, aidez-moi plus que cela, implora Victoria.

Simza lui fit comprendre qu'elle aussi avait besoin d'aide pour continuer à exercer ses talents et que Kalia devait la payer afin qu'elle puisse le faire en toute sérénité. La bonne fortune de la Gitane n'était un secret pour personne, tout comme sa générosité envers le clan. Le regard pétillant de la voyante fit comprendre à Victoria que son esprit était en parfait état de marche.

Autour d'elles, les enfants s'étaient agglutinés et jouaient sans se soucier de la conversation des deux femmes, telles des lucioles autour d'une lampe-tempête. La voyante chantonnait des incantations dans une langue incompréhensible, les yeux mi-clos, et Victoria, constatant qu'elle n'arriverait plus à tirer d'elle aucune information, quitta la terrasse, suivi par un des gamins.

— Je n'ai pas d'argent, lui dit-elle, arrivée au pied du Cerro del Sol. Je ne suis pas un voyageur fortuné, j'habite ici.

— Je sais, dit le garçon. Je vous connais.

Elle reprit son chemin, pressée de poursuivre ses investigations, flanquée du petit bohémien. Ils grimpèrent la colline en silence et longèrent le Generalife.

— Tu veux m'accompagner ? lui demanda-t-elle soudain. Tu as entendu que je cherchais ma sœur ?

Il acquiesça d'un hochement de tête. Victoria avait besoin d'une compagnie rassurante, le mutique bambin ferait l'affaire.

— Je te donnerai une récompense, décida-t-elle, déclenchant un haussement d'épaules du garçon. Viens, allons chez moi.

Clément faisait des allers et retours le long du bassin de la cour de Machuca en compagnie de Mateo. L'agitation des deux hommes lui donna espoir.

— N'y allez pas seul, prévint Mateo au moment où elle les rejoignait.

— Le patron de l'auberge du Corral del Carbón a des informations et il veut me voir, dit-il à sa fille.

— Je vous accompagne, insista Mateo.

— Il ne dira rien si tu es là. Tu l'as rossé la dernière fois que tu l'as vu. Restez ici et attendez Alicia. Toi aussi, bonhomme, ajouta-t-il à l'adresse du garçon qui lui emboîtait le pas.

Victoria retint l'enfant par le bras et tous regardèrent Clément disparaître sous la porte de la Justice.

Il coupa par les ruelles en pente, aux escaliers inégaux, et toqua à la porte de l'établissement situé à l'entrée de l'ancien caravansérail. À trois heures de l'après-midi, toutes les boutiques étaient fermées. Le gérant ouvrit et sortit vérifier que personne ne se tenait embusqué en retrait.

— Je suis seul, confirma le Français.

— C'est que je n'ai pas envie qu'il revienne faire du grabuge, expliqua l'homme avant de lui faire signe d'entrer.

L'aubergiste n'avait pas payé sa dernière commande de glace à Mateo, sous prétexte d'une plainte de plusieurs clients concernant sa qualité. Le commerçant, aux abois, avait utilisé le même stratagème avec d'autres fournisseurs afin de retarder ses créances, ce que Mateo avait appris.

— Qu'avez-vous à me dire ? le pressa Clément sans enlever cape ni chapeau.

— Ce n'est pas moi, mais monsieur, dit-il en désignant un homme assis dans l'angle opposé à l'entrée.

Clément reconnut Tête-de-rat avant même qu'il sorte de la pénombre qui baignait une partie de la pièce.

— Vous allez discuter, juste discuter, avertit l'aubergiste. Ensuite, je ne veux plus vous voir, mon établissement n'est pas un endroit pour régler ses comptes, ajouta-t-il en gagnant l'office.

L'ex-officier affichait son sourire ironique et son regard narquois habituels.

— Je n'ai pas de temps à perdre avec un escroc, annonça Clément. Revenez me voir dans dix ans ou quand vous serez devenu honnête, ce qui me laisse de la marge.

L'homme amorça une ébauche de bâillement nonchalant pour toute réponse puis asséna :

— J'ai des informations concernant votre fille...

— Nyssia ? Vous avez de ses nouvelles ?

— ... mais je suis déçu, j'attendais davantage de respect de votre part. Je vous offre mon aide et vous me traitez d'escroc !

— Cessons ce jeu, dites-moi où elle se trouve. Dites-moi ce que vous savez et ce que vous voulez. Vite !

Tête-de-rat s'était levé et tournait autour de Clément, s'arrêtant, repartant, tel un félin devant sa proie. Le Français restait immobile, les yeux rivés sur l'entrée de la cuisine, d'où parvenait la flamme pâle d'une lumière à gaz.

— J'ai appris sa fugue et vous m'en voyez navré, reprit l'homme, qui avait fini par se planter face à lui. Mais qui ne quitterait pas un père complice des anarchistes ?

L'aubergiste avait fermé à clé la porte d'entrée. Clément n'avait d'autre choix que de l'écouter sans répondre à ses provocations.

— Bien, venons-en aux faits. Je sais où elle se trouve. Mais, pour vous livrer cette information, j'ai besoin de vos aveux.

— Je n'ai rien à vous avouer. Contrairement à vous.

— Voyons... souvenez-vous. Vous avez caché un anarchiste en fuite et vous êtes complice de leurs activités. Une lettre écrite de votre main suffira. Une simple lettre pour sauver votre fille d'une erreur de jeunesse, cela ne me semble pas exagéré, non ?

— Quant à vous, souvenez-vous du produit injecté dans ma machine à faire du froid. Aubergiste ! cria Clément en s'approchant de l'office. La conversation est terminée, vous pouvez ouvrir !

Il se posta devant Tête-de-rat, qui demeura impassible.

— Je n'ai pas besoin de vous pour la retrouver. Surtout pas.

— Il y a un autre sujet dont je voulais vous entretenir. La société qui m'emploie a fait travailler un avocat sur vos machines à glace.

Clément avait marché jusqu'à la porte d'entrée et lui tournait le dos. Tête-de-rat s'approcha si près que le Français sentit son souffle sur sa nuque.

— Et aucune n'a fait l'objet d'un dépôt de brevet...

Clément s'écarta et s'accouda au comptoir avant de répondre :

— J'ai amélioré des systèmes existants. Rien ne m'obligeait à déposer des brevets, dit-il en comprenant la faille dans laquelle son adversaire allait s'engouffrer.

— Monsieur Delhorme, voyons, voyons, quelle négligence ! le sermonna l'homme en passant derrière le comptoir. Heureusement que nous sommes là pour vous aider : nous les avons déposés pour vous, ajouta Tête-de-rat en servant deux verres de vin.

Il lui en tendit un, porta l'autre à ses lèvres et le vida d'une traite.

— Cela n'a été possible que grâce à votre collaboration, continua-t-il, quand vous avez aimablement annoncé à tout le monde la composition de vos réfrigérants chimiques. Collaboration involontaire, certes, mais bien précieuse.

— Vous n'avez pas la composition exacte, vous ne saurez pas les faire fonctionner, répondit Clément en repoussant son verre. Aubergiste ! cria-t-il de nouveau.

— Comme vous le savez, ce n'est pas utile pour un brevet : nous avons couvert l'ensemble des compositions possibles. Ce qui signifie qu'à partir d'aujourd'hui, chacune de vos machines fabrique de la glace grâce à un procédé nous appartenant. Et si vous ne signez pas vos aveux, votre ami Mateo devra nous verser une partie de ses revenus, plus ce qu'il devra sur la glace déjà vendue. Vous voyez comme tout peut être simple dans la vie !

66

Samedi 12 novembre 1881, Grenade

— C'est bon ! dit le petit Gitan après s'être léché les babines.

Il s'essuya la bouche sur sa manche de chemise.

— Je peux en ravoir une ?

Victoria coupa une tranche de pain, humecta d'huile d'olive une de ses faces et la recouvrit de tomate écrasée.

— Allons dehors, je vais te montrer quelque chose, dit-elle en rassemblant les miettes dispersées sur la table.

Ils quittèrent l'appartement et se rendirent au sommet de la tour du Guet. Le garçon, qui n'était jamais monté dans les édifices de l'Alhambra, s'approcha prudemment du bord. Victoria jeta les restes de pain au centre de la terrasse et rejoignit le bambin qui s'était assis pour finir sa tartine. Au bout de quelques secondes, les premiers martinets voletant alentour s'étaient posés pour picorer les miettes, bientôt suivis d'une nuée d'autres qui se bousculèrent pour profiter du maigre festin avant de laisser place nette et de reprendre leur danse dans l'azur.

— Quel âge as-tu ?

Le Gitan haussa les épaules en signe d'ignorance.

— Dix ou onze ans, assura-t-elle en considérant sa taille. Quand j'avais ton âge, je venais pêcher les oiseaux avec mon frère et ma sœur. À l'aide d'une canne, ajouta-t-elle en mimant le geste.

Elle soupira :

— Irving est à Paris maintenant et Nyssia est peut-être loin aussi.

Victoria laissa l'enfant terminer son goûter et s'adossa au parapet, songeuse, devant la tache protéiforme des habitations qui mangeait la vallée. L'un des points blancs qui la composaient cachait peut-être sa sœur.

— Elle n'est pas loin, dit le garçon en lui prenant la main de sa paume collante.

— Entourée de livres et d'amour... Puisse la voyante avoir raison ! répondit Victoria en pressant doucement ses doigts.

Le garçon s'était renfrogné.

— Qu'y a-t-il ? demanda Victoria en s'agenouillant pour se mettre à sa hauteur.

— Tu es gentille avec moi. J'ai peur que tu te fâches.

— Viens, dit-elle en le serrant contre elle. Je n'ai aucune raison d'être en colère contre toi. Dis-moi.

— Simza, elle n'a rien deviné, je lui ai parlé. Ta sœur, elle m'a donné de l'argent pour lui ramener son *novio*. Je sais que c'est mal, mais je les ai suivis.

Tête-de-rat tenait enfin sa revanche. Il prit le verre de Clément et le but avant de piaffer de plaisir.

— Aubergiste, pas la peine de vous déplacer, mon ami a changé d'avis ! jubila-t-il.

Le coup porté était fatal. Le *señor* Delhorme, le Français que Grenade applaudissait pour les records d'altitude de ses aérostats, dont la femme faisait l'admiration de tous pour sa beauté et son engagement dans la restauration de l'Alhambra, l'homme qui avait fait oublier aux Andalous son défaut de ne pas être un enfant de leur terre, Delhorme allait enfin avouer son crime, effaçant des années d'impunité et lui, Tête-de-rat, pourrait alors être réintégré dans la Guardia avec tous les honneurs pour avoir démasqué un complotiste.

Le sourire inattendu de Clément l'inquiéta. Tête-de-rat se retourna. Mateo se tenait dans l'encadrement de la porte, une clé à la main.

— Désolé, *amigo* ! répondit l'ex-*nevero* en la balançant au bout de sa ficelle. Le patron est parti en voyage et je le remplace.

Mateo traversa la pièce et déverrouilla l'entrée.

— Cela ne change rien à mon offre, Delhorme, clama Tête-de-rat. Votre ami sait-il que si vous refusez, il sera ruiné ?

Mateo ouvrit la porte en grand, faisant pénétrer la lumière poussiéreuse de la rue :

— J'ai entendu votre conversation, monsieur. Nous ne sommes pas preneurs de votre offre.

— De votre chantage, rectifia Clément.

— De votre chantage, approuva Mateo. Vous voulez tout le marché de la glace ? Prenez-le, je vous le laisse. Les machines à froid ? Aussi. Vous aurez toujours un coup de retard sur M. Delhorme. Et le prochain vous laissera sans voix. *¡ Adiós !*

Clément salua Tête-de-rat en effleurant son chapeau avant de suivre son ami. Il croisa deux habitués qui, voyant l'établissement ouvert, attendaient, surpris, sur le seuil.

— Allez-y, entrez, c'est monsieur qui régale ! dit-il en désignant l'ex-officier qui n'avait pas bougé du comptoir.

Ils gagnèrent la *cuesta de Gomérez* en moins de dix minutes et entamèrent la montée en silence jusqu'à la porte des Grenades.

— Merci, Mateo. J'avais tort en te demandant de ne pas m'accompagner.

— Ne vous inquiétez pas pour moi. Je n'ai plus besoin de vendre des glaçons pour vivre.

Nyssia revint en force dans l'esprit de Clément. Il accéléra le pas.

— À quoi pensais-tu en parlant de mon prochain coup ? demanda-t-il tandis qu'ils traversaient l'esplanade.

— Je ne sais pas. Vous êtes toujours en train d'inventer, alors j'ai voulu l'impressionner. Mais je suis sûr que vous en avez un !

À leur arrivée, l'appartement était désert. Un papier plié trônait en évidence sur la table de la cuisine.

Le soleil venait de se glisser derrière la colline sur le versant de laquelle s'étirait Cenes de la Vega. Victoria et le jeune Gitan s'étaient assis au début du chemin menant à la maison. Alicia était entrée seule. Peu après, une silhouette était sortie et avait remonté l'allée de terre bordée d'ifs d'une démarche mécanique, presque ébrieuse. Lorsqu'ils reconnurent le jeune libraire, le garçonnet se cacha derrière Victoria. Zamora ne les remarqua même pas, ou ne voulut pas les remarquer, et poursuivit sa route en traînant son corps à la manière des acteurs du théâtre de pantomime exagérant le chagrin.

— Il est triste, dit le petit bohémien.

— Je crois plutôt qu'il se sent responsable. Il était complice de sa fuite.

Une lumière s'était allumée à l'étage. L'habitation, récente, était simple et sans style particulier. La façade ocre se confondait avec la peau apparente de la colline qui lui servait de décor. Tout semblait calme.

Le crépuscule rosissait les colonies de nuages qui accompagnaient la fuite du soleil, cependant qu'une nappe de brume montait de la vallée en suivant le cours du Genil.

— J'ai froid, dit le Gitan que sa liquette de lin ne protégeait pas de la fraîcheur naissante.

Victoria remarqua seulement alors qu'il n'avait pas de souliers.

— Je suis désolée, petit, dit-elle en lui proposant son châle. Voilà une heure qu'on attend papa. Ah, le voilà ! s'exclama-t-elle, on va pouvoir entrer se réchauffer.

Clément tomba dans les bras de sa fille. À travers ses vêtements, son corps exhalait une douce chaleur au parfum rassurant. Mateo suivait à quelques mètres, hors d'haleine.

— Jamais je n'ai marché aussi vite, même dans la Sierra Nevada poursuivi par les loups ! Allez-y, je vous attends ici, dit-il en s'asseyant sur le bloc de roche qui marquait l'entrée de la propriété.

À l'intérieur, la pièce principale n'était meublée que d'une table de dimensions modestes, d'un vaisselier rempli d'assiettes en porcelaine française et de plats en grès, ainsi que d'un fauteuil canné au coussin usé. Un tableau représentant un ancêtre Zamora était accroché au-dessus d'un âtre spacieux dans lequel une épaisse couche de braises finissaient de se consumer. Clément monta à l'étage pendant que Victoria et le garçonnet s'invitaient près du feu.

— Que c'est bon, dit le Gitan en ouvrant les bras pour accueillir la chaleur que Victoria réveillait avec le tisonnier.

Elle tira le fauteuil devant la cheminée et s'y blottit avec l'enfant. Au-dessus d'eux, les pas avaient cessé.

Lorsque Clément entra dans la chambre, Alicia était seule et prostrée sur le lit. Elle avait les yeux rougis et soulignés de cernes gonflés.

— Où est-elle ?

Elle se leva avec difficulté, le corps lourd, et s'avança jusqu'à lui.

— Où est notre fille ?

— C'était la seule solution, geignit-elle en l'enserrant de ses bras comme une camisole, la seule...

— Lâche-moi, dit-il sans tenter de se dégager, il n'est pas trop tard, je peux encore la rattraper !

— N'essaie pas, je t'en conjure !

Clément lui prit les avant-bras et la força à abandonner. Il ouvrit la fenêtre mais n'aperçut aucun véhicule sur la route qui serpentait dans la vallée, revint vers elle et la saisit par les épaules :

— Depuis combien de temps est-elle partie ? Quelle est son avance ? Dis-moi !

— Il est trop tard.

— S'il te plaît, aide-moi !

Elle le rejeta brutalement.

— Mais ne comprends-tu pas que nous devons la laisser partir ? Nous ne pouvons rien contre sa volonté ! Rien ! Quand je suis arrivée, ses affaires étaient déjà embarquées dans la berline. Je l'ai suppliée de rester et puis j'ai compris...

— Jamais ! hurla-t-il en se tournant vers la porte.

Alicia se jeta sur lui et l'enlaça. Il se dégagea, elle s'accrocha à sa ceinture, il se débattit, elle s'agrippa à sa jambe. Elle hurlait, pleurait, l'implorait. Déséquilibré, il tomba sur elle. Alicia cria de douleur mais ne desserra pas son étreinte. Ils se débattirent dans un corps à corps où aucun des deux ne voulait faire de mal à l'autre. Puis elle sentit les muscles de Clément se détendre. Il abandonnait. Ils restèrent allongés l'un contre l'autre un long moment, silencieux. Elle lui prit la main et la serra.

— Pourquoi ? Pourquoi ? Nous l'avions retrouvée ! gémit-il.

— Et puis ? Elle serait repartie, dans une semaine ou dans un mois, elle l'aurait fait encore et encore, jusqu'à réussir. Nous n'avions pas d'autre choix, mon amour, pas d'autre choix.

Elle l'embrassa doucement. Clément eut un réflexe de recul avant de lui caresser les cheveux et de lui rendre son baiser.

Le plancher craqua dans le couloir.

— Victoria nous attend, dit Alicia. La vie continue. On peut juste accompagner Nyssia de notre mieux. Si elle le veut bien.

— Et sinon ?

— Sinon, tu connais le caractère de notre fille. Nous l'aurons définitivement perdue.

La nuit avait filé sans qu'il trouve le sommeil. Alicia s'était allongée sans manger et s'était jetée dans le noir de l'oubli. Victoria était restée avec lui jusqu'au bout de ses forces. Il l'avait couchée, endormie, à côté de sa mère et avait pris place sur le lit de Nyssia, dans la position favorite de sa fille, adossé contre le mur. Au matin, il avait envisagé toutes les hypothèses et réduit toutes les équations à une seule inconnue.

Il se sentit rassuré et gagna la cuisine. Kalia s'y trouvait qui avait apporté un pain chaud, comme chaque matin. Ils déjeunèrent ensemble et n'abordèrent que des sujets légers, ce dont il lui fut reconnaissant.

— Ta fille est forte, Clément. Fais-lui confiance, dit-elle au moment de le quitter.

Mateo et elle avaient cette faculté de ne jamais se perdre en paroles vaines et en conjectures et de se fier à leur intuition plutôt qu'aux mathématiques. Et si Clément ne doutait pas des dernières, il reconnaissait que la première leur avait plutôt réussi.

Rafael Contreras passa aux nouvelles avant de se rendre à son atelier. Clément lui exposa ses idées, qu'il approuva.

— Même si c'est une option qui ne peut me réjouir, ajouta-t-il.

Le docteur Pinella fit une visite après ses consultations et déposa des pilules pour sa patiente.

— Qu'elle les prenne à titre préventif. Après ce qu'elle vient de vivre, elle risque de faire une crise.

À dix heures, Alicia et Victoria étaient toujours endormies. Clément se rendit au pavillon du Generalife qui lui servait de station météorologique et fit ses relevés du matin, qu'il inscrivit dans son cahier annuel. La dépression, localisée les jours précédents sur le nord de l'Europe, s'annonçait. Il effectuait invariablement les mêmes gestes depuis vingt ans. Les résultats lui avaient permis de fabriquer un modèle mathématique qu'il avait affiné au fil du temps. Depuis deux ans il ne progressait plus : il était arrivé aux limites de son système.

Clément se dirigea vers les Bains où les étoiles brillaient dans les coupoles. Il s'assit dans la lumière des rais du soleil, à côté du bassin où ses enfants étaient nés. Le mur attenant laissait apparaître une fresque en partie rénovée qui constituait un des nombreux chantiers d'Alicia.

— Je savais que je te trouverais ici, dit celle-ci en apparaissant dans l'ouverture en arc qui les séparait de la salle froide.

— C'était un des endroits préférés de Nyssia.

— Et ça l'est toujours, Clément. Ne parle pas d'elle au passé, elle reviendra.

La tension affleurait dans sa voix. Il se poussa pour qu'elle s'assoie à son côté dans les étoiles de lumière.

— Je le redoutais et c'est arrivé, avoua-t-il. Tu n'y pensais jamais, toi ?

— Depuis le jour de leur naissance ! J'y pense depuis ce moment... C'est inéluctable.

— Pas ainsi. Pas comme cela. Elle a besoin de nous.

— Nyssia n'a besoin de personne, rétorqua Alicia.

Les étoiles diminuèrent d'intensité, absorbées par les nuages de passage, puis réapparurent, plus brillantes encore, avant de s'éteindre définitivement.

— Rentrons, dit-elle en se levant. Victoria nous attend.

Clément l'embrassa longuement comme pour se convaincre que rien n'avait changé entre eux.

— Je vais bientôt ouvrir un nouveau chantier, dit-elle en l'entraînant dans la salle des Ambassadeurs. Nous avons eu l'argent du gouverneur pour restaurer le plafond.

Clément leva la tête vers la haute voûte décorée de menuiserie fine symbolisant les cieux étoilés. Le passage du temps l'avait dégradée et un ancien gouverneur l'avait achevée en la faisant repeindre en doré.

— J'ai retrouvé une planche de bois qui indiquait qu'à l'origine elle était polychromique. Nous la referons à l'identique, précisa-t-elle. Ce sera la splendeur de l'Alhambra !

Il fut pris d'un vertige et sortit dans la cour des Myrtes respirer un peu d'air frais.

— Tout va bien ? s'inquiéta-t-elle en le rejoignant. Cela m'a fait le même effet au début : la tête renversée vers tous ces dessins géométriques donne la nausée. Il faudra qu'on fasse attention sur les échafaudages. Viens, je vais te montrer les *mocárabes* au centre...

— Alicia, attends, dit-il en la retenant par la main. J'ai réfléchi depuis hier soir.

Il lui caressa les bras et les épaules tout en appréciant les senteurs apaisantes du myrte des bosquets avant de continuer :

— Je ne vois qu'une solution : partir à Paris et retrouver Nyssia. Eiffel sera ravi, il m'offre du travail à son bureau d'étude depuis des mois, Victoria sera heureuse, elle rejoindra son fiancé, Irving continuera à travailler pour son photographe et nous serons définitivement débarrassés de Tête-de-rat, ce qui n'est pas le moindre avantage.

Elle ne répondit pas, visiblement affectée.

— Nous pourrons retrouver notre fille et vivre près d'elle, insista-t-il.

— Pourquoi Paris ? Elle est peut-être restée en Espagne.

— Celui qui vient de nous l'enlever est un homme marié, il ne peut pas l'installer à Saint-Pétersbourg, mais il a des biens à Paris. Je suis persuadé que c'est là qu'elle se rend.

— Je ne sais pas. Je ne sais pas...

Alicia recula et s'adossa au mur, les yeux rivés sur le bassin qui reflétait une image troublée de la tour de Comares.

— Je veux que nous soyons présents quand il l'abandonnera, continua Clément. Parce qu'il finira par le faire, une fois qu'il se sera lassé. Elle n'est pas de leur monde. Nous serons là pour l'aider afin qu'elle ne tombe pas dans de mauvaises mains. Elle n'a ni fortune ni dot. C'est une proie si facile.

— Tu me fais peur quand tu parles ainsi.

Pour la première fois de sa vie, elle se sentait dépassée par les événements. Elle doutait d'avoir fait le bon choix en laissant sa fille partir, elle doutait du contraire aussi, elle doutait de tout, et Clément lui demandait de faire un nouveau choix.

— Aujourd'hui, l'équation n'a plus qu'une seule inconnue, dit-il en se penchant vers elle pour effleurer sa joue et l'embrasser.

— Quelle est-elle ?

— Toi, mon amour.

CHAPITRE XXIII

67

Jeudi 30 mai 1918, Alhambra, Grenade

C'était le grand jour. Toute la ville s'était parée pour le défilé du Corpus Christi. Mlle Delhorme s'était réveillée tôt, taraudée par la douleur dans ses articulations. Kalia était allée chercher Ruy Pinilla, qui l'avait auscultée et avait constaté le stade avancé de sa syphilis. Elle l'avait confirmée d'un simple échange de regards.

— Avez-vous aussi des troubles de mémoire ? l'interrogea-t-il en fouillant dans sa sacoche.

— J'ai tous les symptômes recensés par le corps médical, un vrai bonheur, plaisanta-t-elle en se rhabillant.

— Je suppose que vous en connaissez l'évolution ?

— Oui, à moins que vous n'ayez une bonne nouvelle à m'annoncer ?

— Rien de nouveau, malheureusement. Le progrès avance à pas de géant chaque jour, mais à sauts de puce pour la médecine, constata-t-il en sortant un pilulier. Tenez, prenez ça, cela vous soulagera. Je laisserai votre médecin s'occuper du traitement de fond.

— Même le mercure ne me soulage plus sur de longues périodes, dit-elle en se frottant les doigts et le poignet. Si vous avez autre chose à me proposer...

— Restez à Grenade. Le grand air de la Vega vous sera profitable.

— Croyez-vous qu'un retour à la source de mes souvenirs fasse office de fontaine de jouvence ? demanda Nyssia en s'accoudant à la fenêtre qui donnait sur la Sierra Nevada.

— C'est souvent le cas, vous ne pensez pas ?

Elle alluma une cigarette au bout de son dispositif en jade avant de répondre :

— Mon mari ne serait pas d'accord avec votre prescription.

— Je suis désolé de vous le demander, mais votre époux est-il au courant de votre maladie ?

— Il pourrait difficilement ne pas l'être : c'est lui qui m'a contaminée. Mais il le vit bien mieux.

Après une première crise vingt ans auparavant, Pierre de la Chesnaye n'avait plus jamais ressenti aucun symptôme.

Kalia, restée dans le couloir, piétinait d'impatience.

— Je vous laisse aller à la procession, dit Pinilla en faisant claquer la boucle dorée de sa sacoche.

— Je vais rester à l'Alhambra.

— Marcher vous ferait le plus grand bien.

— Cela n'a jamais été mon activité favorite, même ici, avoua-t-elle en le raccompagnant.

Arrivé à la porte, le médecin posa la main sur la clenche, hésita et se retourna :

— Après votre visite, j'ai pensé à notre conversation et un détail m'est revenu en mémoire. À la fin de l'année 1889, votre mère a consommé beaucoup d'antalgiques en plus de ses pilules pour le cœur.

— Qu'a-t-elle eu ?

— Elle se plaignait de douleurs abdominales mais je suis persuadé qu'elle n'avait rien. J'ai toujours pensé qu'elle les donnait à quelqu'un d'autre. C'est mon père qui la suivait, mais il m'est arrivé de lui monter ses médicaments à l'Alhambra. Cela a peut-être un lien avec M. Delhorme.

Kalia suivit des yeux le fils Pinilla jusqu'à ce qu'il ait disparu derrière le palais de Charles Quint, avant de retrouver Nyssia.

— Je n'ai pas envie de voir les grosses têtes et la harpie défiler. J'irai à l'eucharistie dimanche, dit Mlle Delhorme pour se débarrasser de la question à venir.

— Comme tu voudras, *chica*. Ruy m'a recommandé de ne pas insister, avoua la Gitane en cherchant un tulle de dentelle noire pour recouvrir son chignon. Moi, je n'ai pas vraiment le choix, ajouta-t-elle.

On l'a toujours, Kalia, songea Nyssia. Mais elle ne dit rien. Elle avait remarqué que la vieille femme s'était habillée avec beaucoup de soin pour la fête, où elle allait sans doute rejoindre un ancien amant alors qu'elle n'avait jamais voulu se remarier après la mort de Mateo.

— Les choix se paient, murmura-t-elle une fois seule. Au comptant ou à crédit.

Le patio des Lions était désert. Nyssia s'était installée à l'étage de la salle des Abencérages et regardait la fontaine à travers les jalousies aux arabesques de bois, à l'endroit même où, quarante et un ans plus tôt, Youssoupov était entré dans sa vie. Chaque fois qu'elle l'avait convoqué dans ses souvenirs, le moment s'était présenté à elle vivace, et toujours rempli de ses premiers émois sensuels.

Elle avait apporté un ouvrage de poésie et le lut plusieurs heures, bercée par le clapotis de l'eau dans les vasques et par la légère euphorie due à l'opiacé qui avait en partie levé la douleur.

— Nyssia !

Elle ne vit pas le visage de celui qui l'appelait depuis la fontaine, mais sa voix n'avait pas été altérée par le temps ni le sérieux d'une vie d'adulte. Il avait toujours l'intonation juvénile et provocante de l'adolescence. Elle descendit les marches sans lui répondre, juste pour le plaisir de l'entendre la chercher, et le retrouva au centre du patio, ne relevant la tête qu'au dernier moment pour découvrir le visage de Javier.

C'était celui d'un homme aux rides nombreuses et profondes, aux cheveux uniformément blancs et au visage mangé par un collier de barbe où subsistaient quelques poils noir de jais. Elle ne le reconnut pas dans un premier temps, avant de retrouver dans ses yeux le même regard frondeur.

Ils ressentirent tous les deux une gêne identique, mélange de crainte et d'hésitation produit par un sommeil de plusieurs décennies et par la peur du jugement de l'autre.

— Tu n'as pas changé, dit-il avec sincérité, ébloui par la beauté intacte de son amie d'enfance.

— Toi non plus, mentit-elle, avant de rectifier : Pas tellement.

Le silence les surprit après le premier échange.

— Merci de ta présence, reprit-elle.

— J'arrive de Barcelone. J'y habite depuis dix ans maintenant, dit-il en se grattant machinalement la barbe.

— Kalia m'a expliqué. Elle a été obligée de me raconter toutes ces années en quelques jours.

À nouveau, le silence s'invita.

— As-tu remarqué comme il est difficile de se parler quand on a trop à se dire, lâcha Javier, avec un frisson d'émotion.

— Alors, marchons, proposa Nyssia en se dirigeant vers la cour des Myrtes.

Elle avait surtout le sentiment étrange que Javier était passé de l'état d'adolescent à celui de grand-père sans rien avoir vécu entre les deux. Les seules questions qu'elle avait envie de lui poser concernaient sa sœur.

— Tu lui ressembles, tu sais, dit-il en devinant ses pensées.

— Nous ne sommes pas jumelles pour rien. Mais nous avons eu les vies les plus opposées possible.

— On peut le dire, oui... On a partagé de si bons moments, dans cette cour, soupira-t-il en s'arrêtant devant le bassin aux arbustes odorants.

— Je n'en ai plus le souvenir, regretta-t-elle.

— Il faut dire que tu passais ton temps à t'isoler pour lire. Ça n'a pas changé, quel est ce roman ? demanda-t-il sans oser lui prendre l'ouvrage des mains.

— Apollinaire. De la poésie française.

— Tu ne lis plus les livres de cuisine de Platon ? plaisanta-t-il.

La repartie détendit Nyssia, qui baissa un peu la garde. Javier arrivait à ne jamais se prendre au sérieux même dans les situations de grande tension. Ce qu'elle avait toujours apprécié chez l'adolescent d'autrefois ne l'avait pas quitté. Les fils du temps se renouaient.

Ils traversèrent l'Alcazaba jusqu'à la tour du Guet.

— Notre repaire de pirates, dit-il une fois arrivé à la terrasse d'où leur parvenait la rumeur de la foule massée pour la procession.

Elle s'approcha du bord et laissa le vent caresser son visage.

— Tu as eu le monde à tes pieds, princesse, dit Javier en se portant à son côté.

— J'ai surtout rapidement perdu mes illusions.

— Mais tu as eu la vie que tu voulais, insista-t-il. Une vie de rêve.

— Ce fut éphémère, si éphémère. Après, tu te bats pour en conserver des miettes. Et toi ? questionna-t-elle en se tournant vers lui.

— Moi ? Je faisais partie du monde à tes pieds, répondit-il en esquissant une courbette.

— Sois donc sérieux ! Pour une fois...

— Tu me connais, tout ce qui est sérieux me fait fuir. Que puis-je te dire de ma vie ? Victoria est ce qui m'est arrivé de plus beau, c'est ma plus grande chance, même si je ne l'ai pas épousée... et je suis sérieux, cette fois. Nous sommes restés très proches.

— Kalia m'a dit que tu avais deux enfants ?

— Je les vois peu, tout comme ma femme. J'ai des chantiers dans toute l'Espagne et au Portugal. Je travaille même avec les architectes, mais c'est pour une bonne cause : le temple de la Sagrada Familia. Je reviens de temps en temps voir ma mère, mais elle n'a pas besoin de moi.

— Comment sais-tu qu'elle n'a pas besoin de toi ?

La question de Nyssia l'atteignit droit au cœur. Il réfléchit longuement avant de lui répondre, ce dont elle profita pour faire quelques pas sur la terrasse et évacuer la douleur qui se réveillait et lui mordait les genoux.

— En fait, tu as raison, concéda-t-il : cela m'arrange de le penser. Mais je la crois heureuse comme on peut l'être à l'automne de sa vie.

— Rentrons, décida Nyssia, qui sentait le besoin d'antalgique devenir pressant.

— On vient d'arriver.

— Il n'y a même pas d'hirondelles.

— Ah ? dit-il en levant obligeamment la tête. Mais tu détestais en pêcher...

Elle ne répliqua pas et s'engouffra dans la bouche de l'escalier. Les crises lui donnaient une démarche claudicante qu'elle avait jusqu'à présent réussi à masquer en public. Elle ne supportait aucune défaillance de son corps, qu'elle prenait pour une trahison envers elle-même.

Javier avait remarqué sa difficulté à monter les marches et lui laissa suffisamment d'avance. Sur le retour, elle se trompa de direction avant de retrouver le chemin ; il ne fit aucune observation.

Lorsqu'il avait appris sa présence à Grenade, dans un premier temps, Javier avait refusé de se rendre à l'Alhambra. Nyssia appartenait à un passé qui lui semblait une autre vie. Mais Kalia, avec insistance, lui avait fait part de son inquiétude quant à la santé de Mlle Delhorme. Il s'était alors entretenu avec Victoria avant de se décider.

Nyssia l'emmena jusqu'au portique de la chambre Dorée, sorte de mirador disposant de deux sièges en mosaïque qui se faisaient face, accolés à la fenêtre centrale.

— Un de mes repaires de jeunesse préférés, commenta-t-elle. La vue est toujours aussi apaisante.

— Pourquoi n'es-tu jamais revenue ? Au moins pour l'enterrement...

— Je t'en prie, Javier, pas toi aussi ! Chaque personne que je rencontre ici me pose la question !

— Désolé. Désolé, ma belle, s'excusa-t-il face à son expression de détresse soudaine.

Nyssia se reprit et son visage retrouva l'apaisement et le demi-sourire mutin qui faisait son charme depuis l'adolescence.

— À toi, je vais le dire, car je sais que Victoria a cessé de me considérer comme sa sœur depuis ce jour-là. Le 16 mai 1903 fut le jour de mon mariage avec Pierre de la Chesnaye. Quand je lui ai dit que ma mère était morte et qu'il fallait repousser nos noces pour que j'aille à l'enterrement, il a refusé. Il m'a appris qu'il la connaissait, qu'il savait que je m'appelais Delhorme et que je n'étais pas une princesse de sang espagnol. Il s'en moquait bien d'ailleurs, j'étais son plus beau trophée et il n'y a que cela qui avait de l'importance pour lui : personne ne devait se douter de mon passé. Sinon, je n'aurais plus eu de valeur, donc plus de mariage. Cela peut te sembler cynique, cela peut vous sembler à tous amoral, mais je n'ai rien dit et je me suis mariée, un mouchoir entre les dents pour étouffer mes pleurs.

— Ton père et ta mère t'ont élevée et entourée d'amour plus que n'importe quels parents, ils ne méritaient pas cela.

— Mais je le sais ! s'emporta-t-elle. JE LE SAIS !

Elle se leva, s'approcha de la fontaine dans la cour attenante et imbiba un mouchoir d'eau pour se rafraîchir le visage et la nuque.

— Tu ne connais rien de ma vie, je te demande de ne pas me juger, dit-elle sans se retourner. Le monde dans lequel j'évolue est sans pitié pour les femmes comme moi.

— Alors, pourquoi l'avoir choisi ?

Elle revint s'asseoir en face de lui avant de poursuivre :

— Pour la même raison que tu as fui. Un ami roumain m'a dit un jour que le bonheur était une vocation. Ni toi ni moi n'avons ce don... Peut-on faire la paix, maintenant ?

— Tu as raison, approuva Javier, que le tour pris par leur conversation rendait nerveux. Tiens, il n'y a plus de musique, remarqua-t-il. La procession doit être finie. Elle est de plus en plus rapide chaque année ! Alors, qu'as-tu appris depuis ton arrivée ? demanda-t-il en se voulant enjoué.

— Peu de chose, le souvenir de mon père est aussi ancien que le mien à Grenade. Comment a réagi Victoria ?

— Elle aussi s'est mise à questionner tout le monde. Elle garde la tête froide et refuse de s'emballer. Et puis, si cela se révélait exact, comment comprendre qu'il n'ait pas pris contact avec elle pendant tout ce temps ?

Nyssia se posait les mêmes questions depuis son retour. À force d'insistance, Kalia avait fini par lui révéler un élément troublant. Elle était persuadée que, après la disparition de Clément, sa mère avait eu jusqu'à sa mort une liaison cachée. Aucune preuve, juste une somme de petits éléments et d'intuition féminine, comme le lui avait expliqué la Gitane, qui avait toujours respecté la vie intime d'Alicia et n'avait jamais abordé le sujet avec elle.

— Victoria a écrit à Irving pour lui apprendre ta venue, ajouta-t-il pour clore le sujet.

— Irving ! Où est-il en ce moment ? Toujours avec Méliès ?

— Non, il s'est retiré de la Star Film en 1913 à cause de Pathé. Il est parti en Russie travailler sur la photographie couleur et l'a quittée à cause de la révolution. Depuis, il vit en Angleterre.

Kalia mit fin à leur conversation en les appelant depuis la cour de Machuca. Ruy Pinilla avait tenu à raccompagner la vieille femme, qui avait chuté plusieurs fois sur le chemin de l'Alhambra les semaines précédentes. Le médecin salua Javier, qui ne lui répondit pas.

— Le défilé a été annulé à cause de l'épidémie de grippe, expliqua-t-il. Tous les rassemblements sont interdits. Il y a eu un mort à l'hôpital San Juan de Dios.

Quatrième époque

1884-1889

Chapitre XXIV

68

Jeudi 12 juin 1884, Paris

L'omnibus de la ligne Auteuil-Madeleine s'arrêta avenue Montaigne pour laisser descendre une jeune femme dont l'éclatante chevelure de jais et la beauté avaient été le sujet de conversation des deux étudiants montés au Trocadéro et l'objet des regards insistants d'un homme présent depuis la première station. Celui-ci sortit au dernier moment, alors que le cocher peinait à faire repartir son attelage, provoquant les cris des passagers de l'étage supérieur, qui avaient manqué de tomber sous les à-coups du véhicule.

La jeune femme ne se retourna pas mais se sentit suivie par l'inconnu dont les pas étaient réglés sur les siens. Il lui arrivait souvent d'être accostée dans la rue, parfois d'être suivie, ce à quoi elle s'était habituée depuis son arrivée à Paris, mais l'homme était différent. Elle s'arrêta devant la première boutique venue. Les pas cessèrent aussitôt. Il était là, dans son dos. Elle pouvait voir son ombre pâle, aux contours mal définis, délivrée par un soleil discret. Il était deux heures de l'après-midi, la rue était animée, elle se persuada qu'elle ne risquait rien.

— Excusez-moi, mademoiselle..., dit-il d'une voix inquiète.

Elle l'ignora et continua à détailler la vitrine décorée de chapeaux à la dernière mode. S'il devenait insistant, elle n'aurait qu'à entrer et se faire aider du marchand.

— Nyssia ? dit l'homme après un moment d'hésitation. C'est toi, Nyssia ?

La jeune femme se retourna et put enfin le détailler. Malgré des traits fins et juvéniles, les rides de son visage trahissaient une cinquantaine d'années ainsi que des tourments intérieurs.

— Non, je suis désolée, monsieur, je ne suis pas cette personne, répondit-elle, rassurée. Je m'appelle Laure.

L'homme avait compris sa méprise à l'instant où la jeune femme lui avait fait face. La lumière de son regard s'était aussitôt éteinte.

— C'est moi qui suis désolé, mademoiselle. Je vous ai prise pour quelqu'un d'autre. Pardonnez cette intrusion.

— Vous êtes pardonné, vous m'avez permis de découvrir une boutique bien intéressante, dit-elle en portant son attention sur un chapeau de paille garni de bleuets. Si je ne suis pas indiscrète, qui est la...

Laure s'interrompit: l'inconnu traversait déjà la rue, manquant de se faire renverser par un fiacre, en direction du rond-point des Champs-Élysées.

Clément s'en voulait. Comme à chaque fois, il parcourait les lignes d'omnibus ou de tramway, interrogeait les cochers de fiacre, arpentait les rues, fréquentait les cafés ou les cabarets à la mode, cherchait le moindre indice dans les journaux, et, comme à chaque fois, dès qu'il lui semblait la voir, il tombait de toute la hauteur des espérances qui ne l'avaient jamais quitté.

Il cherchait sa fille depuis trois ans maintenant et il avait l'impression que personne dans la capitale n'avait jamais vu ni entendu parler de Nyssia Delhorme. Il se demandait régulièrement si Alicia n'avait pas raison lorsqu'elle doutait de sa présence à Paris. Sa femme était restée à l'Alhambra. Elle n'avait pu se résoudre à quitter le palais en rénovation et, au dernier moment, Victoria avait décidé de ne pas la laisser seule.

Il gagna la rue de Courcelles par l'avenue d'Antin et l'emprunta jusqu'à la place Pereire. Il avait rendez-vous avec Maurice Koechlin dans l'appartement qu'il occupait au 11 de la rue Le Châtelier.

— Ne faites pas attention au désordre, dit le jeune ingénieur qui, malgré les invites de Clément, ne parvenait pas à le tutoyer, impressionné par ses exploits et intimidé par la différence d'âge. Je suis encore célibataire.

Les cahiers, plans et dessins formaient plusieurs strates sur son bureau, ne laissant plus qu'un petit carré de liberté, juste de quoi poser deux feuilles et un encrier. Koechlin fouilla dans une pile de dessins et donna une dizaine d'esquisses à Clément.

— Ce ne sont que quelques idées en fonction de vos indications, dit-il en invitant son hôte à s'asseoir. Je vous laisse effectuer les calculs de charges.

Les esquisses représentaient des aéronefs aux nacelles closes. Le projet d'Eiffel et Flammarion d'envoyer un ballon habité dans la haute atmosphère avait progressé lentement en raison des contraintes qui s'accumulaient au fur et à mesure de l'avancement, mais tous s'étaient rangés à l'avis de Clément de construire une nacelle fermée.

— J'élimine cette proposition, dit celui-ci en lui montrant une cabine d'osier prolongée d'un tissu tendu par des armatures métalliques. Il nous faudra quelque chose de totalement hermétique.

— Mais comment allez-vous faire pour évacuer le gaz carbonique ?

— Je travaille sur une machine pour le piéger. L'air purifié sera insufflé dans l'habitacle. Je ne vois pas d'autre solution pour rester vivant : à seize mille mètres, il y a dix fois moins d'oxygène dans l'atmosphère, pas même de quoi alimenter le cœur et le cerveau, expliqua-t-il en sélectionnant deux esquisses.

— Je vous admire, quelle aventure scientifique !

— Sauf que si je n'arrive pas à réduire le poids et l'encombrement de cette machine, nous resterons tous à terre. Ce serait voué à l'échec.

Clément entretenait mécaniquement la conversation. Il n'arrivait pas à chasser de son esprit sa méprise du jour. Lorsqu'il avait croisé la jeune femme dans l'omnibus, tout son corps s'était mis à trembler. Durant plusieurs minutes, ses pensées s'étaient enchaînées à la vitesse de l'électricité, il s'était répété le discours qu'il avait préparé, avait décidé de l'oublier pour lui dire simplement à quel point elle leur avait manqué.

— Avez-vous remarqué la variante que j'ai introduite sur celui-là ? demanda Koechlin.

La cabine était reliée au ballon par un ceinturon de charge d'où sortaient des cordes réunies deux à deux.

— Pour éviter qu'elles ne s'emmêlent, précisa-t-il.

— Ingénieux, je garde ! approuva Clément en le posant sur la pile des ébauches sélectionnées.

Il fut pris d'une quinte de toux. L'absence prolongée de pluie avait rendu les rues non pavées poussiéreuses.

— Voulez-vous boire de l'eau fraîche ? proposa Koechlin, qui s'était levé sans attendre la réponse. Il y a une fontaine dans la cour.

Clément profita de son absence pour affiner son choix qui, invariablement, revenait se porter sur des coques en fer. Il sélectionna une sphère et un cube dont chacun offrait les avantages et les inconvénients propres à sa forme.

Il sortit sur le balcon happer la douce chaleur de la fin de printemps et observa la perspective sur les toits de Paris que permettait l'appartement au quatrième étage. La vue sur la Sierra Nevada lui manquait d'autant plus qu'il n'avait pu revenir à Grenade que trois fois depuis son départ, deux semaines exactement après celui de Nyssia. De leur côté, Alicia et Victoria venaient lui rendre visite deux fois par an, à Noël et pendant l'été, une dizaine de jours tout au plus, parfois moins, en fonction des travaux de rénovation. Malgré les lettres, leur absence lui était aussi insupportable que celle de Nyssia, et seul un travail acharné le sauvait de la tristesse.

— Devinez qui j'ai ramené avec moi ? dit Koechlin, une carafe remplie à la main. M. Sauvestre !

— Gustave m'a demandé de passer travailler avec vous sur votre pylône, précisa l'architecte, qui était un collaborateur régulier des établissements Eiffel.

— Alors, je vais aller chercher une bouteille de vin, une rescapée qui me vient d'Alsace, proposa Koechlin.

Le goût fruité revigora Clément, qui se réjouit de revoir Alicia et Victoria en août. Irving et Javier seraient du voyage. Il décida de réserver les billets de train sans attendre.

— Quel genre de travail est-ce, ce pylône ? questionna-t-il en sirotant le blanc de Zellenberg.

— Un projet pour l'Exposition universelle du centenaire de la révolution. Les organisateurs veulent du sensationnel, de l'exceptionnel ! Alors, j'ai imaginé ça, dit le jeune ingénieur en lui tendant un dessin.

— Un pylône de trois cents mètres ? s'étonna Clément en lisant l'intitulé.

— J'ai pensé que le seuil mythique des mille pieds serait un bel objectif. On est loin de vos vingt mille mètres d'altitude. Mais ce serait la réalisation humaine la plus haute du monde !

Le dessin à l'encre montrait quatre poutres en treillis métallique qui se rejoignaient en leur sommet pour n'en faire plus qu'une. À droite, Koechlin avait griffonné au crayon Notre-Dame de Paris, surmontée de la statue de la Liberté, elle-même coiffée de la colonne Vendôme, de l'Arc de triomphe, de la colonne de la Bastille, de l'obélisque de la Concorde et d'un immeuble de cinq étages, dont le sommet atteignait avec difficulté la cime du pylône.

— Toute l'ambition du projet est dans cette comparaison, admira Clément.

— Toute sa difficulté, répliqua Koechlin.

— Il l'a vu ? interrogea Sauvestre.

— Oui, et il a fait la moue. Il n'est pas du tout convaincu.

— C'est qu'il y a des risques, admit l'architecte. Un ouvrage de mille pieds, cela semble si improbable !

— Les risques se maîtrisent par les mathématiques, intervint Clément. Elles ne mentent jamais.

— L'échec de la Tardes est encore dans sa tête, objecta Koechlin en posant son verre dont les premières gorgées lui avaient fait tourner la tête.

Le pont, en construction, s'était effondré le 26 janvier sous l'effet d'un ouragan soudain.

— Il n'y a eu ni mort ni blessé, modéra Clément. Les tempêtes sont les seules inconnues de mes prédictions.

— Le patron n'est pas convaincu, mais il nous a donné l'autorisation de creuser un peu le projet.

— D'où ma présence, dit Sauvestre, penché sur l'esquisse.

— D'où votre présence, convint Koechlin. Et je voudrais profiter de celle de M. Delhorme pour les calculs des contraintes aux charges et aux vents. Auriez-vous le temps ?

— Voilà un défi qui me plaît, donnez-moi un coin de bureau, du papier, des tables logarithmiques et je suis votre homme ! Quelle force de vent doit-on appliquer ?

— Quatre cents kilos par mètre carré, cela vous semble-t-il raisonnable ?

— L'ouragan de la Tardes n'aura qu'à bien se tenir !

Un long silence d'une heure survola la pièce transformée en bureau d'étude.

— Qu'en pensez-vous, messieurs ? demanda Stephen Sauvestre en leur montrant le résultat de son travail. Est-elle présentable ?

Les quatre poutres avaient été reliées par de grands arcs, les deux plates-formes avaient été transformées en salles vitrées couvertes et une coupole trônait au sommet.

— Ce n'est plus un pylône, c'est une tour. Une belle tour habillée, commenta Koechlin, admiratif.

— Il lui faudrait un nom, dit Sauvestre en trempant sa plume dans l'attente d'une idée.

— La tour Gallia[1], proposa Clément. Puisqu'elle célèbre la révolution du peuple français.

— À la tour Gallia, dit Koechlin en levant son verre vide.

— À la tour Gallia ! reprirent les autres en chœur.

---

1. « Gaule » en latin.

— Reste à convaincre M. Eiffel et la commission de l'Exposition que c'est le meilleur projet.

— Et à réussir l'exploit de la faire tenir ! À vous de jouer, messieurs, conclut l'architecte.

L'intermède avait chassé le spleen de Clément. Il rentra plein d'espoir dans le petit meublé qu'il louait avec Irving au premier étage d'un immeuble récent, rue de Prony, non loin de chez Eiffel. Le propriétaire, qui en habitait le rez-de-chaussée, l'interpella à son arrivée.

— Monsieur Delhorme ! Vous avez un télégramme ! C'est un scandale, un scandale ! cria-t-il en lui fourrant le papier dans la main.

— Je ne savais pas que cela m'était interdit, plaisanta Clément, habitué au fil improbable des pensées de son logeur.

— Je vous parle de la conclusion de la commission spéciale ! dit celui-ci en s'empourprant à la seule évocation de ladite assemblée. Ils ont voté pour le principe du tout-à-l'égout !

— N'est-ce pas plutôt une bonne nouvelle ? répliqua Clément en ouvrant son billet.

— Vous plaisantez ? répondit le propriétaire en lui serrant les deux mains, manquant de déchirer la missive. Mais nous sommes foutus, nous allons tous y passer !

— Voyons, monsieur Brouardel, calmez-vous, dit Clément en glissant le télégramme dans sa poche pour le préserver.

— Le choléra, la typhoïde ! Voilà ce qui nous attend ! pesta l'homme en le suivant dans l'escalier jusqu'au palier.

— Il nous faut accueillir le progrès avec sérénité, dit Clément en cherchant vainement sa clé dans ses poches.

M. Brouardel s'approcha de lui, roulant les yeux de droite à gauche, signe de l'imminence d'une importante confidence.

— J'ai un parent qui siège à la Commission des odeurs de Paris. Et il est formel : dans les villes où les égouts ont été installés, la fièvre typhoïde a explosé. C'est prouvé ! Les germes vont circuler dans les tuyaux et vont remonter dans les maisons. Les maladies circulent dans l'air, monsieur Delhorme. Pasteur, le grand Pasteur, l'a bien montré. Et lui-même est opposé au tout-à-l'égout ! D'ailleurs, vous qui êtes ingénieur, vous devez le savoir.

— Rassurez-vous, monsieur Brouardel, il n'y a pas de risque. Ce ne sont que des racontars.

— Racontars ? Et tous ces morts dans les grandes villes, vous en avez entendu parler, quand même ?

Tout en l'écoutant, Clément cherchait désespérément sa clé. Il abandonna en se rappelant qu'Irving la lui avait empruntée pour avoir oublié la sienne dans son casier de travail.

— Et Vidal, et Lagneau, tous ces scientifiques courageux qui dénoncent le danger, pourquoi ne les écoute-t-on pas ? tonna le propriétaire. On va droit à la catastrophe, je vous l'annonce !

Clément tentait de faire bonne figure, mais il se sentait éloigné de la polémique qui faisait rage depuis des mois. Les palais de l'Alhambra avaient été construits avec un système d'égouts qui fonctionnait parfaitement depuis des siècles et qui constituait pour lui le modèle à suivre. Il se retint de l'évoquer devant Brouardel, aussi imperméable aux idées extérieures que sa fosse fixe était, elle, perméable aux émanations fétides.

— Mais le pire n'est pas là, continuait-il, figurez-vous qu'ils veulent imposer aux seuls propriétaires le coût de l'eau, un abonnement d'au moins cinquante litres par jour et par habitant ! Pour cette maison, cela ferait mille litres à payer quotidiennement, à trente-trois centimes le mètre cube, soit...

Il s'interrompit pour effectuer son calcul mental.

— Cent vingt francs par an, dit Clément pour couper court à l'exposé.

— Cent vingt francs à la Compagnie générale des eaux, plus l'installation des cabinets d'aisance, je suis ruiné ! Mort et ruiné !

— Courage, le progrès demande autant d'énergie pour combattre les dogmatismes que pour percer les mystères du monde, assura Clément avant de redescendre l'escalier.

— Ah ? coassa le logeur en se demandant de quel côté de la balance son locataire l'avait placé. Mais vous faites quoi ? s'étonna-t-il, alors qu'il était resté sur le palier.

— Une course que j'ai oubliée.

— Croyez-moi, il faut combattre le tout-à-l'égout, sinon toutes les épidémies vont s'abattre sur nous et ce sera pire que les sept plaies d'Égypte !

— Bonne journée, monsieur Brouardel.

Clément décida d'attendre le retour d'Irving chez Eiffel qui, par chance, était là en compagnie de Claire. Sa fille l'aidait à choisir une tenue de soirée.

— Le dîner officiel de l'achèvement de la statue de la Liberté, expliqua-t-il. Il y aura l'ambassadeur des États-Unis, notre ministre de l'Industrie et de nombreux politiciens. Je me dois de me rappeler à leur bon souvenir à tous, ajouta l'homme d'affaires. Voulez-vous m'accompagner, Clément ?

Delhorme refusa. Il ne voulait pas laisser Irving seul.

— Qu'il vienne à la maison, Claire sera ravie de sa compagnie. Votre fils a vingt et un ans, ce n'est plus un enfant. N'est-ce pas, Claire ?

Le sourire gêné de sa fille l'incita à penser qu'elle avait prévu une tout autre soirée. Elle fréquentait depuis peu Adolphe Salles, un jeune ingénieur des mines, et l'intrusion d'Irving contrariait ses plans.

— Vous connaissez ma désaffection pour ce genre de manifestation, intervint Clément. Je vous remercie tous les deux de votre sollicitude, mais je passerai la soirée avec mon fils.

Une fois l'essayage terminé, Eiffel l'entraîna à son bureau.

— Pensez-vous que je puisse proposer à la commission de l'Exposition universelle d'effectuer notre tentative de record d'altitude en aéronef le jour de l'ouverture ? Serons-nous prêts ?

— Si j'arrive à réduire de moitié le poids et l'encombrement de la machine à capturer le gaz carbonique, alors, oui, on peut l'envisager. Tout le reste n'est qu'une somme de détails dont chacun peut faire capoter l'aventure, mais qui peuvent se gérer dans les cinq ans à venir.

— Voilà qui est parfait ! J'en parlerai donc dès ce soir au ministre, il faut susciter l'envie.

— Et le projet de pylône ?

— Pour être franc, il ne me plaît pas trop. Il y a d'autres moyens de démontrer notre savoir-faire.

— Un monument de mille pieds, c'est un aussi beau record que vingt mille mètres en ballon, Gustave.

— Mais quelle justification, à part la performance ? Construire un totem et le défaire six mois plus tard ne m'enchante guère.

— Ce serait une station météorologique idéale, un moyen unique d'explorer l'atmosphère de Paris. Vous pourriez l'ouvrir à d'autres expériences scientifiques.

— Peut-être.

— Ce serait aussi le meilleur moyen d'oublier l'accident de la Tardes.

Claire vint les interrompre : le fiacre était arrivé et attendait Eiffel.

— Il ne faut jamais oublier la Tardes, Clément. Et nous rappeler que nous ne sommes pas Dieu.

— Mais Dieu est mort : nos ponts et nos tours sont des offrandes païennes au nouveau dieu du progrès. Nous avons pris notre envol,

Gustave, nous construisons nos propres icônes, et plus rien jamais ne nous arrêtera.

Irving l'attendait avec fébrilité à son retour à l'appartement.

— Papa, je suis passé chez Belay après le travail et il avait sorti de ses archives la malle de son séjour à l'Alhambra. J'ai des photos de chez nous, dit-il en lui montrant un paquet de clichés. Elles datent de 1877. Tu veux les voir ?

— Quelle belle surprise. On va les regarder ensemble après le souper, tu veux bien ? proposa Clément en se dirigeant vers le cellier.

— Désolé, papa, je ne peux pas rester avec toi, j'ai rendez-vous avec Javier et des amis à la Laiterie du Paradoxe. C'est la fête de fin d'étude à l'École centrale, ajouta-t-il pour se justifier en voyant un imperceptible plissement sillonner le front de son père.

— Ah ? dit simplement Clément en revenant sur ses pas.

Il prit une bûchette et la laissa tomber dans le fourneau, puis remit les cercles de fonte et y posa une casserole à moitié remplie d'une soupe froide.

— Pardonne-moi si j'ai oublié de te le dire, s'excusa Irving, qui se souvenait parfaitement du moment où il le lui avait annoncé, la semaine précédente.

Son père était alors plongé dans une série de calculs – où tout se jouait à la décimale, lui avait-il précisé –, assis à son bureau sur le mur duquel trônait une photo de la famille prise dans le studio de Belay lors de la dernière venue d'Alicia et de Victoria.

Irving n'aimait pas la regarder et il l'évitait toujours lorsqu'il entrait dans le bureau de son père. Derrière les visages placides du cliché, toutes les pensées étaient tournées vers l'absente. Irving avait réalisé deux épreuves, dont une était repartie à Grenade, où Victoria l'avait accrochée dans sa chambre. Clément ne parlait plus de Nyssia depuis des mois, tout comme il cachait à Irving les recherches qu'il effectuait toujours, pensant le protéger d'une trop vive tristesse. Le garçon, lui, culpabilisait de ne pas se sentir plus triste de la disparition de sa sœur. Il voulait la croire heureuse, elle qui n'avait jamais été proche de ses deux jumeaux. Victoria, en revanche, lui manquait quotidiennement, même si elle lui écrivait souvent et lui envoyait des nouvelles de tout le monde à l'Alhambra.

— Et Juliette, elle sera là, aussi ? s'enquit Clément en sortant un pain de la huche et le rompant.

— Juliette et Zélie, je passe les rejoindre avant la fête, dit le jeune homme sans plus de précisions.

Après leur première soirée à la Laiterie du Paradoxe, il était devenu ami avec Juliette sans que personne sache ce qui s'était vraiment passé entre eux, lui le premier. Il n'avait jamais osé lui demander ce qu'ils avaient fait ensemble entre son dernier souvenir et le réveil, dans ses bras, tard le lendemain. Juliette semblait s'être très rapidement accommodée de son statut de meilleure amie et les deux jeunes gens se voyaient plusieurs fois par semaine.

Clément n'insista pas. Il était absorbé à décortiquer des noix et émiettait les cerneaux dans sa soupe.

— Je t'attendrai pour les regarder, dit-il à Irving au moment de son départ.

— Je les ai déjà vues, prends ton temps ce soir, je les lui rendrai demain avant d'aller au Bon Marché.

Après sa tentative avortée à l'École centrale, son fils avait brillamment réussi son entrée à l'École des beaux-arts, où il s'était tout aussi brillamment ennuyé et dont il était ressorti trois mois plus tard dans l'intention de faire son apprentissage chez Belay. Seule la photographie l'intéressait. Irving était un peintre médiocre, mais il avait un don inné du cadre, des proportions et de la mise en scène des personnages. Son mentor l'avait rapidement repéré et il s'en servait allégrement, à la grande joie de sa clientèle toujours à la recherche de nouveauté dans un métier où la concurrence faisait rage. Clément avait accepté ce changement de cap sans conditions, mais son fils avait insisté pour travailler afin de se payer tout le matériel nécessaire à la production de photos. Grâce à Eiffel, qui avait vanté à Mme Boucicaut son passage aux Beaux-Arts, il était entré comme vendeur à la galerie des ameublements du Bon Marché. Installé à l'entresol de la rue de Babylone, l'endroit était un vaste promenoir où les clients déambulaient comme dans un musée à l'ambiance calme et feutrée, loin de l'agitation et de la foule bruyante des étages supérieurs.

Irving avait décidé de demeurer encore trois ou quatre ans chez Belay, qui le rémunérait très mal, avant de s'installer à son propre compte comme portraitiste. Clément était fier de lui, de son opiniâtreté affichée, de ses recherches permanentes dans la prise de vues et dans le développement des clichés, de sa joie simple et généreuse. Son fils lui semblait taillé pour affronter l'avenir.

Il avala son repas en moins de cinq minutes, but un café et installa son fauteuil face à la fenêtre ouverte. La vue n'avait rien d'exceptionnel : la façade noircie par endroits de l'immeuble en vis-à-vis témoignait encore de ce qu'avaient été les combats de la Commune, treize ans auparavant. Mais il avait besoin de sentir l'air frais sur son visage alors qu'il passait ses journées enfermé dans le bureau d'étude des établissements Eiffel. Clément n'arrivait pas à s'habituer à sa nouvelle vie : Paris était une ville sombre et crasseuse qui lui avait volé sa fille, et il ne comprenait pas l'attraction qu'elle exerçait sur tous.

Il prit la loupe dont il se servait habituellement pour observer les détails des plans – laquelle, à son grand désarroi, lui était aussi devenue indispensable pour la lecture du journal – et se laissa envahir par la mélancolie dès la première photographie. Sa vie à l'Alhambra lui manquait tant, ainsi que les arcs outrepassés des ouvertures qui s'ouvraient sur les sommets enneigés de la Sierra Nevada, le clapotis permanent de l'eau du Darro qui perfusait les Palais nasrides, les flocons de lumière dorée qui pénétraient partout et les senteurs de myrte et de jasmin qui volaient dans l'air comme les martinets de la tour du Guet. Les clichés de Belay, bien que techniquement réussis, ne rendaient pas à l'Alhambra l'hommage qu'il méritait. Les principaux éléments s'y trouvaient, patio des Lions, salle des Ambassadeurs, Generalife, accompagnés de nombreux gros plans sur les détails architecturaux, mais l'humain y était absent, mis à part la photo de la porte du Vin où il reconnut Rafael Contreras sur le seuil de son atelier. L'Alhambra semblait figé. Irving lui avait expliqué qu'il était difficile de faire poser les participants et qu'ils apparaissaient souvent flous pour avoir bougé, même légèrement, pendant la prise de vue. La dernière était une photo des Bains. L'endroit, partagé entre pénombre et rais de lumière, était ignoré des amateurs en raison de sa difficulté technique, mais Belay avait réussi à atténuer le contraste entre les deux. Un détail attira son attention au niveau de la niche en marbre de la salle chaude : une forme humaine se découpait dans une zone d'ombre, indétectable sans la loupe, une silhouette aux cheveux libres et longs qu'il reconnut instantanément : Nyssia.

L'émotion envahit Clément. Il fouilla dans son bureau à la recherche d'une loupe plus puissante et, n'en trouvant pas, se rendit aux ateliers Eiffel où Compagnon, encore présent malgré l'heure tardive, lui en prêta une. Une fois rentré, Clément alluma toutes les lampes à pétrole de l'appartement, les aligna sur son bureau derrière la photo et utilisa les deux loupes comme des lentilles de télescope, jusqu'à obtenir une image nette et grossie vingt fois. Les contours du corps de sa fille se détachaient plus nettement. Il lui semblait aussi distinguer son visage. Elle était en position assise. Clément imagina qu'elle devait lire lorsque le photographe était arrivé et ne l'avait même pas vue. Nyssia était restée tapie dans la pénombre jusqu'à son départ. Il épingla au mur l'unique cliché jamais pris de sa fille, à côté de celui fait à l'atelier de Belay, et contempla un long moment le portrait fantôme.

Dès son arrivée à Paris, il s'était procuré l'adresse de l'hôtel particulier du prince Youssoupov, rue Gutenberg à Boulogne-sur-Seine, dans le quartier du parc des Princes, d'où il s'était fait refouler par les membres du personnel présents. Il les avait harcelés pour obtenir une entrevue avec l'hospodar et avait réussi à rencontrer son aide de camp. L'homme lui avait assuré que personne du nom de Nyssia Delhorme ne se trouvait dans la résidence du prince et que Youssoupov ne la connaissait pas. Le prince lui-même était en voyage en Europe et ne serait pas à Paris avant plusieurs mois. Clément avait surveillé l'endroit, s'astreignant à une visite quotidienne depuis la rue de Prony, à une heure et demie de marche. Il était persuadé que l'homme lui mentait mais il n'obtint aucun autre résultat que d'attirer l'attention des occupants et de récolter une injonction de la préfecture de police pour ne plus être vu dans la rue Gutenberg sous peine d'emprisonnement. Il avait payé un livreur quelque temps afin qu'il lui signale les allées et venues, mais l'homme avait pris peur et l'avait signalé aux autorités. Clément s'était ensuite concentré sur les endroits en vogue dans la capitale, mondains ou populaires, fréquentant restaurants, cafés, théâtres, salons, en vain. Après trois ans de recherches, il avait le sentiment d'être parvenu au bout de ses possibilités.

Il ferma la fenêtre et, songeur, plongea les mains dans les poches de son pantalon. Ses doigts touchèrent un papier chiffonné. Tous les éléments de la journée s'étaient enchaînés et il en avait oublié le télégramme. Il avait été envoyé par Alicia et lui annonçait deux nouvelles qu'il relut plusieurs fois afin d'être sûr d'en saisir la portée. La première indiquait que le juge Ferrán avait été nommé auprès du ministre de la Justice à Madrid et la seconde, dont il pressentait les conséquences, concernait Tête-de-rat.

69

Lundi 30 juin 1884, Grenade

La brigade de la Guardia de Grenade était au complet dans la cour de la caserne. Le commandant avait prononcé un discours de bienvenue à l'adresse de ses nouvelles recrues, deux sous-officiers venant de l'infanterie qui complétaient un effectif de trente-cinq hommes, avant de céder la place au colonel responsable de la compagnie.

— Messieurs, je voudrais vous dire à quel point je suis heureux d'appartenir à ce corps qui, de Barcelone à Séville, fait la fierté de notre population. Notre mission est basée sur deux piliers : favoriser l'habitant pacifique en lui portant aide et assistance, et réprimer les bandes factieuses qui gangrènent ce pays. Je devrais dire : qui gangrenaient, car nous sommes en passe d'obtenir leur éradication définitive. Chaque citoyen de notre pays a le droit de vivre et de se déplacer en toute sécurité et cela, il le doit aujourd'hui à la Guardia Civil, il le doit à des hommes comme vous, à des hommes d'honneur car, comme l'établit la *Cartilla*, l'honneur est la principale valeur du garde. Ne l'oubliez jamais, messieurs. Vos officiers se doivent d'être un exemple pour vous et, croyez-moi, ils le sont. Et je voudrais rendre un hommage particulier à votre nouveau commandant.

Tête-de-rat, qui venait de prendre ses fonctions, ne put réprimer un sourire et tira sur ses manches pour mieux voir l'étoile dorée de ses galons.

— Vous savez sans doute tous dans quelles circonstances il a mérité cette promotion. Mais ce que vous ne savez pas, c'est qu'il est le fruit des Guardias Jóvenes[1], c'est-à-dire de l'esprit de corps exceptionnel qui règne chez nous. Oui, messieurs, le père de votre commandant est mort en activité, tué par une bande d'anarchistes lors de l'attaque de leur repaire près de Murcie.

Le commandant se délecta du murmure d'admiration de l'auditoire.

— N'oubliez jamais que, lors de ce siècle qui s'achève, notre nation a connu six Constitutions, quatre guerres civiles, deux invasions françaises, trois campagnes coloniales et plus de deux mille tentatives révolutionnaires. Et cet homme admirable, continua le colonel en le désignant, ce héros, a choisi de combattre seul, infiltré

1. Compagnie composée des orphelins du corps de la Guardia.

dans la société civile pour faire échouer une de ces tentatives. Les conspirateurs, avec à leur tête le nommé Chupi, ont tous été arrêtés. L'homme est passé aux aveux. Sa mission terminée, avec le succès que je viens de décrire, votre ancien capitaine est maintenant devenu votre commandant. Je lui demanderai juste d'attendre ma retraite avant de prendre ma place !

L'éclat de rire général signifia la fin de la cérémonie. Le colonel salua les troupes puis serra longuement la main de Tête-de-rat avant de s'isoler avec lui.

— Je me suis entretenu avec le nouveau juge. Ferrán lui avait laissé une note sur votre différend avec le *señor* Delhorme, et il vous aura à l'œil.

— Ce n'est pas un différend, mon colonel. Delhorme est un complice des anarchistes et je le poursuivrai jusqu'au bout.

— Vous n'avez pas pu le prouver, même ce Chupi n'a rien dit qui puisse inculper le Français. Cette opération est un succès total, il ne faudrait pas qu'elle devienne un fiasco. Je la considère comme close. Contentez-vous de gérer vos affaires, mon ami. Votre carrière est toute tracée.

— Accordez-moi une faveur, une seule faveur : permettez-moi de l'arrêter pour l'interroger dès qu'il reviendra à Grenade. Sa femme y est encore.

Le colonel manifesta son agacement en tapant du pied avant de répondre :

— C'est un sujet sensible et, contrairement à vous, je ne le crois pas coupable. Voilà comment nous allons procéder : faites-lui savoir qu'il risque l'emprisonnement s'il revient. Ainsi, s'il est sensé, ce que je crois, il ne mettra plus les pieds en Espagne et ne sera plus un danger pour nous.

— Mon colonel, je me permets d'insister. Je me fais fort de le faire avouer avant que le juge ne le fasse libérer.

— Mon cher, aujourd'hui c'est votre jour, alors je vais oublier ce que je viens d'entendre. En revanche, je suis encore et toujours votre supérieur et je vous demande une obéissance totale.

— Vous l'avez, mon colonel, s'empressa de répondre Tête-de-rat. Soyez-en assuré. Sachez seulement que tant que Mme Delhorme travaillera à l'Alhambra, il fera tout pour revenir. Et je serai là pour l'arrêter.

— Libre à vous, commandant. Mais je vous préviens : s'il est innocent, c'est vous qui irez en prison et je vous y mettrai personnellement.

Mateo remplit à moitié le fourneau de bois. La machine à glace était disproportionnée depuis qu'il ne l'utilisait plus que pour leur consommation personnelle. Il continuait à livrer le docteur Pinilla, en prenant soin de le faire à titre gracieux pour éviter de donner le moindre réal à l'industriel Alfredo Lupion, patron de Chupi avant son arrestation, qui possédait à présent toute l'industrie de la glace à Grenade et dans une grande partie de l'Espagne. Mateo cracha par terre, comme il le faisait chaque fois qu'il prononçait le nom de Chupi ou pensait à lui. Qu'il soit un anarchiste ne le dérangeait pas plus qu'avant, mais Mateo ne lui pardonnerait jamais son agression sur Clément.

Alors qu'il brisait le bloc de glace en morceaux, Kalia vint le retrouver pour lui tenir compagnie. À quarante-deux ans, elle était plus belle encore qu'au jour de leur première rencontre. Sa peau lisse défiait le temps avec insolence, son regard enflammait toujours autant le cœur de Mateo et ses lèvres sensuelles au goût et à la couleur de framboises sauvages dévoilaient une denture intacte d'une blancheur qui rendait jalouses toutes les femmes de la ville. À soixante-deux ans, Mateo avait l'âge et l'air d'être son père, ce qui le complexait et l'obligeait à faire attention à son apparence physique, lui qui s'en était toujours moqué. Kalia s'en était aperçue et passait plus de temps avec lui.

Elle entonna une chanson populaire qu'il reprit avec elle tout en délivrant de grands coups de pic sur le bloc, faisant jaillir des étincelles de glace. Kalia se leva en esquissant un pas de danse et se colla à lui. Mateo battit la mesure à coups de paume sur la caisse en zinc où s'étaient accumulés les glaçons aux contours irréguliers. La Gitane en prit un qu'elle glissa dans la chemise de son homme. Il voulut en faire de même mais elle se dégagea et l'incita à la poursuivre par jeu, avant de disparaître dans le Generalife. Mateo s'engagea à sa recherche sans se presser, sûr de sa connaissance des lieux. Les pièces se succédèrent, d'abord au rez-de-chaussée, puis aux étages. Kalia l'appelait, sa voix était proche à chaque fois, mais la Gitane restait invisible. Mateo accéléra le mouvement, coupa les enfilades de pièces, traversa les jardins pour la surprendre, sans résultat. Arrivé aux premières marches de l'escalier de l'Eau, il fit demi-tour et l'appela à son tour. Elle ne répondit pas. Mateo insista, le jeu ne l'amusait plus, il était essoufflé, ses genoux le faisaient souffrir, il avait envie de se retrouver près d'elle.

— Kalia, où es-tu ? Tu as gagné, j'abandonne ! dit-il sans conviction, depuis la cour du pavillon Nord.

— Ici !

La voix provenait du potager attenant. Kalia s'y trouvait, agenouillée devant une forme sombre allongée.

— Qu'est-ce que c'est ?

— Un faucon pèlerin.

— Il est mort ?

Elle prit une aile qu'elle déploya avant de la laisser retomber. L'animal n'était pas encore raidi.

— Que lui est-il arrivé ? demanda-t-il en s'agenouillant près d'elle.

— Il n'est pas blessé, dit Kalia en l'examinant. Pas de trace de morsure. Sans doute une maladie.

Mateo admira le bec cerclé de jaune et les nuances de gris du ramage qui s'éclaircissaient sur le ventre recouvert de longues stries foncées.

— J'en ai vu parfois dans la Sierra. Ils vont souvent par deux.

— Les couples sont inséparables, confirma-t-elle en levant les yeux vers le ciel. Ce sont les animaux les plus fidèles. Ils restent ensemble toute leur vie.

— Je ne savais pas, avoua-t-il, comme toujours admiratif de sa connaissance de la nature. Cela fera une veuve de plus dans l'azur.

— Cela m'étonnerait, répliqua-t-elle en lui arrachant une plume qu'elle inséra dans ses cheveux.

— Pourquoi ?

— C'était elle la femelle.

Elle se leva en prenant appui sur lui et l'aida à se lever à son tour :

— Je n'aime pas cela. Il y a toujours un malheur associé à un oiseau mort. Tu veux bien l'enterrer ?

Victoria les attendait à l'appartement. Elle se précipita sur le sac de glace :

— Je vous prépare un *granizado* ! dit-elle dans une débauche d'énergie. J'ai une grande nouvelle à vous annoncer, asseyez-vous. Vous serez les premiers, je n'ai pas trouvé maman !

Elle prit un torchon, l'étendit sur la table de la cuisine et y déposa une poignée de glaçons.

— Voilà. J'ai reçu une lettre de Javier. Vous pourriez me dire que, en soi, c'est déjà une grande nouvelle, plaisanta-t-elle en nouant le torchon.

Elle s'interrompit pour chercher le maillet en bois dévolu à cet usage et en frappa l'ensemble de grands coups.

— Doucement, ma belle, protesta Kalia qui se retenait de l'aider. Il ne va plus rien rester ! Dis-nous, maintenant.

— Vous savez qu'il travaille toujours pour M. Eiffel. Il m'a annoncé que la statue de la Liberté était finie.

Elle trempa son doigt dans la casserole où des zestes de citron marinaient dans leur jus avec du sucre depuis la veille.

— Les proportions sont bonnes, estima-t-elle après l'avoir goûté.

Elle retira les zestes et versa le mélange dans des verres étroits et hauts.

— Une cérémonie de remise est prévue le 4 juillet avec les Américains, puis la statue sera démontée en août pour être embarquée et remontée à New York, expliqua-t-elle tout en se concentrant sur ses gestes.

Victoria avait ajouté les glaçons pilés. Elle remua le breuvage à l'aide d'une fourchette et leur tendit les verres :

— Et voilà le travail. Les citrons viennent de l'Alhambra. Il ne manque que la cannelle, je n'en ai pas trouvé.

— Il n'y en a plus. Je croyais que c'était toi qui me l'avais prise, j'en rachèterai au marché, promit Kalia avant d'en boire une gorgée. Il est parfait ainsi, apprécia-t-elle, alors que Mateo opinait pour manifester lui aussi son approbation.

— Maintenant, la nouvelle : Javier a été choisi par M. Eiffel pour aider au remontage de la structure. Et il m'a proposé de le rejoindre !

— Où ça ? demanda Mateo en tournant le verre vide entre ses mains.

— Où ça ? Mais aux Amériques, à New York ! Je vais l'accompagner pendant quatre ou cinq mois là-bas et nous reviendrons dès le travail fini. N'est-ce pas merveilleux ?

— Je suis heureuse pour toi, ma belle, je suis heureuse pour vous deux, dit Kalia, qui se leva pour l'étreindre.

Mateo, en retrait, lui fit un signe :

— Je dois y aller, je vais m'occuper de l'oiseau.

— Quel oiseau ? demanda Victoria alors qu'il était parti.

Kalia lui expliqua leur découverte, qui n'entama pas la bonne humeur de la jeune femme.

— Peut-être faudrait-il qu'on se marie avant de partir ? interrogea Victoria. Ce serait plus correct, tu ne crois pas ?

— Je n'en sais rien, cela peut vous faciliter la recherche d'un logement sur place, j'imagine, répondit la Gitane en se servant un nouveau *granizado*. Mais aurez-vous le temps ? Tout cela semble bien précipité.

— C'est ce qui en fait tout le charme, je suis si excitée, Kalia ! Tu te rends compte, c'est la première fois que je quitte mon cher Alhambra, et c'est pour le Nouveau Monde !

— Alicia devait passer à l'atelier de Rafael, elle y est peut-être encore. File, vas-y vite !

Victoria quitta le Mexuar au pas de charge, s'arrêta pour chuchoter à l'oreille de Barbicane, salua un couple dont l'enfant était un de ses élèves à l'école, et appela Contreras dès qu'elle aperçut son atelier.

L'architecte sortit, les mains parsemées d'argile, et lui confirma que sa mère était déjà repartie. Elle lui apprit la nouvelle, pour laquelle il la félicita chaleureusement. Puis Rafael rentra dans l'atelier, dont il tira le verrou intérieur.

— Tu peux venir, dit-il tout en se lavant les mains.

Alicia sortit de la réserve et s'adossa contre le mur, le visage défait.

— J'ai honte, soupira-t-elle. C'est la première fois que je lui mens.

— Si cela peut te rassurer, c'est moi qui lui ai menti. J'ai même trempé mes mains dans la terre pour lui faire croire que je travaillais.

— Tu lui as menti à ma demande, cela revient au même, répliqua Alicia en s'agenouillant pour ramasser les azulejos éparpillés au sol. Mais je ne me sentais pas prête à l'affronter. Pour l'instant, j'ai besoin d'accepter ce qui vient d'arriver.

— Tu parles de nous ou de ce Tête-de-rat ? répliqua-t-il sèchement.

La remarque fit à Alicia l'effet d'une gifle et crispa ses traits. D'ordinaire si souriante et sereine, elle était méconnaissable. Des mèches de cheveux échappées de son chignon flottaient devant ses yeux rougis, d'autres étaient collées à son front. Elle n'était plus la « Belle Française » qui avait attisé les sentiments et les fantasmes de Rafael depuis vingt ans.

Alicia ne répondit pas. Elle rassembla toutes les pièces de mosaïque dans une boîte qu'elle posa sur la table.

— C'était inéluctable, dit-il en tentant de l'enlacer. C'est ce qui pouvait nous arriver de mieux ! ajouta-t-il sans parvenir à se convaincre lui-même.

Elle recula et tendit le bras pour le repousser.

— Je ne t'ai pas forcée, tu étais consentante, je te rappelle que c'est toi qui es venue me voir, lui reprocha l'architecte.

L'envie avait été puissante et soudaine. Rafael était là, bien réel, alors que Clément n'était plus qu'une voix intérieure qui lui parlait et lui disait de garder confiance ; il n'était plus qu'une promesse d'un futur qui reculait sans cesse. Lorsque le nouveau commandant de la Guardia était venu lui annoncer que son mari ne pourrait plus revenir à Grenade sous peine d'emprisonnement, la situation lui était devenue intolérable. Elle s'était rendue à l'atelier et réfugiée dans les bras de Rafael. Il avait pris son visage dans ses mains, lui avait caressé les cheveux, elle avait ressenti un désir égoïste et furieux, n'avait pu le canaliser, n'avait plus voulu le contenir, elle s'était donnée sans retenue à celui qui accompagnait son quotidien, dans un moment où rien d'autre n'existait que le plaisir. Sa jouissance avait été accompagnée d'une longue plainte, un cri étouffé, comme une parenthèse ouverte par le désir et refermée par la culpabilité.

Alicia triait les pièces de mosaïque en trois tas selon leurs couleurs, rouges, verts, bleus, les yeux rivés sur son activité. Contreras prit une poignée d'azulejos et entreprit de l'aider. Ils restèrent ainsi quelques instants avant qu'elle n'essaie de reprendre le fil d'une journée qui avait pourtant bien commencé.

— Comment était le Corpus Christi cette année ?

— J'ai trouvé le défilé triste. Sans doute parce que tu n'étais pas là.

— Rafael..., implora-t-elle, par pitié, ne ramène pas tout à moi. Nous ne nous en sortirons pas ainsi.

— Pardonne-moi, commença-t-il, avant de laisser sa phrase en suspens.

— Mateo m'a dit qu'il n'y avait pas eu beaucoup de courses de taureaux ?

— Oui, rien de remarquable. Et ils avaient programmé du tir au pigeon. Te rends-tu compte ? Il n'y a rien de moins andalou que cette activité ! Je ne sais pas qui a eu cette idée saugrenue, mais la tradition disparaît petit à petit, dit-il en se forçant à paraître enjoué.

Il se tut en espérant qu'elle relancerait le dialogue, mais Alicia avait autant de mal que lui à simuler la légèreté.

— Je le regrette, finit-elle par avouer, je nous ai mis tous les deux dans une situation sans issue.

— Alicia, regarde la réalité en face : c'est ta situation actuelle qui est sans issue. Je respecte Clément, c'est un homme bien, mais c'est avec moi que tu passes le plus clair de ton temps. Il est loin et ce militaire vient de t'annoncer qu'il ne pourra plus revenir à Grenade sans être arrêté. Tu connais mes sentiments et je les crois partagés. Il faudra te décider...

— Arrête !

Alicia avait crié et fut surprise de sa propre réaction.

— Je ne veux plus y penser, ni en entendre parler, ajouta-t-elle en cherchant sa casquette de travail qu'elle découvrit sous la table. Mais quand allez-vous tous arrêter de me demander de faire des choix ? Quand ?

Chapitre XXV

70

Vendredi 26 septembre 1884, Paris

Clément retourna sur le dos de sa main la pièce de un franc qu'il venait de faire sauter en l'air. *Pile*. Le troisième en quinze essais. Il la scruta méticuleusement : le poids de l'argent n'avait pas été réparti également lors de la coulée. Il continua son jeu tout en jetant un regard à la pendule qui trônait face à l'entrée principale, dans l'immense nef du palais de l'Industrie où il déambulait depuis un quart d'heure. Irving était en retard, ce qui ne lui ressemblait pas. Javier avait aussi annoncé sa présence mais ses retards, d'une grande ponctualité dans leur genre, accusaient toujours une demi-heure, ce dont tout le monde avait fini par tenir compte.

Ils avaient rendez-vous pour visiter l'exposition de l'Union centrale des arts décoratifs, où son fils voulait admirer les tapisseries de la manufacture des Gobelins. L'équipe Eiffel y présentait son projet de tour pour la première fois, alors que l'Exposition universelle n'avait toujours pas lancé de concours ni même reçu de budget. Mais la réticence d'Eiffel avait soudain disparu au début du mois et l'ingénieur avait déposé un brevet une semaine auparavant.

Une dizaine de lancers plus tard, Clément rangea la pièce dans sa poche et conclut qu'elle avait quatre-vingt-dix pour cent de chances de retomber du côté face et son fils dix pour cent de chances de le rejoindre avant la fermeture. Il sortit et s'arrêta sous l'arc de l'entrée principale où plusieurs fiacres étaient stationnés et où une dizaine d'hommes entretenaient une conversation animée. Deux d'entre eux, engoncés dans leurs vestes de prêt-à-porter trop petites pour leur carrure, allaient et venaient autour du noyau dur des autres, aux costumes taillés sur mesure et aux cannes aux pommeaux dorés. Le plus âgé se tenait au centre, immobile, paré d'un calme qui contrastait avec l'agitation ambiante. D'un geste d'autorité, il mit fin à l'effervescence et ordonna à sa troupe d'entrer. Clément reconnut le président du Conseil à ses énormes rouflaquettes, qui faisaient les délices des caricaturistes des gazettes. Jules Ferry leva la tête vers lui et le salua. L'ingénieur lui rendit sa civilité en soulevant son cordobés, dont la forme large et plate attirait le regard par son exotisme dans un pays où la mode avait poussé les chapeaux à des hauteurs extrêmes. Clément s'apprêtait à le suivre quand son attention fut attirée, comme celle de tous les promeneurs du jardin, par une immense ombre dans le ciel.

— Je m'en occupe, monsieur ! dit le policier alors que le groupe traversait la grande nef centrale.

— Non, François, laissez-le. Nous sommes déjà en retard.

Tandis que le président du Conseil venait de sortir du fiacre et admirait la gigantesque façade du palais de l'Industrie, un homme s'était approché dans son dos et lui avait arraché son couvre-chef avant de s'enfuir en direction de l'avenue des Champs-Élysées.

— Nous allons lancer une enquête et nous le retrouverons, croyez-moi ! J'ai eu le temps de bien le voir.

— En tout cas, ce plaisantin nous a montré que votre dispositif de protection avait quelques lacunes, messieurs.

— Nous allons y remédier, assura le second inspecteur. Veuillez accepter mes excuses, monsieur le président.

— Je ne comprends pas son geste. Qu'a-t-il crié en partant ?

— Mort aux hauts-de-forme.

— Mort aux hauts-de-forme ?

— Oui, monsieur le président. Enfin, je crois...

— C'est donc une revendication artistique plus que politique, voilà qui me rassure ! Entrons, à présent.

Jules Ferry, accompagné du ministre du Commerce et de plusieurs députés, fut accueilli au seuil de l'exposition par son commissaire général, Antonin Proust, pour une visite commentée des différentes industries d'art présentes. Après la céramique et la verrerie, le groupe s'arrêta longuement dans la pièce dédiée aux œuvres en pierre et bois, où l'un des visiteurs l'interpella.

— Monsieur le président !

— Monsieur Bourdais, répondit Ferry d'un ton amène qui masquait l'ennui que lui procurait une rencontre dont il savait qu'elle n'avait rien de fortuit.

L'architecte du Trocadéro avait eu connaissance de la présentation de la tour Gallia et s'était empressé d'aller la découvrir.

— Savez-vous quand le concours d'idées sera lancé pour notre Exposition du centenaire ? demanda l'architecte en s'approchant de Jules Ferry pour quérir sa réponse comme une confidence.

Le politicien se tourna vers Antonin Proust, qui était aussi le président de la commission d'étude de l'Exposition universelle.

— Ma foi, pas encore, répondit celui-ci, quelque peu agacé par l'intervention intrusive de Bourdais. Elle sera liée au budget que les députés voudront bien voter pour la manifestation. Et il nous faut déjà en définir le lieu.

— J'ai, pour ma part, une proposition d'envergure, fit valoir l'architecte, un projet exceptionnel dont l'Exposition universelle serait l'écrin. C'est une colonne-soleil, un phare en granit de trois cents mètres, qui sera surmonté d'un foyer électrique permettant d'éclairer tout Paris la nuit.

— Fort bien, je vous invite à concourir, répondit Ferry tout en continuant à s'intéresser aux œuvres présentées.

— Je n'en ai pas dévoilé le plan, mais je vous l'enverrai dès que le concours sera ouvert.

— Faites, monsieur Bourdais, et nous l'étudierons avec les autres. J'ai été ravi de vous rencontrer, abrégea le chef du gouvernement en lui tendant la main.

— Savez-vous que le fer est sept fois plus onéreux que le granit ? continua l'architecte en lui prenant l'épaule.

— Ah ? Non, mais je tâcherai de m'en souvenir.

— Avez-vous vu le projet de l'ingénieur Eiffel ? insista Bourdais.

— Pas encore, mentit Ferry, mais je sais que sa tour est présentée ici.

— Une tour ? C'est un pylône. Vous serez édifié !

— M. Eiffel a déjà produit des ouvrages audacieux et d'envergure, me semble-t-il.

— Alors qu'il continue à le faire loin des villes, loin de Paris. Nous parlons d'architecture, nous parlons d'art, monsieur le président, ne laissez pas les ingénieurs s'emparer de l'Exposition universelle avec des échafaudages en croisillons, il y va de l'honneur de la France ! Cette carcasse de tôle est contraire au génie français, plus appropriée à la barbare Amérique où le goût n'est pas encore très développé. Regardez le sort qu'ils sont en train de faire à notre statue !

La souscription américaine pour le piédestal en était au point mort et la *Liberté guidant le monde* attendait toujours dans les ateliers de la rue de Chazelles d'être démontée. Bourdais leva les bras au ciel en guise de conclusion et partit sans prendre congé du président du Conseil. La guerre entre architectes et ingénieurs était déclarée, avant même le début du concours.

Jules Ferry traversa la salle des vitraux et mosaïques en saluant les participants et termina par le stand où se trouvaient Koechlin et Nouguier, entourés de nombreux curieux que l'arrivée des édiles de la République agrégea plus encore.

— Voilà donc cet édifice dont j'entends parler depuis plusieurs jours, dit le chef du gouvernement. Allez, dites-m'en plus, messieurs.

Koechlin laissa Nouguier présenter le projet avec une aisance que le jeune ingénieur n'avait pas encore acquise.

— Il n'y a que le fer qui permette d'arriver à cette hauteur, conclut-il. Nos calculs nous ont montré que, même en cas de tempête, l'oscillation ne dépassera pas vingt-deux centimètres à la flèche.

— C'est remarquable, en effet. Et le granit ?

— Le granit ? Mais il est physiquement impossible de l'élever à trois cents mètres : votre tour s'écroulerait bien avant, monsieur le président.

— Prenez l'exemple de l'obélisque de Washington, intervint Koechlin en forçant son caractère réservé. Il devait dépasser les mille pieds et, aujourd'hui, il culmine à cent soixante-neuf mètres. C'est le maximum.

— Sans compter qu'il a coûté plus de six millions de francs et que sa construction s'enlise depuis trente-cinq ans, renchérit Nouguier. La pierre a des limites que le fer ne connaît pas.

— Nous devons montrer au monde que la France est à la pointe de l'industrie, et votre œuvre en est le symbole. Continuez ainsi ! conclut Jules Ferry en accompagnant sa parole d'un coup de canne décidé.

Le politicien fit signe à ses assistants que la visite était terminée.

À la sortie du palais, l'aréopage fut surpris par la foule dense et bruyante qui s'était massée dans les jardins.

— Qu'est-ce donc ? demanda Ferry. J'ai beau être populaire, ils ne sont pas tous là pour moi, je suppose ?

— Je vais voir, monsieur le président, dit l'un des policiers en lui ouvrant la porte du fiacre.

— Pas la peine, dit l'autre en pointant la main vers le ciel. C'est un aérostat.

Jules Ferry se tourna vers son assistant le plus proche, qui lui confirma n'avoir pas idée de la raison du vol ni du nom des aérostiers.

— Il s'agit des frères Tissandier, poursuivit le même inspecteur. Ils sont partis d'Auteuil en milieu d'après-midi. Je le sais, j'ai un collègue qui a été affecté pour assurer la sécurité de leur décollage.

— Celle de l'atterrissage est assurée par saint Christophe, plaisanta le président du Conseil. Je suis prêt à payer de ma personne pour la France, mais pas à prendre les airs dans un panier tressé ! Rentrons au bercail, messieurs.

Les nombreux Parisiens présents dans les jardins du palais ne prêtèrent aucune attention au ballet des fiacres venus chercher le président et son entourage, trop occupés, comme Clément, à suivre les évolutions de l'aéronef. Le ballon était passé au-dessus de leurs têtes à une centaine de mètres du sol, faisant s'éteindre toutes les conversations et déclenchant des applaudissements respectueux. Chacun était convaincu d'assister à un moment unique et que, de son vivant, serait résolu le problème de la navigation aérienne.

Les deux aérostiers étaient visibles dans leur nacelle d'osier. Ils répondaient par moments aux saluts de la foule qui s'était massée dans les jardins publics, milliers de petits points multicolores en mouvement. La manifestation, spontanée, n'était canalisée par aucune force de l'ordre, ce qui ajoutait à son caractère joyeux et insouciant.

L'engin s'était éloigné un temps en suivant les courants aériens, puis avait viré à droite et à gauche de la ligne du vent avant de revenir vers le palais de l'Industrie, provoquant une seconde salve d'applaudissements qui s'éleva jusqu'à lui telle une gerbe sonore. Clément avait remarqué l'hélice et le gouvernail à l'arrière de l'aérostat, qui lui permettaient de se déplacer autrement que dans le sens du vent. Il avait lu dans la presse spécialisée les avancées des deux aventuriers qui avaient développé et embarqué un moteur dynamo-électrique alimenté par une pile géante pour actionner la pale. Clément, lui, avait fait ajouter une hélice au dessin de leur engin, mais le poids et le volume de la batterie l'empêchaient d'être embarquée : la propulsion, indispensable pour éviter de n'être qu'une coquille dans le courant, serait manuelle.

Il se massa la nuque, endolorie à force de se pencher en arrière. Le ballon prit de l'altitude et s'éloigna en direction du sud-est avec la majesté des machines décrites par Jules Verne, que la rumeur disait présent parmi la foule. Clément attendit qu'il ne fût plus qu'un point sombre dans le ciel bleu délavé de Paris, pareil à une étoile noire, avant de prendre le chemin de la maison.

La présence du ballon au-dessus de leurs têtes semblait avoir rendu les Parisiens d'humeur joyeuse. Clément aussi se sentait léger, il avait envie de rêver à son retour à Grenade et se l'imagina dans un aéronef se posant sur *las Placetas* dans un silence majestueux, près de leur palais, d'où il irait enlever Alicia pour un tour du globe où tous les Tête-de-rat du monde seraient si petits qu'il ne les verrait même plus.

Il ralentit l'allure en remontant la rue de Prony afin d'éviter une rencontre fortuite avec M. Brouardel. Son propriétaire tentait désespérément de le convertir aux fosses d'aisance mobiles que seuls les propriétaires et la corporation des vidangeurs défendaient contre le tout-à-l'égout, alors qu'une enquête publique allait être ouverte et que les journaux avaient, eux aussi, pris position.

Contrairement à son habitude, Brouardel n'était pas à sa fenêtre ou devant l'immeuble. Clément se dépêcha de traverser, monta l'escalier et, au moment de se saisir de la clenche, vit la porte se dérober devant lui. Il resta interdit, entre surprise et incrédulité : ce n'était pas Irving qui lui avait ouvert. Alicia se tenait devant lui et sa bouche en forme d'ailes d'ange lui sourit.

Javier était passé au bureau des élèves de l'École centrale où il n'avait trouvé que deux étudiants affairés à une laborieuse partie d'échecs à laquelle il avait mis fin en subtilisant une reine. Il cherchait ses camarades de troisième année afin de leur relater son dernier exploit. Javier restait dans son travail le plus appliqué des ingénieurs mais il était devenu le plus facétieux des bambocheurs de la capitale. Il s'autorisait toutes les plaisanteries et Paris lui semblait l'endroit idéal pour donner libre cours à son improvisation. Il était parti en guerre contre la mode des hauts-de-forme, qu'il jugeait ridicules comparés au cordobés dont il ne se séparait jamais et avait fait son symbole. Lors d'une soirée à la Laiterie du Paradoxe, après plusieurs tournées de bière et de vin, il avait cloué une petite planche sur le haut du chambranle de l'entrée et inscrit dessus au fusain : *Chapeaux bas !* La hauteur totale de l'entrée, descendue de vingt centimètres, avait été suffisante pour arracher la plupart des hauts-de-forme de la tête des entrants, sous les rires et les cris de l'assemblée. La planche était restée là plusieurs mois, jusqu'à ce que plus personne ne se laisse prendre au subterfuge, et avait contribué à sa réputation de cabotin. Lorsqu'il avait vu les hauts-de-forme se balancer comme des corbeaux sur les têtes des bourgeois stationnés devant le palais de l'Industrie, Javier avait agi sans réfléchir et dérobé celui posé sur la tête la plus proche.

Il regarda le galurin lustré qu'il tenait dans sa main droite et actionna le heurtoir d'entrée de l'appartement des Delhorme. Personne ne vint lui ouvrir. Il lui sembla entendre du bruit à l'intérieur, un froissement d'étoffes et les pas essayant de se faire légers de ceux qui ne veulent pas répondre, ce qui l'étonna de la part d'Irving ou de Clément. Il insista une seconde fois, toqua et appela. Le bruit eut pour seul effet de rameuter le propriétaire, qui rentrait d'une réunion à la Commission des odeurs de Paris et qui tenta de l'entreprendre sur son sujet favori.

— Jé né parle pas franchais, répondit Javier en caricaturant son accent espagnol. La Commission des *joder*[1] de Paris ? Les *joder* ? hurla-t-il en prenant un air indigné. *¡ Esto es los franceses !*

Il enfonça le haut-de-forme jusqu'aux sourcils, prit un air benêt et quitta l'immeuble.

Javier poussa ses recherches jusqu'au Bon Marché où une collègue remplaçait Irving à la galerie des ameublements.

— Sa famille est arrivée inopinément d'Espagne, expliqua-t-elle. Il a demandé son après-midi. C'est un gentil garçon et j'aime bien lui rendre service.

— Merci, ma belle, dit Javier en effleurant sa peau d'un baise-main. Vous ne pouvez pas savoir le plaisir que vous me faites !

— Tout le plaisir est pour moi. Vous êtes son ami d'enfance ? Il me parle souvent de vous.

— Vous a-t-il aussi parlé de sa sœur ? C'est ma fiancée, elle est arrivée à Paris aujourd'hui et je ne sais pas où ils se cachent tous les deux !

La vendeuse fit une moue pour signifier sa déception avant de se reprendre :

— Ils sont passés vers quatre heures au magasin. Irving voulait lui acheter un chapeau. Il m'a laissé un mot au cas où vous viendriez... Le voilà, dit-elle en le sortant d'un chiffonnier néorococo qui, n'ayant pas trouvé de preneur après plusieurs années d'exposition, était devenu le bureau des employés.

— *¡ Miseria !* s'exclama Javier. Il l'a emmenée à la Laiterie !

Irving lui donnait rendez-vous dans leur café favori, ce que Javier avait toujours soigneusement évité à chacune des venues de Victoria, en raison de sa réputation de fêtard dont presque tous les clients pouvaient témoigner, sans oublier Rosa qui avait tendance à tout exagérer – même si, en deux ou trois occasions, il l'avait peut-être embrassée, ce dont il n'était pas absolument sûr pour n'en avoir qu'un très vague souvenir.

---

1. « Putain » en espagnol.

— Quel est votre prénom ?

— Louise.

— Alors, Louise, priez pour que je n'arrive pas trop tard !

Elle se sentit envahie de l'envie coupable de le voir échouer, rougit et baissa les yeux. Lorsqu'elle les releva, il était déjà parti.

— Quelle impression cela te fait de venir habiter ici ?

Victoria était traversée par de nombreux sentiments contradictoires. Elle regarda le fond de sa tasse comme le faisait la voyante du Sacromonte pour lire dans le marc de café.

— Je suis heureuse, très heureuse de vous retrouver tous, papa, toi et mon Javier, en espérant que cette ville ne l'ait pas trop changé. En même temps, j'ai la gorge serrée dès que je pense à l'Alhambra. C'est notre vie...

— *C'était*, Victoria, *c'était* notre vie. Maintenant, elle est ici.

La jeune femme détailla le décor de la Laiterie du Paradoxe.

— Regarde, dit Irving en lui montrant la fresque qui occupait tout le mur derrière eux : le troisième en partant de la gauche, c'est lui.

Le dessinateur avait croqué Javier avec son chapeau de Torquado, affublé d'une bouche et d'une paire d'yeux trop grands pour son visage qui lui donnaient un air de prédateur.

— J'espère qu'il n'est pas devenu ainsi, dit-elle entre sourire et crainte.

— Il n'a pas changé, crois-moi. Il est toujours celui que tu as connu. Maintenant, raconte-moi comment ça s'est passé. Veux-tu boire autre chose ? demanda-t-il en remarquant qu'elle avait à peine effleuré son verre de lait.

— Rien, à part un *granizado*.

— Je peux demander à Rosa, si je lui donne la recette je suis sûr qu'elle en est capable. Rosa ! appela-t-il en levant la main en direction de la serveuse.

— Non, je plaisantais, laisse tomber, dit-elle, gênée par la familiarité de son frère à laquelle elle n'était pas habituée.

Elle repoussa son verre et prit une profonde inspiration qui incurva ses sourcils et lui creusa les ailes du nez, accentuant l'air mutin de son visage dans une mimique qu'elle avait conservée de l'enfance.

— Quand elle a appris que papa ne pouvait plus rentrer à Grenade sans risquer d'être arrêté, maman a réagi avec beaucoup de force et de courage. Tu la connais. Et je l'ai vue changer. C'est venu si vite... Elle a commencé par ne plus aller sur les chantiers tous les jours. Elle ne nous racontait plus ses rénovations. C'était un signe ! ajouta-t-elle tandis qu'Irving approuvait de la tête. Et puis, à la fin du mois de juillet, elle s'est querellée avec Rafael. Une dispute terrible, tous les deux criaient, c'était comme un orage, tu sais, de ceux qui tombent sur la Sierra Nevada l'été, violents, soudains, et qui laissent la place à un grand calme trompeur. Ils ne se sont plus parlé. Aujourd'hui je me rends compte qu'elle préparait son départ, étape après étape, en rendant tout irréversible. Mais, début août, elle ne l'avait toujours pas évoqué. En fait, j'ai soif, dit-elle en lui reprenant le lait pour le boire d'un trait.

Elle s'essuya la bouche d'un coup de langue, laissant une ombre blanche sur sa lèvre supérieure.

— Finalement, c'est moi qui ai coupé le fil qui nous reliait encore à Grenade : j'ai démissionné de mon poste d'institutrice juste avant la rentrée. Plus rien ne nous retenait, maman m'a proposé de partir une fois toutes nos affaires prêtes. Et nous voici !

Irving prit les mains de sa sœur, dont l'émotion était palpable.

— Tu vas voir, tu vas te plaire, il faudra juste t'habituer. Au début, les soirées te paraîtront si froides que tu resteras blottie contre le feu, une couverture sur le dos et une bûche à portée de main pour entretenir la flamme. Les rues te sembleront incroyablement peuplées d'habitants dont les couples se donnent le bras comme s'ils avaient peur de se perdre, continua-t-il, encouragé par le rire qu'il avait déclenché chez Victoria, mais je n'ai jamais vu personne une guitare à la main et, la nuit, tu les trouveras incroyablement vides. Ici, la mode change chaque année, si bien qu'on ne sait plus si on la suit ou si on la précède, tout comme les gouvernements et les scandales, qui se chassent les uns et les autres. Il y a des barricades et des grèves, qui changent de rue et de corporation plusieurs fois par an. Mais c'est ici que tout se passe, conclut-il. C'est ici qu'on a l'impression de créer le futur.

— On croirait entendre Nyssia parler...

Irving, pris de court, ne répondit pas.

— C'est terrible de savoir qu'elle est peut-être là, toute proche, à quelques kilomètres, à quelques mètres de nous, poursuivit Victoria. Je suis désolée d'en parler, je suis juste en train de prendre conscience de cette réalité. Je comprends la souffrance de papa.

— Il va mieux et, maintenant que vous êtes là, tout va rentrer dans l'ordre. Nyssia nous a abandonnés et ne nous a pas donné de ses nouvelles depuis trois ans, on ne va pas vivre au garde-à-vous en attendant son retour. Désolé si je te semble dur, et Dieu sait que je l'aime, mais il faut aller de l'avant. Elle reviendra quand elle se sentira prête.

— Vous voulez boire autre chose ?

Rosa était arrivée avec un temps de retard sur la demande.

— Rosa, peux-tu nous concocter une boisson à base de citron et de glace si l'on t'en donne la recette ? Victoria en meurt d'envie.

— Pour la sœur de notre petit Irving, tout est possible, répondit la serveuse en jetant le torchon qui ne la quittait jamais sur son épaule droite.

Elle écouta attentivement les instructions et promit de faire un *granizado* pour leur prochaine venue.

— Si la boisson plaît, je l'appellerai de votre joli prénom, mademoiselle. Javier a bien de la chance.

— Javier ! hurla une voix derrière eux, faisant sursauter Victoria. Où est-il, mon Don Quichotte ?

Lavallée, qui était toujours, et pour longtemps, le plus vieil étudiant de l'École centrale, était revenu des latrines de l'arrière-cour où, éméché dès le crépuscule, il passait presque autant de temps qu'attablé dans la salle des centraliens.

— Hé, Sancho est là ! articula-t-il avec une diction douteuse. Comment va mon Sancho Panza ? demanda-t-il en prenant une chaise pour s'asseoir entre eux deux.

— Alphonse, dégage, tu as encore ramassé une belle chique, s'interposa Rosa.

— Tu vois comment on me traite ici ? dit Lavallée en prenant Irving à témoin. Moi qui suis le plus gros contributeur de ce commerce ! Heureusement que je vous ai, mes amis, toi et Don Javier, assura-t-il en lui tapant l'épaule.

— Rosa a raison, répliqua Irving, tu devrais arrêter de boire.

— Dis donc, ça n'est pas gentil, Sancho. Tu me traites de poivrot ! Torquado, lui, il est moins regardant quand il s'agit d'étouffer une bouteille. Oh, mais qui est cette jolie Paquita ? lança-t-il en faisant semblant de découvrir Victoria, qui le foudroya du regard.

— C'est ma sœur, ma jumelle Victoria, répondit Irving, habitué aux outrances du fêtard.

— Bah, dans les andalouseries, toutes les filles s'appellent Paquita. Hé, elle me frappe, la vieille bique ! s'exclama-t-il lorsque Rosa lui eut envoyé un coup de torchon, giflant son visage.

— File, maintenant, n'embête pas mes amis ! lui intima la serveuse.

Lavallée attrapa le chiffon qu'elle faisait tourner dans l'air en guise d'avertissement.

— Lâche ton fouet, sorcière ! cria-t-il avant de monter debout sur la chaise dans un équilibre précaire. Sinon, Don Quichotte viendra te fesser comme la dernière fois, le cul à l'air !

— Alphonse ! crièrent en chœur Rosa et Irving.

— Oui, c'est moi, Alphonse, Alphonse Ier, duc de l'Incurie et marquis de Saint-Priape, alter ego de notre prince des Gitans, uni à lui par les liens de la bamboche et de la galupe. Et s'il n'en reste qu'un, ce sera moi, je le jure devant le dieu Absinthe et... Mon ami ! s'exclama-t-il en découvrant Javier debout à l'entrée de la salle. Viens, mon ami, on allait commencer à boire !

Alphonse se lança vers son Torquedo, qui l'écarta sans le regarder. Il s'affala lourdement et resta allongé en ricanant mécaniquement. Voyant que plus personne ne s'intéressait à lui, il se releva, constata qu'il s'était oublié et retourna aux latrines où il s'endormit jusqu'au lendemain matin.

Javier n'avait d'yeux que pour Victoria. Elle était encore plus belle et plus andalouse qu'au Noël précédent ; elle n'était plus l'enfant ou l'adolescente de leurs années d'insouciance, c'était la femme désirable dont il était fier et amoureux. Il était trop tard pour expliquer son comportement, pour justifier la débauche de fêtes, l'absence de lettres, l'oubli au quotidien, trop tard pour tenter de la convaincre d'une intégrité qu'il n'avait pas eue. Il était coupable de ne pas avoir assez pensé à elle durant ces trois ans, il était responsable de ne pas avoir entretenu la flamme comme elle l'avait fait avec constance et obstination. Mais, au moment même où elle se jeta dans ses bras, il sut qu'elle lui avait pardonné.

— Ne bouge pas, reste contre moi, tout contre moi, demanda Alicia en le serrant plus fortement.

Clément remonta le drap de lin et se lova contre sa femme.

— Je sais que je vais me réveiller, chuchota-t-il, mais Dieu que j'aime ce rêve. Tu es si réelle.

— Non seulement je serai là à ton réveil, mais au suivant et à tous les autres, tout le temps, toujours.

— Tu m'as tellement manqué, si tu savais.

— Je regrette d'avoir perdu trois ans loin de toi. Toi aussi, tu m'as manqué.

— Le bonheur est une équation à une inconnue...

— Chut... je ne veux pas savoir, laisse les mathématiques en dehors de tout cela. Viens !

Elle roula sur lui et l'embrassa passionnément.

— Et les enfants ? demanda Clément entre deux baisers.

— Quoi, les enfants ?

— S'ils reviennent, nous ne pourrons pas les laisser dehors comme Javier.

— Ils sont sortis pour nous permettre de rester seuls. Irving a proposé d'emmener Victoria au théâtre voir *Le Grand Mogol*.

— C'est à la Gaîté, ils ne reviendront pas avant dix heures du soir.

Les bruits de la rue leur parvenaient de la fenêtre ouverte. La journée avait été exceptionnellement belle et douce, Clément avait noté vingt et un degrés et sept cent soixante-cinq millimètres de mercure à la station qu'il avait installée dans un abri au fond des ateliers Eiffel. Le hennissement d'un cheval fut suivi d'un échange intempestif entre un cocher et un piéton. Un groupe de semelles résonna sur les pavés en bois. Un des promeneurs glissa, s'attirant les rires des autres, à l'exception d'une âme charitable qui s'enquit de sa santé. Les battements désordonnés moururent à petit feu.

Ils se regardaient en silence à la lumière hâve du réverbère installé juste au-dessous de leur chambre. La couleur de la nuit était différente de celle de l'Alhambra, où la lune baignait leurs peaux des reflets ambrés. Alicia s'appuya contre le torse de Clément. Les rides apparues autour de ses yeux formaient de fins sillons concentriques. Ses joues s'étaient creusées, faisant saillir davantage encore ses pommettes, et ses cheveux, si longs et volumineux naguère, cachaient à peine sa nuque.

— Dis donc, tu as l'air de bien connaître les spectacles, remarqua-t-elle en faisant courir sa main sur la cuisse de Clément.

— Je continue de regarder les sorties chaque semaine et, s'il se joue un opéra ou une pièce d'un auteur qu'elle aimait, je m'y rends. J'en suis venu à me dire qu'elle n'est pas à Paris. Et toi, tu penses souvent à elle ?

Alicia arrêta ses caresses avant de répondre :

— Oui. Chaque jour depuis trois ans.

— Nous la retrouverons. J'ai mon idée, je t'expliquerai. Le bonheur n'a plus qu'une inconnue : la date de son retour.

71

Mercredi 22 octobre 1884, Paris

Le chien se lécha les babines. Alors qu'il avait erré dans le quartier pendant des semaines après la mort de son maître, il venait de trouver un généreux donateur qui, depuis plusieurs jours, le nourrissait et lui permettait de se reposer dans la plus grande niche qu'il eût jamais eue. L'homme, accompagné d'autres humains, le regardait à travers un hublot circulaire. L'animal tourna sur lui-même avant de s'asseoir, la tête sur les pattes. Il savait que, dans quelque temps, la porte s'ouvrirait et qu'il pourrait aller se promener sous le vaste hangar dont il aimait la forte chaleur, ainsi que dans la cour qui sentait bon l'odeur de la rue. Il bâilla, se sentit envahi par une fatigue inextinguible et ferma les yeux.

— Je crois qu'il fait un malaise, dit Flammarion.

— Disons que c'est un malaise postprandial, relativisa Clément. Ayez confiance en ma machine, ce barbet ne risque rien.

— En êtes-vous sûr ? s'inquiéta Eiffel. Les hommes se sont habitués à lui à l'atelier et en ont fait leur mascotte. Il ne faudrait pas qu'il arrive malheur à leur Médor.

— Mais qu'ont-ils tous à appeler leur chien Médor en ce moment ? marmonna Flammarion en se désintéressant de l'expérience pour observer un échantillon de matière du ballon.

Eiffel avait mis à disposition une annexe de ses ateliers ainsi que tous les hommes et le matériel nécessaires à la construction de leur ballon. Le lieu, officieusement baptisé Laboratoire d'aéronef, était devenu la fierté de toute l'équipe des établissements Eiffel, et chacun jouait des coudes pour pouvoir y travailler quelques heures par semaine.

Le caisson qui servait de niche à Médor était un cube étanche de deux mètres de côté, composé de plaques de fer soudées et rivetées, muni d'un hublot sur chaque face, dans lequel il était installé depuis le matin afin de tester la machine à absorber le gaz carbonique.

— Messieurs, nous devons valider aujourd'hui les options techniques que nous retiendrons pour notre aéronef, dit Eiffel en les invitant, ainsi que Nouguier et Compagnon, à le rejoindre autour des plans étalés sur la table. Clément ?

— Contrairement à notre caisson d'essai, nous avons choisi une forme sphérique pour l'habitacle définitif. Deux demi-coques en fer d'un mètre de rayon que l'on fera fabriquer à l'aciérie de Pompey et riveter ici.

— Quelle épaisseur ? demanda Compagnon.

— Quatre millimètres. Plus huit hublots ronds, de dix centimètres de diamètre et un centimètre d'épaisseur. En double vitrage.

— La porte ?

— Juste deux trous d'homme de cinquante centimètres à l'opposé l'un de l'autre, ici et ici, indiqua Clément en les positionnant sur le plan.

— Un seul ne serait pas suffisant ? questionna Compagnon.

— Si la sphère roule et s'arrête alors que l'ouverture est sur le sol, les aérostiers seront prisonniers, rétorqua Nouguier.

— On avait envisagé de répartir le poids du caisson de façon que la trappe finisse en hauteur, mais le moindre obstacle peut l'arrêter dans n'importe quelle position, renchérit Clément. Avoir deux ouvertures n'augmentera pas le risque critique.

Le chien, qui s'était réveillé et s'ennuyait, aboya deux fois, ce qui fit s'agglutiner les têtes dans l'encadrement des hublots. Il s'approcha et posa ses pattes avant sur le panneau de métal, tenta son air le plus triste puis, devant l'indifférence des participants, grogna de dépit et retourna se coucher en boule.

— La cartouche de potasse fonctionne bien, confirma Eiffel en regardant sa montre. Sans elle, Médor aurait dû ressentir les effets du gaz carbonique il y a déjà une heure.

— Voilà un point de réglé ! s'enthousiasma Flammarion.

— Pas tout à fait, objecta Clément. Pour l'heure, cette machine prend la moitié de la place disponible dans l'habitacle. Je dois la réduire encore tout en conservant le même débit d'oxygène produit.

— Combien ? s'intéressa Compagnon.

— Deux litres par minute. En comprimant l'oxygène dans trois bonbonnes, on pourra tenir plusieurs heures avec un air sain.

— Je vous fais confiance pour y parvenir, assura Flammarion. Il en va de la réussite du projet.

— Et de la santé de Médor, ajouta Eiffel.

Le chien en profita pour gratter à la porte. Lorsqu'on lui ouvrit, il s'enfuit sans demander son reste.

— Il reviendra, dit Eiffel, rassurant. Notre barbet revient toujours.

— A-t-on choisi le matériau du ballon ? demanda Flammarion, excité comme un enfant.

— Du caoutchouc revêtu d'un coton à longues fibres. Il a passé tous nos tests de résistance au poids et à la déchirure, indiqua Clément. Par contre, le fabricant demande neuf mois de délai.

— Trois mille mètres carrés, c'est une surface inhabituelle pour eux ! s'exclama Nouguier tout en consultant son carnet. D'autant que nous leur avons demandé de la doter d'un panneau de déchirure si vous deviez être traînés au moment de l'atterrissage.

— Le premier prototype devrait être prêt à la fin de l'année prochaine, début 1886 dans le pire des cas. Il nous restera alors trois ans pour faire des essais.

— Trois ans ? Pourquoi ? interrogea Flammarion, qui lança un regard inquiet en direction d'Eiffel.

— J'ai rencontré récemment le tout nouveau ministre du Commerce.

— Rouvier ?

— Lui-même. Il m'a demandé de la discrétion, nous nous sommes vus à l'Hôtel de Ville. Il voulait savoir si notre projet était viable : son idée est de faire du record une des attractions majeures de la prochaine Exposition universelle. Idéalement vers la fin, pour faire monter le suspense.

— Idéalement quand nos prédictions météo le permettront, tempéra Clément.

— Quelle formidable nouvelle ! Quelle merveilleuse publicité ! Le monde entier aura les yeux tournés vers nous ! s'écria Flammarion, qui fit un aller-retour vers le caisson afin de vérifier que rien ne pouvait venir contrarier l'exploit. Nous allons pulvériser ce record, messieurs, et l'atmosphère va nous livrer ses secrets !

— Dans l'intervalle, nous communiquerons régulièrement avec les journaux, proposa Eiffel. Je vais activer mon réseau dans la presse. Nous allons associer la France entière à sa préparation et au vol. Si notre projet de tour métallique est accepté, nous monopoliserons l'attention générale !

— Avez-vous songé à un nom pour ce ballon ? demanda Nouguier, pragmatique.

— J'ai une requête à vous faire, intervint Clément. Une requête très spéciale.

— Tout va bien se passer.

Claire tentait de rassurer son promis, qui allait et venait devant la cheminée du salon et dont l'anxiété l'avait petit à petit gagnée. Elle se planta devant lui pour l'arrêter.

— Adolphe, tout va bien se passer. Mon père t'aime beaucoup et, s'il a donné son consentement pour qu'on se fréquente, crois-moi, c'est qu'une suite est envisageable.

— Envisageable ? Je suis seulement une hypothèse pour toi ? s'inquiéta Adolphe Salles en la prenant par les bras.

— Bien sûr que non, gros bêta, je t'aime, je suis sûre de mon choix et...

Claire s'interrompit et leva la tête.

— D'ailleurs le voilà !

— Déjà ?

— Veux-tu plus de temps pour préparer ton discours ? Veux-tu que je le fasse patienter ?

— Non ! Mais je n'ai pas entendu le fiacre dans la cour.

— C'est parce qu'il revient à pied, marcher lui remet les idées en place pour la soirée, comme il aime à le dire. Es-tu prêt ? souffla-t-elle tandis qu'il se tenait voûté devant l'âtre. On peut remettre ça à une autre fois.

— Oui... non ! dit-il en se redressant. On verra comment la situation se présente.

— Claire ! tonna la voix d'Eiffel depuis le vestibule.

— Au salon ! répondit-elle avant de déposer furtivement ses lèvres sur celles, toutes fraîches, de son amoureux.

— J'ai quelque chose à te raconter qui m'a bouleversé..., commença l'ingénieur en surgissant dans le salon.

— Mon cher papa ! dit-elle alors qu'il l'embrassait affectueusement. Je suis contente que tu rentres tôt. Nous sommes contents, précisa-t-elle.

— Te souviens-tu de... Nous ?

Claire pointa du doigt derrière son épaule.

— Adolphe, vous êtes là ! dit-il alors que le jeune homme s'était réfugié dans un angle de la pièce.

Eiffel lui trouva une ascendance de caméléon, figé dans son costume qui se fondait avec le beige de la tapisserie. Seules ses paupières montraient une activité exagérée.

— Je vais vous laisser, si vous voulez parler à votre fille, finit-il par articuler tout en avançant vers la porte.

— Non, restez, Adolphe, vous soupez avec nous ce soir ?

— Je..., bredouilla le jeune homme en cherchant l'aide de Claire, qui fit un grand « oui » de la tête. D'accord, si cela ne vous dérange pas. Monsieur, ajouta-t-il. Ainsi, nous pourrons discuter. Enfin, je veux dire de tout, échanger les nouvelles et parler de... l'avenir, conclut-il après s'être bruyamment raclé la gorge.

— Oui, c'est une bonne idée, intervint Claire, parler des projets d'avenir.

— Claire a toujours aimé que je lui raconte l'avancement des différents chantiers, confia Eiffel à Adolphe. C'est *Le Figaro* du jour ? demanda-t-il en désignant le journal plié sur la table. Il paraît qu'on y parle de la tour.

Tandis qu'il parcourait le quotidien, son front se plissait page après page.

— Je ne trouve pas. Nouguier ne s'est pourtant pas trompé, il a même précisé que le journaliste a mal orthographié son nom. Voyons...

— C'est là, monsieur, intervint Salles en pointant du doigt la page 6. Juste à côté des petites annonces.

Il recula d'un pas sous le regard plein de reproches d'Eiffel.

— C'est déjà très bien d'avoir un article alors que le concours n'est même pas lancé, tempéra Claire.

— Et la page des annonces est très lue, renchérit Adolphe.

— Lis-le, papa ! s'exclama-t-elle tandis que les deux jeunes gens se positionnaient de chaque côté de l'ingénieur.

— *Parmi les projets auxquels donne naissance l'annonce de la prochaine Exposition universelle de 1889, un des plus extraordinaires est certainement celui d'une tour en fer de trois cents mètres de hauteur...*

— Des plus extraordinaires, murmura Adolphe.

— *... que M. Eiffel, le constructeur bien connu des plus hardis travaux métalliques modernes, et notamment du viaduc de Garabit, se prépare à élever.*

— Des plus hardis travaux, continua le jeune homme.

— *Cette tour de trois cents mètres, que l'on placerait dans l'enceinte de l'Exposition, serait deux fois plus élevée que les plus hauts monuments du monde.*

— Deux fois plus élevée ! martela Claire.

— Dites donc, tous les deux, vous n'allez pas répéter tout ce que je dis ? Qu'avez-vous aujourd'hui ?

— Je suis désolée, papa, vas-y, continue.

Eiffel les observa l'un après l'autre avant de reprendre :

— *Elle servirait d'observatoire météorologique et astronomique, de poste d'observation stratégique et de poste de communication par télégraphe optique. Elle trouverait également son emploi pour l'éclairage électrique à grande hauteur, pour l'indication de l'heure à grande distance, pour la vérification ou la recherche des principales lois de la physique expérimentale*... Bien, bien, bien ! se félicita-t-il en repliant le quotidien.

Eiffel avait envoyé une lettre au journal, accompagnée d'une photographie du dessin de la tour. La curiosité qu'il avait éveillée le conforta dans sa conviction. Il tendit le journal à Adolphe.

— Tenez, si vous êtes musicien, il y a deux partitions en dernière page.

Le visage du jeune homme rosit en découvrant le titre de la première : *Hymne des fiançailles*.

— Que voulais-tu me dire en arrivant ? demanda Claire, qui pressentait que le moment n'était plus aux déclarations solennelles.

— Asseyons-nous devant le feu, proposa Eiffel en prenant place sur le fauteuil à pelote et en leur laissant le canapé en bois doré. Tu te souviens de la fille de Clément Delhorme avec qui nous avions passé la soirée à Porto ?

— Nyssia ? Oui, bien sûr, elle était si charmante. Tout le monde se retournait sur son passage lors du bal à la Cour, expliqua-t-elle à Adolphe.

— Il est arrivé une histoire bien triste : elle s'est enfuie de chez elle et n'a plus donné de signe de vie depuis trois ans.

— Cela me peine, dit Claire en se sentant coupable de ne pas éprouver d'empathie pour Nyssia.

En cette soirée, elle avait juste envie de penser à elle, à la demande d'Alphonse, et que rien ne vienne perturber leur bonheur.

— J'espère sincèrement qu'elle reviendra bientôt, ajouta-t-elle.

— Clément ne m'en avait jamais parlé. C'est étrange, en trois ans, il a toujours gardé cette blessure pour lui. Irving ou Javier ne t'ont rien dit ?

— Non, ils me l'ont caché aussi. Et pourquoi M. Delhorme s'est-il confié aujourd'hui ?

Une des bûches enflammées se brisa et bascula contre le chéneau, projetant des étincelles autour de la cheminée.

— Clément l'a cherchée partout et n'a plus aucun espoir de la retrouver, dit l'ingénieur en rassemblant les braises au centre de l'âtre. Il nous a demandé de baptiser notre aéronef du nom de sa fille.

Il brossa d'un revers de main les cendres accrochées sur son gilet et se rassit avant de continuer :

— L'événement aura un retentissement national et même mondial. Si Nyssia lit dans un des journaux que le ballon porte son nom, elle saura qu'il lui a pardonné et elle le contactera. C'est le raisonnement de Clément et je lui souhaite de tout mon cœur d'avoir raison. C'est une situation si terrible, ajouta-t-il, le visage grave. Je ne sais pas ce que je deviendrais si un jour tu m'abandonnais, ma chère enfant.

Adolphe évita le regard ému aux larmes de Claire.

— Personne ne t'abandonnera, mon cher papa, personne, je te le jure, dit-elle en le prenant par le cou. Mon futur mari habitera avec nous, n'est-ce pas ?

Adolphe acquiesça dans une mimique d'impuissance. Eiffel posa sa main sur les cheveux de sa fille et afficha un demi-sourire amusé en direction d'Adolphe :

— Au fait, j'ai discuté avec le père Didon ce matin. Il voulait savoir quand vous allez vous décider à demander la main de ma fille. Il veut être celui qui vous bénira !

CHAPITRE XXVI

72

Lundi 3 novembre 1884, Paris

L'oiseau se précipita sur les miettes de la pâtisserie qu'un enfant avait fait tomber par mégarde. Il les avala en trois coups de bec avant de s'envoler au bruit des pas cadencés d'une troupe militaire arpentant la place du Carrousel. Il quitta la cour pavée, fit plusieurs cercles au-dessus des bâtiments et vint se poser sur le garde-corps d'une des terrasses du Louvre.

— Un martinet ! cria Irving à ses parents. On se croirait à la tour du Guet !

Il tenta de l'approcher et mima un lancer de canne à pêche, faisant déguerpir le volatile, puis s'accouda au parapet.

— Tu as perdu la main, plaisanta Javier.

— Le seul à l'avoir conservée est Jezequel, dit Victoria. Vous le verriez, encore maintenant il peut remplir une cage en quelques minutes.

— Vous êtes déjà revenus, les amoureux ? Je croyais vous avoir semés.

— Tu nous perdras plus sûrement dans les salles !

Irving rejoignit Clément et Alicia, restés à l'angle de la terrasse surplombant les jardins de l'Oratoire.

— J'y suis venu en début d'année avec M. Belay prendre des photos du nouveau Louvre. Qu'en pensez-vous, c'est la plus belle vue de Paris, non ?

— Tu as raison, dit Clément sans quitter des yeux le panorama, tout ce qu'il y a de beau et de grand dans cette ville se trouve à nos pieds. Dire qu'on n'était jamais venus ici depuis notre arrivée !

— C'est parce que tu ne voulais pas le faire sans moi, sourit Alicia.

— Il faudra qu'on y retourne avec des cannes, leur cria Javier depuis l'angle adjacent, je suis sûr qu'on peut faire le plein de pigeons. Je les revendrai au marché, comme quand on était enfants.

— Ah, non, je les relâcherai avant, comme quand on était enfants, intervint Victoria.

La cloche de l'oratoire du Louvre tinta deux fois.

— C'est l'heure, dit Alicia. Qui vient avec nous ?

Aucun des trois ne voulut les accompagner.

— On vous retrouvera à l'appartement pour fêter le nouveau travail de maman, conclut Victoria.

— Rien n'est fait pour l'instant, relativisa-t-elle.

— Mais rien ne résistera à la reine de l'Alhambra !

Le conservateur général du musée du Louvre agrippa les pans de sa veste, poings serrés, dans l'attitude qu'il affectionnait le plus. Il accueillit ses visiteurs debout devant son bureau, à l'arrière duquel trônait un immense portrait de Diderot.

La pièce, qui regorgeait de boiseries, sentait l'encaustique et la poussière. Des œuvres de petite taille recouvraient presque entièrement un mur à la manière d'une collection de coléoptères.

— Chacun de mes prédécesseurs en a installé et personne n'a eu le cœur de les enlever, avança-t-il. Veuillez prendre place.

Alicia lui tendit les éléments du dossier qu'elle avait réunis pour l'entretien. Le conservateur chercha ses lunettes dans toutes ses poches et tiroirs avant de les localiser sous une des notes de service qui jonchaient le cuir lustré du meuble Empire. Il accompagna sa lecture de hochements de tête et de grognements de satisfaction. Clément prit la main d'Alicia, qui cachait mal sa nervosité. Elle avait longuement hésité à solliciter le rendez-vous, mais l'envie et le besoin de rénover un ouvrage d'art, quel qu'il fût, et le prestige du Louvre l'avaient emporté.

— Vous avez de bien belles recommandations, madame, et, si je puis dire, de beaux états de service... Vingt-cinq ans de rénovation de l'Alhambra sous la houlette de la famille Contreras, une lettre du gouverneur, de la famille royale d'Espagne, une de Charles Garnier, une autre de l'ingénieur Eiffel. Tout cela est très impressionnant, dit-il en reposant les documents.

Le conservateur agrippa de nouveau ses mains aux revers de sa veste tout en cherchant ses mots. Par la fenêtre, qui donnait sur la cour Carrée, Alicia aperçut un immense saint François d'Assise sur toile que deux hommes déchargeaient avec précaution d'une charrette paillée.

— Il faudrait être sot pour se passer des services d'une personne comme vous, j'en conviens. Toutefois, madame Delhorme, n'ayant pas les diplômes requis, vous ne pouvez accéder à aucun poste de responsabilité.

— Il y a vingt-cinq ans, l'université m'était interdite parce que j'étais une femme. Aujourd'hui, j'ai plus d'expérience des azulejos que n'en auront jamais les enseignants de l'université de Paris et je voudrais la partager.

Il se leva et observa par la fenêtre les deux employés qui embarquaient un tableau représentant une nature morte. Les œuvres voyageaient au gré des guerres, des donations ou des échanges. Le conservateur revint à son bureau et resta debout devant ses deux visiteurs pour lesquels il éprouvait une sympathie instinctive. Ses doigts tapotaient machinalement son gilet.

— Comprenez que la situation pourrait être délicate pour certains de mes collègues... Une femme, sans diplômes, ne peut se permettre de leur donner des leçons. Vous pourriez reprendre vos études, madame, et, dans trois ans, briguer un poste à la conservation. Sinon, je ne peux vous proposer que des tâches sans rapport avec votre expertise et votre qualité.

— Avez-vous un atelier de restauration ? s'enquit Clément.

— Nous avons le meilleur atelier de la place de Paris.

— Alors, donnez-moi une œuvre, tableau, céramique, sculpture, ce que vous voulez, je ferai sa rénovation selon les critères qui vous plairont, proposa Alicia. Vous me jugerez sur le résultat.

— Vous avez l'air si sûre de vous...

— Non, n'y voyez aucune vanité. Juste de la pratique.

Des cris leur parvinrent de la cour Carrée. Tandis qu'ils déchargeaient un nouveau tableau, les employés avaient été déséquilibrés par une ruade inattendue du cheval. La toile était à terre, renversée et, avant que le percheron ait pu être maîtrisé, une des roues de la charrette avait reculé sur la toile, la déchirant dans son tiers supérieur.

Un attroupement venait de se former. Depuis son promontoire, le conservateur intima à chacun de reprendre son travail et s'enquit de la nature de l'œuvre et des dégâts. La peinture provenait de la donation La Caze et revenait d'un dépôt dans un musée de province. D'auteur inconnu, elle n'avait pas grande valeur et était destinée à finir dans les caves du musée, dans l'attente d'un nouveau placement dans une institution régionale.

— Disons que le hasard vient de vous offrir votre premier travail. À vous de saisir votre chance, madame Delhorme.

Irving resta longuement pensif devant un tableau de Greuze représentant une jeune femme au chapeau blanc. Le mélange de candeur et d'érotisme qu'elle dégageait le troublait. Il en connaissait la raison mais se refusait à l'admettre. Le modèle, qui ne ressemblait pas physiquement à Nyssia, avait le même charme mystérieux que sa jumelle. Les quelques visiteurs qui passaient dans la salle des Sept Cheminées s'arrêtaient tous devant la toile, intrigués par l'expression captivée du garçon. Il se sentit soudain soulevé de terre par des bras puissants.

— Javier, arrête, on va finir par se faire remarquer, grogna-t-il.

Le surveillant en uniforme rouge, planté à la porte de la salle des Bijoux, se retourna et les considéra un instant avant de se désintéresser d'eux.

— Où est ma sœur ?

— Je l'ai perdue dans une galerie où il n'y avait que des tableaux de crucifixion. Beurk ! C'est fou ce que qu'il y a comme tortures sur ces murs. Et on appelle ça un musée, mais c'est la galerie des horreurs ! Les pires phénomènes de foire sont moins cauchemardesques que ces tableaux.

Un couple qui traversait la salle sourit à Javier d'un air complice. La visite produisait sur eux la même impression. La femme portait une robe élégante mais démodée, indiquant un vêtement de seconde main. Elle se tenait au bras d'un officier des cuirassiers à la tenue rutilante. Javier leur sourit en retour puis fixa avec insistance le bicorne de feutre noir sur la tête du militaire.

— Oublie, chuchota Irving. Il va te découper avec son sabre, tu as vu la longueur ?

— Ne t'inquiète pas pour ces détails.

— Détails ? Je n'ai pas envie que ma sœur soit veuve avant même son mariage, et je n'ai pas envie que tu finisses comme dans ces tableaux que tu exècres, ajouta-t-il en lui indiquant une toile aux macchabées évocateurs.

Le couple s'était arrêté devant une peinture représentant Bonaparte à Jaffa. Le militaire ôta son bicorne et poussa un soupir perceptible, manifestant son regret de ne pas avoir connu l'Empereur.

— Je m'occupe d'eux, va rejoindre Victoria, lui chuchota Javier.

— Je préfère rester pour t'empêcher de faire une bêtise, répliqua Irving.

— S'il te plaît, dégage, ta présence va me gêner. Et tu es tellement lent que tu te feras attraper si ça tourne mal. Allez !

— Après tout, tant pis pour toi si tu finis au poste de police ! s'emporta Irving en haussant les épaules.

Il quitta la salle sans se retourner, traversa la galerie d'Apollon, descendit des escaliers, en remonta, chercha sa sœur dans la salle des Sept Maîtres où le portrait de Lisa Gherardini[1] l'intrigua, fit demi-tour, traversa les galeries françaises, descendit au rez-de-chaussée, se trouva entouré d'antiquités grecques et entendit le pas pressé de Victoria qui manqua de le renverser en déboulant d'un escalier entre deux statues géantes.

— Viens m'aider, sœurette, ce têtu de Javier est en train de se mettre dans de sales draps.

— Il se débrouillera bien sans nous. Suis-moi, il y a un problème.

— Voulez-vous un renseignement ou une explication, messieurs-dames ? proposa Javier en s'approchant des visiteurs.

— Vous faites partie du personnel ? questionna sèchement l'homme devant son accoutrement civil.

— Non, je suis en mission pour le gouvernement Ferry, répondit Javier avec un naturel désarmant.

— En mission ? Dans un musée ?

Le militaire se méfiait visiblement de cet inconnu à l'accent indéfinissable qui leur proposait une visite dans un établissement peu fréquenté dont la réputation souffrait encore de son récent passé de cour des miracles.

— C'est que je suis un expert, expliqua Javier.

— Un expert ? En art ?

— Je n'ai pas le droit de vous le dire, je dois me montrer discret. En revanche, je connais très bien certains tableaux et je peux vous servir de guide.

— Pourquoi feriez-vous cela ?

— Par amour de la patrie ! Vous êtes un officier cuirassier, vous avez défendu la nation contre l'envahisseur prussien. Je me sens une dette envers vous.

L'homme, qui triturait machinalement son bicorne entre ses doigts, se détendit et se montra plus compréhensif.

---

1. Mona Lisa.

— S'il avait été là, dit-il en montrant Bonaparte sur la toile, nous ne l'aurions pas perdue, cette guerre, croyez-moi. Et l'Alsace-Moselle serait toujours française !

— Je suis bien d'accord avec vous. Vive l'Empereur !

— Vive l'Empereur ! répéta le militaire en se raidissant.

Javier demanda au couple de s'approcher pour lui délivrer une confidence.

— Vous ne l'avez pas touché, au moins ? demanda-t-il en montrant le personnage peint.

— Non, voyons, dit l'homme, offusqué.

— Vous êtes sûr ? Pas même un tout petit peu ?

— Non... enfin, je l'ai juste effleuré, vous voyez, comme ça, dit-il en mimant le geste. Oui, effleuré du bout des doigts, confirma-t-il en cherchant l'approbation de sa femme qui confirma.

— Il le fait dès qu'il voit l'Empereur peint ou dessiné, c'est un geste de révérence, expliqua-t-elle.

— Comme une allégeance au grand homme qu'il fut, acquiesça-t-il. Pourquoi ? C'est interdit ? demanda-t-il devant la moue embarrassée de son interlocuteur.

Javier hocha gravement la tête :

— Malheureusement non, ce n'est pas interdit. Pas encore. Comme vous pouvez le constater sur cette œuvre, l'Empereur rendait visite aux pestiférés de Jaffa. Vous voyez, il touche un malade, dit-il en mimant le geste de l'Empereur sur le militaire, qui recula d'un pas. Fort heureusement, il n'a pas été contaminé ce jour-là. Mais il s'en est fallu de peu, beaucoup de gens dans son entourage sont morts. Même le peintre.

— Le peintre ? Je croyais que Gros s'était suicidé âgé, objecta l'homme.

— Détrompez-vous, lui aussi y est passé. Rendez-vous compte qu'il est resté des heures dans l'hôpital !

— Mais pourquoi a-t-il fait cela ?

— Pour peindre au plus près, cher monsieur, déclara Javier avec sérieux. Il voulait être là, devant le sujet de son œuvre. C'est l'amour de son métier qui l'a emporté. Par contre, je suis très embêté que vous l'ayez effleuré.

— Ah ? Pour quelle raison ? demanda le militaire en prenant sa femme par le bras.

— Le tableau est peut-être encore un foyer de peste.

— Mais vous vous moquez, vous plaisantez !

— Pas du tout. Tous les médecins vous le diront : la maladie peut demeurer des années, voire des siècles sur un support comme une toile. Pourquoi croyez-vous qu'on brûle tout lors d'une épidémie ? affirma-t-il en observant la réaction de l'homme, qui hésitait entre incrédulité et panique. Sauf qu'on ne peut pas passer au feu des œuvres d'art, ce ne serait pas décent.

— Tout cela est étrange, vraiment curieux, dit le militaire en scrutant le bout de ses doigts. Je l'ai à peine effleuré.

— Je vais vous faire une confidence : un rapport de nos plus grands médecins vient d'être remis aux autorités et il montre...

Javier s'interrompit pour vérifier que personne ne les écoutait.

— Il montre que certains tableaux de nos musées, et non des moindres, sont porteurs de choléra et de peste. C'est d'ailleurs la raison de ma présence : je suis chargé de les recenser avec la plus grande discrétion.

— Mon Dieu ! réagit la femme. Ces épidémies me font peur. Savez-vous que le choléra s'est déclaré à Paris ces jours derniers ?

— Eh oui, c'est terrible, compatit Javier. Je vais vous faire une autre confidence : nous avons réussi à en retrouver la toute première victime. Figurez-vous que la semaine avant qu'elle ne déclare la maladie, elle avait été au contact d'un tableau de Paul-Félix Guérie montrant l'impératrice Eugénie visitant des malades à l'hôtel-Dieu d'Amiens, des malades du choléra...

— Le choléra ! souffla l'homme, dont la méfiance s'était évaporée.

— Mon Dieu ! répéta la femme. Chéri, qu'allons-nous faire ? Qu'allons-nous faire ?

L'affolement de son épouse désempara le malheureux militaire, sur lequel pesait la responsabilité de la situation. Javier se retint de rire de l'énormité de sa farce. Le simple nom de la maladie provoquait toujours chez certains des réactions de panique.

— Mais pourquoi l'ai-je touché ? Pourquoi ? se lamentait le cuirassier.

— Pourquoi nous laisse-t-on courir de tels dangers ? C'est impensable ! se récriait sa femme.

— C'est vrai, c'est inadmissible, dit enfin le militaire, animé d'une froide colère.

— Je suis justement là pour y mettre fin. Toutes les œuvres incriminées vont être isolées. Quant à vous, soyez rassuré, si vous suivez mes recommandations, vous ne tomberez pas malade.

— Que dois-je faire ? Dites !

— Avez-vous une baignoire à la maison ?

— Non, mes moyens ne me le permettent pas.

— Alors, courez aux bains publics et demandez à en prendre un très chaud, dans lequel vous aurez préalablement dissous dix grammes d'ipécacuana.

— De l'ipéca... ?

— ... cuana, vous en trouverez en pharmacie. Trente minutes au minimum, pendant une semaine. Ou deux, pour plus de précautions. Et vous ajouterez des sinapismes sur la poitrine pendant les bains.

— Sina... ?

— ... pismes, des cataplasmes de farine de moutarde que Madame vous aura préparés.

Sa femme hocha la tête en signe d'approbation. Elle aussi se tremperait dans le traitement, à titre préventif.

— Monsieur mon sauveur, comment puis-je vous remercier ? demanda l'homme, bras grands ouverts.

— Attendez, il y a une dernière condition.

— Laquelle ? Dites !

— Votre bicorne, indiqua Javier en savourant par avance les fruits qu'il allait récolter de son travail.

— Quoi, mon bicorne ? dit le militaire en le lui présentant.

Javier porta sa main devant son nez et sa bouche.

— Vous le touchez depuis tout à l'heure avec vos mains, ces mêmes mains qui ont caressé les traits de l'empereur peints de la pointe d'un pestiféré !

Le cuirassier tint le chapeau entre pouce et index.

— Que dois-je faire ? Que dois-je faire ? demanda-t-il, affolé, alors que sa femme avait reculé jusqu'au seuil de la salle Henri II.

— Posez-le à terre, dit Javier. Doucement, doucement, les miasmes ne doivent pas se disséminer partout autour de vous !

L'homme s'exécuta comme s'il tenait un engin explosif et le déposa d'un geste ralenti sur le sol.

— Bien, très bien. Maintenant, vous pouvez rentrer chez vous.

— Qu'allez-vous en faire ? interrogea le cuirassier, pris d'un remords soudain.

— Le brûler, pardi !

— Mais c'est mon bicorne, je vous l'interdis !

— Comme vous voulez, répondit Javier en faisant mine de partir.

— Prenez-le, brûlez-le, monsieur, dit sa femme, restée à l'écart. Sinon, c'est moi qui le ferai une fois rentrée.

L'homme capitula, eut un dernier regard pour l'Empereur puis pour son couvre-chef, et suivit son épouse et les conseils de l'expert en art cholérique de surtout rester au centre des galeries jusqu'à la sortie du Louvre.

Demeuré seul, Javier esquissa une *zambra mora* autour du bicorne avant de s'en coiffer et de partir à la recherche de Victoria et Irving, qu'il trouva dans le département des Antiques, assis à même le marbre à côté d'une fresque carrelée.

— Je viens de réussir un chef-d'œuvre digne de ce lieu, fanfaronna-t-il en leur montrant le chapeau. Victoria, il faut absolument que je te raconte !

— Plus tard.

— Plus tard ? Mais que t'arrive-t-il ? Tu vas voir, tu vas adorer mon histoire.

— Il y a plus important, dit-elle en se levant.

Elle se posta devant la céramique aux quatre couleurs représentant un enchevêtrement géométrique complexe à base d'étoiles à huit branches.

— Plus important ? Quoi, par exemple ? Eh, mais je connais ce carrelage ! dit-il en s'approchant pour en lire le cartel.

— C'est bien là le problème, répliqua Irving, qui s'était levé à son tour.

— *Fresque nasride de l'Alhambra de Grenade. Don de lord Winsley, succession.* En quoi est-ce un problème ?

— Tout ce qui provient de l'Alhambra est le résultat d'un vol, expliqua-t-elle. Celui qui l'a donné au Louvre a pillé le palais de Comares. Lui ou ses ancêtres.

— Rafael le lui a peut-être vendu, avança Javier en touchant les carreaux.

— C'est impossible, intervint Irving. La famille Contreras se bat depuis des décennies contre ce pillage.

— C'est un vol, c'est évident, et si maman l'apprend elle va être furieuse, poursuivit Victoria.

— Elle est capable de porter plainte contre le Louvre, contre la famille de ce lord, conte l'État français. Vous la connaissez, ajouta Irving, le front barré d'une ride d'inquiétude.

— Elle est surtout capable de démonter les carreaux pour les rapporter à Grenade.

— Alors, que fait-on ? interrogea Javier après avoir jeté son trophée à terre.

— On ne lui dit rien et on prie pour qu'elle ne vienne pas dans cette allée. Jamais.

73

Mercredi 19 novembre 1884, Paris

Alicia avait choisi de travailler dans l'appartement de la rue de Prony, portée par l'enthousiasme des enfants et convaincue par leurs arguments. La taille de l'œuvre à réparer, de un mètre sur deux, lui avait permis d'établir son atelier dans le salon. La peinture, représentant une nature idyllique faite de forêts et d'une clairière baignée de soleil, avait été déchirée à son niveau inférieur, là où l'enchevêtrement de couleurs et d'intensités de lumière était le plus important. Alicia s'était investie dans son travail avec la même ferveur que celle qu'elle avait mise à la rénovation de l'Alhambra, ignorant les rythmes imposés par les repas ou la vie domestique. Clément, qui à son arrivée à Paris s'était plié aux cadences urbaines, avait repris ses habitudes grenadines. Les soirées avaient l'allure de *tertulias* où, réunis autour du feu, ils écoutaient la guitare fandango de Javier, habillé en Torquado, ou applaudissaient les mouvements de *zambra* d'Alicia et de Victoria, jusqu'à une heure andalouse ou jusqu'à l'arrivée du propriétaire ou d'un sergent de police. La maisonnée sentait bon la vie de bohème, au grand plaisir de toute la famille même si Irving, tenu à des horaires stricts au Bon Marché, se sentait pris dans un carcan dont il rêvait de se libérer pour, lui aussi, ne vivre que pour ses passions.

Irving consulta l'adresse écrite par Belay sur un morceau de papier. Il avait traversé le parc des Princes sans avoir trouvé la Station physiologique de Paris. Il revint sur ses pas et interrogea le cocher d'un fiacre privé qui patientait devant une luxueuse villa aux allures de château. Ses indications le menèrent devant une bâtisse à un étage, dont le rez-de-chaussée aux fenêtres hautes ressemblait à un atelier. Le portail au bois usé donnait à la propriété un air d'abandon et ne comportait aucune plaque. Il aperçut un homme sortant de la maison, habillé en noir de pied en cap. L'étrange accoutrement était composé d'un collant de danse, d'un maillot aux manches longues, de gants et d'une casquette prolongée d'un tissu qui occultait l'ensemble du visage. Irving le héla tandis qu'il s'éloignait sur le sentier attenant à la propriété sans l'entendre. Le jeune homme hésita un instant puis entra. Il rejoignit le personnage costumé à l'arrière de la maison, où celui-ci effectuait des mouvements de gymnastique.

— Monsieur, suis-je bien à la Station physiologique ? J'ai rendez-vous avec le docteur Marey.

L'homme acquiesça sans mot dire et lui fit signe de le suivre. Irving remarqua un trait blanc sur sa jambe et son bras gauche qui, de près, le faisait ressembler à un squelette en mouvement. Après avoir contourné la bâtisse, ils débouchèrent sur une clairière herbue délimitée par une piste circulaire en terre. Au centre, un pylône en bois haut de huit mètres supportait une plate-forme d'observation. Attenant à la piste, un hangar au fond garni de velours noir et au sol peint de la même couleur hébergeait plusieurs appareils photographiques, autour desquels deux hommes s'affairaient. Le spectre noir signala le médecin d'un geste de la main et quitta Irving pour trottiner sur la piste où se trouvait déjà son opposé : un Pierrot au visage poudré de talc, habillé d'un justaucorps et d'une casquette blancs.

— Venez, vous êtes en retard !

Étienne-Jules Marey portait une épaisse barbe blanchie qui trahissait ses cinquante-quatre ans. Il était pour le jeune photographe une icône, celui qui avait réussi à capturer le mouvement pour mieux l'étudier, l'inventeur de la chronophotographie. Quand le médecin avait proposé à Belay de venir le rejoindre pour l'assister dans ses expériences, celui-ci avait décliné, préférant conserver la clientèle croissante de son atelier photo, plus rémunératrice et plus valorisante à ses yeux.

— Malgré tout le respect que j'ai pour lui, il a passé des années à vouloir prouver qu'un cheval au galop a toujours une patte à terre, avait-il expliqué à Irving. J'ai d'autres ambitions !

Le jeune Delhorme n'avait pas hésité un instant et s'était porté volontaire. L'occasion était unique de côtoyer les pionniers de son art.

— M. Belay m'a dit le plus grand bien de vous. Vous êtes son assistant depuis trois ans, c'est cela ? interrogea Marey tout en surveillant la mise en place d'une plaque dans l'un des appareils. Il paraît que vous maîtrisez comme personne le gélatino-bromure d'argent, continua-t-il sans lui laisser le temps de répondre. Je recherche quelqu'un comme vous pour nous assister, mon préparateur et moi. Je vous présente Georges Demenÿ.

L'homme s'essuya la main sur son pantalon, le salua et reprit ses vérifications sur la machine qui pointait son objectif vers l'écran noir.

— Savez-vous ce que c'est ? demanda Marey en la désignant.

— Un appareil à obturateur tournant, monsieur. Vous avez eu l'idée remarquable de poser un disque vertical percé d'une fente juste devant la plaque, dit Irving, qui s'était approché de l'engin pour le détailler. En tournant la manivelle, le disque produit des intermittences dans l'arrivée de la lumière. Je peux ? demanda-t-il avant de l'actionner. Vous arrivez ainsi à capturer dix images par seconde. C'est prodigieux !

— Ça va, merci, je n'en demandais pas tant, dit Marey, amusé.

Irving arrêta le disque avec soin et caressa le boîtier avant de continuer :

— Derrière nous se trouve la chambre noire portative pour développer aussitôt la prise effectuée, n'est-ce pas ?

— Exact. Avez-vous vu certains de mes clichés ?

— J'ai lu les comptes rendus de vos interventions à l'Académie des sciences. Permettez-moi de vous exprimer toute mon admiration, monsieur.

— Vous êtes trop flatteur, mon jeune ami. Tout est améliorable. Grandement. De plus, notez une chose : ici, on ne s'intéresse qu'à l'analyse du mouvement, nullement au processus inverse qui permettrait de le recomposer. Je suis médecin, nous ne sommes pas là pour produire du spectacle, mais de la science, ne l'oubliez pas.

— Est-ce à dire que je suis engagé ?

— À titre d'essai, tous les mercredis et les samedis. Vous serez mal payé et votre nom ne sera jamais associé aux travaux publiés. Toujours partant ?

— Plus que jamais. Quand est-ce que je commence ?

— Il y a dix minutes.

Le spectre avait rejoint le Pierrot qui fumait une pipe à quelques mètres du hangar, adossé à un immense châtaignier.

— Tu fais quoi aujourd'hui ? demanda-t-il en retirant le tissu noir qui lui cachait le visage.

— Je vais sauter une barre en hauteur. Et toi ?

— Course à pied. C'est ma spécialité au bataillon, dit le spectre en essuyant son visage perlé de sueur.

— Tu es content d'être détaché à la Station physiologique ? questionna l'autre en tapant sa pipe sur sa semelle.

— Plutôt, oui. Je préfère ça aux manœuvres. Et toi ?

— Moi, je suis médecin dans le civil. Je me destine à la physiologie. C'est pour ça qu'il m'a choisi.

Le spectre regarda son accoutrement et celui du Pierrot.

— Je n'ai pas dit à ma femme ce que je faisais ici, elle ne m'aurait pas cru. La semaine dernière, j'ai lancé un disque, à poil devant l'écran noir. Tu imagines ce qu'elle en penserait !

— C'est pour cela que tu as un masque aujourd'hui, tu veux te cacher de ta femme ? plaisanta le Pierrot.

— Si seulement ils me l'avaient donné avant ! Et toi, tu devrais en faire autant au lieu de te poudrer le visage en blanc, répliqua l'homme. On va te reconnaître.

— Bah, ça m'est égal, je ne suis pas marié. Il te reste combien de temps de service ?

— Trois ans. Je remplace un gars tiré au sort. Et toi qui es toubib, ta famille n'a pas pu payer pour ton exemption ?

— Je n'ai pas voulu... Ah, ils nous appellent, dit le Pierrot alors que le préparateur lui faisait de grands signes. Apparemment, je passe le premier, constata-t-il alors qu'une corde avait été tendue entre deux poteaux devant le velours noir.

Pendant que le conscrit se préparait en sautillant sur place, Demenÿ s'installa à la manivelle, qu'il fit tourner jusqu'à maintenir une vitesse constante. Au signal de Marey, le sujet prit son élan et sauta, jambes en avant, au-dessus de l'obstacle. Au second signal, Irving enleva la plaque photographique et l'emporta dans la chambre noire pour la développer aussitôt. Il ne ressentait aucune peur, juste l'excitation de participer à une expérience unique. Ses gestes étaient sûrs et précis. Il retrouvait le goût âcre de l'aventure qu'il avait ressenti pour la première fois la nuit où Tête-de-rat avait investi l'Alhambra, et cette sensation lui confirmait qu'il était à sa place dans le courant de la vie. Au bout de quelques minutes, il sortit de la caravane et apporta le cliché au médecin. Huit Pierrot décomposaient le mouvement sur la photographie, de la préparation à la réception du saut.

— Bon travail, confirma Marey. Vous maîtrisez bien le développement. Maintenant, passons aux choses sérieuses. Georges, changez le disque. Irving, tout à l'heure, vous avez gratifié de prodige mon appareil à dix images par seconde. Il va falloir réviser votre vocabulaire.

Demenÿ démonta le cylindre vertical et le remplaça par un autre, percé de multiples fentes.

— Dix, dit Irving qui les avait comptées. Avec dix tours de manivelle, ça signifie un centième de seconde par image ! Extraordinaire... mais vous n'allez rien voir, les personnages vont se superposer ?

Le médecin apprécia la vivacité d'esprit du jeune homme et hocha la tête :

— C'est pourquoi nous n'allons pas demander à notre ami en blanc de passer. Venez ! dit-il au conscrit de noir vêtu. Vous allez comprendre, ajouta-t-il à l'intention d'Irving, qui tournait autour de l'appareil photographique à la recherche d'une réponse.

L'homme avait remis son masque. Marey désigna les bandes de métal brillant appliquées le long de la jambe et du bras gauches :

— Seules ces bandes seront visibles sur la photo. En réduisant la largeur des membres, je peux décupler le nombre d'images sur un même cliché et ainsi avoir une expression fine du mouvement de la course. On peut même le reproduire dans une lanterne magique. Je vous garantis que l'illusion est parfaite !

Le soir même, devant l'âtre familial, Irving relata sa rencontre avec un enthousiasme communicatif.

— Si vous aviez vu cet endroit, c'était incroyable ! Un véritable atelier d'expérimentation sur la photographie où ils tentent les choses les plus folles.

— J'ai lu ses communications, Étienne-Jules Marey est un médecin, pas un artiste, mon fils. Ne te trompe pas, relativisa Clément.

— Peu importe, papa. M. Marey invente le futur et mon intuition me dit que c'est là que je dois être, et pas ailleurs !

— On serait mal placés pour te donner des leçons raisonnables, Irving, intervint Alicia, qui terminait un point de réparation sur son tableau.

— Je n'en peux plus de vendre des meubles aux bourgeois de Paris. Chaque jour je n'ai qu'une hâte, être dehors, loin des horaires fixes, des regards condescendants, du bruit de la foule : j'ai besoin d'air, de liberté, celle de tenter et d'expérimenter. J'ai besoin d'aventure et je sais que vous me comprenez !

Victoria était restée à l'écart de la discussion. Après un dernier air joué par Javier, celui-ci les quitta pour rejoindre sa location. Elle l'accompagna jusque dans la rue où ils firent quelques pas. Elle avait froid.

— Comment fais-tu pour ne pas être glacé ? lui demanda-t-elle alors que son *novio* se promenait la veste ouverte. Il gèle à pierre fendre.

— Ne t'inquiète pas, j'étais comme toi le premier hiver. Puis on s'adapte, dit-il en lui montrant les deux maillots superposés sous de sa chemise. On s'adapte, mais on ne s'habitue pas, j'ai toujours aussi froid sans mes protections, ajouta-t-il en l'enveloppant de ses bras.

— Quand pourrons-nous vivre ensemble ?

— Ma chambre est trop petite pour deux, ma logeuse ferait un scandale si elle te trouvait chez moi et je ne peux pas demander davantage d'argent à Mateo, répondit-il avec une pointe de lassitude. On en a déjà parlé.

— Je sais que je me répète, mais quand je vois ta réaction, j'ai l'impression que tu aimes plus ta liberté que la perspective d'une vie avec moi, soupira-t-elle en l'écartant doucement.

— Victoria, j'ai fini mes études, je vais bientôt avoir un salaire d'ingénieur et dans quelques mois on partira pour l'Amérique.

— Les journaux disent que la statue de la Liberté va rester ici, qu'il n'y a plus d'argent pour son piédestal.

— Les fonds viennent d'être rassemblés, M. Bartholdi l'a annoncé à toute son équipe. Mais, si tu veux, on restera à Paris, la vie y est belle et le travail ne manque pas.

— Tout ce que je veux, c'est être avec toi et pas te regarder partir tous les soirs.

— Bientôt, bientôt, dit-il en l'attirant à nouveau à lui. Promesse de Torquado !

— Sinon, je vais demander à travailler moi aussi au Bon Marché.

— Alors, je m'incline devant la menace. Je suis prêt à tout accepter, sauf... ça ! plaisanta-t-il en prenant un ton effrayé.

— Javier, je suis sérieuse ! Si rien ne bouge, je ferai la vendeuse dès le mois prochain. Tu le reconnais toi-même, le travail ne manque pas. Au moins, avec ma paie, on pourra avoir un appartement à nous.

— Sûrement pas ! répliqua-t-il, vexé. C'est à moi d'entretenir mon couple et tu ne travailleras pas ! Te rends-tu compte de la gêne que cela me causerait ?

Le silence qui suivit accentua la sécheresse de son intervention. Plusieurs flocons voletèrent dans l'air saturé d'humidité.

— Papa l'avait prévu, remarqua Victoria d'une voix faible avant de faire demi-tour.

— C'est le meilleur ingénieur pour la météorologie. Attends-moi !

Il la rattrapa mais elle refusa de lui prendre la main.

— C'est aussi le meilleur pour comprendre le cœur des hommes, surtout de glace, dit-elle, les bras croisés pour éviter qu'il n'insiste. Il avait prévu que tu refuserais.

74

Samedi 29 novembre 1884, Paris

Le fiacre s'arrêta boulevard de Courcelles, à l'entrée de la rue Alfred-de-Vigny. Le passager, un vieil homme aux cheveux et à la barbe chenus, en descendit avec lenteur, accompagné d'une adolescente de quinze ans, au bras de laquelle il s'appuya. D'autres piétons admiraient et commentaient le spectacle unique qui s'offrait à eux. Un carrosse passa au ralenti avant de repartir sur un coup de fouet sec. Même ceux qui continuaient leur marche ne pouvaient s'empêcher de tourner leurs regards en direction des ateliers Gaget et Gautier, d'où s'élevait, puissante et souveraine, la *Liberté éclairant le monde*. Dépassant les plus hauts immeubles, la géante de cuivre semblait prête à défier les flots à l'entrée de la rade de New York. Debout au milieu du carrefour, Belay recherchait l'emplacement idéal pour ses prises de vue.

Jamais je n'aurais dû laisser Irving travailler pour Marey, grogna-t-il dans son for intérieur. *Son coup d'œil me manque*.

Il plissa des yeux pour observer l'état du ciel, qui déversait une pluie fine semblable aux embruns de la côte normande qu'il aimait photographier. *Je reviendrai un jour de soleil,* songea-t-il, *la lumière sera juste dans le dos aux environs de midi et éclairera la statue de face. Je garderai les immeubles de la rue Alfred-de-Vigny de chaque côté du cadre et quelques Parisiens devant pour les proportions. Ou plutôt non, j'y enverrai Irving !*

Satisfait de sa décision, il passa son sac en bandoulière, replia son trépied et le porta à l'épaule.

— Que se passe-t-il ? soliloqua Belay alors que tous les piétons s'étaient agglutinés autour du fiacre dans lequel le vieil homme et la jeune fille étaient remontés. Je ne connais qu'une personne capable d'intéresser les Français davantage que cette statue... Si c'est bien lui, je te tire mon chapeau, Irving. Tes informations seraient donc exactes !

Les ateliers Gaget avaient été prévenus le matin même de la venue d'une personnalité, ce que Javier s'était empressé d'annoncer à son ami. Le fiacre s'ébranla sous les applaudissements de la foule et se dirigea vers la rue de Chazelles.

Vite, je vais le rater !

Belay parcourut les cinquante mètres au pas de course et arriva au moment où Bartholdi saluait son visiteur à la descente du véhicule.

Le photographe attendit en retrait que tous aient pénétré sous le porche, rejoint par un journaliste qui avait, lui aussi, traversé le quartier en courant.

— J'ai été averti au dernier moment, dit l'homme en fouillant dans ses poches pour en sortir un carnet et un crayon. Ouf ! J'ai bien cru les avoir oubliés. Mais je ne voulais pas rater cette rencontre.

— Quel quotidien ? demanda Belay nonchalamment.

— *Le Temps*, et vous ? dit le journaliste en indiquant l'appareil photographique sur son trépied.

— Je travaille pour M. Bartholdi, prétendit Belay, mais si votre journal est intéressé, voici ma carte.

— Allons-y, proposa le rédacteur. Je ne raterais Victor Hugo sous aucun prétexte.

Dans la cour, les ouvriers avaient formé une haie humaine jusqu'aux pieds de la *Liberté* et l'avaient applaudi, chapeaux bas, à son arrivée. À quatre-vingt-deux ans, l'écrivain avançait avec lenteur, soutenu par sa petite-fille Jeanne. Deux grands écussons aux couleurs de la France et de l'Amérique avaient été installés à la hâte afin de donner un côté officiel à sa visite. Hugo fit un baisemain à la mère du sculpteur, ce qui offrit un premier cliché à Belay. Il n'avait demandé aucune permission au maître d'œuvre et sa présence aurait pu être indésirable, mais celui-ci lui envoya un bref regard que Belay reçut comme une approbation. Tout le monde se déplaça aux pieds de la statue. En levant la tête, le photographe crut distinguer un visage entre deux barreaux du diadème. Il se frotta les yeux et ne vit plus rien. La pluie avait cessé et une brume s'exhalait du groupe comme des âmes s'élevant dans le ciel.

— Tu le vois ?

— Je vois une fourmi entourée de fourmis au-dessous des poutres des échafaudages.

Victoria avait eu la surprise de voir Javier débarquer le matin même à l'appartement. Ils s'étaient rendus aux ateliers de Chazelles en pleine effervescence et avaient grimpé dans le monument sans se faire remarquer afin d'assister à la visite de l'écrivain. Victoria était aux anges : Javier lui avait montré son prénom qu'il avait gravé dans un repli de la structure en cuivre, ce qui l'avait totalement réconciliée avec son *novio*.

— Je ne le vois plus. Où est-il passé ?

— M. Bartholdi avait un présent pour lui, dit Javier en se penchant pour constater que les ouvriers étaient restés groupés autour du monument. En attendant, profite de la vue, toute la ville est à nos pieds.

Victoria s'accouda entre deux barreaux et tenta de reconnaître les monuments qui dépassaient des maisons mais s'en lassa vite.

— Alors, tu tiens quand même à moi ? demanda-t-elle en l'attirant par le cou pour l'embrasser.

— Comme jamais, répondit-il entre deux baisers. Te rends-tu compte que nous sommes les amoureux les plus hauts de Paris ?

— Qu'avez-vous tous à vouloir battre des records ? Cela me rend-il plus désirable ?

— Je t'avouerai que...

Javier s'interrompit et posa la main sur la rampe de l'escalier.

— Qu'y a-t-il ?

— Ils arrivent ! Je les entends ! Ils grimpent dans la statue !

— Tant mieux, dit Victoria en se penchant vers le centre du colimaçon, on va rencontrer Victor Hugo ! Quand le docteur Pinilla saura ça !

— Chut, intima Javier. Tu ne comprends pas qu'il est formellement interdit d'y monter aujourd'hui ? chuchota-t-il. Consigne de M. Bartholdi. S'il s'aperçoit que je lui ai désobéi, c'en est fini de New York !

Le sculpteur et le poète s'étaient engouffrés à l'intérieur du colosse à partir d'une entrée située dans son pied droit, suivis de Jeanne et de sa mère, Alice Lockroy, veuve de Charles Hugo. Belay se positionna à l'entrée de l'atelier principal, dont il venait d'apprendre par un contremaître qu'il constituerait la suite de la visite. Tous se demandaient combien d'étages l'écrivain pourrait monter et espéraient secrètement que le plus grand des Français parvienne à se hisser au sommet de la plus haute des statues. L'attente parut longue à tout le monde, sauf au journaliste qui tentait de recueillir les impressions des quelques personnalités présentes. Mais le collectionneur d'art Henri Cernuschi, qu'il aborda, refusa de lui répondre.

— Vous devez être le seul plumitif à ne pas savoir que M. Cernuschi est un des propriétaires du *Siècle*, lui fit remarquer Belay alors qu'il s'en plaignait au photographe. C'est votre principal concurrent, se moqua-t-il. Tenez, voici le rédacteur du *Siècle*, ajouta-t-il en désignant un individu en grande conversation avec son voisin. Il va vous voler toutes les confidences.

— Qui est son interlocuteur ?

— Le comte de Latour, chargé d'affaires d'Amérique. Juste à côté, vous avez le secrétaire du comité de l'Union franco-américaine. Son prochain témoin.

Le journaliste eut une moue de dégoût qui fit rire Belay.

— Il vous faudra être inventif, mon ami ! Interrogez les ouvriers et les ingénieurs, questionnez les habitants.

— Votre proposition n'enchantera pas mon directeur. Dire que je ne suis même pas entré dans la tête quand elle était au Champ-de-Mars.

— Là, je peux vous aider ! J'ai même fait des photos depuis la couronne. Si je vous décris l'intérieur, vous citerez mon nom ?

À quelques mètres d'eux, Nouguier et Koechlin, prévenus le matin, représentaient l'équipe Eiffel.

— Je suis surpris que Javier ne soit pas là, il était excité à l'idée d'apercevoir Hugo, même de loin, nota Nouguier en secouant son chapeau pour le sécher.

Koechlin, qui suivait le fil d'une autre pensée, ne répondit pas. Il avait sollicité une rencontre avec Bartholdi, à son domicile, afin de l'entretenir de la tour Gallia pour laquelle il cherchait toujours des soutiens. Le sculpteur l'avait rassuré : le pylône de trois cents mètres n'avait pas besoin d'une caution morale pour s'imposer. La relation professionnelle et courtoise que Bartholdi entretenait avec Gustave Eiffel masquait à peine le peu d'affinités entre les deux hommes et Koechlin, qui voyait naître la polémique avec le corps des architectes et le monde des arts, avait demandé au sculpteur de soutenir le projet sitôt le concours ouvert.

Nouguier lui tapa sur l'épaule, le ramenant à la réalité :

— Ça y est, ils reviennent !

Bartholdi ressortit le premier, suivi de Victor Hugo, qui fut interrogé par l'assistance sur la hauteur grimpée.

— Deux étages, répondit-il.

— Il aurait pu monter les dix, précisa le sculpteur, mais Mme Lockroy s'est sentie fatiguée et nous sommes redescendus.

La femme du ministre confirma l'anecdote, ce que notèrent les deux journalistes et qui rassura les esprits superstitieux. Que le grand homme ait pu le faire était suffisant pour porter chance à la statue.

— En tout cas, c'est superbe, vraiment superbe, commenta Hugo après avoir reculé pour l'admirer encore.

— Je vois deux colosses qui s'entre-regardent, confia Henri Cernuschi au journaliste du *Siècle,* lequel se dépêcha de le transcrire sous le regard jaloux de celui du *Temps,* qui n'avait pas entendu.

Pendant que Bartholdi et Hugo pénétraient dans l'atelier principal, le plumitif filait interroger les témoins de la scène. Il revint, triomphant, près de Belay :

— Voilà une citation que *Le Siècle* devra partager, une de plus, dit-il en brandissant son carnet comme un trophée de guerre.

La pluie, qui avait épargné le début de la cérémonie, tomba soudain violemment, repoussant l'assemblée sous les hangars, puis se transforma en bruine froide et pénétrante.

— Combien de temps vont-ils rester là-dedans ? interrogea Belay, qui avait planté son appareil sous le large rebord d'un toit en tôle.

— M. Bartholdi va lui montrer comment ils ont assemblé les différentes parties, et notre poète national va recevoir un fragment de la statue, lui apprit un ouvrier à son côté. Vous vous rendez compte, c'est un mythe, un mythe vivant, et je l'aurai connu... Oh, ça bouge à l'intérieur, préparez-vous !

Belay se mit en position, la tête sous le drap noir. Le crachin cessa. Lorsqu'ils sortirent, la cour formait à nouveau une haie d'honneur. Bartholdi s'arrêta devant un ouvrier, dont la barbe et l'âge faisaient concurrence à ceux de Victor Hugo, et le lui présenta.

— C'est M. Simon, expliqua l'ouvrier au photographe. Il a connu le grand homme il y a cinquante ans dans l'atelier du sculpteur David, quand il est venu faire son buste.

Belay ôta le cache de l'objectif et le remit aussitôt. Les deux hommes semblaient prendre plaisir à évoquer le passé. Hugo serra une nouvelle fois la main de l'ouvrier, puis s'arrêta face à la statue et lâcha le bras de sa petite-fille, qui demeura en arrière.

— Pouvez-vous nous dire un mot, monsieur Hugo ? lui cria le journaliste du *Temps*.

L'écrivain ne répondit pas. Il ne se retourna pas. Il était immobile, les mains dans les poches, à contempler l'œuvre au-dessus de laquelle les nuages se déchiraient pour laisser apparaître le tissu bleu du ciel. Personne n'osait intervenir, ni même bouger, de peur de le déranger ; puis Hugo prit la parole et proclama d'une voix forte et assurée :

— La mer, cette grande agitée, constate l'union des deux grandes terres, apaisées.

Les applaudissements fusèrent, aussitôt interrompus par des « Chut ! ». Le poète ajouta doucement :

— Oui, cette belle œuvre tend à ce que j'ai toujours aimé, appelé : la paix. Entre l'Amérique et la France – la France qui est l'Europe –, ce gage de paix demeurera permanent. Il était bon que cela fût fait.

Il salua une ultime fois et regagna sa berline au bras de Mme Lockroy. Alors qu'il montait, une clameur s'éleva de la foule :

— Vive Victor Hugo !

Tous reprirent son nom en chœur tandis qu'une main les saluait par la portière. L'attelage s'ébranla.

Une voix au fort accent américain tonna :

— Vive Victor Hugo, le plus grand poète de la France !

Debout sur le seuil, Bartholdi se retourna vers l'assistance agglutinée à l'entrée des ateliers, et se laissant emporter par l'émotion et l'emphase du moment, déclara :

— Vous pouvez dire du monde !

Il rentra sous les hourras. Le démontage pouvait commencer.

75

Lundi 15 décembre 1884, Paris

Jamais elle n'avait vu une telle circulation : omnibus bondés, fiacres en course, charrettes de livraison, berlines privées, calèches offertes au froid et chevaux de selle se retrouvaient au croisement des rues de Sèvres et du Bac, en provenance de tous les quartiers de Paris, dans une cohue indescriptible rythmée par le claquement des fouets et les injonctions des cochers. Les piétons s'y frayaient un chemin tels des rongeurs tentant d'échapper à leurs prédateurs naturels, courant, s'arrêtant, agitant les bras, disputant aux véhicules le droit de traverser un espace dont ils étaient de plus en plus exclus, dans un tohu-bohu qui couvrait leurs récriminations et leurs suppliques mais que tous semblaient accepter comme une fatalité nécessaire à la marche du progrès.

Alicia n'avait pas encore tenté de traverser, considérant le bâtiment du Bon Marché comme une île rocheuse inaccessible.

— Voulez-vous de l'aide, madame ?

L'homme avait une allure élégante et engageante et ne ressemblait pas à tous ceux qui l'abordaient habituellement pour lier connaissance. Il portait une sacoche à soufflets semblable à celles des médecins ainsi qu'une veste longue aux revers de fourrure.

— Je vous vois hésiter depuis plusieurs minutes. Vous vous rendez au magasin Boucicaut ?

— J'aimerais en effet y arriver sans risquer ma vie, répondit-elle alors que deux fiacres avaient croisé leurs roues et que les cochers en étaient venus aux poings.

— Venez, c'est le moment, dit l'inconnu en lui tendant le bras.

Alicia s'y agrippa des deux mains et régla son pas sur celui de son guide. L'accident avait fait chuter l'intensité du trafic et les véhicules semblaient plus attentifs à la circulation.

— Vous n'êtes pas d'ici, n'est-ce pas ? demanda l'homme à mi-parcours.

— Je viens d'Andalousie, d'un endroit où les rues appartiennent encore aux piétons.

La remarque le fit rire, ce dont il s'excusa juste après.

— Et c'est la première fois que vous venez au Bon Marché.

— Qui vous dit que c'est le cas ?

— Parce que l'entrée de la rue de Babylone est moins fréquentée. Je vous la conseille, dit-il en lui lâchant le bras une fois sur le trottoir.

— C'est effectivement la première fois, je viens voir ma fille qui travaille dans ce magasin. Merci de votre courtoisie, monsieur.

Victoria lui avait donné rendez-vous à onze heures trente, mais Alicia avait pris de l'avance afin de pouvoir visiter l'endroit que sa fille avait décrit comme le Louvre des magasins et dont ils avaient au moins en commun la taille. L'intérieur lui parut être le prolongement du chaos extérieur : les chapeaux de la clientèle s'agitaient en tous sens comme les bateaux flottant sur les bassins du jardin du Luxembourg. Les allées, les escaliers et même les balcons des étages étaient noyés par une marée humaine au bourdonnement incessant. Ne pouvant plus avancer, Alicia dut rebrousser chemin au rayon des jouets et des étrennes et faire un détour par le carré du linge de table et de maison, moins fréquenté en cette période de l'année, avant de pouvoir rallier l'Annexe par le passage souterrain. Elle observa un moment Irving, occupé à proposer une baignoire équipée d'une chaudière en cuivre à un couple visiblement partagé sur l'utilité de son installation dans leur cabinet de toilette, et lui fit un signe de loin avant de sortir rue du Bac et de gagner le salon de lecture des employées situé au numéro 115. Sa fille l'attendait en feuilletant un magazine.

— Assieds-toi, maman. C'est l'heure de ma pause déjeuner mais je ne mange jamais. C'est beaucoup trop tôt, je ne pourrai pas m'y faire !

Victoria avait été embauchée au bureau de la correspondance, en raison de son diplôme d'institutrice et de son bilinguisme.

L'établissement expédiait des marchandises par correspondance dans le monde entier et la vingtaine de traducteurs ne suffisait plus à répondre à l'engouement croissant du public.

— Je suis la seule attachée aux demandes venant d'Espagne. J'ai même eu une lettre de Grenade, une dame du nom de Zapata, dit-elle de sa voix chaleureuse tout en posant délicatement *La Gazette des Femmes* sur la pile impeccablement rangée d'une table basse.

— Peut-être de la famille du tailleur ?

— Je n'ai pas osé la questionner, le règlement est très strict. Ils recherchent d'autres filles pour la correspondance espagnole, j'espère qu'ils les trouveront vite et que je pourrai postuler pour le comptoir de la ganterie.

— Victoria, tu es mieux à la correspondance : les places sont bien considérées et il n'y a pas toute cette agitation du magasin.

— Maman, il faut que je me rende utile. Tu sais comme moi à quel point Nyssia aime les gants. Si elle est à Paris, elle finira bien par venir en acheter une paire.

— Il y a des dizaines de gantiers dans toute la ville, rétorqua Alicia avant de regretter sa réponse.

Elle s'en voulut de ne pas encourager sa fille alors qu'elle-même n'avait rien tenté depuis son arrivée. Le silence qui suivit la culpabilisa.

— Vous avez même un piano ! remarqua-t-elle après avoir embrassé le salon d'un regard circulaire.

— Il sert pour les cours de chant, indiqua Victoria sans montrer sa peine. Ils ont lieu le mercredi et le vendredi soir, mais je rentre avant. Javier vient souvent me chercher.

Après lui avoir formellement interdit, par orgueil, de travailler, le jeune ingénieur avait fini par accepter l'idée que chacun des membres de la famille Delhorme n'en faisait qu'à sa tête et que le salaire de Victoria ne ferait jamais concurrence à ses appointements du bureau d'étude Eiffel, dont il allait bientôt toucher les premiers émoluments.

— Par contre, je vais aux cours d'anglais, les lundis et vendredis après la fermeture du magasin, reprit-elle. Ils me seront utiles à New York.

— Je n'ai jamais vu un endroit où les employés étaient aussi bien traités, remarqua Alicia, même si je n'ai pas beaucoup voyagé.

— Tu as raison, maman. Il y a aussi une caisse de prévoyance et une caisse de retraite. Mais je suis comme Irving, ma liberté me manque trop ! lança Victoria en se levant alors qu'un groupe d'employées venait d'entrer.

— Je me demande parfois si nous avons bien fait d'insuffler l'air de la liberté dans vos poumons, dit Alicia en la suivant.

Elle déplissa sa robe et se souvint qu'elle avait été achetée par Clément chez Zapata, avant d'ajouter :

— C'est une drogue dont on ne peut pas se passer une fois goûtée.

— Et vous vouliez être les seuls à en profiter ? Maman..., dit Victoria en l'enlaçant, arrête de culpabiliser ! Où en es-tu de ton tableau ?

— Il est presque fini. Je vais le rendre au Louvre avant Noël.

— J'espère qu'ils t'en donneront d'autres, ta réparation est parfaite ! Je dois y aller maintenant, ma pause est finie.

Elles sortirent ensemble et Alicia accompagna sa fille jusqu'à l'entrée principale. Elle resta un long moment après que Victoria eut été avalée par la vague entrante. Elle admirait son humeur toujours égale et son aptitude à ne jamais se plaindre en toutes circonstances, alors qu'elle-même se sentait faible et résignée depuis son arrivée à Paris.

— Vous avez trouvé votre fille ?

L'homme à la sacoche, qui se tenait debout derrière elle, la fit sursauter.

— Cela fait longtemps que vous m'espionnez ?

— Que je vous observe ? Plusieurs minutes. Vous avez l'air fascinée par le bâtiment. Est-ce son architecture ?

— J'étais simplement rêveuse. Je pensais à un autre lieu qui me manque. Je préfère les courbes orientales à cette façade plate et sans imagination.

— L'Alhambra de Grenade ?

— Comment le savez-vous ? s'écria-t-elle avec une virulence qui le surprit.

Le nom lui avait fait l'effet d'un coup de fouet. Alicia avait reculé et lui faisait face dans une posture de défiance.

— Mais... vous m'avez dit venir d'Andalousie, je ne pensais pas vous offenser, répondit l'homme, que la réaction avait laissé pantois.

Alicia sentit la confusion la gagner et bafouilla des excuses incompréhensibles.

— Ne vous sentez pas obligée, je comprends votre méfiance. Mais sachez que tous les Parisiens ne sont pas forcément des satyres s'ils parlent à une femme dans la rue, expliqua l'homme, amusé.

— Je m'appelle Alicia Delhorme, dit-elle en gage de confiance. J'effectue des rénovations d'art pour le Louvre.

— Pierre de la Chesnaye. Je travaille pour cette institution plate et sans imagination, dit-il en montrant les centaines de passants agglutinés contre les larges fenêtres de la façade. Je suis un des administrateurs de Mme Boucicaut.

— Vous devez me trouver bien prétentieuse, mais ce gigantisme et l'engouement qu'il suscite m'effraient.

— Vous avez en tout cas le mérite de la franchise, madame Delhorme.

— Acceptez une nouvelle fois mes excuses, monsieur de la Chesnaye. Je vais maintenant tenter une traversée de rue, mais sans votre aide, dit-elle en anticipant sa proposition. C'est plus prudent, au cas où je ne sois plus amenée à vous revoir.

Il la salua et la regarda louvoyer entre les véhicules jusqu'au trottoir, frustré de n'avoir pu trouver la réponse à la question qui le taraudait depuis leur rencontre.

— Mais où l'ai-je déjà vue ? marmonna-t-il en retournant au Bon Marché.

Il questionna le responsable du personnel féminin, qui convoqua le chef des correspondances, lequel ne put lui donner aucun détail supplémentaire sur la mystérieuse famille Delhorme qui avait été recommandée par l'ingénieur Eiffel.

La Chesnaye rentra chez lui en ruminant le sujet, qui n'avait aucune importance, à part le fait de lui résister, ce qui l'agaçait fortement. À trente-cinq ans, tout lui avait réussi sans qu'il ait eu à se surpasser, ni même à se dépasser, et la moindre contrariété l'irritait au plus haut point.

— Pierre !

La voix à l'intonation mondaine de sa femme, voyelles traînantes et consonnes lascives, le rappela à la réalité.

— Je suis à la salle à manger, je vous attendais !

Allongée sur une méridienne d'acajou, la main droite tenant un livre ouvert, elle tendit le bras gauche pour quérir un baisemain, qu'il esquissa à peine. Elle l'invita à s'asseoir sur la bergère tapissée de rouge Empire où siégeait habituellement leur chien de compagnie. Il resta debout.

— Le domestique est parti la promener, expliqua-t-elle alors que son mari se souciait peu de savoir où se trouvait l'animal.

Il détestait cette manie de toujours appeler leurs employés « le domestique » ou « la femme de chambre ». Mais énoncer leur prénom aurait été pour elle d'une incroyable proximité flirtant avec la vulgarité. Il détestait aussi le caniche qu'elle transportait partout comme une poupée et dont elle s'était entichée en apprenant que la famille royale d'Angleterre en possédait plusieurs, ce qui s'était révélé être un canular.

Il laissa sa femme lui relater les potins dont il n'avait que faire – hormis ceux qui auraient pu servir ses affaires – et reprit le cours de sa réflexion. Où avait-il pu rencontrer Mme Delhorme, cette si belle roturière ?

— Franco ! s'exclama-t-il soudain, avant de faire le tour de la grande table dressée tandis que tous les liens se mettaient en place. Je la tiens !

— Qu'y a-t-il, Pierre ?

— Veronica Franco, vous savez, cette beauté dont s'est entiché Youssoupov ? Une Espagnole.

— Je m'en souviens, oui. Une demi-mondaine. Ce Russe n'a jamais eu de goût.

— Détrompez-vous. Tous les hommes en sont fous.

— Et elle finira dans leurs lits, moyennant finances ou ruse. Comme toutes ces cocotes. Qu'avez-vous donc avec elle ?

— J'ai rencontré une femme venue d'Andalousie qui ne peut être que sa mère tant la ressemblance est frappante.

— Voilà une nouvelle qui méritait bien d'interrompre notre conversation, ironisa-t-elle en se levant. Voulez-vous que j'appelle les journaux ? ajouta-t-elle en tirant le cordon de service.

— Ce qui signifie qu'elle s'appelle Delhorme et non Franco.

— Une espionne, peut-être ? Toutes ces filles ont des noms d'emprunt pour cacher leur misérable vie d'antan, vous le savez bien, mon cher, vous en fréquentez dans vos cercles d'hommes.

— Peu importe. Nous dînons à quelle heure ? demanda-t-il, rassuré sur sa mémoire et ragaillardi par la vision de Veronica Franco.

— Immédiatement. Je dois sortir ensuite.

La domestique était entrée et, sans un bruit, avait tiré deux chaises avant de se tenir en attente dans un des angles de la pièce. Aucun des deux ne fit attention à sa présence.

— Je le connais ? hasarda-t-il.

— Pierre, ne soyez pas vulgaire. Je dois faire une course, expliqua-t-elle en s'asseyant.

Il en fit de même et déplaça les couverts et les verres de quelques centimètres, comme à chaque repas, manie qui agaçait sa femme et qu'il exagérait volontiers lors de leurs conversations animées. La domestique prépara les assiettes sur la desserte, de la chair froide de brochet qu'elle nappa de sauce, les servit et remplit les verres d'un meursault blanc avant de se retirer dans son angle.

— Dernière récolte avant le phylloxéra, dit-il après l'avoir goûté. La plénitude précède toujours la catastrophe... Je vous dépose au Bon Marché ?

— Vous ne croyez quand même pas que je vais aller là où vont tous les employés et les petits-bourgeois ? Vous me décevez !

— Nous avons de très bons produits, ma chère. Et ce magasin vous permet de vivre ici !

— La dot de mes parents aussi. Quand je vous ai épousé, vous n'aviez aucune relation et encore moins de fortune.

— Vous voilà désagréable.

— Je veux juste vous éviter des désillusions. Sans moi, vous ne seriez pas administrateur chez Boucicaut ni au Crédit Foncier. Je me demande si, à votre manière, vous n'êtes pas aussi un demi-mondain, conclut-elle en finissant son verre.

La domestique se précipita pour proposer du vin.

— Laissez, Marie, je m'en occupe, dit-il en lui faisant signe de regagner l'office. Vous oubliez bien vite mon titre de noblesse, lança-t-il après l'avoir servie. Sans moi, vous ne seriez pas comtesse, ma chère, voilà toute l'ingratitude des richesses trop vite acquises.

Elle émietta son pain sur la nappe et décida de changer de sujet :

— En parlant de Youssoupov, on le dit sur les rangs pour la vente de ce soir.

— Quelle vente ?

— Lisez les journaux. Si le cœur vous en dit, vous pourrez toujours m'y acheter quelques bijoux. Pour vous faire pardonner votre caractère impossible.

CHAPITRE XXVII

76

Vendredi 31 mai 1918, Grenade

L'hôtel International semblait figé dans un sommeil profond. Les trois quarts des occupants l'avaient déserté la veille ou le matin même, dès l'annonce de l'annulation de la procession en raison de l'épidémie de grippe. Le rare personnel présent tentait de rassurer la dizaine de clients restés dans l'établissement, dont la plupart seraient partis avant la fin de la semaine.

Le comte n'était sorti depuis la veille que pour faire tourner le moteur de sa De Dion-Bouton et se préparait à plier bagage dès qu'il aurait pu localiser sa femme. Nyssia était partie sans lui permettre de la joindre, ce dont il ne décolérait pas. La Chesnaye s'était donné jusqu'au samedi matin avant de lever le camp, avec ou sans elle.

Lorsque le groom entra dans sa chambre, il ruminait en serrant entre les dents sa pipe Peterson, assis sur le balcon.

— N'avancez pas plus loin, ordonna-t-il à l'employé qui n'avait cessé de monter le voir toute la matinée. Je n'ai toujours besoin de rien et je vais bien. Mais, puisque vous insistez, j'ai du travail pour vous. Vous voyez cette lettre ?

— *Sí señor*, dit l'homme, qui comprenait le français pour avoir eu un grand-père bonapartiste et un père basque.

Le comte s'était posté dans l'encadrement de la porte-fenêtre, les mains dans les poches de sa robe de chambre, à distance respectable du Grenadin.

— Je vous demande de l'apporter à Mlle Delhorme.

Le groom eut un geste d'impuissance.

— Quoi ? Vous connaissez sa famille : votre collègue, qui est votre cousin, me l'a confirmé, ajouta La Chesnaye, hautain.

— *Señor,* je...

— Peu importe. J'imagine qu'elle vous a donné consigne de ne pas me communiquer son adresse.

L'employé baissa la tête.

— Parfait. Vous allez la lui faire parvenir, elle ne vous l'a pas interdit, n'est-ce pas ?

— *No, señor.*

— C'est très important, il me faut une réponse avant demain matin. Dites-lui bien. Et prenez l'enveloppe à côté, c'est pour vous. Il y a cent pesetas et autant quand vous reviendrez avec la réponse. Maintenant, qu'on ne me dérange plus : je vais me reposer, indiqua-t-il en tapotant le fourneau de sa pipe de bruyère sur un cendrier.

L'employé ne prit que la lettre et sortit sans un mot ni un regard. Le comte se positionna sur le balcon. Dès que le groom eut quitté l'hôtel en direction de la *plaza Nueva*, il ôta sa robe de chambre et se lança à sa poursuite avec le flegme qui seyait à son rang.

Dehors, de gros ballots de nuages étaient poussés par un vent fiévreux. L'atmosphère était lourde et chargée d'humidité. Contrairement à l'idée qu'il s'était faite depuis l'hôtel, la ville était animée et les habitants ne semblaient pas s'inquiéter du risque de grippe, bien que les journaux aient avancé le nombre de cent cinquante mille cas déclarés dans tout le pays. Le comte avançait, le nez collé dans un mouchoir qu'il avait imbibé d'essences aromatiques, jetant des regards de-ci de-là, mais personne ne semblait prêter attention à son étrange manie.

Le groom tourna *calle Zacatín*. Lorsque La Chesnaye y déboucha, le marché battait son plein et des centaines de Grenadins se pressaient les uns contre les autres dans la ruelle. L'employé de l'hôtel n'était plus visible dans la marée humaine et le comte se résolut à faire demi-tour, pestant contre les autorités qui interdisaient un défilé un jour et autorisaient les marchés le lendemain.

La filature avortée du Français fit rire l'employé, qui quitta le bazar par une ruelle et fit plusieurs détours, par précaution, avant d'entamer la montée de l'Alhambra.

Il remit la lettre à Mlle Delhorme. Elle la parcourut d'un air détaché, composa une courte réponse au verso et la lui rendit. Le groom regarda tour à tour les trois hommes qui entouraient la belle Française, pareils à la garde rapprochée d'une souveraine. Il songea qu'il aurait aimé faire partie d'une telle troupe. Kalia le raccompagna jusqu'à *las Placetas* et, à son retour, prit le temps d'admirer le tableau qui s'offrait à elle. À l'exception de Victoria, ils étaient tous là. Le groupe des cinq enfants de l'Alhambra était en voie de reconstitution sous la forme d'adultes quinquagénaires qu'une éclaircie de la vie avait à nouveau réunis.

Irving était arrivé par le train de Madrid à midi trente, en provenance de Brighton. Javier était resté et Jezequel, ravi de l'occasion, les avait rejoints.

La table était parsemée de miettes du repas qu'Irving rassembla au creux de sa main avant d'aller les déposer sur le rebord d'une fenêtre. Deux martinets, plus rapides que les autres, s'en emparèrent frénétiquement et en firent tomber la plupart, que les autres picorèrent sur les dalles de la cour de Machuca jusqu'à en être chassés par un chat errant dont la langue râpeuse termina le festin. L'animal grimpa dans un des arbres de la cour et s'installa sur le faîte, attiré par un drôle de rapace qui battait curieusement des ailes à une des ouvertures de l'étage. L'oiseau tanguait de droite et de gauche tout en restant sur le rebord et le félin s'en désintéressa rapidement. Il gagna la terre ferme pour surveiller les poissons du bassin.

— Javier, arrête, dit Irving en tapant sur l'épaule de son ami qui agitait un faucon empaillé depuis la fenêtre. Kalia y tient.

— Te souviens-tu du nombre de fois où tu m'as dit « arrête » ? plaisanta Javier en lui fourrant le volatile naturalisé dans les mains.

— Pas assez souvent, au vu du nombre d'âneries que tu as faites, répliqua Irving en le posant sur le vaisselier de la cuisine.

— Irving n'a pas tort, ajouta Jezequel en caressant les plumes du faucon. Et si on n'avait pas été là, tu aurais mal fini.

— De quoi parles-tu ? interrogea Irving. Du chapeau présidentiel ?

— Non, avant, répondit Jezequel.

— Le carrosse volé à la sortie de la Laiterie du Paradoxe ? proposa Javier. Je l'ai laissé deux rues plus loin.

— Encore avant. Du temps de Grenade.

— Quand j'ai vendu à un touriste tes pseudo-écailles d'or ?

— Ce ne sont pas des pseudo-écailles d'or, il y a vraiment eu des poussières d'or dans le Darro, c'est prouvé !

— Il y a cinq cents ans, peut-être. Moi, je lui ai vendu un bout de peau de poisson jauni, tout simplement. Un vieux déchet de bassin pour cinquante pesetas !

— Et qui est allé se porter garant de ta bonne foi ?

— M. Pozo, merci papa Pozo ! plaisanta Javier en tentant d'embrasser le front de Jezequel.

— Vous avez fini ce jeu stupide, les garçons ? intervint Nyssia, qui était restée à table. Laissez le passé là où il est.

— Alors pourquoi es-tu revenue ?

La question de Javier sonna comme une claque. Nyssia ne cilla pas.

— Parce qu'il ne faut pas parler de notre père au passé, justement, répondit-elle posément.

Le silence s'abattit sur la petite assemblée. En bas, dans la cour, le bras expert de Kalia taillait à coups de pic un bloc de glace tout juste sorti de la machine.

— Les écailles ne t'auraient pas amené en prison, fit remarquer Jezequel en relevant les manches de sa chemise.

— Alors je ne vois pas, capitula Javier. Je me suis battu plusieurs fois avec des camarades de classe qui m'avaient traité de Gitan.

— De sale voleur de Gitan, rectifia Irving. On s'est battus tous les deux. Tu as perdu une dent et moi j'ai boité pendant un mois.

— Mon ami, mon cher Irving, tu as toujours été là, toi ! s'écria Javier en toisant Jezequel.

— Le jour de la bagarre, j'étais malade.

— Toujours des excuses.

— Mon sang a recommencé à noircir. Tu l'as peut-être oublié, pas moi. Cette douleur ne s'oublie pas, répliqua sèchement Jezequel, avant d'avaler sa salive. Comme tu as sans doute oublié le soir où l'anarchiste s'est caché à l'Alhambra.

— Jez...

— Tu parles de ton professeur ? demanda Nyssia.

— Quel rapport avec Javier ? On était ensemble toute la soirée et on s'est sauvés dans le patio des Lions quand les militaires sont venus.

— Tu te trompes, Irving.

— Jez..., insista Javier pour qu'il se taise.

— Quoi, tu ne veux pas leur dire ?

— Jez, tu as trop bu, lâcha Javier.

— Juste ce qu'il faut pour avoir du courage. Tu veux que je le dise moi-même ?

— Dire quoi ? Que je vous dois la vie, les amis ? Que vous m'avez moult fois sauvé de mes erreurs ? Bien, je le reconnais. Et je vous remercie infiniment d'avoir toujours été là pour moi puisque apparemment, dans le cas contraire, j'aurais été un délinquant, voire un bagnard, conclut Javier.

— Que s'est-il passé ce soir-là ? insista Nyssia.

Javier s'était rapproché de Jezequel, dont l'hésitation était manifeste.

— Vous êtes allés trop loin, continua-t-elle. Vous ne pouvez plus revenir en arrière. Javier ?

— Je vais vous le dire, moi, ce qui s'est passé !

Kalia venait d'entrer, un seau de glace pilée à la main. Elle la posa d'un geste lent sur la table.

— Il est temps que vous sachiez, tous.

Chapitre XXVIII

77

Mercredi 17 décembre 1884, Paris

Lorsqu'il monta à l'étage découvert de l'omnibus de la porte d'Auteuil, Irving avait terminé sa journée à la Station de physiologie. Il avait travaillé avec Marey et son collaborateur sur des améliorations dans les appareils de prise de vues et la perspective de retrouver son travail de vendeur lui pesait de plus en plus.

Il se posta contre la balustrade latérale, mains dans les poches, et profita de la vue pour admirer les façades des boulevards, comme il le faisait chaque fois qu'il empruntait les transports parisiens. Il avait l'impression d'être un souverain visitant son royaume, dont les sujets s'écartaient avec révérence pour lui faire place.

Irving sauta de l'omnibus, qui allait au pas boulevard du Montparnasse et marcha jusqu'à la gare. Juliette avait rangé ses fleurs et fermait le volet métallique de son kiosque, situé à l'un des angles du bâtiment, dans le prolongement de la voie 6 et en face de la station de tramway, sur le parcours d'un des plus gros flux de voyageurs de la capitale. C'était la place idéale pour faire des affaires selon son amie Zélie, qui avait déniché la boutique appartenant au marchand de journaux précédent.

Adossé au lampadaire voisin, Irving attendit qu'elle eût fini avant de s'approcher et de déposer un baiser sur la joue à peine effleurée de la jeune femme. Elle était toujours heureuse de le voir et aimait sa prévenance et sa douceur. Mais bien que le jeune Delhorme se comportât toujours comme s'il allait lui déclarer sa flamme à la phrase suivante, elle avait depuis longtemps perdu tout espoir de mariage avec lui. Malgré ses nombreux prétendants, Juliette n'avait pas eu de relation sentimentale suivie et continuait à privilégier l'amitié ambiguë qu'Irving lui portait. Elle ne lui connaissait pas d'aventure ni d'autre amoureuse et était persuadée qu'en tant que confidente, elle en serait la première prévenue. Elle ne lui en voulait pas de son attitude, qu'elle savait être sincère, mais se demandait souvent ce qu'elle représentait pour lui. L'arrivée de Victoria n'avait rien changé à la fréquence de leurs rendez-vous, ce qui l'avait quelque peu rassurée : elle n'avait donc pas été qu'une sœur de substitution.

Ils achetèrent des bâtons acidulés à la boutique de bonbons de la gare et les mangèrent tout en remontant le boulevard des Invalides. Irving était intarissable sur sa rencontre avec le docteur Marey. Juliette se laissa griser par son enthousiasme communicatif.

— Il m'a aussi montré son fusil photographique. Imagine un vrai fusil de chasse, dont les cartouches auraient été remplacées par des plaques comme ça, dit-il en construisant un carré avec ses doigts, toutes petites. Elles se succèdent à grande vitesse devant l'objectif, le canon de l'arme, et, au lieu d'avoir tué le canard, tu as pris une dizaine de photos de son vol ! C'est un privilège de travailler pour un homme comme lui ! Je lui ai déjà proposé des idées pour renforcer les plaques et pour améliorer les révélateurs, je crois qu'il m'a pris au sérieux.

— Irving, je suis heureuse pour toi. Tu vas devenir un grand photographe, je l'ai toujours dit et ce sera mérité, dit-elle en lui prenant le bras.

Un silence ponctua leur trajet à la sortie de l'esplanade des Invalides. Chacun se projetait dans un avenir où l'autre avait sa place. Mais, à les comparer, ce n'étaient pas les mêmes. Ils s'arrêtèrent au milieu du pont de la Concorde où un attroupement inhabituel s'était formé pour admirer un bateau stationné sur la rive droite de la Seine. Les deux berges et les parapets des quais étaient, eux aussi, noirs d'une foule de curieux et de badauds. Le navire militaire, avec son allure de brochet, effilé et grisâtre, ne payait pourtant pas de mine. Quelques marins, reconnaissables à leurs habits bleus, vaquaient sur le pont en semblant n'avoir d'autre tâche que de se montrer à la population admirative.

— Qu'est-ce que c'est ? demanda Juliette à Irving, qui avoua son ignorance.

— Le bateau-torpilleur numéro 68, répondit leur voisin de droite, s'invitant dans leur conversation. Il revient des mers de Chine où il a participé à la bataille victorieuse de Fuzhou.

— De quel pays est-il ? s'enquit Irving, qui n'avait pas vu le pavillon.

— Comment cela ? Mais il est français ! Nous sommes en guerre contre la Chine, monsieur, vous avez l'air de l'ignorer ! Quelle est donc cette jeunesse ?

Irving chercha un soutien du côté de Juliette.

— Mon ami vient d'Espagne, monsieur, et je vous avouerai que moi-même je n'en sais que très peu. Personne n'en parle ici.

L'explication sembla rassurer le bougon.

— Tout ce qui est lointain n'émeut pas autant le peuple, admit-il. Permettez-moi de me présenter, Geoffroy de Vigny, je suis un amateur de bateaux et ancien officier de la Navale.

Il regarda le torpilleur dans un silence recueilli avant de continuer :

— Nos colonies n'ont rien à craindre tant que la marine française sera toujours la meilleure du monde. Bonne journée, messieurs-dames ! conclut-il d'un ton martial.

Ils le regardèrent se diriger vers la berge d'un pas claudicant, appuyé sur sa canne, avant de disparaître dans le gris de la foule.

— Viens, continuons, proposa Irving en remontant son col de veste. Tu n'as pas froid ?

Juliette lui fit signe que non, mais elle ne put retenir un frisson lorsque quelques gouttes de pluie s'invitèrent sur la capitale. La température s'était dégradée au cours de la journée et sa veste en laine s'avérait insuffisante. Ils se réfugièrent sous le portique du palais de l'Industrie mais l'averse, que le vent balayait sur la façade, gagna en intensité et ils durent battre en retraite dans la grande galerie. Aucune exposition n'était en cours et la nef vide paraissait encore plus immense.

— Prends mon paletot, dit Irving en enlevant son long manteau de laine. Je n'ai pas froid, ma veste suffira.

Elle l'enfila sans protester. Le vêtement lui arrivait aux mollets et elle dut relever les manches pour que ses mains puissent apparaître.

— Il est beau. Et si chaud !

— Laine et mode d'Angleterre. Acheté au Bon Marché, je l'ai eu moins cher parce qu'il avait des défauts, mais on ne les voit pas. C'est le plus important, non ? plaisanta-t-il.

— C'est un vêtement chic, dit-elle en tendant les bras et en faisant un tour sur elle-même.

— Attention, lorsqu'on est du monde, on ne dit pas « chic », prévint-il.

— Ah ? Que dit-on ? interrogea-t-elle en roulant de nouveau la manche gauche.

— Pschtt !

— Désolée, je parle trop fort ? s'inquiéta-t-elle alors que leurs voix se perdaient en échos dans la cathédrale de verre et de métal.

— Non, c'est le mot, on dit : pschtt. Ce vêtement est pschtt, cette soirée est pschtt. C'est le duc de Morny qui a lancé cette mode et, depuis, toutes mes clientes l'utilisent. Hier, j'ai vendu un tapis qui était si pschtt !

Le rire de Juliette envahit tout l'espace.

— S'il vous plaît, messieurs-dames, cria un gardien en apparaissant du côté opposé de la nef. Le palais est fermé aujourd'hui.

— Nous partons, répondit Irving. Suis-moi, je vais te montrer un endroit plus étonnant, lui murmura-t-il.

Arrivés au milieu de la nef, il l'entraîna à l'opposé de la sortie.

— Courons, maintenant ! ordonna-t-il en lui prenant la main.

Ils traversèrent une rotonde, puis un couloir en entonnoir et aboutirent dans une galerie à la longueur pharamineuse.

— La galerie des machines, expliqua-t-il en reprenant son souffle. Plus d'un kilomètre de long. La Seine est à nos pieds.

Il s'arrêta devant une des multiples fenêtres.

— Et le gardien à nos trousses, modéra-t-elle.

— Il a déjà abandonné, il n'est pas chargé de surveiller ce lieu.

— Comment sais-tu tout cela ? demanda-t-elle, rassurée, en s'approchant de la baie.

— Javier y a organisé plusieurs soirées. Rien d'officiel, bien sûr, mais il s'était procuré les clés. Il y a même fait une course de chevaux.

Juliette avait beau tenter d'accommoder sa vue, les deux extrémités du bâtiment étaient si éloignées qu'elle n'arrivait pas à les distinguer.

— C'est incroyable...

— De la Concorde au pont de l'Alma sans se mouiller ! précisa Irving. La galerie ne sert pas souvent.

— Regarde, c'est le torpilleur ! s'exclama-t-elle avec l'excitation d'une enfant, ayant aperçu le bateau au loin. Allons le voir.

Ils marchèrent une dizaine de minutes avant d'arriver à sa hauteur. Le navire de guerre n'était qu'à quelques mètres d'eux.

— Il est plus beau vu de près, dit-elle.

— Il va bientôt appareiller, remarqua-t-il tandis qu'une volute de fumée noire s'élevait de son unique cheminée. Juliette ?

— Oui ?

— Si un jour je partais, loin, est-ce que tu me suivrais ?

— En tant qu'épouse ?

— Je veux dire, si notre relation restait telle qu'elle est aujourd'hui, serais-tu prête à partir avec moi ?

Juliette eut de la peine à masquer sa déception. Elle s'éloigna de quelques pas avant de se retourner:

— Irving... ce que tu demandes est difficile. Tu connais mes sentiments, mais, toi, tu restes un mystère. Et j'ai besoin de construire ma vie, tu comprends ?

— Mais la nôtre pourrait être exaltante !

— Ça dépend.

— Mais de quoi ?

— De ce que tu éprouves sincèrement pour moi. Je suis navrée d'avoir cette conversation dans un endroit aussi dénué de charme, mais puisque tu l'as initiée, menons-la à son terme.

Juliette riva ses yeux dans ceux d'Irving:

— Explique-moi pourquoi tu ne veux pas t'engager avec moi. J'ai besoin de comprendre, je dois savoir, même si cela doit me faire mal. S'il te plaît. Qu'est-ce qui ne va pas avec moi ?

— Mais rien, Juliette, rien. Ce n'est pas toi le problème.

— Qui alors ?

Elle s'était approchée et lui avait pris les poignets. Il se défit délicatement de son emprise et colla son front et ses mains sur la vitre. Dehors, la nuit avait commencé à gommer tous les contours. La pluie tapait sur la coupole de béton comme une armée d'insectes s'y écrasant.

— Le problème, c'est moi.

Elle posa la tête sur l'épaule d'Irving et l'enlaça.

— Parle, dis-moi.

— Je ne sais pas comment l'exprimer... Mon âme est couleur de bruine, Juliette, toute grise. Je suis ainsi depuis des années, je n'y peux rien. La tristesse est toujours tapie en moi, souvent sage, mais parfois déchaînée. J'essaie en permanence de l'apprivoiser pour qu'elle ne me dévore pas.

— Mais nous sommes tous ainsi, sous des dehors plus ou moins charmants. La vie n'est pas facile et la tristesse fait partie de nos sentiments, dit-elle en le serrant plus fort. C'est l'amour qui permet de l'éteindre.

— Non, tu ne comprends pas. Elle survient parfois de façon inattendue, sans raison. Je me sens alors si abattu que ne rien en laisser paraître représente un effort surhumain. Et, quand elle se retire, ma joie est si excessive que j'essaie de la maîtriser. Je dois me contrôler en permanence, tu sais, et c'est épuisant, épuisant...

La cloche du souper retentit sur le torpilleur, vidant le pont de ses marins. La pluie avait cessé.

— M'engager me fait peur et je ne veux pas te transmettre cette peur, je ne veux pas partager mon spleen avec toi, parce que je t'aime trop pour cela. Comprends-tu ?

Juliette ne répondit pas et l'embrassa, l'embrassa jusqu'à en perdre le souffle, faisant courir ses mains sur son visage, dans ses cheveux, sous sa chemise où l'accueillit la chaleur accorte de son torse.

— Je voudrais ta peau contre la mienne, Irving.

— Pas ici, pas maintenant, chuchota-t-il. Mais cela ne pourra être qu'avec toi, je te le jure.

Zélie lui demandait souvent pourquoi elle s'entêtait avec ce garçon doux mais hésitant, alors que l'amour avec les hommes ne devait pas être compliqué. Juliette n'en savait rien.

Ils quittèrent la galerie à la lueur de la lune et retrouvèrent la rue, le froid et la lumière jaunâtre des réverbères. Irving ne s'était jamais senti aussi soulagé. Pour la première fois, il avait partagé son secret sans ressentir de honte ou de culpabilité. Il appréciait ce moment de sérénité et de légèreté et pria un Dieu inconnu pour qu'il remplace à jamais ses émotions si changeantes.

Ils marchèrent une demi-heure et firent une halte au brasero d'un marchand de marrons qui s'était installé à l'angle de l'hôtel des ventes de la rue Drouot.

— Veux-tu y faire un tour ? proposa-t-il alors qu'elle observait le flux incessant du public qui entrait et sortait du bâtiment. Ne t'inquiète pas, personne n'est obligé d'acheter.

— Je ne m'y sentirais pas à l'aise. Ce n'est pas notre monde.

— Détrompe-toi, il y a quatorze salles, qui présentent des objets pour tous les goûts et toutes les bourses. J'y suis déjà venu avec Belay pour des appareils photographiques ou des produits chimiques. Il y a tellement de concurrence dans Paris que de nombreux photographes sont obligés de fermer boutique. Je jette juste un œil sur la liste des ventes.

Juliette détourna la tête en entrant pour éviter le regard de l'employé, habillé à la manière d'un chasseur d'hôtel. Il les ignora avant de les interpeller :

— Messieurs-dames, s'il vous plaît !

Irving s'était arrêté. Juliette regretta d'avoir accepté. Elle ne détestait rien de plus que d'être ramenée à sa condition populaire.

— Les ventes ferment à six heures, il vous reste trente minutes.

— Merci, firent-ils en chœur avant de se rendre au tableau de l'accueil.

— Je trouve que mon paletot te va très bien, tu ressembles à une femme du monde, dit Irving tout en consultant les listes.

— Ne te moque pas de moi. Je porte une veste d'homme et je n'ai rien à voir avec ces femmes-là, répliqua-t-elle alors que plusieurs couples descendaient l'escalier en tenue de soirée.

— Qu'ont-elles de plus que toi ?

— Tu le sais bien. Je ne les envie pas, mais je ne m'envie pas non plus.

— Alors, viens, montons !

— Pourquoi ? Qu'y a-t-il en haut ?

— La salle 6, celle de tous les rêves.

L'expert ouvrit le coffre-fort et en sortit un écrin qu'il présenta aux invités assis sur les deux premières rangées de chaises. Un murmure parcourut le public, amassé debout derrière une grande table de la largeur de la salle qui le séparait des acheteurs et des journalistes présents. *Le Figaro* avait annoncé, la veille, la vente de diamants et bijoux appartenant à Sarah Bernhardt. L'artiste, flouée par un mandataire indélicat, avait perdu une partie de sa fortune. L'article du journal avait attiré bien au-delà de la foule des habitués de Drouot pour une des plus belles ventes de l'année 1884. L'expert avait déposé la parure sur une balance pour en annoncer le poids. Le public réagit encore et, de nouveau, marchands, acheteurs privés et journalistes du premier rang restèrent impassibles. Il posa le bijou sur la table de la chaire du commissaire-priseur, qui le remercia d'un signe de tête. À son côté, une flamme mangeait la cire d'une bougie avec voracité, remuant comme une abeille autour d'un fruit.

— On ne voit rien, chuchota Juliette, tendue sur la pointe de ses pieds. Tu crois qu'elle est là ? C'est elle, non, au premier rang ?

— Ça m'étonnerait, rétorqua Irving, ce n'est pas aussi joyeux qu'une scène de théâtre. Elle a dû donner des consignes à l'expert qui la représente.

L'assistance avait rempli la salle jusqu'à la porte d'entrée, où les jeunes gens étaient bloqués. Le commissaire-priseur se racla la gorge et but une gorgée d'eau. Il regarda son marteau d'ivoire emmanché d'ébène et en essuya la tête usée à l'aide d'une peau de cuir.

— Mesdames et messieurs, nous voici parvenus à la fin de cette vente, avec ce que l'on peut considérer comme une parure exceptionnelle que Mme Bernhardt a portée lors de ses mémorables tournées jusqu'en Amérique et en Russie et, sur notre continent, de Londres à Copenhague. Voici ce collier de cent cinquante-deux perles fines de la

Vologne, qui furent jadis la possession des duchesses de la maison de Habsbourg-Lorraine, et dont la mise à prix est de quinze mille francs.

— Quinze mille francs ! répéta Juliette pour essayer de donner un sens à une somme qu'elle trouvait exorbitante. Mais qui paierait autant pour un collier ?

— Les deux premiers rangs, mademoiselle, et ils seraient ravis de l'aubaine ! intervint Geoffroy de Vigny, qui s'était approché dans leur dos. Les prix vont monter bien plus haut. Malheureusement, j'arrive un peu tard, constata-t-il devant le rempart humain qui leur barrait la route. Le torpilleur m'a retenu plus que prévu, je suis allé saluer le commandant.

Les premières enchères avaient fusé. Le collier avait atteint trente mille francs en trois relances.

— Nous n'allons pas rester dans l'arrière-cour, c'est d'un triste. Venez avec moi, vous m'êtes sympathiques.

Vigny les entraîna par une *Entrée interdite au public* jusqu'à un vestibule attenant à la salle 6, où se trouvaient déjà une dizaine d'hommes occupés à suivre les enchères. L'un d'eux fit un signe amical à Vigny puis posa son index sur ses lèvres : la vente avait pris son rythme de croisière et le prix dépassait les cinquante mille francs.

— Il paraît que les frères Goncourt sont présents, chuchota-t-il aux arrivants. Ils seraient les représentants d'un riche acheteur qui veut absolument le collier. Il y a du monde sur les rangs !

Juliette s'assit à côté d'Irving et posa sa tête sur son épaule. Elle n'avait plus envie de suivre l'envolée des offres qu'elle trouvait indécente, elle qui n'avait jamais eu plus de cent francs d'économies. Lorsque les prix dépassèrent cent mille francs, la tête lui tourna. Irving comprit son malaise et lui proposa de partir. Vigny les regarda s'éloigner avant de plaisanter :

— En voilà une que la fortune rendrait malade, c'est une femme comme elle qu'il me faudrait !

Le marteau d'ivoire claqua quelques minutes plus tard sous les applaudissements de la salle sur un prix record de cent vingt-cinq mille francs.

— Qui l'a eu ? Alors, ce sont eux ? demanda Vigny à son voisin, qui s'était levé et qui passa la tête dans l'embrasure de la porte pour vérifier.

— Non, ils se sont tous fait coiffer sur le poteau, même le comte de La Chesnaye ! C'est le prince Youssoupov qui l'emporte !

78

Mercredi 24 décembre 1884, Paris

Le contact de la pierre était froid, même à travers le vêtement. Javier souffla, haleta comme un chien et apostropha Irving resté en bas.

— Je vais faire un nuage de brume pour me cacher derrière !

— Dépêche-toi au lieu de faire l'idiot, quelqu'un va arriver !

Javier venait de grimper les deux étages de la fontaine qui servait de base au monument et dont les vasques avaient cessé de cracher de l'eau pour l'hiver. Il regarda la statue de l'homme assis dans sa niche et l'évalua à trois mètres de hauteur. Il mit son sac de jute en bandoulière et se hissa au niveau du personnage.

— Belle vue ! fanfaronna-t-il.

Sans attendre les récriminations d'Irving, il ouvrit sa besace et en sortit un haut-de-forme qu'il déposa sur la tête de Bossuet après être grimpé sur ses genoux. Javier avança pour rejoindre la niche où siégeait la statue de Fénelon, qu'il coiffa du bicorne du cuirassier. Il continua d'accomplir le tour du monument et déposa ses dernières prises sur les deux autres évêques de pierre. Puis, sautant dans les bassins l'un après l'autre, il se réceptionna difficilement en hurlant un *joder* ! retentissant.

Ils quittèrent la place Saint-Sulpice à grands pas sans cesser de se retourner, tels des rôdeurs poursuivis par la police, jusqu'à la rue des Canettes où ils retrouvèrent l'allure et l'aisance de citoyens modèles.

— Ça y est ! On l'a fait ! jubila Javier.

— N'oublie pas ta promesse, prévint Irving. C'est ta dernière ânerie.

— Mon chef-d'œuvre, oui !

— En attendant, ton chef-d'œuvre va nous obliger à marcher une heure dans le froid pour rentrer à la maison alors que tout le monde dort déjà.

— Tu n'étais pas obligé de m'accompagner, tu pouvais aller à la messe de minuit avec les autres.

— Sans moi, tu ferais encore plus de dégâts !

— C'est vrai, *mi amigo, mi hermano*[1]. Que deviendrais-je sans toi ?

---

1. Mon ami, mon frère.

Ils croisèrent des groupes de piétons en provenance de la porte Saint-Martin où avait eu lieu la répétition générale de *Théodora*. Les conversations allaient bon train sur la performance de Sarah Bernhardt. L'atmosphère était joyeuse, les Parisiens avaient laissé de côté tous leurs soucis pour le réveillon.

Arrivé rue Chomel, Irving s'arrêta à la hauteur d'un homme allongé à même le sol.

— Monsieur, vous m'entendez ?

— Tu vois bien que c'est un clodoche qui cuve son vin. Viens, ne restons pas là, dit Javier en considérant les vêtements en haillons.

— Monsieur, réveillez-vous, il fait froid ! insista Irving en le secouant.

L'homme ne réagit pas.

— Aide-moi, il peut mourir de froid.

— Un peu plus tôt, un peu plus tard... Laisse-le finir en douceur, dit Javier en faisant mine de s'en aller. Victoria m'attend. Je lui ai donné la clé de ma chambre.

Irving tenta de soulever le miséreux en le prenant par les épaules. Celui-ci grogna, eut un haut-le-cœur et se retourna pour vomir. Un couple de passants changea de trottoir d'un air dégoûté.

— Voilà, maintenant qu'il a lancé son renard, il va aller mieux, dit Javier en tirant son ami par la manche. On y va.

Irving regarda l'homme se traîner jusqu'à une porte cochère sous laquelle il s'affala.

— Si une berline rentre là, elle va lui rouler dessus, dit-il en tirant à son tour le paletot de Javier. On va le mettre à l'abri.

— Mon Bon Samaritain.

— Tu te souviens du patio des Lions ? de ce vagabond brutalisé sous nos yeux ?

— Et alors ? Bien sûr que je m'en souviens ! On ne pouvait rien faire à part se cacher.

— Justement, aujourd'hui, on peut l'aider, on peut le sauver.

— Après tout, c'est la nuit de Noël ! soupira Javier.

Ils portèrent l'homme jusqu'à la cour intérieure, composée de bâtisses d'habitation et de plusieurs écuries.

— Celle du milieu, indiqua Irving. Elle est vide.

Ils déposèrent le malheureux sur la paille qui n'était pas souillée et l'en recouvrirent.

— Il va être bien mais le réveil risque d'être brutal, remarqua Javier en s'essuyant les mains.

— Le cocher ne reviendra qu'après-demain.

— Comment le sais-tu ?

— Ces écuries appartiennent au Bon Marché. Les livraisons reprendront vendredi. C'est le miracle de Noël !

Le jour s'était levé. La neige se déposait en douceur sur les pavés en bois de la place Malesherbes. Victoria essuya la buée recouvrant le minuscule carreau. L'unique fenêtre de la chambre de Javier donnait sur les toits, d'où s'échappaient les ficelles de fumée des cheminées qui se diluaient dans le gris acier du ciel. Cinq cents mètres plus loin, la silhouette massive de la statue de la Liberté pointait sa torche au-dessus des faîtes de la rue de Chazelles. Victoria l'observa un long moment en se remémorant leur angoisse tandis que Victor Hugo gravissait lentement l'escalier intérieur de la statue, leur soulagement quand leur parvinrent les clameurs indiquant que le poète était ressorti, puis l'idée de Javier de grimper jusque dans la torche où ils avaient passé un long moment d'intimité sur le plus haut point de Paris.

Elle s'assit sur le lit et le regarda dormir. Il était revenu à trois heures du matin, s'était déshabillé sans discrétion et l'avait enveloppée de ses mains qui sentaient l'écurie avant de s'endormir aussitôt. Victoria avait rêvé mieux pour une première nuit dans la chambre de son *novio*.

Elle prit le brin de paille qui était coincé dans ses cheveux et lui en chatouilla le visage. Javier se gratta machinalement sans se réveiller puis, pris d'une série d'éternuements, ouvrit les yeux. Alors qu'elle se penchait pour l'embrasser, il consulta la montre, grogna et se leva en tentant de ne pas faire craquer les lattes du plancher.

— Dépêchons-nous, je ne voudrais pas que la propriétaire nous surprenne ensemble, dit-il en enfilant son pantalon avec précipitation.

Il fit claquer les bretelles sur ses épaules, enfila son gilet et son paletot, prit ses chaussures dans la main gauche et tendit la droite à Victoria.

— Tu viens ? s'étonna-t-il en voyant qu'elle restait immobile.

— Pour moi aussi, ça a été une nuit formidable, répliqua-t-elle.

Ne trouvant pas de traces d'ébats amoureux dans sa mémoire, Javier fronça les sourcils.

— Je plaisantais. J'espère que tu as eu le temps de réfléchir à ce que tu allais me raconter.

Javier leva les yeux au ciel et déposa un baiser furtif sur ses lèvres.

— Mais, oui, je t'aime. Maintenant, on y va ! intima-t-il en la tirant par le bras. Ton frère t'expliquera tout.

Lorsque Victoria et Javier arrivèrent, Irving aidait Juliette au kiosque aux fleurs de la gare Montparnasse, qui ne désemplissait pas depuis l'ouverture. Les clients, débarqués des trains ou habitants du quartier, venaient chercher un bouquet pour le traditionnel repas familial d'un Noël qui promettait d'être paisible. La France avait retrouvé le chemin de la République et les guerres n'étaient plus que lointaines, presque irréelles. La bourgeoisie s'élargissait à une classe moyenne naissante et le demi-monde se donnait sans pudeur à celui des particules. Les inventions succédaient aux découvertes, la pauvreté reculait dans les villes et les magasins offraient des nouveautés à la portée de tous. Seules l'Alsace et la Moselle restaient fichées dans les esprits comme le regret qui empêcherait la fête d'être complète, et des milliers de personnes s'étaient retrouvées à l'hippodrome pour le Noël des Alsaciens-Lorrains.

Irving les emmena au café situé à l'intérieur de la gare, drapée de son décor néoclassique. Il en aimait l'ambiance et s'y rendait souvent pour attendre Juliette. Le jeune homme sortit un carnet de notes et lut :

— *Les gares sont comme des frontières entre les allers et les retours, les lieux de tous les espoirs et de toutes les craintes, à la fois si neutres et si intimes...*

— Est-ce Noël qui te rend poète, mon ami ? ou l'absinthe d'hier soir qui s'invite à nouveau dans ton esprit ?

— J'ai commencé une série de clichés sur les gares de Paris. Pas l'architecture ni les trains, mais ce qu'il y a de plus difficile : les voyageurs. Toujours en mouvement. Je voudrais fixer les moments furtifs pour l'éternité et les accompagner de mes mots.

— Irving m'a montré ses premières photos, renchérit Victoria à l'adresse de Javier. C'est de l'art !

— Demenÿ, l'assistant de M. Marey, m'a prêté un de ses appareils à grande vitesse de prise et les possibilités sont immenses ; elles sont même infinies.

— Tu as vraiment trouvé ta voie, conclut Javier. Vous voulez commencer par où ? demanda-t-il en apercevant Juliette qui venait de terminer son service.

Ils montèrent dans un tramway qui les déposa près du boulevard Haussmann où débutaient les rangées des baraques en bois proposant des articles de la petite industrie parisienne. À cette heure de la matinée, elles n'étaient pas illuminées mais la plupart étaient déjà ouvertes. Javier s'impatienta que les Delhorme s'attardent dans toutes les boutiques.

— On est aussi là pour trouver un cadeau à notre hôte, rétorqua Irving en fouillant dans un bac de livres anciens.

— Dépêchez-vous, on a du chemin à faire ! insista Javier. Je veux que les filles les voient tous avant que les cognes ou les corneilles ne les aient enlevés.

— Combien de monuments as-tu coiffés ? interrogea Juliette tout en essayant des mitaines qu'elle finit par reposer.

— Une dizaine.

— J'achète des oranges pour la famille Eiffel, dit Victoria devant un étalage de fruits.

— Elles sont de la Vega ? demanda Javier.

— Belles de Valence, lut-elle.

— Quand je vois leur prix, j'ai envie de conseiller à Jez d'acheter un champ plutôt que de continuer dans le gaz ! commenta-t-il en en prenant une au sommet d'une pile. Ou alors on en fera pousser à notre retour de New York, ma belle, ajouta-t-il avec entrain en la lançant en l'air sous le regard méfiant du marchand.

Il la reposa, faisant s'écrouler l'équilibre précaire de la pyramide d'agrumes, et s'éloigna vers une boutique de confiseries pendant que Victoria réglait son achat et s'excusait pour l'exubérance de son fiancé. Irving, qui l'avait suivi, acheta des bonbons Théodora, créés pour les fêtes en l'honneur de la pièce éponyme, que le groupe partagea en s'éloignant des baraques de Noël. Ils firent un premier arrêt devant un sapin d'une quinzaine de mètres, décoré de bougies rouges et vertes, planté au centre du square de la chapelle expiatoire. À la sortie, Juliette les laissa prendre quelques pas d'avance pour cacher sa mélancolie. Ses trois amis avaient tous plein de projets et tant de vies possibles, alors que son avenir à elle se limitait au marché aux fleurs des Halles où, chaque matin dès quatre heures, cinq jours sur six en toute saison, elle allait acheter roses, violettes ou myosotis aux horticulteurs afin de remplir son kiosque, relayée tous les après-midi par son amie Zélie, avec l'espoir secret qu'Irving s'intéresse enfin à elle autrement que comme à une troisième sœur ou une cousine à chapeauter.

Irving, qui, justement, s'était aperçu de son retrait, vint la chercher et lui prit le bras à la manière d'un couple légitime. Le jeu de piste pouvait commencer. Il débuta par le pont de l'Alma où le zouave s'était retrouvé coiffé par Javier d'un gibus trop petit pour lui, ce qui fit éclater de rire Juliette. Une dizaine de passants étaient penchés vers la statue depuis le pont. L'un d'eux tenta de récupérer le couvre-chef à l'aide de sa canne, qu'il laissa s'échapper et qui fut emportée dans les eaux boueuses de la Seine sous les rires des autres. Javier était aux anges.

Le circuit dura près de deux heures, comporta sept stations où, chaque fois, un attroupement s'était formé et où les curieux commentaient l'apparition des couvre-chefs sur les têtes de bronze ou de pierre, et se termina à la fontaine Saint-Sulpice, où les quatre évêques chapeautés avaient attiré le plus grand nombre de passants.

— J'ai envoyé une lettre aux journaux pour leur apprendre qui en était l'auteur, indiqua Javier en bombant le torse à la manière d'un torero après l'estocade.

— Mais pourquoi ? Pourquoi as-tu fait ça ? s'emporta Victoria.

— Ne t'inquiète pas, j'ai signé « le prince des Gitans ».

— Tu aurais dû mettre « le roi des matamores », répliqua-t-elle.

— Demain, quand je vous montrerai le journal avec mes exploits dedans, vous changerez d'avis, s'entêta-t-il.

— Je changerai surtout d'avis concernant mon mariage avec toi, dit Victoria d'un ton dont il ne sut déchiffrer le degré de sérieux. Allons-nous-en.

Le roulis de l'omnibus berça leur silence jusqu'à la rue de Prony. Irving s'était installé à l'étage avec Juliette et leurs visages avaient rougi sous le froid mordant.

— Venez vite près de l'âtre, proposa Eiffel, qui était venu leur ouvrir en personne.

La chaleur forte et sèche rappela à Irving le four de l'atelier à l'Alhambra.

— J'ai l'impression d'être un pain en train de dorer, remarqua Juliette avec un sourire radieux après deux verres de clos-vougeot qui avaient fait disparaître ses appréhensions.

Le repas fut le plus copieux et le plus long que les Delhorme aient jamais pris – Victoria compta douze plats, dont trois viandes et un poisson. Tous mangèrent et burent plus que de raison et, à cinq heures trente-cinq de l'après-midi, Eiffel donnait le dernier coup de sonnette à destination de la cuisinière.

Alors que les parents investissaient le salon et le sérieux d'une conversation technique autour de leurs futurs records, les plus jeunes enfants Eiffel furent invités à se rendre dans leurs chambres pour étrenner le trictrac offert par Victoria. Claire accompagna ses amis grenadins pour une promenade en direction des ateliers Gaget et Gautier.

— J'ai l'impression que votre père n'était pas d'accord avec mon choix de cadeau, lui dit Victoria, qui avait remarqué le changement dans le regard de l'industriel.

— Vous n'y êtes pour rien, la rassura Claire. C'est juste qu'il n'aime pas ce jeu. Mais mes frères sont ravis !

Irving et Javier s'étaient arrêtés devant les portes closes des ateliers où le démontage de la statue avait commencé.

— Tout est passé si vite, s'étonna Javier en levant la tête vers le monument entouré de son échafaudage. Dire que quand j'ai commencé, elle n'avait que son socle ! Et voilà que tout se finit en même temps.

— Et maintenant tu n'es plus étudiant, compléta Irving. Fini la belle vie, la Laiterie du Paradoxe et le prince Torquado !

— Tu as raison. Mais je ne sais pas si cela va me manquer.

La mimique d'incrédulité d'Irving le fit réfléchir.

— Tu crois ? On pourra continuer à boire de l'absinthe...

— Elle n'aura pas le même goût.

— ... à jouer aux cartes...

— Chacun chez soi ?

— ... à inventer des scies...

— Qui les reprendra en chœur ?

— ... à refaire le monde...

— Mais tu seras devenu le monde et tu ne voudras plus le changer !

— Alors, si, nos soirées vont me manquer, admit Javier. Mais ne le dis pas à Victoria.

Ils se turent en attendant que les filles les rejoignent. Le soleil déchira brutalement la toile de nuages, couchant l'image étirée de la *Liberté éclairant le monde* sur les pavés de la rue Alfred-de-Vigny.

— Vite, tout le monde dans la torche ! lança Javier.

Les cinq jeunes gens se précipitèrent sur l'ombre projetée et se pelotonnèrent les uns contre les autres de façon à tenir tous à l'intérieur, riant et chahutant, jusqu'à ce que l'omnibus de la ligne D les oblige à s'en écarter. Ils le laissèrent passer en l'interpellant d'un « Joyeux Noël ! » enthousiaste auquel les passagers répondirent par un salut.

— Tous dans la couronne ! dit Javier en montrant l'exemple.

Ils se donnèrent la main en formant un « V » à l'endroit indiqué. Malgré le froid, aucun n'avait envie de rentrer. Paris était leur cour de récréation. Les contours de la statue s'estompèrent et disparurent du sol.

79

Jeudi 25 décembre 1884, Grenade

Pour Mateo, Noël avait toujours été une date comme les autres. Depuis la mort de sa mère, il ne se rendait même plus à la messe de minuit. Les dernières années, tout comme Kalia, il avait passé réveillon et fêtes avec la famille Delhorme, à l'Alhambra. Ce soir, ils n'étaient plus que tous les deux et une pincée de nostalgie l'avait saisi au réveil sans qu'il arrive à la semer durant la journée.

Mateo se demanda ce qu'ils pouvaient tous bien faire à Paris en cette fin d'après-midi, surtout Javier, qui avait promis de rentrer puis s'était ravisé, trop occupé par ses activités. Il ne reviendrait pas avant son départ aux Amériques.

Mateo prit un pinceau et le trempa dans du savon de Bécœur avant de l'appliquer sur les plumes du faucon pèlerin. Il avait conservé l'animal trouvé mort six mois auparavant et l'avait naturalisé pour l'offrir à Kalia en guise d'étrennes. Mateo le cachait depuis plusieurs mois dans un pavillon du Generalife et venait régulièrement appliquer le produit qui rendait à l'animal l'aspect de la vie et évitait qu'il ne pourrisse. Il l'avait figé avec les ailes dépliées et la tête penchée vers le bas, dans l'attitude du prédateur fixant sa proie, et l'avait attaché par les serres à une rondelle de bois. Il l'admira une nouvelle fois, ravi de la réussite de son travail, persuadé que Kalia l'adorerait. Il sécha son pinceau et prit conscience que Jezequel devait l'attendre sur la tour du Guet depuis déjà une heure.

— Bredouille ! lui annonça le jeune homme en posant sa canne à pêche. Je ne sais pas ce qu'ils ont tous aujourd'hui, ils volent aussi haut que des oies. Je reviendrai demain.

— Je t'accompagnerai et, cette fois, je serai à l'heure, dit Mateo en sortant une bouteille de vin de sa besace. On arrivera bien à remplir une cage d'hirondelles.

Le jeu consistait à attraper des oiseaux le jour de Noël – une idée de Javier – pour les libérer le premier de l'an – une initiative de Victoria. Jezequel avait proposé à Mateo de perpétuer ce qui était devenu une tradition familiale depuis 1879. Kalia était chargée d'ouvrir la cage sept jours plus tard.

La journée avait été douce et ensoleillée, et le crépuscule faisait briller de reflets indigo les sommets de la Sierra Nevada.

— Quatorze degrés, annonça Mateo en tendant un verre à Jezequel.

— Diable, il est bougrement fort, ton vin, commenta celui-ci en faisant tourner le liquide pourpre.

— Je ne te parle pas de mon vin, mais de la température de l'air, *tonto*[1] !

L'ex-*nevero* avait repris l'activité météorologique de Clément et notait scrupuleusement les données trois fois par jour, avant de les envoyer par télégramme à l'Observatoire de Paris. Il rit de la méprise de Jezequel et l'enjoignit à vider son verre pour le remplir de nouveau.

— Le mien titre huit degrés, c'est bien suffisant pour me donner des forces, dit Mateo en enfonçant le bouchon d'un coup sec du poing. Comment vont les parents Pozo, petit ?

Victime d'une attaque d'apoplexie en début d'année, le père de Jezequel était resté partiellement paralysé de la jambe et du bras droits. Il continuait à diriger lui-même l'usine de production de gaz, mais avait abandonné à son fils sa gestion quotidienne.

— Il ne vient plus que rarement sur le site. D'ailleurs, il ne sort plus beaucoup.

— Il a retrouvé la parole ?

— Au grand dam de ma mère, oui !

Jezequel, qui ne s'était jamais senti proche de ses parents, n'avait pas été affecté par l'accident cérébral de son père. Il s'en culpabilisait parfois, mais l'attitude froide et distante de son géniteur semblait vouloir lui donner raison.

Il suivit des yeux le rassemblement d'une dizaine d'hirondelles qui rejoignit une nuée plus importante. D'autres groupes, de même taille, étaient visibles dans le ciel, formant des arabesques aux dessins ondoyants.

— Ils sont trop hauts, regretta-t-il après avoir amorcé un mouvement du bras vers sa canne. Mais Dieu que c'est beau !

Les différents nuages d'oiseaux se réunirent en une vague gigantesque de plusieurs milliers d'individus, aux contours sans cesse changeants, qui évolua au-dessus de la ville. Les derniers feux de la journée donnaient des teintes vermillon à l'horizon devant lequel l'immense nuée se mouvait comme une ombre chinoise.

— Quel dommage qu'ils ne soient pas là pour voir ce spectacle, dit Jezequel. Ils ne savent pas ce qu'ils manquent à Paris !

---

1. Benêt.

La vague protéiforme s'éloigna jusqu'à n'être plus qu'un point dans le ciel.

— J'espère qu'elles ne sont pas en train de migrer, s'inquiéta-t-il.

— Ça y ressemble : elles partent vers le sud, remarqua Mateo.

— Non, pas nos hirondelles andalouses, pas elles ! Que va-t-on mettre dans la cage ?

— Les escargots de Kalia. Ou les poissons aux écailles d'or du bassin des Myrtes.

L'anecdote amusa beaucoup Kalia lorsque Mateo la lui relata. La Gitane prédit un hiver rude, qu'elle avait déjà pressenti à l'épaisseur de la coquille de ses gastéropodes et de la peau des plants d'oignons.

— Et si on allait à Paris le mois prochain ? proposa-t-il soudain. Quitte à avoir froid, autant être près des nôtres.

La question se posait de plus en plus régulièrement entre eux et les objections tombaient peu à peu comme de vieux arbres sous le poids des fruits. L'absence de réponse de Kalia lui indiqua qu'un nouveau palier avait été franchi.

— J'aimerais tant revoir Javier, confirma-t-elle. Mais je n'ai jamais quitté Grenade... Quelle est la durée du voyage ?

La question, dont elle connaissait par cœur la réponse, était le dernier obstacle de taille.

— Si les deux villes ne se sont pas rapprochées depuis lors, il y a toujours mille sept cents kilomètres, soit quinze jours de berline au mieux, commença-t-il. Mais on peut prendre le train de Guadix à Bilbao, puis le bateau jusqu'à Bordeaux et un dernier trajet en train qui nous amèneront directement à Paris en cinq jours. Cinq jours !

— Mateo...

Kalia se refusait à prendre des moyens de transport qui l'effrayaient au plus haut point.

— Il y a des accidents toutes les semaines, fit-elle valoir.

— En fiacre aussi, riposta-t-il. Et, l'hiver, nos montagnes sont difficiles à traverser en carrosse.

— On croirait entendre parler un représentant d'une compagnie ferroviaire.

— Fais-moi confiance, pour une fois.

— Je ne suis jamais partie d'ici. Mon plus grand voyage, ça a été du Sacromonte jusqu'à l'Alhambra.

— Il en valait la peine, non ?

Kalia acquiesça, silencieuse.

— Tu te souviens que, ce jour-là, je t'ai promis de t'emmener faire le tour du monde ?

— Je me souviens que tu avais une peur bleue et que tu serais allé au bout de la terre pour fuir Torquado.

Mateo s'était calé contre la fenêtre pour observer le halo noir de la nuit grossir au-dessus de la colline des Gitans.

— C'est vrai, tu as raison, je voulais fuir, admit-il. Mais avec toi, avec vous deux.

— Combien de temps resterait-on ? demanda-t-elle d'une toute petite voix, en le prenant par la taille.

— Deux ou trois mois, jusqu'à son départ pour New York.

— D'accord, j'accepte, lui chuchota-t-elle à l'oreille avant de la lui mordiller et de s'éloigner en chantonnant.

Kalia avait en commun avec Mateo un caractère parfois imprévisible, mais une fiabilité sans faille sitôt une décision prise. Si la maturation était lente, en revanche, jamais elle ne revenait sur ses résolutions. Il savait combien il pouvait compter sur sa parole et sur son soutien. Mateo tapa des mains en signe de victoire.

— Que cela ne t'empêche pas de m'aider, lui cria-t-elle depuis la cuisine. On n'est pas encore à l'hôtel. Il y a ici un lièvre qui voudrait se débarrasser de son manteau.

— Demain, j'irai leur envoyer un télégramme, mais en attendant il faut fêter ça ! J'ai une surprise pour toi ! claironna-t-il en sortant.

Mateo ne voulait pas patienter jusqu'aux étrennes pour lui offrir le faucon. Il allait le faire tout de suite.

Au diable les traditions, songea-t-il en progressant rapidement sur le chemin des cyprès où la lune, à peine rognée sur ses bords, jouait au réverbère céleste. Il huma l'air plein des senteurs florales du soir en traversant les différents jardins puis en remontant l'allée le long du mur de glycine. Il grimpa à l'étage du mirador excentré, point culminant du Generalife où il avait caché son oiseau naturalisé. Il en profita pour noter les valeurs de température et remarqua que le stylet du baromètre avait hachuré le papier avant de se bloquer. Le Fortin-Secrétan était âgé d'une trentaine d'années et n'avait pas été révisé depuis le départ de Clément. Ils pourraient profiter de leur séjour en France pour en rapporter un neuf.

Mateo sortit du bâtiment en faisant très attention à ne pas cogner les ailes du rapace, de plus d'un mètre d'envergure. Il fit quelques pas et s'arrêta dans l'allée du premier des jardins pour admirer les reflets argentés de la lune sur les plumes du faucon.

Un bruit de pas inhabituel attira son attention. Il aperçut des formes se déplaçant à la lisière du bois et put distinguer un troupeau entier composé d'une dizaine de cervidés, adultes et petits, qui progressait rapidement dans sa direction. Mateo se demanda quel prédateur pouvait effrayer un groupe aussi nombreux au point de le faire sortir de son refuge. Le tonnerre gronda soudain, un roulement étrange, sans fin, qui lui rappela le bruit d'une avalanche à laquelle il avait assisté dans la Sierra Nevada. Il regarda vers le sommet de la montagne qui se découpait devant le rideau de nuit avant de s'apercevoir que le grondement semblait provenir de partout à la fois.

Mateo se plaqua contre le mur de glycine pour ne pas être renversé par les animaux paniqués qui le frôlèrent avant de remonter l'allée pavée en direction du mirador. D'autres animaux les suivaient, il en sortait de toute la forêt, petits et grands mammifères, qui fuyaient en tous sens à travers les jardins. Les cimes des arbres ondulèrent dans une *zambra* folle, sans aucun vent, comme bousculées par un géant invisible. Les jambes de Mateo se mirent soudain à trembler, puis tout son corps. Il se sentit paralysé par les secousses qui venaient du sol et le traversaient, accompagnées d'un bruit d'ouragan. Mateo lâcha l'oiseau empaillé et put faire quelques pas avant d'être jeté au sol par une force violente qui lui coupa le souffle. Il se sentait écrasé, son dos lui faisait mal. Plusieurs cloches sonnèrent, désordonnées, dans les quartiers ou les villages proches. Des cris parvinrent des maisons environnantes. Une explosion retentit au loin. Il voulut appeler Kalia mais aucun son ne sortit de sa bouche envahie d'un goût métallique. Tout son corps était coincé dans un étau. Les secousses continuaient, toujours accompagnées du tonnerre assourdissant. Lorsque tout cessa, brutalement, le silence était encore plein du hurlement de tous les diables de l'enfer.

CHAPITRE XXIX

80

Samedi 27 décembre 1884, Paris

— Elle résistera à tout, cher monsieur. Ouragans, tempêtes, séismes, à tout !

Satisfait de l'effet produit, Eiffel se cala au fond de son siège. Le journaliste fit une moue admirative qui cachait son ignorance profonde du sujet et décida de croire sur parole l'industriel qui avait bâti tant de ponts prestigieux, malgré le feu des critiques provenant des architectes.

— Mes ingénieurs ont fait et refait les calculs, ajouta Eiffel en ouvrant un cahier rempli d'équations. Seul le fer peut réaliser ce prodige des trois cents mètres.

Le rédacteur du *Temps* fit mine de s'y intéresser avant de prendre des notes dans son carnet et de lui faire signe de continuer. Tout en poursuivant sa démonstration, Eiffel laissa traîner son regard dans le bureau d'étude où régnait une activité intense malgré la période d'entre-fêtes. Plusieurs ingénieurs travaillaient à leur table de dessin, deux autres vérifiaient des équations à l'aide d'abaques logarithmiques, tandis qu'ouvriers ou contremaîtres entraient et sortaient en permanence afin d'échanger sur l'avancement des différents projets, ballet rythmé par les coups de marteau sur les pièces métalliques et le crissement des poulies.

— Voulez-vous que je vous fasse visiter mes ateliers ? proposa Eiffel en constatant l'inattention de son interlocuteur.

— Je vous remercie, je reviendrai pour cela une autre fois, je vais aujourd'hui me borner à mon sujet sur l'Exposition internationale. Je comprends bien l'exploit que représente cette pyramide des temps modernes, enchaîna-t-il en parcourant de la main le dessin qu'Eiffel lui avait présenté, mais que faites-vous de la sensation du beau ?

Une œuvre industrielle ne doit pas être juste utile mais également esthétique, surtout si elle a vocation à être permanente.

La remarque confirma à l'ingénieur que le journaliste était déjà passé interroger son concurrent Bourdais. Eiffel, qui aimait les joutes oratoires, adorait convaincre les sceptiques à coups d'arguments qu'il assénait par ordre croissant, pour finir de les convertir par des flèches imparables. Javier interrompit son calcul afin de l'écouter. Eiffel avait réponse à tout, sur l'utilité, l'esthétique, la pérennité de sa tour. Il démontrait par l'exemple, répétait, faisait une pause à la fin de chaque argument pour que l'homme puisse prendre des notes sans précipitation, avec un calme, une assurance et un charisme que le jeune ingénieur admirait sans retenue.

— Javier !

Eiffel, qui avait remarqué son peu d'attention pour son travail, lui demandait de venir. Il s'en voulut et se présenta à lui la tête basse.

— Javier, pouvez-vous raccompagner notre ami journaliste et lui trouver un fiacre ?

— Si cela ne vous pose pas de problème, ajouta le rédacteur, qui avait remarqué sa mine défaite. Je vous remercie pour le temps que vous m'avez accordé, monsieur Eiffel. M'autoriseriez-vous à suivre régulièrement les travaux si votre projet l'emportait ?

— Avec plaisir, la porte de mes établissements vous sera toujours ouverte. Tout comme le dernier étage de la tour.

Javier raccompagna le journaliste jusqu'à la station de fiacres la plus proche tout en ne tarissant pas d'éloges sur son employeur.

— Ne vous fatiguez pas, jeune homme. Ce M. Eiffel est un habile constructeur, mais le dessin que j'ai vu n'est point de nature à me réconcilier avec le projet.

— Mais c'est extrêmement novateur !

— Un peu trop d'avant-garde, vous voulez dire. Pourquoi faut-il que les monuments construits pour l'Exposition universelle soient aussi peu esthétiques ? Regardez ce palais des Champs-Élysées, c'est une tache dans Paris !

Javier n'osa pas répondre. Ils venaient d'arriver à la station, où aucun véhicule n'était présent.

— On n'attend jamais bien longtemps, dit-il. Je peux aller au-devant...

— Laissez, laissez, je peux patienter, je ne vais pas vous faire perdre votre temps.

Javier le salua, fit quelques pas, hésita et revint vers le rédacteur.

— J'avais une question à vous poser, monsieur.

— Faites, répondit l'homme en scrutant le coin de la rue.

— Vous qui êtes journaliste, vous avez sans doute entendu parler de ces monuments qui se sont retrouvés coiffés le jour de Noël ? Quelqu'un me l'a relaté, mais je n'ai rien trouvé dans les journaux hier.

— Ah ? Non, cela ne me dit rien.

— C'est étrange, il paraît qu'il y avait foule devant les statues aux chapeaux, insista Javier, quelque peu vexé du manque d'intérêt du plumitif.

— Vous savez, aujourd'hui, plus les événements sont bêtes et sans intérêt, plus ils rassemblent de monde. Le peuple sera toujours davantage attiré par les outrances d'un ivrogne un soir de réveillon que par la conduite des affaires du pays. C'est ainsi, conclut-il d'un air affligé en sortant de son sac le journal du jour.

— Mais c'était un acte artistique et politique, pas un délire d'ivrogne... On m'a parlé d'un Comité pour la réduction des hauts-de-forme, c'est une information qui devrait intéresser votre journal !

— Bah, des anarchistes ou des étudiants en mal de reconnaissance. Tenez, je vous l'offre, j'en ai plusieurs, dit l'homme en lui fourrant un exemplaire du *Temps* dans la main. Vous y trouverez peut-être votre bonheur. Voici mon fiacre, bonne lecture, jeune homme. Et ne perdez plus de temps avec ces gamineries !

— Mais ce n'est pas moi..., bredouilla Javier alors que le journaliste avait déjà fermé la portière. Ces gens n'ont vraiment aucun sens de l'humour, marmonna-t-il en regardant le véhicule s'éloigner.

— Pourquoi ne revient-il pas ? s'inquiéta Eiffel de retour dans le bureau d'étude.

Javier était parti depuis plus d'une heure. Tous ses calculs jonchaient sa table de travail. Eiffel referma avec soin son encrier.

— Personne ne l'a vu ?

Koechlin répondit d'un « non » distrait. Compagnon, qui venait d'entrer pour chercher un plan du type huit, le dernier modèle de pont portable, fit un signe négatif avant de l'interroger :

— Je peux vous voir pour l'essai prévu avec le général Lewal ?

Les deux hommes sortirent dans la cour où se trouvait un pont démontable déplié sur une vingtaine de mètres.

— Il y a un problème avec les boulons, précisa Compagnon en puisant un échantillon dans un seau qui en était rempli. Le diamètre est plus large d'un dixième de millimètre. Les trous ont déjà été percés dans les triangles, dit-il en indiquant les éléments.

— On peut les élargir, j'imagine que ce n'est pas pour cela que vous m'avez fait venir, Jean.

— Regardez le profil, il ne correspond pas à notre demande.

Eiffel constata que la tête du boulon était aplatie, alors que le dessin du plan envoyé au fournisseur prévoyait une tête conique.

— On renvoie tout et on exige les pièces pour la semaine prochaine. Sinon, on change de fournisseur. On contactera les établissements Fould-Dupont de Pompey.

— Et pour l'essai ?

— Je vais convaincre le ministre de la Guerre de le reporter en mars. Leurs manœuvres n'ont lieu qu'en septembre et je ne veux rien laisser au hasard. Si on me cherche, je suis au Laboratoire d'aéronef, ajouta l'industriel en lançant le boulon, qui atterrit dans le seau avec un bruit de quincaillerie.

À son arrivée, seul un ouvrier était présent, qui finissait d'installer un entonnoir géant au sommet d'un pylône de dix mètres de haut. L'homme descendit pour venir le saluer.

— M. Delhorme n'est pas là ? l'interrogea Eiffel tout en examinant un sac rempli de billes en bois dont il se demanda l'utilité pour l'aéronef à venir.

— Non, Javier est passé et ils sont partis tous les deux.

— Au bureau ?

— Partis, je vous dis, chez eux. Ça avait l'air grave.

La phrase inquiéta suffisamment Eiffel pour l'empêcher de travailler sereinement. Il prit ses affaires et décida de rentrer chez lui en faisant un arrêt chez les Delhorme. Il toqua longuement à leur porte, qui resta close. Au moment de sortir, il croisa le propriétaire, dont il connaissait les toquades hygiénistes, et tenta de l'éviter. Mais M. Brouardel avait reconnu celui qui s'était porté garant pour son locataire et l'aborda :

— Si vous cherchez les Delhorme, ils sont sortis à cause de l'accident.

— Mais de quel accident parlez-vous ?

— Celui qui est arrivé chez eux, en Espagne. Attendez !

L'homme rentra chez lui et revint en lui tendant *Le Temps*. En milieu de première page, un court encart annonçait la survenue d'un tremblement de terre dont les secousses avaient été ressenties jusqu'à Madrid. *À Grenade, à Malaga, à Séville, à Pontevedra, des murs se sont écroulés et plusieurs personnes ont été blessées*, concluait le journaliste. Eiffel le remercia et laissa un mot pour

Clément. Il fit un détour par l'avenue de Wagram pour acheter les autres quotidiens et rentra à son hôtel particulier où il fit atteler sa berline. Eiffel salua ses enfants, étonnés de le voir débarquer en milieu d'après-midi, prit Claire à part pour lui confier la raison de sa présence et parcourut les journaux, où il ne trouva aucune information supplémentaire.

Le cocher vint le chercher et le déposa au quai d'Orsay. Grâce à son entregent avec le ministre de l'Économie, Eiffel avait pu obtenir d'être reçu sans délai par un des conseillers de Jules Ferry, lequel cumulait la fonction de président du Conseil et celle de ministre des Affaires étrangères. Il attendit une vingtaine de minutes dans une antichambre au mobilier désuet et à la tapisserie crasseuse, bien loin de refléter les ors de la République. Le fonctionnaire chez qui on l'avait dirigé dans l'attente du retour de l'édile lui faisait l'impression d'être un expéditionnaire désabusé plus qu'un assistant ministériel. Il grattait bruyamment le papier avec une plume d'oie usée à l'extrême. *Son dernier taillage doit remonter à l'Empire*, songea Eiffel en soupirant pour calmer son impatience. Les plumes en acier, qui avaient remplacé les plumes naturelles dans toutes les administrations depuis trente-cinq ans, n'avaient pas que des adeptes. *Les résistances au progrès sont partout*, s'amusa-t-il. *Pourquoi avoir un outil propre, silencieux et efficace quand on peut se salir la main et tacher ses papiers ?*

Se sentant observé, le fonctionnaire regarda fièrement son instrument aux longues barbes blanches.

— Superbe, n'est-ce pas ? C'est une penne de corneille, expliqua-t-il en la faisant rouler entre pouce et index. Vous allez me dire que les corneilles ont des plumes noires : figurez-vous que cet oiseau-là avait des rémiges d'un blanc parfait, ce qui fait sa rareté. Il n'y a aucune teinture, regardez, dit-il en lui tendant l'objet. Vous ne me ferez jamais écrire avec du métal, ce sont des instruments sans vie et sans histoire !

L'expéditionnaire se remit alors à sa rédaction comme si la conversation n'avait pas eu lieu. Eiffel resta un instant ébranlé par la démonstration. Au moment où il allait balayer d'un argumentaire bien senti les assertions du rond-de-cuir, le conseiller entra, accompagné par Jules Ferry en personne, de retour de l'Assemblée.

— Cher monsieur Eiffel, on vient de me prévenir de votre présence. Venez, j'ai quelques minutes à vous consacrer avant ma réunion suivante. Vous me parlerez de votre record d'altitude et de votre tour pour l'Exposition.

— Ce sera avec plaisir, mais je suis venu pour un sujet plus urgent, monsieur le président, répondit Eiffel. Il s'agit de M. Delhorme, notre aérostier.

Resté seul, le fonctionnaire piqua délicatement sa plume dans son encrier et sourit, ravi d'avoir mouché l'industriel qu'il avait reconnu dès son arrivée, et qui se proposait d'enfoncer un clou géant en plein cœur de Paris. Il ne comprenait pas pourquoi le ministre s'était entiché d'un tel projet, ni d'ailleurs la frénésie qui s'emparait des politiques à chaque Exposition universelle. Il se remit au travail, une note à destination d'un autre service, qui elle-même générerait d'autres notes pour d'autres services, jusqu'à ce que les trois mille agents des ministères en soient pleinement informés. Une seconde note leur parviendrait afin d'expliquer le fonctionnement de la première, puis une troisième qui conclurait à l'obsolescence des deux précédentes. Cette idée le conforta dans l'importance de son travail et du choix de son instrument, ce qui justifiait pleinement le sacrifice de la corneille.

Le rond-de-cuir fut dérangé dans ses pensées par un des policiers chargés de la protection du président.

— Vous devez envoyer un télégramme à notre ambassade en Espagne. Toutes affaires cessantes, ordonna l'inspecteur en lui tendant un papier griffonné. On doit rendre compte de la réponse à M. Eiffel dès qu'elle nous parviendra, quelle qu'en soit l'heure.

L'assistant évalua ses chances de négocier un délai avant d'abandonner.

— Pourquoi moi ? demanda-t-il après avoir bruyamment soupiré de désapprobation.

— Parce que vous n'êtes pas rentré assez vite chez vous, mon ami !

— Et pourquoi vous ?

— Je suis chargé de vous accompagner, expliqua l'inspecteur. Non pas que cela m'enchante, mais nous devons garder toute discrétion sur cette faveur. Allons !

Les deux acolytes disparurent dans les couloirs labyrinthiques du bâtiment en direction du bureau des télégrammes dans le seul ministère, ouvert sur le monde, qui assurait une permanence de réception continue.

Eiffel regagna ses ateliers, où Clément et Javier n'avaient pas réapparu. Il régla plusieurs affaires courantes avant de rentrer rue de Prony. Tout le clan Delhorme se trouvait chez lui. Claire, en parfaite maîtresse de maison, leur avait préparé des boissons chaudes et avait envoyé la cuisinière chercher des marrons grillés chez le vendeur ambulant du parc Monceau. Les traits étaient brouillés de fatigue et les visages avaient perdu l'insouciance des jours précédents. Tous parlaient beaucoup, comme pour conjurer le mauvais sort, à l'exception d'Alicia qui restait mutique, assise près de la fenêtre, à regarder l'agitation des autres d'un air absent.

— Nous sommes allés au bureau du télégraphe, expliqua Clément après avoir écouté Eiffel. La ligne est coupée à Grenade. Mais nous avons pu joindre le frère de Mateo à Guadix. Il n'avait pas de ses nouvelles et se préparait à partir pour l'Alhambra. On en saura plus demain.

Le souvenir de Ramón fit sourire Eiffel. Il avait été son guide pendant son épopée andalouse de 1863 et celui avec qui il avait rencontré Clément la toute première fois. Le 1er juin défila devant ses yeux.

— Quelle journée..., dit-il en poursuivant le fil de sa pensée.

— Oui, j'avais rêvé mieux pour notre premier Noël à Paris, renchérit Victoria.

— Je crois que Gustave fait référence au jour de votre naissance, dit Clément en prenant ses enfants par les épaules.

— Un moment que je n'oublierai jamais, convint Eiffel. Quelle nuit !

— Papa, maman, racontez-nous encore ! implora Victoria en s'asseyant à côté d'Alicia sur le canapé en bois doré.

— J'aimerais aussi l'entendre, dit Claire en posant un des fauteuils à pelote en face d'eux. Tu ne m'en as jamais parlé, mon cachottier de père.

Clément jeta un regard à Alicia afin qu'elle se mêle à la conversation.

— J'en ai à peine plus de souvenirs que les enfants, se défenditelle. J'appelle les témoins à la barre. Clément Delhorme et Gustave Eiffel !

Claire était allée chercher ses frères et sœurs et tous les enfants formèrent un demi-cercle autour des deux conteurs. Tout au long du récit, chacun intervint de son anecdote vécue ou rapportée. Clément et Eiffel avaient tombé la veste.

— Je n'ai pas été dupe quand vous êtes monté sur le parapet de la tour du Guet ! affirma l'ingénieur.

— Tu as fait ça, papa ? s'exclama Irving. Tu aurais pu mourir sans nous connaître !

— Oui, c'est grave ! intervint Victoria. Maman, dis quelque chose !

— Il y avait un échafaudage avec un filet juste en dessous, modéra-t-elle. Votre père n'est pas un inconscient. Pas tout le temps.

Ce fut sa seule intervention de la soirée. L'émotion qui l'avait envahie à l'annonce du tremblement de terre par Javier ne l'avait pas quittée. Eiffel continua le récit par une description détaillée de la remise en route de la chaudière.

— On manquait de bois, il a fallu en trouver partout dans l'Alhambra. L'installation était vieille mais robuste, confia-t-il à ses enfants.

Clément abrégea le récit des accouchements en voyant la peine qu'Alicia contenait difficilement.

— Au final, c'est moi l'aîné, fit remarquer Irving en guise de conclusion.

— Tu oublies que Pinilla s'était fait la main sur moi, intervint Javier. J'étais sorti le matin. Je suis du 1er et vous du 2, c'est moi le prince Torquado ! asséna-t-il en frappant dans ses mains un air de flamenco.

Sa fanfaronnade détendit une atmosphère qui était restée pesante. À aucun moment le prénom de Nyssia n'avait été prononcé. Elle était la jumelle, la sœur, la plus jeune des trois, à l'image figée depuis son départ.

La cloche du porche d'entrée retentit.

— Deux hommes ! commenta Claire en écartant les rideaux de la fenêtre.

— Je vais les accueillir, ils viennent sans doute du ministère avec des nouvelles, annonça Eiffel.

Il les fit entrer dans son bureau afin de filtrer les informations si elles devaient être mauvaises. L'expéditionnaire était accompagné du policier. L'ambassadeur d'Espagne avait reçu des nouvelles d'une mission envoyée à Grenade. L'épicentre du tremblement de terre avait été la Sierra de Tejeda, à cinquante kilomètres, dans laquelle les villages avaient été partiellement détruits. Les recherches de victimes, qui se comptaient déjà par centaines, étaient toujours en cours alors qu'un détachement entier de la Guardia avait été déployé dans la zone sinistrée.

— Mais la ville semble avoir été plutôt épargnée, tout comme l'Alhambra, conclut le policier. Il n'y aurait que quelques victimes dans les rares édifices qui se sont écroulés.

— Vous comprendrez bien que cette incertitude nous inquiète, dit Eiffel.

— Nous vous préviendrons dès que nous aurons une confirmation de la situation sur place. Le consul de France doit se rendre ce soir à Madrid pour faire le point sur l'état de santé de nos compatriotes présents à Grenade, et nous le chargerons d'enquêter aussi au sujet de M. Mateo...

— Alvarez. Mateo Alvarez et sa femme. Ce sont les parents d'un de mes ingénieurs. Encore merci, messieurs, ajouta l'industriel en entreprenant de les raccompagner.

Lorsqu'il ouvrit la porte, Javier, qui y avait collé son oreille, se retrouva nez à nez avec l'inspecteur, qui poussa un juron et le fit tomber au sol avant de le plaquer face contre terre.

— Voyons, relâchez-le, intima Eiffel après un moment de surprise, ce n'est pas un délit d'écouter aux portes !

— Appelez des renforts, monsieur, cet homme a volé le chapeau du président du Conseil !

81

Mercredi 31 décembre 1884, Alhambra, Grenade

Ramón mâchonna son Braserillo éteint avant de le jeter d'une pichenette en direction des quelques pierres éparpillées dans l'allée aux glycines. Il avait commencé de reconstruire le mur de terrassement qui était tombé sur son frère le soir de Noël et laisserait le soin à d'autres de le terminer. Il fit le tour des différents bâtiments afin de constater qu'aucun autre dégât n'était imputable au séisme, s'attarda un long moment à l'étage de la tour des Infantes qui donnait sur le Sacromonte, et sortit ses deux mules des écuries afin de préparer son attelage.

— Il est l'heure pour moi de retourner à Guadix. Ma famille m'attend pour le passage à la nouvelle année. Prends bien soin de mon frère, Kalia, c'est ton devoir. Quant à toi, Mateo, tu devrais te faire soigner à l'hôpital San Juan de Dios.

— Plutôt mourir ici ! répondit celui-ci d'une voix étouffée, allongé sur le ventre et la tête enfouie dans une gerbe d'oreillers. Ils ne me feront pas ce qu'ils ont fait à notre mère !

— Comme tu voudras. Mais tu as eu une sacrée chance.

Mateo ronchonna. Le mur qui s'était abattu sur lui était le seul de l'Alhambra à s'être écroulé ce soir-là. Il ne l'avait pas pris comme une chance, mais comme une adversité, un signe envoyé par le divin pour exprimer son mécontentement, ce qui le rendait perplexe, n'ayant pas l'impression d'avoir démérité auprès du Très-Haut. Les pierres lui avaient causé de nombreux et profonds hématomes sur le dos, mais sa colonne vertébrale était intacte. Le plus gros bloc s'était abattu sur ses jambes, causant plusieurs fractures au tibia et péroné gauches ainsi qu'une rupture des ligaments et un déplacement du ménisque, que le docteur Pinilla avait traités en urgence.

Malgré l'insistance du médecin, il avait exigé de rester à l'Alhambra où le soignant venait tous les matins lui appliquer baumes et massages, relayé dans la journée par Kalia, et lui fournir des antalgiques pour apaiser la douleur qui vrillait son corps.

Tu parles d'une sacrée chance, songea-t-il alors que son frère quittait le Mexuar en beuglant un *¡Hasta luego!* de ténor depuis la cour de Machuca. Mateo tenta de dormir sans y parvenir, rouvrit les yeux quand le campanile de la tour du Guet sonna onze heures et fixa la fenêtre fermée qui lui permettait de voir des bribes de paysage décomposé à travers les multiples carreaux. Vers midi, alors qu'il avait l'impression d'avoir passé une journée entière à attendre une accalmie de ses maux, Kalia entra avec le docteur Pinilla, dont la question habituelle – *Comment va notre malade aujourd'hui?* – l'agaçait au plus haut point, tout autant que le ton enjoué du soignant, comme si ses prières à la Vierge avaient pu être exaucées dans la nuit et que Mateo se soit trouvé au réveil frais, dispos et cicatrisé, prêt à retourner à son potager. Mais la question ne vint pas. Pinilla, qui était accompagné d'un jeune homme à la calvitie déjà naissante, le salua d'une voix contrariée. Mateo entendit le bruit métallique des instruments qu'il déposait sur la table de la chambre.

— Vous connaissez mon fils Ruy? demanda le médecin en relevant ses manches. Il est étudiant à la faculté de médecine et je lui ai demandé de m'accompagner.

— Désolé de vous tourner le dos, Ruy, dit Mateo en levant le bras en guise de salut. Alors vous m'enlevez le bandage aujourd'hui, docteur?

Pinilla attendit de s'être placé devant lui pour répondre.

— Rien n'est moins sûr, Mateo. Kalia me dit que vous souffrez encore beaucoup et que votre jambe est toujours gonflée.

Sans attendre de réponse, le médecin enleva la bande de tarlatane qui retenait les deux attelles et, avec l'aide de son fils, découpa les bandes de toile neuve et d'ouate qui recouvraient la jambe, de la cheville à mi-cuisse. L'ecchymose ne s'était pas résorbée et la palpation révéla une déviation marquée du fragment osseux supérieur. Le soir de l'accident, Pinilla avait diagnostiqué, outre les fractures, un arrachement de la tête du péroné par le tendon du biceps. Il suspectait depuis lors une lésion du nerf contournant le col de l'os.

— Vous n'êtes pas bien bavard aujourd'hui, l'interpella Mateo. C'est si grave ?

Pinilla se lissa les moustaches avant de répondre.

— C'est sérieux, Mateo. J'aurais vraiment préféré vous emmener à l'hôpital la semaine dernière, vous ne me facilitez pas la tâche !

— Quel est mon problème ?

— Votre nerf sciatique est distendu et douloureux et les muscles qui en dépendent sont paralysés. Je dois suturer la tête du péroné.

— En clair, cela veut dire quoi ?

— Je vais vous opérer, ici, puisque nous n'avons plus le choix.

Kalia ravala ses sanglots et renifla bruyamment. Mateo comprit la raison de la présence de Ruy. Le médecin avait besoin d'un assistant.

— J'ai apporté avec moi du chloroforme, c'est un liquide qui va vous endormir. Vous ne sentirez rien.

— Et si je refuse ?

— Les lésions deviendront irréversibles. Je ne vous donne pas le choix, Mateo.

L'ex-*nevero*, qui détestait se sentir forcé dans ses décisions, grogna une bordée de jurons incompréhensibles pour se donner du courage.

— J'accepte, mais à une seule condition : pas question de m'endormir. Et moi aussi je ne vous donne pas le choix !

L'odeur d'absinthe envahissait la chambre à chaque expiration de Mateo. La bouteille, qui titrait soixante-dix degrés, était un cadeau de Javier. Le malade avait bu trois verres d'alcool, qui avaient à peine entamé sa lucidité, avant de leur faire signe de commencer. Pinilla avait appliqué un baume anesthésiant à l'endroit de l'incision. Après avoir ouvert la peau, le médecin traversa le tendon du biceps avec le fil, sans provoquer de réaction de son patient, maintenu sur le côté par Kalia et Ruy et qui, surtout, semblait dans un état d'hébétude avancé. Il perfora le fragment inférieur du péroné et sutura jusqu'à ce que les deux parties de l'os retrouvent leur continuité. Pinilla oublia très vite que Mateo n'était pas anesthésié et se concentra complètement sur son intervention. Une fois la plaie refermée, il fit un pansement et fixa la jambe à quarante-cinq degrés sur la cuisse. L'ensemble n'avait pas duré plus de dix minutes. Le médecin se releva, se lava les mains dans une bassine apportée par Kalia et les sécha en songeant à ses lointains ancêtres chirurgiens dont il se sentit à ce moment précis un digne successeur. Il était surtout fier de l'avoir fait en présence de son fils, que la chirurgie n'intéressait pas, et espérait l'avoir fait changer d'avis. Ruy n'avait pas défailli à la vue des chairs ouvertes, ce qui était dans l'esprit de Pinilla un bon présage. Kalia elle aussi avait tenu bon, les aidant jusqu'au bout sans chercher à se dérober. La Gitane avait forcé l'admiration du médecin, tout comme le jour de la naissance de Javier.

Mateo râla dans un demi-sommeil qui s'apparentait aussi à un demi-coma.

— Prenez ces pilules, dit Pinilla en tendant une boîte à Kalia. Il en aura besoin à son réveil.

Ruy ne pouvait détacher son regard du visage de la Gitane, qui lui semblait une perfection sur l'échelle de ses critères de beauté. Bien que l'ayant remarqué, elle n'y prêta pas attention et les raccompagna jusqu'au seuil du Mexuar avant de les remercier chaleureusement.

— Quel âge a-t-elle ? demanda Ruy en remontant le chemin vers l'esplanade.

— De qui parles-tu ?

— Allons, mon père, vous le savez bien.

— De celle que tu as dévorée des yeux pendant toute l'opération ?

— Oui, Kalia.

— Elle pourrait être ta mère.

— Mais ce n'est pas le cas.

— Oublie, mon fils. C'est une...

— Une Gitane ? coupa Ruy. Et alors ?

— C'est une femme mariée, finit Pinilla sans se départir de son calme.

— Elle est belle comme l'Esmeralda de Hugo.

Le médecin s'arrêta pour dévisager son fils. Il ne pouvait le lui dire, mais Esmeralda avait les traits d'Alicia Delhorme et de personne d'autre, il en était convaincu.

— Peut-être, Ruy. Mais il y a les femmes dont on est amoureux et celles que l'on épouse. Esmeralda n'a pas porté bonheur à ceux qui l'aimaient, conclut-il en reprenant le chemin vers l'Albaicín.

— Docteur, docteur ! hurla Kalia en leur faisant signe depuis la cour de Machuca. Venez vite, vite ! Mateo, il ne respire plus !

82

Vendredi 9 janvier 1885, Paris

Javier avait gardé les yeux baissés durant toute l'audience. Après son interpellation par l'inspecteur qui avait reconnu le voleur du haut-de-forme de Jules Ferry, il avait fallu toute la persuasion de Gustave Eiffel pour qu'il ne soit pas emprisonné. Le président du Conseil avait même décidé de ne pas porter plainte, mais les magistrats du parquet ne l'avaient pas suivi dans sa mansuétude et avaient accusé Javier de dégradation de monuments publics. L'affaire, qui était passée inaperçue dans les journaux au moment où les chapeaux avaient fleuri sur les têtes des statues, avait eu quelques échos les jours précédents. *L'Intransigeant* avait même cité le nom de son employeur, ce qui avait mis Eiffel très en colère.

— Je ne savais pas. Je vous jure que je ne savais pas, marmonna le jeune homme, sans oser regarder le juge en face. Je n'avais jamais vu ce monsieur avant, il était avec un groupe et j'ai pris son haut-de-forme parce qu'il était le plus proche. Je ne savais pas qu'il était le président.

— Président du Conseil, corrigea le magistrat.

— Président du Conseil... Je suis désolé, je suis espagnol, vous savez.

L'audience avait lieu dans la plus grande discrétion. Tout le monde voulait éviter d'ébruiter une histoire qui aurait fini par mettre les rieurs du côté de l'accusé et par faire passer le pouvoir judiciaire et politique pour un monde de pisse-froid.

— Vous ne pouvez abriter votre ignorance derrière votre nationalité, monsieur Alvarez. Et vous n'êtes pas ici pour avoir dépouillé notre président du Conseil de son chapeau, puisque celui-ci a décidé de ne pas vous poursuivre, mais pour avoir dégradé l'image de certains des plus grands hommes de la Nation à travers les statues les représentant. Vous ne pouvez pas non plus vous draper dans l'humour pour justifier de tels actes, comme votre défenseur a tenté maladroitement de le faire. En conséquence, le tribunal vous condamne à cent francs d'amende et au remboursement de toutes les coiffes dérobées. En cas de récidive, ce sera un séjour à la Petite Roquette, où vous pourrez exercer vos talents de plaisantin sur un public qui sera peut-être plus réceptif.

— Je vous conseille de ne pas faire appel, d'exprimer votre gratitude pour leur clémence et de vous faire oublier, lui souffla son avocat.

Javier s'exécuta et remercia pêle-mêle tout le monde dans un mélange de sincérité et de flagornerie, de français et d'espagnol, avant de rejoindre Irving qui l'attendait sur les marches du Palais de Justice pour l'emmener se changer les idées à la Laiterie du Paradoxe.

— Hou là là, vous en faites une tête, vous deux ! remarqua Rosa avant de les servir. Vous n'avez pas eu vos étrennes ? L'année commence donc si mal ?

Irving lui relata le séisme survenu en Espagne, dont elle n'avait pas entendu parler. Grâce à l'ambassade de France, ils avaient appris la blessure de Mateo. D'autres secousses s'étaient déclarées les jours suivants, provoquant la panique des habitants dont certains avaient passé la nuit dehors ou dans leur berline. Les communications étaient toujours aléatoires et Clément continuait à envoyer des messages, mais Mateo n'avait toujours pas donné de ses nouvelles. Alicia avait écrit à Rafael Contreras. Même si l'Alhambra avait été épargné, elle était inquiète pour les rénovations.

— Maman a failli repartir en début de semaine, dit Irving alors que Rosa s'était attablée avec eux. Elle avait même fait ses valises. Et puis papa l'a convaincue de rester.

L'air absent de Javier ne l'encouragea pas à continuer. Rosa retourna à ses occupations et l'ambiance resta morose.

— Eiffel m'a renvoyé, annonça soudain Javier.

— Il a fait ça ?

— Je termine le remontage de la statue de la Liberté et, à mon retour de New York, il ne me reprendra pas.

— Mais ce n'est pas juste, tu as toujours été un bon élément !

— À sa place, j'aurais fait la même chose. C'était une sacrée bêtise.

— Victoria ?

— Elle n'est pas au courant. Ne lui dis rien. Je veux qu'elle passe un bon séjour en Amérique.

Javier joua avec son verre avant de boire la bière qu'il contenait.

— Le pire est que je n'arrive même pas à le regretter. Je crois que je suis capable de recommencer. J'en suis même sûr, conclut-il en siphonnant bruyamment le fond du récipient.

Irving l'écoutait tout en regardant les joueurs d'échecs assis à une table excentrée qui semblaient figés dans leur concentration, comme sortis d'un tableau de Daumier. Lui qui travaillait de plus en plus avec Marey s'ingéniait à capturer des mouvements toujours plus rapides, de quelques fractions de seconde, donnant l'illusion de la fluidité. De la réalité. L'immobilité des deux joueurs, aux regards tendus vers l'échiquier, était aussi une intention de mouvement que le photographe se devait de capturer. L'illusion du réel. Irving se jura de consacrer sa vie à ce Graal et de parcourir le monde à la recherche des pionniers qui allaient le former dans ce compagnonnage d'un nouveau genre. Ses pensées dévièrent vers Juliette. Il le ferait avec elle.

— Tu ne m'écoutes pas, tu es encore dans ton monde, dit Javier.

— Non, je t'entends.

— Et tu sais le plus drôle ? L'inspecteur qui m'a reconnu n'aurait pas dû être de service ce jour-là.

— Rosa a raison : l'année commence bien mal.

La toile avait été noircie et son cadre en partie brûlé par l'incendie qui s'était propagé des Tuileries à une aile du Louvre durant les derniers jours de la Commune. *Le premier tableau soustrait entier des flammes*, selon l'explication du conservateur, qui avait toujours reculé devant sa difficile rénovation de peur qu'il en sorte plus abîmé, jusqu'à la venue d'Alicia dont la première restauration l'avait convaincu qu'elle seule pouvait réussir cette prouesse.

Trop grande pour être déplacée, trop fragile aussi, l'œuvre résidait dans un des ateliers du Louvre, rue de l'Oratoire, où Alicia avait pris ses quartiers depuis une semaine. Travailler loin de leur appartement lui permettait de rompre avec la tentation permanente du retour qui la tiraillait depuis le séisme.

Elle disposait d'un assistant, apprenti restaurateur qui lui serait indispensable pour toutes les opérations de transposition. Le garçon, discret et d'humeur toujours joyeuse, ne renâclait jamais au travail. Elle l'avait plusieurs fois appelé Irving, tant leurs personnalités se rapprochaient, ce qui l'avait fait rougir quand elle lui avait appris de qui il s'agissait.

Alicia vérifia que tous les enduits commandés avaient été reçus, notamment celui à la céruse broyée à l'huile, qu'elle estimait indispensable à la réussite d'une telle opération, ainsi que tous les ingrédients de l'adhésif qu'elle allait préparer pour solidariser la nouvelle toile, à base de farine de seigle, de froment, de bière, de fiel de bœuf, de jus d'ail et d'un mélange de colles de Flandre et d'Angleterre. La complexité de la recette avait tant impressionné le garçon qu'il vouait à Alicia une confiance absolue.

— Un monsieur vous demande, lui souffla-t-il avant de disparaître dans la réserve.

— Clément ? s'inquiéta-t-elle en voyant son mari entrer, une enveloppe à la main.

— Tout va bien. Je suis passé chez un fournisseur à deux rues d'ici et je voulais découvrir ton nouvel antre.

Alicia laissa passer le tremblement de ses mains en essuyant lentement son pinceau, avant de l'enlacer et de déposer un baiser sur sa joue.

— Je sens ton cœur qui galope, désolé de t'avoir fait peur. Tu as reçu une lettre de Contreras. Et ton assistant nous surveille de loin, chuchota-t-il à son oreille avant de l'embrasser aussi.

Il s'approcha du tableau dont la largeur dépassait deux mètres cinquante.

— Tu m'avais parlé d'une grande toile, nous n'avons pas la même échelle : c'est gigantesque ! Tu ne l'ouvres pas ? demanda-t-il en remarquant qu'elle avait posé la lettre sur une table.

— Je voudrais finir mon travail, j'étais en train de fixer des écailles de peinture, répondit-elle en reprenant sa posture assise. Sinon, ma colle va sécher.

— Il y a peut-être des nouvelles de Mateo, insista Clément. Il y en a sûrement de l'Alhambra. Veux-tu que je te la lise ?

Un bruit de ferraille leur parvint de la réserve.

— Tout va bien ?

— Tout va bien, madame, juste une poulie qui est tombée, annonça la voix affligée de son assistant.

— Le pauvre, dit Alicia, qui s'était relevée. Il s'est fait mal.

Elle prit l'enveloppe, la déchira et parcourut la missive en silence.

— Alors ? s'impatienta Clément.

Elle s'exécuta en tentant de masquer l'émotion dans sa voix :

Grenade, le premier de l'an 1885

Chère Alicia, ma douce amie,

Je ne sais quand cette lettre te parviendra mais il n'y a pas d'autre moyen de communication pour l'instant. Peut-être avez-vous eu des nouvelles par les journaux ? Notre ville a été relativement épargnée par ce tremblement de terre et nos rénovations de l'Alhambra sont intactes, à part quelques fissures sur la fresque du Partal et sur le plafond de la coupole dans la salle des Ambassadeurs. Malheureusement, des centaines de personnes ont péri dans les maisons des villages vers la Sierra de Tejeda. Il paraît qu'à Alhama, il ne reste plus aucun édifice debout. Il y a eu plusieurs autres secousses le lendemain et la nuit suivante, et certains ont préféré dormir dehors. Pour comble de malchance, il s'est mis à neiger abondamment, ce qui a retardé les secours – un détachement de la Guardia est parti dès le 26 pour Albuñuelas et Alhama. Le juge Ferrán, revenu pour les fêtes, m'a dit que la statue de la reine Isabelle, sur la terrasse de son immeuble, avait tenu bon lors du premier séisme mais s'était écrasée le lendemain, presque à ses pieds. Depuis, il refuse de rentrer chez lui et passe ses nuits dans sa berline.

J'en viens maintenant à vous parler de Mateo.

Alicia envoya un regard à Clément avant de reprendre sa lecture:

Il est depuis hier à l'hôpital San Juan de Dios. Notre ami a été un des malheureux blessés de Grenade, touché par l'écroulement d'un mur qui lui a brisé les os des jambes. Mais ce n'est pas la raison de son état actuel. Le docteur Pinilla a été obligé de l'opérer hier car sa blessure n'avait pas bel aspect. La quantité d'absinthe avalée l'a plongé dans une sorte de coma d'ivresse durant lequel il s'est étouffé de ses vomissures. Heureusement, Pinilla l'a sauvé d'une mort assurée. Aujourd'hui, il n'est pas encore éveillé mais les médecins affirment que ce n'est qu'une question de jours, voire d'heures. Je t'enverrai d'autres lettres dans les jours à venir pour vous donner des nouvelles de son état, j'espère qu'elles vous parviendront rapidement, même la ligne ferroviaire accuse du retard en raison des abondantes chutes de neige. Il paraît que le télégramme sera réparé d'ici une semaine.

Alicia fit une pause.

— Pauvre Mateo, pauvre Kalia, dit-elle tout en parcourant la fin de la lettre. J'aimerais tant pouvoir leur venir en aide.

— Nous le ferons, nous ferons le maximum. Que dit-il d'autre ?

— Rien de plus, répondit-elle en pliant le papier avant de le faire disparaître dans la poche de son tablier. C'est au sujet des azulejos rouges: il n'en a toujours pas percé le secret.

— Certains secrets ne doivent jamais être dévoilés, affirma Clément. C'est mieux ainsi.

— Je suis désolée, mon amour, je dois vraiment me remettre à mon travail, dit Alicia, de plus en plus mal à l'aise devant l'attitude de son mari.

Elle se savait coupable et se sentit accusée. Clément semblait lutter pour ne rien laisser paraître, sans y parvenir. La situation entre eux s'était rapidement dégradée depuis le séisme, sans qu'il y ait eu de mots échangés sur le sujet, sans aucune dispute. La seule question qui lui importait était celle de son retour, qu'elle refusait de lier à Contreras, mais qui lui semblait inéluctable.

Assise devant la toile, elle tenta de recouvrer ses esprits et de reprendre le cours de sa journée là où elle l'avait abandonnée. Alicia identifia une écaille de peinture sur la joue d'un angelot et la fixa.

— Je croyais qu'il n'y avait pas d'inconnue dans ton équation mais je me trompais, dit-il après l'avoir regardée en silence.

— Clément, s'il te plaît, soupira-t-elle en reposant son pinceau. Ne m'oblige pas...

— À faire des choix ?

— Nous en reparlerons ce soir si tu veux bien.

— Tu as raison, il faut libérer ton pauvre assistant qui n'ose pas nous déranger.

Les aiguilles de neige piquèrent son visage à la sortie de l'atelier comme une gifle qu'il trouvait méritée. Il se sentait honteux de son attitude. Honteux d'avoir ouvert et lu la lettre avant de la lui donner. Mais il avait eu l'impression de n'avoir pas d'autre choix. Depuis son arrivée à Paris, Alicia lui semblait différente, ce qu'il avait mis sur le compte d'une nostalgie de l'Alhambra. Puis le doute s'était installé en lui.

Ce dernier paragraphe qu'elle n'avait pas voulu lui lire, il le connaissait par cœur. Les mots de Contreras étaient gravés dans sa mémoire et le brûlaient de l'intérieur.

> *Le plus grand séisme pour moi a été ton départ, Alicia. Depuis, l'atelier a perdu son âme, j'ai perdu ma passion et même le rouge des azulejos ne m'intéresse plus. J'ai compris à quel point je t'aimais et ne voulais pas te perdre au moment où tu as décidé de quitter Grenade. De me quitter. Je ne m'étais pas hissé à ton niveau de passion, je ne te méritais pas, mais aujourd'hui je comprends que vivre à tes côtés était une chance unique. Reviens, je t'en conjure, ta vie est ici, avec moi.*

Clément déambula au hasard des rues. Il ne voulait pas se retrouver seul à leur appartement. Il voulait oublier, lancer au loin tous ses problèmes avant que le temps, comme un chien fidèle, ne les lui rapport aux pieds. Il voulait quelques heures de tranquillité, des heures du temps d'avant, celui des souvenirs bénis, où un seul regard d'Alicia suffisait à le remplir d'amour et de confiance.

Il s'arrêta à l'une des boutiques du pont Neuf où une matrone, assise devant une tarte coupée en de multiples parts, s'était endormie sur sa chaise par manque de clients. Clément toussota pour la réveiller, sans y parvenir, puis l'appela doucement, sans succès, avant de lui tapoter l'épaule. La vieille entrouvrit un œil, lui indiqua du doigt le prix sur un carton et referma sa paupière avant de retourner à ses occupations oniriques dans un ronflement sonore. Il laissa les vingt centimes nécessaires sur le carton et prit une part, qu'il dégusta tout en regardant les maisons flottantes attachées sur la berge se déhancher légèrement au gré du passage des bateaux. Il s'attarda ensuite le long du quai de l'Horloge où le marché aux oiseaux s'étirait du pont au Change au pont Notre-Dame dans une joyeuse cacophonie. Les vendeurs criaient, hurlaient parfois pour se faire entendre, alors que les volatiles emprisonnés, serins, pinsons, bouvreuils, chantaient à qui mieux mieux, enhardis par leurs voisins. Il partagea les dernières miettes de sa pâtisserie avec un capucin de Chine dont le pépiement plaintif avait attiré plusieurs passants. Une jeune ouvrière recompta ses pièces avant de hausser les épaules : le petit oiseau exotique était trop cher pour elle. Elle ne disposait que de vingt sous, tout juste suffisants pour acheter un moineau du faubourg. Elle s'éloigna le long du quai vers son ultime solution, un vendeur dont elle savait qu'il braconnait ses animaux mais dont les prix étaient sans concurrence.

— Mademoiselle ! l'interpella Clément.

Elle le dévisagea avec méfiance. Le lieu était fréquenté principalement par une clientèle féminine qui attirait certains hommes à la recherche d'une aventure facile.

— Le capucin avait l'air de vous tenter, permettez-moi de vous l'offrir, dit-il en lui tendant l'oiseau dans sa cage.

— Monsieur, je ne suis pas une grisette, je ne peux accepter ! répondit-elle, ostensiblement offusquée.

— Ne vous méprenez pas, je ne vous demande rien en échange, insista-t-il en la lui tendant à nouveau.

— Vous n'allez pas me suivre ? demanda-t-elle après l'avoir prise.

— Vous ne me verrez plus jamais.

— Mais pourquoi ?

— Considérez-le comme les étrennes que je n'ai pas pu donner à ma fille. Adieu, mademoiselle, prenez soin de votre capucin.

Clément remonta le quai de l'Horloge sans se retourner, traversa le pont Neuf où la matrone dormait toujours devant une assiette et une sébile vides, s'arrêta pour lui déposer le franc correspondant aux parts volées et gagna la halle aux Blés, une rotonde à la coupole métallique fermée depuis plusieurs années et destinée à être transformée en Bourse du commerce. Il aimait le lieu, qu'il avait visité avec Eiffel dans l'attente de l'ouverture du concours de sa rénovation. Il avait pu monter dans l'immense et curieuse colonne cannelée accolée au bâtiment, seul vestige de la résidence de Catherine de Médicis. Aussi haute que la halle elle-même, elle contenait un escalier en vis qui amenait le visiteur à son sommet.

Clément admira le cadran solaire hémisphérique qui ornait la colonne aux deux tiers de sa hauteur et qui ressemblait à une roue aux rais fins posée à l'horizontale. Le maniement en était difficile à souhait, ce qui était pour lui plaire. Sa lecture lui indiqua qu'il était plus de onze heures : il avait marché deux heures et avait réussi à évacuer son explication avec Alicia. La réalité de la situation l'envahit à nouveau, chassant le peu de légèreté qu'il avait retrouvé. En matière de sentiments, les mathématiques ne lui étaient d'aucune utilité. Il laissa passer un fiacre et s'approcha de la porte de service. Depuis la fermeture de la halle aux Blés, la rue était peu fréquentée. Seuls quelques magasins, dont une horlogerie, avaient poursuivi leur activité, ragaillardis par la perspective de faire face à une Bourse du commerce et son odeur d'argent bien plus attirante que celle de la farine.

Il manœuvra la clenche sans difficulté : la porte n'était pas fermée. Clément entra et constata que la clé se trouvait du côté intérieur de la serrure. Il fouilla dans sa poche de gilet et alluma la mèche de son briquet électrique avant de commencer la montée des cent quarante-sept marches qui l'amenèrent sur le promontoire de béton, large de trois mètres, surmonté d'une structure métallique en forme de cage. À trente mètres du sol, il n'était plus protégé du vent par les immeubles et fut saisi par le froid. La vue sur Paris était superbe, bien que moins panoramique que depuis les terrasses du Louvre tout proche. Des Halles, il entendait le brouhaha de l'activité humaine d'où s'élevaient les clameurs des vendeurs. Tous les sons lui parvenaient avec la clarté du cristal.

Il s'assit sur le rebord, qui n'offrait aucune protection, et rêva qu'il se trouvait sur la tour du Guet. À lui aussi Grenade et l'Alhambra manquaient. Il n'avait plus foulé ces lieux depuis trois ans. Il était persuadé qu'Alicia finirait par y retourner et il savait au plus profond de lui que ce n'était pas pour l'amour de Contreras. Il décida, assis au bord du vide, dans la froideur d'un début d'année à Paris, qu'il était temps pour lui aussi de rentrer et d'affronter

Tête-de-rat. Son esprit scientifique avait repris le dessus et, parmi toutes les possibilités qui défilaient, une solution s'ébaucha qui finit par lui sembler une évidence. Elle n'avait qu'un inconvénient de taille : il lui faudrait attendre l'Exposition de 1889 pour la mettre à exécution.

— Hé, que faites-vous là ?

L'homme qui l'avait interpellé se tenait debout à la sortie de l'escalier, accroché à la structure métallique.

— Vous voulez vous suicider, c'est ça ? Vous allez sauter ?

Clément se leva vivement et fit demi-tour, les pieds à quelques centimètres du bord.

— Non, arrêtez, monsieur, ne faites pas ça ! hurla l'intrus en lui tendant la main, sans cesser de tenir la cage de fer. C'est ma faute, je n'aurais pas dû m'absenter !

— Rassurez-vous, dit Clément. Je ne veux pas en finir et il faudrait un vent de cent cinquante kilomètres par heure pour me déporter vers le bord. Ni vous ni moi ne risquons rien, conclut-il en le rejoignant. Les mathématiques vous le diront !

83

Samedi 10 janvier 1885, Andalousie

Ils avaient fait de leur mieux. Les cinquante militaires du détachement de la Guardia étaient arrivés une semaine plus tôt dans le village d'Alhama qui n'était plus qu'un champ de ruines. Ils avaient apporté de la nourriture et des médicaments aux habitants restés sur place, avaient enterré cent quatre-vingt-douze cadavres et dressé des dizaines de tentes sur l'ancienne place du village. Pinilla père et fils, qui s'étaient portés volontaires pour les accompagner, avaient soigné deux jours durant des blessures dont la plupart s'étaient infectées faute de soins, avant de regagner Grenade en compagnie de plusieurs patients à hospitaliser.

Tout le monde était harassé. Tête-de-rat avait tenu à participer aux travaux avec ses hommes, déblayant les gravats à la recherche des corps pour les rendre aux survivants, montant des abris provisoires ou établissant une station télégraphique dans la plaine en contrebas. Ses soldats ignoraient qu'il était originaire de Zafarraya, vingt kilomètres à l'ouest d'Alhama, et que parmi les victimes figuraient plusieurs membres de sa famille. Il avait déblayé la maison d'un de ses cousins et avait lui-même retiré les corps sans manifester aucun sentiment. Le devoir passait avant l'affliction, qu'il considérait comme une faiblesse.

Ils avaient quitté Alhama le matin même alors qu'un autre détachement était attendu dans la journée et avaient ramené avec eux une dizaine de villageois qui, ayant tout perdu, n'avaient d'autre espoir que de tenter leur chance à Grenade. Après avoir laissé tout le monde à la caserne, Tête-de-rat se rendit à San Juan de Dios auprès de Pinilla qui l'avait sollicité.

— Le docteur est à leur chevet, indiqua la sœur qui l'accueillit. Venez, je vous y mène.

Les victimes du séisme, en provenance de la Sierra de Tejeda, avaient été regroupées dans la plus grande salle de soins et, faute de place, s'y accumulaient depuis deux semaines. Les soignants avaient d'autant plus de mal à circuler entre les lits que les familles étaient présentes en nombre pendant les heures de visite, n'ayant souvent aucun autre endroit où s'abriter.

— Mon hôpital est plus bruyant que la gare aux heures de départ, s'excusa Pinilla. Mais il en arrive tous les jours en provenance de la montagne. Aujourd'hui, nous sommes saturés, expliqua-t-il en remontant l'allée centrale en compagnie du commandant. J'ai pensé organiser des convois vers Guadix où l'hôpital peut recevoir du monde, mais nous aurions besoin de l'aide logistique de la Guardia. Je ne peux pas gérer cela seul.

Tête-de-rat s'arrêta et fit un tour sur lui-même pour évaluer la situation.

— Combien sont transportables ?

— Près de la moitié, une cinquantaine. J'ai pu prévenir Guadix, ils sont prêts à les accueillir. Accepteriez-vous de nous aider ?

— La moitié de mes hommes sont partis ravitailler les villages. Et les protéger des bandes de pillards.

— À ce rythme, c'est l'hôpital qu'il faudra protéger d'une émeute.

Chaque famille s'était installée près de ses blessés et se relayait pour conserver les quelques chaises mises à disposition. Nombre d'entre elles, sans ressources, s'étaient mises à mendier dans la ville, provoquant des incidents et des plaintes sporadiques des habitants ou des voyageurs, peu habitués à leur insistance désespérée.

— C'est d'accord, concéda Tête-de-rat. C'est vous qui désignerez les candidats au voyage et ils ne pourront pas refuser. Et je veux que toutes les familles concernées soient évacuées avec.

— Mais je ne peux pas les obliger à partir s'ils ne veulent pas..., commença le médecin.

— À prendre ou à laisser. Nous sommes dans une situation d'urgence, pas question de commencer à négocier. Je peux offrir deux convois de vingt personnes, le premier lundi et le second mercredi prochains. Prenez vos responsabilités et je prendrai les miennes.

— Vous aurez la liste demain, commandant. Je vous remercie de votre aide.

Pinilla était satisfait, malgré la rudesse de l'échange. Il avait le temps de discuter avec chaque famille pour la convaincre. Il avait appris à mieux cerner l'homme pendant les deux journées passées à Alhama et, s'il déplorait le harcèlement dont le policier avait fait preuve envers Clément, force lui était de constater que Tête-de-rat était aussi un serviteur exemplaire de l'ordre public. Le médecin s'en était ouvert à Mateo, qui l'avait renvoyé d'une bordée d'injures. L'ex-*nevero* n'avait pas quitté l'hôpital et avait dû subir une seconde opération. Depuis lors, les antidouleurs le maintenaient dans un état jugé stable par le médecin, qui l'avait placé dans une des rares chambres isolées de l'hôpital, tant pour son confort que pour celui des autres malades.

Ayant appris le retour de Tête-de-rat le matin même, Mateo avait demandé à le voir d'urgence.

Le médecin exposa la requête au commandant, qui accepta sans se montrer surpris. Pinilla insista sur l'état physique de son patient et la quantité de morphine qu'il ingurgitait quotidiennement, avant de laisser le militaire entrer seul.

Mateo était immobile, les yeux tournés vers la fenêtre entrouverte, et ne détourna son regard qu'une fois son visiteur planté devant lui.

— Vous avez demandé à me voir ? dit Tête-de-rat en posant son tricorne au pied du lit.

— Soyons clairs, déclara Mateo, qui s'était agrippé à la potence pour se redresser, je ne vous aime pas, même si Pinilla a l'air de croire que vous êtes un être humain. Vous ne me faites pas peur car vous n'êtes qu'un matamore. Et je ne suis pas superstitieux, ajouta-t-il en désignant le tricorne.

Le militaire le reprit et le déposa sur une patère fixée au mur.

— Je ne vous aime pas, mais je vais vous révéler un secret, continua Mateo en se massant la cuisse pour contenir une douleur plus forte que les autres. En octobre 1875, vous êtes entré à l'Alhambra à la recherche d'un anarchiste et vous avez accusé à tort mon ami Clément Delhorme de l'avoir caché.

Le militaire leva les yeux au ciel avant de répondre :

— J'ai accumulé tellement de preuves contre votre ami qu'il ne peut plus revenir sans risquer la prison. Si c'est cela votre secret, je m'en vais.

— Taisez-vous, vous n'avez aucune preuve ! Aucune ! s'emporta Mateo.

Il attendit de retrouver son calme avant de poursuivre :

— Ce soir-là, j'étais dans mon potager. Mes mains avaient gelé dans la Sierra Nevada et je n'arrivais même plus à tenir ma pelle. Je suis remonté chercher des gants au Generalife et c'est là que je l'ai vu. M. Pascual, le professeur. Votre homme.

Mateo fit une pause mais son interlocuteur resta impassible.

— Il était épuisé et apeuré comme un animal chassé. J'ai compris qui c'était. On ne s'est même pas parlé, je suis monté au mirador avec lui, celui qui se trouve à la lisière du bois, et je l'ai caché à l'étage, là où Clément a tout son attirail de météorologie. Personne n'y allait jamais, mais je savais où il cachait sa clé.

— C'est tout ?

— Le soir, j'y suis retourné pour l'en délivrer, mais il était déjà reparti, sans doute en grimpant sur l'arbre devant le balcon. Je crois qu'il avait pris peur. Clément n'en a jamais rien su.

Tête-de-rat soupira et reprit son tricorne.

— C'est bien tenté, mais ce n'est pas vous, affirma-t-il.

— Bon sang, je ne suis pas un menteur, s'emporta Mateo en brandissant le poing dans sa direction. Sinon, pourquoi est-ce que je me dénoncerais ?

— Pourquoi ? À cause de ça, dit le commandant en relevant le drap d'un geste brusque.

La jambe droite de Mateo avait été amputée à mi-cuisse. Il tira rageusement le tissu à lui pour dissimuler son moignon violacé parcouru de tremblements involontaires.

— Gangrène, n'est-ce pas ? Vous êtes un infirme en sursis, monsieur Alvarez. Delhorme est coupable. N'essayez plus jamais de le disculper. Jamais.

CHAPITRE XXX

84

Vendredi 6 mars 1885, Paris

Le conservateur du Louvre fit le tour de son bureau pour accueillir Alicia d'un baisemain.

— Vous allez nous manquer, madame Delhorme, dit-il en l'invitant à s'asseoir. Notre collaboration fut courte, mais sachez que vos talents ont été appréciés par tous ici.

Alicia avait procédé à la rénovation de trois tableaux avant d'annoncer son intention de retourner à l'Alhambra. L'homme tenta pour la forme de la retenir en lui proposant un appointement régulier, qu'elle déclina aimablement. Il se lança ensuite dans un discours enflammé sur l'amour des artistes français pour l'art espagnol, en particulier d'origine mauresque, et sur les palais de l'Alhambra, qu'il cita un à un en une litanie bien apprise. Elle attendit patiemment et nota que le tableau du mur arrière avait changé : une immense peinture naturaliste avait remplacé le portrait de Diderot. Dehors, la pluie giflait les carreaux au rythme des giboulées. Alicia cachait sa tristesse sous un sourire avenant.

— Laissez-moi alors vous demander une faveur, conclut le conservateur. Voudriez-vous accueillir chaque année un apprenti rénovateur du Louvre afin de parfaire sa formation ?

Surprise, Alicia commença par bafouiller une réponse convenue, avant de se reprendre :

— Il, ou elle, sera le bienvenu. À mon tour, j'aurais une requête à vous faire.

— Si c'est en mon pouvoir, considérez-la comme accordée, se rengorgea-t-il.

Malgré l'application de ses enfants à la lui cacher, Alicia avait très rapidement repéré la fresque provenant de l'Alhambra. Elle avait successivement imaginé la décrocher pour la renvoyer à Contreras, faire un procès au musée, alerter les journaux espagnols et, en dernier recours, en appeler à Jules Ferry, avant de se laisser convaincre par Clément de ne rien faire du tout. Mais la situation avait évolué.

Alicia déploya des trésors de diplomatie pour expliquer au représentant du plus grand musée du monde que l'œuvre exposée provenait d'un saccage de l'Alhambra avant d'être le don d'un généreux mécène. L'homme s'était empourpré.

— Je vous avouerai que votre intervention me soulage, madame Delhorme, dit-il contre toute attente. Voilà vingt ans que nous en sommes conscients : M. Théophile Gautier nous l'avait fait remarquer, tout comme M. Mérimée.

— Je crains que, s'ils n'ont pas réussi, mon intervention ne soit illusoire. Il ne me reste plus qu'à le voler, conclut-elle avec sérieux.

— Mon Dieu, madame, je vous en conjure ! s'exclama le conservateur en se levant comme pour l'en empêcher.

— Et, maintenant que je vous l'ai avoué, cela ferait de vous mon complice, continua-t-elle en se levant à son tour. À moins que vous ne trouviez une autre solution.

— Mon Dieu, répéta-t-il. Il y en a peut-être une...

— Quelle est-elle ?

— Un échange. Cela se pratique régulièrement entre les grands musées dont les États ont fait quelques prises de guerre. Nous pouvons restituer la fresque à l'Alhambra contre une toile française exposée au Prado. Cela prendra du temps, mais, avec votre aide, nous devrions pouvoir le concrétiser.

— Voilà bien la seule bonne nouvelle de ces derniers jours ! dit-elle en le quittant. Vous avez toute ma gratitude, monsieur.

Il la raccompagna jusqu'au seuil de la cour Carrée et la regarda s'éloigner, la tête bien haute malgré les intempéries, ravi de pouvoir garder un lien avec cette femme qui le fascinait. Alicia, quant à elle, n'arrivait pas à se réjouir d'une possible issue heureuse pour la fresque. Depuis que le télégramme leur était parvenu, son esprit était un maelström, et tous ses proches y tourbillonnaient sans qu'elle arrive à fixer la moindre pensée. Elle devait partir, elle devait soutenir Kalia dans l'épreuve : alors qu'il venait de rentrer au palais du Mexuar, Mateo était mort une semaine auparavant, le tissu rénal nécrosé par une infection.

Victoria répondit par un mot personnel à une lettre d'une cliente castillane demandant des échantillons de tissu et déposa l'enveloppe dans la bannette du courrier au départ. Elle s'étira en levant les bras au ciel et réalisa à cet instant qu'elle venait de passer ses derniers moments au Bon Marché. Elle fit un signe à ses collègues, assises à l'immense table de travail qu'elles avaient partagée durant plusieurs mois sans vraiment se connaître, monta au bureau de la direction où elle fut reçue quelques minutes par Mme Boucicaut en personne, fonça au vestiaire se changer puis retrouva Irving qui l'attendait à l'Annexe, veste sur le dos. Ils empruntèrent l'omnibus qui tranchait Paris du sud au nord, changèrent pour la ligne D et marchèrent dix minutes jusqu'à la rue de Prony. Le fiacre d'Eiffel était stationné devant la porte où le cocher essayait de caler une troisième malle sur le toit. Clément, à la manœuvre depuis la fenêtre, tentait en vain de lui expliquer les lois de la répartition des masses.

— Javier ? l'interrogea Victoria, qui reçut la réponse négative de son père comme une gifle.

Elle entra dans l'appartement le visage fermé et entreprit de vérifier ses affaires pour éviter de pleurer, fit tomber une pile de vêtements, tenta de les plier mais, trop nerveuse, ne parvint qu'à les chiffonner. Elle les lança pêle-mêle dans la malle, qu'elle referma d'un geste sec et se prit le visage à deux mains sans pouvoir retenir ses larmes. Sa mère l'enlaça et la berça doucement sans un mot.

La mort de Mateo avait été une onde de choc pour toute la famille. Dès le lendemain, Alicia avait annoncé son intention de rentrer. Clément avait paru résigné, presque soulagé ; Irving n'imaginait pas un instant ne plus travailler avec Marey. Victoria s'était sentie déchirée par un choix que personne ne lui demandait de faire mais qu'elle s'était imposé. Elle ne voulait pas laisser sa mère seule, elle avait envie de retrouver la maison, son refuge qui l'avait rendue si heureuse, mais elle aimait Javier et se sentait prête à le suivre n'importe où. Il avait tenté de l'influencer, leur voyage ne durerait que quelques mois au bout desquels ils retrouveraient Grenade. Alicia l'y encourageait. Ses enfants devaient suivre leur chemin. Le lundi précédent, Victoria s'était réveillée d'un cauchemar où sa mère étouffait d'une crise d'asthme sous ses yeux. Sa décision était prise. Javier, qui ne s'attendait pas à cette résolution, n'avait pas réapparu depuis lors.

— Quel imbécile, dit Irving alors que le fiacre s'ébranlait, l'habitacle ballottant sous la charge des bagages. Je le lui dirai quand je le verrai.

— Lui aussi est très malheureux, intervint Alicia. Mateo n'était pas son père mais il l'aimait beaucoup. Il ne sait pas comment l'exprimer, cela viendra.

— Alors pourquoi ne rentre-t-il pas ? répliqua Irving. Au moins quelques jours, comme moi, pour Kalia ?

— Le démontage de la statue l'accapare, suggéra Clément.

Victoria se retourna une dernière fois vers la *Liberté éclairant le monde*, dont le buste sans tête ni bras droit dépassait des toits. Bientôt, il n'en resterait plus rien. Le trajet se déroula dans le silence. Le fiacre s'arrêta place de Rennes, près du kiosque à fleurs. Deux bagagistes s'occupèrent des malles après que Clément leur eut indiqué la ligne du train pour Bordeaux.

Juliette les avait rejoints et les étreignit tous longuement, y compris Irving, qui sourit pour la première fois de la journée :

— Eh, je reviens dans deux semaines ! Cela ne me laissera pas le temps de t'oublier, plaisanta-t-il.

— Tu es surtout obligé de passer devant moi pour sortir de la gare, tu n'as pas le choix, dit-elle. Je dois y aller, des clients m'attendent. Surtout, prenez bien soin de vous, conclut-elle avant de regagner le kiosque.

Montparnasse, qui respirait au rythme des grandes lignes, se préparait au départ de la mi-journée. Les voyageurs, qui allaient se côtoyer le temps d'un trajet, confluaient vers les quais. *Ce sont toujours les détails qu'on retient dans les moments importants*, songea Victoria en repérant la famille de mésanges nichées à l'angle d'une des poutrelles du quai. Les parents voletaient à la recherche de nourriture, jusque sur les rails ou dans le couloir principal de la gare, avant d'aller déposer les vers ou les miettes de pain dans les becs des petits qui seuls dépassaient du nid. Elle envia le bonheur primal des oisillons. Son père allait lui manquer.

Les bagagistes les attendaient devant le compartiment du wagon numéro 5 où ils avaient déposé les affaires. Clément les paya et invita sa femme et ses enfants à monter.

— Attendons encore un peu, proposa Alicia.

— Attendons le dernier moment, approuva Victoria, qui scrutait la foule à la recherche de Javier.

— S'il ne vient pas, je ne lui adresserai plus la parole, jura Irving pour réconforter sa sœur.

Clément et Alicia s'étaient éloignés de quelques pas.

— Alors, nous y voilà, dit-il en lui prenant les mains. Le moment tant redouté.

— Je te demande d'avoir confiance en moi, mon mari. Quoi que tu en penses. Regarde-moi, regarde-moi bien dans les yeux.

Je t'aime, Clément. Je n'aime que toi. Le sais-tu, au moins ? ajouta-t-elle en enlaçant leurs doigts.

— Oui, dit-il en soutenant son regard. Je ne doute pas de tes sentiments. Je ferai tout pour rentrer sitôt le record battu, mais auras-tu la force de m'attendre ?

— Ces années ne sont que quelques battements de cils face à l'éternité. Et je serai là régulièrement.

— Entre deux battements ? dit-il en s'approchant pour l'embrasser.

Victoria poussa un cri de surprise qui fit s'arrêter tout le monde autour d'eux. Elle avait aperçu Javier émergeant d'un groupe de prêtres. Elle se précipita vers lui et ils disparurent dans le hall central.

— Ne t'inquiète pas, elle reviendra, assura Clément.

— Qu'elle revienne m'inquiète tout autant, répliqua Alicia. Viens, accompagne-moi dans le compartiment.

Ils avaient traversé la gare et Javier l'avait entraînée à l'écart de l'agitation, dans la cour des trains de banlieue désertée depuis le dernier départ.

— Je sais ce que tu vas me dire et je suis d'accord avec toi, anticipa-t-il. Je ne suis qu'un âne.

— Plus têtu que Barbicane.

— Pire que votre mule, approuva-t-il, et je le regrette. Au lieu de bouder, j'aurais pu passer tous ces derniers jours avec toi.

— Tu aurais dû.

— Je n'ai pas d'excuse, sauf celle de t'aimer. Mal, mais de t'aimer.

— Nous voilà bien avancés alors que je pars... Tu penseras à moi tous les jours ?

— À chaque instant !

— Tu m'écriras chaque semaine ?

— Plusieurs fois par semaine !

— Tu reviendras des Amériques ?

— Dès le dernier rivet placé ! Je n'ai qu'une hâte, te retrouver. Nous serons heureux à Grenade. J'ai écrit à Jezequel, il a besoin d'un ingénieur pour son usine de gaz.

— Alors, embrasse-moi !

Il la prit dans ses bras avec une maladresse qui ne lui ressemblait pas. Sa sincérité et son émotion étaient manifestes.

— Ramène-moi vite au train, dit-elle après un coup d'œil à la pendule murale.

— Attends, dit-il alors qu'elle tentait de l'entraîner. Tiens, c'est pour toi.

Javier lui tendit un petit écrin dont la nature ne faisait pas de doute.

— Je n'ai pas eu le temps de le faire dans les formes avec tes parents, mais prends cette bague comme gage de mon amour. Enfin, je crois que c'est comme cela qu'il faut l'annoncer en France, compléta-t-il en ouvrant la boîte.

Il lui passa le bijou à l'annulaire gauche. La bague en argent était surmontée d'une petite pierre d'opaline blanche.

— Elle est trop grande, constata-t-il, désolé. Mais c'était la seule dans mes moyens, le marchand venait de la recevoir d'un héritier, je n'ai pas eu d'autre choix, se justifia-t-il.

Victoria remarqua alors les traces d'usure sur le métal.

— Ce n'est pas grave, relativisa-t-elle devant la mine désappointée de son *novio*, le joaillier du Zacatín la mettra à ma taille. Je l'aime beaucoup, je suis sûre qu'elle a eu une très belle histoire avec sa propriétaire d'avant. C'est important, pour une pierre.

Le sifflet à vapeur retentit une première fois.

— Vite !

Ils coururent jusqu'au quai où les premiers wagons étaient enrobés du panache blanc produit par la locomotive. Clément leur fit signe de loin. Le conducteur tira une seconde fois sur le cordon de traction en modulant les sons.

— Javier t'expliquera, dit-elle à son père avant de lui déposer un bécot sur la joue et de rejoindre Irving, qui l'aida à monter le marchepied.

Ils se portèrent à la fenêtre et firent de grands signes dès que le convoi s'ébranla. Alicia, assise, se refusa à toute effusion. Elle avait fermé les yeux et Victoria comprit qu'elle priait.

85

Vendredi 22 mai 1885, Paris

Jour après jour, la *Liberté guidant le monde* s'était effeuillée, au rythme de son démontage, jusqu'à n'être plus qu'un squelette métallique qui rapetissa et disparut en deux semaines du paysage urbain, comme rongé par des insectes invisibles. La vision de la rue de Prony sans sa statue fut un choc pour les Parisiens, qui continuaient à affluer à l'endroit où elle avait été érigée dans l'espoir inconscient de la voir réapparaître, comme si, au dernier moment, on n'avait pu se résoudre à s'en séparer. De l'autre côté de l'Atlantique, les travaux d'érection du piédestal avaient été arrêtés, faute de financement. Le 15 mars, Joseph Pulitzer avait lancé dans son journal *The World* un ultime appel aux dons. Alors que l'Amérique s'apprêtait à la recevoir dans une certaine indifférence, elle manquait déjà aux Français.

Javier était parti pour Rouen avec les deux cent dix caisses contenant chacune une parcelle de la *Liberté*. La veille, il avait envoyé un télégramme à Irving, juste avant d'embarquer sur l'*Isère* où elle avait été chargée, pour lui demander d'envoyer une lettre à Victoria à qui il n'avait pu écrire depuis deux semaines, trop accaparé qu'il était par le transfert. Il ne pourrait lui donner de nouvelles pendant le mois qu'allait durer la traversée.

Irving déposa la lettre pour sa sœur à la poste de l'avenue Hoche et se rendit à la Station physiologique du parc des Princes où il retrouva Georges Demenÿ. L'assistant d'Étienne-Jules Marey était aux prises avec une chèvre récalcitrante.

— Elle refuse de passer devant l'écran, maugréa-t-il. Je te jure, je commence à en avoir par-dessus la tête des animaux : les chevaux laissent des tonnes de crottin, les chats me griffent, les chiens s'arrêtent pour aboyer bêtement, les oiseaux s'arrangent pour ne jamais passer devant l'objectif et les chèvres, je ne t'en parle même pas ! Il n'y a que les militaires qui ne posent pas de problème d'obéissance, conclut-il en jetant un regard à l'homme habillé d'une tenue entièrement blanche, à l'exception de la jambe gauche peinte en noir, qui fumait assis sur un muret de l'autre côté de l'écran noir. Je te la laisse, soupira-t-il en lui montrant l'animal qui avait arraché une touffe d'herbe et la mâchait nonchalamment.

Demenÿ se positionna devant l'appareil de prise de vue, y inséra une plaque photographique et fit signe aux deux hommes qu'il était prêt. Le conscrit tenta d'attirer la chèvre de l'autre côté de l'écran en agitant des feuilles pendant qu'Irving la poussait vers lui. L'animal refusa de faire un pas en avant et, sentant la pression s'intensifier, fit soudain demi-tour et s'échappa dans le pré de la propriété, se jouant des trois comparses jusqu'à ce qu'ils se désintéressent d'elle. Voyant que le jeu avait cessé, elle revint à deux mètres d'eux et bêla pour les relancer.

— On n'a plus de temps à perdre avec ce stupide animal, dit Demenÿ en agitant les mains pour tenter de la faire fuir.

— Où sont les vêtements noirs ? demanda Irving. Je vais les enfiler et je franchirai l'écran avec elle.

— D'accord, on essaie, mais c'est la dernière tentative. Après, on en fait des cuissots ! Tout est dans le vestiaire, près du bureau du patron. En attendant, on va faire des clichés de marche, indiqua Demenÿ à l'homme en blanc.

Irving trouva des vêtements à sa taille dans la malle, se noircit le visage à l'aide d'un morceau de charbon, enfila des gants et observa le résultat dans le miroir : il avait l'impression d'être un monte-en-l'air, un de ces personnages aventureux des feuilletons de journaux qu'il aimait lire.

En sortant, il entendit la voix de Marey, en grande conversation avec un visiteur.

— C'est toujours un plaisir et un honneur de vous rencontrer, Votre Altesse.

— Sachez que le plaisir est partagé. Je viens en voisin, mais aussi en admirateur de vos travaux, mon cher ami, répondit l'homme.

Les études du médecin avaient acquis une réputation internationale et de nombreux hôtes de marque se pressaient à la station du parc des Princes, l'empêchant de se consacrer pleinement à ses expériences, ce dont Marey se plaignait parfois.

— À toi ! lui cria Demenÿ, debout derrière l'appareil à prise de vues rapide.

Irving avança devant l'écran noir et fut docilement suivi par la chèvre. Il lui avait donné à goûter une feuille de chou, dont il avait gardé la moitié dans son poing fermé.

— Victoire de l'homme sur l'animal ! s'amusa Demenÿ en retirant la plaque.

Il disparut dans la chambre noire roulante et en sortit dix minutes plus tard.

— C'est parfait, pas besoin de recommencer. Tu peux te changer.

— On peut faire une autre expérience ? suggéra Irving.

— Quel genre ?

— Ce n'est pas lié aux travaux de M. Marey, mais j'ai eu une idée. Tu vas me photographier pendant que je passe devant l'écran avec ça, dit-il en lui montrant une petite balle blanche.

Dès que Demenÿ fut prêt, Irving avança devant l'écran noir en traçant des signes invisibles de la main tenant la balle.

— « Marey » ! s'exclama l'assistant après avoir développé la plaque.

Le nom de leur patron s'était inscrit en lignes blanches sur la photographie.

— À quoi cela peut-il servir ?

— À rien. C'est juste un jeu. On en fait encore une ?

La balle semblait se déplacer seule devant l'écran, ce qui fit rire le militaire, qui les observait depuis son muret.

— « Demenÿ » ! cria l'assistant en sortant de la chambre noire avec la plaque. Mais comment as-tu fait pour mettre les points sur le y ?

Irving cacha la balle de sa main gauche et la découvrit.

— Les possibilités sont infinies, conclut-il. La chronophotographie va devenir un art, crois-moi.

— Mais nous ne sommes pas là pour ça, regretta Demenÿ. Remettons-nous à faire courir les appelés, dit-il en apercevant Marey et son visiteur sur le seuil de la villa.

Les deux hommes les observèrent de loin en train de photographier une marche puis une course avant de s'approcher pour admirer le résultat sur les plaques. Marey interrogea Irving du regard quant à son accoutrement mais ne fit aucune remarque devant son invité, à qui il expliqua le résultat de ses travaux :

— Grâce à cette application, j'ai pu modéliser la trajectoire des différentes parties du corps, ce qui n'avait jamais été fait jusqu'à présent.

— Savez-vous que vous m'avez fait gagner beaucoup d'argent, cher ami ? J'avais parié sur votre théorie que les chevaux n'ont jamais les quatre fers en l'air en phase d'extension.

— C'était plutôt risqué, Votre Altesse, j'avais tous les scientifiques contre moi.

— Mais les photographies l'ont prouvé. J'ai toujours aimé le risque et admiré les pionniers. En tout cas, j'ai été enchanté de cette visite, dit-il en le saluant. Messieurs, ajouta-t-il à l'adresse des assistants, qu'il daigna regarder pour la première fois avant de les quitter.

Marey l'accompagna quelques mètres en l'entretenant à voix basse, lui serra la main et le laissa quitter la propriété en compagnie de son garde-du-corps venu à sa rencontre.

— C'est notre voisin, dit le médecin, anticipant la question. Un membre de la maison impériale de Russie. Le prince Youssoupov. Maintenant, Irving, vous allez m'expliquer... Mais qu'avez-vous ? Où allez-vous ? interrogea-t-il alors que le jeune homme venait de les quitter en courant. Mais où va-t-il ? demanda-t-il à Demenÿ, aussi surpris que lui.

Le nom du prince lui avait fait l'effet d'un coup de fusil. Il avait eu devant lui l'homme pour qui sa sœur s'était enfuie, celui que son père avait tenté de rencontrer durant trois ans, le seul qui pouvait encore les aider à retrouver Nyssia. Il ne devait pas, il ne pouvait pas le laisser partir.

Irving courut comme jamais, comme si sa vie en dépendait. Il sauta la barrière d'entrée, trébucha à la réception et tomba à plat ventre en se cognant la mâchoire, se releva en criant en direction du prince. Son garde-du-corps, voyant l'improbable Othello se ruer vers eux en hurlant, sortit son sabre de son fourreau, déterminé à lui barrer le chemin, tandis que l'aide de camp du prince lui faisait une protection de son corps.

— Attendez, dit Youssoupov, c'est quelqu'un de l'équipe Marey. Laissez-le venir à moi.

Irving, qui s'était arrêté devant le fil de l'arme, se fit accompagner jusqu'au prince. Le jeune homme haletait et de sa bouche pendaient des fils de bave ensanglantée. Il cracha et reprit son souffle avant de s'adresser au prince.

— Monsieur... Votre Altesse, je dois vous parler, c'est très important.

— Je l'espère pour vous, sinon M. Marey en sera informé, répondit froidement l'hospodar.

Irving le dévisagea, ce qu'il n'avait osé faire à la Station physiologique. Il le trouva quelconque, avec son visage allongé ponctué d'épaisses rouflaquettes s'évasant en une moustache taillée et ses yeux exprimant la lassitude désœuvrée de la noblesse.

— Vous connaissez ma sœur, Nyssia Delhorme.

— Vous faites erreur, jeune homme, je ne connais personne de ce nom, assura Youssoupov.

— Votre Altesse, intervint l'aide de camp, il y a trois ou quatre ans, un homme nous a posé la même question. Il était si insistant que nous avons été obligés de faire intervenir la police. Je n'ai pas jugé bon de vous en parler.

— Mais que voulait-il ? Que voulez-vous ?

— C'était mon père. Nous sommes de Grenade, de l'Alhambra. Rappelez-vous votre fête de 1877.

Les yeux du prince étaient interrogatifs. Irving essuya rageusement le noir de charbon sur son visage à l'aide de son mouchoir, découvrant son visage. Youssoupov s'approcha et le détailla longuement avant de reculer. Ses traits s'étaient durcis ; il venait de comprendre.

— Vous avez le même regard... Sachez que votre sœur habite à quelques pas d'ici et qu'elle se fait appeler Veronica Franco, annonça-t-il froidement.

La situation semblait l'avoir pris au dépourvu autant qu'Irving.

— Puis-je la voir, Votre Altesse ? Puis-je la voir ?

S'il vous plaît, hurla-t-il intérieurement.

— Venez chez moi mardi prochain. Je donne une fête. Vous y verrez votre sœur, mais vous risquez d'être surpris. Mon aide de camp vous contactera.

Sa bouche était en feu, sa langue, qu'il avait mordue en tombant, lui faisait mal, ses oreilles bourdonnaient encore de sa chute, mais il se sentait léger et heureux. Nyssia était là, à moins de cent mètres de lui, elle avait toujours été là, ils auraient même pu se croiser les six derniers mois, la vie était parfois si simple, comme à l'Alhambra. Il était impatient de lui raconter tous les événements de leur famille, impatient de l'entendre lui parler de sa nouvelle vie. Il comprit alors à quel point Nyssia lui avait manqué. Mais il décida de ne rien dire à son père avant leurs retrouvailles.

Marey était encore près de l'écran en compagnie du reste de l'équipe. Tous semblaient abattus. Le soldat fumait nerveusement, Demenÿ se tenait, accablé, les mains sur la nuque, et le médecin avait les yeux rivés au sol.

— Vous en faites une tête. C'est un jour merveilleux, j'ai retrouvé ma sœur ! annonça joyeusement Irving.

— C'est un jour de grande tristesse, petit, dit Marey. Victor Hugo vient de mourir.

86

Mardi 26 mai 1885, Paris

Un seul titre barrait tous les journaux dès le 23 mai. La France se sentait orpheline. « Victor Hugo n'est plus. La main me tremble en annonçant cette irréparable catastrophe », avait écrit Auguste Vitu dans *Le Figaro*. « Quelle catastrophe éclatant comme un grondement de tonnerre, quel coup de massue, quel gouffre ouvert, quel vertigineux abîme soudainement entrevu devant nos yeux pleins de larmes ! » avait renchéri Théodore de Banville pour *Gil Blas*, résumant l'état de sidération d'un peuple tout entier.

Irving, lui, était depuis quatre jours dans une grande confusion, oscillant entre une joie qu'il devait cacher et une tristesse qu'il n'arrivait pas à exprimer. Alors que toute la nation se préparait à accompagner le poète à des funérailles nationales, Irving se préparait à refermer une blessure familiale vieille de plus de trois ans.

Clément replia son journal qu'il n'arrivait pas à lire. Il s'était installé avec son fils à l'étage de l'omnibus, déserté par les autres voyageurs en raison du vent. Il trouvait Irving songeur depuis la mort de l'écrivain mais était persuadé qu'il n'y avait pas de lien. Il s'en était ouvert à Juliette, qui l'avait aussi remarqué et ne se l'expliquait pas davantage.

— Le docteur Pinilla m'a envoyé un message, dit Clément en redressant le col de son manteau. Il veut absolument être présent aux funérailles pour rendre un dernier hommage au grand homme.

— Il arrivera à temps ?

— Il est parti hier et devrait arriver la veille de l'enterrement. Il logera chez nous.

— Cela me fait de la peine pour lui, dit Irving en se levant, mais je serai content de le revoir.

— Tu finis ton travail à quelle heure ?

— Comme d'habitude, répondit-il évasivement. Ne m'attends pas ce soir, je sors.

Irving se sentait mal à l'aise face à son père, qui s'en rendait compte. Plusieurs fois, il avait failli lui révéler son secret, avant de se raviser. Ce n'était qu'une question de jours.

Il descendit du véhicule en marche et le regarda s'éloigner avant d'entrer au Bon Marché. La phrase de Youssoupov trottait dans sa tête : « Vous risquez d'être surpris. » Avait-elle tant changé ?

Il avait obtenu l'autorisation de terminer son service à quatre heures, ce qui lui permit de se rendre chez Juliette, qui l'attendait.

— Je ne suis pas fière d'avoir menti à ton père, répéta-t-elle pour la énième fois pendant qu'il se changeait.

Un domestique de la maison Youssoupov avait livré le matin même l'habit qu'il aurait à porter.

— Ils ne t'ont pas jugé capable de choisir toi-même ta tenue, s'agaça Juliette.

— Ils doivent surtout penser que je n'ai pas les moyens d'en louer une, répondit-il en enfilant la jaquette.

Irving lui était reconnaissant de ne pas avoir demandé à l'accompagner, ce qui les aurait mis mal à l'aise tous les deux. Il se regarda dans la grande psyché, seul héritage de la mère de Juliette, et se trouva fort acceptable. Il devrait pouvoir faire illusion tant qu'il n'aurait pas à tenir de conversation, mais il était peu probable que quiconque lui adresse la parole.

Un fiacre vint le chercher à cinq heures et le déposa rue Gutenberg, à l'hôtel particulier de la famille Youssoupov où les berlines se succédaient en file indienne, déversant leurs lots d'élégances mondaines et de toilettes luxueuses. Chaque fenêtre du palais était illuminée pour accueillir les visiteurs, donnant à l'ensemble un aspect féerique que seul le jeune homme apprécia avant d'être hélé par l'aide de camp. L'officier le fit entrer par une porte de service et lui donna une liste de consignes, debout dans le couloir près de l'office où s'activaient des dizaines de serveurs et de cuisiniers, avant de l'emmener dans le grand salon où il n'eut pas l'honneur d'être annoncé. La pièce, une immense galerie blanc et or construite dans le style Louis XVI, était peuplée de glaces qui reflétaient la lumière des six lustres composés de cascades de pampilles en cristal. Dix tables rondes avaient été dressées pour huit invités chacune. Irving fut amené à la plus excentrée, qui n'était occupée par personne.

— Quand pourrai-je voir ma sœur ?

— N'ayez pas d'inquiétude, vous la verrez plus tard. N'oubliez pas ce que je vous ai demandé.

— Je reste assis pendant la causerie et le repas et j'attends qu'on vienne me chercher, résuma docilement Irving.

— Et ?

— Et je ne connais pas Veronica Franco ; si on me questionne, je suis le photographe de la soirée. Pourquoi toute cette mascarade ? Si je ne suis pas fréquentable, pourquoi m'inviter ?

L'aide de camp ne daigna pas répondre. Irving s'assit et chercha Nyssia dans la foule des invités. Les seules femmes de son âge étaient les domestiques. La comtesse Molitor, la baronne Merlin, la marquise de La Roche Fontenilles, la princesse de Léon, toutes ces mondaines dont les aboyeurs égrenaient le nom étaient de la génération de leur mère. Irving suivit un long moment le balai des arrivants, qu'un valet venait chercher pour les placer en fonction du protocole. Il ne voyait s'asseoir que du satin, du velours, des roses et des diamants.

Les tables étaient complètes et Irving toujours seul à la sienne lorsqu'un groupe de quatre hommes entra sans se faire annoncer. Malgré leurs vêtements fort peu protocolaires – pantalons à carreaux et bottes montantes, redingotes cintrées, cravates en soie nouées lâchement autour du cou, gants jaunes et cannes au pommeau ciselé –, malgré l'insolente nonchalance de leur attitude, leur apparition parut réjouir l'assistance au vu du murmure qu'elle produisit. Le quarteron se dirigea droit vers Irving et s'assit à ses côtés.

— Messieurs, dit-il timidement.

— Avez-vous été placé, mon vieux ? lui demanda son voisin de gauche. Ou avez-vous pris cette table par hasard ?

— Placé, répondit-il.

— Alors, vous en êtes.

— J'en suis ?

— Vous êtes à la table des *fashionables*.

— *Fashionables* ?

— *Fashionables* ? répéta l'homme en imitant la voix hésitante d'Irving. Je ne sais pas pourquoi on vous a mis avec nous, mais le prince a ses raisons...

— Vous êtes à l'endroit le plus convoité de la soirée, reprit un autre. Voyez comme nous sommes regardés, écoutés, commentés.

— Et éloignés, ajouta Irving.

— Ma foi, qu'il est drôle ! intervint le troisième. Les *fashionables* sont la mode incarnée, mon vieux, le fier chic, bref, les derniers représentants de la véritable élégance *high life* !

— Mais pas seulement. Car nous sommes aussi de fins esprits. Ce qui nous permet de nous détacher de l'étiquette et du protocole. Nous sommes libres de faire comme bon nous semble car nous personnifions le bon goût.

— Personne ne peut contester notre autorité en la matière. Pas même les tompins.

— Surtout pas les tompins !

— Mais qui sont les tompins ? s'enquit Irving.

— Des opulents et des piastreux à qui il manque l'essentiel : le goût. L'argent ne fait pas tout.

— La naissance non plus.

— Mais l'un sans l'autre vous exclut des *fashionables*.

— Et l'un plus l'autre n'est pas suffisant. Non, non !

— Il faut être un étincelant viveur, un seigneur de la renommée galante, la coqueluche des hétaïres. Le nec plus ultra du *fashionable*, c'est le cocodès.

Les autres approuvèrent d'un hochement de tête ou d'un mouvement de canne.

— Ainsi, vous êtes tous des... cocodès ? Tout cela est très pschtt, dit Irving en se souvenant du terme qu'il avait appris auprès de ses clients.

— Pschtt ? dit le premier en ouvrant grand les yeux en direction des autres. Vous avez dit pschtt ?

— Oui, pschtt, pour dire chic, se crut-il obligé d'expliquer.

— Merci, nous savons ce que cela signifie, mais cela fait au moins cinquante ans que ce terme est passé de mode, sauf chez les bourgeois, exagéra le dandy.

— Chez les petits-bourgeois, précisa son voisin.

— Les tout petits bourgeois, acheva le troisième.

— Au final, dit le premier à lui avoir parlé, qui êtes-vous ?

— Je crois que je suis une erreur sur le plan de table, répondit Irving, dépité.

La repartie les amusa tant qu'ils frappèrent le sol de leurs cannes, dernière mode qu'ils avaient lancée pour remplacer les applaudissements, trop triviaux à leurs yeux.

Un valet annonça le prince Youssoupov et Mlle Franco. Le cœur d'Irving se mit à battre si fort qu'il crut que tous ses joyeux voisins l'entendaient tambouriner.

La femme qui s'avançait au bras du prince avait une volumineuse chevelure noire aux mèches bouclées, relevée en arrière par un diadème étincelant comme les étoiles du ciel de Grenade, une robe de damas blanche ourlée de dentelle dorée et une parure de perles qui épousait parfaitement son décolleté. Sa peau diaphane contrastait avec le jais soyeux de ses cheveux et rehaussait la finesse et la symétrie parfaite de ses traits.

Toutes les conversations s'étaient arrêtées et chacun n'avait d'yeux que pour elle, les femmes détaillant sa tenue pour, dès le lendemain, commander la même à leur tailleur, les hommes se rêvant à la place du prince ou de son successeur. Irving ne reconnut pas sa sœur dans cette femme sophistiquée et inaccessible, jusqu'au moment où elle s'adressa à l'assemblée pour la remercier de sa présence.

— Mon Dieu, murmura-t-il alors qu'elle détaillait le déroulement de la soirée.

— Eh, oui, mon vieux, ça fait toujours le même effet avec elle, remarqua le cocodès de droite. On ne peut s'empêcher de croire au créateur divin en la voyant. C'est la première fois ?

— Non, c'est...

Irving s'interrompit.

— C'était il y a longtemps.

— Longtemps ? s'étonna le dandy en considérant la jeunesse d'Irving. Avez-vous tété le sein de la même nourrice ?

Il ne répondit pas. Veronica Franco montrait un livre qu'elle tenait en main.

— En hommage à notre grand poète disparu, ce texte que j'aime particulièrement, dit-elle.

Lorsque Nyssia commença sa lecture, Irving fut transporté dix ans en arrière, dans leur chambre où, assise en tailleur, elle déclamait les vers de ses littérateurs préférés. Sa voix était la même, juvénile, veloutée, envoûtante. L'auditoire l'applaudit poliment pendant que les quatre *fashionables* tapaient bruyamment des cannes. Elle eut un regard vers eux et sourit au groupe. Le souper pouvait commencer.

— Ça manque d'odalisques, dit le seul dandy sans moustache en esquissant un bâillement.

— Elles arriveront plus tard, ce n'est pas le lieu.

— C'est une fleur ? demanda Irving à son voisin.

Le rire du groupe fit des regards envieux aux tables voisines bercées par l'ennui des conventions.

— Inénarrable, résuma le questionné. Tu es inénarrable, mon vieux ! L'odalisque est une grande horizontale, expliqua-t-il en s'aidant de ses mains.

— Un plat, alors ?

Nouvel éclat de rire de la communauté des dandys.

— Je crois que Youssoupov t'a placé sur notre chemin pour égayer notre soirée, dit le *fashionable* en tamponnant élégamment les larmes de son rire.

— Odalisques et horizontales sont des demi-mondaines, tu comprends ?

— Comme notre hôtesse, dit le cocodès imberbe en désignant Nyssia.

— Quoique Franco en soit la reine, l'impératrice : elle en a renouvelé le genre.

— Inconnue il y a trois ans et Montespan de la cour impériale russe aujourd'hui, quel parcours !

— Arrêtez ! s'énerva Irving. Qu'êtes-vous en train de sous-entendre ?

— Nous ? Rien. De quoi parles-tu ?

— Ma... Mme Franco n'est pas une femme de petite vertu !

— Nous n'avons jamais dit cela, mon ami.

— Nous ne parlons pas de catin, mais de courtisane, de celles qui affolent le Tout-Paris et mènent un train de vie de femme du monde. Vaste culture, élégance, raffinement et intuition, nous sommes à l'opposé de la fille publique.

— D'ailleurs, je me demande si Franco n'est pas une demi-castor, intervint le moins bavard des quatre. Moitié femme du monde, moitié cocotte, précisa-t-il sans attendre la question. On m'a dit qu'elle habitait un palais en Espagne avant d'être débauchée par notre hospodar.

— En tout cas, elle sait préserver le mystère. Personne ne l'a jamais vue à l'hôtel de Rambouillet ni dans des cabarets mal fréquentés.

— Avez-vous vu les perles de la Bernhardt sur elle ? La théâtreuse peut aller se rhabiller chez Worth, elle ne lui arrive pas aux chevilles.

— Qu'elle a très jolies, d'ailleurs. Les plus belles du marché.

— Je suis d'accord avec toi. Qui vote pour ?

Les quatre levèrent leur canne.

— Adjugé ! Veronica Franco remporte la bataille des pieds.

— Des mains aussi, je les ai vues de près, elles sont à nulle autre pareilles.

— Sa bouche et ses lèvres, dit le troisième. On dirait deux petites ailes d'ange prêtes à s'envoler.

— Quant à moi qui suis resté à la porte de son gynécée, je n'en ai pas moins la plus grande considération.

Les cannes frappèrent le sol en guise d'approbation.

— Arrêtez, maintenant, arrêtez ! s'emporta Irving. Je vous interdis de parler d'elle ainsi !

Les *fashionables* le jaugèrent, interloqués. Était-ce un trait d'humour, ou le jeune homme était-il dérangé ?

— J'ai compris, dit celui de droite : tu es son amant de cœur.

— Voilà qui explique tout, renchérit son vis-à-vis. Romantique et naïf. Méfie-toi, mon vieux, il te faudra avoir les nerfs solides dans ta position. Il y a déjà eu quelques trépas sur son chemin.

— Suicide et duel, précisa le dandy imberbe. Du beau linge.

— Maintenant, nous allons sortir et nous expliquer ! dit Irving en se levant.

Les autres pouffèrent.

— Veronica Franco est ma..., commença-t-il avant de se figer brutalement.

— Malade ?

— Matinale ?

— Maniaque ?
— Malheureuse ?
— Elle est partie ! constata Irving, décontenancé.

La table d'honneur avait été désertée tandis qu'autour le souper battait son plein.

L'aide de camp réapparut, flanqué d'un serviteur en livrée.

— Madame vous attend pour la soirée privée, annonça-t-il au groupe.

— Bien, bien, bien, dit le dandy numéro un en toquant le pommeau de sa canne contre ceux des trois autres. La fête commence enfin !

87

Mardi 26 mai 1885, Paris

Il avait quitté le château des Youssoupov incapable d'aligner deux pensées. Après ce qu'il avait vu à la soirée privée, Irving n'avait qu'une idée en tête : marcher, s'enfuir, loin. Il s'engagea dans l'allée principale du parc des Princes en se concentrant sur son pas et dépassa la Station physiologique, dont une pièce du rez-de-chaussée était allumée. *Marey est encore au travail*, songea-t-il avant de se souvenir que c'était par son entremise involontaire qu'il avait pu retrouver le prince. Irving accéléra afin de laisser derrière lui les souvenirs des dernières heures, mais les images revenaient sans cesse s'afficher devant lui, telle une gigantesque scène de chronophotographie – les images de Nyssia devenue Veronica Franco. Il voulut accélérer encore et, ne pouvant marcher plus vite, se mit à courir, à un rythme de plus en plus rapide, afin de sortir de ce parc qui n'en finissait pas. Il voulait retrouver Paris, son père, leur appartement, et s'endormir jusqu'à se rendre compte qu'il venait de faire un cauchemar. Le jeune homme manqua rapidement de souffle et fut obligé de s'arrêter. Il s'agenouilla, s'arc-bouta contre le sol et se laissa aller à pleurer. Un couple passa en changeant de côté pour l'éviter. Leurs pas s'éteignirent dans la nuit.

Irving resta un moment prostré. Il sourit en pensant qu'il avait sans doute sali la redingote apprêtée par Youssoupov, mais lui aussi avait été sali par le prince qui s'était servi de lui. Il ne la lui rendrait pas et irait la jeter ou la donner au premier vagabond venu. Le bruit de sabots d'un attelage le tira de son apathie. Il se traîna à quatre pattes contre un des arbres de l'allée. Le contact était dur et froid, mais l'odeur puissante de mousse le rassura. La berline s'arrêta à son niveau, la porte s'ouvrit et la voix de Nyssia l'interpella :

— Viens, je t'en prie, Irving. Nous avons à parler.

Une heure auparavant, la bande avait été emmenée au dernier étage du corps central du château. Chacun avait mis un loup noir sur son visage avant d'entrer dans une pièce à la pénombre ambrée.

Ils s'étaient répartis dans des ottomanes, larges fauteuils aux dossiers concaves dans lesquels se trouvaient déjà de jeunes femmes masquées.

— Nos cocodettes, précisa un des dandys. Il y a dans cette salle le haut du pavé des courtisanes du Tout-Paris.

D'autres canapés étaient déjà occupés par des couples. Irving en compta douze au total, tous tournés en demi-cercle vers une partie non éclairée de la pièce. Il suivit le serviteur qui le plaça dans un double fauteuil confident en forme de S, situé à une extrémité de l'hémicycle. Il était seul.

Irving crut distinguer le prince à l'autre extrémité, debout derrière un rideau à demi fermé. Il remarqua les mosaïques sur les murs ainsi que les jalousies sur les fenêtres et s'aperçut que la salle avait été aménagée de façon à ressembler à un des boudoirs de l'Alhambra.

Au signal, deux serviteurs retirèrent les caches qui recouvraient les lampes à huile, éclairant une estrade sur laquelle une femme était couchée, immobile, le corps replié sur ses cuisses, la tête enfouie entre ses bras. Une guitare entama une musique orientale. Dès les premières notes, elle redressa lentement son buste tout en laissant ses mains décrire de gracieuses arabesques. Une fois assise en tailleur, elle releva la tête, faisant retomber ses cheveux en arrière. Les applaudissements fusèrent. Irving reconnut sa sœur. Nyssia portait une robe de satin cerise à la large ceinture de velours noir. Le diadème avait été remplacé par un foulard dans lequel un œillet rouge était fiché. Elle se leva. Ses bras nageaient dans l'air, planaient comme les ailes des aigles de la Sierra Nevada, puis se débattaient. Son corps harmonieux ondulait au rythme de la guitare.

— Mais c'est une danse du ventre ! s'exclama l'un des *fashionables* près d'Irving.

Non, c'est une zambra mora, pensa-t-il. *Le flamenco mauresque. La danse de Kalia.*

Nyssia y avait apporté une plus grande touche de sensualité. Ses jambes, plus longues et plus fines, arpentaient le sol en bois tels des compas de navigateur. Ses pieds étaient nus et ses chevilles portaient chacune des bracelets d'or.

— Je n'ai jamais rien vu d'aussi diaboliquement torride, ajouta l'homme.

Tout en jouant avec sa robe, Nyssia s'approcha de lui et fit plusieurs pas de *zambra* avant de l'embrasser et de retourner sur scène sous les vivats de l'assemblée.

Irving, dressé sur son siège, était furieux et avait envie de mettre fin à la mascarade.

— N'en faites rien, dit le prince, qui s'était installé de l'autre côté du confident sans qu'il s'en aperçoive. Vous êtes venu pour voir votre sœur, n'est-ce pas ? Vous devez rester jusqu'au bout.

Le rythme de la *zambra* s'accéléra. Nyssia paraissait possédée par la musique et son corps ondulait de plus en plus fort dans des mouvements dont la lascivité s'était transmise aux couples formés pour l'occasion. Irving se tourna vers le prince pour lui demander de faire cesser la danse : il était parti.

Le rythme de la musique accompagna la danse jusqu'à son faîte. Puis elle cessa brutalement. Nyssia se figea et, lentement, s'assit en tailleur pour reprendre sa position initiale, lovée sur elle-même.

Les applaudissements furent frénétiques. Elle salua, prit son œillet et le lança vers le dandy imberbe, qui l'exhiba fièrement devant les autres.

— On m'a dit qu'il y avait un nouveau parmi nous, dit Nyssia en se dirigeant vers Irving.

— Le nouveau ! Le nouveau ! cria l'assemblée.

Elle s'installa à l'endroit où se trouvait le prince quelques instants plus tôt, à côté d'Irving qui s'était raidi et n'osait tourner la tête. Tout autour, les couples avaient commencé à s'embrasser ou à badiner tout en écoutant ou en jetant des regards en direction de Veronica Franco.

— Croyez-vous que je vais le reconnaître ? questionna-t-elle l'assistance.

Les « non » furent majoritaires face aux « oui ».

— Est-ce si difficile ?

— Oui, hurlèrent les quatre *fashionables* de sa table.

— Voyons, dit-elle en lui caressant l'épaule, la nuque puis les cheveux.

Irving restait immobile et regardait droit devant lui, cherchant une échappatoire sans la trouver.

— Regarde-moi, demanda Nyssia. Comment puis-je te reconnaître si tu me fuis ?

— Ce serait bien le premier ! lança un des participants, faisant rire l'assemblée.

— Dans ce cas, je veux prendre sa place, ajouta un autre.

— Mon cher Maugny, vous l'avez déjà été, et je vous ai démasqué bien rapidement, cher sybarite.

L'assistance moqua l'infortuné, qui fut le premier à en rire. Nyssia se rapprocha d'Irving, qui lui envoyait des regards implorants.

L'intuition de Veronica Franco et son sens de la déduction étaient rapidement devenus légendaires, et le jeu avait été inventé par le prince pour tester ses limites. Les nouveaux intronisés avaient tous connu Veronica Franco intimement, amants d'une nuit ayant payé fort cher ce privilège, don Juans professionnels, cocodès à la mode, artistes coup de foudre ou hommes d'argent et de pouvoir. Le seul amant sérieux restait le prince, qui préférait encadrer la vie sentimentale de la femme la plus courtisée de Paris pour mieux la contrôler.

Nyssia prit la main d'Irving.

— Voilà des doigts de travailleur, dit-elle, intriguée, j'y vois même quelques brûlures. Qu'est-ce donc ?

— Des produits acides, put-il articuler.

— Je n'ai eu de relation ni avec un chimiste ni avec un photographe... Mais qui es-tu ?

— Vous vous connaissez depuis longtemps, indiqua un dandy, faites le test du baiser !

— Le baiser, le baiser ! reprirent les autres en chœur.

— Alors, je dois m'incliner face à la demande du Tout-Paris, qui est ma *vox populi*.

Elle s'approcha de lui, posa les mains sur ses joues et l'obligea à le regarder pendant que les autres criaient, hurlaient, chahutaient. Il s'était attendu à tout sauf à se retrouver dans cette situation. Ce monde lui était totalement inconnu et Veronica Franco lui semblait une étrangère. Il la dévisagea franchement avant de se défaire de son étreinte. Au moment où il se leva, et avant même qu'il ait enlevé son loup, elle avait compris.

Il jeta son masque à terre. Le vacarme s'était soudain interrompu.

— Alors, qui est-ce ? demanda un des dandys, qui attendait, comme tout le monde, un dénouement spectaculaire.

— C'est mon frère, dit Nyssia, gardant le contrôle de ses émotions. Je peux tout t'expliquer, ajouta-t-elle à son intention.

— C'est inutile. Je m'en vais. Vous remercierez le prince, je n'oublierai pas cette soirée, conclut-il en se retirant.

Veronica Franco fit taire tout le monde et annonça :

— Je règle cette histoire de famille et je vous retrouve tous au Grand Seize. Une table y est réservée.

Elle sortit sous les regards admiratifs des cocodès et des cocodettes, impressionnés par sa maîtrise d'elle-même.

— Tu savais que Franco avait un frère ? demanda un *fashionable* à Maugny.

— Non. Et je crois que le prince l'a piégée. Ça sent la fin de règne, mon vieux, commenta le vieux sybarite, qui s'était promis de lui réserver un chapitre entier dans les mémoires qu'il était en train de rédiger.

Nyssia s'efforça de réchauffer son frère après qu'il fut monté dans sa berline, mais il refusa qu'elle le touche. Elle lui tendit une couverture de fourrure et resta silencieuse en face de lui. Le véhicule était à l'arrêt. Il la savait capable d'attendre des heures pour le laisser entamer la conversation. Irving tenta bien de la défier mais au bout d'une vingtaine de minutes, n'y tenant plus, il brisa le silence.

— Ton prince s'est servi de moi.

— Je suis désolée, c'est moi qu'il voulait atteindre. Il est très fort pour profiter des situations.

— Pourquoi agit-il ainsi puisque vous êtes amants ?

— Je suis en train de le quitter.

Irving détailla sa sœur. La dernière image qu'il avait d'elle était celle d'une adolescente sauvage.

— Mais quel genre de vie as-tu là ? Je n'aime pas celle que tu es devenue.

— Tu n'as pas à me juger, Irving. Je n'ai pas honte de ce que je suis.

— Une sybarite ? La plus grande courtisane de Paris ? Je ne fais que citer tes amis !

— Tu ne peux pas comprendre si tu ne vis pas dans cet univers.

— De ce que j'ai vu, je n'en ai aucune envie ! Tes intimes sont pires que des caricatures de Daumier ! dit-il en repoussant la couverture d'un geste sec.

Le cheval, nerveux, tapa du sabot et fit un pas en avant, faisant hoqueter l'habitacle avant que le cocher ne le calme.

— Je ne t'ai pas appelé au secours, répondit-elle sans élever la voix. Tu débarques dans ma vie sans prévenir, en me faisant la morale, et tu voudrais que je te saute dans les bras en te demandant pardon ? Mais pardon de quoi, Irving ?

— Papa te cherche à s'en rendre malade depuis ton départ. Sais-tu qu'il vit à Paris depuis trois ans ? que maman nous y a rejoints en septembre dernier avec Victoria ? qu'elles sont reparties après le tremblement de terre ? Tu vas me répondre : quel tremblement de terre ? Celui qui a eu lieu chez nous. Chez toi.

— Je ne savais pas.

— Tu ne savais pas parce que tu ne voulais pas savoir, parce que tes nouveaux amis étaient bien plus intéressants que nous. Sais-tu que Mateo est mort ?

Le regard de Nyssia glissa vers la fenêtre et le paysage recouvert de nuit. Ses yeux s'étaient embués mais elle reprit bien vite le contrôle de ses émotions.

— Je suis désolée, sincèrement.

— Te rends-tu compte du calvaire que tu leur fais subir ? Pourquoi ? Pourquoi tu ne leur as donné aucune nouvelle ?

— Pour leur dire quoi ? Ce que tu viens de me jeter à la figure ? Mes chers parents, votre fille est devenue une courtisane, elle a des amants qui la payent ou l'entretiennent et organise des soirées libres avec le Tout-Paris. C'est ça que tu voulais qu'ils apprennent ?

— Juste leur dire que tu étais vivante, que tu allais bien, pour le reste tu pouvais leur mentir, tu me sembles très douée !

— Voilà un compliment qui me va droit au cœur, mon petit saint de frère qui ne leur a jamais menti. Parce que tu ne leur as jamais rien caché, n'est-ce pas ? Tu vois, la vie n'est jamais totalement intègre, continua-t-elle face à son silence. Chacun a ses raisons.

L'aide de camp toqua à la porte de la berline.

— Son Altesse voudrait vous voir, mademoiselle Franco, déclara-t-il en ignorant le passager.

— Dites-lui que je suis sur le chemin du Grand Seize et qu'il peut m'y rejoindre.

L'officier n'insista pas et le regard énamouré qu'il lui envoya avant de fermer la portière fit comprendre à Irving qu'il avait, lui aussi, reçu les faveurs de sa sœur.

— Alors, maintenant, que fait-on ? demanda Nyssia.

— Je ne veux pas continuer la soirée dans votre cabaret.

— Tu m'as très bien comprise, Irving. On se quitte comme s'il ne s'était rien passé ou tu te risques à me revoir pour me donner des nouvelles de la famille ?

— Je ne sais pas encore. Mais je n'ai pas l'intention d'en parler aux parents. Je préfère qu'ils n'en sachent rien.

— Tu ne sais pas si je le mérite, c'est ça ? dit-elle sur le ton de la plaisanterie. En attendant, prends, ajouta-t-elle en lui tendant un papier.

— Qu'est-ce que c'est ?

— Ma future adresse. Le prince m'a acheté l'appartement l'année dernière. La berline m'appartient aussi, ainsi que les bijoux et une rente annuelle. C'est un des avantages de ce monde que tu abhorres. Je ne serai jamais dans le besoin.

Il froissa le billet et le fourra sans précaution dans sa poche.

— Tu ne me croiras sans doute pas, mais je pense régulièrement à vous, avoua-t-elle.

— Pourquoi faut-il que ce soit tombé sur moi ?

— Quoi donc ?

— De toute la famille, je suis le seul qui n'ait rien tenté pour te retrouver.

CHAPITRE XXXI

88

Samedi 12 juin 1886, Paris

Édouard Lockroy, le ministre du Commerce et de l'Industrie, faisait partie des réquisitionnés pour une cérémonie que cet homme d'action abhorrait particulièrement. Il avait laissé ses pensées vaquer vers les souvenirs de ses campagnes militaires auprès de Garibaldi en Sicile, ces mille combattants volontaires qui avaient mis fin au royaume des Deux-Siciles.

Le conservateur général du musée du Louvre venait de finir son discours, sitôt prolongé par celui de l'ambassadeur d'Espagne en France dont il avait déjà oublié le nom. Après la Sicile, Lockroy avait combattu en Syrie auprès des chrétiens maronites puis s'était fait le secrétaire d'Ernest Renan, de Beyrouth à la Judée, et avait participé à la rédaction de son ouvrage *Mission de Phénicie*.

L'ambassadeur fit part de la reconnaissance de la famille royale, ainsi que du gouvernement espagnol, pour la restitution de la fresque de l'Alhambra, évitant de mentionner par quel chemin elle s'était retrouvée accrochée au Louvre. Lockroy continuait à flotter dans ses souvenirs. Emprisonné cinq fois par Napoléon III, il avait été de ceux qui avaient défendu un Paris assiégé par les Prussiens. Son premier mandat de député avait été acquis avec une grande facilité, comme si sa vie aventureuse avait parlé pour lui plus que n'importe quel discours. Il était, depuis lors, régulièrement réélu dans le XIe arrondissement.

La cérémonie touchait à sa fin. Le conservateur avait repris la parole pour remercier et rendre hommage à Alicia Delhorme, son ancienne collaboratrice retournée à l'Alhambra, sans qui l'échange des œuvres n'aurait pu avoir lieu. Lockroy avait calculé, d'après les notes du ministère, que la durée moyenne de son poste s'était élevée pour ses sept prédécesseurs à cinq mois et deux semaines.

Aux manettes depuis déjà six mois dans le gouvernement Freycinet, il voulait entreprendre le maximum de réformes et de projets utiles à son pays et avait déjà réussi à faire voter une loi sur les accidents du travail et à modifier celle des prud'hommes.

Son ministère, qui avait été impliqué dans les négociations autour de la fresque, logeait qui plus est dans l'aile Richelieu du palais du Louvre, ce qui avait rendu sa présence obligatoire. Mais tout était une course contre la montre et son temps était précieux. Alors que tout le monde se félicitait et se serrait la main, il songea à Victor Hugo, ombre gigantesque planant au-dessus de tous, dont on venait de fêter le premier anniversaire de la mort. Il songea à sa femme, petite-fille du grand poète, et à tous les combats qui les rassemblaient en plus de leurs sentiments.

Son assistant vint le trouver : Lockroy devait annoncer les résultats du concours de projets de l'Exposition universelle aux participants et à la presse réunis.

— Enfin une cause qui me tient à cœur, dit-il en tirant sur les manches de sa veste alors qu'ils quittaient la salle.

— Sauf votre respect, cela ne va pas être une partie de plaisir, monsieur le ministre, remarqua son assistant en lui indiquant le couloir à suivre.

Le règlement du concours consistait à élever sur le Champ-de-Mars « une tour en fer à base carrée, de cent vingt-cinq mètres de côté à la base et trois cents mètres de hauteur ». Il avait été violemment contesté par Bourdais et les architectes, qui y voyaient un projet taillé sur mesure pour Eiffel. Le ministre n'était pourtant ni intime ni ami de l'ingénieur. Mais leur première rencontre, qui datait de plusieurs mois, avait achevé de convaincre Lockroy de la supériorité du projet Eiffel sur les autres.

— Avez-vous la conclusion de la commission technique ? demanda le ministre en tendant la main.

Il la parcourut rapidement afin de répondre aux critiques qui ne manqueraient pas de pleuvoir.

— Leur avis est sans appel, commenta-t-il. C'est celui qui a la meilleure faisabilité. Il nous faut un projet exceptionnel pour une exposition exceptionnelle et seule la tour d'Eiffel répond à ces critères.

— Les architectes et les artistes vont nous tomber dessus, monsieur.

— Tout ce chœur de pleureuses n'avait qu'à faire mieux ! Laissons-les dire, ils se tairont devant le résultat. C'est ici ?

Le ministre attendit d'être annoncé par l'huissier et entra dans la salle où il salua un à un les principaux participants. Eiffel était présent, en compagnie de Sauvestre, Koechlin et Nouguier. Bourdais et les ingénieurs formaient un groupe d'une dizaine de personnes, rassemblés autour d'une des colonnes à l'arrière de la pièce. Peu de journalistes s'étaient déplacés, tous ayant anticipé le résultat et déjà préparé leurs articles.

Le ministre annonça les lauréats des différents prix de l'exposition, ainsi que les bourses allouées, et termina par l'attribution de la tour au projet de l'équipe Eiffel, qui déclencha des applaudissements nourris ainsi qu'un hourvari prévisible des architectes présents.

— C'est une monstruosité ! cria Bourdais, qui s'était avancé vers le ministre. Vous avez désigné comme clou de l'exposition un échafaudage, un vulgaire échafaudage !

— C'est une honte, enchaîna un de ses acolytes, les générations futures riront de nous en voyant ce qui ressemble à un chantier inachevé !

Lockroy leur répondit avec calme et méthode en se référant aux conclusions des commissions.

— Elles ne sont constituées que d'amis de l'ingénieur Eiffel, rétorqua Bourdais. Nous n'avons pas eu droit à un traitement équitable ! Vous faites une erreur historique !

— Dans ce cas, je l'assume, asséna le ministre. Maintenant, l'heure n'est plus à la polémique, messieurs, mais à l'union nationale autour de ce projet.

Lockroy salua l'assemblée et se retira en même temps que l'équipe d'Eiffel, alors que les architectes prenaient à témoin les quelques rédacteurs encore présents. Le ministre regagna son bureau où il s'affala dans son siège en soufflant :

— Le métal triomphe de la pierre, mais nous n'en avons pas fini avec les conservatismes. La bataille sera rude, mais nous gagnerons même les cœurs les plus opposés quand ils verront le résultat. Quoi d'autre dans ma corbeille aujourd'hui ? demanda-t-il à son assistant qui révisait ses notes.

— Un rapport de notre correspondant à l'ambassade américaine nous indique que le remontage de la statue de la Liberté est en bonne voie. L'ossature est terminée et une cérémonie est prévue pour la pose des premiers rivets des plaques de cuivre.

— Il serait bien temps, ils l'ont reçue il y a un an ! Mais je suis heureux que les dons soient venus du peuple américain plutôt que de leurs millionnaires, tout comme de notre côté. C'est une belle aventure et nous la devons à la ténacité de Bartholdi. Vous verrez, il en sera de même pour notre tour.

De retour aux ateliers de Levallois, Eiffel fit convoquer bureau d'étude, contremaîtres, ouvriers, chauffeurs et gardiens, tous ses collaborateurs sur place, afin de partager avec eux la nouvelle tant attendue. Une table avait été dressée dans la cour intérieure sur laquelle des verres de bourgogne blanc avaient été servis. Son discours fut ponctué de nombreux applaudissement : les établissements continueraient à embaucher pour les trois années à venir.

— Je veux que vous ayez tous présent à l'esprit l'importance du travail à accomplir et la noblesse de notre tâche, conclut Eiffel alors que l'écho de sa voix grave résonnait sous les hangars. Je veux que ces nobles sentiments dirigent chacun de vos gestes, chacune de vos décisions. Ce n'est pas seulement une tour que nos établissements vont ériger, ce sera aussi l'image de la France, le symbole du progrès et du génie humain. Faisons en sorte que celle-ci soit encore debout dans cent ans, dans mille ans, et, à l'image des pyramides d'Égypte, qu'elle fasse l'admiration des générations à venir.

— Il y va un peu fort, le patron, commenta le chef d'équipe des riveteurs, alors que tous étaient agglutinés autour du buffet.

Ouvrier d'expérience et meneur d'hommes, le colosse aux doigts impressionnants était très écouté des employés. Avec Eiffel, il avait mis fin quelques années plus tôt aux tensions entre Français et Italiens et était devenu son interlocuteur privilégié.

— Mains d'airain et tête d'argile, lui rétorqua Jean Compagnon. Il faut que vous ayez tous conscience que ce ne sera pas un chantier comme les autres. Personne n'a jamais osé tenter ce qui va l'être par nous.

— Justement, il va falloir parler de nos conditions de travail et des salaires.

— Vous avez toujours été bien traités ici, mieux qu'ailleurs.

— Oui. Mais, vous l'avez dit, ce sera un chantier différent.

— Porto, Garabit, Pest l'étaient aussi. On ne fait que dans l'exception, chez Eiffel. Tes enfants et tes petits-enfants seront fiers de ta participation à ce projet. Ça n'a pas de prix.

— On en reparlera, Jean, dit le chef d'équipe en vidant son verre. Je dois aller aider aux aéronefs.

L'homme contourna les différents groupes qui s'étaient formés autour de la table, les dépassant tous d'une tête, et traversa le hangar principal pour se rendre au laboratoire excentré où l'ingénieur

Delhorme préparait son record. Il avait été déçu de ne pas avoir été choisi par Bartholdi pour diriger l'équipe de riveteurs qui travaillait sur le remontage de la statue de la Liberté, mais Eiffel s'y était opposé afin de le garder sur tous les projets en cours aux ateliers de Levallois. Il s'en était fait une raison et l'attribution du chantier de la tour l'excitait au plus haut point, même s'il refusait de le montrer devant le chef de chantier.

Au moment même où il entrait, Clément descendait du pylône de dix mètres, un sac vide à la main, suivi par Médor qui l'avait adopté comme nouveau maître et ne le quittait plus d'un pas.

— J'ai commencé à les charger, indiqua-t-il à l'ouvrier.

— C'était mon travail, monsieur Delhorme, dit celui-ci à regret.

— Ne vous inquiétez pas, il en reste assez pour vous casser le dos, assura Clément en lui montrant neuf sacs identiques remplis de billes de plomb.

L'homme monta en tenant l'échelle d'une main et le sac sur son épaule opposée, vida son contenu dans la réserve supérieure évasée et descendit en laissant glisser ses doigts sur les montants.

— De la grenaille, précisa Clément alors que l'ouvrier entamait une seconde ascension.

— Vous allez en faire quoi ?

— Le lest pour mon aéronef. J'ai fait mes premiers essais avec des billes en bois, mais leur taille était trop grande et le fournisseur ne pouvait la diminuer. Avec le plomb, on a pu faire des éléments d'un millimètre de diamètre, dit-il en les lui montrant dans le creux de sa main. Même dimension qu'un grain de sable, mais densité supérieure.

Le réservoir de grenaille fut rempli en moins de dix minutes par le riveteur, qui épongea la sueur naissante sur son visage à l'aide de son mouchoir en attendant la suite des opérations.

— Maintenant, nous allons vérifier que nous n'allons blesser personne en larguant notre lest, annonça Clément en se positionnant sous le pylône. À mon signal, vous ouvrirez la trappe du réservoir.

L'ouvrier se positionna près de la manette, eut une hésitation et revint vers Clément :

— Mais vous êtes sûr que ce n'est pas dangereux ? Il y en a au moins pour deux cents kilos !

— Les mathématiques vous diront que non. La répartition du poids sera telle que chaque impact sera équivalent à une pluie de grêle. Allons-y pour la douche !

Eiffel avait constaté avec satisfaction l'effet de son discours sur le moral de ses troupes à l'énergie accrue des coups de marteau lorsque le travail avait repris. Peut-être était-elle due aussi à l'effet du bourgogne, mais il préférait ne pas en tenir compte. L'absence de Clément ne l'avait pas surpris : depuis le départ de ses proches un an plus tôt, l'ingénieur s'était jeté à corps perdu dans la préparation de son record et y consacrait tout son temps comme si sa vie en dépendait, négligeant souvent de s'alimenter, dormant parfois à même le sol du laboratoire pour gagner de précieuses minutes alors que plus de trois années le séparaient encore de la tentative. Mais rien ne devait être laissé au hasard.

Lorsqu'il entra dans le Laboratoire d'aéronef, Eiffel trouva Clément groggy, allongé sous le pylône, son chef riveteur et le barbet près de lui. Médor s'appliquait à lui lécher consciencieusement le visage.

— Non, n'entrez pas ! hurla l'ouvrier.

L'avertissement arriva une fraction de seconde trop tard. Eiffel avait à peine fait trois pas en avant qu'il sentit le sol se dérober sous sa jambe d'appui comme s'il se déplaçait sur un lac gelé. Il tomba lourdement sur le dos, évita les jurons et se releva avec la dignité qui seyait à sa fonction.

— Les billes, indiqua l'homme. N'avancez plus, il y en a partout !

— C'est ma faute, précisa Clément, qui reprenait ses esprits et s'était assis. J'ai négligé ce risque. Mais il n'y a aucun danger lorsqu'elles tombent du ciel.

Une fois le local nettoyé, il montra toutes les avancées à son employeur puis aborda les points de blocage.

— Le principal problème reste le système de régénération de l'air, qui prend encore trop de place. Côté ballon, l'enveloppe possède deux soupapes : une soupape de sûreté en haut et son appendice en bas. Les deux sont commandées par des cordes qui me posent encore problème : le ballon aura la forme d'une poire au décollage et à l'atterrissage, et celle d'une sphère à son altitude maximale. Ce qui entraîne une différence de hauteur de plusieurs mètres. Il me faut trouver un moyen pour avoir suffisamment de câble quand le ballon changera de forme mais faire en sorte qu'il reste en permanence tendu.

— Comment allez-vous manipuler les cordes depuis l'intérieur de la cabine ? Tout doit rester étanche.

— Pour l'instant, on a étudié un système de manivelle qui donne plutôt satisfaction. Elle ne s'est enrayée que trois fois sur cent. Mais, quand la température extérieure sera de moins trente ou moins quarante, le risque sera grand. On teste les meilleures graisses avec Nouguier, il faut en trouver une qui ne figera pas à basse température.

— J'admire cette maîtrise du détail dont vous faites preuve et je partage l'enthousiasme de Flammarion, conclut Eiffel.

— C'est qu'il n'est pas question de ne pas réussir. Vous avez encore des billes de plomb incrustées au dos de votre veste, ajouta-t-il en les enlevant. Je suis désolé de cet incident.

— Mais non, cela m'a donné une idée pour améliorer le lancer des tabliers de mes ponts. Chaque expérience a du bon !

Clément regarda l'ingénieur s'éloigner avec la désagréable sensation de trahir son mécène. Car, sans le savoir, Eiffel finançait bien plus qu'un record d'altitude : il allait lui permettre de résoudre le problème de Tête-de-rat et de retourner définitivement à l'Alhambra.

89

Dimanche 26 septembre 1886, Alhambra, Grenade

Elle était arrivée un jeudi de septembre. La fresque, emballée dans une grande toile de lin, reposait dans une caisse de bois fabriquée pour l'occasion, et était accompagnée d'un représentant du musée du Louvre qui était resté plusieurs jours pour assister à sa mise en place dans une des maisons du Partal, là où elle avait été volée un siècle auparavant. L'homme était reparti à l'issue d'une cérémonie officielle comme les affectionnaient les Français, après avoir fait signer à Rafael Contreras un récépissé de remise, et s'était rendu à Madrid pour recevoir en contrepartie le tableau d'un auteur français à la renommée limitée mais que son parcours historique et géographique, qui l'avait fait échouer au Prado, avait rendu idéal pour un échange.

Alicia vérifia que la colle des mosaïques avait parfaitement séché et appliqua une cire protectrice à l'aide d'un chiffon avant de reculer pour admirer l'œuvre dans son ensemble.

— Mon séjour à Paris aura au moins servi à quelque chose, songea-t-elle à voix haute.

Se sentant observée, elle se retourna et découvrit Rafael immobile sur le seuil.

— Je ne voulais pas t'effrayer, se justifia-t-il. La fresque est vraiment très belle, ajouta-t-il avant d'entrer.

Depuis son retour, Alicia avait réussi à le maintenir à une distance suffisante et les tentatives de l'architecte étaient devenues sporadiques depuis l'été. Le souvenir cuisant de leur unique moment d'égarement lui servait de repoussoir.

— Tu ne vas pas à la procession de la Vierge ? demanda-t-il tout en effleurant les mosaïques du bout des doigts.

— Je ne participerai plus à rien tant que Clément ne pourra pas rentrer chez nous. Je n'en ai pas la force. Et toi ?

— J'y ai envoyé toute la famille, dit-il en parlant de sa femme et de ses trois enfants, mais je voulais avancer sur un chantier. Nos absences conjuguées vont faire jaser...

— On dirait que cela te fait plaisir.

— Tu ne me crois pas capable de les quitter pour toi. Au moins, si tout le monde est au courant...

— Au courant de quoi ? Même si l'on était tous les deux célibataires, tu ne serais jamais mon *novio*. C'est fini, Rafael, fini parce que ça n'a jamais commencé, combien de fois faudra-t-il te le répéter ?

— Ce qu'on a vécu est une réalité que tu ne peux nier. Ce fut pour moi comme une révélation, comme si je n'avais jamais connu l'amour avant.

— Un moment de faiblesse ne fait pas une relation. Oh, et puis j'abandonne, dit-elle en lui posant le torchon dans la main. Finis toi-même !

Alicia traversa les jardins du Partal et s'assit à l'ombre d'un figuier près de l'étang de la tour des Dames, là où, enfants, ses jumeaux adoraient venir manger les fruits chauffés par le soleil. Elle se rasséréna, prit une figue et la croqua en tentant de retrouver le goût rassurant du souvenir, mais elle était fade. Elle convoqua d'autres souvenirs et compta que sa famille avait participé à dix-sept processions de la *Virgen de las Angustias*[1]. À chaque fois, ils avaient englouti une quantité incalculable de beignets et de gâteaux de la Vierge, confectionnés avec des cheveux d'ange en sucre et du chocolat, ce qui avait souvent occasionné des digestions douloureuses.

Au moment de retourner s'excuser auprès de Rafael, elle aperçut une silhouette sortant de la tour, un homme qu'elle reconnut aisément. Tout de noir vêtu, il remonta le chemin de ronde en enfilant des gants blancs, tenue traditionnelle du défilé qu'il allait manifestement rejoindre. Que pouvait faire Ruy Pinilla dans une des bâtisses non habitées de l'Alhambra ?

1. Vierge des Angoisses, sainte patronne de la ville.

Poussée par la curiosité, Alicia entra sous le portique en arc, traversa la salle carrée et grimpa l'escalier menant au mirador d'où elle entendait une voix fredonner un air populaire.

— Kalia ?

La Gitane, qui se brossait les cheveux tout en admirant la vue sur la vallée du Darro, se retourna et lui sourit sans paraître gênée ou surprise.

— Kalia ? répéta Alicia, incrédule, dont l'esprit se refusait à faire un lien direct entre sa présence et celle du fils Pinilla dans le lieu.

— Je nc savais comment t'en parler, dit la Gitane en se faisant un chignon d'un coup de main habile. Si tu es ici, c'est que tu l'as vu sortir. Maintenant, tu es au courant !

Elle chercha des yeux son carré de dentelle noire, qu'elle trouva près de la couche aux draps chiffonnés, et en recouvrit ses cheveux.

— Alicia, dit-elle en la prenant par les bras, ne fais pas cette tête. Tout va bien et je suis heureuse !

— C'est juste la surprise..., avoua Alicia en se laissant choir sur le lit.

— Ça le fut pour moi aussi, crois-moi, dit Kalia en s'asseyant à côté d'elle.

Les deux femmes restèrent silencieuses quelques secondes, face à l'arc qui s'ouvrait sur la montagne aux sommets blanchis.

— Ne te méprends pas, j'ai toujours été fidèle à Mateo.

— Je le sais, ma belle, répliqua Alicia en la prenant affectueusement par les épaules.

— Mais il est mort depuis un an et demi, j'ai fait mon deuil et, surtout, je peux encore aimer et être aimée. Ruy est venu à moi et je n'ai eu qu'à me laisser aller. Quelle sensation délicieuse !

— Quel âge a-t-il ?

— Vingt-cinq ans et j'en ai dix-huit de plus. Je sais qu'il pourrait être mon fils, mais je n'ai pas l'intention de m'établir avec lui. Il me permet juste de me sentir vivante.

— Tu es belle, Kalia, tu es la plus belle femme qu'il m'ait été donné de connaître. Tu ne vas pas porter le deuil toute ta vie, même si le noir te va bien, ajouta Alicia en admirant sa robe de procession. Et lui ? Quelles sont ses intentions ?

— Il veut m'épouser et partir à Madrid ; ses parents seraient opposés à une telle union, évidemment. Mais, ne t'inquiète pas, il finira par se lasser de sa Gitane et s'en ira à la capitale épouser une bourgeoise. En attendant, je me sens bien !

— Je suis heureuse pour toi.

— J'avais quand même un peu peur de t'en parler, déjà que mon Javier n'est pas très correct avec Victoria.

Le jeune homme, qui avait débarqué à New York plus d'un an auparavant, n'avait écrit que trois fois à sa *novia*.

— Il est très occupé par le remontage de la statue, l'excusa Alicia.

— Les journaux disent que l'inauguration est prévue dans un mois. Il a le temps, crois-moi. Mais il préfère le passer à s'amuser. Et il n'est pas très fort pour exprimer ses sentiments. Andalou et bohémien ! Ta fille est une sainte ; à sa place, il y a longtemps que je l'aurais envoyé paître !

Toutes les cloches de la ville envoyèrent une volée de notes d'airain.

— Je suis en retard, s'écria Kalia en posant un tulle noir sur ses épaules, la Vierge vient de sortir de sa basilique. J'allais oublier la bougie !

Elle ouvrit un coffre qui contenait ses affaires ainsi que quelques vêtements d'homme.

— C'est notre cachette secrète, tu comprends, sa famille... marmonna-t-elle en fouillant avant d'en retirer la bougie recherchée. Son père doit me trouver bien fragile en ce moment, Ruy vient me voir plusieurs fois par semaine. Il ne peut même pas donner ton nom comme excuse, tu es la chasse gardée de papa Pinilla. Quoi ? sourit-elle devant la moue de protestation d'Alicia. Ne me dis pas que tu n'avais jamais remarqué son béguin pour toi !

— Si, mais je croyais que personne d'autre ne s'en était aperçu.

— Rien ne m'échappe, Alicia, rien du tout, assura Kalia, la faisant rosir légèrement.

— Tu oublies tes chaussures, éluda Alicia.

— Tu as raison !

Elle s'en débarrassa d'un mouvement de cheville.

— J'ai toujours fait la procession pieds nus. Je sais que Ruy n'aura d'yeux que pour mes jambes quand il me croisera et cela me plaît. C'est drôle qu'à nos âges on fasse toujours des rêves de jeune fille !

Le visage de la Vierge, sur lequel coulaient des larmes de plâtre, était d'une infinie tristesse. Parée de vêtements brodés qui recouvraient son corps et sa tête, elle portait un Christ mort sur les genoux. La statue, posée sur un autel fleuri de roses blanches, se balançait au rythme de l'avancée des porteurs, quarante-quatre hommes, qui se relayaient tous les cinquante mètres au son d'une cloche et des *Viva la Virgen de las Angustias* !

Ruy, qui attendait son tour, avait aperçu Kalia prenant place dans la procession des femmes. La Vierge avait déjà parcouru plusieurs rues et, alors que le jour commençait à décliner, remontait à son rythme lent et chaloupé la *calle de los Reyes Católicos* en direction de la cathédrale, précédée de plusieurs fanfares. N'étant pas de la paroisse, Rafael se contentait de suivre le défilé comme spectateur. Il avait retrouvé sa famille, qui s'était postée *plaza de Bib-Rambla*, et jetait sans cesse un œil vers les ombres des murailles de l'Alhambra qui se découpaient sur le ciel.

Victoria avait suivi la procession en compagnie de Jezequel à la sortie de la basilique Nuestra Señora de las Angustias. Puis les jeunes gens s'étaient rendus à l'Alhambra, d'où ils pouvaient entendre les musiques des fanfares mélangées aux vivats de la foule monter par bouffées jusqu'à la terrasse de la tour du Guet où ils s'étaient installés. Les lumières des bougies formaient des ficelles lumineuses dessinant le tracé des rues empruntées.

— Dommage qu'ils ne soient pas là. Tu es sûr qu'ils vont bien ?

Jezequel rentrait le matin même d'un séjour à Paris où il avait présenté son invention à l'Exposition internationale des sciences et des arts industriels, un nouveau procédé de chauffage des chaudières à base de résidus de pétrole.

— J'ai passé une semaine avec Irving et ton père : tout va bien, rassure-toi. Ils m'ont donné des lettres pour ta mère et toi... Au fait, tu en as aussi une de Javier, ajouta-t-il, faussement distrait.

— Montre, montre-les-moi, vite ! s'exclama Victoria en lui tirant la veste.

— Je ne les ai pas, expliqua-t-il en riant de la réaction de son amie.

— Quoi ?

— J'ai eu trop peur de les perdre avec toute cette foule. Elles sont chez moi, on ira les chercher tout à l'heure.

Elle s'était levée.

— Pas question d'attendre, on suivra la fin de la procession depuis ton balcon, dit-elle en lui faisant signe de la suivre.

Jezequel comprit qu'il n'avait pas le choix et lui emboîta le pas.

— Je peux te prendre par le bras ? lui demanda-t-il alors qu'ils montaient l'Albaicín. C'est une tradition française. Les Parisiennes se promènent toujours au bras d'un homme.

— Mais... tu n'as pas de *novia* ? Je croyais que Sarah avait tes faveurs.

— La fille du marquis ? Elle a surtout celles de mes parents. Cela ne me dérange pas d'être vu avec toi. Au contraire : si elle pouvait en profiter pour rompre, j'en serais soulagé.

— Jez, pourquoi ne le fais-tu pas tout seul ? Tu n'as pas besoin de moi et je n'aime pas être une excuse. Javier non plus n'aimerait pas.

— Peut-être parce que je suis trop lâche pour l'affronter, elle, ainsi que mes parents, dit-il sur le ton de la plaisanterie.

La repartie sonnait pourtant comme un aveu et Victoria, dont le cœur était toujours en empathie avec les âmes en peine, ressentit de la tristesse pour son ami.

Ils firent une halte *placeta de Nevot* avant d'entrer dans la maison des Pozo.

— Tu sais, moi aussi je vis encore chez mes parents.

— Mais pas sous leur joug, répliqua-t-il spontanément avant de le regretter. Les parents Delhorme sont un rêve pour tous les enfants, même adultes.

Les cloches de la cathédrale sonnèrent en force.

— La Vierge est arrivée, montons sur la terrasse, dit-elle en le tirant par la manche.

— Attends, lui enjoignit-il. Il y a autre chose que je voulais te dire. Je l'ai vue.

Victoria resta sans réponse. Irving, qui ne pouvait garder le secret de Nyssia pour lui seul, l'avait écrit à Victoria en lui intimant de ne jamais en parler à quiconque, surtout à leurs parents. Depuis la réception chez le prince, il avait revu sa sœur à son domicile parisien à deux reprises, dans l'espoir de la faire changer de vie, avant de comprendre que son entreprise était vaine.

— C'est mon frère ? souffla-t-elle en s'asseyant sur le seul banc de la placette, un petit siège en marbre rouge. C'est lui qui t'en a parlé ?

— Irving avait besoin de se confier, il étouffait de tristesse, expliqua Jezequel, resté debout. Il voulait que je la rencontre, il pensait qu'un ami de jeunesse comme moi pourrait la faire réfléchir.

— Ce n'était pas une bonne idée. Que s'est-il passé ?

— Je l'ai vue au Grand Seize. J'ai fait comme si le hasard m'y avait conduit. Elle m'a tout de suite reconnu.

— Elle a surtout tout de suite compris qui t'envoyait.

— C'était très étrange dans ce cabinet particulier, tous ces hommes autour d'elle comme une cour, tout ce luxe, cette liberté de mœurs. J'étais si mal à l'aise. Nous nous sommes isolés dans un boudoir et nous avons parlé plus d'une heure. Elle m'a demandé des nouvelles de vous tous. Je crois que vous lui manquez vraiment.

— On lui manque à la manière des souvenirs d'enfance. Comme un livre que l'on prend quand on a le spleen et qu'on repose ensuite. Je suis désolée, je dois te sembler dure, mais j'ai perdu toute illusion sur ma sœur.

— Nyssia m'a fait promettre de venir la voir à chacun de mes passages à Paris. Quand je suis sorti du boudoir, les commentaires de ses cocodès étaient si osés que j'en ai rougi. Mais, avec ma peau cuivrée, je crois que ça ne s'est pas vu. Ils se demandaient tous d'où je pouvais bien sortir et comment je connaissais leur princesse Franco. Je ne pense pas que j'y retournerai.

— Oh que si, tu y retourneras ! Tu le feras parce qu'elle t'attire et parce que tu te trouveras injuste envers elle si tu n'y vas pas, dit-elle en balayant ses protestations du revers de la main. Mais ne culpabilise pas : personne ne peut lui résister. Nyssia a trouvé la clé du cœur des hommes. Viens, montons !

À peine étaient-ils arrivés sur le balcon que les milliers de petits points lumineux qui balisaient le parcours du défilé disparurent, comme soufflés par un vent violent.

— C'est fini pour cette année. Dieu sait ce qui se sera passé d'ici à la suivante. Que fais-tu ? demanda-t-il alors que Victoria avait fermé les yeux.

— Un vœu. À la fin de chaque procession, je fais un vœu à la Vierge.

— Et ils se réalisent ?

— Je fais le même chaque année, dit-elle en riant d'un petit rire élégant et discret. Mais, cette fois, il n'a jamais été aussi proche.

90

Vendredi 5 novembre 1886, New York

Debout sur le flambeau de *Lady Liberty*, Javier ne savait où donner de la tête. Il remplit les deux seaux mis à sa disposition, descendit les escaliers de la statue et s'installa sur une barque appartenant au port de New York en compagnie d'une dizaine d'hommes, chargés comme lui. Ils traversèrent la baie d'Hudson jusqu'au dock et vidèrent leurs seaux dans d'immenses chaudrons.

— Il y en a encore beaucoup ? questionna le responsable de l'opération.

— Il en reste des centaines, répondit Javier dans un anglais à l'accent guttural.

— Un bon millier, oui, renchérit l'ouvrier à son côté. Je te parie qu'on fait encore cinq allers-retours.

Javier ne répondit pas et fit la traversée de retour vers l'île de Bedloe le regard rivé sur les plus hauts immeubles de Manhattan, regroupés près de la baie comme la proue d'un immense navire. Un seau vide dans chaque main, il grimpa de nouveau les cent soixante-huit marches jusqu'à la tête, puis celles l'amenant à la torche où un employé de la direction des phares éructait des « *Oh, my God!* » à la chaîne devant le spectacle de désolation : le sol était jonché d'un tapis de cadavres d'oiseaux migrateurs qui, attirés par les puissants projecteurs installés au sommet, s'étaient écrasés contre le monument. Ils formaient un monticule au pied de la flamme que l'homme demanda à Javier d'enlever en priorité. Ce dernier s'exécuta et remplit rapidement ses récipients tout en se réfugiant dans le souvenir des hirondelles de la tour du Guet qu'ils libéraient après chaque prise.

— Il fallait y penser avant, c'est une œuvre d'art, pas un phare ! maugréa-t-il en français à l'adresse de l'employé, qui lui signifia son incompréhension.

Une fois son travail fini, l'homme du dock lui annonça qu'il avait compté treize mille quatre cent cinquante cadavres de dizaines d'espèces différentes, qu'un journaliste du *World* était venu l'interroger et qu'un article paraîtrait le lendemain. Javier lui rendit les seaux tapissés de plumes ensanglantées et marcha un long moment sur les quais avant de s'asseoir à la table d'un pub du port. Là, il but deux bières au goût desquelles il s'était habitué au point d'en oublier l'ambre doux de celles de la Laiterie du Paradoxe.

L'inauguration avait eu lieu huit jours auparavant, un 28 octobre de pluie et de brouillard. Pourtant, le spectacle avait été grandiose. Grâce aux liens qu'il avait tissés avec certains compatriotes, Javier avait pu intégrer la délégation française qui avait fait partie de la parade, escortée par les gardes de La Fayette et des fanfares bruyamment joyeuses, et suivie par des myriades d'associations et de représentations, dont l'Union Alsace-Lorraine, venue spécialement pour fêter Auguste Bartholdi.

Au moment où le drap recouvrant le monument s'était effacé pour dévoiler la *Liberté guidant le monde,* la flottille de centaines de bateaux illuminés de feux de Bengale, foisonnant de drapeaux français et américains, avait actionné ses sirènes, déchirant la brume sur la silhouette de la statue, fantomatique, ruisselante, et provoquant les applaudissements et les cris d'une foule d'un million de personnes qui, après l'avoir longtemps ignoré, avait fait sien le cadeau de la France.

Mais le souvenir le plus marquant de Javier avait été le sourire engageant d'une femme à la beauté lumineuse qu'il avait croisée en débarquant sur l'île de Bedloe. Leurs regards s'étaient suivis avant d'être détachés par la foule des délégations qui convergeaient vers le socle de *Lady Liberty*. Après la fête, il l'avait cherchée longtemps, avant de se mortifier de son attitude vis-à-vis de Victoria. Il avait tous les bonheurs avec elle, quel besoin d'en allumer un nouveau pour chauffer son cœur qui l'était déjà ?

La semaine était passée rapidement, dans les préparatifs de son départ, alors que le doute s'insinuait en lui. Le matin même, Bartholdi était venu le chercher à son hôtel, prévenu par la direction des phares, afin qu'il participe à l'enlèvement des oiseaux morts et qu'il vérifie que le carnage n'avait pas endommagé la structure de la main. Toute la délégation devait repartir le lendemain. Javier avait prévu de se rendre à Paris afin de prendre sa malle d'affaires personnelles et d'organiser une dernière fête pour son départ avant son retour à Grenade. Jezequel avait tenu parole et lui avait proposé de s'occuper de son projet de chauffage des chaudières par des résidus de pétrole, qui s'annonçait prospère, notamment dans le domaine de la marine. Sa *novia* l'attendait, ils se marieraient en été ou, plus probablement, au début de l'automne, quand les nuits étoilées d'octobre délivreraient suffisamment de fraîcheur pour les invités de la noce, et ils habiteraient à l'Alhambra, dans un des appartements donnant sur la cour de la Lindaraja. Il était incapable de se projeter au-delà, ce qu'il attribuait à son ascendance gitane. Kalia avait la même propension à limiter son futur au présent.

Il pensa à Mateo avec tristesse. Celui qu'il appelait « mon père » avait toujours anticipé le pire et vécu modestement pour que Kalia et lui ne manquent de rien jusqu'à la fin de leur vie. Un héritage important l'attendait dans une banque de Grenade, une somme qui l'effrayait, tout comme l'effrayait l'idée qu'à son retour elle serait à portée de main et de tous ses désirs. New York offrait l'avantage de l'en protéger. Il lui restait encore plusieurs semaines pour se sentir libre de tout, autre sentiment irrépressible qu'il mettait sur le compte de son sang de bohème.

Javier commanda une troisième bière, y toucha à peine, paya et sortit.

— Ha-vi-eur !

Il s'était rapidement habitué à la nouvelle prononciation de son prénom, mais jouait encore souvent la carte de l'incompréhension, ce qui l'amusait et lui permettait d'éviter les importuns. Il attendit le second appel pour se retourner vers le représentant de l'American Electric Company qui l'avait hélé, et qui le rejoignit à bout de souffle.

— Je vous ai cherché partout, nous avons besoin de vous, dit-il avant de se pencher en avant, mains sur les genoux, pour reprendre sa respiration.

Le système mis en place dans la torche, composé de deux rangées d'œils-de-bœuf percés à même le cuivre, qui projetaient la lumière de dix puissantes lampes, était tombé en panne plusieurs fois depuis l'inauguration puis avait été à l'origine de la catastrophe aviaire.

— Ils veulent tout changer, mais il nous faut un ingénieur qui connaisse bien la structure. Ça vous dirait de faire le job ?

CHAPITRE XXXII

91

Vendredi 31 mai 1918, Grenade

Kalia attendit patiemment que tous soient assis et scruta les visages, qui avaient perdu toute légèreté. La nouvelle, enfouie depuis quarante ans, ne pouvait qu'être grave. Jezequel et Javier s'évitaient du regard.

— Je n'étais pas présente à l'Alhambra ce soir du 18 octobre 1875. Je vivais encore au Sacromonte, et tout ce que je vais vous dire me vient de Mateo et de Clément. Nyssia et Irving, il est maintenant temps que vous sachiez, puisque ces deux *tontos* n'ont pas osé aller jusqu'au bout, dit-elle avant de ménager un silence. Cet anarchiste en fuite s'était bel et bien réfugié à l'Alhambra. Et on l'a aidé à se cacher.

— J'en étais sûr que papa l'avait fait, il s'est toujours comporté en véritable aventurier ! proclama Irving avec fierté.

— Je croyais que Mateo avait avoué à ce Tête-de-rat que c'était lui ? N'est-ce pas ce que tu m'as dit, Kalia ?

— Tout cela est exact, répondit la Gitane. Mais la réalité est plus complexe. Le premier qui l'a aidé est ici, dans cette pièce.

— Javier ! tonitrua Irving.

— Le hasard a fait que le fugitif est tombé sur un de ses élèves, continua Kalia. Et que notre Javier s'est senti obligé de le secourir.

— C'était mon professeur, je ne pouvais pas le laisser, renchérit celui-ci. Vous comprenez ça ? Pourtant, je ne l'aimais pas beaucoup, il était dur avec nous, n'est-ce pas, Irving ?

L'interpellé ne répondit pas. Nyssia invita Javier à continuer.

— J'étais au Generalife et je me suis retrouvé nez à nez avec lui. Il n'a pas cherché à me mentir, il m'a dit être poursuivi par la Guardia et m'a demandé où il pouvait se cacher.

— Il ne savait pas que tu détestais encore plus ses cours que la police, plaisanta Jezequel.

— Toi, tais-toi, gronda Javier, la main menaçante. Alors, je l'ai emmené dans le mirador qui est à l'extrémité de l'Alhambra, là où M. Delhorme rangeait ses instruments. Je savais qu'il gardait toujours la clé sur lui, mais que la porte arrière pouvait s'ouvrir de l'intérieur. J'ai grimpé sur l'oranger. Une des branches pendait au-dessus du balcon du premier étage. C'était facile. Une fois dedans, j'ai ouvert à notre professeur et je l'ai caché dans la cave, près de la réserve de bois.

— Pendant ce temps, Clément cherchait Javier pour lui expliquer la décision le concernant, continua Kalia.

— Mateo voulait le retirer de l'école, se souvint Nyssia. Papa nous avait promis de trouver une solution avant Noël.

— Votre papa faisait tout son possible pour que je réussisse mes études, et moi j'avais caché mon professeur dans son mirador... J'ai fini par lui avouer. Dans un premier temps, il ne m'a pas cru. Il m'avait si souvent vu fanfaronner ! Puis mon père nous a rejoints et il a tout de suite compris la gravité de ma bêtise. On y est allés et j'ai pris une des plus belles raclées de ma vie ! Il avait la main leste, Mateo, même blessée.

— Tu l'avais mérité, continua Kalia. Ils ont discuté un long moment et ils ont accepté que Pascual reste dans la cache. Mais il devait avoir disparu avant l'aube. Quand le capitaine est arrivé avec ses hommes, ils ont tenté de fouiller tous les bâtiments. Votre père leur a interdit l'entrée du mirador en expliquant qu'il y avait du matériel scientifique de grande valeur et que la fouille en perturberait le fonctionnement. Il leur a affirmé que les observatoires des grandes villes européennes attendaient ses relevés pour les bulletins météo et que rien ne devait entraver la bonne marche de la science. Il était le seul avec votre mère à en avoir la clé et il a juré que personne ne s'y trouvait. Mais Tête-de-rat ne voulait pas céder. Puis un des hommes est venu lui parler à l'oreille et tous sont partis. Votre père avait fini par gagner.

— Mais à quel prix ! fit remarquer Nyssia.

— Ils l'auraient fait, même sans Javier. Mateo et lui auraient caché cet homme, tempéra Irving.

— Pour être franche, mon Mateo n'aimait pas beaucoup les anarchistes. Mais je crois qu'il n'aimait pas davantage les autorités, confia la Gitane.

— Sans Javier, votre professeur se serait débrouillé seul. Ils ne l'auraient jamais vu, insista Nyssia.

— Quelle différence ?

— Quelle différence ? Papa n'aurait pas été accusé par ce militaire et n'aurait pas eu sa vie gâchée ! Toute sa vie !

Javier avait baissé la tête et faisait peine à voir.

— Je suis désolé, sincèrement, dit-il en fixant le plancher. J'avais douze ans.

— J'aurais fait comme toi, intervint Irving. On l'aurait tous fait. Le problème n'est pas d'avoir caché un homme, mais d'être tombé sur ce Tête-de-rat. Ce type est un malade.

— C'est vrai, dit Jezequel, resté en retrait. Dire qu'il a fini colonel !

Nyssia s'était levée.

— Pardonne-moi, Javier, ce n'était pas contre toi, mais je pensais à papa, dit-elle en s'approchant pour l'étreindre.

— Il est bien temps de penser à lui, c'est avant qu'il fallait le faire, répliqua-t-il en reculant. Je ne veux pas des caresses d'une catin !

Irving se leva pour protester mais Jezequel fut le plus rapide. La mêlée entre les trois garçons fut brève, interrompue par les coups de balai de Kalia.

— Allons, vous avez fini ? Vous n'avez pas honte ? cria-t-elle. C'est vous tous qui avez douze ans !

Ils se relevèrent en s'époussetant.

— Il n'avait pas à traiter ma sœur de catin ! s'indigna Irving, qui reçut un coup de racines de chiendent sur les fesses.

— Elle m'a toujours pris pour un idiot, se défendit Javier, qui connut le même sort.

Kalia essuya la brosse du balai sur les cheveux épars de Jezequel.

— Eh, mais je n'ai rien dit, moi !

— Tu as déclenché la bagarre, répliqua la Gitane avant de ranger son instrument près de l'âtre. Maintenant, serrez-vous la main, je ne veux plus vous voir fâchés. Vous êtes comme des frères, ne l'oubliez jamais.

Ils se firent tirer l'oreille mais, sous les instances de la Gitane, finirent par se porter une accolade et par échanger des excuses sincères.

— Où est ma sœur ? demanda soudain Irving.

— Partie pendant votre esclandre, répondit Kalia tout en récupérant les quelques glaçons qui n'avaient pas fondu. Elle avait sans doute besoin d'être seule.

— Tout cela à cause de ce Tête-de-rat ! enragea Irving. Nyssia a raison : il nous a pourri la vie. Si je l'avais là, en face de moi, je l'étranglerais sur-le-champ !

— Rien ne t'en empêche, Irving, dit Kalia : il est encore vivant. Qui veut un *granizado* ?

Nyssia joua avec les polygones de lumière projetés depuis la coupole des Bains, comme elle avait coutume de le faire, enfant, en imaginant que les étoiles venaient le jour se réfugier dans sa tanière préférée, avant de repartir le soir s'étendre sur le tissu noir de la voûte céleste. Elles étaient ses amies, chacune avait un nom et lui avait raconté son histoire. Ensemble, elles avaient espéré.

— Je suis revenue vous dire que j'ai vécu mes rêves, murmura-t-elle en caressant les branches de lumière sur le marbre du sol. Mais le prix en était élevé, si élevé...

Elle se souvint d'une de ses cachettes, se rendit dans la salle de repos et sonda les mosaïques du mur attenant aux lits de pierre. Celles-ci avaient été rénovées et les carrés scellés par de nouveaux joints. Son cahier était peut-être encore derrière, dans la niche du mur, ou bien avait été trouvé lors des travaux, peut-être même par sa mère. Elle rougit en se souvenant des pensées intimes qu'elle y avait inscrites et qui révélaient sa connaissance approfondie des hommes et de leurs fantasmes à un âge où les jeunes filles en étaient encore à la lecture des *Contes de ma mère l'oye*. Nyssia imagina la déception d'Alicia et le désarroi de son père. Elle avait été si pressée de manger le monde et regretta d'avoir ainsi abrégé son adolescence. *La vie est une course de fond*, songea-t-elle en revenant dans la salle tiède s'asseoir au milieu du puits de lumière. Elle pensa à Victoria, qui avait pris le temps de s'installer dans sa propre vie, se sacrifiant toujours pour les autres – Javier, sa mère, son père –, mais était-ce un sacrifice ou y avait-elle trouvé une forme d'équilibre ?

Le fil de ses pensées était confus, cela aussi Nyssia le devait à son tréponème, mais elle refusait de l'admettre. Aucun homme ne l'avait jamais soumise et aucun micro-organisme ne réussirait là où l'autre sexe avait échoué. Depuis son arrivée, elle tentait de comprendre pourquoi son père avait renoué les liens en lui imposant une énigme à résoudre.

— C'est bien dans son caractère, murmura-t-elle. « Nyssia est une équation à deux inconnues, dit-elle en parodiant ses gestes, qui elle aime et pourquoi. »

Grâce à lui, son retour à Grenade était devenu un chemin de réconciliation avec tous, y compris avec elle-même.

— Mais il n'est pas là ! s'écria-t-elle soudain.

La pensée l'avait traversée comme une évidence: elle avait changé son carnet de place la veille de son départ de l'Alhambra, pour un lieu plus sûr. Elle gagna la salle de la chaudière, ouvrit la porte de service située à l'arrière et souleva une dalle du sol qui servait de trappe à l'hypocauste. Elle plongea le bras et en sortit deux carnets et un livre.

— Mon édition des *Fleurs du mal*...

Irving l'appela depuis l'entrée des bains. Elle reposa son trésor dans la canalisation et ferma l'hypocauste.

Lorsqu'elle entra dans la salle aux étoiles, son frère n'était pas seul.

— Je savais que je te trouverais ici, dit Victoria, qui avait hérité du sourire de leur mère.

— Mon Dieu..., balbutia Nyssia.

Elle ne put retenir ses larmes. Depuis son arrivée, elle s'était préparée à la confrontation, mais l'irruption de sa sœur l'avait surprise. Elles s'étreignirent longuement. Nyssia reconnut l'odeur rassurante de la peau de Victoria, semblable à celle qu'elle avait, enfant, et qui avait le parfum floral du vent de la Vega.

Ils s'assirent tous les trois autour d'un puits de lumière et laissèrent le temps remonter à eux. Nyssia retrouva les sensations de sa vie d'avant, qu'elle pensait perdues. Les souvenirs se présentaient pêle-mêle, et elle se demanda quel drôle de jardinier en elle avait pu en prendre soin, alors qu'elle les avait ignorés depuis tant d'années, pour les lui offrir ainsi préservés.

Ils parlèrent comme des naufragés qui auraient erré dans le désert avant de rallier un point d'eau et de boire, des petites gorgées d'abord, puis de plus en plus abondantes, jusqu'à s'enivrer de leurs voix.

— Quand tu étais jeune, tu croyais que les étoiles venaient se réfugier dans la journée ici pour rêver, fit remarquer Victoria.

— C'était ma maison, je m'y sentais si bien..., avoua Nyssia. Qu'est-ce qui n'est pas allé, avec moi ? Pourquoi suis-je devenue si différente de vous tous ?

— Peut-être que pour réussir une vie, il faut en sacrifier une autre, proposa Victoria. On écrit rarement une lettre sans brouillon.

— Il faut en rater beaucoup d'autres, corrigea Irving. Toutes celles qu'on n'a pas eues.

— Alors, ma corbeille en est pleine, dit Nyssia en dépliant ses jambes pour les masser. Il est temps pour moi d'arrêter les erreurs. Je l'ai compris en revenant ici, grâce à papa. Demain, j'irai rendre visite à Tête-de-rat.

CHAPITRE XXXIII

92

Lundi 14 février 1887, Paris

Le journaliste de *L'Illustration* écarta le voilage pour observer la vue. La propriété, située au 10 de l'avenue de La Bourdonnais, s'ouvrait sur le Champ-de-Mars, juste en face de l'emplacement choisi pour la tour d'Eiffel.

— Vous comprenez, dit la veuve, si cette horrible chose est construite, je ne pourrai plus jouir de la vue, elle va me cacher le soleil et m'enlever toute perspective. C'est une catastrophe !

— Je comprends, répondit machinalement le chroniqueur, que les plaintes de la vieille femme n'avaient pas l'air d'émouvoir. Mais c'est une installation provisoire.

— Vingt ans, monsieur, vingt ans avant de la démonter ! Autant dire que c'est plus que ce qu'il me reste à vivre. Et si je voulais vendre, personne ne voudrait acheter un immeuble situé à côté d'un pylône de trois cents mètres ! Non, vraiment, c'est une catastrophe ! répéta-t-elle en l'invitant à prendre place à la table de la salle à manger. Que voulez-vous boire, monsieur... ?

— Rastignac. Rien, merci, déclina-t-il en sortant un carnet et son crayon.

— Rastignac... c'est votre vrai nom ?

— Non, bien sûr, c'est le pseudonyme que j'utilise pour ma rubrique du « Courrier de Paris ». Pour revenir à notre sujet, madame Bouruet...

— Aubertot. Bouruet-Aubertot, o, t, précisa-t-elle en se plaçant derrière lui pour vérifier la façon dont il l'orthographiait.

— Cette gêne occasionnée est donc la raison de votre action au tribunal ?

— Tout d'abord, ce n'est pas une simple « gêne », mais un réel danger, que vous semblez ignorer, monsieur, dit la vieille dame en s'asseyant en face de lui. Sachez que des spécialistes ont calculé qu'elle a toutes les chances de s'écrouler avant la fin de sa construction ou, pire, de s'enfoncer dans le sol, ce qui fera sortir la Seine de son lit et provoquera un raz-de-marée ! s'échauffa-t-elle en se levant précipitamment pour observer un fiacre s'arrêter devant le chantier.

Deux hommes en descendirent et s'engouffrèrent derrière la palissade qui avait été dressée.

— Sacrelote, c'est la fin du monde que vous êtes en train de me décrire, dit-il avec un demi-sourire. N'avez-vous aucune foi dans les calculs des ingénieurs ?

— Les ingénieurs sont des hommes comme les autres. Seul Dieu est infaillible, déclara-t-elle d'un ton péremptoire tout en effectuant des allers et retours entre fenêtre et table, ce qui agaça son hôte.

— Peut-on revenir à notre sujet ?

— Il est là, je viens de le voir entrer, cet industriel de malheur ! maugréa-t-elle après s'être rassise. Mais je n'ai pas dit mon dernier mot, sachez que je ne suis pas seule dans ce combat.

— Vous avez contacté les architectes et les artistes qui ont signé cette pétition aujourd'hui dans *Le Temps* ?

— Non, pas du tout, je parle de la comtesse de Poix et de son époux, qui habitent au 8 et qui vont, eux aussi, introduire une instance devant le tribunal civil de la Seine pour interdire la construction de cette... chose, conclut-elle en lui tendant des documents qu'il ne prit pas la peine de consulter. Quand nous avons acheté, avec mon mari, la convention prévoyait que la partie centrale resterait à l'état de parc et qu'il n'y aurait que des maisons bourgeoises sur ce terrain. Regardez, c'est écrit noir sur blanc. Et voilà qu'on y met un pylône ! Nous allons gagner, parce que force doit rester à la loi, même pour les constructeurs et leur ministre !

— Des maisons bourgeoises ? répéta-t-il avec étonnement avant de noter fébrilement.

— Oui, qu'y a-t-il d'étonnant à cela ? Nous tenons à notre cadre de vie, cher monsieur.

— Alors, je vous prédis que vous avez déjà perdu votre procès, annonça Rastignac en posant sa plume.

La veuve tressauta plusieurs fois sur sa chaise sans oser se lever.

— Mais pourquoi ? Mais comment... ?

— Chère madame, qu'est-ce qu'une maison bourgeoise ? Les artistes appellent bourgeois tout ce qui leur déplaît. Or la tour Eiffel déplaît aux artistes, donc c'est une construction bourgeoise : vous venez de me trouver la conclusion de ma chronique !

Accompagné de Koechlin, Eiffel avait inspecté les fondations de la pile numéro deux, où une cinquantaine d'hommes travaillaient dans une énorme excavation carrée. Des tombereaux descendaient à l'intérieur à l'aide de rampes, avant de remonter, remplis de remblais, pour être attelés et transportés jusqu'aux décharges publiques. La procession des tombereaux avait transformé le Champ-de-Mars en une immense fourmilière.

Ils rejoignirent Jean Compagnon et Émile Nouguier qui se trouvaient dans la plus grande des cabanes de chantier, tout près de la Seine.

— Venez vous réchauffer, dit Compagnon en leur servant une boisson fumante dans des bols.

— Il fait quatre degrés, nota Nouguier en tapotant le thermomètre à mercure.

Tous burent en silence, bercés par le ronronnement du poêle avant que Compagnon ne déroule un plan des fondations sur la table de travail.

— Les fouilles seront finies d'ici à une semaine, expliqua-t-il. On a commencé les excavations pour les quatre massifs de maçonnerie qui supporteront les arbalétriers, et on devrait bientôt atteindre la couche de gravier solide.

— Quelle cote ? interrogea Eiffel tout en parcourant le plan.

— Plus vingt-sept. En ce qui concerne cette pile, ainsi que la numéro trois, il n'y aura aucun problème, on a été chanceux pour le sous-sol.

Les deux entrepreneurs responsables des sondages vinrent se joindre à la réunion et bénéficièrent du même vin chaud.

— Le remplissage par du béton hydraulique est prévu le 4 mars, continua Compagnon, sauf si le temps nous en empêche.

— Qu'en dit Delhorme ?

— Il prévoit un radoucissement et pourra le confirmer définitivement cinq jours avant, répondit Nouguier. Mais la tendance des dernières années indique une température de plus de sept degrés début mars.

— Passons maintenant aux problèmes attendus, dit Eiffel en invitant leurs sous-traitants à prendre la parole.

Les premiers sondages des piles une et quatre, situées côté Seine, n'avaient pu fournir de résultats interprétables. Les carottes de déblai avaient été délayées par l'eau du fleuve qui infiltrait le sous-sol sur lequel la tour allait reposer, rendant impossible l'évaluation de sa consistance. Des puits à air comprimé avaient été installés pour y remédier et les résultats des nouveaux sondages venaient de leur parvenir.

— La bonne nouvelle est qu'il y a une très belle couche de sable et de gravier à la cote vingt-deux, annonça l'homme, et qu'on peut asseoir sans problème les fondations sur cette couche. La mauvaise est qu'il y a de l'eau à la cote vingt-sept, soit à sept mètres cinquante de profondeur, poursuivit-il pendant que l'autre faisait circuler un croquis du sous-sol.

— Monsieur Compagnon, les interrompit l'un des contremaîtres qui venait d'entrer, on a besoin de vous.

Le chef de chantier s'excusa, enfila son épaisse blaude et le suivit.

— Je suis désolé de vous déranger, reprit l'homme alors qu'ils traversaient le champ poussiéreux, mais il y a ici un journaliste qui insiste pour voir M. Eiffel. Je n'arrive pas à m'en débarrasser.

— Je m'en occupe, dit Compagnon, qui s'était habitué à gérer les nombreuses demandes de visite.

Son esprit était tourné vers la réunion qu'il venait de quitter. Eiffel allait sûrement ordonner l'utilisation de caissons à air comprimé pour les fondations. Les hommes devraient travailler, entourés de l'eau de la Seine, dans des cloches alimentées en air par une pompe électrique. Le procédé n'était pas nouveau, mais l'équipe d'Eiffel était sous la pression des journaux et de tous les détracteurs prêts à bondir au moindre incident.

Compagnon franchit la palissade marquant le seuil de l'entrée principale où l'attendait le journaliste en compagnie du gardien.

— Cher monsieur, je crains qu'il ne soit pas possible de rencontrer M. Eiffel aujourd'hui. Faites votre demande auprès de M. Salles, qui prendra contact avec vous.

— Ne perdons pas de temps, riposta Rastignac. Je sais que votre patron est ici, nous l'avons vu entrer, dit-il en désignant la fenêtre de Mme Bouruet-Aubertot. Veuillez lui remettre ce mot, je l'attends.

Le chroniqueur dut patienter une demi-heure avant de voir un fiacre se garer devant l'entrée et un quart d'heure supplémentaire avant qu'Eiffel ne sorte du chantier.

— J'ai peu de temps, grimpez, nous discuterons pendant le trajet, lui enjoignit ce dernier.

— S'il passe par mon journal, j'accepte. Vous me devez bien ça après une telle attente.

— En enfilant les habits de l'imprévu, vous deviez vous douter qu'ils n'étaient pas du sur-mesure, dit Eiffel tout en donnant un coup de canne sur le plafond.

Le véhicule s'ébranla au pas. L'ingénieur écouta le journaliste lui relater son entrevue avec la veuve et refusa de polémiquer, comme l'homme semblait l'y inviter.

— Puisque la justice est saisie, attendons sa décision, répondit-il placidement. Nous sommes confiants car dans notre droit.

— Et sur la pétition des artistes, qu'avez-vous à me dire ?

— Rien de plus, monsieur Rastignac. J'ai déjà fait une réponse complète dans *Le Temps*. Le moment n'est plus à la protestation, c'est avant l'attribution qu'il fallait se manifester. Aujourd'hui, notre projet de tour suscite l'admiration du monde entier. Comment comprendre qu'il n'y ait qu'en France, et même qu'à Paris qu'on la conteste encore ?

— C'est surtout la concession de vingt ans qui a mis le feu aux poudres, monsieur Eiffel, fit remarquer le chroniqueur.

— Alors, dans ce cas, c'est trop tôt ! Qu'ils attendent de la voir autrement que sur un plan, avant de hurler au sacrilège. Et si, une fois érigée, tous ces Cassandres réalisaient qu'au lieu d'une horreur, ma tour était une belle chose, que ses lignes essentielles, qu'ils décrient sans les avoir jamais vues, représentaient la beauté de son appropriation à sa destination ? Sa forme est la seule qui puisse lui permettre de résister à tous les éléments, et c'est de là qu'elle tirera son esthétique !

— Je dois dire que votre détermination m'impressionne, alors que vous avez tout ce beau monde sur le dos. Je vous avouerai qu'au début, j'étais dubitatif.

— Et aujourd'hui ?

— Aujourd'hui, j'ai compris que votre « chose », quelle que soit son esthétique, est comme un signe des temps. Rendez-vous compte qu'elle est entrée dans le langage courant : untel me disait que sa pièce était la tour Eiffel des succès de théâtre, un autre que la femme dont il était amoureux était sa tour Eiffel. Et dire qu'elle n'est même pas construite !

— Mais elle le sera, monsieur, elle le sera, et vous serez tous fiers de mon « odieuse colonne de tôle boulonnée ».

Le fiacre déposa Rastignac rue de Richelieu. Le journaliste lui promit de l'avertir de la parution de sa prochaine chronique sur le sujet. Eiffel lui promit quant à lui une visite avant l'inauguration officielle.

La polémique, qui courait depuis des mois, l'avait épuisé. Il rentra rue de Prony et resta un moment dans le fiacre arrêté au beau milieu de la cour intérieure, les yeux rivés sur la tapisserie garance de l'habitacle. L'image de Marguerite, qui aurait eu quarante et un ans, l'avait traversé, suivie du visage de Victorine. Les deux femmes étaient mortes à quelques mois d'intervalle et, depuis lors, il protégeait sa vie sentimentale si méticuleusement que même Claire n'avait jamais vu une seule autre femme auprès de lui. Il était celui sur lequel tous comptaient, le père attentif, l'ingénieur novateur, l'entrepreneur hardi, mais en cette minute précise il avait envie de ne plus être aucun de ceux-là, juste de se sentir aimé dans des bras affectueux.

Lorsqu'il descendit du véhicule, Eiffel avait chassé le spleen et se sentait plus fort que jamais. Non seulement la tour serait son chef-d'œuvre, mais il en ferait une icône indéboulonnable.

93

Vendredi 1er avril 1887, Paris

Médor leva les oreilles, pointa son museau vers le hublot où un humain était apparu et émit un gémissement plaintif. Clément lui caressa le dos, ce qui eut un effet calmant immédiat sur le barbet, qui reprit sa position allongée.

— Encore quinze minutes, annonça-t-il à Nouguier, dont le visage disparut de la vitre.

Clément continua à travailler sur ses équations, assis sur une chaise, un cahier sur les genoux. Il était entré dans la cabine en début d'après-midi, accompagné de Médor, pour un test de renouvellement de l'oxygène qui s'avérait positif.

— Du moins pour un homme plus un chien statiques pendant quatre heures, commenta-t-il pour lui-même.

En cas de problème de commande des soupapes lors du vol, les deux aéronautes pourraient être amenés à rester dans leur capsule jusqu'à la tombée de la nuit, lorsque la température du gaz dans l'enveloppe permettrait la descente, soit près de douze heures. Clément fit une nouvelle fois le calcul de la durée d'oxygène dont ils pourraient disposer grâce à la machine de piégeage du gaz carbonique, mais il n'arrivait plus à se concentrer. Il avait à peine enfoui son visage entre ses mains qu'il sentit la langue râpeuse du barbet lui lécher les doigts: il était l'heure de sortir.

Il fit un tour dans l'atelier principal pour admirer les premières ferrailles de la tour sorties des forges lorraines que le chef de réception des fers était en train de contrôler. Puis il rentra à pied, les mains dans le dos, le regard rivé sur les pavés, replié dans ses pensées qui oscillaient entre la préparation du record et Alicia dont l'absence était devenue insupportable, malgré les lettres régulières qui lui parvenaient.

Irving se préparait à sortir. Son comportement taciturne inquiétait Clément, qui s'en sentait responsable. L'ingénieur s'était muré dans son travail, incapable de recréer un cocon familial depuis le départ d'Alicia et de Victoria.

— Tu as une nouvelle veste ? remarqua-t-il au moment où son fils enfilait un paletot qu'il ne lui connaissait pas.

— Tu m'as déjà posé la même question en début d'année à son sujet, soupira Irving. Je l'ai achetée à Jez à Noël quand je suis retourné à Grenade. Les manches étaient trop courtes pour lui.

— Voilà l'inconvénient du prêt-à-porter, tenta Clément pour éviter de s'excuser, ce qu'il faisait à tout bout de champ et qui énervait passablement Irving. Tu vas voir Juliette ?

— Oui, je ne rentrerai que tard, ou peut-être pas.

Clément savait que son fils lui mentait. Le malaise d'Irving dans ces moments-là était le même que lorsque, petit, il tentait de protéger ses sœurs des conséquences de leurs bêtises. Il était incapable de tordre le cou à la réalité sans arborer un regard implorant le pardon. Clément avait interrogé Alicia, qui lui avait confirmé par l'intermédiaire de Jezequel ce dont il se doutait déjà.

Que son fils lui mente n'était pas un drame en soi, il était normal, il était essentiel qu'il conserve un jardin secret vis-à-vis de lui, mais ce n'étaient pas des mensonges heureux, comme ceux des amoureux ou des passionnés. Irving souffrait, et son père le percevait.

Lorsqu'il le quitta, Clément l'observa depuis la fenêtre marcher jusqu'à l'angle du boulevard de Courcelles où l'attendait une berline privée dans laquelle il s'engouffra sans se retourner.

La bouquetière du Jockey Club grelottait devant l'entrée du Grand Seize, emmitouflée dans son costume aux couleurs du gagnant du Derby. La nuit était traversée d'averses et de bourrasques.

— Je ne sais pas comment tu fais, dit-elle au maître d'hôtel qui restait immobile, je suis gelée.

— Question de matière, répondit-il en la dévisageant d'un regard en biais. Tu as fait de mauvais choix.

— Justement, je n'ai pas le choix, mon patron me fournit les vêtements et je dois les garder toute l'année, dit-elle, sur le point d'éternuer.

Le maître d'hôtel lui fourra prestement un mouchoir sous le nez, ce qui eut pour effet immédiat de lui couper l'envie.

— Ce qu'il sent bon ! dit la bouquetière en respirant le tissu.

— Cadeau d'une cliente.

— « VF », dit-elle en lisant les broderies. Alors, c'est elle ?

L'homme confirma de la tête :

— Veronica Franco. Jamais je n'ai vu une courtisane susciter de telles passions. Et pourtant, j'en ai connu... Tu peux le garder, ajouta-t-il alors qu'elle lui tendait le carré de tissu. J'en ai d'autres.

— Il paraît qu'elle...

— Chuuut..., l'interrompit-il. Tu entendras tout et son contraire à son sujet. Mais ce que je sais d'elle je le tairai, inutile de me questionner.

La bouquetière savait qu'il ne se vantait pas. Ernest était le majordome le plus réputé de la ville pour son intégrité et sa discrétion, à tel point que les clientes du Grand Seize en avaient fait leur conseiller et confident. La rumeur lui prêtait aussi quelque intimité avec des demi-mondaines, ce que, fidèle à son habitude, il ne démentait ni ne confirmait.

— Finalement, tu as une vie rêvée, remarqua-t-elle en pliant soigneusement le mouchoir pour le ranger dans une poche. Alors que moi, aucun de ces messieurs ne me regarde jamais.

— La seule vie rêvée que je connaisse n'est ni la mienne ni celle de nos clients, c'est celle du vrai monde, celui qui ne se montre pas. Rentre chez toi, je finirai ta vente, dit-il en désignant le seau qui contenait trois bouquets de narcisses.

Resté seul, Ernest fit quelques pas en se frottant les bras. Il avait aussi froid qu'elle mais sa réputation ne lui permettait pas de se départir de son flegme en présence d'autrui. Il reprit sa position lorsqu'une berline s'arrêta devant l'entrée, une grande calèche jaune aux rechampis noirs, à l'attelage composé de deux demi-sang racés et aux deux hommes d'équipage, qui faisait fantasmer tous les *clubmen* de la place de Paris. Veronica Franco en descendit avec grâce et se dirigea vers le maître d'hôtel d'une démarche ondoyante qui, couplée à sa robe en voile de soie écossais, mettait en valeur sa plastique qualifiée de « mètre étalon de la beauté » par un échotier en vue.

— Ernest, je vous présente mon frère, annonça Nyssia, dont le large chapeau de paille garni de plumes d'autruche cachait le visage d'Irving, qui fit un pas de côté pour se montrer.

— Comme vous voudrez, madame Franco.

— Non, Ernest, Irving est vraiment mon frère ! dit-elle, amusée.

— Pardonnez-moi. Je ne savais pas que vous aviez un frère, madame Franco.

— Elle a aussi une sœur et nous sommes tous jumeaux, mais très différents, compléta Irving d'un ton ironique qui n'échappa pas au majordome.

— Ernest, un bouquet de narcisses pour ce jumeau chagrin, réclama Nyssia.

— Je vous souhaite une bonne soirée, monsieur, dit le majordome en lui tendant les fleurs.

Il s'effaça pour les inviter à grimper l'escalier. La mine empruntée d'Irving, le bouquet dans les mains, égaya sa sœur.

— Pourquoi les hommes auraient-ils le monopole d'offrir des fleurs ? En tout cas, les réactions sont toujours cocasses. J'ai connu un artiste, très épris de moi, qui éprouvait une forme de jouissance à recevoir des roses à chacune de nos rencontres. La seule vue du bouquet l'émoustillait au plus haut point.

— Tu n'es pas obligée de me raconter ton intimité, tu devrais comprendre que cela m'indispose.

— Je le fais pour t'éprouver, mon frère, car ce n'est rien par rapport à ce que tu entendras de moi par ailleurs. Cela fait partie du jeu.

— Jamais je ne comprendrai ce milieu dans lequel tu baignes.

— C'est celui que j'ai tant désiré et qui m'a choisie. J'en aime les codes et pour rien au monde je n'en changerais. Quand je pense à la tête d'Ernest, le pauvre est tellement habitué à défendre mes alibis qu'il t'a pris pour un de mes courtisans, dit Nyssia en s'arrêtant à mi-chemin. Allez, Irving, ne fais pas cette tête-là, la méprise est plutôt cocasse, non ?

Il ne répondit pas et passa devant elle pour arriver le premier dans la salle. Il s'en échappait un mélange de rires et de musique dont il décida qu'ils étaient vulgaires. Irving regrettait d'être venu avant même d'entrer. Il était passé voir sa sœur à sa demande, au premier étage du 124 de la rue des Champs-Élysées, alors qu'elle cherchait un photographe pour son portrait. Elle avait insisté pour qu'il le fasse, ce qui ne lui plaisait pas, ni pour lui, ni pour elle, ni pour son père à qui il serait obligé de mentir une fois de plus. Ils avaient soupé dans le décor somptueux de son appartement, dont il concédait qu'il avait été conçu avec beaucoup de goût et sans ostentation, ce qui l'aidait à se prouver à lui-même que sa sœur n'avait rien à voir avec les courtisanes du Tout-Paris à la trivialité affichée. Puis Nyssia l'avait emmené voir une représentation de *Sigurd* à l'Opéra, où elle louait une loge des plus vastes, qu'elle appelait sa baignoire. Au retour, elle avait insisté pour qu'ils s'arrêtent à l'annexe du Café Anglais où l'attendaient ses fidèles zélateurs.

Lorsqu'il ouvrit la porte du Grand Seize, une cocodette jouait au piano l'air des « Cloches du monastère », frappant les touches comme des maillets une boule de criquet, se déhanchant dans un équilibre précaire pendant que les autres reprenaient en chœur les paroles, buvant du champagne au verre ou à même la bouteille entre deux couplets, assis ou allongés dans les canapés généreux du cabinet qu'ils avaient privatisé pour la soirée. Leur arrivée déclencha un joyeux tumulte et quelques battements de canne.

Irving reconnut les quatre *fashionables* invités à la table du prince Youssoupov, ainsi qu'un homme, plus âgé, dont il avait déjà vu le visage. Un autre, affalé dans un fauteuil, déclamait une poésie à l'intention d'une belle occupée à s'attacher ses faveurs.

— Enfin, nous désespérions de voir notre reine ! lâcha l'un des cocodès, appuyé par les approbations de l'assemblée.

La musique cessa et le canapé fut poussé au milieu de la pièce où elle s'installa seule et devint aussitôt le centre de toutes les attentions. Veronica leur détailla sa soirée sans omettre aucun détail, la rendant plus vivante que ce qu'Irving avait eu l'impression de vivre, partageant avec eux une foule de détails qu'il n'avait pas même remarqués. Sa sœur avait un don pour captiver l'auditoire et donner l'impression à chacun qu'elle ne s'adressait qu'à lui. Elle était tout à la fois soleil et miroir. Il s'en voulut de commencer à comprendre la fascination qu'elle exerçait sur les autres.

Irving sentit une main lui caresser l'épaule. Il s'était volontairement mis à l'écart et avait été rejoint par l'une des participantes, une femme élancée au visage anguleux et aux cheveux plus noirs que des ailes de corbeau qui descendaient, fins et disciplinés, jusqu'à ses hanches. Son physique tranchait sur celui des autres courtisanes mais il aurait pu aisément se fondre dans la foule de l'Alameda à Grenade.

— Prenez cette coupe de champagne, vous avez l'air triste, monsieur le frère, dit-elle après en avoir avalé une gorgée et tourné la flûte du côté où elle avait posé les lèvres.

Irving but sans répondre à ses avances, faisant mine de s'intéresser aux *fashionables* qui racontaient à leur tour leur soirée.

— Nous étions aux Bouffes-Parisiens, pour la première d'un opéra-comique, annonça le dandy imberbe.

— *La Gamine de Paris*, enchaîna le deuxième.

— Elle s'en souviendra, la gamine, de sa première, continua un autre.

— En même temps, quelle idée de le faire un 1er avril, ironisa le dernier en levant exagérément les yeux au ciel, avant de se chercher un verre.

— Quelle inconscience, oui !

— C'est le jour où les poissons pleuvent.

— Le jour où ils volent...

— Qu'avez-vous fait ? interrogea Irving pour mettre fin à leur numéro.

Son intervention parut si curieuse à l'assemblée que tous se tournèrent vers lui.

— Je suis, moi aussi, équipé d'une langue, ajouta le photographe. Moins agile que la vôtre, j'en conviens.

— Ils ont jeté des poissons dans le public depuis l'orchestre, expliqua la cocotte qui se tenait collée à lui. Et je suis sûre qu'elle embrasse merveilleusement, cette langue si pudique, lui chuchota-t-elle à l'oreille.

— Dit ainsi, ma chère Giulia, c'est un peu court ! s'exclama le dandy imberbe en s'adressant à la courtisane.

— Franchement vexant, reprit le premier. Tout d'abord, ce n'étaient pas de vulgaires poissons, mais de belles truites.

— De magnifiques truites, tu veux dire. Et vivantes, expliqua le plus jeune des quatre.

— Tous ces poissons qui planaient au-dessus des têtes avant de plonger dans la foule des bourgeois indignés, ce fut une vision d'un drôle !

— Le plus vivant des poissons d'avril, pouffa l'imberbe.

— Pour une fois qu'on sort de l'ennui des conventions.

— Comment votre aventure s'est-elle terminée ? voulut savoir Veronica Franco.

— Nous avons failli être lynchés par la foule, répondit le plus âgé, comprenant qu'il devait conclure. Ils ont crié, hurlé, nous ont menacés et certains ont jeté vers nous leurs poissons comme si c'étaient des saumons remontant la rivière. En fait, il y avait plus d'étudiants prêts à en découdre que de bourgeois, et nous avons dû battre en retraite avant l'entracte pour ne pas être roués de coups. Il y a longtemps que nous ne nous étions pas autant amusés.

La compagnie décida d'ouvrir de nouvelles bouteilles de champagne pour fêter la fin heureuse de leur farce. Giulia se fit plus insistante encore auprès d'Irving.

— Il y a, à côté de ce cabinet, plusieurs alcôves que j'aimerais vous faire visiter, dit-elle en le prenant par le bras. Nous y aurons toute intimité, précisa-t-elle en lui montrant le poète s'y diriger avec une des courtisanes.

— Je ne crois pas qu'il en ait envie, s'interposa Nyssia. Désolée, mon jumeau, je me suis trompée, je pensais que Giulia était ton genre de femme. Désolée, Giulia, ajouta-t-elle à l'adresse de l'odalisque, Irving est un idéaliste, mais je ne désespère pas de le faire revenir à la réalité.

— Tu verras, après quelques déceptions, on prend goût aux faveurs d'une momentanée, susurra Giulia.

— Si tant est qu'on en ait les moyens, intervint un des *fashionables*.

— La courtisane est plus que précieuse, elle est indispensable à la nation, proclama Veronica Franco. C'est pourquoi elle n'a pas de prix.

Tous se regroupèrent autour d'elle.

— De tout temps elles ont été présentes. Théodote, que Socrate fréquentait ? Une sybarite ! Qu'ont été Phryné pour Praxitèle ? Theoria pour Sophocle ? Lydie pour Horace ? Des muses ! La Fornarina pour Raphaël ? Son amante inspiratrice. Sans elles, point de grands penseurs ni de grands artistes. Elles ne sont pas seulement essentielles aux arts, mais à toute l'industrie. Sans les courtisanes, la moitié des bijoutiers de Paris seraient à la rue, même chose pour les tailleurs, les maîtres de danse, les parfumeurs et les carrossiers. La courtisane représente le luxe, et le luxe représente la santé d'un pays.

Ils applaudirent en criant leur approbation. Tous avaient bu, beaucoup, depuis plusieurs heures, et étaient éméchés, à l'exception de Nyssia qu'Irving n'avait pas vue un verre à la main. Elle dominait les débats, les initiait, les orientait, et contrôlait son monde.

— « Être vertueux, qu'est-ce autre chose que dire non à tout ce qui est agréable dans cette vie, qu'une lutte absurde avec les penchants et les passions naturelles, que le triomphe de l'hypocrisie et du mensonge sur la vérité », cita-t-elle de mémoire.

— Victor Hugo ? proposa Giulia.

— Baudelaire ! beugla un *fashionable*.

— Maupassant.

— Non, ce nouveau qui écrit des poèmes... Rimbaud !

À chaque fois, Veronica Franco répondait par la négative d'un signe de tête. Irving attendit que chacun eût épuisé sa réserve d'idées avant d'annoncer :

— Théophile Gautier.

— Comment le sais-tu ? demanda-t-elle, sincèrement étonnée.

— C'était dans un des cahiers que tu as laissés à l'Alhambra.

— Aha ! intervint le plus vieux dandy. Je sens que ton frère va nous livrer tes secrets de jeunesse !

— Les pommes de terre Anna sont prêtes ! proclama Ernest, le maître d'hôtel, que personne n'avait entendu entrer.

— Ce sera pour une autre fois, messieurs, dit Nyssia. Il est plus de minuit et je meurs de faim !

La collation fut servie dans le cabinet du Grand Seize, chacun prenant assiette et couverts et se posant là où il le voulait avec une part du gâteau de pommes de terre préparé par le cuisinier du Café Anglais.

— Il est de tradition d'en manger à chacune de nos réunions, dit Giulia, qui s'était installée avec Irving sur le haut de caisson du piano.

— Pour quelle raison ? s'enquit-il tout en découvrant la texture croustillante et moelleuse des pommes Anna.

— Pour qu'on n'oublie jamais qui l'on est et comment tout peut finir. Veronica, tu peux lui raconter ?

— Je le tiens d'Ernest. Il y a quelques années, cet établissement a été fréquenté par Anna Delion, une splendeur de courtisane qui compta parmi ses amants une altesse impériale.

— Voilà qui vous marque pour la postérité, dit le poète, revenu de l'alcôve pour partager le rituel.

Nyssia ne releva pas l'allusion qui lui était destinée et continua :

— À force de discuter cuisine avec elle, notre ami Ernest, toujours attentionné pour ses clientes, lui fit composer ce plat par le maître cuisinier de la maison.

— Ducléré, précisa un des *fashionables*.

Tous entouraient à présent le piano, leur assiette à la main ou posée sur le couvercle du clavier.

— Ducléré a mis au point un appareil spécial pour la fabrication et la cuisson des « pommes de terre Anna » qui leur donne ce goût unique, poursuivit Nyssia tout en picorant du bout des lèvres un morceau du gâteau. La recette eut presque autant de succès que la belle, qui fut la courtisane la plus en vogue à son époque.

— Et comment a-t-elle fini ?

— Seule et ruinée, dans un bouge de la rue Taitbout. Abandonnée de presque tous, en dehors d'Ernest qui allait régulièrement lui rendre visite. Elle est morte il y a quelques années, dans la misère et le souvenir de sa splendeur. Les hommes vous oublient aussi vite qu'ils vous adulent.

— Reste sa recette, dit Giulia en regardant les pommes de terre caramélisées dans son assiette d'un air de dévotion qui fit rire tout le monde.

L'homme plus âgé, qui s'était montré discret toute la soirée, prit Veronica Franco à part et l'entraîna dans une des alcôves d'où ils sortirent une dizaine de minutes plus tard. Elle fit signe à Irving.

— Mon frère, je voudrais te présenter quelqu'un dont tu connais sûrement le nom, dit-elle en se tournant vers l'inconnu.

— Comte Pierre de La Chesnaye, enchanté de rencontrer le jumeau de notre Veronica, déclara-t-il d'une voix exagérément enjouée.

— Vous êtes l'un des administrateurs du Bon Marché, n'est-ce pas ? commenta Irving sans laisser paraître son agacement.

Il venait de comprendre la raison pour laquelle Nyssia avait tant insisté pour qu'il l'accompagne au Grand Seize.

— Absolument et, à ce propos, Veronica me parlait de votre situation d'employé dans notre galerie d'ameublement. Sachez que, si vous voulez évoluer vers un autre poste avec plus de responsabilités, il suffit de m'en parler et vous pouvez considérer la chose comme acquise, assura La Chesnaye avec suffisance.

— Je vous remercie, ce ne sera pas nécessaire, je me sens très bien dans mon travail.

— Permettez-moi d'insister, je ne peux rien refuser à notre amie, dit le comte en effleurant le bras de Nyssia.

— Je suis reconnaissant envers ma sœur de s'inquiéter de mon avenir, mais je vais bientôt quitter votre établissement, monsieur de La Chesnaye.

L'administrateur adressa un coup d'œil interrogatif à Veronica Franco.

— Ma sœur n'est pas au courant, expliqua Irving. Je vais travailler comme photographe à temps plein pour plusieurs employeurs.

L'homme le félicita d'une formule convenue, lui renouvela sa proposition en cas de déboires dans le milieu de la photographie, puis quitta l'assemblée.

— C'est lui, le successeur de Youssoupov ? demanda Irving après qu'elle l'eut raccompagné.

— Que tu es drôle ! Non, mon amant sérieux est un baron italien, un diplomate connu de tous. Lui me courtise depuis un moment, il est fou de moi et vient de m'offrir ce solitaire, dit-elle en tendant sa main où brillait un diamant de belle taille.

— Et tu as accepté ?

— Donne-moi une seule raison de refuser un cadeau sans contrepartie ? Ne t'inquiète pas pour moi, le comte est resté à la porte de mon gynécée, mais je le garde bien au chaud. Il est de ceux qui m'ont promis de m'épouser s'ils étaient veufs. Ce sera une sécurité quand je me flétrirai.

— Rapport aux pommes de terre Anna ?

— Irving, ne sois pas ingrat. Je l'ai invité pour te le faire rencontrer. Il pouvait t'aider à évoluer.

— Je suppose que je dois te remercier.

— Fais ce qui te semble juste.

— Alors, je te demanderai de ne plus essayer de m'aider.

— Comme tu voudras.

— Je te demanderai aussi de ne plus m'inviter. Je ne suis pas à l'aise dans ton monde. En fait, je m'y sens étranger.

— Viens à mon appartement la prochaine fois, je serai seule.

— C'est impossible, tu vis avec une véritable cour, dit Irving en regardant le groupe tout à ses bacchanales.

— Écrivons-nous, alors, proposa-t-elle.

— Madame, dit le maître d'hôtel, essoufflé d'avoir grimpé les marches deux à deux.

— Plus tard, Ernest.

— C'est que votre gouvernante vient de nous faire parvenir un billet. Cela semble important.

Elle le parcourut et prit une expression contrariée.

— Je dois rentrer pour une affaire urgente.

— Je m'en allais, Nyssia.

— Pour l'amour du ciel, ne m'appelle pas Nyssia ! souffla-t-elle en vérifiant que personne ne l'avait entendu.

— Tu peux me déposer près de chez toi ? Je finirai à pied.

— Attends-moi, je n'en ai pas pour longtemps. On terminera cette discussion plus tard. Tu veux bien ? S'il te plaît, insista-t-elle.

Irving accepta. Il était fatigué et savait qu'il était inutile de lutter contre sa sœur.

— Tu m'attends, répéta-t-elle avant de disparaître dans l'escalier.

Plusieurs couples s'étaient isolés dans l'intimité des alcôves. Irving s'affala dans un des fauteuils où Giulia luttait contre le sommeil et une forte ébriété.

— Finalement, je crois que nous sommes faits l'un pour l'autre ce soir, dit-elle avant de s'endormir sur son épaule.

Nyssia prit le plaid qui traînait sur le siège de la berline et s'en enveloppa. La couverture de tartan, offerte par un amant d'une nuit dont elle ne se rappelait même pas le visage, lui procura une chaleur appréciable, alors que les bourrasques de vent avaient repris et que la pluie tambourinait sur l'habitacle. Le mot de son employée indiquait qu'un « monsieur » l'attendait chez elle pour une affaire de la plus haute importance. Or seul son amant officiel avait droit à des rendez-vous dans son appartement et était connu de sa gouvernante. Quant aux autres, aucun, même à l'article de la mort, n'aurait osé la déranger en plein milieu de la nuit. Youssoupov, qui n'avait toujours pas accepté leur séparation, la traitait comme un boyard le ferait d'un serf affranchi, malgré sa générosité apparente. Mais il appartenait déjà au passé.

Sa domestique l'accueillit, les yeux gonflés de fatigue.

— Je suis désolée, Madame, il est arrivé vers minuit et a refusé de me dire son nom ou de revenir demain ou plus tard. Il voulait vous voir sur-le-champ. Je crois que c'est grave.

— Où est-il ?

— Il vous attend dans le petit salon.

Lorsqu'elle ouvrit la porte, Nyssia eut l'impression de défaillir. Il était la dernière personne qu'elle s'attendait à voir. Son cœur, qui s'était bloqué dans sa poitrine, repartit au galop. Elle tenta de se ressaisir mais ne put articuler qu'un mot :

— Papa...

94

Lundi 4 avril 1887, Paris

Les arêtes métalliques de plusieurs mètres qui jaillissaient du sol au niveau des deux premiers piliers ressemblaient à des traits fichés dans la terre par la main d'un géant. Irving prit plusieurs clichés en profitant de la luminosité de la mi-journée et transporta son matériel au niveau du pilier quatre, où Eiffel et Camille Flammarion, bottés et équipés d'une blaude et d'une toque en toile, se préparaient à descendre dans un des caissons à air comprimé. Le dispositif avait inspiré de nombreux articles dans la presse dont la teneur oscillait entre admiration et inquiétude : les ouvriers travaillaient dans une cloche métallique entourée d'eau qui pouvait, en cas d'incident, s'inonder en une minute. Eiffel avait inauguré une série de visites, à commencer par celle du ministre Lockroy, dont le but était d'éteindre les polémiques et d'alimenter les journaux en nouvelles régulières.

Les deux hommes se tinrent droits devant l'échelle qui plongeait dans la cheminée du caisson pendant qu'Irving découvrait l'objectif. Ils descendirent la vingtaine d'échelons dans la pénombre et touchèrent le sol saturé d'eau huit mètres plus bas, où quatre ouvriers remplissaient des seaux de déblai qu'un système de poulies dégageait à l'extérieur. Le compartiment, haut de un mètre quatre-vingts, les obligeait à rester en permanence légèrement courbés. Les équipes se relayaient régulièrement en raison de l'atmosphère chaude et humide.

— Nous maîtrisons les risques, dit Eiffel en constatant le front plissé d'inquiétude de Flammarion. Tout autour de nous il y a de l'eau, mais, grâce à l'air comprimé, elle ne peut pas pénétrer. Ce genre d'exercice n'est rien comparé à la fondation d'une pile de pont qu'il faut aller creuser au milieu du lit d'un fleuve. Qui sait faire un pont sait bâtir une tour !

— Je suis plus à l'aise dans un panier à mille mètres d'altitude que dans la cave de ma maison, avoua le chroniqueur scientifique du *Siècle*. Mais cela me fera un bel article !

Lorsqu'ils émergèrent de la cheminée, une fine couche de poussière collait à la sueur sur leur visage, qu'ils effacèrent d'un coup de mouchoir. Irving était parti développer les plaques dans une des baraques de chantier transformée en chambre noire.

— Les quatre piliers seront réunis au premier étage avant la fin de l'année, expliqua Eiffel.

Flammarion admira l'assurance de son ami, alors qu'il ne voyait, lui, qu'un terrain vague ponctué de quatre immenses trous.

— Allons nous changer, proposa l'ingénieur, puis nous retrouverons Clément au laboratoire d'aéronef.

Lorsqu'ils dépassèrent la palissade, il eut un regard vers les maisons de la rue de la Bourdonnais et ressentit un nœud à l'estomac. Tous attendaient la délibération des juges après la requête des riverains. Soucieux d'obtenir le marché, Eiffel avait accepté d'indemniser la veuve Bouruet-Aubertot sur ses fonds propres en cas de victoire de celle-ci. Une somme importante qui l'obligerait à arrêter sur-le-champ les travaux de Clément.

Delhorme n'était pas rentré chez lui depuis la soirée du 1er avril. Lorsqu'il avait vu Irving partir dans une luxueuse berline, il s'était rendu chez Juliette. La jeune femme avait commencé par mentir, s'était emmêlée dans ses explications puis, face à l'insistance de Clément, avait fini par éclater en sanglots avant de lui avouer qu'Irving s'était rendu à un rendez-vous dont elle n'avait donné que l'adresse et un nom, qui lui était inconnu. En se présentant au 124 de la rue des Champs-Élysées, Clément avait été reçu par l'employée de maison de Veronica Franco, qui, devant son désarroi, avait fait prévenir sa patronne. L'attente avait été longue mais l'inquiétude accumulée au fil des mois s'était levée : Irving avait une relation avec une demi-mondaine, sans doute une cliente du Bon Marché, et n'osait l'avouer à ses parents. Clément s'était détendu : les courtisanes n'étaient pas réputées pour la stabilité de leurs relations amoureuses, surtout avec un homme jeune et désargenté, et son fils reviendrait vers Juliette qui lui semblait attachée envers et contre tout. Il n'avait aucunement l'intention de lui faire la morale, il voulait juste soulager la conscience d'Irving qui lui cachait sa relation depuis le début.

Et Veronica Franco était apparue... Clément revivait sans cesse ce moment où, pendant une fraction de seconde, il n'avait vu que le visage de la courtisane qui avait jeté son dévolu sur son fils. Puis la voix de Nyssia l'avait appelé « papa ». Et tout était devenu indescriptible. Des montagnes de souvenirs avaient afflué ainsi que des questions, dont une revenait sans cesse : mais que faisait sa fille disparue chez cette demi-mondaine ?

Ils n'étaient pas tombés dans les bras l'un de l'autre, il n'y avait eu aucune effusion, des larmes, peut-être quelques larmes, il ne s'en souvenait plus très bien, à part cette sensation salée au coin des lèvres. Nyssia avait parlé, mais Clément ne comprenait pas. Il s'était assis, sa fille à côté de lui, qui répétait sans cesse qu'elle était Mlle Franco ; il avait combattu l'angoisse qui sourdait en lui, jusqu'à ce que tout prenne une place, sa place, et que la photographie devienne nette. Alors il avait compris, il avait accepté l'horrible vérité, tellement choquante qu'il ne pouvait l'envisager, qu'il ne pouvait même l'imaginer, jusqu'à ce qu'elle s'offre à lui dans sa cruauté blafarde : pendant toutes ces années, sa fille était là, à quelques quartiers de lui, courtisée et courtisane, se nourrissant des désirs qu'elle faisait naître chez les hommes de la classe dominante. Pendant toutes ces années, elle n'avait eu ni un mot ni une pensée pour sa propre famille qui la cherchait sans relâche. Nyssia avait parlé puis avait rejoint son père dans le silence, qui était tout ce qui leur restait en commun. Clément s'était senti endeuillé. Nyssia n'était plus, puisque Veronica Franco l'avait enterrée, et cette idée était devenue la seule audible, la seule crédible. Il avait failli dans son rôle de père sans savoir quand, sans comprendre pourquoi : sa fille était une équation à trop d'inconnues. Il avait ressenti le besoin de respirer, un besoin d'air impérieux, s'était levé, lui avait parlé en la dévisageant. Ses yeux, ses yeux de femme étaient les mêmes que ceux de l'adolescente qui les avait quittés, il avait eu l'espace d'un instant l'espoir qu'elle l'écoute, lui, le héros de son enfance, mais cet espoir s'était envolé avec la volute de fumée au bout de son porte-cigarette de jade. Alors, alors seulement il était sorti, et il avait su qu'il ne la verrait plus, puisqu'elle avait aussi enterré sa famille. Ils étaient devenus des courants contraires.

Depuis lors, Clément vivait dans son laboratoire où le vestiaire lui servait de chambre et de salle de bains. Il savait qu'il retournerait rue de Prony, il le devait à Irving, mais il était encore trop tôt. Seul le travail lui était acceptable, et il n'avait plus qu'une pensée : retrouver les siens et l'Alhambra sans craindre la justice espagnole.

— Voilà notre Robur ! s'exclama Flammarion, dont l'enthousiasme communicatif arracha un sourire à Clément.

Le roman de Jules Verne, paru l'année précédente, avait passionné les deux hommes qui avaient entamé d'interminables débats sur les ballons et les « plus lourds que l'air », machines volantes dirigeables qui avaient la préférence de Clément. Flammarion l'interpellait désormais invariablement sous le patronyme du personnage de Verne.

— Alors, où en sommes-nous, capitaine ? demanda le journaliste scientifique en se frottant les mains.

— Nous sommes prêts à construire le modèle final, répondit Clément en les amenant devant le prototype.

Médor s'assit à distance respectueuse de la cabine à l'intérieur de laquelle il détestait rester enfermé des heures.

— Tu n'auras plus à le faire, le rassura son maître en lui flattant le poil. J'ai fini tous les tests, messieurs, ajouta-t-il.

— Alors, nous sommes prêts ? insista Flammarion.

Clément se posta contre l'un des hublots du cube de métal et observa à l'intérieur avant de répondre :

— Oui, j'ai envoyé les plans des deux demi-coques aux forges de Pompey.

— Parfait ! se réjouit Eiffel.

— Il y a un dernier point à résoudre, dit Delhorme en revenant vers les feuilles étalées sur la table.

— Très bien, lequel ?

— Une seule personne pourra partir. J'ai refait les calculs plus de cinq fois. Je les ai affinés avec nos tests réels. Il y a assez d'oxygène pour deux adultes pendant cinq heures tout au plus.

— Augmentons la capacité de la machine, proposa Eiffel.

— Si on ajoute une seconde cartouche, il n'y aura plus assez de place pour deux adultes, objecta Clément en martelant du doigt le plan ouvert.

— En d'autres termes, il nous faut choisir qui de Clément ou de Camille partira dans le ballon, n'est-ce pas ? résuma l'entrepreneur.

— Comment allons-nous prendre cette décision ? interrogea Flammarion en se rapprochant de la cabine d'essai. Quel cruel dilemme !

— Camille est meilleur pilote, sans vouloir vous offenser, Clément, commença Eiffel. Mais...

— ... mais Clément est le plus apte à faire fonctionner les appareils de mesure, renchérit Flammarion.

— Voulez-vous qu'on annule cette tentative ?

— Sûrement pas, on y est presque ! ragea Flammarion en tapant du plat de la main sur la tôle de l'habitacle.

— Alors, laissons le sort décider pour nous, avança Clément.

— Que proposez-vous ?

— De la jouer à pile ou face, dit Delhorme en sortant une pièce d'un franc de son gilet.

Il la lança à Flammarion, qui la récupéra au vol et la cacha sous sa paume droite.

— Vous acceptez de vous y soumettre tous les deux ? s'enquit Eiffel pour formaliser leur décision. Celui qui gagne tentera le record, l'autre fera le vol d'essai. Réfléchissez bien : après, toute contestation sera impossible.

— Oui, répondirent-ils en même temps.

— Que choisissez-vous ? demanda Flammarion.

— Face.

Irving lava son visage incrusté de poussière après une journée passée sur le chantier de la tour, se changea et soupa légèrement afin de se coucher tôt. Il était satisfait de ses clichés, qu'il irait remettre le lendemain à l'industriel et dont il garderait une série de portraits d'ouvriers. La tour n'était rien sans ses travailleurs, et il avait décidé de les mettre à l'honneur. Il s'assit au bureau, écrivit une lettre à sa mère, comme les jours précédents, pour tenter de la rassurer, et demeura un long moment rêveur devant la photo que son père avait gardée, une image des Bains sur laquelle Clément était persuadé avoir vu Nyssia dans les nuances d'ombre d'une niche où lui-même n'avait jamais rien décelé.

La clé qui tourna dans la serrure de la porte d'entrée le réveilla au moment où la pendulette postée sur le rebord de l'âtre tintinnabulait huit fois. Il s'était endormi, la tête sur le cuir du secrétaire. Irving massa sa nuque endolorie et entra au salon, l'esprit embrumé.

— C'est toi, papa ? demanda-t-il alors qu'une lueur venait de s'allumer dans la cuisine.

Clément apparut, une lampe à huile dans une main et un quignon dans l'autre.

— J'avais faim, expliqua-t-il en mordant dans le pain.

— Je le prends comme une bonne nouvelle, papa.

— Je suis désolé de tout ce qui vient d'arriver. Tu n'as pas de la soupe ?

Irving raviva les braises rougeoyantes et tous deux s'assirent à même le sol devant les flammes naissantes. Clément s'ouvrit à son fils et laissa son cœur lui dicter les mots qui s'étaient réfugiés depuis trois jours en lui. Puis, il lui relata leur décision de choisir la place dans la nacelle à pile ou face.

— Je ne serai pas le capitaine du ballon. Camille Flammarion a gagné et l'aéronef s'appellera le *Robur*.

— Cela ne te ressemble pas, toi qui prévois tout d'habitude.

— Les mathématiques ne peuvent pas tout, mon fils. Aujourd'hui, je le sais. Il faut parfois s'en remettre...

— À Dieu ?

— N'exagère pas tout de même ! Il faut parfois s'en remettre au destin.

Clément sortit la pièce d'un franc de son gilet.

— Je l'ai depuis plusieurs années dans ma poche. Avec elle, j'avais neuf chances sur dix de tomber sur face.

Il l'envoya en l'air et la récupéra du côté prévu.

— Malheureusement, au plus mauvais moment, c'est pile qui est sorti.

Clément la donna à Irving.

— Mais je n'ai pas dit mon dernier mot. Je suis plus entêté que le destin.

CHAPITRE XXXIV

95

Vendredi 15 avril 1887, Grenade

Le docteur Pinilla se lissait les moustaches avec application, signe d'une intense agitation intérieure. Lorsqu'il était entré dans la salle réservée aux médecins, Ruy avait délibérément caché la feuille sur laquelle il était en train d'écrire. Au vu de sa gauche précipitation, le praticien était persuadé qu'il ne s'agissait ni d'un compte rendu ni d'une lettre médicale. Depuis plusieurs mois, son fils l'inquiétait, multipliant les étourderies à l'hôpital et négligeant sa famille.

Pinilla enfila le tablier blanc qu'il utilisait lors de la pose des plâtres et en tendit un à son fils :

— J'ai besoin d'aide, une double fracture sur un patient difficile.

Ruy ne protesta pas, s'habilla et le suivit jusqu'à la salle d'intervention.

— J'ai oublié quelque chose, je reviens tout de suite, prévint Pinilla en s'éclipsant sans lui laisser le temps de réagir.

La salle des médecins était vide, ce qui le rassura. Rien de ce qu'il faisait n'était prémédité et il se sentit honteux de fouiller dans la veste de son fils pour en retirer le papier. Il grogna plusieurs *Santa María* pendant sa lecture, le remit dans la poche, puis l'en retira : qu'importent les doutes de Ruy, sa mère devait absolument voir le billet.

La séance de plâtre fut silencieuse de la part des deux médecins qui n'honorèrent pas le blessé d'une grande implication dans leurs gestes, chacun étant plongé dans ses pensées. Lorsque Pinilla proposa à Ruy de rentrer déjeuner, son fils prétexta un travail à finir. Le médecin n'insista pas et gagna la *calle Párraga* en fiacre. Il déposa le billet sur la table du patio où sa femme jouait seule aux cartes.

— Lisez. Lisez et vous comprendrez.

Elle posa son jeu et chaussa ses lunettes sans empressement.

— Allez, allez, s'impatienta-t-il.

Mme Pinilla reconnut l'écriture de son fils et lut :

Ton corps est fait de monts et de vallées à la douceur incomparable, ta bouche et tes lèvres sont des...

Elle s'interrompit et le lui rendit.

— Continuez, allez ! insista le médecin.

Mme Pinilla prit sa médaille de la Vierge Marie dans la main gauche avant de poursuivre :

... sont des fruits exotiques dont je croque la pulpe avec délice, ton corps entier danse le fandango sur le mien, tout le temps, je le sens à chaque instant du jour et de la nuit, je n'en dors plus, je n'en mange plus, je n'ai qu'une envie, me retrouver avec toi, ma Gitane, ma déesse, mon tout qu'aucune femme ne peut égaler ni même approcher, toi que j'aimerai jusqu'aux derniers jours de l'éternité.

Ton Ruy.

— Mon Dieu, mon petit ! gémit-elle.

— Voilà ! Voilà ce à quoi ton « petit » pense depuis des semaines alors que l'on s'inquiète pour lui. Il court la gueuse !

— Il est amoureux, corrigea son épouse. Mais qui est-ce ? Pourvu qu'une Gitane du Sacromonte ne lui ait pas mis le grappin dessus ! ajouta-t-elle en se signant.

— J'ai ma petite idée. J'irai voir Alicia Delhorme cet après-midi.

— Tu crois que c'est elle ?

Mme Pinilla s'était levée et s'éventait machinalement.

— Non, bien sûr que non, c'est impossible. Alicia est une femme bien, dit-il alors que la pensée jalouse que son fils ait pu réaliser son rêve à lui l'avait traversé et envahi de culpabilité. Ruy ne peut pas ruiner sa carrière à cause d'une relation inappropriée.

Barbicane agitait sa queue en tous sens, l'utilisant afin de chasser les insectes qui entouraient ses flancs, pour le plus grand plaisir des trois enfants qui trônaient sur son dos et de ceux qui les regardaient.

— C'est fini, les garçons, annonça Victoria en arrêtant sa mule sur l'esplanade de l'Alhambra.

Des cris de protestation émanèrent du groupe.

— Nous ferons une autre sortie dans l'année, promit-elle avant de les rendre aux mères ou gouvernantes venues les attendre, ce que Barbicane valida d'un braiement joyeux.

Victoria avait repris son travail d'institutrice dès leur retour de Paris dans l'attente de celui de Javier. Elle avait caché sa déception lorsqu'il lui avait écrit pour expliquer que l'ingénieur qu'il était devait rester quelques mois de plus afin d'aider l'American Electric Company. Elle lui avait exprimé sa tristesse lorsque, au bout de quatre mois, elle n'avait toujours eu aucune nouvelle de lui. Et, début avril, elle avait laissé parler sa colère lorsque Jez était venu lui annoncer que Javier avait renoncé à travailler pour lui. Victoria avait alors compris qu'elle ne pouvait pas lutter contre le Nouveau Monde et ses mille tentations. Elle s'était rendu compte que son *novio* n'aurait jamais le courage de lui avouer que ses sentiments avaient évolué, même si elle avait continué d'espérer se tromper.

Elle rentra la première et prépara un *granizado* au citron, dont elle but un verre en attendant Kalia et sa mère, parties au Zacatín. Elle vérifia pour la troisième fois le guéridon du couloir, où le facteur avait l'habitude de déposer le courrier en leur absence : il était désespérément vide. Au moment de préparer le repas, elle vit Alicia et la Gitane sur *las Placetas*, en grande conversation avec le docteur Pinilla. Victoria les surveilla du coin de l'œil tout en coupant quelques légumes en dés, qu'elle jeta dans l'eau frémissante d'une marmite.

— Que se passe-t-il, maman ? lui demanda-t-elle lorsque Alicia fut rentrée, laissant Kalia et le médecin en pleine conversation animée.

— Rien de grave, répondit sa mère en les observant à son tour depuis la fenêtre.

Des histoires d'adulte, eut-elle envie de répondre avant de prendre conscience que sa fille était aussi, et depuis plusieurs années, une adulte.

Le médecin lisait la lettre à la Gitane, qui couvrait ses joues de ses mains en signe d'embarras. Elle voulut lui prendre le papier mais l'homme refusa et le replia avec autorité.

— C'est la première fois que je vois le docteur sans sa sacoche, remarqua Victoria. Et sans Ruy.

Alicia embrassa tendrement sa fille. Victoria avait deviné ce qui se passait et l'exprimait avec une finesse d'esprit qu'elle admirait chez sa fille. Victoria savait ménager sans blesser, ce qui rendait l'attitude de Javier d'autant plus odieuse aux yeux d'Alicia.

— Je ne vais pas pouvoir vous attendre, dit la jeune femme en cassant deux œufs, qu'elle se fit chauffer en omelette.

Elle la mangea debout, grignota une feuille de salade et partit se changer.

— Je vais à ma réunion, annonça-t-elle en sortant de sa chambre, habillée d'une robe noire à pois blancs à larges volants.

Elle fit un détour par l'église Santa María afin d'éviter *las Placetas* où l'échange durait toujours et descendit dans la ville basse jusqu'à la *puerta Real*. Victoria fut accueillie aimablement dans une maison bourgeoise où le patio avait été transformé en salon littéraire. L'assemblée était exclusivement féminine, à l'exception du jeune libraire Zamora, installé en compagnie d'une femme habillée de noir sur les deux chaises qui faisaient face à l'assistance. La présence du compagnon de fuite de Nyssia mit Victoria mal à l'aise.

— C'est un plaisir et un honneur de recevoir à Grenade la comtesse Emilia Pardo Bazán, que l'on ne présente plus, dit-il en préambule. Et je voulais remercier la famille Ganivet de nous avoir accueillis pour cette réunion sur la cause féminine.

La comtesse, dont l'élégance austère était rehaussée par un visage aux sourcils épais, au nez large et aux lèvres charnues, était une activiste discrète et plus modérée que ses alter ego français ou anglais. À trente-cinq ans, elle avait déjà un passé de romancière prolixe et s'était engagée dans la cause par touches successives, sans faire de vagues. Victoria lui trouva une parenté physique avec Mme Boucicaut, mis à part sa voix au registre suraigu qui donnait une connotation singulière au personnage.

— De nos jours, et bien plus qu'aux siècles précédents, les lois sont assez défavorables et les mœurs entièrement défavorables aux femmes, dit la comtesse en s'éventant. On blâme, on ridiculise celles qui suivent les cours des facultés. La femme est sans autre issue que le mariage ou le couvent, voire le service domestique ou la mendicité. Mais le nouveau modèle des femmes doit se situer loin des deux extrêmes que sont la dévote et la prostituée.

Le jeune libraire avait hoché la tête à chaque affirmation et il déclencha les applaudissements en donnant l'exemple.

— Les hommes veulent garder la femme dans l'ignorance et sans contact avec le monde. C'est le seul moyen à leur disposition pour garder le pouvoir et le contrôle du beau sexe.

— Mais alors que pouvons-nous faire pour que cela change ? interrogea la voisine de Victoria.

— S'éduquer et éduquer ses filles, refuser les rôles dans lesquels les hommes nous enferment, lire quand on nous force à apprendre la couture, s'inscrire à l'université quand on veut seulement nous marier pour un bon parti.

— Il faudrait que toutes les femmes d'Espagne puissent apprendre à lire, intervint Victoria.

Elle s'interrompit, surprise par sa propre spontanéité, avant de continuer :

— Il y a encore des millions d'Espagnoles qui ne savent ni lire ni écrire, précisa-t-elle. Le jour où toutes auront accès aux textes d'auteurs, comme vous, madame, comme Mary Wollstonecraft, Olympe de Gouges ou Marion Reid, alors nous serons assez fortes pour imposer l'égalité totale entre les sexes.

Ce fut son tour d'être applaudie. La comtesse, surprise d'entendre prononcer des noms qu'elle seule pensait connaître dans la salle, se pencha vers Zamora.

— C'est une institutrice, la fille d'Alicia Delhorme, expliqua-t-il.

— Je suis ravie que Mme Delhorme, dont on m'a vanté le travail remarquable à l'Alhambra, ait su insuffler à sa descendance l'esprit de ce que nous appelons, sans connotation négative, le « féminisme », dit-elle à l'intention de Victoria.

Le jeune libraire chuchota quelques mots à l'oreille de Pardo Bazán, qui s'éventa nerveusement. Victoria sentit monter sa colère contre l'ancien *novio* de Nyssia, qui venait sans doute de relativiser le féminisme d'une partie de la famille Delhorme.

La séance à peine terminée, l'oratrice vint la trouver pour l'encourager à propager leur cause pendant que Zamora s'occupait de raccompagner les autres participantes.

— Comment puis-je faire ? l'interrogea Victoria.

— Continuer à éduquer, à ouvrir l'esprit des jeunes filles, à planter ces graines qui vont germer, année après année, dans toutes les générations de femmes que vous formerez.

— Merci de vos encouragements, comtesse.

— Non, c'est moi qui vous remercie. Sans vous, je ne peux rien changer, sachez-le.

Victoria hésita avant de l'entreprendre au sujet de Nyssia dont elle ne pouvait laisser salir l'image sans réagir.

— Peut-être connaissez-vous Veronica Franco ?

— La demi-mondaine ? J'ai trop d'amis français pour ne pas en avoir entendu parler. Je l'ai même croisée lors d'une soirée organisée par un prince russe. Je n'ai jamais vu un tel pouvoir d'attraction sur les hommes.

— C'est ma sœur, madame.

— Notre libraire me l'a effectivement annoncé lors de votre intervention, avoua la comtesse.

— Il ne faut pas croire tout ce qu'il vous a dit. Ce n'est pas une courtisane débauchée, elle...

— N'ayez crainte, coupa Pardo Bazán, il ne m'a pas présenté votre sœur sous cet angle. Il m'a juste dit que c'était une femme unique qu'il avait eu la chance de bien connaître.

De retour à l'Alhambra, Victoria croisa Ruy Pinilla qui cherchait Kalia et avait parcouru tout le site sans la trouver.

— Elle ne m'avait pas l'air malade, dit-elle avec malice.

— C'est important, je dois lui parler. Aidez-moi, Victoria, l'implora-t-il sans chercher à dissimuler son émotion.

— Je le lui dirai si je la vois.

— Je l'attendrai à la bibliothèque de la faculté, j'y serai jusqu'à ce soir. Vous n'oublierez pas ?

Elle le rassura avant de rentrer directement et de s'installer dans sa chambre devant une feuille blanche, à mordiller son porte-plume, cherchant les mots qui allaient mettre fin à une relation qui n'avait plus de sens. Victoria avait compris qu'elle était dans l'erreur. Il lui fallait faire table rase d'une vie rêvée pour en construire une plus réelle. Elle ne pouvait pas changer Javier. Il suivait son courant, qui l'amènerait peut-être un jour à nouveau vers elle, mais elle ne devait surtout pas l'espérer, juste se laisser emporter par le sien.

96

Samedi 10 décembre 1887, Paris

La Seine avait pris les reflets boueux des jours de crue. Il ne pleuvait plus mais les néphélions, gonflés comme des lutteurs de la foire Saint-Germain, menaçaient de s'éventrer sur la capitale. La péniche, chargée de trois cents tonnes de pièces métalliques pour la construction de la tour, avançait au ras de l'eau en provoquant une légère ondulation qui allait mourir sur les berges dans un doux clapotis.

— La Seine va continuer à monter, mais pas de risque qu'elle déborde sur le chantier, confirma Clément à Eiffel.

Les deux hommes se tenaient dans la timonerie en compagnie du capitaine qui avait chargé à Levallois-Perret les poutres provenant des ateliers Eiffel. Tout le matériel, fabriqué dans les forges lorraines, avait été préparé pour le montage. Aucune modification n'était tolérée sur place et le moindre défaut renvoyait la pièce aux ateliers.

Le bateau accosta en douceur et les deux ingénieurs gagnèrent le bureau de chantier pendant que le ballet du déchargement commençait.

— Au moins, la pluie s'accompagne d'une relative douceur, dit Eiffel en levant les yeux vers le premier étage de la tour. Les hommes n'auront pas les mains gelées.

Quand, en octobre, les poutres porteuses avaient relié les quatre piliers de la tour avec une précision mathématique sans qu'aucun incident soit à noter, le clan des ingénieurs avait fêté l'événement: même s'ils ne l'avouaient qu'à demi-mot, le plus dur avait été fait et l'élévation vers les cieux à partir de la première plate-forme, tout en étant plus dangereuse pour les hommes, présenterait moins de difficultés techniques.

Compagnon et Nouguier étaient affairés devant un plan déroulé sur la table. Eiffel écouta son chef de chantier lui relater les derniers avancements pendant que Clément relevait la température et la pression atmosphérique sur ses enregistreurs. L'ambiance était enjouée.

— On ne se lasse pas de la vue, dit Compagnon en admirant le chantier depuis la fenêtre. Regardez la beauté de ces courbes... Il n'y a qu'un étage et on a déjà cloué le bec à tous nos détracteurs. Imaginez dans seize mois !

— Même les riverains ont été déboutés, renchérit Nouguier. Les journalistes font la queue pour venir visiter le chantier, tout comme les personnalités.

— C'est qu'il y en a eu du beau monde ! Si on faisait payer les visites à l'échelle de la renommée, on serait déjà riches avant même l'ouverture de l'Exposition, admit Eiffel.

— Qui sont les derniers venus ? demanda Clément.

— L'empereur du Brésil fin octobre, des ministres, des députés, de plus en plus d'artistes et même des architectes. C'est leur chemin de Canossa ! s'amusa Compagnon.

— Toujours pas de nouveau gouvernement ? s'enquit Nouguier en ouvrant *Le Petit Journal* abandonné sur une chaise.

— Non. J'espère que Lockroy conservera un maroquin, c'est un soutien précieux, dit Eiffel en consultant sa montre. Le fiacre est là ?

— Il vous attend à l'entrée principale, répondit Compagnon.

— Je vais devoir vous abandonner, messieurs, un rendez-vous important. Mais je voulais vous en parler avant que vous ne l'appreniez par la presse dans les jours à venir.

L'atmosphère badine cessa et tous se regroupèrent autour de lui.

— Certains d'entre vous ont établi des calculs pour un ouvrage dont je devais taire le nom. C'est un défi encore plus grand, encore plus gigantesque que notre tour. Messieurs, nous allons travailler avec un des plus illustres de nos compatriotes, M. de Lesseps, à la réalisation du canal de Panama !

— Mais... le chantier est arrêté depuis des mois, objecta Nouguier.

— C'est pour cette raison que Ferdinand de Lesseps est venu me trouver : j'avais été un des seuls à le mettre en garde contre un canal à niveau comme celui qu'il a tenté de faire, expliqua Eiffel, quelque peu douché par l'absence d'enthousiasme de ses collaborateurs. Il s'est enfin rendu compte que j'avais raison, mais a perdu beaucoup de temps, et l'argent des actionnaires. Nous sommes leur dernier recours, l'honneur et l'intérêt de la France sont en jeu, messieurs. Nous aurons dix écluses à livrer.

— Quels sont les délais ? voulut savoir Nouguier.

— Trente mois.

— Trente mois ! s'écrièrent-ils tous.

— Je sais que cela peut vous sembler très court, mais nous avons toutes les compétences pour y arriver. Je ne suis pas inquiet, les établissements Eiffel peuvent relever ce défi. Je pars signer le contrat, je compte sur vous tous pour ce nouveau miracle.

Les trois hommes restèrent un moment sonnés par la nouvelle. Clément prit une châtaigne grillée dans un bol et se planta à la fenêtre en la décortiquant. Sur le plancher du premier étage, plusieurs braseros formaient des points lumineux qui se détachaient de l'environnement assombri par la fin du jour. Le ciel ne leur suffisait plus, l'ambition des hommes n'avait plus de limite.

— Ça fait gros, marmonna Compagnon en tournant autour de la table. Ça fait très gros.

— Tu en penses quoi, Clément ? demanda Nouguier.

— Techniquement ? Vous y arriverez. Financièrement ? Je n'aime pas tous les affairistes qui traînent autour de ce projet.

— *Vous* ?

— Je n'y participerai pas, annonça-t-il en jetant la coque. La tour est mon dernier projet chez Eiffel. Avec le record d'altitude. Et je tirerai ma révérence.

Le cocher était en grande discussion avec le chauffeur d'une autre berline lorsque Eiffel lui fit signe. L'homme lui ouvrit la porte et l'avertit une fois l'industriel installé :

— Êtes-vous au courant de la nouvelle ?

— Cela dépend, répliqua sèchement Eiffel, encore contrarié par la réaction mitigée de son équipe.

— Il y a eu un attentat contre Jules Ferry. Un homme lui a tiré dessus dans les couloirs de l'Assemblée.

— Mais il va bien, intervint l'autre cocher, qui s'était rapproché. Je connais le chauffeur qui l'a amené à l'hôpital : il marchait de lui-même à la sortie du fiacre.

— On ne sait pas pourquoi, continua le premier. Mais tout le monde dit que ce n'est pas un anarchiste. Eux, ils utilisent des engins explosifs. Il ne fait vraiment pas bon se montrer par les temps qui courent. Je vous dépose où, monsieur Eiffel ?

— À la maison.

Plus que la nouvelle, la réflexion de son chauffeur avait perturbé l'ingénieur. Il estimait mériter sa réussite et était persuadé qu'elle ne faisait que commencer, mais il avait pris conscience du cortège de jalousie et de haine inhérentes au succès. Il avait conservé certains articles et lettres plus qu'injurieux qu'il avait reçus. Pour ne pas oublier. Et maintenant il allait franchir un cap supérieur avec ce canal, dont il savait qu'il lui vaudrait aussi une dimension supplémentaire dans l'animosité. Au moment de l'annonce, il avait croisé le regard de Clément : son collaborateur avait évalué la démesure du projet. Le budget de Panama représentait quinze fois celui de la tour Eiffel.

Eiffel sentit la peur le gagner. Il pouvait encore reculer, demander un délai. Il lui restait une trentaine de minutes de trajet, après il serait trop tard. Il se repassa mentalement la liste des difficultés techniques et de toutes les solutions qu'il avait envisagées. Dehors, les rues défilaient, larges et aérées, pleines des Parisiens qui rentraient chez eux après leur travail et qui, chaque jour, pouvaient toucher du doigt les bénéfices du progrès pour tous.

On n'arrête pas les sciences, songea-t-il. *Ce que je ne ferai pas, d'autres y parviendront*. Il savait qu'il avait bénéficié de cette proposition grâce à une tour qui, après avoir été longuement décriée, rassemblait désormais derrière elle toute la France, alors qu'elle n'avait pour l'heure que l'allure d'une gigantesque table de pique-nique. Son aura de constructeur allait encore grandir jusqu'à l'Exposition et finirait au zénith. Panama arrivait un peu trop tôt. Mais le défi technique était aussi un défi politique : il serait le sauveur de l'honneur de la France.

Les rues s'étaient resserrées et empêchaient les derniers rais de lumière d'entrer dans les immeubles. Les allumeurs de réverbères officiaient sans savoir que leur métier allait bientôt être soufflé comme les flammes qu'ils étouffaient chaque matin. Eiffel avait pris sa décision.

— Mon cher ami !

Lesseps avait été installé par Claire dans le bureau de son père. Il jouait avec un cylindre métallique creux, rempli de sable et surmonté d'un piston de bois, qu'il faisait descendre avec précision en tournant une molette permettant l'évacuation des grains fins.

— Qu'est-ce que c'est ?

— Ce sont les prototypes des boîtes que j'ai installées dans la tour, dit Eiffel en prenant un autre modèle posé sur son bureau. Grâce à elles, nous avons réussi à positionner en douceur nos poutres horizontales de soixante-dix tonnes. Elles agissent comme des vérins avec la précision d'un sablier : cinq millimètres d'écart entre les piles du côté Seine et les autres.

— Le sable, comme les Égyptiens pour leurs pyramides... Ingénieux, mon ami. Vous êtes vraiment notre homme !

— Si vous m'aviez écouté en 1879, le canal serait déjà fini, sauf votre respect.

— Il le sera en 1890 et ce sera un succès total. Avez-vous revu à la hausse la commission du baron ? Nous y tenons beaucoup.

— Nous avons convenu de cinq pour cent. Je crois que nos amis n'auront pas à se plaindre, leurs commissions me coûteront plus cher que le prix de ma tour.

— Vous ne le regretterez pas. Ce canal nous fera tous entrer dans l'histoire.

Les deux hommes passèrent au salon où les attendaient leurs avoués et où ils signèrent, après lecture, le plus gros contrat jamais enregistré par Eiffel. Ils convinrent de se revoir le 21 décembre pour une visite du chantier de la tour.

Lorsque Lesseps le quitta, Eiffel indiqua à Claire qu'il ne mangerait pas avec la famille et se retira à son bureau. Le travail l'avait toujours aidé à mieux supporter le vertige de l'inconnu.

Dans la soirée, vers neuf heures, Camille Flammarion se fit annoncer. Il était agité à l'extrême et avait les cheveux en bataille.

— De ma vie je n'ai jamais vu un médium aussi remarquable, dit-il après lui avoir relaté la séance qu'il venait de quitter. Elle s'appelle Eusapia Paladino et vient de Naples. C'est incroyable. Mes amis de la Société parisienne des études spirites et moi avons pris toutes les précautions possibles, vous me connaissez, Gustave.

Eiffel ne put réprimer un bâillement que Flammarion choisit d'ignorer. Le chroniqueur était passionné de spiritisme et, en filigrane de ses ouvrages d'astronomie, avait rédigé plusieurs textes sur les forces naturelles inconnues.

— Des soirées passées à débusquer les charlatans, j'en ai connu plus d'une centaine. Mais là, soit cette dame est un génie de l'arnaque, soit elle est effectivement en possession de pouvoirs uniques. Rendez-vous compte que la table a bougé alors qu'Eusapia avait les pieds et les mains solidement arrimés à ceux de ses voisins, dont j'étais. Je peux attester que les quatre pieds du guéridon se sont soulevés de quinze bons centimètres sans son aide. Et que l'esprit qui l'a fait se mouvoir a répondu avec justesse à toutes les questions. Je suis venu vous chercher, vous et Delhorme, pour que vous soyez témoins de cela. Nous vivons un moment unique !

— Je suis navré, Camille, mais je vais devoir décliner, malgré tout l'intérêt de votre expérience, répondit Eiffel, qui ne partageait pas son enthousiasme pour les phénomènes paranormaux. Je dois me rendre tôt au chantier demain. Et Clément est encore plus rétif, il ne croit qu'aux mathématiques.

Flammarion fit une mimique d'incrédulité, les yeux pétillants comme des étoiles pulsantes.

— Détrompez-vous, il a accepté et m'attend dans le fiacre.

La pièce était sombre, éclairée par une unique lampe à pétrole accrochée à l'un des murs. Des rideaux avaient été tendus pour former une sorte de cabinet, meublé par un canapé sur lequel plusieurs instruments de musique étaient posés tels des modèles de nature morte. La médium était installée à une table de bois carrée – de sept kilos, précisa Flammarion –, et tournait le dos au cabinet. La femme avait un visage austère aux traits masculins et durs, renforcés par une bouche qui semblait inapte au sourire.

Crépusculaire à souhait, songea Clément.

— Tout est hermétiquement fermé, lui indiqua Flammarion, j'ai moi-même vérifié les fenêtres. Nous sommes au rez-de-chaussée, j'ai inspecté le plancher et n'y ai trouvé aucun mécanisme d'ouverture, ni fils électriques ni piles. Nous avons donné à Eusapia le vêtement dans lequel elle est habillée ce soir. Comme vous voyez, toutes les précautions ont été prises. Il ne sert à rien de soupçonner la fraude, encore faut-il la prouver. Mais, dans le cas présent... vous allez voir par vous-même, je ne dis plus rien, conclut-il en priant Clément de s'asseoir à gauche de la femme, pendant qu'il s'installait à sa droite, une main sur celle du médium et l'autre tenant ses deux genoux afin de s'assurer qu'elle ne pouvait être à l'origine des mouvements de la table.

Eusapia était restée impassible pendant la préparation. D'un signe de tête, elle intima à son assistant de baisser la lumière.

— C'est indispensable à la condensation des fluides, répondit-elle à une question de Clément, dans un français très approximatif à l'accent marqué de la région des Pouilles.

À peine cinq minutes après que le silence eut signifié le début de la séance, la table se souleva plusieurs fois, de droite puis de gauche. Clément serra plus fort la main d'Eusapia qui survolait le meuble. La luminosité était suffisante pour se rendre compte que la médium n'avait pas été à l'origine du mouvement. Dans la minute qui suivit, la table se souleva avant de retomber lourdement. Flammarion se pencha pour vérifier que personne ne s'était caché en dessous et fit signe à Clément pour le lui confirmer.

Après plusieurs tentatives réussies, la médium déclara que l'esprit demandait encore moins de lumière. La lampe fut remplacée par une lanterne de photographie.

— Imaginez-vous que nous sommes peut-être en ce moment même en présence d'une âme avec laquelle nous allons communiquer ? s'enthousiasma Camille. Elle n'est faite ni d'atomes ni de force vitale, c'est un être purement immatériel qui ne connaît aucune des lois de l'espace et du temps. La plus grande énigme humaine !

— Avez-vous pensé à des fluides émanant des participants, comme une sorte de conscience collective qui aurait cette force ? proposa Clément, alors qu'il était certain de la supercherie.

— Bien sûr, le doute m'accompagne la plupart du temps. Mais il existe bel et bien des forces inconnues, et il faudra un jour en faire la preuve absolue.

Eusapia les interrompit d'un grognement qui semblait être une injonction. Ses paupières papillonnèrent rapidement avant de s'immobiliser, les yeux grands ouverts. Elle entra en transe, parlant rapidement, en italien entrecoupé de quelques mots de français, de soupirs, de lamentations, de rires hystériques, pendant que les objets présents s'animaient. Un guéridon à l'angle opposé de la pièce tomba puis se traîna jusqu'à eux. Le rideau du cabinet se gonfla comme une voile sous le vent, caressant leurs visages. Clément sentit une main serrer son bras mais ne put l'attraper. Camille tira l'étoffe : personne ne se trouvait dans le cabinet où une boîte à musique entama un air populaire. Le chahut dura cinq longues minutes, puis tout cessa d'un coup. La médium ferma les yeux, avachie, l'air exténué. Clément en profita pour faire le tour de la pièce : un comparse en habits noirs et le visage maquillé aurait eu toute latitude pour agir. Il avait cru apercevoir une ombre passer devant la lanterne rouge, mais n'insista pas.

La dernière partie de la séance commença quand Eusapia eut recouvré suffisamment de forces. L'esprit allait communiquer avec eux à travers les mouvements de la table.

— Un coup pour oui, deux pour non. Lorsqu'on récite l'alphabet, le coup retentit sur la lettre à retenir, expliqua Flammarion à Clément, et ainsi l'on forme des mots. Eusapia est analphabète, je m'occuperai des lettres.

Après que l'esprit eut manifesté sa présence par une courte et faible lévitation, la liste des questions débuta. Les premières, posées par Clément, dont il était le seul à connaître les réponses, étaient destinées à vérifier l'absence d'intervention volontaire du médium. Elles furent concluantes et impressionnèrent Flammarion – qui aurait pu savoir que la pêche préférée des enfants Delhorme était celle des hirondelles ?

Les deux hommes essayèrent ensuite de trouver l'identité de celui dont l'âme était présente et apprirent rapidement qu'il avait habité Paris et qu'il était mort en 1875.

Ils firent jouer les lettres pour obtenir sa profession, n'ayant pas réussi à la découvrir par le biais des questions. La table recevait des coups rapides et nerveux en réponse à l'énumération de l'alphabet, et le mot apparut.

— Aérostier ! s'exclama Flammarion, surpris et impressionné. Votre nom ?

S, i, v, e, l, indiqua l'esprit.

— Théodore Sivel ! Vous êtes le pilote du *Zénith* !

L'homme avait été, avec un autre passager, le premier mort par asphyxie de la courte histoire des aérostiers. Leur record les avait élevés à huit mille six cents mètres et tenait toujours.

— Quelle était la marque de votre barothermographe ? demanda Clément pour éliminer toute ambiguïté.

Le mot *Fortin Secrétan* se composa au fur et à mesure que Camille égrenait l'alphabet.

— Le doute n'est plus permis, dit-il simplement.

Moins de dix personnes en France auraient été capables d'y répondre ; Flammarion lui-même l'ignorait.

— Je connais les limites de l'exercice, mais il y a une question que je dois absolument lui poser, insista le journaliste scientifique, qui hésita avant de se lancer : Est-ce que je vais battre votre record d'altitude ?

Le premier coup les fit sursauter. Flammarion eut un sourire crispé et pria pour que rien ne se produise. Au second, son expression se figea en grimace. Lorsque retentit le troisième, il se leva, comme électrisé, en criant :

— Non ! Arrêtons la séance, arrêtons tout !

Au moment où l'attelage stoppa rue de Prony, Camille n'avait toujours pas prononcé une parole. Clément remercia son compagnon, ouvrit la portière et lui demanda :

— Quelle était la signification des trois coups ?

Flammarion inspira profondément avant de répondre :

— Trois coups signifient qu'il y a un danger, un danger vital. Sivel vient de nous prévenir que je vais avoir un accident mortel.

97

Jeudi 20 septembre 1888, Paris

L'année 1888 avait filé comme une comète. Le second étage était apparu en entier aux yeux des Parisiens un matin de la mi-août et Irving en avait tiré une photo depuis une des tours du palais du Trocadéro, comme il l'avait fait chaque mois depuis le même endroit afin d'immortaliser la progression de la Dame de fer vers sa légende. La tour était de plus en plus belle et de plus en plus aimée de la population et des élites.

Les bâtiments de l'Exposition étaient eux aussi sortis de terre. La galerie des Machines, gonflée par le gigantisme ambiant, s'étendait sur cinq hectares à l'extrémité opposée du Champ-de-Mars et se trouvait reliée à la tour par les autres palais et pavillons en construction. Les rails du petit train Decauville, qui allait sillonner l'ensemble, étaient déjà posés. Il restait huit mois avant l'ouverture officielle et l'endroit commençait à se parfumer des odeurs du monde.

Les coups de marteau avaient cessé la veille, laissant le chantier dans un silence pesant. La grève avait été instaurée à la suite d'une pétition lancée le mardi. Les charpentiers signataires avaient souhaité l'ouverture de discussions de la part d'Eiffel. L'entrepreneur avait espéré que la majorité de ses employés lui serait fidèle et la demande était restée lettre morte. La veille, personne n'avait pu entrer et le conflit s'était officialisé, y compris dans la presse, sous le regard incrédule des Parisiens.

Jean Compagnon soupira. Il placarda l'avis à l'entrée principale du chantier, hocha la tête en signe d'incompréhension face à une situation qu'il n'avait pas vu venir et regagna les bureaux du baraquement. Les ouvriers arrivèrent en ordre dispersé jusqu'à six heures trente et attendirent leurs délégués tout en commentant l'avis de la direction.

> *Les ouvriers de la tour qui ne reprendront pas leur travail aujourd'hui, à midi et demie, seront considérés comme ne faisant plus partie du personnel de ce chantier et seront remplacés par d'autres.*
> *Champ-de-Mars, le 20 septembre 1888.*
>
> *Le chef de service : Compagnon*

— Tout ça, c'est du vent ! Ils ne peuvent rien faire sans nous, dit l'un.

— Ils nous remplaceront tous, objecta un autre, et nous aurons tout perdu !

— Taisez-vous, dit un troisième. Rochefort va parler.

Le délégué monta sur une caisse et fit cesser le brouhaha avant de prendre la parole.

— Mes camarades, mes amis, ce n'est pas de gaieté de cœur que nous sommes arrivés à cette décision, surtout pour un monument que nous aimons tous. Mais n'avons-nous pas eu raison, quand on voit quelle réponse nous est donnée ? N'ayez pas peur, nous ne sommes pas interchangeables. Si M. Eiffel nous remplace demain, il sera forcé de recruter des ouvriers sans l'expérience de ce travail spécifique et dangereux. À part nous, personne n'a jamais façonné le fer à ces hauteurs et dans le froid qui nous attend cet hiver. Comment feront-ils, ces charpentiers novices, quand il leur faudra tenir un marteau d'une main et se retenir de l'autre pour ne pas tomber dans le vide, le tout avec les doigts gelés ? Combien de blessés et combien de décès auront-ils sur la conscience s'ils décident de nous renvoyer ? Nous n'avons eu qu'un mort et un estropié à déplorer depuis le début des travaux. En un an et demi, la plupart d'entre nous ont fini par acquérir une habileté et une expérience uniques, qui nous sont payées quarante-cinq à soixante centimes de l'heure. M. Eiffel a indiqué aux journalistes que nous gagnions soixante-dix à quatre-vingt-cinq centimes de l'heure. Mais qui d'entre vous est rémunéré à ce tarif ?

Aucune main ne se leva.

— Il n'y a que les chefs d'équipe qui reçoivent ces salaires. Nous, nous ne sommes même pas mieux payés que les ouvriers des autres bâtiments de l'Exposition, ajouta-t-il, déclenchant un bourdonnement de mécontentement.

— Alors, on fait quoi ? dit une voix.

— Nous avons rendez-vous à onze heures avec M. Eiffel. Il saura entendre raison car nos revendications sont justes.

Rochefort et les trois autres délégués avaient accepté de se rendre dans les locaux de Levallois, l'entrepreneur refusant de négocier sous la pression des ouvriers de la tour. Ceux des ateliers étaient opposés à la grève des charpentiers qui bloquait toute la chaîne du montage. Un train en provenance des forges de Pompey était en attente de déchargement sur le chemin de fer de la Petite Ceinture, alors que les poutres métalliques prévues pour la semaine attendaient toujours leur départ des hangars.

Rochefort tenta d'expliquer au groupe qui s'était formé à leur arrivée à Levallois le bien-fondé de leurs revendications, mais essuya quelques réprobations et monta dans le bureau de la direction où l'attendaient Eiffel et Compagnon. À midi, la porte était toujours fermée et, à l'extérieur, tous s'interrogeaient. Personne n'avait plus de certitude.

Debout devant une des fenêtres à l'étage de son immeuble de l'avenue de La Bourdonnais, la veuve Bouruet-Aubertot se frotta les mains avant d'applaudir.

— Voilà qui est bien parti ! Ils ne rentrent pas dans le chantier, ce qui signifie qu'ils ne vont pas reprendre le travail. Quelle belle journée !

— Vous ne croyez quand même pas qu'une grève va venir à bout de la tour d'Eiffel ? s'amusa Rastignac en agitant la cuillère dans sa tasse, assis dans l'unique fauteuil du salon, tout en observant la flopée de portraits de feu son mari qui recouvraient les murs.

— Tout ce que je sais, c'est qu'ils n'ont pas avancé depuis trois jours et que personne ne sait comment cela peut finir. Regardez les journaux, il y a trois grèves en ce moment dans Paris. Mon Albert vous l'aurait dit, il en a vécu plusieurs dans son usine.

Le journaliste but le thé tiède et peu infusé proposé par la vieille dame et posa délicatement le récipient et sa soucoupe sur le guéridon au napperon de dentelle en concluant que l'ennui avait plus sûrement tué son époux que les conflits avec ses ouvriers. Il la rejoignit sur le balcon qui lui servait de poste d'observation depuis le début des travaux. Les ouvriers, une cinquantaine, rassemblés devant la palissade, discutaient par petits groupes. Dès qu'il en aurait fini avec son interlocutrice, Rastignac irait interroger les grévistes pour sa chronique. La mise en parallèle l'amusait.

— Regardez, dit-elle en les pointant du doigt, ça a l'air houleux, ils sont très en colère. Il faut qu'ils continuent, il faut aller jusqu'au bout !

— Ça m'a plutôt l'air bon enfant, objecta-t-il lorsque des rires fusèrent d'un des groupes.

— Ne vous y fiez pas : ces gars-là, ils ont des pères qui ont fait la Commune. Ils ont ça dans le sang. Avec ma voisine, la comtesse de Poix, nous comptons sur eux.

L'ironie de la situation amusa Rastignac ; la vieille dame n'avait pas conscience de l'absurdité de ses propos.

— Au pire, s'ils l'arrêtaient maintenant, je m'en contenterais, admit-elle. Elle n'est pas trop haute et ne devrait pas me tomber dessus ni me cacher le soleil.

— Mais elle ressemblerait plus à un tabouret qu'à une tour, non ?

— Peu importe, même finie, elle ne ressemblera à rien !

— À votre place, je profiterais de la situation.

— Vous parlez d'un profit : un dépôt de ferraille sous mes fenêtres ! dit-elle en rentrant subitement.

Elle avisa un biscuit sec et le croqua au niveau de la commissure des lèvres, avec la seule molaire qui lui restait.

— Détrompez-vous, continua le journaliste en la suivant à l'intérieur. Aujourd'hui, tout le monde veut habiter près du plus grand monument de Paris et jouir de la plus belle vue sur la tour.

La vieille dame haussa les épaules et continua à grignoter son gâteau. Rastignac se demanda jusqu'où il pouvait aller.

— Je connais, parmi mes relations, certains hommes d'affaires qui cherchent à acheter en bordure du Champ-de-Mars, si possible côté Seine. Ne m'avez-vous pas dit que vous vouliez vendre ? glissa-t-il avec malice.

— Moi, vendre ? Mon Dieu, jamais ! Les Prussiens ne m'ont pas fait fuir, cher monsieur, ce n'est certainement pas un monceau d'art dégénéré qui me fera partir de cette maison de famille !

— Alors, il vous faudra accepter que le chantier reprenne et que ce pylône vous nargue de ses mille pieds de haut, conclut-il en cherchant son chapeau. Je vous laisse, chère madame, je vais écrire ma chronique.

La veuve le raccompagna jusqu'au seuil de la porte d'entrée où elle le retint par le bras.

— Je voulais vous demander une chose, concernant vos amis acheteurs : surtout ne le dites pas à la comtesse de Poix, on ne sait jamais, si je change d'avis. Vous pensez qu'ils peuvent mettre combien ?

La pendule murale de la gare de la Petite Ceinture située près de la porte d'Auteuil bascula sur midi quinze.

— Cette fois, je dois vraiment y aller, monsieur Marey, dit Irving après l'avoir consultée. Je vais arriver en retard à mon rendez-vous !

— Il ne devrait plus tarder, assura le médecin. L'employé m'a dit que le train qui bloquait les voies avait fini d'être déchargé. J'ai besoin de votre aide, Irving, il n'y a que nous à la Station physiologique aujourd'hui. Vous prendrez une journée entière demain.

Le jeune homme se renfrogna. Juliette l'attendait à midi, elle avait prévu de fermer le kiosque pour le déjeuner qu'elle devait passer avec lui et il était déjà en retard. Habituellement, la boutique restait ouverte du matin au soir et Zélie venait prendre le relais en milieu de journée, mais son amie était alitée à la suite d'une infection contractée lors d'une visite à une faiseuse d'anges, et Juliette travaillait seule depuis six jours. Elle avait pourtant tenu à maintenir leur rendez-vous et Irving culpabilisait de s'être laissé embarquer dans cette situation.

— Tenez, le voilà ! triompha Marey en levant les bras pour se signaler.

Le convoi stoppa avec une lenteur qu'Irving trouva exagérée et déchargea une série de marchandises, dont la caisse attendue par le médecin.

— Faites attention, c'est fragile, dit-il aux deux porteurs qui l'installaient sur leur chariot.

Marey les paya et tendit les rênes à Irving avant de s'installer à côté de son chargement. Le jeune homme tenta d'oublier sa contrariété en le questionnant sur l'appareil.

— Un dynamographe spécial, que j'ai fait fabriquer en Angleterre. Il va permettre d'étudier le saut vertical à la fois au niveau de la pression des pieds et des déplacements du corps.

Irving se sentait de plus en plus éloigné des préoccupations de son employeur, pour qui la photo n'était qu'un moyen d'étude parmi d'autres et non un but. Arrivé à la Station physiologique, il constata avec plaisir que Demenÿ était revenu plus tôt que prévu de ses essais de sonorisation de l'appareil chronophotographique. Ils n'avaient pas été concluants.

— Ne perdons pas de temps avec ces expériences inutiles, dit Marey en descendant du chariot. Et restons concentrés sur la physiologie. Quant à vous, Irving, vous pouvez vous sauver, Georges va m'aider.

Le jeune homme courut jusqu'à l'omnibus de la porte d'Auteuil, le manqua de peu, tenta de le rattraper avant d'abandonner pour rallier une station de fiacres. La moitié de l'argent qu'il avait pris pour leur déjeuner allait être englouti par le transport, ce qui les obligerait à se contenter d'un pain et d'une soupe, mais au moins il pourrait rester une heure avec Juliette. Le cocher, attendri par l'explication, maintint le trot enlevé de son cheval sur tout le trajet, l'encourageant par de petits coups de fouet au-dessus de la tête, avertissant d'une voix de stentor les piétons surpris par sa vitesse, jusqu'aux abords de la gare où il fut brutalement stoppé par la maréchaussée.

— On ne va pas plus loin ! dit le policier en prenant le cheval par les mors. La route est coupée.

— Que s'est-il passé ? demanda Irving, qui avait sauté à terre.

— Un accident de train en gare Montparnasse.

— J'ai rendez-vous, dit-il en esquivant l'homme. Je dois y aller.

— Revenez, c'est valable pour tout le monde ! dit le policier tout en contenant l'attelage.

Irving déboucha place de Rennes près de la station d'omnibus d'où s'élevait une fumée épaisse. Tout d'abord, il ne comprit pas. Ce qu'il vit était impossible.

98

Jeudi 20 septembre 1888, Paris

— M. Eiffel promet aux ouvriers qui rentreront demain matin une augmentation générale de cinq centimes de l'heure, qui comptera à partir du 1er septembre. Pour le mois prochain, il y aura une nouvelle augmentation de cinq centimes qui sera également générale pour tout le personnel présent sur les chantiers supérieurs. Quand la journée passera à neuf heures, il y aura encore une augmentation de cinq centimes. Enfin, tous les ouvriers qui seront sur les chantiers supérieurs de la tour au moment où on arrivera au niveau de la dernière plateforme recevront une gratification de cent francs. Pour tous ceux qui travailleront sur les étages, il a été promis des peaux de mouton ainsi que des imperméables.

Rochefort plia son papier et regarda ses camarades, partagés entre satisfaction et frustration.

— Nous avons obtenu un accord que je trouve honorable pour tout le monde, dit-il en conclusion. Quinze centimes à la fin du chantier plus une prime. À nous de décider si nous reprenons le travail. Nous allons voter démocratiquement. Qui est pour ?

Une forêt de mains se leva, laissant une dizaine d'ouvriers manifester leur désaccord.

— Il faut continuer ! dit l'un d'eux, un monteur du nom de Vimont. Ils ont trop besoin de leur tour !

— Il faut surtout savoir quand arrêter. Notre grève aura permis de meilleurs salaires sans nuire au chantier.

Tous applaudirent. Compagnon, qui attendait à quelques mètres, retira l'avis cloué sur la palissade.

— Tout le monde sur le pont demain matin ! dit-il en agitant le papier.

Il le froissa et le jeta à terre avant de retrouver les bureaux du chantier où le soulagement fut grand en apprenant la nouvelle. Nouguier fit un calcul rapide du nouveau planning.

— Nous finirons dans les délais, estima-t-il avant de se redresser, sourcils froncés, et de pointer un doigt en direction d'une des fenêtres de la baraque d'où un homme les épiait depuis l'extérieur. Qui est-ce ? demanda-t-il à Compagnon.

— Je ne sais pas, encore un journaliste, maugréa celui-ci avant de sortir.

— On les a tous attirés comme des abeilles avec du miel, on ne peut pas les rejeter maintenant qu'ils sont là, commenta Koechlin avant de retourner à ses plans. Faisons juste en sorte de ne pas nous faire piquer.

Compagnon contourna le baraquement et trouva l'homme, qui l'attendait près de grandes poutres stockées sous un hangar.

— Monsieur, il est interdit de pénétrer sur ce chantier. Interdit et dangereux.

— Le danger concerne plus les ouvriers que nous, me semble-t-il, répliqua Rastignac.

— Je vous reconnais, dit Compagnon, vous êtes le chroniqueur de *L'Illustration*.

— Pour vous servir. Je viens de discuter avec les grévistes...

— La grève a pris fin, monsieur, coupa le chef de chantier.

— J'ai l'impression que le feu couve encore, répliqua le journaliste en lui montrant l'avis qu'il avait récupéré et défroissé.

— Impression trompeuse. Revenez demain et vous verrez, dit Compagnon en l'enjoignant à le suivre vers la sortie.

— Je ne suis que chroniqueur, dit Rastignac en lui emboîtant le pas, je traite de l'âme humaine à travers l'actualité, pas de l'actualité elle-même.

— Nous n'avons malheureusement pas le temps de lire ces temps-ci.

— Savez-vous ce que m'a dit un des délégués ? « Attention que la peau de mouton dans laquelle on se propose de nous envelopper ne donne pas plus d'appétit au loup... » Ça semble plein de bon sens, qu'en pensez-vous ?

— J'en pense qu'il a de l'avenir comme chroniqueur dans votre journal et que vous avez du souci à vous faire pour votre poste, riposta le chef de chantier.

Rastignac éclata de rire.

— Vous avez beaucoup d'à-propos. J'ai du souci à me faire de votre côté aussi, manifestement.

— C'est ici que nos chemins se séparent, monsieur Rastignac, dit Compagnon alors qu'ils étaient arrivés à la palissade.

— Il m'a dit aussi qu'il y avait eu un mort par chute chez les ouvriers. Je n'étais pas au courant.

— Sachez que nous non plus.

— Ce qui veut dire que vous le démentez ?

— Ce chantier est le plus sûr qu'il m'ait jamais été donné de diriger. La tour n'a tué personne, monsieur.

Compagnon le regarda s'éloigner vers les quais de Seine et songea à la remarque de Koechlin. On ne peut pas attirer les abeilles et se plaindre de leurs piqûres.

La poussière se dissipait lentement. La locomotive reposait, presque verticale, le nez fiché dans le sol, l'arrière retenu par les wagons, à l'emplacement du kiosque de Juliette. Durant quelques secondes, Irving crut s'être trompé et chercha des yeux la boutique de fleurs, mais tout était bien là, l'entrée du restaurant juste derrière, le balcon au-dessus et ses deux immenses verrières à l'étage. De celle de droite, éventrée, sortait le fourgon de tête, précédé par la réserve de charbon qui pendait lamentablement derrière la locomotive. En face, le cocher de la station de tramway tentait de calmer son attelage encore affolé. Et puis, Irving vit les dizaines de bouquets éparpillés de part et d'autre de la machine, le toit de bois écrasé sous le cendrier de la locomotive. Et il comprit.

Il sentit ses jambes l'abandonner et se laissa glisser contre un réverbère, hébété, alors que les secours s'organisaient et que les curieux étaient refoulés par les gardes municipaux qui arrivaient par groupes de tous les quartiers de la ville.

— Vous l'avez vu ?

Irving leva machinalement les yeux vers l'individu qui l'interrogeait.

— L'accident, vous l'avez vu ?

Il ne répondit pas et fixa à nouveau l'étage de la façade défoncée d'où sortait le train.

— Vous avez l'air choqué, c'est que vous y étiez, n'est-ce pas ? insista l'homme en se penchant sur lui.

Il s'agenouilla à côté d'Irving.

— C'est que je suis journaliste et que j'ai bien l'impression d'avoir la chance d'être le premier sur les lieux. J'étais à la gare, justement, avec le nouvel ingénieur du contrôle des chemins de fer. On n'a rien vu, mais quel barouf ça a fait ! J'ai d'abord cru à un attentat anarchiste, jusqu'à ce qu'on comprenne que le convoi ne s'était pas arrêté. Il a tout traversé, le butoir, le mur, la terrasse, et il a piqué du nez à l'étage en dessous.

Irving ne voulait pas savoir, il aurait voulu lui dire de se taire mais se sentait incapable de prononcer la moindre parole. Le journaliste continuait, d'un débit rapide, nerveux, excité par l'événement dont il avait presque été témoin.

— L'ingénieur m'a dit qu'il était entré trop vite dans la gare, bien trop vite, quarante à l'heure, peut-être soixante, il n'a pas pu être formel. Le chef de gare m'a confirmé que le train avait cinq minutes de retard. Il pense qu'il n'a pas pu actionner son frein à air ou que celui-ci n'a pas fonctionné. En tout cas, on n'a pas fini d'en entendre parler, moi je vous le dis, tout ça va finir en procès, d'autant qu'il y a eu un mort. Une femme, il paraît. Le kiosque à fleurs a été pulvérisé. Vous pensez, cinquante tonnes qui tombent du ciel ! Si seulement je pouvais trouver un témoin, c'est bien ma veine. Vous êtes sûr que vous n'avez rien vu ?

Irving fit non de la tête pour se débarrasser de lui.

— C'est ma faute, murmura-t-il, la tête entre les mains.

— Pardon ? dit le journaliste, dont l'intérêt s'était réveillé.

— Je suis arrivé en retard, c'est ma faute. On aurait dû être partis.

— Je reviendrai vous voir plus tard, il paraît que le préfet Lépine et le ministre vont arriver. Et la garde à cheval. Quel bazar, quel bazar ! conclut le plumitif en agitant les bras avant de le quitter.

Irving resta un moment sans oser regarder devant lui. Le sol s'était ouvert sous ses pieds et il chutait dans une faille sans fond, aspiré par le vide et le noir. La chaleur de la locomotive parvenait jusqu'à lui comme celle d'une bête à l'agonie lui envoyant ses derniers souffles, une bête qui lui avait enlevé bien plus que sa meilleure amie. Il comprenait à sa douleur infinie qu'elle comptait plus que tout et que, pourtant, il ne lui avait jamais dit « je t'aime », qu'il s'était montré hésitant alors qu'il avait eu devant lui la plus grande chance de sa vie. Comment avait-il pu être aussi stupide pour toujours reculer cette confrontation avec lui-même, toujours reculer l'heure du choix ? Au lieu de cela, il l'avait obligée à patienter, ce qu'elle avait fait avec une infinie douceur, toujours là et ne le relançant jamais. Et maintenant qu'il était trop tard, il était assis à gémir sur son sort, tout en se jurant de quitter Paris à tout jamais, de partir loin, le plus loin possible et de vivre dans le repentir.

L'ombre était revenue près de lui.

— Je n'ai rien à vous dire, grogna Irving, décidé à ne plus bouger.

— Monsieur, il ne faut pas rester là.

Un garde municipal s'était penché vers lui et lui tendait la main.

— Désolé, je vous ai pris pour un autre, dit Irving sans se lever. Je suis un proche de la victime. Laissez-moi quelques minutes, s'il vous plaît.

— Ah... vous connaissiez Marie-Augustine ?

— Marie-Augustine ?

— Mme Aiguillard, la vendeuse de journaux. Elle n'a vraiment pas eu de chance. La fleuriste lui avait demandé de garder sa boutique pour le déjeuner et ce train l'a écrasée. Le destin, quand même... Hé, où allez-vous ?

Irving avait bondi vers l'entrée de la gare qui, contrairement à la place de Rennes, n'avait pas été bouclée par les forces de l'ordre. *Vivante... elle est vivante !* songea-t-il entre deux remerciements à un Dieu dont il avait oublié toutes les prières depuis longtemps.

Le trafic n'avait pas été interrompu et les couloirs étaient bondés de monde, voyageurs cherchant les quais et badauds débarquant par dizaines depuis l'entrée principale afin de voir l'accident dont toute la ville parlait déjà, pour le prix d'un billet de quai, sous les yeux des employés quelque peu débordés par l'afflux inhabituel et rendus nerveux par le drame.

Il se fraya un chemin vers le café de la galerie centrale. Toutes les tables étaient occupées et beaucoup de clients, n'ayant pu s'asseoir, discutaient debout dans les allées. Irving força le passage jusqu'à l'endroit où ils avaient pris l'habitude de se retrouver, une banquette située sous le grand miroir au cadre doré du fond de la salle.

— Juliette !

Elle y était assise, couverte d'un manteau que la femme du gérant lui avait prêté, entourée par la sollicitude de ses collègues et amis de la gare. Tous s'écartèrent en le voyant. Juliette leva la tête. Lorsqu'elle le vit, ses grands yeux délavés par les pleurs s'irisèrent. Ils s'étreignirent en silence, longuement. Aucun des deux ne voulait lâcher l'autre, ils se serraient si fort que rien ni personne n'aurait pu les séparer. Puis Irving murmura à son oreille. Juliette avait fermé les yeux et souriait. Lorsqu'il eut fini, elle lui répondit d'un seul mot :

— Oui.

CHAPITRE XXXV

99

Samedi 1er juin 1918, Grenade

Les fêtes du Corpus Christi touchaient à leur fin. La plupart des manifestations avaient été annulées en raison de l'épidémie de grippe, y compris la traditionnelle corrida, ce qui constituait une première, et la course de vélocipèdes au vélodrome, dont Nyssia ignorait l'existence. Mais la messe de célébration du dimanche avait été maintenue, sous la pression du clergé. La peur du Seigneur restait plus forte que celle de la maladie.

Nyssia ne s'était jamais rendue dans le quartier où résidait Tête-de-rat. Sa maison, située dans la ville basse, à quelques mètres seulement de la caserne où il avait vécu et qu'il avait fini par diriger, était à son image : austère et suspicieuse. Mlle Delhorme avait l'impression d'être observée depuis l'intérieur. À peine eut-elle sonné qu'une jeune femme au sourire interrogateur lui ouvrit. Elle ne portait pas une tenue d'employée de maison, mais, pour autant, ses vêtements ne reflétaient pas l'appartenance à la bourgeoisie locale. Nyssia se présenta sous son nom marital et demanda à être reçue par le colonel sans en préciser le motif, ce qui ne déclencha aucune question. Son hôtesse l'introduisit dans un salon au mobilier sommaire, confirmant que l'officier vivait modestement en regard de son rang. L'attente ne fut pas longue et Nyssia fut conduite au chevet d'un vieillard paralytique en qui elle ne reconnut pas celui qui avait été le tourmenteur de son père.

Habillé d'une chemise de flanelle maculée d'auréoles, l'ancien militaire était adossé contre la tête de lit, la bouche entrouverte, un filet de salive séchée à la commissure des lèvres. Ses bras nus étaient décharnés et ses mains, à la peau flasque et plissée, étaient parcourues de tremblements permanents qu'il essayait de contenir en les tenant jointes. Seul son visage avait conservé, et même accentué, les traits qui lui avaient valu son surnom de Tête-de-rat.

— Que puis-je pour vous, ...

Son assistante se pencha pour lui souffler à l'oreille.

— ... comtesse de La Chesnaye, articula-t-il lentement.

— Je suis venue vous entretenir d'une affaire d'ordre privé, répondit Nyssia après un regard vers la jeune femme.

— Je n'ai rien à cacher à ma fille, parlez, dit-il en levant à peine la main d'un geste las.

Nyssia ne fit paraître aucune surprise mais en voulut à Kalia de ne pas l'avoir prévenue que Tête-de-rat avait fondé un foyer.

— Ma famille est de Grenade. J'y ai vécu jusqu'à l'âge de dix-huit ans avant de partir à Paris, commença-t-elle en attendant sa réaction.

Le visage du vieillard était impassible.

— Je suis venue ici pour retrouver mon père, continua-t-elle.

— Et en quoi pouvons-nous vous être utiles, madame ? intervint la fille tandis que Tête-de-rat semblait s'ennuyer.

— Vous l'avez connu, dit Nyssia en s'adressant au militaire dont le regard s'absentait par intermittence. Il s'appelle Delhorme. Clément Delhorme.

Tête-de-rat ne réagit pas. Il paraissait chercher à relier le nom à une période de sa vie dont la mémoire était partie en lambeaux, puis finit par abdiquer.

— Non... ça ne me dit rien. Je l'aurais connu dans quelles circonstances ?

— Nous habitions à l'Alhambra.

— Il était militaire aussi ? De la caserne de l'Alcazaba ?

Nyssia fut tentée d'abandonner.

— Ne t'inquiète pas, ça va te revenir, assura sa fille en lui passant la main dans les cheveux. Mon père a parfois des absences, mais c'est normal, à son âge. Que faisait M. Delhorme à l'Alhambra ?

— Il étudiait la météorologie et ma mère assistait l'architecte Contreras. Nous sommes trois enfants, des jumeaux.

Le visage de son hôtesse s'assombrit.

— Madame, je crois qu'il vous faut partir, commença-t-elle.

Son père l'avait interrompue en lui serrant le bras. Il se redressa, faisant flotter une odeur d'escarres dans la chambre, et fit signe à Nyssia de s'approcher. Les souvenirs semblaient avoir déboulé dans sa mémoire telle une crue du Darro et son regard avait retrouvé sa dureté d'antan. Il l'attrapa par le bras avec une force surprenante.

— Oui... je vous reconnais... vous avez les mêmes yeux. Je n'ai jamais réussi à le faire arrêter, cet anarchiste !

— Mon père n'est pas un anarchiste, protesta-t-elle en se dégageant.

— Papa, calme-toi, s'interposa sa fille.

Tête-de-rat n'insista pas. L'énergie le fuyait déjà.

— Ainsi, il serait vivant ? dit-il en regardant ses mains trémuler.

— Je suis venue ici pour le savoir.

La réponse parut le rasséréner.

— Vous viendrez me le dire ? implora le vieillard d'un ton enfantin avant de reprendre sa position recroquevillée dans son lit.

— Vous devriez sortir, madame, demanda sa fille.

— La Belle Française, marmonna-t-il. Elle y allait. Elle y allait tous les jours...

— Où ? Où allait-elle ?

Son regard s'était à nouveau vidé de toute expression. Il sembla surpris de sa présence.

— Mais qui êtes-vous, madame ?

La jeune femme raccompagna Mlle Delhorme en silence jusqu'au vestibule. Nyssia lui relata l'affaire en prenant soin de ne pas se laisser emporter par ses émotions. La fille de Tête-de-rat, qui aimait et respectait son père, nia en avoir eu connaissance, mais Nyssia savait d'expérience que la jeune femme lui mentait et elle joua de séduction, d'écoute et de persuasion pour parvenir à son but. Des princes et des ambassadeurs lui avaient confié leurs secrets les plus cachés, elle s'interdisait d'échouer. Les deux femmes s'assirent au salon et, une heure plus tard, Nyssia quittait son hôtesse en la remerciant. Elle avait obtenu ce qu'elle était venue chercher.

— C'est un bon père, vous savez. Il a voué sa vie à son métier et je l'admire, lui répéta la jeune femme sur le seuil de la porte.

Nyssia ne répondit pas. Rien n'aurait pu changer les opinions contraires des deux femmes, qui se quittèrent sans un regard.

Jezequel lui fit signe depuis le trottoir d'en face.

— Que fais-tu là ? lui demanda-t-elle alors qu'il lui offrait son bras pour l'accompagner.

— Je t'attendais. J'avais peur qu'il te fasse du mal.

— Dans son état et à son âge ? Tu n'as pas une autre excuse ?

— Pourtant, je la trouvais valable... Bon, d'accord, j'avais envie de te voir et de souper avec toi, avoua-t-il aisément.

— Voilà qui est mieux. Où est ton fiacre ? s'étonna-t-elle devant la chaussée vide de tout véhicule.

— Un fiacre ? Mais tu te crois au XIXe siècle ! s'exclama-t-il en levant la main.

Il claqua des doigts. Une voiture apparut de l'angle de la rue voisine et s'arrêta à leur hauteur.

— Il suffit de demander, princesse, dit-il en s'inclinant, ravi de son effet.

Le chauffeur en descendit, leur ouvrit la portière et partit à pied après avoir reçu une gratification.

— Une Hispano-Suiza Alfonso XIII, dit Nyssia en tournant autour du véhicule. Pierre en possède une, expliqua-t-elle. Il les possède toutes... mais qu'es-tu en train de faire, Jez ?

— Moi ? Rien, j'essaie seulement de t'être agréable. Je l'ai achetée à un industriel de Barcelone. Tu vas en avoir besoin si tu restes un peu. Je te signale que ton mari est reparti avec votre automobile. Elle est à toi, tu veux l'essayer ?

— Tu vas encore...

— Chut..., l'interrompit-il en posant son doigt sur les lèvres de Nyssia. Laisse-moi rêver un peu. Alors ? dit-il en l'invitant à prendre place.

— Je n'ai pas mon certificat de capacité.

— On est à Grenade, personne ne va t'ennuyer avec ça. Et je peux te servir de chauffeur en attendant, ajouta-t-il en s'asseyant au volant. On y va ?

— Après tout, si tu veux perdre ton temps, c'est toi que cela regarde.

Elle ôta ses chaussures et s'assit à sa gauche.

— En route, chauffeur, j'ai faim et je suis épuisée. Au fait, as-tu prévu du champagne ?

Ils mangèrent dans le jardin, près du bassin, avant de se retirer dans le patio. La nuit était déjà chaude pour une fin de printemps et la fontaine apportait une fraîcheur bienfaisante. Ils avaient parlé du passé, du présent, et avaient évité de se projeter au-delà de la soirée. Jezequel lui avait lu ses extraits préférés des romans de Victor Hugo et elle s'était demandé si elle aurait pu n'aimer qu'un seul homme dans sa vie. Mais elle connaissait la réponse.

— Je voulais te remercier pour toutes tes attentions.

Son ami lui avait fait passer une soirée des plus agréables sans tenter quoi que ce soit qui l'eût gâchée.

— Je te remercie d'autant plus que demain sera une journée difficile, ajouta-t-elle. Je sais où trouver papa.

— Vraiment ? Tu sais où il habite ?

La sénilité de Tête-de-rat n'était que récente et le militaire avait bercé l'enfance et l'adolescence de sa fille de tous les détails de son duel avec l'anarchiste de l'Alhambra. Il était resté persuadé un temps que Clément n'était pas mort dans la disparition de l'aéronef, avant d'abandonner.

— Mais je ne sais pas si papa est encore vivant, il aurait quatre-vingt-deux ans. Tu me l'aurais dit, Jez ?

Il posa sa coupe de champagne ainsi que celle que tenait Nyssia, vint placer sa chaise juste en face d'elle et lui prit les mains :

— Pourquoi te méfies-tu de moi ? Ne t'ai-je pas assez montré ma loyauté ?

— Aujourd'hui, je me méfie de tout le monde, répondit-elle, mélancolique. S'il est revenu à Grenade, c'est pour vivre avec maman. Imagines-tu une seconde qu'ils aient filé le parfait amour sans mettre Victoria et Irving au courant ? Quel genre de père serait-ce ?

— Non, tu as raison. Pourtant, je peux te jurer qu'aucun d'eux ne m'a jamais rien dit. Sur ma vie !

— Voilà pourquoi demain sera une journée cruciale. J'ai l'impression que je vais ouvrir une boîte de Pandore.

— J'imagine que tu ne veux pas que je t'accompagne ?

— J'irai seule.

Leurs doigts se tenaient toujours. Nyssia retira délicatement sa main droite et lui caressa la joue.

— Jez, j'ai envie de faire l'amour. Mais je vais être franche : pas plus avec toi qu'avec un autre. J'ai juste besoin d'abandon.

La hardiesse du propos figea son ami. Il n'avait jamais entendu une femme être aussi directe.

— Cela me va très bien, se reprit-il. Ne t'inquiète pas, je sais que tu n'as jamais rien éprouvé pour moi.

— Et je vais continuer d'être franche : je porte en moi une maladie que je ne veux pas te transmettre. Il nous faudra être très prudents.

Il l'embrassa.

— Je m'en moque, une nuit avec toi vaut n'importe quelle conséquence, il n'y a rien que j'attende plus que ce moment !

— Ne dis pas de bêtises, dit-elle en le repoussant doucement, tu ne sais pas ce que c'est comme souffrance au quotidien. Rien ni personne ne le vaut. Surtout pas moi. Nous le ferons à mes conditions.

— Viens, montons dans ma chambre.

Alors qu'elle se levait, il la prit dans ses bras pour la porter.

— J'ai attendu ce moment toute ma vie. Sache que le simple fait de m'endormir à ton côté en fera le plus beau.

CHAPITRE XXXVI

100

Lundi 1er octobre 1888, Paris

Le travail avait repris sur la tour alors qu'une agitation inhabituelle régnait à ses pieds. Prévu plusieurs fois les mois précédents, mais toujours reporté en raison des conditions atmosphériques que Clément avait jugées peu propices, le vol d'essai était en préparation. L'ingénieur avait réveillé Irving à cinq heures pour qu'il les accompagne et photographie la préparation de l'aéronef. Le temps était clair et la température affichait quinze degrés Celsius à sept heures, lorsqu'ils étaient arrivés devant le monument. Clément avait vérifié la force et la direction du vent : les côtes de la Manche leur envoyaient suffisamment de souffle pour propulser l'engin loin de Paris. L'essai, qui avait pour but de tester la solidité et la fiabilité du matériel, ne devait pas dépasser une altitude de cinq mille mètres, mais le pilote aurait la tâche de l'emmener le plus loin possible.

L'enveloppe ressemblait encore à une vessie crevée. Elle s'était dressée paresseusement sous l'effet de l'hydrogène dans l'allée centrale du Champ-de-Mars, guidée par une dizaine d'assistants qui tenaient avec peine les cordes d'arrimage. La coque métallique, quant à elle, reposait sur un chariot et était attachée par des filins tendus jusqu'au sol. À neuf heures, le ballon, toujours alimenté en gaz, pointait vers le ciel tout en se balançant légèrement sous l'effet d'un vent inconstant.

— Qu'il est beau ! s'enthousiasma Eiffel, qui venait d'arriver en compagnie de deux journalistes du *Petit Journal* et du *Temps*.

— Encore une heure avant le départ, annonça Clément. Il reste trois cents mètres cubes d'hydrogène à injecter. Où est Camille ?

La séance de spiritisme avec Eusapia Paladino avait fortement marqué Flammarion. Dans un premier temps, il avait annoncé son intention d'abandonner le projet, persuadé du fondement de la prédiction, ce qui aurait provoqué son arrêt faute d'un budget suffisant pour l'achat de l'hydrogène. La tergiversation avait duré plusieurs mois, jusqu'à ce que Clément le convainque de poursuivre en inversant les rôles : à lui l'essai de l'aéronef et à l'ingénieur la tentative de record. La proposition avait fini par emporter son adhésion dès lors qu'Eusapia avait confirmé que sa prédiction n'était plus valable en cas de changement de pilote. Il n'augurait pas de la réussite du projet, mais évitait une mort que Flammarion jugeait certaine, l'aéronaute Sivel ne pouvant se tromper depuis le pays des âmes.

Camille sortit d'une des cabanes de chantier. Il portait à la main un casque de cuirassier qui avait été rembourré à l'extérieur de boudins en chiffon.

— Je vous avouerai que je ne suis pas très emballé par l'accessoire de mode que vous m'imposez, plaisanta-t-il à l'adresse de Clément.

— Un accessoire qui vous évitera une commotion lors de l'atterrissage. Précaution indispensable pour une nacelle fermée.

Les deux journalistes l'arrêtèrent avant le chariot de lancement et le questionnèrent sur le vol.

— Comment vous sentez-vous, monsieur Flammarion, au moment du départ ? demanda l'un d'eux en guise de conclusion.

— Excité comme une puce ! dit Camille en enfilant son casque. Je n'ai qu'un regret : dans ma coque, je n'entendrai pas les oiseaux chanter depuis la terre.

— Une photo ? proposa le plumitif alors que le préposé s'était déjà préparé derrière son trépied.

Flammarion se positionna devant la sphère métallique, les mains serrées sur ses pans de veste.

— Attendez ! intima-t-il en enlevant son couvre-chef qu'il lança à Clément. Sivel n'a pas prévu que je me ridiculise devant la France entière !

Puis il reprit son casque, s'engouffra par l'ouverture dans la cabine et referma le couvercle à vis. Son visage apparut par un des hublots de la coque. Le ballon, dont la forme s'arrondirait au fur et à mesure que l'hélium se dilaterait, était prêt, tel un taureau attendant avec impatience l'heure du combat dans son *chiquero*. À dix heures, enfin, Clément prononça la phrase rituelle :

— Lâchez tout !

Les participants applaudirent, y compris les ouvriers de la tour qui s'étaient arrêtés pour regarder l'aéronef passer à leur hauteur et qui saluèrent le pilote d'un coup de casquette.

Alors que l'engin s'élevait dans une majestueuse lenteur, droit comme un « I », Delhorme eut une pensée coupable envers Flammarion. Celui-ci aurait dû être le pilote pour la tentative de record si Clément n'avait pas influencé la séance de spiritisme. Il lui avait été si facile de porter les coups sous la table alors que les autres avaient les yeux tournés vers la spirite, si facile de répondre aux questions qu'il avait lui-même initiées, si facile d'inventer la présence de l'aérostier et sa prédiction d'accident... Clément avait simulé sa candeur dans le domaine alors qu'il avait déjà participé à des séances à Grenade – où il avait éventé une tricherie. Il était persuadé qu'Eusapia n'avait pas été dupe, mais que, en lui permettant d'asseoir son aura de médium, il avait arrangé ses affaires. Son esquisse inattendue de sourire lorsqu'ils l'avaient quittée l'en avait convaincu.

Pendant qu'Eiffel expliquait aux rédacteurs les moyens mis en œuvre pour suivre le trajet du ballon, Clément rejoignit le poste de contrôle qu'ils avaient installé au 40 de l'avenue Duquesne, dans le bureau de télégraphie le plus proche. Il avait activé son réseau de correspondants de la Société météorologique de France, qui s'étaient transformés en observateurs dans les zones les plus probables de passage de l'aéronef. Ils avaient pour mission, dès le contact visuel établi, d'envoyer un télégramme précisant l'heure, les coordonnées géographiques ainsi que la direction et la force du vent.

— Ces informations permettront de connaître le trajet exact et surtout à M. Koechlin, mon collaborateur, de calculer la direction future du chemin pris par le ballon, expliqua Eiffel au journaliste du *Temps*. Nous pourrons alors mobiliser plus d'observateurs dans une zone réduite et, grâce à ce maillage, localiser notre aéronaute plus finement.

— Impressionnant, dit l'homme tout en inscrivant ce qu'il avait réussi à retenir.

— Notez aussi que, lors de la tentative de record, nous installerons une ligne au dernier étage de la tour, en collaboration avec le Bureau des télégraphes, qui nous servira à recevoir et à émettre. Cela aussi sera une première.

— Nous sommes tous impatients... M. Flammarion me disait qu'il avait déjà réussi à rallier la Prusse depuis Paris en ballon. Pensez-vous qu'il puisse faire mieux aujourd'hui ?

— Comme vous l'avez constaté, notre engin est d'un type nouveau. Sa technologie est unique. Il en est tout à fait capable.

— Berlin ? continua le rédacteur, qui voyait déjà son titre défiler à la une du journal. Croyez-vous qu'il puisse atterrir à Berlin ?

— Désolé de vous décevoir, mais ce sera pour une autre fois.

— Vous voulez ménager le matériel ?

— Aussi, mais, au vu des vents, il a plus de chances de finir à Genève qu'à Berlin.

L'aéronef n'était plus qu'un point lumineux dans un ciel zébré de cirrus qui resteraient au-dessus de la tête de Flammarion. Son altimètre indiquait mille cinq cents mètres. Le pilote admira la vue de la partie de Paris que lui laissait un hublot trop étroit à son goût, puis manœuvra l'hélice qui lui permit de faire pivoter la coque d'un quart de tour autour de son axe.

Formidable idée, se dit-il en la manipulant plusieurs fois pour effectuer un tour entier. *On se croirait dans un carrousel*, s'amusa-t-il en cochant sa liste de vérifications, avant de faire une nouvelle rotation.

Arrivé à l'altitude choisie, Camille stabilisa sa hauteur en jouant sur le clapet supérieur du ballon. Il constata le parfait fonctionnement de l'appareil de renouvellement de l'air et regretta qu'il ne permette pas la présence d'un second passager. Il y avait assez de place pour se mouvoir à deux.

Une fois toutes les vérifications effectuées, il se cala contre un hublot et profita de la vue unique depuis la première nacelle fermée de l'histoire de l'aéronautique. Un rayon de soleil vint le réchauffer alors qu'une buée de condensation avait commencé à cerner la périphérie du hublot. Il l'essuya d'un coup de manche et aperçut une ville, vers laquelle il se dirigeait.

— Auxerre ! dit Clément à la lecture du message télégraphique. Vent de nord-ouest, trente-cinq kilomètres par heure. Il est passé à la verticale de l'observateur à deux heures et cinq minutes.

— La direction change et le vent faiblit, nota Koechlin. Il va sans doute virer à l'ouest de Dijon.

— Je vais activer mes contacts sur la Bourgogne, qu'ils se recadrent dans cette zone. Pour l'instant, la météo est conforme aux prévisions. Il n'aura aucun nuage bas.

— C'est un photographe qu'il faudrait emmener, pour qu'on en profite tous, remarqua Koechlin, approuvé par Irving qui les avait rejoints.

L'après-midi se déroula dans l'attente des messages. Médor, que la tension humaine rendait nerveux, suivait Clément pas à pas. À trois heures, Eiffel fit une visite avec la troupe des journalistes qui avait grossi de plusieurs membres. À quatre heures, le ballon fut repéré près de Corbigny.

— La Nièvre, dit Koechlin. Il continue à dériver plus à l'ouest.

— On a des risques de le perdre, s'inquiéta Clément en consultant une carte. J'ai très peu de correspondants dans cette zone, il n'y a que des villages. À quelle heure est le coucher du soleil ?

— Cinq heures et demie. J'ai fait une estimation : s'il n'actionne pas le clapet du gaz, le refroidissement le forcera à atterrir vers sept heures.

La dernière liaison visuelle eut lieu à cinq heures de l'après-midi par un observateur d'Autun qui avait repéré dans sa lunette un point lumineux se déplaçant au-dessus des forêts du Morvan.

— Il pourrait aller jusqu'à Bourg-en-Bresse, estima Koechlin.

— Je vais avertir la gendarmerie locale, dit Eiffel, qui les avait rejoints.

— Camille est expérimenté, tempéra Clément. À sa place, je déclencherais l'atterrissage avant : il y a des centaines de points d'eau dans les Dombes. Trop risqué.

Irving revint avec les journaux du soir : seul *Le Temps* avait inséré un entrefilet sur le vol d'essai.

L'attente se prolongeait. Les hommes se relayèrent pour aller souper, à l'exception de Clément qui recopiait dans un cahier la somme d'informations récoltée sur le trajet.

À neuf heures vingt, le télégraphe émit son cri caractéristique. L'opérateur nota le message et tendit le papier à Eiffel, dont le sourire précéda la bonne nouvelle.

— Il a été recueilli par un agriculteur dans son champ, sur la commune d'Ozolles en Saône-et-Loire. Tout va bien !

Médor participa à la joie collective en jappant et sautant sur les participants dont les effusions n'en finissaient plus. Eiffel porta une longue accolade à Clément.

— Bravo pour le matériel et les calculs. À vous, maintenant. Et la fête sera complète. L'essai a été riche d'enseignements, n'est-ce pas ?

— Très riche, acquiesça Clément en refermant son cahier. Il me permettra d'ajuster certaines variables. Cette tentative est devenue une équation à une seule inconnue.

— La température qu'on va trouver là-haut, devina Eiffel avant d'aller féliciter Koechlin.

Non... moi..., songea Clément. *Juste moi.*

101

Dimanche 31 mars 1889, Paris

Monsieur Eiffel vous prie de bien vouloir assister à la fête intime de chantier qui aura lieu dimanche à une heure et demie.

— Tu parles d'une intimité, commenta Nouguier, cent cinquante invités en plus de l'équipe ! Ce sera la réception de travaux la plus chic de toute l'histoire de la construction.

— La tour ne nous appartient déjà plus, dit Compagnon, en proie à la nostalgie des fins de chantier.

Les plus proches collaborateurs de l'entrepreneur s'étaient rassemblés sous le monument, devant la fontaine au large bassin, bâtie pour la durée de l'Exposition, qui représentait le combat de la Lumière pour éclairer la Vérité, mais que tous trouvaient plus intéressante pour son ornementation de nus féminins que pour sa représentation allégorique. Ils regardaient défiler les berlines qui déchargeaient leurs lots d'officiels.

— Voilà le président du Conseil, dit Koechlin.

— Floquet ? interrogea Nouguier en essayant de distinguer les visages des arrivants.

— Non. Il a été remplacé par Tirard il y a un mois. Tu devrais lire les journaux.

— Pas le temps. Combien a-t-on eu de chefs de gouvernement depuis le début de la tour ?

— Cinq, répondit Koechlin après un délai de réflexion. Mais deux fois pour Tirard. Ce qui fait moins de six mois en moyenne.

— Comment fais-tu pour savoir tout ça ? Ta femme te fait la lecture pendant que tu vérifies les calculs ?

— Si c'était le cas, on se trouverait actuellement sous la tour de Pise.

Leurs rires résonnèrent sous les arches métalliques.

— Voilà notre architecte préféré ! s'exclama Compagnon alors que Sauvestre rejoignait le groupe. Alors, satisfait du résultat ?

— J'en suis fier, comme vous tous, dit-il en leur portant l'accolade. Mais je serai rassuré quand on aura fini la peinture.

— Il reste six semaines avant l'ouverture au public, vous aurez eu plus de temps que nous, dit Nouguier en levant la tête vers le haut des piliers. J'aime bien ce rouge, vraiment !

— C'est un bronze Barbedienne, précisa l'architecte. J'ai prévu de l'éclaircir entre le premier et le second étage, plus encore après et de finir en jaune d'or à la coupole. Il y a quand même quatre couches à mettre avec le minium, ajouta-t-il, il faut maintenir la pression sur les peintres.

— En attendant, nous entrons dans l'histoire, mais nous y entrons à pied ! s'amusa Nouguier. J'espère qu'on a prévenu les officiels que les ascenseurs n'étaient pas encore fonctionnels. Mille sept cent quatre-vingt-douze marches, c'est quarante-cinq minutes de montée, une forme de sélection naturelle ! On pourra faire un classement par étage, avec le pourcentage d'abandon, et nommer le premier arrivé prochain président du Conseil.

— Alors, ce sera Gustave Eiffel, conclut Compagnon. Il l'a déjà fait en trente minutes.

— On y va, messieurs, indiqua Koechlin, la cérémonie va commencer. Mais où est passé Clément ?

— Déjà en haut. Il est allé relever les données météo. Et je vous annonce qu'il pleuvra cet après-midi. Dépêchons-nous de faire flotter le drapeau !

Eiffel entama la montée dans l'euphorie, avec ses cinq enfants suivis de l'aréropage d'invités. Il se sentait prêt à gravir le mont Blanc à mains nues. À son arrivée, Tirard l'avait pris à part et lui avait fait savoir qu'il allait demander sa nomination au grade d'officier de la Légion d'honneur. Tous les grands noms de la presse étaient là – à l'exception des derniers irréductibles adversaires de la tour –, ainsi que des députés, sénateurs et représentants de la Ville de Paris, ses confrères ingénieurs, des architectes, des membres éminents des instances scientifiques et techniques. Et son équipe. Il passa en revue les chantiers qui avaient été les jalons indispensables de sa réussite. Il y avait eu tant de moments intenses où les hommes et les énergies s'étaient unis pour balayer les incertitudes et l'adversité. Il n'aurait pas pu faire le Douro sans le pont de Bordeaux, Garabit sans le Douro, la statue de la Liberté sans Garabit et sa tour de trois cents mètres sans toutes ces expériences accumulées. Chaque ouvrage était une porte ouverte vers un étage supérieur.

La file humaine s'étira rapidement en longueur et même les plus prolixes s'étaient tus pour se concentrer sur leur souffle. Certains s'étaient arrêtés avant le premier étage et renonçaient, malgré les encouragements des autres.

L'esprit d'Eiffel était déjà tourné vers les écluses de Panama. Il fut pris d'une inquiétude subite et se demanda jusqu'où tout cela pouvait mener, quelles étaient les limites de la création humaine, s'il y en avait. Il avait plusieurs fois été accusé par le clergé et le journal *L'Univers* de se prendre pour l'égal de Dieu le Père et avait été voué aux gémonies. Il savait qu'en choisissant un dimanche pour sa cérémonie, il s'exposait à de nouvelles récriminations de leur part.

— Vive Eiffel ! Vive la tour !

L'exclamation provenait d'un des charpentiers qui, avec plusieurs autres, s'était disposé sur une des poutrelles entre les deux étages. Il les salua et leur donna rendez-vous au sol pour une coupe de champagne. D'autres groupes de « ramoneurs », ainsi que se désignaient les ouvriers des étages, occupaient les entrelacs métalliques du corps de la tour et l'applaudissaient à son passage. L'intermède avait chassé ses doutes.

— Je n'en peux plus, dit Claire au niveau de la seconde plate-forme, alors que Laure et Albert avaient déjà abandonné.

La nouvelle le contraria, il aurait voulu que son plus fidèle soutien soit là pour assister à son triomphe. Mais, devant sa grimace d'épuisement, il n'insista pas.

— Adolphe t'accompagnera jusqu'au bout, dit-elle en désignant son mari.

Eiffel lui adressa une tape amicale en guise d'encouragement et entama la dernière partie et ses mille marches. Irving l'attendait sur la plate-forme du dernier étage, où régnait un vent violent.

— J'ai pris de l'avance, à cause du matériel, expliqua-t-il en désignant l'appareil photographique et le trépied solidement arrimé à des plaques de plomb, prêt à immortaliser l'événement.

Il avait installé sa chambre noire à l'étage du dessous et pris une série de photographies le matin alors que le soleil inondait encore la capitale. Depuis lors, le ciel s'était fait menaçant, mais la vue était encore dégagée et offrait un panorama de Paris tel que personne ne l'avait seulement imaginé. La Seine n'était plus qu'un trait sombre qui serpentait dans une ville miniature où tout semblait figé.

Valentine Eiffel fut applaudie à son arrivée. À dix-neuf ans, la plus jeune des filles de l'entrepreneur était la seule des cinq enfants à être arrivée au bout de l'ascension et elle eut droit à un baiser de son père. L'industriel salua l'effort des trois journalistes de *La Paix*, du *Figaro* et du *Petit Journal*, qui les avaient rejoints et tentaient, comme tous, de retrouver leur souffle. Une fois le dernier participant installé sur la plate-forme métallique, Gustave Eiffel reçut la bannière du chantier des mains du représentant des ouvriers et un immense drapeau tricolore de celles du directeur de l'Exposition universelle. Il les cala sous sa veste et grimpa au sommet du campanile, où se trouvait le paratonnerre. Les bourrasques de vent avaient gagné en intensité et rendaient imprécis les gestes de l'ingénieur, qui avait déplié le drapeau mais n'arrivait pas à le dompter pour le fixer sur la hampe.

— Accepteriez-vous l'aide d'un modeste confrère ?

Clément était monté dans le cylindre entourant l'échelle et avait passé la tête au niveau de la plate-forme du paratonnerre.

— J'accepte volontiers l'aide du meilleur météorologue au monde, répondit Gustave pendant que Clément se hissait à sa hauteur.

Les deux hommes nouèrent les lacets de cuir dans les anneaux avant de laisser les deux bannières claquer fièrement.

— Le vent est une équation à deux inconnues, cria Clément en s'approchant pour qu'ils se comprennent.

— Vitesse et direction, répondit Eiffel.

— Non : les espoirs qu'il amène et les souvenirs qu'il emporte.

— Merci, dit l'ingénieur en lui tendant la main. Merci pour tout depuis vingt-cinq ans.

— Vous m'avez aussi apporté des moments inoubliables, Gustave.

— Je me souviens de votre démonstration de la tour du Guet, lors de notre première rencontre : « L'univers tout entier est une équation qui attend d'être résolue. »

— Je vous avouerai que j'avais pris quelques précautions.

— Je sais, j'ai vu les filets de protection.

— Mais la conclusion reste valable : vous êtes en train d'en percer le secret.

— Dans quelques semaines, vous m'aurez dépassé, Clément.

Au même moment, une salve de vingt et un coups de canon retentit, provoquant un écho d'une extraordinaire pureté alors que le groupe qui s'était hissé au troisième étage entamait une *Marseillaise*.

— Je crois qu'ils nous attendent.

— Il nous reste à redescendre sur terre.

Une immense tente avait été dressée au pied de la tour pour le lunch. Les discours se succédaient au rythme des toasts portés. Le président Tirard, qui n'avait pas tenté la montée et avait patienté sur le parvis, ouvrit le bal des éloges par un acte de contrition.

— Je tiens d'autant plus à exprimer mon admiration à M. Eiffel qu'au début, j'étais un adversaire de la tour. Je reconnais que je me suis trompé et je suis heureux de le proclamer publiquement !

L'entrepreneur, debout à son côté, resta impassible. Il savourait l'instant et envoyait des coups d'œil réguliers à ses collaborateurs pour le partager avec eux. Clément se tenait à l'écart, au fond du chapiteau.

— J'en ai fini pour les photos, dit Irving en le rejoignant. Tu détestes toujours autant les manifestations officielles ?

Son père lui répondit par un sourire.

— Viens, proposa le jeune homme, allons marcher un peu dans le village de l'Exposition.

Les pavillons des pays du monde entier étaient tous bâtis et chacun s'affairait à les remplir des activités et des boutiques qui allaient faire les délices des visiteurs. Ils traversèrent la rue du Caire, où tout avait été reconstruit à l'identique, bazar, minarets et maisons aux murs blanchis. Un Égyptien, vêtu d'une longue tenue bleue et coiffé d'un tarbouche, leur indiqua que l'exposition n'était pas encore ouverte au public puis, apprenant qu'ils faisaient partie de l'équipe de la tour de trois cents mètres, s'excusa et leur offrit un verre de bière qu'ils burent ensemble à la santé du monument haut comme deux fois la pyramide de Khéops.

— Décidément, on ne peut pas y échapper, s'amusa Clément après l'avoir remercié et avoir promis de revenir visiter le pavillon. La reconstitution est impressionnante, tu pourrais en faire des photos.

— Non, papa. Mes photos seront toujours le témoin de la réalité. Je ne sais pas quand, mais je sais que j'irai, que nous irons un jour au Caire avec Juliette, rendre hommage à ce pays et à M. Le Gray.

Le photographe qui avait initié Irving y était mort cinq ans auparavant et y reposait.

— Peut-être même irons-nous y habiter quelque temps, tu sais, ajouta-t-il en observant la réaction de son père.

— Vous avez raison, il te faut découvrir le monde, élargir ton angle de vue. Et je ne resterai pas éternellement ici. Le mariage est toujours prévu pour cette année ?

— Plus que jamais, papa. Nous nous en sommes fait la promesse il y a six mois.

Le train Decauville les avertit de son passage à grands coups de sifflet. Les essais de la ligne spéciale prévue pour la période de l'exposition touchaient à leur fin. Des applaudissements et des bravos s'élevèrent du chapiteau : Eiffel venait d'annoncer la pose d'une plaque commémorative sur un des piliers de la tour qui contiendrait les noms de tous ceux, ouvriers et ingénieurs, qui avaient travaillé au projet.

Clément fit signe à son fils de continuer la promenade. Il n'avait pas envie de rejoindre le lunch, la réception et ses honneurs qui devaient durer tout l'après-midi. Il proposa à Irving d'entrer au palais des Arts libéraux pour admirer les derniers appareils photographiques. Ils n'y restèrent que peu de temps, la plupart des modèles n'étant pas encore exposés, mais s'attardèrent sur le stand de cosmographie où Clément se montra intéressé par les cartes géographiques des régions françaises. L'éditeur lui proposa la plus récente collection des cartes d'état-major des départements, dont il acheta certaines.

À la sortie, ils croisèrent Youssoupov, qui venait du pavillon russe. Le prince reconnut Irving et fixa du regard Clément, dont il devina l'identité. Il eut une seconde d'hésitation puis esquissa un salut de la tête et s'éloigna sans un mot. La surprise avait été telle que père et fils restèrent silencieux tout en traversant le dôme du palais central.

— Veux-tu qu'on en parle ? demanda Clément alors qu'ils étaient parvenus devant l'immense galerie des Machines.

Nyssia était devenue un sujet tabou depuis sa confrontation avec elle.

— Tu veux savoir si on s'est revus ? Tu veux de ses nouvelles, papa ? Vu ce que tu m'as dit à ce moment-là, je n'en ai pas l'impression. De toute façon, je n'en ai pas.

— Tu penses à elle parfois ?

— Parfois, oui. De moins en moins, pour être franc. Je suis même repassé un certain nombre de fois devant son domicile sans penser à elle.

Un ouvrier vint leur demander de se pousser pour laisser entrer un chargement d'importance : une énorme dynamo, installée dans une caisse que deux percherons tiraient avec effort et qui était destinée à l'alimentation électrique des ponts roulants de la galerie.

Ils n'attendirent pas la fin de la manœuvre et remontèrent le Champ-de-Mars en son milieu jusqu'à un banc protégé du vent par un large bosquet.

— Je lui ai dit qu'elle n'était plus ma fille, reprit Clément. Non pas parce qu'elle s'était enfuie, ni parce qu'elle n'avait plus donné de nouvelles, mais parce qu'elle était devenue une autre. Elle avait changé d'identité et menait une vie contraire à tous les principes que je vous ai enseignés. Et Dieu sait que ces principes ne sont pas issus d'une morale bourgeoise rigide ! Elle n'était plus ma fille tout simplement parce que je ne la reconnaissais plus. Je lui ai dit cela par désespoir, par colère aussi, mais aujourd'hui je le regrette, je regrette profondément.

— Alors, pourquoi ne pas te réconcilier avec elle ?

— C'est à elle de faire le premier pas. À elle de faire ce chemin, vers moi, vers nous tous.

Plusieurs gouttes vinrent noircir le sol.

— Ça y est, il pleut. Allons retrouver la chaleur de la réussite.

Eiffel était entouré de ses ouvriers qui venaient de lui offrir, ainsi qu'à Compagnon et aux ingénieurs, un bouquet de lilas blanc. Claire vint l'en délivrer pour tenter d'avoir un peu d'intimité avec son père.

— Sans toi, je n'aurais jamais eu la force d'aller aussi loin, dit-il en lui remettant les fleurs.

— La presse est dithyrambique et tout le monde exalte ton génie, papa. Je n'ai fait que mon devoir de maîtresse de maison, rien d'autre. Te rends-tu compte que tout le monde l'appelle déjà la « tour Eiffel », et plus la tour de trois cents mètres ? C'est ça, la gloire !

— Je la dois aussi à toute mon équipe, des ouvriers aux ingénieurs. Ton Adolphe ne me démentira pas, il y a pris sa part. J'aurais aimé que mes parents soient là, notre Marguerite aussi...

— Mais ils sont là-haut et, avec la tour, nous nous sommes rapprochés d'eux, dit-elle d'un ton enjoué pour masquer son émotion.

— As-tu vu Clément ? J'aurais voulu partager ce succès avec lui. Il n'était pas là quand j'ai remercié tous mes collaborateurs.

— Il vient d'arriver avec son fils. Par contre le travail n'est pas fini, mon cher papa, soupira Claire en voyant le chroniqueur du *Figaro* qui fendait l'assistance dans leur direction. Je te laisse, tu appartiens à la France entière, maintenant, conclut-elle en lui déposant un baiser sur la joue.

Le journaliste était enthousiaste d'avoir pu distinguer l'hippodrome de Longchamp depuis la troisième plate-forme.

— Je viendrai y suivre les prochaines courses aux jumelles, décréta-t-il, amusé. Votre chef de chantier me disait que le futur phare serait visible à plus de cent kilomètres ?

— Depuis Fontainebleau, Chartres et même Orléans, confirma Eiffel, que l'euphorie et le champagne avaient rendu désinvolte.

— Avez-vous conscience que vous êtes en train de dépasser tous les mythes les plus anciens, Babel, Alexandrie... ?

— Monsieur Calmette, je vais vous livrer une confidence qui va éclairer vos lecteurs : savez-vous que le monument le plus haut jamais construit exerce une pression au sol qui est la moitié de celle que nous produisons en nous asseyant dans un fauteuil ? Voilà pourquoi l'ingénierie française est la plus respectée au monde : le calcul à la décimale près. Ces messieurs, dit-il en désignant la bande du bureau d'étude en train de se congratuler, ces messieurs sont à la pointe du progrès et ils le prouveront encore bientôt : je prends l'engagement devant vous que nous serons les premiers à envoyer un homme à plus de quinze mille mètres d'altitude.

102

Mardi 10 septembre 1889, Paris

Le rédacteur était aux anges : il avait obtenu d'être affecté à l'édition spéciale du *Figaro*, un fascicule de quatre pages quotidien sur l'Exposition universelle, qui était édité pendant toute la durée de la manifestation.

Calmette regarda la presse cracher les exemplaires qui allaient être distribués par milliers aux visiteurs, puis se rendit à la fenêtre du bureau de rédaction pour admirer la vue de Paris que procurait le second étage de la tour Eiffel. Jamais il ne pourrait s'en lasser, jamais aucun journaliste n'aurait à nouveau la chance de travailler pendant plusieurs mois cent quinze mètres au-dessus des toits de Paris.

Le rotativiste vint lui apporter un exemplaire du quotidien dont la une titrait : *Tentative du record d'altitude en aéronef.* Il pinça les lèvres, satisfait de son choix. Il avait eu du mal à se décider tant les événements allaient se succéder durant la journée, mais celui-ci les surpassait tous. Calmette sortit sur la passerelle et observa à la jumelle l'aéronef, dont la phase de gonflage, commencée la veille au soir, était presque terminée. L'engin, avec sa coque moitié blanche, moitié noire, surmontée d'un ballon de caoutchouc piriforme peint en jaune, ressemblait à une immense abeille. Il était posé au milieu du jardin central, dans l'axe de la tour, où des barrières avaient été installées pour empêcher les curieux d'approcher. Mais, à sept heures du matin, les visiteurs étaient épars.

Le journaliste se rendit à la boulangerie Viennoise, au second étage de la tour, juste en face du local dédié à l'édition de son journal, et y acheta des pâtisseries qu'il déposa pour ses collègues près de la rotative : il avait parié que l'aéronef s'envolerait le 14 et avait perdu.

Clément caressa les poils bouclés de Médor. Le chien avait du mal à garder les yeux ouverts. Son maître avait déjeuné tôt, un repas inhabituellement copieux, dont il avait pu profiter et qui l'avait repu. À cinq heures, ils s'étaient rendus sur le site du décollage où les préparatifs allaient bon train. Médor avait couru après deux oiseaux puis s'était collé à son maître pendant qu'il vérifiait tous les matériels, pressentant quelque chose d'inhabituel. À six heures trente, ils étaient entrés tous les deux dans un des pavillons de la Ville de Paris où la municipalité avait mis à leur disposition une pièce du rez-de-chaussée qui donnait sur l'engin.

Clément calcula une dernière fois sa trajectoire sur la carte en fonction des données météorologiques les plus récentes et cercla au crayon une zone de vingt kilomètres de diamètre. Son expérience l'avait amené à conclure que les courants d'altitude étaient relativement constants, contrairement à ceux de la surface terrestre, plus changeants. Il avait effectué ses évaluations sur l'hypothèse d'un vent de nord-nord-ouest, en fonction des informations reçues des observatoires locaux.

Il vida les poches de l'épais manteau suspendu à une patère et en vérifia scrupuleusement le contenu avant de le remettre en place. Le vêtement, acheté au Bon Marché, avait été choisi par Irving pour son épaisse doublure en laine et sa coupe enveloppante, et complété par une fine paire de gants de cuir. Clément l'avait testé dans une des chambres froides de l'usine frigorifique d'Auteuil, dans laquelle il était resté plus d'une heure immobile sans souffrir de la température.

Camille entra sans frapper.

— Clément, il y a un problème !

La remarque le fit sourire, Flammarion l'ayant déjà faite à de nombreuses reprises pendant l'inspection de l'appareil, pour des soucis qui n'en étaient pas. L'inquiétude et l'agitation extrêmes du journaliste scientifique contrastaient avec le calme apparent de l'aéronaute.

— J'ai refait les calculs du volume d'hydrogène et nous en avons trop mis. Le ballon risque d'éclater en altitude ! Regardez ! asséna-t-il en lui fourrant un papier sous le nez.

Clément le parcourut distraitement.

— Ma foi, votre conclusion est bonne : il devrait exploser avant d'arriver à quinze mille mètres.

— Et c'est tout l'effet que ça vous fait ?

— Oui, parce que votre postulat de départ est faux. Vous oubliez que la force ascensionnelle de l'hydrogène diminue avec l'altitude.

Et vous n'en avez pas tenu compte. Regardez : 1,12 kilo par mètre cube, c'est exact au niveau de la mer. Mais elle va diminuer de soixante grammes par kilomètre grimpé.

— Soixante grammes par kilomètre, répéta Flammarion pour lui-même.

— Elle est pratiquement dix fois plus faible à la fin de l'ascension, c'est pourquoi j'ai demandé deux mille huit cents mètres cubes d'hydrogène au lieu des deux mille que vous me proposez.

— Ah..., dit Flammarion, chez qui une expression tracassée avait remplacé l'inquiétude. Je suis désolé de vous avoir effrayé.

— Ne vous inquiétez pas pour cela, Camille.

— Je vais quand même vérifier, ajouta Flammarion en sortant.

La porte était restée ouverte et le barbet s'y déplaça paresseusement pour humer l'atmosphère avant de retourner à sa place initiale. Il leva à peine la tête et resta impassible lorsque Eiffel entra en compagnie du docteur Pinilla. Le médecin était arrivé une semaine auparavant et logeait chez Clément. Venu pour l'Exposition universelle, il s'y était rendu tous les jours, visitant méticuleusement chaque pavillon, et n'avait prévu de repartir qu'après la tentative. La présence de l'accoucheur de ses enfants avait donné à Delhorme une énergie supplémentaire.

— Je vous laisse, dit l'entrepreneur, j'attends un groupe d'ingénieurs pour la journée. Et Edison qui doit arriver à midi... quel dommage qu'il ne puisse assister au lancement !

— Les conditions météo ne seront idéales que durant la matinée, expliqua Clément, qui tenait bon depuis la veille malgré l'insistance de Gustave.

— Nous devons rester humbles devant la nature, conclut Eiffel à regret.

Quand ils furent seuls, Pinilla tendit une enveloppe à Clément.

— Une lettre de votre femme et de votre fille. Elles m'ont demandé de vous la remettre juste avant le départ.

— Je la lirai là-haut, dit-il en la prenant. Même si j'échoue, j'aurai au moins le record du plus haut courrier !

Il la glissa directement dans une des nombreuses poches du manteau, qu'il enfila précautionneusement.

— Voilà lancée la mode vestimentaire des aéronefs, plaisanta-il en ouvrant les bras.

Médor aboya. On s'agitait autour de la cabane.

— C'est moi qui n'ai pas voulu qu'Alicia et Victoria viennent, expliqua-t-il.

— Je sais, et vous avez bien fait. Elles attendent la bonne nouvelle par télégramme. En fait, je crois que toute la ville l'attend.

— À l'exception de Tête-de-rat, dit Clément en cherchant son casque cuirassé. Votre encre va faire des merveilles, docteur ! ajouta-t-il pour chasser la grisaille qui venait de traverser ses pensées.

— Après votre record, j'ai l'intention de publier sa composition afin que tout le monde puisse en fabriquer. Et je l'ai baptisée « Hugo », en hommage à notre grand poète, conclut fièrement Pinilla.

— Partager les découvertes, c'est ce que l'individu peut faire de mieux pour l'humanité.

— La mienne ne révolutionnera rien, mais – et cela pourra vous paraître étrange, après une carrière passée à donner la vie et à en sauver –, elle restera ce dont je serai le plus fier. À égalité avec l'accouchement de Mme Delhorme, sourit le médecin avant de lui montrer le sac d'osier qu'il avait en main depuis son arrivée. Je vous ai apporté le panier demandé. J'espère que la taille vous convient.

— Parfait, il est parfait, répondit Clément en le posant sur la table.

Flammarion admira le nom de l'aéronef peint en lettres rouges sur la coque de fer.

— Le *Nyssia*, ça sonne bien, dit-il à son voisin, un journaliste de *L'Illustration* qui ne lui prêta pas attention, trop occupé à écouter Eiffel égrener les différentes étapes du vol. En fait, ce n'est pas vraiment rouge, mais bronze Barbedienne, la couleur de la tour, expliqua-t-il à l'homme qui tendit l'oreille à l'évocation du monument.

Voyant qu'il avait capté son intérêt, Flammarion enchaîna :

— Il devait s'appeler *Robur*, mais notre ami Delhorme a absolument tenu à ce qu'il porte le prénom de sa fille. La famille, que voulez-vous... D'ailleurs, le voilà !

Clément fut rapidement entouré d'une nuée de journalistes à qui il demanda de patienter afin de poser son panier dans la coque. Le rédacteur du *Figaro* l'interrogea sur ce qu'il contenait.

— Des provisions ? s'étonna Calmette. Je croyais que le record ne nécessiterait pas plus d'une heure ?

— Je dois prendre des précautions au cas où l'une des cordes de soupape ne fonctionnerait pas.

— Que se passerait-il ?

— Il me faudrait attendre la fin de la journée, que la température diminue, pour que l'hydrogène refroidisse. Le vol peut durer jusqu'à douze ou treize heures dans ce cas.

— Mais vous ne risquez quand même pas de mourir de faim, insista Calmette. N'y aurait-il pas une bouteille de champagne dans votre panier ?

— Vous n'êtes pas loin du compte, messieurs, éluda Clément en les laissant continuer avec Eiffel.

Il tourna le dos à l'assemblée et refusa de croiser le moindre regard, concentrant le sien sur la boule métallique, vers laquelle il se dirigea. L'entrepreneur contenait les journalistes à l'écart.

— Comprenez que son organisme va être soumis à rude épreuve : la température peut monter jusqu'à quarante degrés en plein soleil, puis descendre en dessous de zéro dans les hautes couches. Je vous rappelle, messieurs, que ce vol n'est pas qu'une performance humaine, mais aussi un voyage d'expérimentations scientifiques. Nous voulons vérifier l'hypothèse d'une couche atmosphérique isotherme tout là-haut dans le ciel.

— C'est moins vendeur qu'un record, plaisanta l'illustrateur du *Petit Journal*.

— Nous vous donnerons des informations régulières depuis notre centre de contrôle situé en haut de la tour de trois cents mètres, conclut Eiffel.

L'aéronaute était monté sur le chariot qui contenait la cabine et où l'attendait son fils. Clément lui donna le panier, grimpa l'échelle et s'engouffra dans le trou d'homme avant de se retourner pour récupérer son bagage.

— Je serai au second étage pour prendre une photographie, n'oublie pas de sourire en passant devant ! dit Irving. À ce soir, papa.

Une fois à l'intérieur, Clément ferma le couvercle à vis, testa son étanchéité, puis mit en route chaque instrument et en vérifia le fonctionnement. Le sol, un plancher en bois, présentait une surface totale de deux mètres carrés, qui se réduisait à un mètre vingt pour le pilote. Clément avait réussi à inclure tous les appareils dans un encombrement minimal. La machine à absorber le gaz carbonique émettait son ronronnement caractéristique, coincée entre les piles qui l'alimentaient et les bouteilles sous pression contenant l'oxygène comprimé. Il examina les baromètres à mercure, dont une partie débouchait à l'extérieur de la coque, protégée dans une niche de métal, et qui lui serviraient d'altimètre. Camille avait insisté pour en installer deux, par précaution. L'anémomètre à tube, extérieur, traversait lui aussi le métal au sommet de l'habitacle et transmettait les données à un enregistreur. La vitesse et la direction du vent étaient idéales. Clément était prêt.

L'ordre du départ avait échu à Flammarion, qui attendait son signal.

— C'est long, souffla un des rédacteurs qui patientait dans les jardins du Champ-de-Mars. Je dois aussi couvrir la réception d'Edison par la Société des ingénieurs civils. Je ne sais pas quand j'aurai le temps de tout rédiger.

— Ça y est, ils décrochent les cordes ! observa un autre.

Dans un geste théâtral, Flammarion avait ordonné *Lâchez tout* !

— C'est parti, murmura Calmette, au second étage. Pile huit heures.

À côté de lui, Irving était prêt à prendre un cliché historique. Debout au balcon de l'étage supérieur, les deux mains sur la balustrade, Eiffel observa le *Nyssia* s'élever sans un bruit. Lorsqu'il passa à sa hauteur, il devina la silhouette de Clément à l'un des hublots et eut l'impression d'entendre un aboiement à l'intérieur de la cabine.

Clément flatta Médor. Le chien était resté tapi au fond du panier, comme il l'avait entraîné à le faire depuis plusieurs semaines, aidé par le repas volontairement assoupissant.

— On n'abandonne personne chez les Delhorme, lui dit-il, faisant se lever les oreilles du barbet. Je rentre à la maison.

Il regarda par le hublot les quartiers de Paris rapetisser et la Seine rétrécir. Il ouvrit la trappe du lest, prit un sac de grenaille et en remplit le cylindre avant de le refermer. Clément tourna le robinet d'ouverture extérieure et regarda les billes de plomb tomber en pluie au-dessous de lui. L'altitude grimpa instantanément. Tout fonctionnait parfaitement.

Il s'assit à la tablette qui allait lui servir de bureau durant tout le vol, posa une boussole et calcula sa trajectoire grâce aux premières données. Il se trouvait un peu plus à l'ouest que prévu, comme le lui confirma son passage au-dessus de Montrouge, mais il ne s'en inquiéta pas. Contrairement à ce qu'il avait convenu avec Koechlin et Flammarion, il n'allait pas faire sa tentative au-dessus de la ville, mais se laisser dériver loin de Paris afin de ne plus être visible des plus puissants télescopes.

Clément imagina les questions que l'équipe devait commencer à se poser devant la trajectoire anormalement basse qui se dessinait sur leurs cartes. Il lâcha encore un peu de lest pour atteindre mille cinq cents mètres d'altitude au moment de reconnaître le village de Barbizon. Il manœuvra l'hélice afin de positionner la face noire de la coque en direction de la tour de trois cents mètres qu'il pouvait encore voir aux jumelles. Eiffel avait eu l'idée d'allumer le phare afin de lui donner un repère géographique le plus longtemps possible pendant le vol. À ce moment plus qu'à un autre, Clément eut le sentiment de trahir son amitié, mais il avait l'impression de ne pas avoir le choix. Sa disparition officielle, qu'il avait programmée de longue date, alimenterait tous les fantasmes et servirait la cause des pionniers de l'atmosphère, Flammarion et Eiffel en tête. Et, même si personne n'en serait informé, il mettait un point d'honneur à battre le record.

Clément remplit jusqu'à la gueule tous les compartiments de lest et rassembla les sacs de grenaille restants, à l'exception des deux derniers, dont il aurait éventuellement besoin pour éviter des obstacles lors de l'atterrissage. Les trois cents kilos de billes devaient théoriquement lui permettre d'atteindre des altitudes inégalées une fois largués. Les records étaient des équations à une seule inconnue : l'envie. La sienne était totale. Le reste n'était que mise en calculs.

Il attendit la confirmation d'être entraîné par un courant stable et ouvrit en grand les vannes de lest. Le *Nyssia* avait quitté le Champ-de-Mars une heure et demie auparavant. La montée se fit sans à-coups ni accélération sensible. Seul le baromètre validait la progression.

— Cinq mille mètres, énonça-t-il avec le sérieux d'un huissier de justice.

Clément envoya une seconde série de grenaille dans l'atmosphère et, cinq minutes plus tard, l'aiguille du baromètre flirtait avec les huit mille mètres.

— Cinq cent cinquante mètres à la minute, c'est prodigieux ! dit-il après un rapide calcul.

Les quelques cumulus en bandes éparses dans le ciel rapetissaient à grande vitesse.

— Notre dernière salve, commenta-t-il pour le barbet, qui s'était mis à suivre avec attention chacun de ses gestes.

Les nuages de billes s'échappèrent du *Nyssia*. Clément s'assit devant les instruments, Médor vint poser sa tête sur lui. La beauté et l'immensité du paysage qui se déroulait tout autour de la cabine le remplirent d'une émotion intense qu'il compara à celle ressentie par les équipages des bateaux espagnols arrivant en vue du Nouveau Monde. Mais il était seul et il était l'homme qui avait volé le plus haut de toute l'histoire de l'humanité. La pensée du record ne lui fit aucun effet. Clément se sentait ivre à force d'embrasser toute la beauté du monde en un seul regard.

— Neuf mille, dix mille.

Les kilomètres s'égrenaient à une vitesse constante. Au-dessus d'eux, le ciel s'était assombri. Il n'avait plus aucune prise sur la tentative. La température intérieure avait rapidement chuté à sept degrés et continuait à baisser jusqu'à des valeurs négatives. La veste fourrée lui apparaissait aussi enveloppante qu'une couverture.

À treize mille mètres, le givre formé sur le pourtour des hublots se détacha et flotta dans la cabine comme l'auraient fait des flocons. À sa grande satisfaction, le système d'épuration de l'air fonctionnait parfaitement. Il ne ressentait ni nausée ni trouble visuel. Médor était calme et sa respiration régulière et lente. La pression intérieure n'avait pas baissé.

Le trait du stylet arrêta sa progression à quinze mille mètres. Juste au-dessus de la tête de Clément, le ciel offrait un dégradé allant d'une teinte claire à un violet foncé, presque noir : l'aéronef était arrivé aux limites de l'atmosphère. Aucune étoile n'était visible. En se penchant au hublot, Clément vit un paysage aux mille nuances de vert et d'ocre. À l'horizon, il devina la courbure du globe enrobée d'un voile blanc laiteux.

Les instruments indiquaient que la température était stable depuis onze mille mètres d'altitude : moins cinquante-cinq degrés. À l'intérieur, celle-ci s'était stabilisée à moins trois degrés. Il joua de la manivelle pour présenter la face noire de la coque au soleil. Médor ne semblait pas incommodé et attendait patiemment, habitué par les longues heures de test au laboratoire.

Le pilote décida de jeter un de ses deux sacs de secours : il voulait monter plus haut, encore plus haut, tant il se sentait redevable envers Flammarion et Eiffel. Le bruit métallique des billes glissant vers le vide précéda l'ultime remontée. À dix heures et vingt-cinq minutes, le *Nyssia* atteignit seize mille deux cent un mètres.

Clément sortit de sa poche la lettre d'Alicia, la lut plusieurs fois, l'embrassa et la replia. Il fouilla dans le panier, sortit une coupe, une bouteille de clos-vougeot et fit claquer le bouchon en l'ouvrant.

— Vous pouvez être fiers, messieurs, vous avez réussi ! proclama-t-il, le verre levé en direction du hublot pointant au nord-ouest. À moi, maintenant.

Il but le vin blanc en prenant son temps, accroché à la beauté du spectacle de l'altitude, avant de tirer par séquences de trente secondes sur la corde liée à la soupape supérieure du ballon. L'aéronef descendit par paliers successifs jusqu'à dix mille mètres. L'aérostier s'assit et s'autorisa quelques minutes de repos. Médor vint se frotter à lui en quémandant une caresse. Clément ressentait la chaleur du corps de l'animal à travers ses gants.

— La journée ne fait que commencer, lui dit-il. On va rester suffisamment haut pour parcourir le maximum de distance avant la descente. En espérant que les vents nous porteront là où je l'ai prévu.

Le chien émit un aboiement bref que l'aérostier prit pour un acquiescement. Il décida de reprendre une nouvelle fois ses calculs afin de déterminer sa position, puis arrêta un des deux baromètres, l'ouvrit et récupéra le papier enroulé sur le cylindre. La netteté du tracé sur l'enregistrement était parfaite et, l'espace d'un instant, il eut l'envie de l'envoyer à Flammarion. Mais personne ne devait savoir s'il était vivant, la réussite de son plan en dépendait et il y renonça. Il le roula et le rangea dans un étui à cigares qu'il avait apporté à cet effet. Clément devait s'occuper l'esprit et ne pas se laisser engourdir par le froid et la fatigue.

Deux heures passèrent à des tâches de routine entrecoupées de pauses au hublot. Il tentait de reconnaître les villes et les paysages qui défilaient au-dessous d'eux à l'aide de ses cartes d'état-major, mais aucune association ne lui avait encore permis de se localiser, quand ce n'était pas un tapis de nuages qui l'en empêchait. Il craignait d'avoir grandement dévié de sa trajectoire idéale.

Médor vint le lécher pour réclamer de la nourriture. Lui aussi avait faim : il était midi et demi. Le pilote partagea un blanc de poulet et un verre d'eau avec le barbet puis mangea des fruits secs et une pomme pendant que Médor lapait les dernières traces de givre sur les parois. Clément songea que celui qui avait accepté d'être son complice faisait route vers une région dont il commençait à douter qu'elle serait celle prévue pour l'atterrissage.

Au troisième étage de la tour, l'agitation n'avait pas cessé depuis que le contrôle visuel avait été perdu avec le *Nyssia*.

— Mais qu'a-t-il bien pu se passer ? répétait Eiffel alors que Koechlin dodelinait de la tête devant ses calculs en signe d'incompréhension.

Lors de la préparation, l'équipe avait convenu d'une rapide montée en altitude au-dessus de Paris, suivie d'une descente au clapet dans un rayon de cent kilomètres maximum. Clément n'avait mis à contribution que son réseau d'observateurs inclus dans cette zone. Eiffel avait proposé de l'élargir par précaution en doublant la surface quadrillée, mais avait fini par être convaincu comme lui de son inutilité.

— Pourquoi l'ai-je écouté ? regretta-t-il amèrement.

Dès dix heures, il avait envoyé Flammarion à l'Observatoire de Paris afin qu'ils mettent en alerte tous leurs correspondants au sud de la capitale.

— Peut-être a-t-il eu un problème pour larguer son lest ? hasarda Koechlin.

— Ou bien le clapet du gaz s'est ouvert inopinément ? renchérit Nouguier, venu en renfort. Mais Camille l'avait vérifié au moment du départ et il fonctionnait.

— S'il a suivi sa trajectoire initiale et a continué à la même vitesse, il devrait se trouver dans un triangle entre Orléans, Bourges et Auxerre, résuma Koechlin en montrant sa carte griffonnée.

— Et moins loin s'il a finalement réussi à monter ? interrogea Eiffel.

— C'est impossible à dire. Il a pu trouver des courants plus rapides.

Flammarion revint de l'Observatoire avec les télégrammes des correspondants disponibles. Aucun ne l'avait signalé.

— Mais il y a les relevés barothermométriques. Cela pourra peut-être vous aider à affiner la direction des vents dominants, dit-il à Koechlin en les lui déposant sur la table encombrée de feuilles noircies.

— Je dois descendre, tout le monde m'attend au premier, soupira Eiffel. S'il y a la moindre piste, surtout venez me prévenir.

— Je reste ici, annonça Flammarion.

Lorsque l'entrepreneur sortit, il croisa Irving, muni d'une jumelle, qui observait le ciel depuis la passerelle.

— Cela ne sert à rien, il est trop loin pour être vu d'ici.

— Un jour, il s'était perdu dans la Sierra Nevada et il nous a envoyé des signaux lumineux. Si on n'avait pas été sur la tour du Guet, personne n'aurait jamais vu son appel, répliqua Irving, qui ne voulait pas rester sans rien faire.

— Il faut manger, petit. Vas-y, quelqu'un prendra le relais. Ton père est un ingénieur hors pair, il maîtrise la météorologie comme personne. Il s'en sortira.

L'entrepreneur attendit l'ascenseur qui le déposa à la première plate-forme. Il souffla profondément avant d'entrer chez Brébant, le restaurant où l'attendait une délégation de la Société des ingénieurs civils ainsi que leur invité d'honneur, Thomas Edison.

Irving était resté sur la passerelle. Il ne pouvait croire à un accident. Son père étudiait toujours minutieusement toutes les hypothèses.

— Les cartes ! s'écria-t-il en frappant soudain du poing sur la balustrade.

Il quitta précipitamment la tour en bousculant les visiteurs afin de prendre le premier ascenseur disponible, traversa les jardins centraux et entra dans le palais des Arts libéraux où il gagna le pavillon de la cosmographie, peu fréquenté à l'heure du repas. Le représentant, qui déjeunait sur son stand, reconnut le jeune homme qui se précipitait sur lui. Il s'essuya la bouche sur sa serviette avant de répondre à un déluge de questions.

— Je ne peux pas vous avoir oublié, vous avez été mes premiers clients, un mois avant l'ouverture.

— Les cartes d'état-major que mon père vous a achetées concernaient quels départements ? demanda Irving.

— Mais, pourquoi... ? hésita l'homme, surpris par l'attitude pressante du jeune homme.

— Quels départements, vite ! C'est important !

La réponse de l'éditeur remplit Irving d'une joie indescriptible. Clément Delhorme n'était pas en perdition.

Pendant deux heures, il avait voyagé au-dessus d'un tapis épais de nuages qui s'était dissipé peu à peu, se trouant comme une balle de coton avant de disparaître totalement. Clément avait devant lui une étendue de plaines, de forêts et de villages isolés qu'il n'arrivait toujours pas à identifier. Peu après trois heures de l'après-midi, il aperçut trois villes de taille inégale vers lesquelles se dirigeait l'aéronef. Il déplia les cartes de l'Indre, du Cher et de la Nièvre et tenta de les reconnaître grâce à leur localisation, un alignement presque parfait prolongé par une immense forêt à l'ouest, et à leurs importances relatives – la plus étendue à l'est et la plus petite au centre. Aucun des trois départements ne présentait une telle disposition. Au moment d'abandonner, Clément eut l'idée d'accoler les trois cartes, qu'il étendit sur le sol. Alors que le Cher et la Nièvre réunis ne donnèrent aucun résultat, l'Indre et le Cher s'y prêtaient à un endroit.

— *¡ Lo tengo solucionado !*[1] s'exclama-t-il en claquant des doigts.

Châteauroux, Issoudun et Bourges formaient une ligne cerclée d'un ensemble de forêts et d'une multitude d'étangs.

Sa joie fut de courte durée : il se trouvait cent kilomètres trop à l'ouest de sa trajectoire. Il décida de mettre en œuvre le plan prévu

1. C'est gagné !

en cas de dérive. Clément descendit l'aéronef jusqu'à cinq mille mètres puis fit bouger la coque d'une trentaine de degrés avant de la bloquer sur son axe central. Il tourna la manivelle de façon à actionner l'hélice. Le ballon changea de cap en douceur selon l'angle qu'il avait calculé. La manœuvre s'était effectuée sans la moindre anicroche mais il comprit rapidement qu'il ne pourrait maintenir longtemps la même puissance. La nouvelle altitude avait remonté la température d'autant plus vite que le ballon s'était retrouvé côté noir face au soleil, qui dardait la coque de ses rayons brûlants. Au bout de vingt minutes, Clément était en sueur et les tours de manivelle avaient baissé d'intensité, ce qui se traduisit sur la boussole par une perte du cap. Il la corrigea au prix d'un effort physique intense. Son bras commençait à lui faire mal, il avait soif et sa respiration avait triplé sa consommation d'oxygène. Il abandonna au bout de quarante minutes, épuisé. Son travail lui avait permis de gagner quinze degrés et de se positionner à l'est de Guéret, ce qui était insuffisant. Il devait trouver un autre moyen.

Un phénomène inattendu le tira de ses considérations. Plusieurs insectes s'étaient posés sur les hublots du *Nyssia*.

— Des papillons ! Regarde, Médor, c'est incroyable ! s'enthousiasma l'aérostier. Je ne savais pas qu'ils pouvaient voler si haut. Attends..., dit-il au barbet, qui partageait son excitation.

Il ouvrit le conduit extérieur d'un des compartiments de lest et attendit qu'un des lépidoptères s'y introduise avant de le refermer. Clément manœuvra le robinet d'ouverture intérieure : le papillon entra dans l'habitacle, à la grande joie du chien qui tenta de le poursuivre.

— Attention aux instruments, laisse-le tranquille, dit-il en le retenant par le cou. On ne mange pas les invités !

Médor se contenta de suivre l'insecte des yeux avant de s'en désintéresser. L'intermède avait ragaillardi Clément et lui avait permis de faire le tri des idées de passage. Il avait décidé d'utiliser une des bouteilles d'oxygène comme système propulseur.

Au Brébant, les toasts avaient succédé aux discours.

— Cher et illustre maître, le monde entier vous admire, lança Eiffel à l'adresse d'Edison, assis à sa gauche. Vous personnifiez aux yeux de tous le progrès moderne en ce qu'il a de plus inattendu et de plus fécond en merveilleuses promesses pour l'avenir.

Un des convives, penché vers l'Américain, lui traduisit le compliment, provoquant une réaction amusée de l'inventeur.

— *This is exactly word for word what I can say about you!*[1] répondit-il, déclenchant les rires de l'assemblée.

Voyant que l'auditoire lui était acquis, Edison poursuivit dans un français approximatif :

— On me dit que vous être Edison français. Non, certifia-t-il en ponctuant sa phrase d'un geste de l'index. Moi être Eiffel américain !

Les deux hommes les plus adulés de leurs pays se donnèrent l'accolade sous l'ovation de la tablée d'ingénieurs. Eiffel s'était hissé au niveau des plus grands industriels mais il n'arrivait pas à profiter pleinement de la consécration internationale qui lui était offerte. Pendant tout le repas, il avait attendu de voir apparaître Flammarion, porteur d'une bonne nouvelle. Mais celle-ci n'était pas venue. Il n'était plus question de record, seulement de retrouver son collaborateur et ami sain et sauf. Il s'en était ouvert à Edison, qui l'avait bien compris et tentait de détendre l'atmosphère par sa disponibilité et sa bienveillance.

Après le dessert, l'entrepreneur proposa à son hôte de monter aux appartements privés qu'il avait fait ériger sur la partie supérieure de la troisième plate-forme. Apercevant Charles Gounod attablé à quelques mètres, il lui présenta Edison et lui offrit de se joindre à eux.

— Je crois qu'il est temps que je fasse amende honorable, dit le compositeur, qui avait fait partie des détracteurs de la tour. Je reconnais que votre monument est admirable, monsieur Eiffel, et qu'il marquera à jamais non seulement les sciences, mais aussi les arts. Je me suis trompé et je vous prie d'accepter mes plus humbles excuses, ajouta-t-il en s'inclinant devant un Eiffel au regard lointain, qu'il prit pour de la morgue.

Claire et son mari étaient présents à leur arrivée et l'ingénieur demanda à sa fille de leur faire la visite à sa place pendant qu'il gagnait le centre de contrôle. L'habitation, composée de quatre pièces, dont une chambre à coucher et un grenier, était traversée au niveau des plafonds par les larges poutrelles typiques de l'édifice, qui lui donnaient un caractère particulier. Les cent mètres carrés avaient été meublés avec soin mais sans luxe ostentatoire.

— L'ensemble servira aussi de laboratoire d'expérimentation une fois l'exposition terminée, précisa-t-elle en leur proposant de gagner le salon.

---

1. C'est mot pour mot ce que je peux dire à votre sujet !

La pièce était meublée d'un canapé et de nombreux fauteuils et possédait un piano droit.

— Quelle divine surprise ! s'exclama Gounod.

Eiffel revint à quatre heures de l'après-midi. Le champagne avait coulé des verres aux veines et l'ambiance était à la fête. Le compositeur, inspiré par le lieu et par la présence de Claire, improvisait sur des vers de Musset une partition qu'il avait décidé de nommer *Cantate de la tour Eiffel*. Adolphe Salles s'était isolé avec Edison dans la salle à manger où l'inventeur lui faisait une démonstration de son phonographe.

— Je n'ai pas de nouvelles, dit Eiffel en réponse aux regards interrogateurs. Un observateur a cru voir une étoile lumineuse près de Châteauroux, mais rien de vraiment sérieux.

— *Come, my friend*, dit Edison en le prenant par le bras. *I made a prayer for him. Now, he's in God's hands*[1].

— Vous avez raison, je crois qu'il n'y a plus qu'à attendre qu'il se manifeste. Est-ce là votre phonographe ? demanda-t-il en s'efforçant de retrouver son rôle d'hôte.

— *Yes*, oui, et vous allez parler, dit l'Américain en changeant le cylindre métallique couvert d'une feuille d'étain. *I will record your voice*[2].

— C'est ce récepteur intimidant qui va recevoir mes paroles et ce grand cornet acoustique qui va les restituer ? interrogea Eiffel.

Pendant qu'Edison le lui confirmait, tout en lui délivrant des explications techniques détaillées, Adolphe Salles regagna le salon où Charles Gounod signait le livre d'or de la famille. Le compositeur prit congé en s'excusant une nouvelle fois de ses errements passés.

À six heures, Edison s'en alla à son tour, non sans avoir bu une dernière coupe en compagnie d'Eiffel en profitant du panorama qu'offrait la passerelle devant l'appartement.

— *What a fabulous place !* s'exclama l'Américain. *Drinking champagne on top of the Eiffel tower is the nicest experience, ever !*[3]

Resté seul, l'ingénieur scruta l'horizon depuis la plate-forme où il fut rejoint par Claire. Ils demeurèrent silencieux. Eiffel apprécia une fois de plus la finesse de sa fille aînée, qui avait compris son besoin

---

1. Venez, mon ami. J'ai prié pour lui. À présent, son sort est entre les mains de Dieu.

2. Je vais enregistrer votre voix.

3. Quel endroit fabuleux ! Boire du champagne au sommet de la tour Eiffel est la plus formidable expérience qui soit.

d'une présence mutique. La journée avait été merveilleuse et terrible à la fois.

À six heures trente, il était revenu au centre de contrôle, déserté de ses membres à l'exception de l'opérateur télégraphique de garde et de Koechlin, qui ne s'était pas résolu à abandonner.

— Je ne comprends pas ce qui a pu se passer, avoua son collaborateur, qui tentait toujours de retracer la trajectoire du *Nyssia*. Vous croyez qu'il est encore vivant ?

— J'en suis persuadé, Maurice.

— Et le record ?

— Il en est capable, non ?

— On avait pourtant tout mis en équations... Je n'ai trouvé qu'une seule erreur, indiqua Koechlin en cherchant dans ses notes : il avait sous-estimé la réserve totale d'oxygène. Ils auraient pu y aller à deux.

— Peut-être ne voulait-il pas partager le risque... Rentrons tous chez nous, maintenant. Et attendons.

CHAPITRE XXXVII

103

Dimanche 2 juin 1918, Grenade

Le Sacromonte brillait du jaune argileux de son sol et du vert de ses cactus sous un soleil attentif à n'oublier personne. La colline avait toujours eu un corps âpre et une âme chaleureuse. Nyssia n'était jamais venue sur cette terre de désolation et de musique, dernier endroit où elle eût cherché son père. Mais la fille de Tête-de-rat avait été formelle : après la disparition de son mari, la femme de l'anarchiste avait eu une liaison avec un membre du clan et s'était rendue chaque jour au Sacromonte jusqu'à sa mort.

Kalia avait alerté le prince des Gitans de la visite de Nyssia. Celle-ci avait refusé d'être accompagnée et d'y aller en mule. Mlle Delhorme s'était habillée de la tenue travail de sa mère, dont le pantalon et la casquette auraient pu lui donner un air masculin sans le pas chaloupé qui avait fait sa renommée à Paris, et avait quitté l'Alhambra par le Cerro del Sol.

Elle emprunta le sentier qui montait au Sacromonte en s'arrêtant fréquemment, plus pour maîtriser l'émotion qui l'envahissait par vagues que pour ménager ses articulations ; celles-ci ne l'avaient pas fait souffrir depuis la veille. Elle fuma la dernière cigarette de son paquet de Murad à l'ombre d'un bosquet de figuiers de Barbarie formant une tonnelle végétale d'un bord à l'autre du chemin encaissé. Le village des Gitans s'approchait. Son cœur s'emballa.

Dès les premières maisons troglodytes, Nyssia se trouva accompagnée d'une nuée d'enfants et de chiens qui ne fit que grandir jusqu'à la terrasse supérieure où se dressait celle du prince. Plus grande que les autres, elle possédait en outre un large terre-plein, bordé d'aloe vera. Un couple de jeunes danseurs y répétait un flamenco au son de deux guitares sous le regard distrait de femmes assises à recoudre des vêtements ou achevant de préparer le repas.

Tous la regardèrent avec une attention qu'elle jugea bienveillante, loin de la curiosité réciproque que causait l'arrivée de touristes, et continuèrent leurs activités. La porte était grande ouverte sur un intérieur où la seule source de lumière provenait d'une ouverture sur le toit de chaume. Elle se sentit attendue et pénétra chez Torquado II.

Le prince était assis dans une immense chaise aux bras et au dossier sculptés qui faisait office de trône, et portait le chapeau conique à large bord, symbole de son titre. Il se trouvait dans l'ombre, en arrière de la colonne de lumière. Les autres Gitans, à ses côtés, avaient arrêté leurs conversations à l'entrée de Nyssia et sortirent sans qu'aucun signal leur fût donné.

Elle n'arrivait pas à distinguer son visage et comprit pourquoi les hommes de la Guardia hésitaient à intervenir au Sacromonte, où le clan entretenait sa propre légende. Mais elle n'avait pas peur.

— Je crois que vous savez qui je suis, dit-elle en préambule.

Le hochement du chapeau confirma son affirmation.

— Je suis venue de Paris pour retrouver mon père. J'ai toutes les raisons de croire qu'il a vécu ou vit encore ici, avec votre clan.

— Pourquoi ? demanda Torquado II d'une voix rocailleuse.

— J'ai recueilli un témoignage qui va dans ce sens.

— Pourquoi revenir après tout ce temps ?

Le prince jouait avec un briquet électrique au bouton en cuivre, allumant et éteignant la flamme, faisant apparaître un visage d'ombres où elle distingua une large cicatrice.

— C'est le même que celui de papa ! s'exclama-t-elle avant de couvrir sa bouche de la main, au bord des larmes. Où l'avez-vous eu ? Est-il vivant ?

Le prince se leva et avança avec la gravité qu'exigeait son rang.

Lorsqu'il fut dans le rai de lumière, Nyssia cria de surprise.

104

Mardi 10 septembre 1889, au-dessus de la France

Il avait changé la dernière cartouche de potasse du régénérateur d'air et enlevé la bouteille d'oxygène la plus légère. Clément avait décidé de la coincer dans le cylindre de largage des billes de plomb en n'ouvrant que partiellement la trappe. Il avait positionné le système au nord-nord-ouest afin d'être propulsé en sens inverse.

— Cela devrait suffire, marmonna-t-il une fois la bouteille posée dans la niche de largage.

Il manœuvra le robinet pour laisser l'oxygène s'échapper sous pression, ferma le clapet intérieur et ouvrit celui de l'extérieur aux trois quarts pour éviter que la bouteille ne bascule dans le vide.

Clément s'assit, boussole en main, le barbet sur ses genoux. Le sifflement strident du gaz qui s'échappait le rendait nerveux. Comme à chaque fois, le ballon changea de cap en douceur. *Ça marche*, songea-t-il, presque étonné de la facilité du résultat. *Ça marche !*

La boussole confirma le nouvel itinéraire. À dix-huit heures, il identifia sa position à trente kilomètres à l'est d'Aubusson. À dix-huit heures cinq, le sifflement cessa : la bouteille était vide.

L'aérostier fit un ultime calcul tout en espérant une absence de versatilité des courants lors de la descente. Il vérifia le résultat sur la carte et sembla satisfait.

— Mon cher Médor, j'ai plusieurs bonnes nouvelles, dit-il au barbet. Tout d'abord, on va bien atterrir dans le Massif central, comme je l'avais prévu, quoique plus au sud que l'idéal, mais, dans le monde actuel, l'idéal est devenu un luxe et nous nous contenterons d'un service plus commun. Ensuite, notre ami est arrivé à la gare de Clermont-Ferrand à quatre heures quarante-sept et, à l'heure actuelle, il est sur la route du Puy-de-Dôme, au sommet duquel il va rallier le laboratoire de météorologie de montagne dans, disons, trente minutes ou, au plus tard, vers sept heures. Nous devrions nous trouver à ce moment dans le champ de vision de sa lunette, ce qui correspond au coucher du soleil et nous permettra de briller de mille feux, si toutefois les nuages ne viennent pas rendre caduc ce plan sans faille. La dernière bonne nouvelle est que nous serons de retour sur la terre ferme vers huit heures, et que, si je n'ai pas oublié de retenue dans mes calculs, cela devrait se faire près du lac de Guéry. Pas de question ?

Médor continuait de l'écouter, oreilles levées, yeux ronds.

— Tu as raison, reprit Clément, il y a toujours une mauvaise nouvelle qui suit : nous allons devoir passer la nuit sur place, puisque notre ami, une fois qu'il aura identifié notre zone d'atterrissage, ne viendra nous récupérer que demain. Non, dit-il en répondant à la question imaginaire du barbet, on ne peut pas quitter l'aéronef, je dois m'en débarrasser et je ne peux pas le faire seul. Même avec ton aide, je te rappelle qu'il y a six cents kilos d'enveloppe et quatre cents de coque. D'ailleurs, sans vouloir te vexer, tu es le plus petit barbet que j'aie jamais vu et le seul qui tienne dans un panier. J'avais envie de te le dire depuis un moment, mais as-tu jamais songé que tu pouvais être un caniche ?

Médor émit un gémissement plaintif qui arracha un rire à Clément.

— D'accord, je retire ce que j'ai dit ! Cette conversation restera entre nous, conclut-il en lui caressant la tête.

Ce moment de détente lui avait redonné de l'énergie, et il entreprit de dresser la liste de tout ce qu'il ferait en priorité une fois rentré. Celle-ci resta succincte : même si Tête-de-rat allait le croire mort, il devrait se cacher et restreindre ses sorties. Mais les visites d'Alicia et de Victoria seraient la récompense de toutes ces contraintes. Bien qu'il n'ait pas annoncé ses intentions à sa femme, elle les avait comprises à la lecture de ses dernières lettres. *Dans une semaine, je serai à l'Alhambra*, songea-t-il avec bonheur. *Après huit ans d'exil.*

Le lac était en vue. Clément voulait en éviter les abords immédiats, en forme de cuvette et à moitié recouverts de forêt. Il avait amené son ballon à mille cinq cents mètres d'altitude, par paliers successifs, ce qui lui avait permis d'ouvrir un des deux trous d'homme de l'aéronef, de se hisser à l'extérieur jusqu'aux épaules et d'observer le paysage à la jumelle tel un marin sur sa vigie. Il avait identifié une grande étendue d'herbages, à la pointe sud du lac, dont le relief paraissait suffisamment plat pour permettre une tentative sans risquer de rouler jusqu'à l'eau. La forme sphérique de la nacelle fermée avait été un avantage décisif dans la réussite du vol mais devenait son principal défaut pour l'atterrissage.

L'aérostier s'était habitué au délai entre l'ouverture du clapet et les changements d'altitude. Une fois descendu à cinq cents mètres, il emballa tout le matériel dans les malles d'osier vides rangées en poupées russes qui lui avaient servi de chaise. Il fit rentrer Médor dans son panier, qu'il attacha à l'unique pied de la table, scellé au plancher. Le barbet en sortit la tête pour suivre les opérations.

Clément enfila le casque rembourré après avoir estimé la hauteur à deux cent cinquante mètres. La trajectoire de l'aéronef était parfaitement alignée dans l'axe du champ. Arrivé à cent mètres de hauteur, il eut l'impression qu'il pouvait sauter à pieds joints sur le sol tellement celui-ci lui semblait devenu proche. Il continua à délivrer régulièrement l'hydrogène par le clapet, sans à-coups. À vingt mètres, le pilote s'accrocha d'une main à la barre latérale qu'il avait fait ajouter afin de se tenir lors du choc et prit de l'autre la corde du panneau de déchirure.

Au moment de l'impact, il tira de toutes ses forces sur le câble, sentit une résistance et fut plaqué contre la paroi métallique, puis projeté dans l'habitacle et renversé plusieurs fois. Clément ressentit une fulgurante douleur à l'épaule gauche. Autour de lui, tous les objets qui n'avaient pas été harnachés, ou pas suffisamment sanglés, volaient en tous sens. Un thermomètre explosa et projeta des gouttes de mercure sur les parois. La coque roula, faisant plusieurs tours sur elle-même, sans parvenir à s'arrêter. Le mécanisme prévu pour déchirer le tissu n'avait pas fonctionné. La sphère métallique avait cessé de tourner sur elle-même mais le ballon, toujours gonflé, l'entraîna pendant un temps qui lui parut infiniment long. Il craignait qu'il l'amène vers la berge, dont la pente l'aurait immanquablement envoyé à l'eau. Clément s'était raccroché d'une main à la barre mais son corps brinquebalait en tous sens comme un pantin de chiffon.

Puis tout cessa. Le silence qui suivit fut couvert des sifflements intenses qui émanaient de ses oreilles. Il avait perdu sa protection et sa tête avait plusieurs fois cogné l'habitacle. Il avait aussi reçu un objet qui l'avait giflé et le sang coulait d'une arcade sourcilière. Le panier de Médor avait tenu bon au pied de la tablette mais le chien ne donnait pas de signe de vie.

Clément s'assit pour recouvrer ses esprits et avisa un des deux trous d'homme au-dessus de sa tête. Il ne pouvait pas bouger, son corps était meurtri et il sentit au toucher que son épaule avait été abîmée. L'os n'était pas sorti de sa cavité articulaire mais un énorme hématome était en formation et la douleur était insupportable. Il eut envie de s'évanouir mais tint bon, il devait à tout prix sortir et tirer le panneau de déchirure, le ballon pouvant être à nouveau traîné au moindre coup de vent.

Médor passa la tête hors du panier, puis les deux pattes avant et réussit à s'en échapper à la seconde tentative. Il tituba jusqu'à Clément, qu'il gratifia d'un coup de langue au goût de sang dilué. Il était sonné mais avait mieux supporté le choc que l'aérostier.

— On va attendre un peu pour la promenade, mon vieux, dit celui-ci en tendant la main pour le flatter, mais le coup de poignard qu'il reçut entre les omoplates l'en dissuada.

Il se mit précautionneusement à la recherche de son casque et le trouva sous un amoncellement d'objets. Il en retira les boudins de chiffons qu'il déroula d'une main pour se fabriquer un bandage. Clément immobilisa sommairement son épaule gauche et fit reposer son coude sur l'écharpe, ce qui eut pour effet de calmer provisoirement la douleur. Une rafale de vent gonfla la toile et fit bouger la coque. Il ne pouvait plus attendre.

L'ouverture du couvercle se fit sans difficulté et Clément put s'extraire hors de la cabine en rampant afin de découvrir la situation. Le ballon s'était arrêté à quelques mètres d'un important dévers qui plongeait vers le lac. Il constata que la corde commandant le déchirement de la toile s'était enroulée en nœud au niveau du ceinturon de charge, le défit et tira sur le système qui s'ouvrit, laissant s'échapper les centaines de mètres cubes d'hydrogène restants.

Pendant que Médor explorait l'environnement immédiat, Clément s'attela à désolidariser, corde après corde, la coque du ballon. La zone semblait désertique et il espéra qu'aucun paysan ou berger ne serait attiré par l'énorme tache jaune qui maculait le champ. Il tenta de replier le tissu, mais sa blessure l'en empêcha. Lorsque la luminosité déclina, ils rentrèrent dans leur abri où ils s'enfermèrent pour la nuit. Ils partirent à la recherche des restants de nourriture dans le capharnaüm ambiant et trouvèrent deux poissons séchés et un pain. La bouteille d'eau avait éclaté à l'impact. La douleur revint en force, lancinante, et Clément l'anesthésia en buvant le reste de clos-vougeot. Il finit par s'endormir.

Les jappements de Médor le réveillèrent alors que le jour était levé et que le soleil semblait déjà haut dans le ciel, chauffant la cabine à des températures tropicales, à moins que ce ne fût la fièvre : son épaule était chaude et gonflée. Il constata à la lecture de sa montre qu'il avait dormi douze heures. Les jappements se transformèrent en aboiements. On marchait autour de la capsule. Il se redressa avec difficulté, tous ses muscles lui faisaient mal.

Un visage familier apparut devant l'un des hublots.

105

Dimanche 2 juin 1918, Sacromonte, Grenade

— Je suis désolé de vous avoir fait peur, mademoiselle Delhorme.

Le prince des Gitans avait été défiguré à la suite d'un accident. Une longue cicatrice boursouflée courant de la tempe droite à la base du cou déformait son œil en permanence mi-clos.

— Juste avant de voir votre visage, je m'étais imaginé que Torquado II n'était autre que mon père, expliqua-t-elle, encore tremblante.

— Je comprends que ma gueule cassée vous ait surprise. Votre père m'a beaucoup aidé à en atténuer les conséquences, dit-il en massant sa joue meurtrie. Venez, allons respirer dehors.

Nyssia recouvra ses esprits sur la terrasse, qui avait été désertée.

— Ainsi, vous êtes née dans ce palais, dit-il alors que, sur la colline juste en face, l'Alhambra offrait sa magnificence aux regards.

— Oui, mais, bien que je l'aie fait croire à de nombreuses personnes, je n'ai jamais été une vraie princesse.

Le Gitan la dévisagea longuement. Elle ne se sentait ni jaugée ni jugée, juste considérée avec bienveillance, et elle comprit ce que pouvait représenter l'empathie de Victoria pour les autres. À ce moment, elle aurait tout donné pour avoir eu sa vie plutôt qu'avoir été Veronica Franco.

— Vous ne le savez pas, mais nous nous connaissons, reprit Torquado II. J'ai aidé votre sœur à vous chercher lorsque vous vous êtes enfuie de chez vous. J'étais un bambin à l'époque, mais je m'en souviens très bien.

Nyssia crut deviner la raison pour laquelle le prince des Gitans tergiversait.

— Il est mort, n'est-ce pas ? Et vous ne savez pas comment me l'annoncer ?

La bouche dissymétrique de Torquado II se fendit d'un large sourire.

— Non, mademoiselle. Votre père est vivant. Mais je voulais laisser le temps à ma famille de le prévenir de votre arrivée. Je vais vous mener à lui.

La maison était la plus haute de toute la colonie, située en dessous de l'abbaye qui surplombait la colline. Nyssia n'écoutait plus son hôte, qui la conduisait en l'abreuvant d'anecdotes sur celui que tous appelaient *el Divino Payo*[1]. Elle s'aperçut que son père avait vécu plus longtemps avec les Gitans qu'avec elle et s'en voulut encore plus. Elle eut l'impression que tout le clan s'était réuni pour l'accompagner sur la fin du sentier, des dizaines et des dizaines de *Gitanos*, jeunes et vieux, et cette foule grossit pour finir par s'échouer devant

1. Le Divin Gadjo.

les murs aux pierres irrégulières d'une maison. Sur le seuil l'attendait un homme que les ans et le soleil avaient blanchi mais dont le visage était resté le même, plein d'énergie, d'envies et de bonheur de vivre.

Elle tomba dans les bras ouverts de son père. Ensemble, ils se demandèrent pardon, ensemble ils pleurèrent et ils rirent, et leurs larmes avaient le même goût.

Elle était redevenue une enfant, son enfant, et lui était son chêne. Elle ressentit la présence rassurante de sa mère, son parfum qui flottait autour d'eux, et elle lui apparut, souriante, comme elle l'avait été chaque jour de sa vie.

Torquado II donna le signal du départ et tout le clan les laissa seuls, retrouvant ses guitares, ses danses et ses activités. Clément posa deux chaises face au panorama et lui proposa de s'asseoir. Nyssia prit la sienne et tourna le dos à l'Alhambra. Elle ne voulait plus détacher son regard du doux visage de son père. Ils avaient tant à rattraper.

— On aurait pu être ensemble il y a déjà une semaine, papa, si personne ne m'avait rien caché. Ça compte, même après tout ce temps.

— C'est moi qui leur ai demandé de ne rien dire. Je voulais savoir si tu irais jusqu'au bout.

— Ils m'ont tous bien menée en bateau. Dire que Jez a juré ses grands dieux qu'il ne savait rien !

— Jez et Javier ne sont pas au courant. Il n'y a que les jumeaux et Kalia.

Nyssia retrouvait les gestes et les attitudes de son père comme s'ils venaient juste de se quitter.

— C'est elle qui m'a permis de m'établir au Sacromonte, continua-t-il. Il a fallu que je fasse mes preuves, les Gitans ne m'ont pas accueilli comme un sauveur. Et nous avons bâti une nouvelle vie, ta mère et moi. Elle venait me voir dans la journée et, dès la nuit tombée, je rentrais à l'Alhambra. Ça a duré treize ans.

Le temps et les rides n'avaient pas altéré le charisme de Clément. Il était toujours celui que l'on pourrait suivre au bout du monde pour n'importe quelle cause, et Nyssia était à nouveau fière de l'avoir pour père.

— Pourquoi n'y es-tu pas retourné définitivement à sa mort ? questionna-t-elle après qu'ils eurent fait une pause en buvant un *granizado*. Tête-de-rat n'était plus un danger.

— J'ai voulu le faire, mais, dès la première nuit, j'ai compris que ce ne serait pas possible. Toutes les pièces des palais sont habitées par elle. C'était trop dur. Et puis le clan du Sacromonte comptait sur moi. On avait construit une machine à glace – plus performante que celle de Mateo – et un coffre à froid pour les aliments. J'ai continué avec eux.

— Tu devrais revenir à l'Alhambra, papa. Tu nous verrais plus souvent.

— « Nous » ? Est-ce à dire que tu es de retour ?

— Pour quelque temps seulement. Après, on verra... sauf si tu continues à jouer au chat et à la souris avec moi !

— J'avais décidé que c'était à toi de faire le premier pas. À toi de venir vers moi. Que je regrette d'avoir été aussi stupide aussi longtemps...

— Alors, pourquoi maintenant ? Qu'est-ce qui a changé, papa ?

Il prit l'air soucieux qu'elle lui connaissait bien, celui qui avait annoncé toutes les catastrophes dans la famille Delhorme.

— Il y a une chose que tu dois savoir : ce n'est pas moi qui t'ai envoyé le papier du record, Nyssia. Et je ne sais pas qui a pu le faire.

106

Mercredi 11 et jeudi 12 septembre 1889, lac de Guéry

Clément ouvrit le couvercle du trou d'homme au prix d'un effort au cours duquel il crut que ses chairs allaient s'arracher définitivement, avant de s'écrouler en gémissant. Son sauveteur entra dans l'aéronef et découvrit le chaos qui y régnait.

— Docteur Pinilla, je présume ? blagua Clément avant d'être rattrapé par la douleur.

— Désolé d'avoir mis tout ce temps, répondit le médecin grenadin, mais la route qui mène à vous n'est pas encore construite. J'ai fini par deux heures de sentier de muletier. Y a-t-il eu un ouragan dans votre cabine ? demanda-t-il en désignant le capharnaüm.

— Je crois que j'ai réussi le plus mauvais atterrissage de l'histoire des aéronefs, mais j'ai assuré l'essentiel. En revanche, je vais avoir besoin d'une réparation, docteur, répondit Clément en déboutonnant sa chemise.

Pinilla la lui retira et se lissa les moustaches à la vue des blessures. Médor, qui s'était faufilé à l'extérieur, les regardait par un des hublots.

— C'est si mauvais que ça ? L'épaule n'est pas déboîtée.

— Non, et c'est bien la seule bonne nouvelle. Vous êtes brûlant de fièvre, et ce qui m'inquiète le plus est l'hématome que vous avez sur l'abdomen.

— Il ne me fait pas mal.

— Il est au niveau du foie. J'espère que l'hémorragie interne s'est arrêtée.

Le chien aboya, obligeant Pinilla à sortir de la coque.

— Ce n'est rien, juste deux chevreuils qui traversent le champ, expliqua-t-il en revenant à son patient.

Le médecin lui administra les premiers soins et ponctionna le sang coagulé à l'aide d'une seringue, ce qui soulagea la douleur à l'épaule.

— La fièvre devrait baisser, annonça-t-il, j'ai enlevé une pointe métallique qui s'était fichée dans l'articulation.

— On s'occupe de l'aéronef et on s'en va, doc ? demanda Clément en refermant les pans de sa chemise.

La mimique du médecin ne laissa aucun doute sur le diagnostic.

— Vous n'êtes pas transportable, confirma-t-il. Le risque de saignement interne est toujours présent.

— Combien de temps ?

— Un ou deux jours, peut-être plus.

Clément sortit de la coque sans prendre appui sur sa main gauche, suivi de Pinilla. Médor, qui se trouvait sur la berge du lac, courut à leur rencontre.

— Il va falloir faire disparaître le ballon rapidement, dit l'aérostier avant d'être victime d'éblouissements et de sentir ses jambes se dérober sous lui.

Il s'allongea dans l'herbe pendant que Pinilla lui prenait le pouls.

— C'est juste un petit malaise, je n'ai pas pris un vrai repas depuis hier matin.

— J'ai tout ce qu'il faut, dit le médecin en montrant la carriole bâchée en lisière de bois.

L'attelage, un percheron placide, était indifférent au chien qui tentait d'attraper sa queue.

— Des vivres pour au moins cinq jours, précisa Pinilla.

— Vous avez le matériel ?

— Tout est dans la caisse, que j'ai faite aux dimensions exactes que vous m'avez fournies. Mais commençons par déjeuner !

Clément fut rationné par son médecin qui tint bon malgré ses protestations, puis Pinilla coupa le tissu caoutchouté du ballon en unités de sept mètres de côté, à l'aide d'une paire de ciseaux achetée chez un tailleur, qu'il plia en huit afin de les empiler dans la caisse.

— Chacun ne pèse que douze kilos, précisa Clément afin d'encourager le médecin, alors qu'il en était réduit à le regarder travailler.

— Oui, mais il y en a cinquante, relativisa Pinilla en s'arrêtant pour souffler et boire de l'eau à la bouteille.

— Quarante-huit : nous allons en conserver deux.

À quatre heures, deux mille sept cents mètres carrés de toile étaient entassés dans la caisse. Clément eut une poussée de fièvre en fin d'après-midi, que le médecin traita efficacement. Ils dormirent dans l'aéronef et, le lendemain matin, les hématomes avaient commencé à se résorber.

— Plus question d'attendre, insista Clément devant l'hésitation du médecin. Nous allons préparer la coque.

L'ingénieur avait décidé de jeter la cabine métallique à l'eau plutôt que de l'enterrer dans le champ, où le risque qu'elle soit découverte était plus grand. Ils roulèrent les carrés de tissu caoutchouté restants et les plaquèrent autour de la sphère à l'aide d'un câble de pont.

— Voilà une belle bouée pour apprendre à nager, plaisanta le médecin en vérifiant la solidité de l'attache.

La coque fut vidée puis reliée à l'attelage et le percheron la traîna lentement jusqu'à la berge. La configuration du lac de Guéry, situé dans une cuvette, obligea les deux hommes à suivre la pente la plus douce pour éviter que la cabine ne roule, entraînée par son poids. Arrivé au bord du lac, le cheval se montra réticent et nerveux et Clément grimpa sur son dos afin de le rassurer. Ils le firent entrer lentement dans l'eau jusqu'à ce que la sphère se mette à flotter. Clément détacha l'animal qui sortit aussitôt, s'ébroua et les observa à distance respectable.

— Et maintenant, que fait-on ? questionna Pinilla alors que la cabine était rabattue vers la berge par un léger vent de nord-ouest.

— J'ai bien peur que la solution ne plaise pas au corps médical, répondit Clément en enlevant sa chemise.

— Non, ne faites pas ça, vous n'êtes pas en état, non !

L'ingénieur était déjà près de la coque.

— Aidez-moi juste à lui donner une impulsion, dit-il, après je m'en occuperai.

— *Madre de Dios*, vous êtes incorrigible ! maugréa Pinilla en se débarrassant de ses chaussures. En plus, elle est froide !

Ils poussèrent la cabine en prenant appui sur le fond jusqu'à ne plus avoir pied, puis nagèrent une dizaine de minutes en l'accompagnant le plus loin possible de la rive, mais ne purent avancer que de quelques mètres.

— Cela devrait suffire, estima Clément.

Il ouvrit le couvercle du trou d'homme qui se trouvait à la partie supérieure et plongea pour ouvrir le second pendant que Pinilla ôtait les boudins de caoutchouc. La coque se remplit et coula en moins d'une minute.

De retour sur la terre ferme, ils se changèrent et se séchèrent longuement devant un feu. Le médecin vérifia que les blessures ne s'étaient pas rouvertes, ce qu'il confirma en levant le pouce.

— C'est la seconde fois que vous me sauvez, docteur Pinilla. Je vous remercie infiniment pour votre aide.

— Vous avez de la chance et une robuste constitution. Mais, à partir de maintenant, choisissez des activités plus calmes.

— Je vais y être obligé, admit Clément. Tenez, dit-il en lui tendant un papier. L'enregistrement de mon record. Je voulais vous l'offrir en souvenir de ce moment.

— Je le garderai précieusement. Il rejoindra ce que j'ai de plus cher, mon encre, mes plumes et ma collection de livres.

Ils vérifièrent qu'ils n'avaient laissé aucune trace de leur passage et sanglèrent tout le matériel. Avant de monter sur la carriole, Clément se tourna vers le lac, dont le calme trompeur avait avalé leur secret.

— Voilà, c'est fini.

107

Dimanche 2 juin 1918, Alhambra, Grenade

— Il n'en a jamais parlé ? demanda Nyssia après que son père lui eut relaté son aventure.

— Pinilla était avant tout un soignant, pour qui le secret médical était sacré. Et ce qui m'était arrivé au lac de Guéry en faisait partie.

Ils étaient revenus ensemble du Sacromonte et s'étaient rendus sur la tour du Guet pour profiter de la vue qu'ils avaient tant aimée. Victoria et Kalia les avaient rejoints et tous avaient communié dans une même émotion silencieuse. Ils attendaient le retour d'Irving, parti chercher le reste du clan Delhorme, que Clément avait décidé de mettre au courant.

La voix de Javier leur parvint en premier, suivie de celle de Jezequel. Ils avaient fait la course dans l'Alcazaba jusqu'à l'édifice et se disputaient la paternité de la victoire. Ils débouchèrent ensemble de l'escalier et Jezequel s'arrêta net en découvrant l'inconnu présent avec le groupe.

— Qu'est-ce qui te prend, benêt ? l'apostropha Javier alors que son ami marmonnait en boucle la même phrase. *J'en étais sûr* de quoi ?

Javier marcha jusqu'à Victoria qui s'était avancée, rayonnante, et dévisagea alors seulement celui qu'il avait pris pour un visiteur. Il eut le sentiment de vivre un moment impossible. Il ne pouvait accepter ce qu'il voyait, sauf si les revenants existaient vraiment, si les contes n'en étaient pas et qu'à l'Alhambra tout fût possible, y compris la résurrection. Il avait blêmi, paralysé, incapable de prononcer la moindre parole. Il doutait que l'inconnu fût le père des jumeaux, l'aventurier, le héros disparu.

Clément se dirigea vers lui.

— Tu vas bien ? demanda Victoria en prenant son bras.

Javier eut le sentiment de revenir enfin à la vie.

— C'est incroyable, parvint-il à articuler. Incroyable ce que vous ressemblez à M. Delhorme.

Une fois la surprise évacuée, ils le questionnèrent sans relâche jusqu'à ce que Kalia sonne l'heure de la pause. La Gitane avait apporté des victuailles sur lesquelles tous se jetèrent, affamés par l'heure tardive et par les émotions. Jezequel se fit relater plusieurs fois le record en aéronef et Javier l'interrogea sur sa vie au Sacromonte. Nyssia les interrompit afin de profiter de son père pour un aparté, vite rejointe par les deux autres jumeaux. Kalia observait son monde avec délectation.

— Quand viendras-tu me voir à l'Albaicín ? demanda Victoria. Mes enfants sont impatients de faire la connaissance de leur tante.

— Ils connaissent mon existence ? s'étonna Nyssia.

— Depuis leur naissance, intervint Clément. Ta sœur leur parlait souvent de sa jumelle, je peux en témoigner.

Lorsque le campanile sonna trois heures, Nyssia en profita pour demander le silence.

— Il y a un dernier point dont on voulait vous parler, papa et moi.

— Elle va divorcer et se marier avec moi, chuchota Jezequel à Javier, qui lui donna un coup d'épaule pour le faire taire.

— Si je suis ici aujourd'hui, c'est parce que j'ai reçu ce papier, dit-elle en leur montrant le graphe millimétré.

Clément lui fit signe qu'il prenait le relais :

— Il y avait deux relevés de mon record. J'ai déposé le premier dans les mains de mon Alicia lorsqu'elle fut enterrée. Quant au second, je l'avais offert au docteur Pinilla pour le remercier de son aide lorsqu'il m'a récupéré en mauvais état. C'est celui-ci, il n'y a pas de doute, le tracé s'inscrit jusqu'à la descente vers le lac. Le premier s'arrêtait après le record.

— C'est peut-être Mme Pinilla qui l'a envoyé ? proposa Victoria.

— Dans son état ? Et pour quelle raison ?

— Ou bien Ruy ? enchaîna Irving. Il a hérité du cabinet de son père.

— Non, ce n'est pas lui, intervint Kalia.

— Tu as l'air bien sûre de toi.

— Parce que je le lui ai demandé cette semaine. Il n'était pas au courant de l'existence du relevé.

— Il t'a peut-être menti ?

— Il ne ferait jamais cela. Et vous tous savez très bien pourquoi.

— Alors, c'est forcément l'un d'entre nous, conclut Nyssia.

Le silence qui s'ensuivit fut le premier moment déplaisant depuis les retrouvailles.

— Mais cela n'a aucune importance, dit Clément en le brisant. J'irai même plus loin : je ne veux pas savoir qui te l'a envoyé ni comment il se l'est procuré. Parce qu'en le faisant, cette personne a permis ce miracle qui est de nous avoir tous réunis.

— C'en est vraiment un, confirma Victoria. Jamais je n'aurais cru cela possible.

Tout le monde acquiesça.

— Non, pas d'accord, dit Javier, qui était resté en retrait. Parce qu'on va me soupçonner, comme toujours.

— Et qu'il va finir par s'en prendre à moi, comme toujours, renchérit Jezequel.

— Nous voilà revenus quarante ans en arrière ! s'amusa Irving.

— Alors, ne changeons plus rien, conclut Clément. Ce relevé doit rester un mystère entre nous.

Tous approuvèrent l'idée, l'un plus que les autres.

La suite de la journée fut semblable à l'éternel été qu'avait été leur enfance. En fin d'après-midi, Nyssia s'éclipsa et se rendit aux Bains, là où rêvent les étoiles. Elle s'allongea parmi elles, à l'heure où elles prenaient une couleur ambrée qu'elle affectionnait plus que tout, leur avoua qu'elle ne les quitterait plus, entendit la voix d'Alicia lui dire qu'elle lui pardonnait tout, et ouvrit le livre de Washington Irving.

C'est aux premières heures d'une matinée pure et sans nuages, quand le soleil levant n'a pas encore aspiré la rosée des nuits, qu'il faut embrasser du regard l'Alhambra...

Nyssia se promit de le faire jusqu'à son dernier souffle.

ÉPILOGUE

Jeudi 20 juin 1918, Auteuil

Le jeune officier s'arrêta à l'entrée du 67 de la rue Boileau et leva les yeux vers l'inscription gravée sur la façade : *Laboratoire aérodynamique Eiffel*. Il déclina son identité au garde en faction et fut accueilli par un collaborateur du maître des lieux.

— Je suis Antonin Lapresle, lui dit ce dernier. Désolé pour ces précautions, mais ce n'est pas à vous que je vais apprendre que le conflit n'est pas terminé, capitaine.

Le laboratoire avait été mis à la disposition du ministère de la Guerre et de la Marine par Eiffel. Lapresle fit visiter au militaire le hangar où avait été installée l'immense soufflerie.

— Nous sommes à la pointe des recherches sur la résistance de l'air, ce qui nous a permis de créer notre propre avion rapide, expliqua-t-il.

— D'où ma présence, dit l'officier afin de conclure la visite.

— D'où votre rendez-vous avec monsieur Eiffel, convint l'assistant. Tenez, il est au poste de commande, indiqua-t-il en désignant à l'étage une fenêtre sur laquelle se détachait une silhouette. Il est temps de le rejoindre.

À quatre-vingt-cinq ans, Gustave Eiffel avait gardé la même détermination dans le regard et seul son corps lui avait imposé de nouvelles limites. Le capitaine le salua avec respect. Lui, qui n'était pas né au moment où la tour de trois cents mètres était sortie de terre, était impressionné de rencontrer un homme qui faisait l'admiration de ses parents. L'entrepreneur n'avait pourtant pas profité longtemps de l'auréole du succès qui couronnait le monument portant son nom. En 1893 éclatait le scandale de Panama, qui allait le traîner, avec Ferdinand de Lesseps, devant les tribunaux et dont la meurtrissure ne s'effacerait jamais. Il s'était réfugié depuis lors dans la recherche avec une humilité nouvelle qui faisait l'admiration de tous et était revenu à ses premiers amours : le vent.

— Cher monsieur, le temps étant à mon âge ce qui est le plus précieux, j'irai droit au but, dit Eiffel après l'avoir rapidement jaugé du regard. Mon collaborateur vous a présenté le L.E., notre projet d'avion à grande vitesse dont la conception est novatrice.

— Il m'a montré les plans. C'est audacieux d'avoir installé les ailes sous le fuselage.

— Vous savez que les premiers essais se sont conclus par un accident que j'imputerai à l'inexpérience de notre malheureux pilote.

Eiffel se posta à la fenêtre qui s'ouvrait sur la salle d'expériences, les mains jointes dans le dos, alors que ses techniciens installaient une maquette de dirigeable devant l'immense grille de la soufflerie.

— Toutes mes réalisations sont le résultat de recherches et de calculs, expliqua-t-il. Rien n'est le fruit du hasard. Il existera toujours une part de risque, mais nous faisons le maximum pour la contrôler.

Il se tourna vers le militaire.

— Je suis en train de négocier la construction d'un nouveau prototype. Vous êtes un as de l'aviation de chasse, capitaine, accepteriez-vous d'être le pilote de nos futurs essais ?

— Ce sera un honneur, monsieur Eiffel.

La conversation roula sur les détails techniques des vols prévus et l'on convint d'une réunion de travail. Le militaire fut raccompagné par Lapresle après une poignée de main qui actait la collaboration.

Eiffel méditait encore en regardant le hall de la soufflerie où les moteurs du ventilateur tournaient à plein régime lorsque son collaborateur revint.

— Je crois que nous avons trouvé notre homme, dit-il en se frottant les mains.

— Le plus difficile sera de convaincre Bréguet, tempéra Eiffel.

— Le courrier vient d'arriver, monsieur, ajouta le collaborateur en lui tendant une liasse d'enveloppes. Je serai dans la halle si vous avez besoin de moi.

Le vieil ingénieur descendit à son bureau, chaussa ses lunettes et tria sa correspondance. Il s'arrêta sur une lettre postée d'Espagne.

— Grenade, murmura-t-il en découvrant le cachet, alors que les souvenirs affluaient.

Il déchira l'enveloppe et en sortit un papier millimétré daté du 10 septembre 1889.

— Le relevé d'altitude...

Il vérifia plusieurs fois le diagramme afin d'être sûr de ne pas s'être trompé, puis laissa échapper sa joie.

— Il l'a fait ! Il a réussi !

Eiffel s'était levé, il allait et venait dans la salle exiguë, transporté vingt-neuf ans en arrière.

— Il l'a fait ! répéta-t-il.

— Tout va bien, monsieur ? demanda Lapresle, qui était entré sans frapper, inquiété par les cris.

— Oui, Antonin, je vais bien, je vais très bien ! répondit-il en lui donnant une accolade qui laissa son collaborateur interdit. Vous partez à l'instant pour Juvisy-sur-Orge. Un message urgent pour M. Flammarion.

Il rédigea un billet, qu'il lui remit avec ordre absolu d'attendre la réponse. La matinée fila sans qu'il s'en aperçoive, remplie des souvenirs de Clément.

Lapresle revint trois heures plus tard avec la missive de l'astronome.

« J'en étais sûr, avait écrit Camille, je l'ai toujours su. Eusapia l'avait prédit ! »

Ce jour-là, Eiffel rentra tôt à son hôtel particulier de la rue Rabelais et s'enferma longuement dans la bibliothèque, le record entre les mains, à imaginer ce que Clément avait vécu à seize mille deux cent un mètres au-dessus d'eux.

Le vieil homme, que la vie avait comblé et giflé, qui avait connu les plus grands honneurs avant de les perdre, était heureux, juste heureux d'avoir fait partie du trio de cet exploit unique, qui resterait à jamais inconnu.

Eiffel cacha soigneusement le relevé.

— On a réussi, murmura-t-il. Nous avons tutoyé ce Dieu qui ne pouvait pas éternellement se cacher là-haut, n'est-ce pas, Clément ?

À partir de ce moment, il sut que l'esprit des pionniers ne se perdrait pas. Jamais.

NOTE DE L'AUTEUR

Là où rêvent les étoiles est un écheveau de faits historiques et d'inventions romanesques dont voici quelques repères.

La famille Delhorme, imaginaire, est entourée d'une galerie de personnages dont la plupart ont réellement existé. S'il est inutile de présenter Eiffel et Bartholdi, d'autres pionniers, comme Camille Flammarion ou Gustave Le Gray, sont à citer.

Flammarion, en dehors du journaliste qu'il fut, chroniqueur scientifique au journal *Le Siècle*, a été un aérostier réputé. Il relata ses vols dans plusieurs ouvrages qui figurent dans la bibliographie de cet ouvrage. Il fut aussi un astronome reconnu par ses pairs et l'un des cratères de la Lune porte son nom. Fervent adepte du spiritisme, il l'aborda toutefois sous un angle scientifique, en tentant de démêler les supercheries des phénomènes paranormaux.

Le Gray participa à la Mission héliographique qui débuta en 1851, lorsque cinq photographes furent choisis pour effectuer le premier recensement visuel du patrimoine français. Ces travaux ne furent pas publiés et demeurèrent longtemps un mythe, jusque dans les années 1980 où des chercheurs entreprirent de les retrouver. La plupart des négatifs avait été dispersés ou perdus, mais quelques centaines d'entre eux furent récupérés et rassemblés. Quant aux protagonistes de la mission, quatre devinrent des photographes connus et reconnus.

Citons aussi les plus proches collaborateurs d'Eiffel qu'ont été Nouguier, Koechlin et Compagnon, ainsi que l'architecte Sauvestre, qui formèrent les quatre piliers de ses principaux projets. Le pont Maria Pia, la statue de la Liberté et la tour Eiffel... Les descriptions de ces chantiers ont, je l'espère, scrupuleusement respecté la réalité de leurs réalisations, sans trahir les lois de la physique et des mathématiques.

L'appareil à glace, tel que je l'ai décrit, correspond à la conjonction de plusieurs systèmes dont les brevets ont été déposés à cette époque. La machine à froid du roman est tirée d'un brevet déposé par Albert Einstein au début du XXe siècle, qui avait l'ingéniosité de requérir une très faible source d'énergie. Je voudrais aussi rendre hommage à Charles Tellier, qui fut un des pères du froid artificiel mais qui, à la différence des frères Carré, n'en fit pas commerce et rendit publiques ses découvertes pour qu'elles soient utilisées sans restriction.

La science de la météorologie, toute jeune, s'est bâtie à la fois grâce aux relevés des observatoires officiels et à ceux de correspondants privés, pour certains au péril de leur santé. Les théories que développe Clément sont celles de pionniers comme Adolphe Quetelet, ou Urbain Le Verrier et son collaborateur Hippolyte Marié-Davy.

Les aérostiers cités ont tous existé et leurs ascensions, effectuées dans des conditions rocambolesques et extrêmement dangereuses, se sont souvent soldées par une issue fatale.

Le record d'altitude en ballon de Clément que je décris est celui que battit Auguste Piccard à deux reprises, en 1931 et 1932, à bord du FNRS. Le professeur Piccard avait préparé sa tentative avec une précision et une rigueur inégalées, ce qui fut la clé de ses réussites, en compagnie de Paul Kipfer pour le premier vol et Max Cosyns pour le second. Il fut qualifié à l'époque de « père de l'espace ». Outre ce record, le personnage de Clément lui doit une partie de lui-même, en particulier son amour des équations et des résultats à la décimale près.

Étienne-Jules Marey fut l'inventeur de la chronophotographie et l'un des pionniers de la physiologie médicale. Ses découvertes dans le domaine de la photo liée au mouvement ont été un des vecteurs de l'éclosion des premiers films.

Le prince Youssoupov, qui a existé, n'a évidemment pas eu de relation avec une héroïne de papier, mais sa famille a réellement possédé un château situé dans le parc des Princes, près de la Station physiologique de Marey, dont certains bâtiments sont encore existants aujourd'hui.

Victorine Roblot fut la gouvernante de la maison d'Eiffel à Barcelinhos, village du faubourg de Barcelos, situé à vingt kilomètres de Braga. Sa relation sentimentale avec l'ingénieur n'est pas un fait avéré mais procède de la licence romanesque.

L'accident de train de la gare Montparnasse est un événement réel. Il eut lieu dans les conditions que je décris mais se produisit le 22 octobre 1895. Un kiosque d'une station de tramway fut détruit et Mme Aiguillard, marchande de journaux, fut tuée par la chute de la locomotive.

Je ne peux clore cette énumération sans évoquer le personnage bien réel que fut l'Alhambra de Grenade pour mon roman. Il fut sauvé de la ruine et des pillages grâce à l'ouvrage de l'écrivain américain Washington Irving, qui attira l'attention sur son état de dégradation dans la première partie du XIXe siècle, et surtout grâce à la rénovation effectuée par la famille d'architectes Contreras. Rafael en fut la seconde génération et dirigea les travaux pendant plusieurs décennies.

Si vous avez des questions ou des commentaires, vous pouvez me contacter à l'adresse courriel suivante : eric.marchal@caramail.fr, je serai ravi d'en discuter avec vous.

J'espère avoir reconstitué avec le plus de précision et de sincérité possible cette période qui, en moins de cinquante ans, vit éclore les découvertes et les progrès qui gouvernent encore notre quotidien. Je voulais rendre hommage à toutes ces femmes et tous ces hommes qui en furent les auteurs, pionniers de la matière et de l'esprit.

PRINCIPALES RÉFÉRENCES BIBLIOGRAPHIQUES

Amelunxen Hubertus (von), « Quand la photographie se fit lectrice : le livre illustré par la photographie au XIXe siècle », *Romantisme*, 1985, n° 47, p. 85-96.

Avalar Pinheiro Magda (de), « Le rôle de l'État dans la construction des chemins de fer du Portugal au XIXe siècle », *Histoire, économie et société*, 1992, 11e année, n° 1. Les transports terrestres en Europe continentale (XIXe-XXe siècle), p. 173-184.

Angot Alfred, *Traité élémentaire de météorologie*, Gauthier-Villars imprimeur-libraire, Paris, 1899.

Anonyme, *Guide officiel de la tour Eiffel*, Imprimerie et librairie centrales des Chemins de fer, Paris, 1893.

Anonyme, *Les Modes de Paris [...] d'après les modèles de créations du Bon Marché pour la période de 1860 à 1910*, Gallica bnf.fr, 1910.

Anonyme, *Paris et ses plaisirs. Guide à l'Exposition universelle*, Bibliothèque Chacornac, Paris, 1889.

Anonyme, *Plan de Paris avec le tracé du chemin de fer métropolitain et les différentes lignes d'omnibus et de tramway*, Gallica, bnf.fr, 1882.

Barral Georges, *Le Panthéon scientifique de la tour Eiffel*, Nouvelle Librairie parisienne, Paris, 1892.

Barrucand Marianne et Achim Bednorz, *L'Architecture maure en Andalousie*, PML éditions, 1995.

Bayón Félix et Lluís Casals, *L'Alhambra de Grenade*, Patronato de la Alhambra y Generalife, Triangle Postals SL, Menorca, 2000.

Bazin René, *Terre d'Espagne*, Calmann-Lévy éditeur, Paris, 1895.

Beaufin Penel, *Histoire complète & inédite, religieuse, politique, sociale & descriptive de Boulogne-Billancourt. Depuis les origines jusqu'à nos jours*, Imprimerie Doizelet, Boulogne-sur-Seine, 1905.

Belot Robert et Daniel Bermond, *Bartholdi*, Perrin, Paris, 2002.

Benet A., Contribution à l'étude des douches d'eau chaude sur le col utérin pour provoquer et faciliter l'accouchement, Boehm et fils, Montpellier, 1884.

Bensaude-Vincent Bernadette, « Camille Flammarion : prestige de la science populaire », *Romantisme*, 1989, n° 65, p. 93-104.

Berenson Edward, *La Statue de la Liberté. Histoire d'une icône franco-américaine*, Armand Colin, Paris, 2012.

Bergier Jean-François, « L'ombre de la tour Eiffel », in *Maurice Koechlin und der Eiffelturm*, ETH-Bibliothek, Zürich, 1990.

Bergman Ernest, *Une excursion en Portugal*, Imprimerie Destouches, Meaux, 1890.

Bermond Daniel, *Gustave Eiffel*, Perrin, Paris, 2002.

Besset Maurice, *Gustave Eiffel 1832-1923*, Librairie A. Hatier, Paris, 1957.

Blanchet Christian et Bertrand Dard, *Statue de la Liberté. Le livre du centenaire*, Édition Comet's, Paris, 1984.

Bonnin Jean et al., *La « mission d'Andalousie », expédition géologique de l'Académie des sciences de Paris à la suite du grand séisme de 1884*, C.R. Geoscience 0, 2002, p. 1-14. http://www.researchgate.net/publication/260547081.

Boulanger Louise, Baudry Ambroise et Garnier Charles, *Voyage en Espagne*, Fonds Garnier, Gallica bnf.fr, 1868.

Brès Madeleine, *De la mamelle et de l'allaitement*, thèse pour le doctorat en médecine, 3 juin 1875, imprimerie de E. Martinet, Paris, 1875.

Cabrera Espinosa Manuel. *La lactancia como profesión : una mirada al oficio de nodriza*, IV Congreso virtual sobre la historia de las mujeres, 15-31 octobre 2012, p. 1-12.

Callier-Boisvert Colette, « La Vie rurale au Portugal », Études rurales, 1967, n° 27, p. 95-134.

Canal Jordi, *Histoire de l'Espagne contemporaine. De 1808 à nos jours*, Armand Colin, Paris, 2012.

Carmora Michel, *Eiffel*, Fayard, Paris, 2002.

Champour (de) et Malepeyre F., *Nouveau manuel complet de la fabrication des encres de toutes sortes*, Librairie encyclopédique de Roret, Paris, 1875.

Charrin S., *Maladie bronzée hématique des enfants nouveau-nés (tubulhématie rénale de M. Parrot)*, A. Parent imprimeur, Paris, 1873.

Chatzis Konstantinos. *Les Ingénieurs français au XIXe siècle (1789-1914). Émergence et construction d'une spécificité nationale*, Bulletin de la Sabix, 44, 2009. http://sabix.revues.org/691.

Collectif, *L'Alhambra et Grenade vues de près*, Edilux éditions, Grenade, 2008.
Collectif, *El Pensil Granadino*, journal, 1875. www.gallica.fr
Collectif, *El Universal : diario de Granada*, journal, 1878. www.gallica.fr
Collectif, *Gil Blas*, journal, 1885. www.gallica.fr
Collectif, *Jornal do Porto*, journal, 1876-1877. www.gallica.fr
Collectif, *Journal de l'Exposition internationale d'*électricité, hebdomadaire, 18 septembre et 30 octobre 1881. www.gallica.fr
Collectif, *La Alhambra : Diario granadino*, journal, 1863 et 1884. www.gallica.fr
Collectif, *La Gazette des Femmes*, journal, 1884. www.gallica.fr
Collectif, *L'Année scientifique et industrielle*, revue, 1863 à 1889. www.gallica.fr
Collectif, *La Revue mondaine illustrée. Artistique, littéraire, sportive...*, journal, 1892-1893. www.gallica.fr
Collectif, *La Vie à Paris*, revue, 1880-1885, www.gallica.fr
Collectif, *Le Demi-monde : gazette galante*, revue, 1878. www.gallica.fr
Collectif, *Le Figaro*, journal, 1880-1889. www.gallica.fr
Collectif, *Le Génie civil*, revue générale des industries françaises et étrangères, 1881. www.gallica.fr
Collectif, *Le Petit Journal*, journal, 1880-1889. www.gallica.fr
Collectif, *Le Petit Parisien*, journal, 1880-1889. www.gallica.fr
Collectif, *Le Siècle*, journal, 1880-1889. www.gallica.fr
Collectif, *Le Temps*, journal, 1880-1889. www.gallica.fr
Collectif, *L'Univers illustré*, revue, S1 à S4, 1877. www.gallica.fr
Comberousse Charles (de), *Histoire de l'École centrale des Arts et Manufactures. Depuis sa fondation jusqu'à ce jour*, Gauthier-Villars imprimeur-libraire, Paris, 1879.
Constantin Paul, « Les avantages du stéthoscope flexible. Conférence faite à l'hôpital Saint-Antoine », Adrien Delahaye et Cie libraires-éditeur, Paris, in *La France médicale*, n° des 8-11 mars 1876.
Corcy Marie-Sophie, Dufaux Lionel et Vuhong Nathalie, *La Statue de la Liberté. Le défi de Bartholdi*, hors-série « Découvertes », Gallimard, Paris, 2004.
Delvau Alfred, *Histoire anecdotique des cafés & cabarets de Paris*, E. Dentu éditeur, Paris, 1862.
Demolder Eugène, *L'Espagne en auto. Impressions de voyage*, Société du Mercure de France, Paris, 1906.
Dousseau Alphonse, *Grenade*, Imprimerie Lepelletier, Le Havre, 1872.
Duclos Michel, *Recherches nouvelles sur la nature et le traitement préventif de l'asthme*, Typographie Hennuyer, Paris, 1861.

Eiffel Gustave, *Les Grandes Constructions métalliques*, collection « Sépia », Les Éditions de l'Amateur, 2008.

La Tour de trois cents mètres, Société des imprimeurs Lemercier, Paris, 1900.

Travaux scientifiques exécutés à la tour de trois cents mètres de 1889 à 1900, L. Maretheux imprimeur, Paris, 1900.

Eschenauer Auguste, *L'Espagne. Impressions & souvenirs, 1880-1881*, Paul Ollendorff éditeur, Paris, 1882.

Eudel Paul, *L'Hôtel Drouot et la curiosité en 1885-1886*, Charpentier et Cie éditeurs, Paris, 1887.

Fabre-Koechlin Madeleine, « L'ingénieur et le sculpteur ou "la raison morale" de la "chose" », *Revue de l'Art*, 1990, n° 88, p. 80-81.

Fierro Alfred, *Histoire de la météorologie*, Denoël, Paris, 1991.

Fierville Charles, *Relation d'un voyage en Espagne*, Imprimerie F. Guyon, Saint-Brieuc, 1876.

Figuier Louis et Gautier Émile, *L'Année scientifique et industrielle : ou Exposé annuel des travaux scientifiques, des inventions et des principales applications de la science à l'industrie et aux arts, qui ont attiré l'attention publique en France et à l'étranger*, Librairie Hachette, Paris, 1877.

Figuier Louis, « L'industrie du froid », in *Les Merveilles de l'industrie*, Furne, Jouvet et Cie éditeurs, Paris, 1873-1877, chapitre V.

Finger Ernest, *La Syphilis et les maladies vénériennes*, Félix Alcan éditeur, Paris, 1900.

Flammarion Camille, *Navigation aérienne et voyages en ballon,* conférence faite à l'Association polytechnique, in le journal *Le Suffrage universel*, 1868.

Lumen, C. Marpon et E. Flammarion éditeurs, Paris, 1887.

Qu'est-ce que le ciel ?, Ernest Flammarion éditeur, Paris, 1892.

Excursion dans le ciel, Ernest Flammarion éditeur, Paris, 1898.

Flavien E., *Les Magasins du Bon Marché, fondés par Aristide Boucicaut à Paris*. www.gallica.fr

Fonvielle Wilfrid (de), *Les Ballons-sondes de MM. Hermite et Besançon et les ascensions internationales*, Gauthier-Villard et fils imprimeurs-éditeurs, Paris, 1898.

Garaudé Alexis (de), *L'Espagne en 1851*, E. Dentu libraire-éditeur, Paris, 1852.

Gaudin Marc-Antoine, *Vademecum du photographe*, Imprimerie Poitevin, Paris, 1861.

Gautier Théophile, *Voyage en Espagne*, Charpentier et Cie libraires-éditeurs, Paris, 1870.

« Une description vraie de l'Alhambra », in *Le Compilateur*, Revue des journaux français et étrangers, 1re série, tome I, n° 2, 10 août 1842.

Giffard Pierre, *La Vie en chemin de fer*, La Librairie Illustrée, Paris, 1888.

Giron Alfred, *Une grande demi-mondaine*, E. Dentu éditeur, Paris, 1879.

Glaisher J., Flammarion Camille, Fonvielle W. (de) et Tissandier Gaston, *Voyages aériens*, Librairie Hachette, Paris, 1870.

Goubert Jean-Pierre, *La Conquête de l'eau*, Robert Laffont, Paris, 1986.

Guereña Jean-Louis, « La construction des disciplines dans l'enseignement secondaire en Espagne au XIXe siècle », *Histoire de l'éducation*, 1998, n° 78. L'enseignement en Espagne. XVIe-XXe siècle, p. 57-87.

Guigon Catherine, *Les Cocottes. Reines du Paris 1900*, Parigramme, Compagnie parisienne du Livre, Paris, 2012.

Hérisse Émile, *Manuel pratique du pâtissier-confiseur*, Letang Fils, Paris, 1894.

Heydenreich Albert, *Des fractures de l'extrémité supérieure du tibia*, V. Adrien Delahaye et Cie libraires-éditeurs, Paris, 1877.

Irving Washington, *L'Alhambra, chroniques du pays de Grenade*, traduites par P. Christian, Lavigne libraire-éditeur, Paris, 1843. *Contes de l'Alhambra*, « Libretto », Phébus, 1998 et 2011.

La Fère A. (de), *Savoir vivre, savoir parler, savoir écrire, à l'usage des gens du monde* (7e édition), Nouvelle Librairie, Paris, 1889.

Jacquemet G., *Urbanisme parisien : la bataille du tout-à-l'égout à la fin du XIXe siècle*, Société d'histoire moderne, tome XXVI, octobre-décembre 1979, p. 505-548.

Kaemtz L.F., *Cours complet de météorologie*, Adolphe Delahays libraire-éditeur, Paris, 1858.

Laborde S.-M. (abbé), *Souvenir de mon voyage en Espagne, en Portugal*, Imprimerie-reliure Hazaël Labèque, Dax, 1896.

Lalouette Jacqueline, *La France de la Belle Époque. Dictionnaire de curiosités*, Tallandier, Paris, 2013.

Lamarque E., *À travers l'exposition. Promenade de deux enfants au Champ-de-Mars et à l'esplanade des Invalides*, Émile Guérin éditeur, Paris, 1889.

Lebehot Léon, Étude sur le lait suivi de *Considérations sur le choix d'une nourrice*, Alfred Bouchard libraire, 1858.

Le Guennec François et Zmelty Nicolas-Henri, *La Belle Époque des femmes ? 1889-1914*, L'Harmattan, Paris, 2013.

Lejeune Théodore, *Guide théorique et pratique de l'amateur de tableaux*, Gide libraire-éditeur, Paris, 1863.

Lemaire J., *Le Portugal en 1878*, Librairie française et anglaise de J.H. Truchy, Paris, 1878.

Lemoine Bernard, « L'entreprise Eiffel », *Histoire, économie et société*, 1995, n° 2, Entreprises et entrepreneurs du bâtiment et des travaux publics (XVIIIe-XXe siècles), p. 273-285.

Lépidis Clément, *Andalousie*, Arthaud, Paris, 1985.

Locher Fabien, *Le Savant et la tempête. Étudier l'atmosphère et prévoir le temps au XIXe siècle*, Presses universitaires de Rennes, Rennes, 2008.

Lopes Cardeira José Manuel, *Le Pont Maria Pia à Porto*. www.ocomboio.net, 2009.

López Jesús Bermúdez, *L'Alhambra et le Generalife. Guide officiel*, Patronato de la Alhambra y Generalife, TF Editores, 2010.

Lunge Georges, *Traité de la distillation du goudron de houille et du traitement de l'eau ammoniacale*, Masson et Cie éditeurs, Paris, 1885.

Marey Étienne-Jules, *Station physiologique. Méthodes et appareils. Photographie*, Archives du Collège de France (medic@), Paris, Circa, 1886.

Développement de la méthode graphique par l'emploi de la photographie, G. Masson éditeur, Paris, 1884.

Marge Pierre, *Le Tour de l'Espagne en automobile, étude de tourisme*, Librairie Plon, Paris, 1909.

Marrey Bernard, *Gustave Eiffel. Une entreprise exemplaire*, Institute, 1989.

La Vie & l'œuvre extraordinaires de monsieur Gustave Eiffel ingénieur qui construisit la statue de la Liberté, le viaduc de Garabit, l'Observatoire de Nice, la gare de Budapest, les écluses de Panama, la tour Eiffel, etc., Graphite, Paris, 1984.

Mathieu Caroline, *Gustave Eiffel. Le magicien du fer*, Skira-Flammarion, Paris, 2009.

Meenakshi Sundaram M. et Ananthasuresh G.K., *Gustave Eiffel and his optimal structures*. Resonance, september 2009, p. 849-864.

Montorgueil Georges, *La Parisienne peinte par elle-même*, Librairie L. Conquet, Paris, 1897.

Pacaud Serge, *Il était une fois... Chroniques mémorables de la Belle Époque*, Éditions CPE, Romorantin, 2004.

Vie quotidienne des français à la Belle Époque, Éditions CPE, Romorantin, 2008.

Paccalet Yves, *Auguste Piccard, professeur de rêve*, Glénat, Grenoble, 1997.

Papayanis Nicolas, « Un secteur des transports parisiens : le fiacre, de la libre entreprise au monopole (1790-1855) », *Histoire, économie et société*, 1986, n° 4, p. 559-572.

Piccard Auguste, *Entre terre et ciel. Réalités. Visions d'avenir*, Éditions d'Ouchy, Lausanne, 1946.

Poitou Eugène, *Voyage en Espagne*, Alfred Mame et fils éditeurs, Tours, 1869.

Prade Marcel, *Ponts et viaducs au XIX*e *siècle*, Librairie ancienne Brissaud, Poitiers, 1988.

Quéromain Yves, « Le geste de l'architecte », *Autres temps. Les cahiers du christianisme social*, 1991, n° 32, p. 13-15.

Quinet Edgar, *Mes vacances en Espagne*, Comptoir des imprimeurs-unis, Paris, 1846.

Regnauld M., *Traité pratique de la construction des ponts et viaducs métalliques*, Dunod éditeur, Paris, 1870.

Résal Jean, *Ponts métalliques. Tome second*, Encyclopédie des travaux publics, Librairie Polytechnique, Baudry et Cie libraires-éditeurs, Paris, 1889.

Réval Gabrielle, *L'Enchantement du Portugal*, Fasquelle éditeur, Paris, 1934.

Ricard Robert, « Espagnol et portugais "marlota". Recherches sur le vocabulaire du vêtement hispano-mauresque », *Bulletin hispanique*, tome LIII, 1951, n° 2, p. 131-156.

Rollet Catherine, « Allaitement, mise en nourrice et mortalité infantile en France à la fin du XIXe siècle », *Population*, 1978, n° 6, p. 1189-1203.

Romanet Emmanuelle, « La mise en nourrice, une pratique répandue en France au XIXe siècle », *Journal of Global Cultural Studies*, 8, 2013, http://transtexts.revues.org/497.

Rosny Léon (de), *Taureaux et mantilles : souvenirs d'un voyage en Espagne et en Portugal*, tome second, Paul Ollendorff éditeur, Paris, 1889.

Ruiz Berrio Julio, « La rénovation pédagogique en Espagne de la fin du XIXe siècle à 1939 », *Histoire de l'*éducation, mai 1998, n° 78.

Sacristán Marta Santos, *Los inicios de la protección a la infancia en España (1873-1918)*. http://www.um.es/ixcongresoaehe/pdfB3/Los%20inicios%20de%20la%20proteccion%20infancia.pdf

Saint-Victor G. (de), *Espagne, Souvenirs et impressions de voyage*. E. Dentu éditeur, Paris, 1889.

Sanz Beatriz Espinilla, *La elección de las nodrizas en las clases altas, del siglo XVII al siglo XIX*. Matronas profesión, 14(3-4), p. 68-73.

Sermet Jean, *Espagne du Sud*, Arthaud, Paris, 1953.

Serrano Mañes Montserrat, *L'Andalousie du XIXe siècle sous les regards des voyageurs*, Cuad. Invest. Filol., 2005-2006, n° 31-32, p. 121-134.

Sudria Carles, « Notas sobre la implantación y el desarrollo de la industria del gas en España, 1840-1901 », *Revista de historia écónómica*, año I, 1983, n° 2, p. 97-118.

Talansier Charles, *La Statue de la Liberté éclairant le monde*, publications du journal *Le Génie Civil*, Paris, 1883.

Tikhonov Sigrist Natalia, « Les femmes et l'université en France 1860-1914. Pour une historiographie comparée », *Histoire de l'éducation*, 2009, n° 122. http://histoire-education.revues.org/1940.

Thomas J., *De l'asthme essentiel. Son traitement*, Imprimerie Le Bigot frères, Lille, 1901.

Trachtenberg Marvin, *The Statue of Liberty*, Penguin Books, New York, 1986.

Valladar Francisco de Paula, *Estudio historico-critico de las Fiestas del Corpus en Granada*, Imprenta de LA LHALTAD a caro de J.G. Garrido, Granada, 1886.

Vallecillos Lucas, *Grenade*, Triangle Postals, Menorca, 2006.

Vermès Anne, *Piloter un projet comme Gustave Eiffel*, Eyrolles, Paris, 2013.

Vincent Bernard, « Les tremblements de terre dans la province d'Almeria (XVe-XIXe siècle) », annales, Économies, Sociétés, Civilisations, 29e année, 1974, n° 3, p. 571-586.

Wieruszeski Lucie, *Les Institutrices au XIXe siècle : témoins et militantes de la condition féminine ?*, HAL, 2012. http://dumas.ccsd.cnrs.fr/dumas-00735125

Winock Michel, *La Belle Époque*, Perrin, Paris, 2002 et 2003.

Zed (Albert de Maugny), *Le Demi-monde sous le Second Empire. Souvenir d'un sybarite*, Ernest Kolb éditeur, Paris, 1892.

UN GRAND MERCI

À mes parents et mes filles pour leur indéfectible soutien et l'énergie qu'ils représentent.

À Laure, artiste des nuances, pour ses encouragements depuis la naissance des jumeaux jusqu'à l'épilogue. Un grand merci de m'avoir autorisé à utiliser le tableau *Australesi, la main de feu* pour mon site web.

À Thierry pour les ouvrages anciens et fort utiles chinés un peu partout, et pour tous ceux à venir !

À Marie-Madeleine pour les *Contes de l'Alhambra*.

À Manon pour son aide dans la traduction des écrits espagnols.

À Thomas pour l'expérience inoubliable de la tour Eiffel.

À toute l'équipe des Éditions Anne Carrière, Stephen, pour la confiance que tu as en moi et qui est plus grande que celle que je m'accorde, Sophie, notre trésor de la langue française, Anne, Yasmina, Anne-Sophie, Virginie, Fanny, Assia, Alain, et une pensée insulaire pour Julia qui a accompagné une partie de cette aventure. Rendez-vous à toutes et tous pour la prochaine odyssée dont la gestation est déjà engagée...

Mis en pages par DV Arts Graphiques à La Rochelle,
cet ouvrage a été achevé d'imprimer sur Roto-Page
par l'Imprimerie Floch à Mayenne,
pour le compte de S.N. Éditions Anne Carrière
39, rue des Mathurins – 75008 Paris
en avril 2016

Imprimé en France
Dépôt légal : mai 2016
N° d'édition : 814 – N° d'impression : 89693